THOR KUNKEL

SUBS

Roman

WILHELM HEYNE VERLAG
MÜNCHEN

Nach der Idee zu diesem Roman produzierte der WDR
im Juni 2009 ein gleichnamiges Hörspiel.

Verlagsgruppe Random House FSC-DEU-0100
Das für dieses Buch verwendete
FSC®-zertifizierte Papier *EOS*
liefert Salzer Papier, St. Pölten, Austria.

Copyright © 2011 by Thor Kunkel
Copyright © 2011 by Wilhelm Heyne Verlag, München,
in der Verlagsgruppe Random House GmbH
Satz: C. Schaber Datentechnik, Wels
Druck und Bindung: GGP Media GmbH, Pößneck
Printed in Germany 2011

ISBN: 978-3-453-26692-6

www.heyne-hardcore.de

1

*Well*nest

Wer dem Volk anstrengungslosen Wohlstand verspricht, lädt zu spätrömischer Dekadenz ein.
– GUIDO WESTERWELLE, »Die Welt«, 12. 2. 2010

Difficile est satiram non scribere.
Es ist schwer, darüber keine Satire zu schreiben.
– JUVENAL

SKLAVIN GESUCHT
Kultiviertes Ehepaar mit ersten Denk- und Lachfalten sucht zuverlässige Sklavin mit Pep & Power für Haushalt. Möchten Sie zu klassischer Musik bügeln, kleine Botengänge erledigen und danach in der hauseigenen Sauna entspannen? Dann sind Sie bei uns genau richtig. Polizeiliches Führungszeugnis nicht nötig.
CHIFFRE: MÜLLER-DODT SKLAVIN #G/RK 29/3-621.

I.

»Aber ansonsten hast du noch alle Tassen im Schrank?«

Evelyns Stimme dringt dünn und blechern aus der Küche, kaum lauter als die platzende Folie des Microwave-Dinners, das sie manisch mit der Gabel bepiekst. »So ein hirnrissiges Inserat in den Lokalanzeiger zu setzen ... In Grunewald! Du weißt doch, wie die Leute hier sind.«

»Hauptsache, es hat funktioniert.« Claus Müller-Dodt steht – die Hände in den Gesäßtaschen versenkt – am Panoramafenster der Villa. Inmitten von einigen Hektar Parkland gelegen, bietet sie dreihundert Quadratmeter Fläche – ein abenteuerlich großes Haus für zwei Personen, die sich hier abends unter dem Planetenlüster in der Wohnhalle treffen, um dann im offenen Gartenraum zu dinieren. Die riesigen Scheiben lassen sich per Knopfdruck im Boden versenken, doch Claus misstraut dem knirschenden, aus den dreißiger Jahren stammenden Getriebe und hat es bisher nur einmal auf einen Versuch ankommen lassen. Die Halle ist auch so hell und luftig genug, der eisig schimmernde Stucco lustro der Wände verhindert selbst in tiefster Nacht, dass sich die Dunkelheit einnisten kann. Sanft geschwungene Treppen betonen die Stromlinienform einer Moderne, deren Ideale es längst nicht mehr gibt. Ihre Architektur aus schweren und schwebenden Elementen verbreitet eine allgegenwärtige Unwirklichkeit, die Claus besonders stark an seinem Lieblingsplatz spürt; hier steht er wie der Kapitän eines weiß getünchten Luxusliners an Deck, wippt leicht auf und ab und blickt dabei über die Terrasse hinweg in das sich allmählich verdunkelnde Grün. Weiter oben, noch über dem Waldschopf, schwimmen an diesem Abend lange Wolkenfische mit goldenen Bäuchen und schwarzblauen Rücken im sommerlichen Azur.

Die südwestliche Aussicht ist mit Abstand die beste, ein Verschnitt aus Kurpark und Golfplatz, hinter dem sich – dessen ist er sich durchaus bewusst – ein begrünter Todesstreifen des Lebens verbirgt, in den er den kläglichen Rest seiner Freizeit eingehegt hat. Mit noch etwas mehr Glück würde ihn ein zeitiger Hirnschlag davor bewahren, zum Sanierungsfall einer Körperruine zu werden, zum tatterigen Kauz, dem eine Krankenschwester ein Hämorrhoidenkissen unter den Arsch schieben würde. Wenn es am schönsten ist, soll man gehen. Jeder, der lebt, zockt ein Game, denkt er noch, ein Game mit aufwendiger Grafik und unvorhersehbarer Story. Es nennt sich Leben, nicht *SimCity* oder *Second Life*, nein, einfach nur Leben und das Aufregendste an diesem Spiel ist, dass es keine Spielregeln gibt.

»Was hast du dir bloß dabei gedacht, unseren Namen in die Zeitung zu setzen?« Sie ist noch immer am Lamentieren. »Hörst du mir eigentlich zu?«

»Ja, sicher.« Dabei ist Claus in Gedanken mit dem Ligustermonster beschäftigt: Eine drei Meter hohe Hecke umschließt das Grundstück nach allen Seiten und schirmt die Müller-Dodts so auf natürliche Weise von der Außenwelt ab. Seit dem mysteriösen Verschwinden der polnischen Haushälterin ist es zu beängstigenden Wachstumsschüben gekommen, die Quadratur des Dickichts läuft aus dem Ruder. Die frechsten Triebe haben kürzlich sogar das elektronische Auge der Einfahrt blockiert – das ist nicht gut, gar nicht gut, und »jemand« (nennen wir ihn einmal so) muss jetzt den Hintern hochkriegen und die Heckenschere auspacken, doch dieser »Jemand« (man könnte ihn auch den »Herrn des Hauses« nennen) verweigert sich konsequent der Gartenarbeit: Claus Müller-Dodt ist Schönheitschirurg, auf die Liposkulptur diätresistenter Matronen spezialisiert, und nach dieser täglichen Knochenarbeit hat er sich einen ruhigen, beschaulichen Feierabend verdient. Genauso wenig käme er auf die Idee, seinen Porsche zu waschen. Ein halbes Dutzend sportlicher Hobbys und ein über die Jahre gewachsener Privatzoo im ehemaligen unterirdischen »Turnsaal« der Villa lasten ihn ohnehin aus.

»Was willst du eigentlich, Evi? Hast du vorhin nicht was von sechzig Bewerbern gesagt? So ein Andrang spricht doch für sich.«

»Das ist kein Witz, Claus!« Hinter der verschiebbaren Milchglastür, die die Küche von der Wohnhalle trennt, huscht Evelyns Schatten vorbei, ein menschenähnlicher Zeiger auf der Skala verhaltener Wut. »Ich arbeite am Amtsgericht und möchte nicht, dass irgendein Staatsanwalt auf die Idee kommen könnte, ich sei übergeschnappt!«

Claus lacht kurz auf. »Wer sollte das denken? Dein Chef, dieser Richter Harms? Das würde dem alten Chauvi doch passen ...«

»Sei nicht undankbar, immerhin wollte er uns seine Perle ausleihen.«

»Das war vor einer Woche und nichts ist passiert.«

»Weil Harms im Krankenhaus liegt! Sein Zucker spielt wieder verrückt.«

»Und ich leide an Stauballergie.« Obwohl es noch hell ist, kann er auf dem Glas sein blasses Spiegelbild sehen; genauso fühlt er sich schon einige Zeit, diffus, geisterhaft, im Gesicht vielleicht noch etwas grauer, wie von einer dünnen Staubschicht bedeckt. Dabei ist Staubfreiheit sein Ideal. Wie die meisten Schönheitschirurgen hasst er Anzeichen des Verfalls in seiner unmittelbaren Umgebung: Staub steht am Anfang der Evolution, der Reinraum der Mikrochip-Industrie am anderen Ende. Der ganze Fortschrittsglaube des Westens entspringt dieser einen Erkenntnis.

»Es ist dir wahrscheinlich entgangen, aber wir ersticken im Dreck«, setzt er nach.

»Jetzt lenk bitte nicht ab!« Evelyn steckt den Kopf blitzschnell aus der Küche. Claus, der sich zeitgleich umgedreht hat, erhascht ein Aufblitzen grüner Augen zwischen seitwärts schwingenden Locken. Ein etwas anderer, auf Mietrecht spezialisierter Engel für Charlie, der sich tagsüber mit Räumungsklagen herumschlagen muss.

»Was du sagst, hat nichts, aber auch gar nichts mit dieser Anzeige zu tun!«

Sie verschwindet wieder hinter der Abtrennung. Ein Glockenton geht dem Summen der Mikrowellen voraus.

»Nun reg dich ab.« Claus will ihr nach, doch schon beim ersten Schritt gerät er ins Straucheln, denn einer der flachen Staubsaugroboter kommt ihm in die Quere. Selbst vor der Bar mit ihren dicht stehenden Plexiglashockern machen die Kriecher nicht halt. Etwas angesäuert versetzt Claus der Scheibe einen Tritt zwischen die Absturzsensoren.

»Kann man nicht mal eine sinnbildliche Anzeige aufgeben?«, ruft er. »Ist das ein Verbrechen?«

Keine Antwort, auch recht. Entgegen seiner Gewohnheit genehmigt er sich heute schon vor dem Essen einen Scotch. Die meisten Kollegen am Potsdamer Center für ästhetische Chirurgie sind gestandene Trinker; verglichen mit ihnen ist Claus abstinent – auch in Bezug auf die anderen branchenüblichen Laster. Viele der Halbgötter in Weiß legen ihre silikongepolsterten Patientinnen flach. Sozusagen als Liebesbeweis. Andere koksen rund um Uhr, »trippen« selbst im OP, während sie schnippeln.

Claus dagegen hält seine Laster für ziemlich erschöpft. Was hat er nicht alles versucht, der Lebensüberdruss war geblieben. Sogar Einladungen eines besseren Swinger-Clubs, in dem angeblich nur abgeblitzte DSDS-Modelle verkehren, schlägt er inzwischen aus. Das Bereisen sämtlicher Sümpfe – wie die alten Ägypter die Kurzweil der Hurerei nannten –, dieses ganze peinliche Körpergesudel scheint sich aus seiner Sicht nicht zu lohnen.

»Hast du eben sinnbildlich gesagt?« Sie kommt in diesem Moment aus der Küche geschossen, und Claus betrachtet seine Frau voller Zuneigung: Der goldgelbe Kaftan – ihr liebstes Hauskleid –, der Muschelschmuck und das in Naturtönen gehaltene Make-up kaschieren einen messerscharfen Intellekt, dessen Existenz sie die meiste Zeit zu leugnen versteht.

»Was bitte soll an der Chiffre ›Müller-Dodt Sklavin‹ sinnbildlich sein?« Im Vorbeigehen streicht sie ihm mit der Hand über den Kopf, nicht zärtlich, sondern um einen besonders abstehenden Wirbel zu plätten.

»Dann nennen wir es mal eine provokante Petitesse zu meinem selbstgefälligen Amüsement! Du kennst mich doch, Evi!«, ruft er ihr nach. »Mit mir soll dir nie langweilig werden.«

»Du verstehst gar nichts.« Diesmal scheint ihre Stimme aus einem der begehbaren Kleiderschränke zu kommen. »Was wir suchen, ist eine atypische Raumpflegerin, also eine, die auch mal hier und da *aushilft*!«

»Raumpflegerin – wie das klingt ...« Claus schlendert zu einer Konsole in der Mitte der Halle, in der sich das Entertainment-Center verbirgt. Das recht selbstständige Ding saugt täglich Musik aus dem Netz, wobei es sich an den früheren Kaufaktionen der Müller-Dodts orientiert. Um sämtliche Möglichkeiten auszuschöpfen, braucht man allerdings einen sogenannten Technology-Butler, wie er bereits in den besseren Dubai-Hotels zum Inventar großherrschaftlicher Suiten gehört.

»Sklavin ist gut«, sinniert Claus noch immer laut vor sich hin, »lässt sich leicht merken und wird von jeder Putztante, die Arbeit sucht, als emotional plausibel empfunden.«

Zwei kalte Hände legen sich von hinten um seinen Hals.

»Putztante heißt es schon gar nicht!«

»Die Begrifflichkeiten des Arbeitsmarkts sind mir ehrlich gesagt schnurz.« Claus entzieht sich Evelyns angedeutetem Würgegriff. »Warum nicht gleich Diplom-Staubsauge-Fachkraft? Keinen Mindestlohn zahlen, aber die Leute mit einem pseudo-akademischen Titel abspeisen. Tut mir leid, ich habe die neoliberale Schönrederei satt.« Passend zum lasziven Pulsen eines wummernden Dub-Blendlichts, entledigt er sich erst seines Jacketts, dann der restlichen Kleider. »Nein, Evi, ich stehe zu meiner Anzeige: Sklavin gesucht, sogar dringend! Lässt das nicht auf Esprit und Ehrlichkeit schließen?« Während er sich auf der Stelle einmal um sich selbst dreht, betupfen die kristallenen Tropfen

des Lüsters seine mageren Schultern mit Miniaturregenbogen.
»Außerdem suchen wir keine normale Staubfee, sondern eine zweite Mariola – ein robustes Mädchen für alles.«

Nackt versucht er, sie an sich zu ziehen, doch sie wehrt ihn mit Leichtigkeit ab. Seine Hände sind ihr nie geheuer gewesen – zart und feingliederig wie die einer Frau, dezent beringt und schmal zulaufend, die Nägel makellos maniküt, doch verfärbt von gelber Desinfektionsflüssigkeit.

»Was ist los?« Er streicht ihr die Haare aus dem Gesicht und verpasst ihr spontan einen Nasenkuss nach Eskimo-Art. »Hör mal«, flüstert er, »ist dir schon mal aufgefallen, dass sich unser Liebesleben schon geraume Zeit nur noch auf Fingerhakeln und Nasenbeißen beschränkt? Wann haben wir das letzte Mal so richtig artistisch gevögelt?« Und als sie nicht antwortet: »Na schön, Liebling, wie war dein Tag?«

»Grauenvoll.« Es kommt wie aus der Pistole geschossen, vielleicht hat sie schon die ganze Zeit auf die Frage gewartet. »Zwei Zwangsversteigerungen, eine davon im Oderbruch ...« Sie zieht die Unterlippe so weit wie möglich nach unten. »Als ich eintraf, hieß es, meine Mandantin habe sich gerade vergiftet. Sie saß vor ihrem baufälligen Ziegelsteinhaus und spuckte Blut. Ich kipp ins Kraut, hat sie ein paarmal gesagt, ich kipp ins Kraut. Als der Notarzt kam, war sie schon tot. Ein Beamter meinte noch, der Einhaltung der gesetzlichen Räumungsfrist stünde nun nichts mehr im Wege.«

»Warum gehst du nicht endlich duschen?«, lenkt Claus nonchalant ab.

»Und wer kümmert sich um das Essen?«

»So schwierig ist das nicht, ein Fertiggericht aufzutischen.«

Sie versucht ein Lächeln; er kann es an den Fältchen sehen, die um ihre Augen aufspringen. »Der Reis zum Beispiel ...«

»... braucht nur halb so lang wie die Garnelen. Also nehme ich ihn nach dem ersten Klingeling raus und halte ihn warm.«

»Manchmal bist du ein Schatz«, sagt sie und verschwindet.

Genau das ist er nicht, und wird es nie sein. Er ist ein Kontrollfreak, der durch geschicktes Nachgeben und vorgetäuschte Kompromissbereitschaft ihr Leben beherrscht. »Und keine Eile! Lass dir Zeit!« Nackt geht er in die Küche und setzt sich vor die dem Südfenster gegenüber gelegene, gold angestrichene Wand. Es ist sein zweiter Stammplatz im Haus – gleich neben dem Müllschlucker und dem feudalen Küchenwerkschrank, der den Charme einer flächenbündigen Streckbank verströmt. Claus hätte sich eigentlich eine wärmere Küche gewünscht, ein Stück Landschlossromantik, traditionell und lässig, doch Evelyn setzte ihren unterkühlten »Butcherlook« durch. (»Ist mir alles zu bunt, ich steh mehr auf leere Garagen.«)

Nur diese eine Wand hat sie ihm überlassen und er hat aus ihr ein Totem gemacht, ein goldenes Vlies. Hier sortiert er am Wochenende die eingetrudelten Rechnungen nach ihrer Dringlichkeitsstufe: Kleine Beträge wie Knöllchen zahlt er immer sofort, größere Forderungen und dreiste Mahnungen schiebt er dagegen auf die ganz lange Bank. Letztere gemahnen ihn ohnehin nicht an das Begleichen von Schulden, sondern an Elektroschocks, wie sie Versuchstieren verabreicht werden, damit sie niemals vergessen, dass sie sich innerhalb eines Käfigs befinden. Doch nicht er braucht die Bedingungen dieses Käfigs, sondern die Bedingungen brauchen ihn, um sich voll zu entfalten, und deshalb tut er den Mahnern im Grunde genommen einen Gefallen, wenn er bockt. Bekanntlich kommt ja jede Mahnung verteuert zurück. Dennoch sorgt das Vorsichherschieben für einen Aufschub und den kann einer wie Claus immer gebrauchen.

Eher zufällig bemerkt er einen klebrigen Zellophanstreifen an der Klappe des Abwurfschachts.

Sie hat sich wieder die Beine in der Küche gewachst, denkt er, zieht den Streifen ab und beginnt die Haare zu zählen, es sind dreizehn, manche fast durchsichtig, andere drahtig und glänzend. Die mit den fetteren Wurzeln erinnern ihn stets an Fliegenbeine oder Gewürm. Evelyn hätte dagegen vom »Restfell des Affenmenschen« gesprochen, ein Phänomen, das sich auf Claus'

OP-Tisch eigentlich nur noch am Laufwerk von schambärigen und bessergestellten Alt-68er-Omis manifestiert. Entgegen der landläufigen Meinung von Therapeuten, dass Beziehungen immer an Kleinigkeiten zerbrechen, sieht Claus in dem Klebestreifen einen Beweis, dass Evelyns Neurosen mit den seinen wundervoll harmonieren. Warum auch sonst hätte sie einem pingeligen, hyperästhetisch veranlagten Schönheitschirurgen das Ja-Wort gegeben?

Nach der Entsorgung des Streifens riskiert er beiläufig einen Blick in den Kühlschrank: Fahles Licht beleuchtet einen Stapel mikrowellenfester Kunststoff-Terrinen. Die offene Dose Kaviar, die er ebenfalls sieht, ist an den Rändern verschimmelt. Herrgott, so geht es nun wirklich nicht weiter, denkt er. Mariola, du heilige Haushälterin, warum hast du mich nur verlassen? Er hatte sie schon zur Familie gezählt, sie ins Herz geschlossen, *gepempert* – mehr noch als die Reptilien im Keller. Warum sonst hätte er ihr einen Sprachkurs bezahlt und die Anliegerwohnung gratis zu Verfügung gestellt? Selbst die verkratzte Edelstahlpfanne hatte er ihr verziehen und nie wieder davon gesprochen.

Vor Frust schiebt er sich eine Fingerspitze Triple-Zero-Beluga in den Mund. Das bisschen Edelfäule kann einem Menschen nicht schaden. Ein Wiener Taxler hatte ihm die Fischmarmelade nach einem Chirurgenkongress aufgeschwatzt, zum Freundschaftspreis, wie er meinte, sogar mit Nachlass. Und Claus konnte es wie gewöhnlich nicht lassen, nach solchen Gelegenheiten zu schnappen.

Ein Geräusch wie von einer Registrierkasse reißt ihn aus seinen Gedanken. Mikrowellen-Dinner, *yummi!* Claus hebt den Reisbehälter von der Drehglasscheibe und stellt ihn auf die holzverschalte Anrichte. Dann reaktiviert er den Timer und setzt sich wieder auf seinen Platz. Sein rechter Fuß beginnt automatisch zu wippen.

Nein, Evi, so geht es nicht weiter ...

Fairerweise muss er zugeben, sie hat ihn immer gewarnt: »Eine Topfguckerin bin ich nicht.«

Sie ernährt sich hauptsächlich von smarten Zwischenmahlzeiten – getrockneten Apfelringen und Reiscrackern. Auch eine Yogi-Brause namens »Personal Radical Shield«, ein Pulver, das sie angeblich vor Elektrosmog und »bösen Gedanken« beschützt, spielt eine nicht zu unterschätzende Rolle in ihrer Dauerdiät, die sie natürlich nicht als solche empfindet. Sie lebt gesund, er von Fertiggerichten. Gut, es sind auch schon Klettenwurzeln und frische Erbsenpastete auf seinem Teller gelandet, doch wenn es stimmt, dass Liebe durch den Magen geht, dann ist die ihre jetzt auf dem Prüfstand gelandet.

Evi, Evi ... Das Geheimnis einer glücklichen Ehe liegt irgendwo zwischen *Soulmating* und Plethora, wobei der Blutandrang, um den es geht, vor allem im Gehirn stattfinden sollte und die Paarung der Seelen nicht auf Assimilation hinauslaufen darf. So gesehen führen Claus und Evelyn tatsächlich eine vorbildliche Ehe.

Er hatte sie in den Semesterferien am Strand von Goa kennengelernt, am selben Tag, an dem er seine Mutter besuchte, die dort seit den achtziger Jahren in einer Strandhütte hauste. Altes Hippie-Chick, kaputte Zähne, Hepatitis. Trotz des Knotengartens in ihrer Brust rauchte »die Dörthe« noch immer täglich zwei bis drei Bongs. Sie war *fuckin' crazy*, kaum mehr ansprechbar, nannte sich »fünffach erwacht«, was immer das hieß. Dennoch hatte Evi gewisse Ähnlichkeiten mit ihr, selbst wenn sie Drogen nur mit Maß und Ziel konsumierte. Vielleicht waren es Dörthes lebensreformerischen Anwandlungen, die laxe Art, wie sie immer und überall mit defekten Geräten improvisierte, oder der unerschütterliche Glaube, alle Probleme, die der Alltag so bringt, würden sich auf natürliche Weise lösen. Selbst das kleine Recycling-Tattoo auf Evelyns rechter Schulter erinnerte Claus oft daran, dass seine Frau einmal eine *andere* war. Damals in Goa hatte sie jedenfalls noch keine Gesetzesbücher gewälzt, sondern magische Symbole in den nassen Sand gezeichnet, die ihm allerdings wie Gaunerzinken erschienen (quasi als Vorzeichen ihres beruflichen Elends). Nach einer Banghra-Party hatten sie sich spontan gegenseitig mit DayGlo-Farben bemalt und an einer abgelegenen Stelle mitten in der Brandung geliebt. Evelyns Brautkleid war die türkisblaue See, in der es erstaunlicherweise nichts Fischiges gab. Sie liebte ihn, Claus – nicht die möglichen Kinder. Auch nach der Hochzeit hatten sie beide nie mit dem Gedanken gespielt sich zu vermehren, dazu waren sie – ihrer Meinung nach – »einfach zu intelligent«. Ein klassisches Family-Life hätten sie als Eingriff in ihr Privatleben empfunden. Inzwischen blickten sie nicht in den Tümpel der ehelichen Enttäuschung hinein, sondern auf ganze sieben, weniger glückliche als geglückte Jahre zurück. Die fleischlichen Aspekte ihrer Beziehung waren ebenso schnell zugunsten eines quasi-spirituellen Erwachens verblasst. Ohne in schaler Kameradschaft zu leben, hatten sie das klebrige Gehäuse der Triebe gesprengt. Liebevolle Zwiegespräche und Verniedlichungen bestimmten seitdem ihre gemeinsamen Stunden, die Möglichkeiten des Lebens entsprachen dabei ihren Wünschen bis ins Detail. Feste Gewohnheiten hatten sich ihnen nicht übergestreift, und doch sorgten ihre fein aufeinander abgestimmten Wahrnehmungsfilter für die Kontinuität einer gemeinsamen Psychologie. Das Genießen – das lockere Bummeln und Auswählen erlesener Waren – machte ihnen immer mehr Freude, ein ihnen gemäßer Zustand dauerhaften Komforts. Nur deshalb hatten sie promoviert, sie wollten sich die Welt anpassen können, so passgenau, als wäre alles für sie gemacht. Das nötige Geld brachten sie heim und gaben es mit ebenso schöner Regelmäßigkeit aus. So glichen sie auf tragikomische Weise zwei Kindern, die sich verlaufen hatten, ohne je losgegangen zu sein, einerseits hoch begabt, doch von den geringsten Anforderungen des Alltags überfordert. Das sachlich-kühle Privatschloss in Grunewald erschien ihnen daher bestens geeignet, die Abgeschiedenheit, die sie beide so liebten, miteinander zu teilen. Nachrichten, vor allem solche aus den Nachtregionen des Elends, interessierten sie nicht. Ein von der Regierung »vergifteter Informations-Pool« – mehr konnten sie nicht darin sehen. Das von wohlmeinenden Faktenverdrehern verantwortete Total-Defizit in der Wahrnehmung des allgemeinen gesellschaftlichen Verfalls arbeitete mit der Präzision einer gut geölten Maschine. Noch ekliger empfanden sie nur das freche Medien-Geschmeiß, das in Talkshows so tat, als ob es mit auf der Regierungsbank säße. Als hätte sich dieses Pack je um etwas anderes geschert als um den eigenen Bauch. Weder Evelyn noch Claus brauchten diese Art von scheinkonkretem Beschub, schon gar nicht die Bespiegelungen einer offensichtlich doppelbödigen Welt, in denen die Wirtschaft sich zum Schicksal der Menschen aufspielte. Ihr schmuckes Wohnschiff im Grünen war ihnen Welt-Ersatz und Freiraum genug. Dessen Grenze zur Außenwelt war indes nicht mehr ganz so undurchlässig wie früher, vielleicht war das der Grund, warum Claus' rechter Fuß immerzu wippte. An der Potsdamer Klinik, wo er tagsüber mit einer Hohlnadel in »Fettschürzen und unschönen Ringen« herumstocherte, hatte es zwischenzeitlich schon mehrere Palast-Revolten gegeben. Von oben, versteht sich. Nach einem heftigen Tiefschlag ins Kontor hatte die Kommanditgesellschaft, der die Klinik gehörte, sofort versucht, die Hälfte aller Kollegen, vor allem »sekundäre Nasenchirurgen und Mittelgesichtslifter«, zu »liquidieren«. Auch Claus hätten sie damals am liebsten geschasst, stattdessen musste seine Urlaubsvertretung, eine positiv denkende und frisch approbierte Emanze, dran glauben.

Doch abgesehen von diesen Streifschüssen der Wirklichkeit, oszillierte das Leben der Müller-Dodts zwischen der uneingeschränkten Bejahung ihrer privilegierten Existenz und den üblichen, hausgemachten Problemchen.

»Um noch einmal auf diese unsägliche Anzeige zu sprechen zu kommen ...«

Sie sitzen inzwischen auf der Terrasse und genießen in der Realabstraktion eines romantischen Candlelight-Dinners das warme, spinnfädige Licht der untergehenden Sonne. Das Klirren des Bestecks auf den Tellern erscheint Evelyn für einen Moment wie das Duett zweier mechanischer Vögel, die *sie selbst* sind.

»Was wir brauchen, ist eine integre Person, kein *robustes Mädchen*. Was soll das überhaupt sein?«

»Ganz gleich, wie du sie nennst«, erwidert Claus. »Sie muss in der Lage sein, den Haushalt zu schmeißen.«

»Bei Bedarf.«

»Wir haben immer Bedarf.« Claus wischt sich mit dem Handrücken über den Mund. Trotz seiner vielen snobistischen Anwandlungen – wozu auch ein weißer, seidener Choker gehört – wirkt Claus nie weibisch. Lässig schenkt er Evelyn nach. Es ist »der gute Eiswein«, von dem er kürzlich im Piemont, im Rahmen einer Degustationsreise der Bezirksärztekammer, zehn Kisten zu einem Spottpreis ersteigert hat. Er lässt sich, wie gesagt, kein Schnäppchen entgehen – selbst wenn der Wein nicht sonderlich schmeckt.

»Sieh dir nur an, wie das Grundstück verwildert. Mariola hat die Hecke jeden Freitag getrimmt und die Auffahrt gefegt. Und sie hat uns bekocht. Zum Wochenmarkt ist sie gefahren, um frisches Gemüse zu holen.«

»Soll das ein Vorwurf sein?«

»Wenn du dir den Schuh anziehen willst.« Ein Lächeln lindert den sarkastischen Unterton in seiner Stimme. »Tut mir leid, wir wissen doch beide, du stehst mit dem Haushalt auf Kriegsfuß.«

»Frechheit!« Der Eiswein rinnt schwer und kalt durch Evelyns Kehle.

»Nein, Wahrheit«, sagt Claus. »Ich habe dich jedenfalls noch nie an der Waschmaschine gesehen.«

»Weil ich arbeite, Schatz.« Evelyn streift ihre Fledermausärmel zurück, entzündet eine Zigarette und beobachtet amüsiert die Zeichen der Irritation, die sich auf seinem Gesicht abzeichnen.

»Oh, nicht *die* Ausrede«, sagt er. Eine Ausrede ist ihre Äußerung eigentlich nicht, eher der Dauervorwurf einer anspruchsvollen Frau, die permanent unter Überforderung leidet.

»Weißt du überhaupt, was ein Waschprogramm ist?« Claus scheint sich zu einer abgeschmackten Laudatio auf die verschwundene Perle aufschwingen zu wollen. »Gute, alte Mariola ... Verdammt, was konnte die waschen! Selbst die ... na, du weißt schon ... Bremsspuren in meinen Calvin-Klein-Slips ...«

»Wie appetitlich.« Sie verbucht den Satz unter der Sorte Schamlosigkeit, wie sie sich in jede Ehe nach geraumer Zeit einschleicht. »Anyway«, erwidert Claus leicht von oben herab, »Mariola hat wahre Wunder vollbracht ... und das bei nur dreißig Grad. Und bügeln konnte sie – Gloria in excelsis Deo! Wenn ich nur an meine Bundfaltenhosen denke ...« Er sieht kurz auf, denn die Windlichter auf dem Verandageländer beginnen, unruhig zu flackern. »Sie hat sich auch um die Reptilien gekümmert. Selbst das Terrarium der Sandvipern hat sie von innen geputzt. Sie war auch ein Putz-Engel, diese Frau.« Das wehmütige Seufzen, das Evelyn zu hören bekommt, ist echt. »Was ist bloß passiert? Mal ehrlich, Evi, hattet ihr Streit?«

Evelyn ignoriert die Frage, aber er legt noch einmal nach.

»Wollte sie vielleicht mehr Geld? Ich habe mich eh gewundert, dass sie nie nach mehr Geld gefragt hat.«

»Wir haben sie verköstigt!«, explodiert Evelyn. »Und sie hatte die Anliegerwohnung für sich!«

»Das ersetzt kein ordentliches Gehalt. Vielleicht hättest du ihr mal was zustecken sollen, dann wäre sie nicht von heute auf morgen getürmt.«

Evelyn richtet sich auf. »Ich habe Mariola wie meine Tochter behandelt. Verwöhnt habe ich sie, dieses Aas!«

»Ach was.«

»Natürlich hab ich das! Sonst hätte ich ihr sicher nicht noch zweihundert Euro geliehen!« Sie hat den Satz fast geschrien, was nicht weiter tragisch ist, denn die nächste Villa liegt einen halben Kilometer entfernt. Das Ligustermonster schluckt ohnehin jedes Geräusch.

»Du hast ihr Geld geliehen?« Claus stößt einen Laut aus – es erinnert an ein zischendes Teekesselpfeifen. »So verdirbt man die kleinen Leute.«

Er steht auf und schichtet das gebrauchte Geschirr auf den bereitgestellten Servierwagen. Schon lange hat er sich nicht mehr so nützlich gemacht.

»Ich werde sie trotzdem vermissen«, fügt er schmunzelnd hin.

»Falls ich die nächste Zeit überlebe.«

»Das wirst du.« Während das Anwesen in dem hereinbrechenden Dunkel versinkt, raucht Evelyn ihre Zigarette zu Ende. »Diese staubsaugenden Blechbüchsen sind doch sicher für irgendwas gut. Kamen die nicht auf tausend Euro das Stück?«

»Sie bleiben eine Übergangslösung«, wiegelt Claus ab. »Solange die Dinger nicht waschen und kochen können, sind sie keine Alternative zur menschlichen *Wetware*.« Er grient, so wie er gewöhnlich nur grient, wenn er vom Absaugen von »Reithosen« oder »Schwimmgürteln« spricht. »Der Terminus Wetware geht auf unseren Chefarzt zurück. Früher pflegte Roger so operativ durchfeuchtete Frauen von verschwitztem Gammelfleisch zu unterscheiden ...«

»Es interessiert mich nicht wirklich«, würgt ihn Evelyn ab.

Gespräche mit Claus sind allzu oft wie eine Reise zu Schiff: Sie entfernen sich unmerklich vom sicheren Festland, und wenn es ihr reicht, wenn sich ihr der Magen umdreht, dann sind sie schon zu weit draußen auf offener See und an eine Umkehr ist nicht mehr zu denken.

II.

»Jetzt mach's nicht so spannend!« Eine gute Dreiviertelstunde ist vergangen, die Sicherheitslichter tauchen die Gitter der Einfahrt in ein unwirkliches Licht. Während Evelyn die Küche aufräumt, hat Claus die Reptilien im Keller versorgt. Wie immer wurde auch eine Runde mit Billy-Boy, dem Mississippi-Alligator, gespielt. Der hat inzwischen die Größe erreicht, die aus einem »Tierchen mit Biss« ein Sicherheitsrisiko macht, doch statt Billy in irgendeinem Zoo abzugeben, hat Claus vor kurzem eine Mauer aus Glasbausteinen um das Wasserbecken hochziehen lassen. Ein Gitter auf der Mauerkrone verhindert, dass der Alligator nachts auf Beutezug geht. Trotzdem schließt Claus die Kellertür immer hinter sich ab.

Die Pfeifmelodie aus *Kill Bill* auf den Lippen, lümmelt er sich auf der Chaiselonge. Die junge Boa auf seinem Arm erinnert von weitem an einen lebenden Schal. Vielleicht hat sie ihn auf der Kellertreppe zärtlich gewürgt oder er hat heimlich getrunken, seine Wangen scheinen jedenfalls verhalten zu glühen.

»Evi, hörst du mir eigentlich zu? Wie viele Bewerber sind übrig geblieben?«

Sie liegt unter dem großen Plasmabildschirm, das Weinglas lose zwischen den Fingern, die Augen auf die tonlosen, aber gestochen scharfen Bilder geheftet.

»Zwei«, antwortet sie mit ein paar Sekunden Verspätung.

Es klingt einsilbig, und Claus zieht das argwöhnische Gesicht, das er immer zieht, wenn sie ihn aus irgendeinem unerfindlichen Grund hinhält. »Nur zwei? Was ist mit dem Rest?«

»Lass es mich so sagen, Schatz …« Sie zieht die Beine an, rollt ihren Hintern vom Polster und trippelt dann zur Garderobe im Flur, wo sie normalerweise ihre Taschen abwirft. »Deine sinnbildliche Anzeige hatte ganz offensichtlich etwas Zweideutiges.«

»Inwiefern?«, ruft Claus. Den Geräuschen nach wühlt sie in den Schnellheftern, die sie jeden Abend anschleppt.

»Hör dir das an«, verkündet sie, eine Kladde mit sauber abgehefteten Briefen vor sich her tragend. »Erziehungsbedürftiger Haussklave würde mit Freude die ausgelobte Stellung antreten. Bin jederzeit abkömmlich und als Fußabtreter und WC zu gebrauchen.« Sie hält kurz inne. »Beruflich war dieser Bewerber übrigens Anlageberater der Hypo-Real.«

»Ein kleiner Lehman-Brother?« Claus verzieht das Gesicht. »Ich hoffe, du hast ihn zum Teufel gejagt.«

»Ich habe alle *Pfuinanz*-Kretins aussortiert und alle Asylanten aus irgendwelchen Krisengebieten und alle Langzeitarbeitslosen. Und auch alleinerziehende Mütter aus sozial schwachen Randgebieten der Stadt. Was übrig blieb, war …«

»Ja, ja, schon gut.« Claus streift die kalten Ringe der Boa von seinem Arm, öffnet wie geistesabwesend die Schublade des Beistelltischs und schiebt die sich versteifende Schlange hinein. »Lass mal sehen.« Er schnappt sich die Briefe und beginnt in Windeseile zu blättern: »Devoter Reisender entbietet untertänigste Grüße … Schwanzzofe, 43, schon etwas kahl, hofft auf strenge Herrin … Ha, wie krank ist denn das?« Er blättert weiter. Dabei murmelt er gelegentlich vor sich hin. »Ah, endlich mal eine Frau: Versierte Nacktputzerin, Ex-Swissair-Saftschubse, sauber, ästhetisch rasiert, nimmt jede perverse Herausforderung an … Oh, mein Gott.« Sichtlich geknickt legt er die Briefsammlung zurück auf den Tisch. »Die haben die Anzeige wörtlich genommen!«

»Nur die devoten Naturen.«

»Mein armer Liebling, hätte ich das gewusst.« Er versucht sie erneut in seine Arme zu ziehen.

»Schon gut.« Evelyn macht sich los. Auch das Schlagen und Verarzten von kleinen, seelischen Wunden funktioniert in ihrer

Ehe noch immer perfekt. »In Zukunft gebrauch einfach mal deinen Grips.«

Claus legt den Stapel Bewerbungen zurück auf den Tisch.

»Tja, ein Hohlnadelstecher im zweiten Glied einer mittelprächtigen Fleischerei ist nun mal kein Einstein. Vielleicht hatte er auch nur vergessen, wie humorfrei seine Mitmenschen sind.« Sein Blick bleibt an zwei losen, durch Klarsichtfolien schimmernden Schriftstücken hängen. »Und die zwei Auserwählten sind ...«

»... eine russische Studentin und ein promovierter Altphilologe.«

»Reizende Kombination. Und du bist sicher?«

»Nein, bin ich nicht, aber die beiden machten am Telefon einen – wie soll ich sagen – normalen Eindruck.« Selten hat Evelyns Stimme so emotionslos geklungen. »Immerhin interessierten sie sich mehr für Küchengeräte und weniger für Peitschen und Ketten.«

Claus schluckt. »Auch für Reptilien?«

»Um ehrlich zu sein ...« Evelyn lässt ihn ein bisschen zappeln. »Ich habe nur gesagt, dass du unter einer Stauballergie leidest. Und dass du dich, als Schönheitschirurg, voll und ganz der Ästhetik verschrieben hast.«

»Klingt nach Grabinschrift«, sagt Claus.

»Vielleicht hätte Schlangentick und Hypochondrie mehr der Wahrheit entsprochen.«

»Ach, wen interessiert schon die bittere Wahrheit ...«

Claus' Gesicht will sich gerade in eine heroische Maske verwandeln, als das Fauchen eines Alligators ertönt.

»Was um Himmels willen war das?«

»Der neue Türklingelton!« Claus weist mit einem Blick auf die Deckenlautsprecher. »Die Lautstärke muss ich noch anpassen.« Erst gestern hat er den Digi-Funny-Animal-Sound in die vandalensichere Klingel am Heckentor der Einfahrt geladen. Evelyns Protest übergeht er mit einem schelmischen Lachen. »Wer kann das sein?«

23

»Die Studentin natürlich.« Evelyn löst sich abrupt aus seiner Umarmung.

»Welche Studentin?« Claus sieht Evelyn mit echter Ratlosigkeit an. Es muss daran liegen, dass er seit Tagen schlecht schläft und infolgedessen eine Menge lose in der Hirnrinde umherdriftender und falsch gefalteter Beta-Amyloidpeptide seine Auffassungsgabe blockieren, aber was er jetzt spürt, grenzt an Amnesie. »O nein!« Der Groschen ist endlich gefallen: »Heißt das, du hast sie für heute Abend herbestellt?«

»Alle beide. Dann kannst du ihnen selbst erklären, was in unserem Keller haust und einmal die Woche zwei Hühnchen und ein halbes Ferkel verdrückt«, fügt sie spöttisch hinzu.

»Lass bitte den guten Billy-Boy aus dem Spiel«, protestiert Claus. »Einigen wir uns einfach darauf: Der Kandidat, der uns nicht gefällt, wird verfüttert.«

Die Studentin ist ungemein pünktlich. Durch einen Spalt der herabgelassenen Jalousien beobachtet Claus, wie die kleine, drahtige Figur schnurstracks auf das Haus zumarschiert.

Teenage Hardbody, schießt es ihm durch den Kopf. Das Manko an Kalorien in der Pubertät tut den kleinen Osteuropäerinnen immer noch gut.

Aus der Nähe betrachtet ist sie nicht ganz so drahtig, eher wohlproportioniert. Im ersten Moment hat Claus die riesige Schultertasche für einen Buckel gehalten; jetzt freut es ihn, ein klares Prada-Mode-Verbrechen zu sehen. Das kurze Sommerkleid verbirgt nicht allzu viel, selbst ihre Brustwarzen zeichnen sich ab. Merkwürdig, wie weiß sie ist, denkt Claus, eine Bleiche ist das, wie sie sich bei den meisten weißen Frauen nur noch an den Tan-Linien des Intimbereichs findet. Eine Kandidatin für Anal-Bleaching ist sie schon mal nicht, denkt er bei sich, eher der feuchte Traum eines Nasenchirurgen. Schwer zu sagen, wo man bei so einer Gesichtsklippe den Meißel zuerst ansetzen würde. Am Höcker vielleicht? Das Teil wirkt vielleicht noch größer, da es sich in Gesellschaft von zwei abrasierten und durch Striche ersetzten Brauen befindet, die den Rundaugen des Mädchens einen dauerschreckhaft geweiteten Ausdruck verleiht.

Horror-Püppchen, denkt Claus. Selbst die sittsam zu Schnecken gerollten, strohblonden Zöpfe passen ins Bild.

»Rrrromaschkina. Der Name ist Romaschkina. Svetlana Waligura Alina.« Bevor Evelyn auch nur Hallo sagen kann, hat sie sich der Dame des Hauses mit einem deutlichen Knicks vorgestellt. Und mit einem demonstrativ unterwürfigen Blick an Claus: »Sagen Sie einfach Lana zu mir.«

»Müller-Dodt. Doktor Claus Müller-Dodt.« Er ergreift ihre kühle Hand und schüttelt sie sanft. »Eigentlich Claus Gordian, aber meine Freunde nennen mich Claus.«

Sie nickt. »Ich werde Sie ›Herr‹ nennen.«

»Das ist aber ... nett.«

Evelyn räuspert sich. »Möchten Sie etwas trinken, Lana?«

»Cola, bitte.« Ohne dass es einer Aufforderung bedurft hätte, entledigt sie sich ihrer Sandalen, genauer gesagt, sie steigt von ihren Podesten aus Kork. Dann, als ob sie sich bereits wie zu Hause fühle, steuert sie schnurstracks auf die Sitzgruppe im Wohnzimmer zu. Sie nimmt nicht Platz, sondern beugt sich neugierig über einen der runden Robo-Staubsauger.

»Das Ding beißt hoffentlich nicht?«

»Aber nein.« Claus schiebt die Maschine mit dem Fuß behutsam zur Seite. Den Elfmeter spart er sich für ein andermal auf. »Nur drauftreten sollte man nicht.«

»Mein Mann spricht aus Erfahrung«, ruft Evelyn aus der Küche. »Cola sagten Sie? So etwas haben wir leider gar nicht im Haus. Überhaupt keine Softdrinks. Wie wär's mit einem Bergkräutertee? Der ist gesünder und gut für die schlanke Linie.«

»Hab schon Untergewicht. Aber gut.«

Claus macht eine verhaltene Handbewegung, die man durchaus als Aufforderung verstehen kann, sich zu setzen oder abzulegen – diese große, stellenweise schon blankgewetzte Umhängetasche zum Beispiel. Oder noch besser diesen überflüssigen, mit

Gänseblümchen gemusterten Fummel, der sich jetzt, als sie ihm gegenübersteht, trampolinstraff von einem Schenkel zum anderen spannt.

»Ballettbeine«, sagt sie, als hätte sie seinen Blick längst bemerkt. »Kiew, Ballettakademie.«

»Sieht man«, lobt Claus. Tja, Alter mal Fettverteilung gleich Kurven, denkt er. Jeder Schönheitschirurg kennt die amtlichen Zahlen: Männer aus achtzehn Kulturen bevorzugen Frauen, deren Taille um dreißig Prozent schlanker ist als ihre Hüfte. Männer aus achtzehn Kulturen bevorzugen auch handliche, symmetrische Brüste. Und Männer aus achtzehn Kulturen bevorzugen leicht überproportionale Gesäße. In dieser Hinsicht übertrifft die Bewerberin alle Wünsche.

»Kommen Sie, ich zeige Ihnen das Haus«, sagt er. Doch just in diesem Moment kommt Evelyn mit dem Tee. Und Lana setzt sich, ganz vorsichtig, als berühre ihr Hintern gar nicht den Sessel.

»Tja, wo soll ich anfangen, Lana ...« Evelyn beginnt in den weiten Taschen des Kaftans nach ihrer Brille zu suchen. »Sie haben uns eine sehr, sehr – wie soll ich sagen ...«

»... nette ...«, souffliert Claus.

»... und aufschlussreiche Bewerbung geschrieben.«

Die Studentin verzieht das Gesicht, als habe sie sich ihre Saugnapflippen verbrannt.

»Ich würde sogar sagen, Sie können zwischen den Zeilen lesen.«

»Lesen«, echot das Mädchen. »Lesen, ja, kann ich.«

»Zweifellos.« Evelyn setzt sich neben Claus. »Sonst hätten Sie sich sicher nicht auf so eine unmögliche Anzeige gemeldet.«

Lana zeigt keinerlei Regung. »Wieso? War doch deutlich«, sagt sie nur.

»Also, nein.« Evelyn hat sich endlich überwunden, *Brille zu zeigen*. Es ist ein zinnoberrotes Gestell, das ihr ein schwuler Optiker und Duz-Freund von Udo Waltz angedreht hat. »Jemand mit weniger Sinn für ... für Humor ... hätte wahrscheinlich sonst was gedacht.«

»Was gedacht?« Nichts in Lanas maskenhaftem Gesicht lässt darauf schließen, dass sie versucht, Evelyn aus der Reserve zu locken.

»Na ja.« Claus verschränkt seine Hände im Nacken. Er sieht sie dabei an, als könne er kein Wässerchen trüben. »Dass meine Frau und ich – auf SM-Spielchen stehen.«

»Wäre nicht schlimm.«

Claus schafft es, langsam und anerkennend zu nicken. »Sie sind unkonventionell eingestellt, das gefällt mir.« Vielleicht hat er mit diesem Satz vorgehabt, der jungen Frau eine Brücke zu bauen, doch sie wird nur noch stiller. »Ich meine, ich weiß, was sich die Leute über diese Gegend erzählen – eine bürgerliche Hochburg und so, aber das bedeutet nicht, dass wir schon die Pension eingereicht haben. Wir wollen einfach nur unsere Ruhe, verstehen Sie? Wir sind noch in jeder Hinsicht aktiv.« Er steht auf, lacht hohl und stellt sich dann ans Fenster, als ob er frische Luft schnappen wolle. »Sehen Sie diese verwunschene Hecke da draußen?«

»Ligustrum vulgare, winterhart.« Lana verrenkt sich fast den Hals, um an Claus vorbeisehen zu können. »Sehr privat hier.«

»Ja, das kann man sagen«, bestätigt Claus. »Ehrlich gesagt, uns kann es nicht privat genug sein. Was sich auf der anderen Seite der Hecke befindet, braucht uns nicht zu tangieren. Selbst wenn ich auf die Idee kommen sollte, bei offenem Fenster *Guitar Hero* zu spielen, bekäme der Nachbar nichts mit.«

»Heavy Metal«, sagt Lana. »Richtig?«

Claus dreht den Kopf. »Woher wissen Sie das?«

»Weil Sie Koteletten tragen.«

Als Anwältin hat Evelyn gute Ohren für die Zwischen- und Untertöne einer Konversation. Diese Vertraulichkeit geht ihr etwas zu weit.

»Was hat Sie dazu gebracht, sich auf unsere Anzeige zu melden?«, fragt sie schnell.

Lana zuckt die Achseln. »Ich bin Sklavin.«

»Slawin? Ach ja, natürlich.« Evelyn ist sich sicher, sie hat sich eben verhört. »In Ihrem Brief stand, Sie sind in der Ukraine geboren.«

»In Kiew.«

»Aber Sie wohnen hier schon längere Zeit?« Claus plumpst in die Mitte der Couchgarnitur. »In Deutschland, meine ich ...«

»Zehn Jahre.«

»Wo waren Sie vorher beschäftigt?«

»Hier und da.« Lanas Stimme bekommt einen stumpfen, geradezu leblosen Klang. »Angefangen hab ich in einem Hotel an der deutsch-polnischen Grenze. Ich hab die Betten gemacht und mich um die Wellness der Gäste gekümmert.«

»Wie interessant.« Vielleicht hat die Studentin auf einen Gesundheitsreflex spekuliert, doch etwas Frostiges tritt in Evelyns Augen. »Wellness« zählt, neben »Detoxing« und »Anti-Aging«, zu ihren erklärten Reizwörtern. Sie fühlt sich an Kotzpuppen wie Kate Moss und Victoria Beckham erinnert, die ihre Magersucht und Borniertheit als übermenschliche »*Luxese*« abfeiern.

»Was genau verstehen Sie unter Wellness?«

»Maniküre, Thalasso, Shiatsu, Reiki ... was Sie wollen, Madame. Meine Spezialität ist Lomi Lomi Nui, eine hawaiianische Ganzkörpermassage.«

Sie beginnt in ihrer Umhängetasche zu wühlen und legt einen bunten, mehrfach gefalteten Prospekt auf den Tisch. Das Wort »Verwöhnhotel« – in heftig ornamentaler Schrift – sticht Evelyn auf Anhieb ins Auge: gestellte Bilder von Hochzeitern, die einmal eine Torte anschneiden, ein andermal in ein schwül beleuchtetes, osmanisches Dampfbad abtauchen.

»Wäre das nicht was für uns?«

Evelyns Blick bringt Claus augenblicklich zum Schweigen. »Schön, Lana, warum sollten wir uns für Sie entscheiden? Wir sind kein Hotel.«

»Weil mein zweiter Vorname Sauberkeit ist.« Der Satz hat etwas Monumentales, und sie lässt ihn so für einen Augenblick stehen. »Wenn ich koche, trage ich Mundschutz und Haarnetz.

Straßenschuhe bleiben draußen, ich gehe auf Strümpfen – oder barfuß. Staub ist sehr schlecht.«

»Da sprechen Sie mir aus der Seele«, hüstelt Claus.

»Wer war Ihr letzter Arbeitgeber?« Evelyn bläst sich eine Locke aus dem Gesicht. »Sie schrieben etwas von einer saudischen Hoheit.«

»Nette Familie«, erwidert Lana. »Fünf Kinder, großes Haus. Vierundzwanzig Zimmer. Der Mann war nie da. Immer unterwegs. Ich habe gekocht, gewaschen, saubergemacht. Und für Madame gab es Wellness.«

Claus – dem Evelyns Neigung zu privaten Kreuzverhören missfällt – hebt die Hand, als wäre die Sache damit geklärt. »Na, wer sagt's denn: Lana ist ein Mädchen für alles – eine klassische Aufwartefrau. Und sie ist sich bewusst, dass Staub etwas sehr, sehr Schädliches ist.« Er hält kurz inne, als habe etwas Wichtiges den Strom seiner Gedanken durchkreuzt. »Sagen Sie, Lana, mögen Sie ... Reptilien?«

»Sehr.«

»Auch Schlangen?«

Sie wirkt zögerlich. »Sie meinen, große Schlangen?«

»Würgeschlangen«, erläutert Claus mit einem lammfrommen Gesicht. Sein Blick wandert zu dem Beistelltisch mit den drei Schubladen. Eine bläuliche, gespaltene Zunge zuckt dort just in diesem Moment aus einem Spalt. »Einige von ihnen sind wahre Schönheiten.«

Vielleicht hat Evelyn befürchtet, er könnte die Schublade aufziehen, denn das, was sie jetzt sagt, kommt wie eine kalte Dusche.

»Lana, nicht dass ich misstrauisch wäre, aber Sie haben doch eine Aufenthaltserlaubnis?«

»Wieso?«

»Also haben Sie eine?«

»Nicht wirklich.« Lana ist die Frage sichtlich unangenehm. »Behörden machen immer nur Ärger. Oder tun so, als wüssten sie nicht ...«

»Als wüssten sie nicht ...?«, hakt Evelyn nach.

Statt gleich zu antworten, winkt Lana nur ab – schlapp, gleichgültig, leicht affektiert. »Es ist hier inzwischen nicht anders als in Kiew. Alle lügen rund um Uhr. Und alle spielen ein doppeltes Spiel. Niemand gibt etwas schriftlich. Vertrauen gegen Vertrauen.«

Evelyn atmet hörbar aus. »Was Sie da eben gesagt haben, klingt nicht besonders vertrauenserweckend.«

»Einspruch, Euer Ehren!« Claus' Hände umklammern den Knöchel des Beines, das er über das andere geschlagen hat, damit sein Fuß endlich aufhört zu wippen. »Lana, ich schulde Ihnen eine Erklärung: Meine Frau ist Juristin, sie hat andauernd unter den krummen Touren ihrer Mitmenschen zu leiden.«

»Das tut mir leid«, sagt Lana.

»Hast du das gehört, Evi? Es tut ihr leid.« Claus genießt es offensichtlich, den Primus inter Pares zu spielen. »Sie sind uns sympathisch, Lana, und das allein zählt. So, und jetzt wird es Zeit für einen kleinen Rundgang durchs Haus.«

Er ignoriert eine schwache Protestgebärde seiner Frau, und Lana ist eh wie der Blitz auf den Beinen.

»Aber nur ein Schnelldurchlauf«, ruft Evelyn aus. Sie muss einfach lauschen, es geht gar nicht anders: Nach jeder sich öffnenden Tür folgt ein kleiner orgasmischer Laut der Studentin ...
»Und hier ist das Bad.« ... »*Ahhh, so groß!*« ... »Mein Arbeitszimmer.« ... »*Umpf! Umpf! Umpf*« ... »Und das Schlafzimmer.« ... »Hatte ich Ihnen schon gesagt, Sie können die Anliegerwohnung haben?« ... »*Mhmmmahhh*« ...

Nach einem Blick in die Küche, wo Lana über die »sinnlich modulierten Spannbacken« der Küchenwerkbank, vor allem aber über die »perfekt integrierten Funktionsfugen« laut und rückhaltlos abgestöhnt hat, kehren beide mit leuchtenden Augen zurück.

»Und – alles zu Ihrer Zufriedenheit?«, fragt Evelyn mit eisigem Lächeln. »Keine Beanstandungen?«

»Nein, alles perfekt. Ich bin schon jetzt ein bisschen in Ihre Küche verliebt.«

»Wenn es weiter nichts ist.« Evelyn wirft einen beiläufigen Blick auf die Uhr. »Ach, wie die Zeit verfliegt, es ist schon fast zehn! Lana, ich fürchte, Sie müssen nun gehen, denn wir erwarten noch einen Bewerber.«

Lana macht einen ziemlich kokett wirkenden Knicks. »Ich bin sicher, Sie werden sich richtig entscheiden. Auf Wiedersehen, Madame.«

Es ist der merkwürdige Unterton in Lanas Stimme, der Evelyns Argwohn geweckt hat. Das Mädchen ist kaum aus der Tür, da macht sie sich Luft.

»Wir werden keine Illegale einstellen. Das ist ja wohl klar.«

»Selbst wenn sie die Richtige ist?« Claus steht gedankenverloren auf seinem Beobachtungsposten am Fenster. »Weißt du, wie sie deine Küche genannt hat?«

»Will ich das wissen?«

»Eine kubistische Analyse des menschlichen Stoffwechsels! Sie ist Puristin, genau wie du.«

»Gib dir keine Mühe, ich nehme sie nicht.«

»Aber sie ist genau, was wir brauchen – ein sauberes, sportliches Mädchen mit erstklassigen Referenzen. Und dass sie ehrlich ist, hat sie uns durch die Angaben zu ihrer Situation hinlänglich bewiesen. Wenn du mich fragst, so eine finden wir niemals wieder. Schön, sie hat schlechte Erfahrungen mit den deutschen Behörden gemacht, deshalb arbeitet sie schwarz. Na und?«

»Blödmann.« Evelyn sucht in ihrer Handtasche nach Zigaretten. Es wäre die zweite an diesem Abend und damit eine zu viel.

»Dich interessiert doch nur, dass sie Kriechtiere mag.«

»Es ist ein Pluspunkt, das gebe ich zu.«

»Sie ist illegal, Claus! Illegal!«

»Und wenn schon?« Er schlendert zum Beistelltisch und zieht die Schublade auf. »Damit haben wir sie in der Hand. Wenn sie nicht spurt ...«

»Sag mal, spinnst du?« Evelyn hätte ihm am liebsten eine gescheuert, aber die junge Boa, die sich bereits um seinen Unterarm windet, hält sie zurück. Vielleicht hat es auch einen anderen Grund.

»Hab ich mich da verhört, oder hat sie vorhin ›Sklavin‹ gesagt?«

»Äh, wie bitte?«

»*Ich – bin – Sklavin.* Das hat sie deutlich gesagt.«

»Stimmt.« Claus schlendert mit der Boa Constrictor Richtung Keller. »Ja, das hat sie tatsächlich gesagt.«

»Und – hast du dafür eine Erklärung?«

Die Boa schnellt in diesem Moment aus kraftvollen Windungen vorwärts und schnappt nach Claus. Es sieht nach Revanche für das vorübergehende Einkerkern aus, aber der Schlangenfreund zieht den Kopf rechtzeitig zurück. »Wahrscheinlich wollte sie auf den Text unserer Anzeige Bezug nehmen«, erwidert er, »auf moderne und adäquate Weise.« Er bemerkt Evelyns Blick, aus dem die schiere Fassungslosigkeit spricht. »Nun komm schon, Evi, warum musst du immer alles verkomplizieren?«

»In jeder Familie muss einer nachdenken, Liebling. Wie es aussieht, bleibt es immer an mir hängen.«

Claus verschwindet wortlos im Keller. Als er wieder auftaucht, lässt er sich neben sie auf den Zweisitzer fallen.

»Nun, lass uns mal vernünftig sein, Evi.« Er tastet nach ihrer Hand. »Du dienst zwar einem blinden Huhn namens Justitia, aber du hast auch zwei Augen im Kopf, oder? Wir leben in einer semi-sozialistischen Post-Demokratie, und es herrscht Ausverkauf, von allem – und ganz besonders von Menschen. Ich verstehe Deutschland schon lange nicht mehr als Staat, sondern als europäisches Unternehmen mit integrierter Freihandelszone ... Wen interessiert da die Nationalität einer Putze?«

»Dich vielleicht nicht, aber es gibt da Gesetze ...«

»Und wir haben das Geld, die zu umspielen. Komm schon, Evi, warum sollten wir auf den Luxus verzichten?«

»Claus, es geht einfach nicht.«

»Natürlich geht es. Es ist wie mit dem ersten Steuerbetrug. Du musst nur wollen.«

Evelyn entzieht ihm abrupt ihre Hand. »Aber ich kann doch nicht so tun, als wüsste ich nicht ...«

»Schatz, diese britische Staatsanwältin, Baroness Patricia Scotland, konnte es auch.« Der Fall ist Claus noch lebhaft in Erinnerung. »Die Lady behauptete einfach, sie hätte die Papiere ihrer illegalen Haushälterin eingesehen, dann jedoch die Kopien verloren. Genau das werden wir auch sagen, sollte sich irgend so ein Amt melden.«

Das Fauchen des Digi-Funny-Animal-Sounds kommt wie gerufen.

»Das ist sicher Herr Bartos.«

»Der Altphilologe?« Claus eilt zum Fenster. »Muss ich den wirklich noch sehen?« Obwohl es schon dunkel ist, leuchtet die mit hellem Kies bestreute Auffahrt wie eine irdische Variante der Milchstraße.

»Ansehen kostet nichts, oder?« Evelyns Stimme hat wieder an Festigkeit gewonnen. »Am Telefon klang er übrigens sehr vornehm, wie ein Butler.«

»Verstehe«, seufzt Claus. »Dir fehlt ein Mann, den du rumkommandieren kannst. Dann mal los.«

III.

*Fast alle Menschen sind Sklaven
aus demselben Grund, den die
Spartaner für die Sklaverei der
Perser angaben: Dass sie nicht
Nein sagen konnten.*

– CHAMFORT

»Mein Name ist Bartos«, sagt der Mann mit dem Gesicht eines Löschblatts. »Im fortgeschrittenen Alter legt man seinen Vornamen ab. Sogar meine Freundin nennt mich so. Einfach nur Bartos ...«

Claus betrachtet den mausgrau gekleideten, sehr förmlich wirkenden Fremden mit einer Mischung aus Reserviertheit und Antipathie. Er hat noch immer Lanas stromlinienförmigen Körper vor Augen, *seine* ganz persönliche Lana, die er in Gedanken schon eingestellt hat. Dieser betuliche Altphilologe und sein Flachgesicht berühren ihn auf eine unangenehme Art. Hängeschultern, grauer Knebelbart, fast kahl, kein reizvoller, geschweige denn ästhetischer Anblick. Er scheint auf jene spezielle vertrocknete Weise alterslos, die man eher an Nonnen und Hausmeistern vermutet.

»Herr Bartos«, eröffnet Claus das Gespräch, »ich bin etwas überrascht, Sie zu sehen ...« Er lässt den Satz in der Schwebe.

»Wieso?« Beidhändig greift Bartos nach der Tasse, die Evelyn ihm eingeschenkt hat. »Zu gütig, gnädige Frau.«

»Frau Müller-Dodt ist mehr als genug.« Evelyn nimmt diesmal nicht auf dem Zweisitzer Platz, sondern am anderen Ende der Couchgarnitur. Sie braucht Abstand zu diesem Menschen;

ein saurer Geruch geht von ihm aus, als habe er seine Kleider schon lange nicht mehr gewechselt. Und noch zwei Dinge fallen ihr auf: die abgekauten Fingernägel und ein steifer Hemdkragen, der in sein Unterkinn schneidet.

»Sie sagten eben, Sie seien überrascht, mich zu sehen?« Bartos schnuppert auffällig an seinem Tee, als wäre er einer Duftnote auf der Spur.

»Ich bin überrascht, dass sich ein *Mann* auf unsere Anzeige meldet. Sie erinnern sich? Wir hatten eine Sklavin gesucht.«

»Oh ... und ich armer Tropf dachte, Sie hätten das – sinnbildlich gemeint.«

Ist es ein Zauberspruch? – Claus' Gesicht hellt sich jedenfalls schlagartig auf. »Hast du das gehört, Evi?«

Evelyn zwingt sich zu einem höflichen Lächeln und faltet die Hände im Schoß. Schließlich wirft sie noch einmal einen Blick in die dreiseitige Vita des Bewerbers. Beeindruckend. Wenn er auch nur die Hälfte der aufgeführten Essays und Bücher publiziert hat, dann ist er, zumindest, was hellenische und römische Literatur anbelangt, eine Autorität. Noch in den frühen neunziger Jahren hat er in Marburg und Tübingen Vorlesungen gehalten. Dass er hier sitzt, scheint wie eine Farce, ein trauriger Abgesang auf eine brillante Karriere.

»Wissen Sie, Herr Bartos, wir suchen eigentlich eine Person, die fest entschlossen ist, sich voll und ganz unserem Haushalt zu widmen. Ich meine, falls Sie nur eine Nebentätigkeit suchen ...«

»Gewiss nicht.« Bartos' unruhige, die Umgebung gleichsam abtastenden Augen wandern hinaus in den nächtlichen Garten. Das Gespenstergrau des Rasens verliert sich im schwarzen Buschwerk der Hecke, deren Krone vom schwachen Licht einer einzelnen, außerhalb des Grundstücks stehenden Straßenlaterne angestrahlt wird. »Ein stattliches Anwesen.« Er zeigt mit der halb erhobenen Tasse zum Fenster.

»Man kommt mit dem Rasenmähen kaum nach«, wehrt Claus vorsorglich ab.

»Aha.« Der Bewerber macht ein Gesicht, als wäre ihm gerade ein Einfall gekommen. »Haben Sie schon einmal daran gedacht, ein Schwimmbad zu bauen?«

»Sie meinen, da draußen?« Claus lacht kurz auf, so kurz, dass Evelyn glaubt, er habe gehickst.

»Es gehört dazu, gnädiger Herr. Zu einer Elsaesser-Villa.«

»Einer was?«

»Oh ...« Bartos räuspert sich, nicht aus Verlegenheit, sondern eher in der Art eines Redners. »Der Architekt Ihrer Villa war Martin Elsaesser, das steht ganz außer Zweifel. Als Leiter des Frankfurter Hochbauamts war es ihm leider nie vergönnt, aus Gropius' Schatten zu treten, doch immerhin hat er auch für Reemtsma in Hamburg gebaut. *Sinceriter citra pompam.* Redlich und ohne Prunk. Auch dort gibt es einen *reflecting pool*, der das Anwesen von dem öffentlichen Park trennt, wobei ...«

»Herr Bartos ...«, unterbricht Claus den Vortrag. »Lassen Sie uns zur Sache kommen. Meine Frau sagte, Sie hätten studiert ...«

»So ist es. Altphilologie und Philosophie, ganze sechzehn Semester.«

»Und davon kann man leben?«

»Offenbar nicht, wie Sie sehen!« Entweder liebt er es, Salz in die eigenen Wunden zu streuen, oder er ahnt bereits, dass Claus zu den Leuten gehört, die es unwiderstehlich finden, auf Kosten anderer Menschen zu lachen. »Die meisten in meinem Alter sind Opfer der neuen, diskret wirkenden Biopolitik. Wir haben Viertel in dieser Stadt, die Elefantenfriedhöfen gleichen.«

»Herr Bartos ...« Claus sucht erneut nach einem Ansatz, »mal Hand aufs Herz: Sie glauben doch selbst nicht, dass Sie in der Lage sind, so einen Haushalt zu schmeißen. Wir reden von dreihundertfünfundsechzig Quadratmetern.«

»Wenn das alles ist.« Bartos schlägt die Beine übereinander. »Das Haus meines früheren Herrn war um einiges größer.« Er schenkt der Wohnhalle einen prüfenden Blick. »Ich mag Ahornzierleisten mit versiegelten Nuten.«

»Hinzu kommt Waschen und Kochen«, fährt Claus ungerührt fort. »Das ist nichts für Sie.«

»Nun, ich hatte gehofft, Lana könnte diesen Teil übernehmen.«

Evelyn, die immer noch die Liste der akademischen Meriten des Bewerbers studiert, hebt langsam den Kopf. »Wie bitte?«

Auch Claus wirkt perplex. »Sie kennen Lana?«

»Aber ja.« Bartos genießt die Verblüffung, die er im Gesicht seines Gegenübers ablesen kann. »Wir sind sehr gut befreundet. Man könnte fast sagen, liiert.« Er lacht wieder – ein spröde klingendes Lachen von fragwürdigem Humor. »Im alten Rom hätte man wohl von einem *contubernium*, also wilden Ehe gesprochen.«

Während Claus aus Verlegenheit nickt, beginnt das Blut in Evelyns Schläfen zu pochen. Der hauchdünne Stoff des Kaftans klebt ihr plötzlich am Körper.

»Und wieso haben Sie sich dann nicht gemeinsam beworben?«

Bartos' Augenbrauen heben sich für eine Zehntelsekunde. »Es erhöht die Chancen, genommen zu werden. Mal fällt die Wahl auf mich, mal auf sie. Tatsache aber ist, dass wir uns als *Package* anbieten, weil wir uns prächtig ergänzen.«

»Verstehe.« Claus' ewig wippender Fuß rastet ein. »Sie bieten sich quasi im Doppelpack an?«

»Genau. Während Lana den Haushalt erledigt, kümmere ich mich um die logistischen und administrativen Aufgaben.«

»Die da wären?«, fragt Evelyn.

»Nun, da ich annehme, dass Sie beide berufstätig sind, würde ich anbieten, dass ich Sie und den gnädigen Herrn morgens zur Arbeit fahre. Danach kümmere ich mich um die Verwaltung des Hauses, eventuell anfallende Reparaturen und Optimierungen des Komforts. Ich werde als Ihr Heimpflegeberater und Privatsekretär fungieren, Sie an Zahnarzttermine erinnern, Opernkarten bestellen oder Verabredungen arrangieren. Selbst die Steuererklärung könnte ich Ihnen abnehmen, es ist ja bald wieder so weit.«

»Ich bin begeistert.« Es ist nicht nur sein gespanntes Verhältnis zum Fiskus, das Claus wiederbelebt. »Nur, was kostet uns dieser Spaß?«

Bartos' Blick schweift hinaus in die Nacht. Die Ligusterhecke ist jetzt nur noch die Ahnung einer dichten, undurchdringlichen Mauer.

»Alles, was wir wollen, ist ein Dach über dem Kopf, freie Kost – und ein Taschengeld. Sie haben doch für das Personal entsprechende Wohngelegenheiten?«

Claus nickt erfreut. »In der Tat. Wir haben eine geräumige Anliegerwohnung. Mit Gartenblick, wie Sie sehen.«

»Wunderbar«, sagt Bartos. »Dann sind wir uns also einig?«

»Warten Sie ...« Evelyns Kopf hat sich bereits mit mittelschweren Gewitterwolken gefüllt. »Also, wenn wir Sie nehmen, zieht auch Lana hier ein?«

»Das würde ich dringend empfehlen.« Bartos fühlt sich offenbar von Claus' unmerklichem Nicken bestätigt. »Sie ist eine ausgezeichnete Köchin. Und dann der Mehrwert, den sie als ausgewiesene Wellness-Expertin für Ihren Haushalt verkörpert ...«

»Wir haben *eine* Stelle ausgeschrieben, nicht zwei«, wirft Evelyn ein. Ihr Puls rast, und sie spürt das starke Bedürfnis, einfach aufzustehen und hinauszulaufen. »Im Ernst, Herr Bartos, was wollen Sie hier? Warum haben Sie sich bei uns beworben?«

Es scheint die Gretchenfrage zu sein – oder die Antwort, von der alles abhängt, je nachdem, von wessen Standpunkt man sich die Sache besieht. Bartos betrachtet seine Gastgeber, dann lächelt er in sich hinein. »Sagen wir mal, die frappierende Ehrlichkeit der Annonce stach mir ins Auge. Ich fühlte mich nicht nur angesprochen, sondern zutiefst verstanden.«

»Aber überqualifiziert fühlten Sie sich nicht?«

»Wieso sollte ich?« Bartos schüttelt den Kopf. »Mit den Geisteswissenschaften bin ich fertig, glauben Sie mir.« Er räuspert sich wieder, diesmal noch heftiger als zuvor. »Wenn ich die Sklavenbande nicht zerreiße, so ist es nur, da die Natur uns süßre versagt.«

Es ist die feierliche Art und Weise zu sprechen, die beide Müller-Dodts für einen Moment irritiert.
»Wie ... wie bitte?«
»Grillparzer«, erwidert Bartos.
Wieder verstreichen ein paar Sekunden, in denen sich etwas – vielleicht ein dämonisches Etwas oder auch nur eine peinliche Ratlosigkeit – im Raum manifestiert.
»Ah, der *Grillpatzer*!«, stößt Claus endlich hervor. »Natürlich kennen wir den – nicht wahr, Evi? Evelyn, ist alles okay?«
Das ist es nicht. Bartos scheint Gedanken lesen zu können.
»Entschuldigen Sie, gnädige Frau, aber in meinem Alter lernt man mit den Realitäten zu leben. Wie sagt man so schön: Lieber aus den Wolken fallen als einmal aus dem dritten Stock. Ich fühle mich in meiner Rolle als Sklave durchaus wohl. Man gehört zu einem Haushalt und hat weniger Verantwortung für sich selbst.«
Evelyn gelingt ansatzweise ein Lachen.
»Sie haben sich eben Sklave genannt?«, fragt sie so beiläufig wie möglich. »Wie meinen Sie das?«
»So, wie es in Ihrer Anzeige stand ...«
»... die Sie gerade noch sinnbildlich nannten.«
»Was macht das für einen Unterschied?« Bartos streift Evelyn mit einem flüchtigen Blick. »Ich für meinen Teil empfinde nichts Erniedrigendes dabei, mich offen einen Sklaven zu nennen. Den alten Römern galten Sklaven als bewegliche Waren. Wir würden sie heute wohl dem Maschinenpark zurechnen, den teuren Dingen also, die gut gepflegt werden müssen. Wer jemals im Prekariat dieser Republik für einen Euro am Tag vor sich hin krampfen musste, wird sich nichts sehnlicher wünschen.«
Claus hebt schüchtern die Hand. »Was meinen Sie mit ...?«
»... Prekariat?« Bartos sieht Claus an, als ob der ihn auf den Arm nehmen wolle. »Nun, was in der Industriegesellschaft das Proletariat war, ist in der postindustriellen Gesellschaft das Prekariat.«
»Und in Sklaverei sehen Sie dazu eine Alternative?«

»Keine Alternative, eine Verbesserung zu der demokratisch abgesicherten Barbarei, in der wir leben.«

»Faszinierend.« Evelyn sieht förmlich, wie über Claus' Kopf eine Glühbirne aufleuchtet. »Unser Freund hier spricht offensichtlich von einer besseren Gesellschaft, die auf Ungleichheit und Diskriminierung beruht. So ist es doch, oder?«

Bartos macht eine knappe Verlegenheitsgeste. »Da die meisten von uns längst Nichtbürger sind, also am öffentlichen und kulturellen Leben nicht mehr teilhaben können, würde ich den offenen Sklavendienst schlichtweg eine Notwendigkeit nennen. Deutschland ist reich, doch ohne Würde. Das merkt man vor allem daran, wie sie hier mit weniger betuchten Mitmenschen umspringen. Die Politik des kurzen Verstandes und der raschen Hand hat schon viele Opfer gefordert.«

»Absurd«, sagt Evelyn, »ich habe selten einen so absurden Vortrag gehört!«

»Evi ...« Claus' rechter Fuß, der nervösere von beiden, beginnt wieder zu wippen. »Verstehst du überhaupt, was der Mann sagt?«

»Verstehst *du* es denn, Liebling?«

Für die Dauer eines Lidschlags scheint Claus zu zögern. »Korrigieren Sie mich, Herr Bartos«, sinniert er laut vor sich hin, »aber das, was Ihnen vorschwebt, ist vielleicht der Ausweg, den die Regierung nicht findet. Niedrigstlöhne, Leiharbeit, Ein-Euro-Jobs – das alles ist Schnee von gestern!« Seine Erkenntnis scheint ihm selbst nicht ganz geheuer, denn er hält einmal kurz inne. »Sklaven als neue Mitte und Unterbau der Gesellschaft – das ist radikal, Bartos, wirklich radikal!«

»Nun, liegt es nicht auf der Hand?«, erläutert Bartos mit viriler Kälte. »Sehen Sie, früher musste sich dieses Land seine Sklaven noch im Ausland besorgen. Die Faschisten zettelten Kriege an, um an Zwangsarbeiter zu kommen. Das erübrigt sich heute, denn das großstädtische Prekariat steht bedingungslos zur Verfügung. Ich wette mit Ihnen, jeder Dritte wäre bereit, als Sklave zu gehen. Einen Unterschied zu früher sehe ich schon: Im alten Rom bedeutete Sklaverei automatisch den sozialen Tod eines Menschen, heute geht die Entsozialisierung der Wiedergeburt als Sklave voraus.« Er blickt jetzt auf, die Augen wie zwei blanke Klingen. »Es ist an der Zeit, einmal aus der Geschichte zu lernen. Denn das anhaltende wirtschaftliche und innenpolitische Kriseln des Westens gleicht heute auf fatale Weise der des Römischen Reichs im zweiten Jahrhundert vor Christus.«

»Aber Sklaven ...«

»Nun, nach hellenisch-römischem Recht war der Sklave zwar eine *res*, also bewegliches Gut, doch ohne den Beigeschmack von Lieblosigkeit, den dieses Wort heute hat. Schon Seneca weist darauf hin, dass besonders wertvolle Sklaven oft *familiares*, also Angehörige genannt wurden. Ha, den Manager eines Konzerns möchte ich sehen, der in seinen Angestellten oder Arbeitern mehr als ein Zahlenspiel sieht. Dabei unterscheidet sich die moderne Festanstellung kaum noch von der mittelalterlichen Leibeigenschaft; auch heute ist es wieder Usus, dass die *Arbeitstiere* zur Arrangierung der Finanzen ihrer Herren verkauft oder zur Schlachtbank geführt werden. Schön, aus Ketten sind Zinsen geworden, und das Gewaltverhältnis nennt sich jetzt Demokratie, doch es ist nur eine besonders perfide Spielart der Ausbeutung, die die Obrigkeit von allen Pflichten entbindet und es ihr erlaubt, so zu tun, als wäre es ganz normal, vernutzte, mittellose Menschen sich selbst zu überlassen.«

Obwohl es Evelyn schwerfällt, gibt sie Bartos insgeheim Recht: Die Zustände, die er beschreibt, sind ihr vertraut, schon aus beruflichen Gründen. Richter Harms, ihr Doktorvater, hatte es einmal das »vorprogrammierte Abrutschen der genasführten Massen« genannt. Die täglichen Dramen am Amtsgericht mit verarmten Mittelständlern und Personen, die sich »ausgesetzt« fühlen, sprechen eine noch deutlichere Sprache.

Als sie aus ihrem tranceähnlichen Zustand erwacht, steht Bartos mit dem Rücken zum Fenster. Claus starrt mit einem sichtlich belämmerten Blick vor sich hin. Es ist merkwürdig still, als

ob alle etwas ausbrüten würden. »Unfassbar!«, platzt sie heraus.
»Sie sehen sich also tatsächlich als Sklave.«
»Oder Sub«, fügt Bartos lakonisch hinzu. »Falls Ihnen der angloamerikanische Ausdruck besser behagt.«
»Es ist keine Frage der Wortwahl«, erwidert Evelyn. »Es gibt da einen Artikel im Grundgesetz, der besagt, Sklaverei ist in Deutschland verboten ...«
»Um ehrlich zu sein«, legt Bartos nach, »ich glaube schon lange nicht mehr, dass das Grundgesetz zwangsläufig die Wirklichkeit widerspiegelt. Zumindest habe ich andere Erfahrungen gemacht.«
»Mag sein«, sagt Evelyn, »nur deshalb wird kein Verfassungsrichter das Grundgesetz ändern ...«
»Lass den Mann doch mal ausreden«, beschwichtigt Claus. »Nimm nur mal an, es wäre eine Alternative ...«
»Zu was?«
»Na, zu dieser Kopfnick-Einknick-Gesellschaft da draußen.« Claus' linker, noch wippender Fuß kommt kurz aus dem Takt. »Es muss sich was ändern. Denk doch mal zurück an deine erste WG. Diese Form des Zusammenlebens war damals in bürgerlichen Kreisen verpönt. Ja, es waren Kommunen, und doch gründeten die meisten Studenten damals ganz selbstverständlich WGs, weil die Echtweltkälte nicht mehr zum Aushalten war.«
Evelyn reibt sich die Schläfen. Sie kennt die Macke ihres Mannes, zu glauben, er sei aufgrund seines Doktortitels immer und überall in der Lage, seine Definition von Normalität durchzusetzen.
»Nein, Claus, das geht zu weit. Es ist ... völlig amoralisch ...«
»Aber wieso?« Bartos scheint sich seiner Sache sehr sicher. »Ist es wirklich amoralisch, Menschenmassen, die darauf angewiesen sind, dass man ihnen klare Richtlinien gibt – also in erster Linie die ungebildeten, antriebslosen Subproletarier –, in die Herrenhäuser und Mustergüter zu integrieren, statt sie der Verwahrlosung zu überlassen? Dort hätten sie wenigstens gute Verpflegung. Ihre Kinder könnten sie zu tauglichen Sklaven aufzie-

hen lassen, wenn sie schon selbst nicht dazu in der Lage sind, und im Gegenzug gehen sie den Herrschaften im Alltag zur Hand. Die Entmündigung könnten die meisten sicher verschmerzen, sonst hätten nicht schon so viele versucht, ihr Wahlrecht bei eBay zu versteigern. Der schönste Nebeneffekt wäre aber zweifellos, dass all die heuchlerischen und durch Steuergelder finanzierten Palaver um soziale Gerechtigkeit schlagartig aufhörten. Politik würde endlich wieder zur Ernsthaftigkeit gezwungen, platter Populismus nichts bringen, da es ja kein Stimmvieh mehr gäbe, das ein pfiffiger Politicus an der Nase herumführen kann. Würde die offene Wiedereinführung der Sklaverei nicht augenblicklich für bessere Verhältnisse sorgen?«

Amüsiert fassungslos schüttelt Evelyn den Kopf.

»Wo leben Sie eigentlich, Herr Bartos?«

»Wo leben Sie, gnädige Frau?«

Das Gespräch dauert noch eine gute Stunde, nicht zuletzt, weil es Claus gefällt, *seinen* Herrn Bartos zu einem guten St. Julien einzuladen und dann eine Bresche in die Weinvorräte zu trinken. Für ihn ist der Handel – der Package-Deal – längst beschlossene Sache. Evelyn hält sich dagegen bedeckt. Was sie letztlich überzeugt, sind nicht sozialpolitische Aspekte oder Utopien, sondern die Bibel. Wie viel Raum der Sklaverei im Alten Testament eingeräumt wird, besonders den Regeln zum Schutz der sogenannten »Verdingten«! Bartos verweist sehr genau auf die Stellen: Das Fünfte Buch Mose erlaubt es sogar, sich selbst zum Sklaven zu machen. Es wurde den Sklaven auch geraten, ihre Herren zu ehren, so dass der Name Gottes nicht in Verruf komme. Exodus 21,1 sieht vor, eine zustande gekommene Leibeigenschaft dann zu beenden, wenn der Sklave zunehmend Gefahr läuft, schwerwiegenden körperlichen Schaden zu erleiden. Auch das Verhalten gegenüber Sklavinnen war bis ins Kleinste geregelt. Levitikus 20,19 empfiehlt, den unerlaubten Beischlaf mit der Sklavin eines anderen durch einen Widder zu kompensieren. Nicht als Sklave angenommen zu werden, galt den meisten Israeliten als schlimmstes Unglück auf Erden. Claus meint noch im Zustand der Volltrunkenheit, viele Langzeitarbeitslose würden diese biblische Einsicht wahrscheinlich teilen. Herr Bartos stimmt dem zu.

Als er endlich Anstalten macht zu gehen, wird der Hausherr fast sentimental.

»Sie haben Mut, Herr Bartos«, lallt er jovial vor sich hin. »Sie sind wahrhaftig ein Visionär! Ja, das sind Sie!«

»Aber nein.« Bartos' Beschwichtigungsversuche fordern immer neue Lobeshymnen heraus.

»O doch! Ehre, wem Ehre gebührt! Ehre, wem Ehre gebührt!«

»Ihre Güte beschämt mich, Herr.« Der Besucher öffnet sich selbst die Tür, Claus ist dazu nicht mehr in der Lage. Mehr aus Verlegenheit richtet Bartos das Wort noch einmal an Evelyn, die ihren Mann unauffällig stützt.

»Lana und ich sind nicht die Einzigen, die so denken. So wie in den Vereinigten Staaten ist auch in diesem Land eine diskrete Sklavenhierarchie am Entstehen. Und sie breitet sich aus.«

»Hört, hört«, meint Claus. »Nur, sagen Sie, wie ist das möglich?«

»Selbsthilfe.« Bartos nickt Claus verschwörerisch zu. »In den letzten Jahren haben wir immer wieder andere Sklaven getroffen. Und allen ging es in der Regel besser als denen, die einmal im Monat bei der Agentur für Arbeit antanzen müssen: Besser ein Sklave, der schafft, als ein Freier, der gafft. – Sir, ich freue mich, Ihnen ab morgen zu dienen.«

IV.

27. Februar 2007
London. Die britische Regierung spricht im Zusammenhang mit einer unveröffentlichten Studie erstmals »von einer erschreckenden Rückkehr der Sklaverei«. Der Verkauf von Menschen als Arbeits- oder Sexsklaven, zur Adoption oder Organentnahme nimmt auch europaweit zu. Der Flughafen Gatwick in der Grafschaft Sussex gilt dabei als Drehscheibe des neuen Menschenhandels. (dpa)

14. Juni 2007
Peking. Die Polizei befreite heute 31 Arbeitssklaven aus einer Fabrik. Kein Einzelfall: Der wirtschaftliche Aufschwung des Landes wird nach Einschätzung von Experten von 200 Millionen Wanderarbeitern getragen. Der Amnesty-International-Bericht »China: Die menschlichen Kosten des Wirtschaftswunders« zeigt an Fallstudien, wie diese „Bürger zweiter Klasse" unter sklavenähnlichen Umständen arbeiten und dahinvegetieren. (AP/dpa)

3. Juli 2007
São Paulo. Die Anti-Sklaverei-Einheit der brasilianischen Regierung konnte 1100 Arbeiter auf einer Zuckerrohr-Plantage am Amazonas befreien. Sklavenhaltung in Brasilien bleibt meist straffrei. Obwohl in den letzten Jahren über dreitausend Sklaven befreit wurden, konnten nur zwei Farmer und Sklavenhalter verurteilt werden. (APA)

16. Juli 2007
Sudan. Die Menschenrechtsorganisation CSI berichtete in einem gestern veröffentlichten Referat davon, dass sie über 80.000 versklavte Südsudanesen von muslimischen Sklavenhaltern freigekauft habe. Für jeden Sklaven wurden im Durchschnitt 50.000 sudanesische Pfund gezahlt, das entspricht etwa 25 Euro. (asa/dpa)

V.

Nur wenige Wochen später waren Herr Bartos und Lana in die Anliegerwohnung eingezogen. Sie hatten wenig Gepäck mitgebracht, fünf, sechs Kartons, die aussahen, als hätten sie längere Zeit in einer feuchten Garage gestanden, und zwei schick aussehende Schalenkoffer osteuropäischer Machart.

Claus brachte ihnen am ersten Tag noch einen Teller mit Brot und Salz nebst zwei Flaschen Eiswein. Vierundzwanzig Stunden später war die Ligusterhecke bereits getrimmt und der Boden der Wohnhalle glänzte, als wäre Meister Proper Amok gelaufen. Der Kühlschrank strotzte von nun an täglich mit frischem Gemüse vom Markt, im Schlafzimmer waren die Betten gemacht. Das gesamte Universum der Müller-Dodts hatte sich neu justiert. Waren die Herrschaften anwesend, zogen sich die Sklaven dezent, spätestens aber um acht in ihre Quartiere zurück. Ob sie miteinander schliefen, war Claus und Evelyn gleich. Sie waren ja tolerant, echte Kinder der Loveparade, und kannten keine Berührungsängste mit frei flottierender Triebenergie, nichts Menschliches war ihnen fremd. Den Altersunterschied zwischen Bartos und Lana empfanden sie nicht einmal pikant, er entsprach exakt dem, was sie aus Hollywood-Filmen kannten: Hier waren die männlichen Hauptdarsteller auch häufig zwanzig, dreißig Jahre älter als die weiblichen Stars. Zwischen Sean Connery und Catherine Zeta-Jones lag sogar fast ein halbes Jahrhundert. Auch auf der politischen Bühne des Landes zeigten sich »alte Böcke« gerne mit blutjungen Frauen, es signalisierte dem Amüsier-Pöbel der Hauptstadt eine glaubhaft libertäre Gesinnung und zögerte offensichtlich die Vergreisung hinaus. Warum sollte man dasselbe einem Bartos missgönnen?

Im Übrigen hatten sich beide Subs als ebenso angenehme wie resolute Personen entpuppt. Bartos fuhr die Herrschaften jeden Morgen pünktlich zur Arbeit und abends in ihr Wellnest zurück. Dort erwartete sie in der Regel ein exquisites Drei-Gänge-Menü. Lana kochte wirklich ganz ausgezeichnet. Was sie auftischte, hätte selbst Meisterköche beschämt. Obwohl man getrennt speiste, bestand Claus darauf, dass alle dasselbe aßen, was Lana doppelte Arbeit ersparte. Im Waschen und Bügeln tastete sie sich – nach eigenen Angaben – langsam, aber sicher an ihre Vorgängerin, Mariola, heran. Das Leben verlief wie im Traum: Evelyn und Claus genossen nie gekannten Lebensvollzug, der sich im großen Geheimnis des Nichts-tun-Müssens erschöpfte. Es waren die »Flitterwochen der Revolution« – wie sie jeder gesellschaftliche Wandel zunächst mit sich bringt. Die Veränderungen, die sie eingeleitet hatten, waren zu ihrem Besten gewesen, sie lebten stärker denn je in einem Kokon. Vielleicht hatten sich die Gründer der Kommune 1 einmal ganz ähnlich gefühlt: Innerhalb bestimmter Häuser in Berlin konnte plötzlich jeder mit jedem pennen, alles gehörte allen, niemand brauchte mehr Besitz und Geld; während draußen noch die Nachkriegsgesellschaft in ihrem reaktionären Saft schmorte, lebten die Studniks um Fritz Teufel & Co. bereits in einer hedonistischen Zukunftsgesellschaft. Zumindest Claus wollte sich gewisse Parallelen nicht ausreden lassen und meinte, es ginge nur darum, gut und stressfrei zu leben. Zumindest die behördlichen Schikanen waren inzwischen gänzlich aus seinem Alltag verschwunden: keine Rechnungen mehr, keine ruppigen Drohbriefe vom Energieversorger oder der Bank.

Bartos erledigte die unangenehme Korrespondenz oder blockte die Angriffe der automatisierten Wegelagerei mühelos ab.

Ohne Zweifel waren die Subs schnell, vielleicht zu schnell, unentbehrlich geworden. Sie verwandelten die Villa Stück für Stück in ein Wohlfühlhotel und schafften es dennoch, die Privatsphäre der Herrschaften zu respektieren. Alles, was sie anpackten, lief auf eine Optimierung hinaus. Wie gute Geister erschienen sie

Claus, unsichtbar und doch immer zur Stelle. Vor allem Lanas gnadenlose Vitalität hätte selbst einen Roboter fertiggemacht.

Selbst Evelyns Vorbehalte waren weitestgehend verschwunden: Aus ihrem Badezimmer war ein gemütliches Sensophorium mit Heilsteinen, Räucherwerk und aromatischem Schnickschnack geworden. Die Massagen, die sie von Lana erhielt, hatten einen nachweislichen Katalogwert von mindestens zweihundert Euro. Bizarr, aber nach jeder Etappe bezifferte die Sklavin den dazugehörigen Preis: Peeling und Ganzkörpermassage mit Wildrosenöl, Klänge und Berührungen – vierzig Euro, Hot Stone Face Treatment – siebzig Euro. Frei nach dem Motto: Sie sind es sich wert. Wahrscheinlich wollte sie ihrer Herrin tatsächlich nur den Wert des Wohlbefindens vermitteln, doch Evelyn – vor Wonne schnurrend – ließ einfach alles über sich ergehen, denn es war himmlisch. Selbst die Ziegenbuttercremepackung auf dem Gesäß. Und das Darmbad ... Oder die Behandlung des Busens mit der Schröpfkopf-Vakuumglocke. Lana bereitete ihrer Herrin unvorstellbare Wonnen. Nur, dass sie Evelyn – während der Pantai-Luar-Massage – wiederholte Male »Kleopatra« und »Große Gebieterin« nannte, ging ihr etwas zu weit. Claus hatte mit blumigen Anreden keine Probleme. Wie immer nannte er es »die reine Sinnbildlichkeit«. Er unterstützte Lanas Kampf gegen die Milben im Haus und geriet in wohliges Gruseln, wenn sie ihm von dem staubfressenden Geziefer im Teppichboden erzählte, gegen die sie ankämpfen wolle. (»Sie weiß so viel über Staub, dass es mir fast unheimlich ist.«) Ebenso häufig schwärmte er von Lanas »Stirnhöhlenguss«, er fühle sich danach, als habe man ihm »den Scheitel gesalbt« – eine ihm vielleicht nicht ganz bewusste Anspielung auf einen Zustand religiöser Verklärung.

Auch mit seinem »guten Herrn Bartos« war er mehr als zufrieden und begegnete ihm daher mit einer Gönnerhaftigkeit, die keine Grenzen zu kennen schien. Ihm zuliebe hatte er den Aufkleber EURE ARMUT KOTZT MICH AN vom Heck des Porsches entfernt. Er gestattete seinem Prokurator oder Vorsteher die Wiedereinführung der römischen Feste, besonderer Feiertage, die der christliche Kalender nicht kennt. Floralia, Lemuria, Agonium – die Zeremonien wurden gemeinsam und im Rahmen eines guten Essens begangen. (»Ein bisschen Festkultur hat noch keinem geschadet, was meinst du, Evi?«) Und während ihm das Tragen einer römischen Toga beim Saunen einfach nur praktisch erschien, hatte er den Umbau des Reptiliengeheges in ein sogenanntes »Tepidarium« – einen feuchtwarmen Liegeraum – sogar Geniestreich genannt. Seinen Aufenthalt zwischen den Kriechtieren kombinierte er neuerdings gern mit einem Ganzkörper-Naturfango. Wobei ihm längst nicht mehr auffiel, wie schnell er des Abends im Sumpf der Wellness versank. Selbst die künstliche Regenwald-Atmo vom Band verstand er als »Bereicherung seines Hobbys«, dem er endlich genügend Zeit widmen konnte. Nur noch selten staunte er über die Reibungslosigkeit, mit der das Zusammenleben mit den Subs funktionierte. »Es muss genetische Ursachen haben«, meinte er einmal. »Seitdem es Menschen gibt, haben Millionen von Generationen sämtliche nur erdenkliche Formen des sozialen Miteinanders getestet. Unsere Erfahrung mit Sklaverei hat die Erbanlagen der Spezies wohl nachhaltig beeinflusst. Natürlich ist ein Mensch zuallererst Mann oder Frau, doch in zweiter Instanz ist er Sub oder Dom, Sklave oder Herr, und die ganze Humanduselei ist nichts weiter als Utopie.«

Wenn Evelyn ihm widersprach, redete er sich absurderweise auf eine Stelle in der Bibel heraus, in der von Händlern der letzten Tage die Rede ist, deren Waren auch die »Leiber und Seelen von Menschen« umfassen: »Denn die Menschen werden viel von sich halten, geldgierig sein, gottlos, lieblos, zuchtlos, wild, dem Guten feind.«* Und in besonders nachdenklichen Momenten merkte er an: »Hast du schon mal daran gedacht, dass wir diesen Menschen etwas Gutes tun, Evi? Hier bei uns sind sie sicher. Es ist eine klassische Win-win-Situation, wenn du weißt, was ich meine.«

---

* Timotheus, 3, 1–3.

Der Herbst kommt früh dieses Jahr. Die Terrassenmöbel sind unter milchigen Wetterschutzhauben verschwunden, anstatt des Digital-Feuers im Plasma-Kamin befeuert Claus fast täglich das ewig qualmende Schweizer Cheminée. Die zwei Klafter Holz, die sich hinter der Garage stapeln, hat Bartos besorgt. Claus, der sich nicht lumpen lassen will, entlohnt seinen Getreuen mit ein paar Flaschen St. Emilion. Der Weinschrank droht ohnehin aus allen Nähten zu platzen.

Als Evelyn an diesem Abend den feuchtwarmen Keller betritt, ist ihr Mann gerade dabei, den Alligator zu füttern.

»Ah, hier hast du dich versteckt!« Evelyn muss schreien, um die Planschgeräusche der großen Echse zu übertönen.

»Was heißt, hier versteckt?« Claus hantiert über dem Beckenrand ruhig und zielgenau mit einer langen Teleskopstange wie ein Angler, der nicht vorhat, seinen Fang sausen zu lassen.

Von Billy-Boy ist nichts zu sehen, dazu ist die Mauer aus Glasbausteinen zu hoch, das Gehege zu dunkel, selbst die Winde mit dem schwenkbaren Balken ist kaum zu sehen. Das Geräusch der schnappenden Kiefer vermittelt dennoch die glasklare Vorstellung, das große Reptil läge mitten im Raum.

»Der kaltblütigen Bruderschaft ist es nie besser gegangen.« Extrem gut gelaunt steigt der Reptilienfreund die Leiterstufen zu ihr hinab.

»Wie war's im Lach-Klub, mein Liebling?«

»Na, lustig.«

Wer unter seinem Job leidet, wirklich leidet, und nicht ans Aufgeben denkt, der weiß den kleinsten Strohhalm im reißenden Wasser zu schätzen: Evelyn sucht ihr Heil neuerdings in einer sogenannten Lach-Therapie. Dreh- und Angelpunkt ist eine Gruppe von Justizbeamten, die sich jeden zweiten Donnerstag – unter Aufsicht von Richter Harms – im Park von Sanssouci auskollert. Und ihr Beispiel hat Schule gemacht, denn je härter die Rezession die Bevölkerung trifft, je mehr Bürger entlassen oder in den Vorruhestand geschickt werden, umso mehr Menschen scheinen das »billige, sauerstoffreiche Lachbad im Freien« zu suchen. Nur Bombay, wo der Wahn wurzelt, hat angeblich noch mehr Lachvereine und Klubs als Berlin. Auch Claus hat sich einmal mitschleppen lassen, das irre Gelächter der Teilnehmer aber weder gesund noch entspannend empfunden. Besonders das »stumme Löwenlachen«, bei dem er von einem Rechtspfleger mit schlechtem Atem minutenlang angegähnt worden war, hatte verborgene Aggressionen in ihm geweckt. Dass sich »die gemittelte Gesamtlachdauer der Deutschen« kontinuierlich verringere, bezweifelt er jedoch nicht: Von durchschnittlich achtzehn Minuten in den sechziger Jahren seien den Deutschen 2010 nur noch sechs Minuten geblieben, heißt es. Würde jeder Deutsche täglich nur zehn Minuten mehr lachen, der wirtschaftliche Aufschwung wäre nur noch eine Frage der Zeit.

»Siehst du, wie sauber die Scheiben der Terrarien sind?« Sie haben einen kleinen Rundgang gemacht, von den Netzpythons zu der Boa Constrictor. »Lana hat so ein spezielles Anti-Beschlag-Dingsda gekauft. Das Zeug kommt aus einer Hafenstadt am Kaspischen Meer, wo es zur Standardausrüstung von U-Booten gehört.«

»Donnerwetter.« Evelyn drückt sich an Peggy-Sue, der Texas-Klapperschlange vorbei. Ganz offensichtlich ist die heilige Mariola nun endgültig von ihrem Sockel gefallen. Lana heißt die neue Messlatte in Saubermanns Reich.

»Ich muss aufpassen«, witzelt Claus. »Ich glaube, Billy-Boy hat ein Auge auf Lana geworfen. Er hat sie zum Fressen gern, das steht schon mal fest.« Er klopft mehrmals mit der flachen Hand gegen das Sicherheitsglas und erntet im Gegenzug ein wütendes Fauchen. Es steht dem Digi-Funny-Animal-Sound an Volumen und Ausdruck in nichts nach, und Evelyn fragt sich, wie groß Billy inzwischen wohl ist. Durch das satinierte Acrylglas erkennt sie nur ein dunkles, sich bewegendes Schemen.

»Wenn das so weitergeht, braucht er ein größeres Becken.« Claus schenkt seiner Frau einen Blick, aus dem eine gewisse Unsicherheit spricht. »Apropos Becken, Liebling. Hast du die Baupläne von Bartos gesehen?«

»Welche Baupläne?«

»Er hat sie im Flur ausgehängt, am Schwarzen Brett, du weißt schon, *Residential Upgrades*, oder wie er es nennt. Gott, ist der Mann manchmal förmlich.«

»Du meinst sein klassizistisches Freibad?« Evelyn zwingt sich zu einem möglichst gleichgültigen Lächeln. Was schwierig ist, denn ihre von Lachsalven erschöpften Gesichtsmuskeln brennen wie Feuer.

»Ich dachte, das Projekt wäre vom Tisch.«

»Ist es auch«, beteuert Claus. »Bartos hat die Dimensionen drastisch verkleinert und auf die Sprungturmanlage verzichtet.«

»*Er* ... hat darauf verzichtet?«

»Du sagst es.« Claus stellt die Alu-Teleskopstange ab. »Was er jetzt vorhat, ist ein Pool zum Bahnenschwimmen mit einem angebauten Terrassendeck und ein kleines Thermalbad. Ganz schön praktisch. Ich meine, dadurch vergrößert sich die Außenterrasse um nahezu das Doppelte.« Er hält inne, als ob er ihr Zeit geben wolle, einen Einwand zu formulieren. »Das Thermalbad soll kneipptauglich sein, du verstehst, was das heißt?«

Evelyn hebt beide Hände – und lässt sie im Ansatz schon wieder sinken. »Reicht unsere Sauna nicht mehr aus?«

»Das kann man doch nicht vergleichen. Ich rede von einer Kneipp-Anlage. Roger Hempel, mein geistig behinderter Chef, würde sein letztes Hemd dafür geben.« Claus setzt sich auf die Holzkiste, in der er Sand und Kies für die Terrarien aufbewahrt. »Also, ganz objektiv betrachtet, finde ich die Idee gar nicht so schlecht. Immerhin besser als ein Golfplatz oder ein Rosarium.«

»Warum müssen wir überhaupt etwas bauen?«

»*Wir* bauen ja nicht«, erläuterte Claus. »Bartos lässt bauen. Und wir profitieren davon.«

»Wer auch sonst?« Wäre sie nicht so müde, spätestens jetzt hätte sie Claus einmal richtig die Meinung gegeigt. So bleibt es bei einem sachlichen Austausch von Argumenten.

»Ich glaube, Bartos überschätzt unsere finanziellen Mittel gewaltig. Unser Kreditrahmen ist voll ausgeschöpft, du müsstest den Porsche verkaufen.«

»Bartos meinte, es gäbe andere Mittel und Wege.«

»Da bin ich aber gespannt.« Evelyn setzt sich neben Claus und lehnt ihren Kopf an seine Schulter.

»Ich auch«, sagt Claus.

»Was soll das heißen?«

»Nun, alles, was ich weiß ist, dass er ein paar Leute an der Hand hat.«

Sein rechter Fuß beginnt verdächtig zu wippen. »Und Bartos hat schon mehrere Bauprojekte betreut. Zwanzig Millionen hat er angeblich in den letzten Jahren verbaut.«

»Für wen?«

»Einen saudischen Prinzen, seinen Ex-Herrn.«

»Weißt du, was Handwerker kosten?«

»Es sind keine Handwerker im eigentlichen Sinne«, entgegnet Claus, »eher Wanderarbeiter, aber äußerst diszipliniert.«

Evelyns Lachen klingt gereizt. »Reden wir wieder von Sklaven, o Cäsar?«

»So ist es! Sogar von vielen! Einer ganzen Meute! Ha, ha!« Er hat ihre Steilvorlage genutzt, um das sich anbahnende Streitgespräch durch Humor zu entschärfen. »Clausus Maximus heißt seine neuen Sklaven willkommen! Für Unterkunft und Verpflegung ist gesorgt.«

»Das musst du mir schon etwas genauer erklären …«

»Nun, irgendwo müssen die Leute ja wohnen.«

»Hier bei uns?«

»Na ja, du könntest genauso gut *auf der Baustelle* sagen. Das ist auf Berliner Großbaustellen längst gang und gäbe. Bartos meinte, sie bringen ihre Bauhütten mit und sind sehr sauber. Da wir beide tagsüber arbeiten, werden wir die Leute kaum zu Gesicht bekommen. Abends ziehen sie sich zurück.«

»Na, dann.« Sie weiß nicht, was sie sonst hätte sagen können. »Wo kommen sie her, diese Leute? Hast du ihn das gefragt?«

Claus nickt. »Aus Polen, dem Balkan und Georgien. Sehr tüchtige Männer, ein eingespieltes Team. Wir müssen uns nicht einmal um das Baumaterial kümmern. Beton, Zement, Estrich – sie besorgen uns alles zum halben Preis.«

»Klingt nach Hehlerware.«

»Das will ich hoffen.« Claus dreht den Kopf. »Hast du das gehört, Billy? Evi muss den Teufel immer an die Wand malen!« Er sieht sie an, wie man ein kleines Mädchen ansieht, das einmal gut zuhören muss. »Hast du schon mal bemerkt, dass es heutzutage für alles drei Preise gibt: einen reellen, einen für Dumpfbacken und einen für Freunde?«

»Sklaven und Herren sind nicht befreundet. Nenn es ein ungeschriebenes Gesetz.«

»Dann nenn es halt Zweckfreundschaft. Die profitieren doch auch von uns, oder nicht?« Während er sie liebevoll ansieht, tastet er sich mit beiden Händen den Hinterkopf ab, ein Zeichen dafür, dass er nach Argumenten sucht. »Denk doch mal nach: Kannst du dir vorstellen, wie der Wert unserer Immobilie anziehen wird?« Er signalisiert die Höhe durch einen Augenaufschlag. »Wie es der Zufall so will, hatte ich kürzlich eine Architektin unter dem Messer. Bei der letzten Visite habe ich ihr mal die Pläne gezeigt. Und jetzt hör genau zu: Der Bau eines vergleichbaren Planschbeckens kostet normalerweise rund eine Viertelmillion.«

»Normalerweise.« Evelyn nickt. »Und für uns schuften diese ... diese Menschen umsonst.«

»Für Essen und Unterkunft.«

»Warum sollten sie das tun?«

»Weil ihr sklavisches Gemüt danach verlangt.« Claus steht auf und verneigt sich plötzlich, als habe er soeben eine unsichtbare Bühne betreten. »Sie drängen sich durch List und Gaben an ihre Ruderbänke hin, diewyl sie Sklavenseelen haben ...«

Für einen Augenblick fragt sie sich, ob er den Verstand verloren – oder sich nur seiner neuen Rolle angepasst hat.

»Da staunst du, was?« Claus kichert in sich hinein. »Stell dir vor, Bartos hat mir Herders gesammelte Werke geliehen. Eine seltene, schon etwas nachgedunkelte Dünndruckausgabe mit goldenem Kopfschnitt. Die wichtigsten Stellen hat er mir freundlicherweise sogar unterstrichen. Dieser Herder-Knabe scheint ein religiöser Spinner gewesen zu sein.«

Oben öffnet sich in diesem Moment die Treppentür.

»Claus? Das Essen wird kalt. Ich muss Sie doch nicht wieder holen ...«

»Schon unterwegs, Lana!« Der König des Kellers rappelt sich auf, fast reißt er Evelyn mit sich. »Wir kommen!«

»Wir? Oh, guten Abend, Madame.«

»Guten Abend, Lana.« Evelyn hebt den Kopf; das Leguan-Terrarium nimmt ihr die Sicht auf die Tür. Nur Lanas zierliche Pantoletten sind zu sehen. »Geben Sie uns eine Minute.«

»Von mir aus auch zwei, Madame. Und entschuldigen Sie bitte die Störung.«

Die Sklavin entfernt sich mit deutlichen Schritten.

»Seit wann nennt sie dich Claus?«, fragt Evelyn. »Habe ich eine wichtige Entwicklung in eurer Beziehung verpasst?«

»Sei nicht albern, Evi«, sagt Claus. »Ich habe ihr neulich gesagt, wenn sie mich noch einmal Herr nennt, schmeiß ich sie raus.« Sein Tonfall wirkt aufgesetzt, doch nicht so, als wolle er etwas vertuschen. »Jetzt komm schon, das Essen wartet. Und später sehen wir uns gemeinsam die Baupläne an. Wohnumfeldoptimierung, Zweipunktnull, okay?«

Evelyn nickt, obwohl sie sich innerlich gegen das Vorhaben sträubt.

»Claus, ich halte das mit dem Schwimmbad wirklich für keine gute Idee.«

»Keine Sorge.« Er legt ihr beruhigend einen Arm um die Schulter. »Bartos weiß, was er tut. Ich halte den Mann für absolut fähig. Außerdem will er hier seine Stelle behalten. Er denkt wie wir, verstehst du? Wenn man recht überlegt, nutzt er das Anwesen mehr als wir, denn er ist den ganzen Tag über hier. Da er den Chauffeur spielt, fährt er auch meinen Porsche. Und seine Abende lässt er gerne mit Lana in der Sauna ausklingen. Glaub mir, der alte Fuchs weiß auf seine Kosten zu kommen.«

Evelyn hat sich gerade abgeschminkt, als das Telefon klingelt. Es ist Karlotta, ihre ältere Schwester, die sofort loslegt. Der unbarmherzige Takt irgendeiner Fernsprecheinrichtung sitzt ihr angeblich im Nacken. Sie ist Kunsthändlerin, daher chronisch pleite und lebt mit ihrem Mann in einem der weniger guten Viertel New Yorks. Einmal im Jahr – wenn alles gutgeht, meistens im Frühjahr – kreuzt sie bei den Müller-Dodts auf, um sich vom Stress und dem Gestank, den der Wind vom Hudson in ihr Schlafzimmer weht, zu erholen. Dann will sie einmal die Beine hochlegen können und »chillen«, denn zu Hause wird sie von zwei pubertierenden Jungen und einem italo-amerikanischen Pascha terrorisiert. Ihre Ehe steht auf der Kippe, doch fehlt es ihr schlicht an Geld, die Konsequenzen zu ziehen. Die Scheidung hätte für sie den sozialen Abstieg bedeutet, und genau das würde sie niemals ertragen. So arrangiert sie sich mit einem Käfig, der weder golden noch ansehnlich ist. Er funktioniert in etwa wie ein Tauchkäfig, der verhindert, dass man zu Haifutter wird.

»Soll das heißen, es wird laut? Dann sollte ich mir nächstes Jahr wohl einen anderen Zufluchtsort suchen.« Evelyn hat Karlotta von dem Bauvorhaben erzählt. Obwohl sie die Pläne, die ihr Claus präsentiert hat, bisher kaum begutachtet hat, tut sie so, als sei der Bau schon beschlossene Sache. Vielleicht ist er das auch. Dennoch staunt sie insgeheim, wie eingehend sie das Projekt Karlotta gegenüber beschreibt, als sei sie selbst für den Bau verantwortlich und wüsste genau, was sich bald auf dem Grundstück abspielen wird.

»Ach was. Bis du kommst, ist der Pool längst gebaut.«
»Und wenn nicht?«
»Dann ist das auch kein Drama.« Evelyn versucht realistisch zu klingen. »Die gröbsten Erdarbeiten sollen nur ein paar Tage dauern. Und der Ausbau an sich – also richtig laut wird

der nicht. Wahrscheinlich wird ab und an mal ein Betonmischer laufen.«

»Dann hoffen wir mal das Beste«, erwidert Karlotta. »Und, wie geht's Claus?«

»Er hat noch seinen Job, wenn du das meinst.«

»Nein, ich meine im Allgemeinen ...«

»Ich denke, es geht ihm besser denn je. Wir haben jetzt ... einen Butler ... und eine Haushälterin.«

»Ihr habt wohl im Lotto gewonnen?« Karlottas Begeisterung klingt bemüht. »Schön, dass es euch gutgeht. Ja, ja, du und dein Halbgott in Weiß, ihr habt alles richtig gemacht! Ich freue mich wirklich für euch.«

Evelyn bezweifelt das, doch da sie Karlottas Dauermisere kennt, empfindet sie durchaus so etwas wie Mitleid.

»Ich freue mich jedenfalls, wenn du kommst.«

»Und ich erst.« Karlottas Stimme senkt sich zu einem Flüstern herab. »Wir Schwestern ...«

»Ja, wir Schwestern.« In Gedanken sieht Evelyn das schweigsame, eigenbrötlerische Geschöpf, das ihre Schwester einst war, vor sich. Das Mädchen, das nie geweint hat, ganz gleich, was das Leben ihr auftischen sollte. Karlotta, die große Gleichmütige, die auf alles gefasste, die unbeugsame, sich immer durchsetzende, die Wand einrennende und alles überwindende Karlotta ... Die Eltern hatten Karlotta lange Zeit für die stärkere der beiden Schwestern gehalten; sie wurden bitter enttäuscht. Evelyn erinnert sich noch an den Abend, als die Mutter Karlotta mit unflätigen Wörtern beschimpft hat – eine faule Trine sei sie, eine Traumtänzerin, und obendrein noch ewige Studentin, die es nicht einmal fertigbringe, ihr lächerliches Kunststudium zu beenden. Evelyn – die Realistin mit dem anständigen Beruf, die Wohlgeratene, die zu diesem Zeitpunkt für die erste juristische Staatsprüfung paukte – hatte Karlotta, ohne es zu wollen, entthront.

Aus dem Kaleidoskop ihres Lebens funkeln noch mehr Erinnerungen, lebendige Erinnerungen, die im Verblassen sogar noch an Schärfe gewinnen. Dennoch verkneift sie sich weitere Sentimentalitäten und schlägt einen lässigen Tonfall an. »Dann würde ich sagen, deinem Urlaub bei uns steht nichts mehr im Wege. Und wegen der Bausklaven ... äh ... ich meine, wegen der Arbeiter musst du dir keine Sorgen machen. Die werden uns sicher nicht stören.«

Evelyn legt auf, lauscht in die Stille des Hauses und geht dann schnell in ihr Schlafzimmer. Dort – im Spiegel betrachtet sie sich.

Also so sieht eine Sklavenhalterin aus, denkt sie.

Was ihr da eben am Telefon rausgerutscht war, hat sie so sehr erschreckt, dass sie noch zehn Minuten später Herzklopfen hat. Immer wieder dreht sie den Kopf hin und her und bleckt die Zähne, als suche sie nach Anzeichen, die auf ihre Verwandlung zu einem Monstrum hindeuten. Doch es gibt keine.

Ruhelos streift sie noch eine Weile in der Villa umher, von Raumflucht zu Raumflucht, von einem Panoramafenster zum nächsten. Draußen steht die Nacht wie eine schwarz angestrichene Mauer. Eine merkwürdige Dunkelheit ist das, eine Finsternis, die von weit her kommt und in den Grund ihrer Seele einsickert.

Ich werde verrückt, denkt sie. *Und das nur wegen dieser aberwitzigen Situation. Sklaven ... in meinem Haus. Das ist doch Wahnsinn.*

Sie weicht allmählich zurück, denn sie glaubt zu hören, wie sich die Finsternis, in der ihr milchiges Spiegelbild schwimmt, gegen die Scheibe drückt, so fest, dass das Glas leise knirscht.

»Claus, Liebling, bist du noch wach?«

Er liegt halbnackt im Wohnzimmer vor dem Plasmabildschirm und schläft. Sie macht erst die Playstation® aus, dann löscht sie das Licht.

Ein Blick auf das dunkle Anliegerhaus bestätigt ihr, dass auch die Sklaven schon schlafen. Die letzte Fliege des Sommers kreist noch unter der Decke; ansonsten ist alles perfekt.

»Wer war das eben?«, murmelte Claus schlaftrunken. »Hm?«
Evelyn legt sich neben ihn auf den Boden.
»Meine Schwester«, flüstert sie. »Ich fürchte, es ist mal wieder so weit. Sie kommt zu Besuch.«
»Wann?«
»Keine Ahnung. Sie ruft nochmal an.«
»Hoffentlich nicht gerade, wenn wir den Swimmingpool bauen.«
»Hat Bartos schon gesagt, wann er loslegt?«
Claus blinzelt sie argwöhnisch an.
»Das bestimmen immer noch wir.«
Sie glaubt, einen gereizten Unterton in seiner Stimme zu hören, und beißt ihm zärtlich ins Ohr. »Wenn du willst, sag ich ihr ab.«
Er schlägt die Augen auf und dreht sich vollends zu ihr um.
»He, was redest du denn da? Ich mag Karlotta!«
»Ach ja? Bei Ihrem letzten Besuch habt ihr euch ununterbrochen gestritten.«
»Was sich liebt, neckt sich«, sagt Claus. »Sie hat ihren Standpunkt, ich den meinen.«
»Und die ... die Situation hier?«
Claus seufzt und schließt wieder die Augen. Er weiß genau, was sie meint. »Sollten wir nicht an die große Glocke hängen, du weißt, wie empfindlich sie ist.«
Evelyn streichelt seine Schulter. »Wenn es so weit ist, werden wir Bartos und Lana briefen.«
Claus räkelt sich, was so wirken soll, als gäbe er ihr in jedem Fall Recht. »Gute Idee, meine Süße. Als Kunsthändlerin findet Karlotta in Bartos bestimmt einen Seelenverwandten. Ganz bestimmt.«

VI.

Der 24. Dezember beginnt für Dr. Claus Müller-Dodt mit einer Hiobsbotschaft: Simone Wilkens, auch »die Speckprinzessin« genannt, eine frisch entfettete und in Stützkorsagen gezwängte Patientin, ist über Nacht an Herzversagen gestorben. Die Frau hatte sich und ihrem Mann, dem Bankfilialleiter Nils Wilkens – nebenbei bemerkt einem guten Bekannten von Claus –, ein Geschenk machen wollen und im Anschluss an die sechsstündige Operation jede Nahrungsaufnahme verweigert. Die Angst um die gelungene Harmonisierung ihrer Körpersilhouette war einfach zu groß.

»Nee, bis Heilichahmd ess ick nüscht«, hatte sie kurz nach dem Eingriff verkündet. »Ick meene, da können Se noch so viel absaugen, Herr Doktor, wenn ick alles gleich wieder drauffutter, isset rausjeschmissenes Jeld.«

Jetzt ist sie tot, ein Haufen schlabberiges Fleisch, das noch keinen Totenschein hat.

»Der Chefarzt will Sie sprechen! Er sucht Sie seit Stunden.« Schon beim Reinkommen spürt Claus die unterkühlte Stimmung des Personals. Senta Götze, die sechzigjährige Rezeptionistin, fährt sich immer wieder nervös durch die Windstoßfrisur. Sie verabscheut Claus aus unerfindlichen Gründen. Umgekehrt hat Claus in ihr nie mehr als eine dressierte »Affenmenschin« gesehen, »jedenfalls kein Aushängeschild für die Klinik«, trotz all der Gratis-Lifts ihrer Visage, die sie sich vierteljährlich mit eigenem Gesäßfett aufpolstern lässt. Diese ewig angeschwollenen Nasolabialfalten, nein, schön ist das nicht. Seine Antipathie beruht also auf einem ästhetisch bedingten Reflex, vor allem ist es der Damenbart, der ihn stört, oder die Tatsache, dass sie einmal im Jahr nach Kenia zum »Schwarzbumsen« fährt und hinterher mit den OP-Schwestern tuschelt. (»Die Haut des Kenianers ist hartgummiartig und wärmeisolierend wie ein Taucheranzug aus Neopren.«)

»Müller-Dodt, nun gehen Sie schon! Sie werden erwartet!«

»Lass deine Alphakuh-Stinklaune an einem anderen aus ...«

Claus bringt nichts so schnell aus der Fassung, das ist das Gute an einem hypernervösen Nervenkostüm.

»Was haben Sie da eben gesagt?«

»Ich sagte sinngemäß: Eile mit Weile.«

»Aber sonst geht's Ihnen noch gut?« Wie eine Bärenfalle schnappt sie zu. »Wegen Ihnen steht das ganze Haus Kopf ...«

Claus verkneift sich einen Kommentar und marschiert tapfer in Roger Hempels Büro, dessen durch Zierpflanzen begrünte Leere mit einer weitläufigen, kalten Salatbarhalle durchaus mithalten kann.

Bach-Kantaten plätschern von irgendwoher auf ihn ein und Claus hat den vagen Verdacht, dass hier womöglich jemand beigesetzt werden soll.

»Da bin ich«, ruft er.

Der Sitzriese mit dem Gesicht eines bebrillten und ernst dreinblickenden Ochsen ignoriert ihn, um das Telefonat nicht unterbrechen zu müssen. Schon durch sein äußeres Erscheinungsbild dokumentiert er die würdelose und störrische Vitalität dessen, was die Natur über Generationen hinweg stiefmütterlich kurzgehalten hat. Nun hat es ein Hempel doch noch geschafft. Das Namensschild auf dem Schreibtisch ist ein Andenken an den 1. Weltkongress der Plastischen Chirurgie. Dort steht, wer er ist – Dr. Rolf-Gero Hempel, inoffiziell übrigens schlichtweg Roger oder »Rogel« genannt. Über seinem Schreibtisch – quasi in Reichweite – hängt eine Ferrari-rot lackierte, doppelläufige Büchse. Steyr-Mannlicher hat das Gewehr für Hempel gefertigt, die rechtlich geschützte Mischfarbe stammt aus Luca Montezemolos privaten Beständen. Ob Hempel die Waffe tatsächlich auf seinen Safaris gebraucht, ist schwer zu sagen. Senta Götze gilt er jedenfalls als »begnadeter Linksschütze von afrikanischem Großwild«.

»Verstehe schon, Jacky«, näselt er vor sich hin. »Schicken Sie diesem Rechtsverdreher einfach die Patientenverfügung. Ja, daran hat er sicher eine Weile zu knabbern.« Etwas unbeholfen wischt er sich die Koksnase an der Schulter ab, mit der er sich den Telefonhörer ans Ohr geklemmt hat, was einem langjährigen Mitarbeiter kaum mehr auffallen würde, da Hempel – auch wenn er nicht spricht – stets den Kopf in Schräglage hält. Er brummt noch ein paarmal »Hm-hmmm« und »That's right«. Dann legt er auf.

»Müller-Dodt, da sind Sie ja endlich.«

In seinem schlappleinernen Anzug und dem weißen Rolli, den er bei jeder Witterung trägt, wirkt Hempel wie ein abgehalfterter CIA-Spezi, der in Kuba hängen geblieben ist und sich jetzt die Zeit mit den Chicas vertreibt. So ein Lotterleben widerspricht allerdings seiner wahren Berufung. Wie kein anderer Schönheitschirurg der Klinik verkörpert ausgerechnet er das Dreigestirn des Anatomischen Theaters der Renaissance: Einerseits ist er Gelehrter, der vor der OP aus wissenschaftlichen Traktaten vorträgt, andererseits ein besessener Demonstrator, der den quicklebendigen Leib des Patienten mit einer Forschheit aufschneidet, wie man sie sonst nur von Pathologen her kennt, und der es sich drittens auch nicht nehmen lässt, die Rolle des Ostensors zu spielen, des »Ansagers«, der während der Sektion mit bebender Stimme auf grässliche Fettpolster und überschüssiges Gewebe verweist. Nicht von ungefähr thront er daher unter den gerahmten Stahlstichen des *De Humani Corporis Fabrica*. Hempel hat nach eigenem Bekunden das ebenso »akribische wie kaltblütige Werk von Schnittlinien zur Erforschung des menschlichen Apparates« genauestens studiert und erachtet es als nach wie vor »richtungsweisend« für die Grundprinzipien chirurgischen Handelns.

»Wissen Sie, was der Unterschied zwischen Ihnen und einer Krampfader ist?«, fragt er leise und ohne aufzusehen. »Dass es noch keinen Weg gibt, Sie auf schmerzlose und dauerhafte Weise zu entfernen … Wie konnte das bloß passieren?« Vor ihm liegt das linierte Stationsbuch. Claus glaubt, seine eigene hundsmiserable Klaue zu erkennen.

»Wie, was?«, gluckst er aufmüpfig. Die Wahl zwischen Demut und Arroganz fällt ihm noch leichter als sonst. »Alles Roger, Roger?«

Hempel beugt sich mit aneinandergelegten Fingerspitzen weit vor.

»Ihre Patientin ist tot.«

Ohne Vorwarnung legt Hempel seine Füße auf den Schreibtisch. Er betrachtet seine weißen College-Boy-Schuhe, als argwöhne er Hundescheiße unter den Sohlen.

»So was kann vorkommen«, sagt Claus. »Gegen Herzverfettung ist kein Kraut gewachsen. Ich meine, diese Wilkens war ein schwieriger Fall.«

»Inwiefern?«

»Na ja, hoffnungslos, würde ich sagen.« Wie immer, wenn etwas schiefgelaufen ist, versucht Claus den Chef mit Galgenhumor auf seine Seite zu ziehen. »Können Sie sich einen Hintern vorstellen, der sich vorne als Plauze ausstülpt? Sie hatte eine Arschspalte zwischen Nabel und Pubis, und als ich ihr die Tumeszenzlösung reinpumpte, da erreichte Sie die Größe eines Fesselballons. Ich hab sie kaum noch gesehen.«

Er hält inne, denn das Gesicht des Chefchirurgen beginnt sich dunkelrot zu verfärben.

»Soll das ein Witz sein?« Fast sieht es so aus, als trete eine Schweineleber zwischen den buschigen Brauen zutage.

»Sie haben Ihrer Patientin gestern Abend ein appetithemmendes Mittel gespritzt«, entrüstet er sich. »Und am Abend davor. Das Mittel ist hierzulande nicht zugelassen! Was Sie getan haben, ist ein grober Verstoß gegen das Arzneimittelgesetz, Paragraph 43, Absatz 1, Satz 1, und Paragraph 73, Absatz 1, Halbsatz 1. Tun Sie nicht so, als hätten Sie das nicht gewusst!«

Claus verzieht den Mund, um genug Speichel zu sammeln, denn in seinem Rachenraum weht plötzlich ein heißer, trockener

Wind von den chronisch entzündeten Bronchien herauf. Verdammte Stauballergie. Bei dem kleinsten Anzeichen von Stress fällt sie ihm in den Rücken.

»Die Frau wollte es so«, krächzt er in einem schleimschleudrigen Ton.

»Ja, die Frau wollte es so, aber Sie, Müller-Dodt, sind der behandelnde Arzt! Sie sind verantwortlich! Man verabreicht einer post-operativen Patientin keinen Appetithemmer! Wenn das rauskommt«, fährt er fort, »sind wir geliefert. Die Fachpresse wartet doch nur auf so einen Fall. Begreifen Sie das?«

»Wollen Sie damit sagen, ich hätte einen Fehler gemacht?« Claus hat längst beschlossen, in die Offensive zu gehen und Hempel mit logischen Argumenten zu schlagen. »Ist Ihnen schon einmal aufgefallen, dass sich die Anzahl der Liposuktionen in den letzten Jahren verfünffacht hat? Bei zweihundert Eingriffen im Jahr kann mal was schiefgehen. Wo gehobelt wird, fallen Späne.«

»Sie geben es also zu?«

»Ich gebe gar nichts zu, nicht das Geringste.«

Hempels Augen wandern durch den Raum und bleiben an einem Stich hängen, der den Titel »Lohn der Grausamkeit« trägt – eine makabre Szene in einem öffentlichen Seziersaal. Eine Ader beginnt an seiner rechten Schläfe zu zucken. Für Hempel ist Claus lediglich einer jener »Fließbandarbeiter«, die man im Mittelalter einen Wanderchirurgen genannt hätte – ein Handwerker also, der den Umgang mit dem Skalpell am Barbierbecken oder in der Baderstube erlernt hatte. Welten trennten Claus von jenen Mang-geschulten »Künschtlern«, die Hempel an teuren Augenlidern rumschnippeln läßt und die mit »vagen Schnitten von geringer Tiefe« das Zehnfache pro Eingriff verdienen.

»Nur, dass wir uns richtig verstehen«, sagt er mit gepresster Stimme. »Ich habe die Leiche bereits auf Eis legen lassen. Und jetzt möchte ich, dass Sie das Blut austauschen, und zwar bevor der amtliche Leichenbeschauer hier aufkreuzt. Ich gebe Ihnen anderthalb Stunden Zeit.«

Sein ausgeprägter Kehlkopf gleitet in die Ruhestellung zurück.

Claus ist am Zug.

»Ist das nicht illegal?«, platzt er endlich heraus. Überflüssige Frage.

»Ja, das ist es. Nur leider sehe ich keinen anderen Weg.«

Wieder diese lauernde Stille.

»In Ordnung«, sagt Claus, obwohl ihm nicht wohl dabei ist. »Ich werde es tun.«

»Bestens.« Hempel nimmt seine Beine vom Tisch. »Sie liegt unten in OP 3 unter den Eiskompressen. Sie hat leider in kein Kühlfach gepasst. Ich habe Schwester Gesine bereits gebeten, Blutkonserven zu bringen. Die Drainage sollten Sie ...«

»Ich krieg das schon hin«, sagt Claus und steht auf.

»Sind Sie sicher?«

»Mhm. Ist ja nicht gerade ein künstlerisch wertvoller Eingriff.«

»Das stimmt«, sagt Hempel, »eher ein Aderlass. Und, Müller-Dodt ...« Er pfeift Claus noch einmal zurück. »Enttäuschen Sie mich nicht, ja? Es würde mir leidtun, Ihre schmutzige, kleine Ich-AG eliminieren zu müssen.«

Claus schüttelt verächtlich den Kopf. Beim Rausgehen pumpt er mit der Hand: Verkokster Wichser.

Während das Blut der Speckprinzessin tintenschwarz ins Waschbecken tropft, hockt Claus vor einem Camping-TV. Der winzige Kasten gehört Nachtschwester Sine, sie ist süchtig nach *Lipstick Jungle* und anderen softpornographischen Soaps, und Claus kann sie halbwegs verstehen: Die mediale Verschmutzung seiner Seele hat längst den Zustand der Verkrustung erreicht, nicht mal die Säure nihilistischer Philosophie hätte hier mehr geholfen. Sicher, irgendwo unter den Triebgespinsten in seinem Hirn ist noch ein Rest-Ich geblieben, doch es hält sich glücklicherweise bedeckt, macht ihm das Leben, das er gerne wie einen verschlissenen Arztkittel abstreifen würde, nicht noch unnötig schwer.

Er wirft einen Blick auf die Uhr und versucht nicht nachzudenken über das, was er tut. Nur eines ist momentan wichtig: Dass es vorbeigehen wird. Und das wird es.

Was ist schon passiert?, denkt er. *Another one bites the dust.* Die Speckprinzessin kannte die Risiken, sie hatte sogar einen Wisch unterschrieben, bevor sie ihre Selbstverstümmelung an die Chirurgie delegierte. Sie wusste über alles Bescheid und hatte die mit Marker gestrichelten Linien auf ihrem Bauch sogar zweimal selbst korrigiert.

Der Kampf gegen die Fettzellen ist immer ein Kampf um Objektivierung des eigenen Körpers, der unerbittliche Blick des Patienten bestimmt die Tiefe des Schnitts. Ein Chirurg wie Claus ist da nur Mittel zum Zweck, die Integrität des Körpers zu unterlaufen. Er bereinigt die unerwünschten Konturen und bringt die Kundin ihrem Wunsch nach Perfektion einen Schritt näher. Was nicht passt, wird passend gemacht, selbst wenn die Wunschvorstellung vom standardisierten Fleisch – von einer bestimmten Körbchen- oder Kleidergröße zum Beispiel – mit gesundheitlichen Aspekten kollidiert. Doch selbst hier hat die Prinzessin noch Glück, denn der höchste Zustand von Perfektion ist bekanntlich der Tod. Und ist dieser tote Wal mit der dünnen, schlecht gefärbten Löckchenfrisur nicht jetzt von allem Übel erlöst?

Claus steht auf und tritt an den Tisch, auf dem die Leiche aufgebahrt liegt. Ein Tiefkühlgeruch steigt aus den sterilen Folien, die die Pole der Verwesung abdecken – fleischige Füße mit lackierten Nägeln und eine Mundhöhle mit eingefallenen, graublauen Lippen. Nicht, dass Claus zum weit verbreiteten Typus des nekrophilen Chirurgen gehört, aber die Gelegenheit ist zu günstig, um nicht mal einen Blick unter das Tuch zu riskieren. Er hat noch nie das sogenannte »Strumpfhosen-Phänomen« an einem Leichnam gesehen und staunt, dass sich die Leichenflecken tatsächlich ringförmig um Bauch und Hüften ausbreiten. Von hier aus – als Vorhut von wellenartigen Quaddeln – arbeiten sie sich beständig abwärts, und jedes Mal, wenn Claus das grüne Tuch wieder hebt, sind sie um ein paar Zentimeter gesackt. Gegen Abend, als Claus die Infusionspumpe abbaut, mit seinem OP-Kittel den Boden aufwischt und dann die aufgetauten Kühlkompressen und leeren Blutkonserven in einen Müllsack stopft, sieht es wirklich so aus, als würde die Tote eine gemusterte Strumpfhose tragen. Pucci-Nylons der besonderen Art.

»Sweet dreams, Prinzessin. Ich vergesse nie ein Gesicht, aber in deinem Fall werde ich mal 'ne Ausnahme machen.« Auf dem Weg zur Tür stellt er fest, dass es im Grunde nichts gibt, das ihn noch in irgendeiner Weise berührt. Eigentlich die optimale Voraussetzung, um zum Treibgut des Lebens zu werden. Manchmal kommt er sich wie eine Flaschenpost vor, in der irgendeine ungute Botschaft steckt, aber solange er nicht in Versuchung kommt, am Korken zu fummeln, wird er weiterhin oben schwimmen, und damit ist ja alles in Ordnung.

VII.

Noch bevor er durch die Drehtür der Klinik taumelt, hat er seinen Porsche auf dem Parkstreifen gegenüber als sein Vehikel und rechtmäßiges Eigentum identifiziert. Die Scheinwerfer blenden einmal kurz auf, Claus hebt im Reflex die Hand. Lana steigt aus, winkt zurück und setzt sich dann auf die Beifahrerseite. Sie weiß, er mag es nicht, wenn sie ihn fährt, deshalb lässt sie ihn gleich hinters Steuer.
»Lana, was für eine Überraschung. Wo steckt Bartos?«
»Grippe«, antwortet sie. »Er muss das Bett hüten.«
»Und da lassen Sie ihn allein?« Claus lässt den Motor an, und das Röhren des Sechszylinders versöhnt ihn halbwegs mit seinem beschissenen Tag.
»Wir schlafen nicht zusammen«, sagt sie mit ein paar Sekunden Verspätung, »wenn Sie das meinen.«
»Geht mich nichts an«, murmelt Claus. Doch ihre Mitteilung passiert nicht nur die analytischen Zentren in seinem Gehirn, sondern hechtet kopfüber in den limbischen Sumpf, und dort planscht, wälzt und suhlt sie sich wie ein Schwein.
»Also, was ist passiert?«, fragt er dann im salbungsvollen Ton eines Eheberaters, der die Sache für verfahren, aber nicht aussichtslos hält.
»Er hat mich heute eine Frau-mit-Hang-zum-Abenteuer genannt«, sagt Lana mit belegter Stimme. »Wo ich herkomme, ist das ein anderer Ausdruck für Miststück. Nur Zarenschlampe ist schlimmer.«
Claus hat Mühe, nicht loszulachen. »Irgendwelche Anrufe?«
»Ja, eine Fifi van Dowski.«
»Ah, die Schauspielerin ...«

»Sie hat postoperative Schmerzen. Ich hab ihr gesagt, Sie sind auf einem Ärztekongress und rufen sie übermorgen zurück.« Claus nickt. Postoperative Schmerzen, so, so. Lanas Wortschatz hat sich in den vergangenen zwölf Monaten erstaunlich entwickelt. Im Grunde ist *sie* sein Faktotum geworden, was er in Gedanken »Fucktotum« schreibt, was ihrer neuen Multifunktion jedoch in keiner Weise entspricht. Neben den Haushaltsarbeiten erledigt sie jetzt den Job einer (im Neusprech der Arbeitsagentur) »atypischen« Sprechstundenhilfe, das heißt, sie wimmelt hysterische Patientinnen am Telefon ab oder vertröstet sie bis zum Sankt-Nimmerleins-Tag. Claus belohnt ihre Künste in der Regel mit Sushi und Sekt, und das veranlasst sie wiederum dazu, tagelang an ihren Gretchenzöpfen zu nesteln, was ihn seinerseits so schwer irritiert, dass er sich ihre untertänigen Blicke verbittet. Ja, sie will zweifellos mehr für ihn tun, sehr viel mehr. Vielleicht nimmt er sich deshalb mehr Vertraulichkeiten heraus. Ist er einmal unzufrieden mit ihr, was selten vorkommt, nennt er sie »Svet«: *Komm her, Svet, und blas mir einen!* Natürlich nur in Gedanken, doch er hofft, sie wird schon bald die Initiative ergreifen. Eine gewisse Erfahrung hat sie ja, denn sie ist nicht wirklich Studentin – »nicht wirklich«, wie sie überhaupt die meisten Erklärungen über sich und ihr Leben einleitet. Nach einem Semester an irgendeiner Kunstklause in Kiew hatte sie das Handtuch geschmissen, um als Fotomodel zu jobben. »Brachte mehr Geld.« Gleich drei russische Website-Betreiber hätten sich damals für sie interessiert: *Skinny Fuckers, Shaved & Cheap* und *Flat-chests-fuck-a-lot*.

In diesem Zusammenhang hat sich auch die Geschichte mit der Ballettschule als freie Erfindung oder – Zitat Lana – »kubische« Wahrheit erwiesen: Zwar hat sie mehrfach an einem Barren posiert, allerdings nackt oder in Strapsen. Dabei hatte sie augenblicklich gefühlt, dass sie wohl nie den sterbenden Schwan oder sonst irgendeinen »elitären Vogelmist« tanzen werde.

Was sie über Stauballergien weiß, hat sie sich, wie das übrige Mobiliar ihres Geistes, durch intensives Studium von Lifestyle-

Magazinen erworben. Dazu gehört auch der technisierte Blick auf den eigenen Körper: Hair-Extensions, Zahnbleiche, Bauchnabel-Piercing, Botox – das ganze Arsenal ist ihr geläufig. Sie wüsste nicht, warum sie etwas auslassen solle. »Perfekt und sexy« wolle sie sein, so wie Millionen anderer junger Frauen. Vielleicht ist es auch nur ein gewisser Nachholbedarf, denn Lana stammt gar nicht aus einer Hauptstadt wie Kiew, sondern aus einem ukrainischen Dorf, einem »Kacknest mit unaussprechlichem Namen, wo die meisten Mädchen entweder mit siebzehn an einen Luden geraten oder Selbstmord begehen«. Auch das hat sie ihrem Herrn – und nur ihm, nicht der Herrin – inzwischen gebeichtet. Und das Gelübde, etwas aus ihrem Leben zu machen. Ihr momentaner Status als Sklavin schließe das doch nicht aus. »Gutes Aussehen als Beweis erfolgreicher Lebensführung« sei der Anfang. Jetzt spare sie für einen kleineren Zinken und ein Beauty-Pay-Kredit der Moser Medical Group – von Claus vermittelt – soll ihr dabei helfen. Deren Prospekt bringt es klar auf den Punkt: »Schönheit auf Raten! Was bei Autos, Möbeln und Immobilien längst üblich ist, das geht jetzt auch mit Nasen, Cellulitis und überflüssigen Pfunden.«

Von Pfunden hat Lana eher zu wenige, ihre Maße sind nachweislich mit denen der legendären Kristen McMenamy identisch. Trotzdem macht sie abends auf dem Rasen vor der Anliegerwohnung noch Rumpf- und Kniebeugen. Sie will Kalorien verbrennen, und Dominus Claus, der ihre »beauty-relevante Körperpolitik« unterstützt, sieht ihr mit Wohlgefallen zu, denn sie trägt dabei stets verschärfte Fummel, die es im Zuge der Loveparade aus irgendeinem Sexshop in die Kaufhäuser geschafft haben. In solchen Outfits pflegt sie ihre wurzelweißen Glieder im Halbdunkel zu verrenken, was Claus vielleicht nicht zu Unrecht wie die Trockenübung zu akrobatischem Koitieren erscheint, und ja, er könnte ihr ewig bei diesen Grätschen und radschlagenden Figuren zusehen, auf dem Moment der Rumpfbeuge ausharrend, der ihren Paradearsch in eine höchst sinnliche Fußbank verwandelt, auf die er – wer auch sonst? – eines Tages seine bloßen, gesalbten Füße ablegen wird.

»Was ist mit Ihnen?«, fragt Lana unvermittelt und reißt Claus aus seinen Gedanken. »Sie sind so nachdenklich.«

»Bin ich das?« Er registriert erst jetzt, dass er die Autobahn mit überhöhter Geschwindigkeit langkachelt, kreuz und quer zwischen Berufsverkehrsnachzüglern hindurch und vor der Kulisse einer Stadtsilhouette, die sich nur schemenhaft im Frostnebel zeigt. Die letzte Kurve hat er auf gefühlten zwei Rädern genommen. Allmählich geht er vom Gas.

»Tja, wissen Sie, junges Fräulein, ich gehöre noch zu denen, die über die Dinge nachdenken, bevor sie sie aussprechen.«

»Und an was haben Sie gerade gedacht?« Sie spitzt die Lippen und schnalzt dann kokett mit der Zunge.

»An nichts«, antwortet er mit belegter Stimme, »oder genauer gesagt, an all die Mitteldinge aus Nichts und Etwas, die es gibt und die einen aus unerfindlichen Gründen erfreuen – bis man sie satthat. Können Sie sich vorstellen, was ich meine?«

Lana nickt. »Das Denken ist kein angenehmes Geschäft«, sagt sie. »Küssen ist viel, viel besser, wenn es der Richtige ist.«

Er begegnet eher zufällig ihrem Blick und spürt, wie sich ihre Augen an den seinen festsaugen.

»Das reicht«, sagt Claus und senkt den Bleifuß wieder fest aufs Pedal.

Evelyns Tag war nicht weniger chaotisch verlaufen. Ein offenbar asozialer und geistig verwirrter Mann, den sie pflichtverteidigen muss, hatte sie in Anwesenheit des Gerichtsvollziehers beschimpft und mit einer zusammengerollten Fernsehzeitung geschlagen. Die anwesenden Beamten nahmen den Mann daraufhin in Gewahrsam, was die Zwangsräumung seiner Bleibe juristisch ungemein verkomplizierte. Vor lauter Frust hatte sie sich in den verebbenden Kaufrausch gestürzt und – nichts gefunden. Rein gar nichts. Zuletzt war sie an einer Austernbude in der KdW-Fressabteilung hängengeblieben, um sich ordentlich die Kante zu geben. Irgendein Angestellter hatte sie dann über zig Rolltreppen hinweg nach draußen gelotst, da war es schon Nacht und die Kälte fiel wie Eiswasser über sie her. Die Lichter des Kurfürstendamms verschwammen vor ihren Augen, zerflossen in ein flirrendes Nichts, eine Geisterstadt aus leuchtenden Gasen, und sie empfand – innen und außen frierend – nur noch tiefe Trostlosigkeit.

Zu Hause angekommen, rempelt sie fast den Weihnachtsbaum um und steuert dann – ihre Stiefel im Gehen abstreifend – auf die Kellertür zu.

»Claus? Claus, bist du da?«

Wildes Geplätscher und das Brummen des Motors, der die Winde über dem Alligatorgehege antreibt, künden von einem etwas anderen Heiligabend. Der Reptilienfreund, der sich gerade in onomatopoetischen Nachahmungen von Naturlauten übt, ist in seinem Element.

»He, Evi, das musst du sehen ...« Claus – die rechte Hand am Richtungsanweiser der Winde – balanciert auf einer Leiter, die es ihm erlaubt, auf die andere Seite der Glasbausteinmauer zu blicken. »Billy spielt mit den Robo-Suckers! Wär das nicht was für *Wildes Wohnzimmer* oder wie diese Scheißsendung heißt?« Ein Quietschen wie von Kreide auf Glas zeugt von einer erneuten Attacke. »Alle Achtung, die Dinger halten ganz schön was aus, was meinst du, Lana?«

»Ja, die halten was aus.«

Erst jetzt hat Evelyn Lana bemerkt. Sie trägt ein hochgeschlossenes schwarzes Cocktailkleid, die Sorte, die unweigerlich nach einem endlos tiefen Ausschnitt auf der Rückseite fragt. Große Ohrringe aus Strass und Metall zaubern gleißende Lichter auf ihre Wangen.

»Hallo, Lana. Wie geht's?«

»Ich habe Billy nur sein Hühnchen gebracht.« Mit Tippelschritten – größere lassen ihr Kleid auch kaum zu – nähert sie sich der Treppe und schlüpft an ihrer leicht schwankenden Herrin vorbei. »Gute Nacht.«

»Gute Nacht!«, ruft Claus. »Und frohe Weihnachten, Lana!«

Evelyn versucht nicht hinzusehen, aber der Rückenausschnitt von Lanas Kleid lässt selbst die Kreuzgrübchen am Gesäßansatz frei. Auch die Lack-Mules, die sie trägt, hätten eher zur Arbeitskleidung einer Stripteasetänzerin oder Animierdame gepasst.

»Hast du die Kriegsbemalung gesehen? Warum macht sich das Kind wie ein Christbaum zurecht?«

»Weil heute Weihnachten ist.« Behutsam haucht Claus Evelyn einen Kuss auf die Stirn.

»Außerdem ist sie ein bisschen verrückt, das passt doch zu uns.«

»Was uns nicht alles passt ...«

»He, weißt du, was sie vorhin gesagt hat? Sie glaube, dass Schlangen vor dem Sündenfall – als Gott die Spezies verdammte, für immer und ewig zu kriechen – wie bunte, kerzengerade Spazierstöcke durch die Luft schwebten. Angeblich hat sie das vor ein paar Tagen geträumt.«

»Weil sie dich scharfmachen will.« Evelyn verzieht spöttisch die Lippen. »Erst hat sie ihren Akzent abgelegt, und jetzt hat sie vielleicht vor, noch mehr abzulegen.«

»Evi ...« Mit sanfter Hand streicht er ihr das Haar zurück, was überflüssig ist, da es fest und straff sitzt. »Sei doch froh, dass sie lernt.«

Sie kann sich nicht länger beherrschen, sondern presst ihre Lippen wie wild auf seinen Mund. Ihr Ansturm drückt ihn mit dem Rücken gegen das Gehege des sensiblen Grünen-Leguan-Weibchens, das sich sofort in seine Höhle verkriecht.

»Besser?«, japst er.

Sie nickt unbestimmt, doch tief in ihrem Innern weiß sie, dass sie sich gerade zur nächsten Etappe ihrer Beziehung gehangelt hat.

»Du hast getrunken«, stellt er fest.

»Das hast du geschmeckt?«

Er nickt. »Was ist los, Evi?«

»Das könnte ich dich genauso gut fragen.«

»Ich hatte einen harten Tag, das ist alles.« Tatsächlich wäre es Claus nicht im Traum eingefallen, seiner Juristin vom traurigen Abgang der Speckprinzessin zu erzählen. Die Erinnerung an das blutbesudelte Waschbecken drängt sich zwischen ihn und seine Frau.

»Eigentlich siehst du nicht anders aus, sondern krank«, stellt er fest. »Lana meinte, es hätte Bartos erwischt. Grippe.«

»Na, so was!«, frotzelte Evelyn vor sich hin, »und ich dachte, Untermenschen wären gegen Influenza immun.«

»Wie hast du ihn eben genannt – Untermensch?«

Evelyn zuckt mit den Schultern, vielleicht ist es auch nur ein Nervenreflex. »Er nennt seinesgleichen doch Subs. Vielleicht wäre *Subhumans* auch nicht verkehrt.«

»Lieber Himmel, was hat dir Bartos getan? Leben und leben lassen, sag ich immer.«

Mit einem kräftigen, um ihre Hüfte gelegten Armgriff, bugsiert er sie die steile Treppe hinauf.

»Weißt du, was ich so komisch finde?« Evelyns Füße verweigern für Sekunden den Dienst. »Es ist noch gar nicht so lange her, da hatten wir keine Sklaven.«

»Das findest du komisch?«

»Na ja, eben nicht.«

»Es ist auch nicht komisch.« Er lehnt sie gegen die Wand und presst seine Stirn an die ihre. »Willkommen in der Multioptionsgesellschaft, mein Schatz. Du brauchst dich nur zu entscheiden. Das Leben des modernen Menschen ist nun mal wie ein Satellite-Dish: Im Hintergrund laufen unzählige Programme, aber nur eines kann sich auf deiner persönlichen Mattscheibe manifestieren. Hier oben ...« Er tippt ihr zart auf die Stirn. »Das Irre an unserer Zeit ist, das sich nichts ausschließen lässt; alles kann *wieder* kommen, verstehst du, auch Vorvorgestern, die verdammte Steinzeit, das Faustrecht, gleich nach der ersten Stadt auf dem Mond, nach der ersten bemannten Marslandung – irgendwas läuft irgendwo schief und schon packen die wieder ihre Steinäxte aus. Scheiß auf die bürgerliche Ideologie, was hat sie uns gebracht? Nichts.«

»Aber die Gesellschaft ...«

»... ist wie das Meer und seine Wellen. Mal laufen sie nach rechts, mal nach links, aber die Brühe bleibt doch dieselbe. Das Wasser, das den Menschen ausmacht, lässt sich nicht ändern.«

»Du Verrückter ...« Sie versucht ihn wieder zu küssen, aber er weicht ihr aus.

»Ich weiß nur, dass alles zusammenhängt, Evi, und dieses Was-es-auch-ist bildet seit der Ursuppe eine immer tiefere Brühe – die humangenetische Buchstabensuppe. Vierzigtausend Gene, das ist alles, stell dir mal vor. Und viel Zeit hat man nicht, da was draus zu machen. Dabei bilden unsere Ideen die Basissubstanz dieser Welt. Im wilden Strom des Lebens, der unsere Gattung seit Äonen beherrscht, ist Sklaverei nach wie vor eine Option, ganz gleich, ob sie gesetzlich abgeschafft wurde. Was in der alten Buchstabensuppe steht, das müssen wir auslöffeln, du und ich, und alle anderen auch. Die Schöpfung weiß ohnehin nicht, dass es uns gibt. Also – just let it flow – genieße den kurzen Augenblick, in dem du aus dem Nichts in die Existenz stürzt. Trete einmal aus deinen Gewöhnungen heraus, und verzichte darauf, dich zum Opfer spießiger Kalküle zu machen. Wir haben die Möglichkeit, alles Überkommene abzustreifen und die Welt neu zu erfinden. Ist das nichts?«

Sie betrachtete ihn mit dem nachsichtigen Blick, den sie sich vor Gericht für besonders aussichtslose Fälle angewöhnt hat.

»Nur, wieso sollten wir das tun, Liebling?«

»Das weißt du nicht?« Er scheint es nicht fassen zu können. »Sieh dich um: Nichts ist schärfer als die Realität. Und wir haben die Möglichkeit, sie noch schärfer zu machen.«

»Man kann ein Gericht auch verwürzen ...«

Claus und Evelyn haben es endlich zum Sofa im Wohnzimmer geschafft.

Die echten Bienenwachskerzen brennen noch nicht, die mit goldenen Kugeln geschmückte Blautanne macht einen heillos verwaisten Eindruck.

»Hm?«

»Was du gerade gesagt hast, ist Irrsinn. Selbst wenn wir uns die Subs leisten können, es geht zu weit.«

»Was geht zu weit?« Claus sucht in der Schublade des Couchtischs nach Streichhölzern. Auch wenn es schon spät ist, einmal will er heute noch die brennenden Kerzen am Weihnachtsbaum sehen. »Es geht uns gut, oder nicht? Und wir sind keine Stinos*, die einfach mitmachen müssen: Das ganze Land ist im Umbruch, die politischen Stümper legen alles darauf an, ihre Wähler zu ruinieren. Das eigentliche Problem – die Korruption – bekommen sie nicht in den Griff. Unsere altrömische Solidargemeinschaft funktioniert dagegen so gut wie vor zweitausend Jahren.«

»Altrömische Solidar...?« Sichtlich entgeistert legt Evelyn ihren ohnehin benebelten Kopf in den Nacken. »Fehlt nur noch eine neue Verfassung.«

»Wir könnten sie schreiben«, sagt Claus.

»Das ist kein Spiel mehr! Wir haben eine Grenze überschritten, das weißt du genau!«

»Herrje ...« Claus zieht sie erneut in seine Arme. »Du meinst doch nicht etwa die gute alte moralische Demarkationslinie? Die gibt es nämlich schon lange nicht mehr.«

»Du nimmst mich einfach nicht ernst«, stellt Evelyn fest. »O Gott, wie konnten wir nur so tief sinken.«

Claus muß lachen. »Glücklicherweise leben wir in einer Zeit, in der es unmöglich geworden ist, tiefer zu sinken als die, welche die Regierungs- und Finanzgeschäfte betreiben.«

»Wie bescheuert bist du eigentlich, Claus?« Sie befreit sich aus seiner Umarmung. »Dass uns bisher niemand auf die Schliche gekommen ist, liegt nur daran, dass wir hier wie auf einer freistaatlichen Insel im Nirgendwo leben. Solange sich niemand

---

* Berliner Szene-Slang: Stink-Normale.

von außen einmischt, geht alles seinen Gang, doch normal ist das nicht.«

»Was ist es dann?«

»Eine Verdunkelung des Rechts, das ist es! Wenn das eines Tages rauskommen wird ...«

»Relax, okay?« Claus hat Streichhölzer gefunden und zündelt bereits an einer Kerze. Er ärgert sich, aber lässt sich nichts anmerken. Um auf den Tisch zu hauen, braucht es vor allem Testosteron, denkt er, ein Hormon, von dem du nichts mehr hast, alter Junge. Einer Havard-Studie zufolge sinkt der Testosteronspiegel verheirateter Männer im Laufe der Ehe auf ein Minimum ab. Zusehends verliert der Ehetrottel das Interesse an Sex, wird am Arbeitsplatz umgänglicher, kuscht. »Will kuscheln«, sagt er abends auf der Couch vor dem Fernseher – wenn er überhaupt noch was sagt. Erst nach der Scheidung erreichen die Werte angeblich wieder ihr altes Niveau.

»Du machst dir Sorgen wegen Karlotta.« Während er den Docht einer weiteren Kerze entzündet, spekuliert er bemüht vor sich hin. »Du willst sie nicht brüskieren. Hab ich Recht?«

Es dauert, bis Evelyn nickt. »Ich will nicht, dass sie denkt, wir wären ...«

»Sklaventreiber?« Claus lacht hell auf. »Sind wir auch nicht.«

»Stimmt, unsere Sklaven treiben *uns* an.« Evelyns Kichern klingt so, als hätte sie sich gerade verschluckt. »Genauer gesagt, der liebe Herr Bartos. Tut mir leid, aber ich nehme ihm seine Sklaven-Maske nicht ab.«

»Du tust ihm Unrecht.« Claus lässt es nach der zweiten Kerze bewenden und verschwindet hinter der Milchglasabtrennung zur Küche. Als er zurückkommt, stellt er zwei gefüllte Kristallkelche vor ihr auf den Tisch.

»Bartos ist eine grundehrliche Haut. Wenn du mich fragst, hat er seine wirtschaftliche Situation analysiert und ist zu keinem guten Ergebnis gekommen. Angesichts seines Alters und seiner Chancenlosigkeit auf dem Arbeitsmarkt hat das bei ihm wohl eine Art Trotzreaktion ausgelöst. Er will die Gesellschaft beschämen, ist doch klar. Um ehrlich zu sein, wäre ich promovierter Akademiker und in so einer Situation, dann wäre es mir auch lieber, den Obersklaven zu spielen, als die Hartz-IV-Bank zu drücken. Der Mann hat Stil, das habe ich dir schon mal gesagt.«

»Was ist mit Menschenwürde?«, fragt Evelyn.

»Was soll damit sein?« Claus zuckt hilflos mit den Schultern. »Schluss mit dem falschen Gemenschel, denn wir leben nun mal in einer unmenschlichen Zeit.«

»Und deshalb müssen wir uns anpassen? Willst du das damit sagen?«

»Ich will nur sagen, dass wir ein angenehmes Leben führen, weil es sie gibt.«

»Die Sklaven.«

»Genau, Schatz, die Sklaven.« Claus reibt sich die Schläfen. »Sieh es doch einfach mal als Experiment ...«

»Experiment?«

»Herrje, warum musst du immer alles so negativ sehen? Es ist Heiligabend, das Fest der Liebe. Heben wir uns diesen Streit für ein andermal auf.«

Evelyn erwidert nichts. Es dämmert ihr einmal mehr, wie ähnlich sie sich im Laufe der Jahre geworden sind und dass sie denselben bankrotten Gefühlshaushalt teilen.

»O du fröhliche«, sagt sie leise. Sie sieht zum Weihnachtsbaum, in den strahlenden Glanz der beiden Bienenwachskerzen, die dort in aller Verlassenheit brennen.

Das Licht wärmt sie und zuletzt hat sie sogar das Gefühl, in wohltemperiertem Glyzerin zu ertrinken.

Es ist ein gutes Gefühl.

2

*Killing*pool

Die Geschichte der Menschheit beginnt von neuem, wenngleich, wie anzunehmen ist, nicht für alle, weil dies auch eine Frage des Geldes sein wird.

– ALFRED TOFFLER

Eure Freiheit, vergesst es nicht, taugt gerade so viel, wie ihr taugt.

– ALEXANDER VINET

I.

Die letzten Schneereste auf den verpackten Gartenmöbeln sind noch nicht ganz verschwunden, als der Bautrupp anrückt. Aus unerfindlichen Gründen hat Evelyn schon nicht mehr damit gerechnet. Die von Bartos auf Transparentpapier getuschten Grundrisse betrachtet sie schon einige Zeit als extravagante Wanddekoration, und da der »Pool« zwischen ihr und Claus ein Reizthema ist, ist sie stets davon ausgegangen, die Sache habe sich in Luft aufgelöst. So beginnt die Geschichte erst Anfang Februar, nach einem letzten Aufbäumen des so hartnäckigen Winters, der nach Ansicht der Wetterfrösche »übergangslos zwischen einem Atlantikhoch und einer Warmluftfront aus dem Mittelmeerraum« abgedankt hat. Das Thermometer klettert innerhalb weniger Tage von minus fünf auf plus fünfzehn Grad, die Natur ist endlich von ihrer eisigen Leine befreit, Krokusse schießen wie violette und gelbe Wachsmalstifte über Nacht aus dem Boden.

Überhaupt lenzt es in den auftauenden Fluren rund um die Villa.

Es ist die Zeit, in der sich Evelyns Hormonhaushalt aufs Frühjahr umzustellen beginnt, eine Zeit, in der sie schlecht schläft und unter Migräneanfällen leidet, was im Umgang mit anderen Menschen immer wieder für Spannungen sorgt. Trotz Lanas allabendlicher Akupressur (»Champissage, Madame!«), einer unerklärlichen Schonzeit am Amtsgericht und lachtherapeutischen Ratschlägen von Richter Harms nimmt ihre Reizbarkeit nur noch zu. Selbst ein Absacker aus Gin und aufgelösten Barbituraten versetzt sie bestenfalls in einen dem Wachkoma ähnlichen Zustand, aus dem sie schon das leise Quietschen einer Bettfeder aufschrecken lässt. Doch in dieser Nacht ist es ein fernes Traktorgeknatter, ein dumpfes Gerumpel, das näher kommt... näher und näher über frisch geschotterte Wege.

Sie setzt sich auf, lauscht, kann den Lärm aber zunächst nicht zuordnen. Erst als sie hört, wie sich das Tor der Einfahrt öffnet, stößt sie Claus in die Seite.

»Was?«

»Hörst du das nicht?«

Evelyn springt aus dem Bett und flitzt auf bloßen Füßen zum Fenster. Sie zieht die Vorhänge nicht auf, sondern linst durch einen Spalt. Schemenhaft wälzt sich ein Tross aus Lkws und Baumaschinen auf das Grundstück. Der am Greifarm schaukelnde Tieflöffel des Baggers erinnert sie an ein mittelalterliches Katapult, eine Blide, wie sie zur Belagerung von Burgen eingesetzt wurde. Im Gegenlicht der wippenden Scheinwerferkegel erkennt sie auch Gestalten, schwarzeisern wie die wandernde Nacht. Die meisten Männer sind vermummt, ihre dunklen Parkas und Mäntel verschmelzen vor der Ligusterhecke zu einer amorphen, graubraunen Masse. Nur Bartos ist – wegen des weißen Fleckens der Hemdbrust – deutlich zu identifizieren. Wie ein Lotse auf einem Flugzeugträger winkt er die Fahrzeuge ein.

»Das werden die Bausklaven sein«, murmelt Claus. Auf seine Ellenbogen gestützt, wühlt er sich aus den Laken. »Tut mir leid, hatte ich ganz vergessen.«

»Wusstest du, dass die mit einem Bagger anrücken?« Sie späht noch immer nach draußen.

»Ja, ja«, gähnt Claus. »Hast du gedacht, die würden das Schwimmbad mit der Schippe ausheben?«

»Ich habe gar nichts gedacht«, sagt Evelyn. »Mein Gott, das werden ja immer mehr.«

Obwohl an die hundert Meter zwischen dem Schlafzimmerfenster und der Einfahrt liegen, erkennt sie einzelne ausgezehrte Gesichter, sogar eine ältere Frau. Die Gruppe folgt im Gleichschritt dem rumpelnden Bagger. Der Lichtstrahl von Bartos' Lampe dirigiert die Neuankömmlinge mit energischer Geste ins Dickicht der Buchsbaumhecken und Sträucher. Wie ein schwarzer, stelzenbeiniger Vogel stakst er noch eine Zeit lang auf dem Gelände herum. Dann verstummen die Motorengeräusche, und die elektrischen Gatter der Einfahrt schließen sich wie ein dezent linierter Vorhang. Evelyn weicht auf Zehenspitzen zurück.

»Grundgütiger ...« Claus wirft einen Blick auf die Uhr. »Es ist Viertel nach fünf.«

»Nicht so laut.« Zitternd schlüpft Evelyn unter die Decke. Ihre Augen starren noch immer zum Fenster.

»Evi?« Er fühlt, dass etwas nicht stimmt. »Bist du krank, Evi?« Die Kälte ihres Körpers lässt ihn erschaudern.

»*Wir* sind krank«, sagt sie nach einiger Zeit.

»Wir? Aber wieso ...?«

»Psst.« Ihre Hand versiegelt seinen Mund. »Du weißt genau, was ich meine.«

»Wovon redest du?« Claus, der den vorwurfsvollen Unterton in ihrer Stimme gehört hat, rückt von ihr ab. »Wir bauen ein Schwimmbad und beschäftigen eine Gruppe von Wanderarbeitern. Dafür dürfen sie hier auf unserem Anwesen wohnen. Was ist dein Problem?«

»Wir werden sie jetzt jeden Tag sehen.«

»Stimmt«, sagt Claus, »denn sie bauen für uns. Ein paar Monate, und dann werden sie wieder verschwinden.«

»Nein, werden sie nicht.«

»Wenn du meinst.« Claus kennt Evelyn gut genug, um ihr nicht zu widersprechen – zumindest nicht gleich. Normalerweise wartet er ab, bis sie ihre Aussage überdenkt und sich dann selbst widerlegt, ja, manchmal schaltet er einfach ab und zählt in Gedanken bis fünfzig. Danach ist das Thema erledigt.

Diesmal ist es anders.

»Evi?«

Als sie nichts erwidert, steht er auf. Nackt wie er ist, reißt er die Vorhänge auf.

»Und deswegen machst du so ein Theater? Herrgott, die Leute sind ja nicht mal zu sehen.«

»Sie sind aber da.« Evelyn beginnt, auf ihrem Nachtisch nach dem Röllchen mit den Schlaftabletten zu suchen. »Hättest du sie gesehen ...«

»Evi!« Claus hebt warnend die Hand. »Lass uns das eine Mal nicht in bösen Vorahnungen versinken. Okay? Wir bauen einen Pool und nicht die Pyramiden von Gizeh. Wenn Karlotta kommt, ist die Sache wahrscheinlich schon über die Bühne.«

Sie hat ihm dem Rücken zugedreht und lauscht, wie er nach unten geht, durch die Wohnhalle zur Küche, die Kühlschranktür öffnet, einen Kokosmilch-Ananas-Smoothie schlürft, dann die Badezimmertür öffnet, kurz darauf erst die Klospülung und dann die elektrische Zahnbürste betätigt. Es sind seine üblichen Morgengeräusche und sie verbreiten eine geradezu wohltuende Normalität. Wenig später geht irgendetwas auf den Fliesen des Badezimmers zu Bruch, sie hört ihn fluchen und wird unendlich müde.

Ohne erkennbaren Anlass schlüpft er noch einmal zu ihr unter die Decke und schmiegt sich halberigiert an ihren Hintern.

»Wenn du ins Bad gehst«, beginnt er zögernd, »solltest du dir Schuhe anziehen. Ich habe eine Lampe zerdeppert.« Und als sie nichts erwidert: »Ist dir schon mal aufgefallen, dass man zu fast allen Reparaturen mindestens drei Hände braucht?«

»Hast du mit deinen zwei linken Händen nicht mehr als genug?«

»Interessant, wie die Zeiten sich ändern.« Er riecht an ihrem Haar und küsst sie in den Nacken. »Damals hast du was anderes gesagt.«

»Wie, damals?«

»Du hast es tatsächlich vergessen.« Sein Griff lockert sich. »Das Strandhotel in Goa, weißt du nicht mehr? Ich wollte diese defekte Birne über dem Waschtisch auswechseln und, na ja, irgendwie kam der ganze Mist aus der Wand.« Er wartet auf eine Reaktion und reibt sich an ihrem Po. »Ich habe damals genau das gesagt – dass man zu allen Reparaturen mindestens drei Hände braucht. Und du sagtest: Kann schon sein, aber ihn reinstecken, das schaffst du doch sicher mit links.«

Obwohl die Erinnerung in ihrem Gedächtnis wie Wetterleuchten aufblitzt, rückt sie von ihm ab. »Schreib der Haussklavin einen Brief. Und jetzt würde ich gerne noch etwas schlafen.«

II.

Wie nicht anders zu erwarten, beginnt Bartos unverzüglich mit der »Herkulesarbeit« des Grabens. Gleich nach dem Frühstück steckt er gemeinsam mit Claus den Grundriss der Baugrube ab. Zehn Minuten später keucht bereits der Dieselmotor des Baggers, und ein paar verwegen aussehende Männer stellen einen Betonmischer auf. Um die Mittagszeit ist die Grasnarbe bereits abgetragen und der Bagger macht sich an den Aushub. Evelyn, die an diesem Tag zu Hause arbeitet, blickt jede Stunde einmal kurz aus dem Fenster. Sie spielt mit dem Gedanken, ein Bauprotokoll zu beginnen, doch es ist wenig zu sehen. Sie hat mit dem Schlimmsten gerechnet, einem Chaos menschlicher Wühlmäuse, die das gepflegte Anwesen in wenigen Stunden verschandeln. Nun staunt sie, wie dezent die Männer die Baustelle einrichten. Mit Argusaugen scheint Bartos über dem Geschehen zu wachen. Sogar provisorische Bauzäune lässt er errichten. Die auf Lkws angekarrten Betonsäcke werden zu einer Lärmschutzwand aufgestapelt. Abgesehen davon, dass sie das Motorengeräusch dämpft, schränkt der Wall auch Evelyns Sicht zunehmend ein. Ist das Absicht? Oder werden all diese Maßnahmen nur aus Rücksicht auf sie und ihren Göttergatten getroffen?

Am späten Nachmittag kommt Evelyn erstmals der Gedanke, auf der Baustelle zu erscheinen. Ein kleiner Überraschungsbesuch mit der Absicht, sich den Leuten als Bauherrin vorzustellen. Nichts spricht dagegen. In der Küche macht sie Sandwiches und gießt Bio-Limonade in eine große Karaffe. Und so – in ihrem ältesten Sweatshirt, einer verschlissenen Jeans und offenen, auf natürlich getrimmten Haaren – tritt sie hinaus auf die Terrasse. Sie will den Eindruck von Normalität vermitteln, will

Mitmenschlichkeit und Wärme ausstrahlen, wie die Frühjahrssonne, die den Arbeitern den ganzen Tag scheint.

Ein leichter Wind kommt auf und treibt raschelndes Laub vom letzten Herbst gegen die Mauern der Villa. Das schwere Tablett an ihre Brust gepresst, überquert sie den noch matschigen Rasen und steuert eine Lücke in den aufgestapelten Betonsäcken an. Was wird sie sagen? *Hallo, Sklaven,* vielleicht. Oder einen Sinnspruch: *Wer in einem dunklen Wald nach einem schwachen Schimmer Licht vordringt, wird bald ins Freie gelangen.* Nein, das klingt nun wirklich zu albern. Die Umstände erfordern eine kurze, international verständliche Ansprache: *Welcome, subs, feel yourself at home.*

Bartos schlüpft in diesem Moment durch den Bauzaun.

»Aber das wäre doch nicht nötig gewesen!«, ruft er. Mit einem Schwung, der keinen Widerstand duldet, greift er nach dem Tablett. »Das wird die Männer aber freuen!«

So, wie er da steht und sich nicht von der Stelle rührt, scheint er ihr den Weg zu versperren. »Es läuft nicht schlecht für den ersten Tag«, stellt er fest. »Die Erdarbeiten gehen zügig voran. Der Grund ist lockerer, als ich dachte. Glücklicherweise haben wir uns gegen billige Schalensteine aus Styropor entschieden. Ein weiser Entschluss von Herrn Claus.«

»Das ist, äh, sehr interessant«, pflichtet Evelyn ihm bei.

»Gibt es sonst noch etwas, gnädige Frau?«

»Ich habe eigentlich nur Hallo sagen wollen ...«

Bartos nickt. Es war ein abwägendes Nicken.

»Ich halte das für keine allzu gute Idee«, sagt er. »Die meisten würden Sie ohnehin nicht verstehen.«

»Was ist an Hallo so schwer zu verstehen?«

»Nichts.« Bartos lächelt untertänig. »Aber Sie kennen sicher das Sprichwort ›Allzu große Vertraulichkeit erzeugt Verachtung‹? Wenn Sie zu den Sklaven einmal Hallo gesagt haben, dann müssen Sie sich nicht wundern, wenn Sie von nun an jeden Tag zuerst gegrüßt werden. Wollen Sie das? Dass die Sklaven aus der Baugrube rufen? Oder Sie mit Handschlag begrüßen? Sie können sich nicht vorstellen, wie anhänglich und herzlich Rumänen sein können. Vielleicht kommt es sogar zu kleinen Visiten. In vielen Balkanländern denken die Männer noch immer sehr chauvinistisch: In einer leicht bekleideten Frau, die freundlich lächelnd auf einer Baustelle erscheint, sehen manche vielleicht eine offene Schlafzimmertür.«

Evelyn schluckt. »Nun, so gesehen ...«

Bartos hat sich bereits zum Gehen gewandt. »Kein Problem, gnädige Frau! Ich bringe Ihnen das Tablett in zehn Minuten zurück!«

An diesem Abend, als sie mit Claus im Freien diniert, verspürt Evelyn – dick in eine Troddelschärpe und Wollstola eingepackt –, erstmals einen diffusen inneren Belagerungszustand. Sie weiß, sie ist kein einfacher Mensch. Ständig machen ihr Zweifel zu schaffen. Sie hat eben andere Antennen als ihr lebensbejahender Mann, und die Neigung, sich den Problemen nur in homöopathischen Dosen zu nähern, statt sie direkt anzugehen. Die ungute Vorahnung, die sie beschlichen hat, wurzelt allerdings in handfestem juristischen Wissen.

Das Verbot der Sklaverei gilt als zwingender Rechtsgrundsatz im Völkerrecht für alle Staaten der Erde. *Was also geht in deinem Haus vor? Niemand hat das Eigentumsrecht an einem anderen Menschen. So ist es jedenfalls in der Theorie,* grübelt sie vor sich hin.

»Du siehst aus, als hättest du was auf dem Herzen«, erkundigt sich Claus, doch sie findet einfach nicht die passenden Worte. Stattdessen hebt sie ihr Glas. »Auf uns und den Frühling!«

»Ja, darauf trinken wir! Auf uns! Und den Pool!«

In dieser Nacht schleicht sie noch einmal aus dem Haus. Es ist schon nach Mitternacht, als sie zwischen den Bauzäunen hindurchschlüpft. Die tagsüber ausgehobene Grube liegt verlassen da. Wie ein finsterer Krater gähnt sie ihr entgegen, ein großes, nicht allzu tiefes Loch mit ausgefransten, gräulichen Rändern. Sie fühlt die Gegenwart von leblosem Baumaterial und erschöpf-

ten Menschen. Die Sklaven haben sich ausnahmslos zur Ruhe gelegt, was sie beruhigt. Nur eine kleine Notleuchte brennt über einem Fass, das wohl als Waschstelle diente. Unter einer Zeltplane erkennt sie Schlafsäcke, bloße Füße, löchrige Socken, schlammverkrustete Stiefel, sogar Fellfußsäcke, wie es sie nur noch in Alaska oder Sibirien gibt. Manch einer schläft in seinen Stiefeln. Sie muß nicht an Menschen, sondern an organische Versatzstücke denken, Einzelteile, die sich regenerieren.
»Hallo«, flüstert sie. »Seid herzlich willkommen.«
Dann geht sie zurück.

In den nächsten Wochen stürzt sie sich nur allzu bereitwillig in einen neuen nervenaufreibenden Fall. Ihr Mandant ist ein »kahlgepfändeter« Drucker, der nachweisen will, dass man seine Steuerfreigrenze zu niedrig angesetzt hat. Für derartige Fälle gibt es keine Prozessformeln, hier heißt es, die Ärmel hochkrempeln und sein Heil in der Fleißarbeit suchen, Belege sortieren, Mahnfristen abgleichen, Zahlungsversäumnisse des Mandanten fantasievoll begründen. Sogar Überstunden und Wochenendarbeit sind ihr recht. Claus beobachtet diese Entwicklung mit gemischten Gefühlen. Eines Abends hält er es nicht mehr aus, er fährt zum Amtsgericht, um sie fast gewaltsam aus ihrem Paragrafen-Verlies zu »entführen«. Sie landen in einer besseren Schankwirtschaft am Wannsee und probieren die Weinkarte durch. Dabei löst sich seine Zunge: Sie, Evi, komme ihm neuerdings vor wie Kafkas unergründliches Schloss. Sie bewillige ihm eine exakt bemessene Anzahl von Stunden, und es sei unmöglich, mehr zu erlangen, selbst wenn er sich Billy zum Fraß vorwerfen würde. Sie versucht ihn zu trösten. Für den Bruchteil einer Sekunde erwägt sie, mit ihm auf die öffentliche Toilette zu gehen und sich im Stehen vögeln zu lassen, so wie damals in Goa, an diesem einsamen Strand, als sie glaubten, das Glück gepachtet zu haben. Stattdessen bestellt sie noch mehr Wein. Schwer angeschlagen kommen sie in den frühen Morgenstunden nach Hause und versichern sich gegenseitig ihres gemeinsamen Glücks und wie gut alles läuft, während *um sie herum* (damit sind Staat und Gesellschaft gemeint) *alles den Bach runtergeht.*

Obwohl sie das Thema auch in den nächsten Tagen fast krampfhaft meiden, ist zumindest Evelyn immer wieder in Gedanken mit der potemkinschen Sklavenidylle vor ihrer Terrasse beschäftigt.

Die Tage gehen dahin, und mit jedem Tag wird das Loch auf der Baustelle größer, der Aushub von den menschlichen Lasttieren mit klapprigen Schubkarren abtransportiert. Angeblich verkaufen sie alles ein paar Straßen weiter an einen anderen Villenbesitzer, der seine stufenförmige Gartenterrasse aufschütten will. »Das erspart es uns, die Erde wild abzuladen«, meint Bartos lakonisch, »immerhin sind das ein paar Tonnen.« Er verkündet es im gleichen Tonfall, mit der er von der amtlich erteilten Baugenehmigung spricht. »Damit sind wir legal abgesichert.«

Was Evelyn so sehr erschreckt, ist die Normalität, mit der alles geschieht. Es gibt nichts Verdächtiges, was ihre Baustelle von anderen Baustellen unterscheidet. Alles geht reibungslos über die Bühne. Verglichen mit den Wühlhalden am Potsdamer Platz und den Terminal-Baugruben des Großflughafens Berlin-Brandenburg-International mit seinen Container-Dörfern, in denen die Arbeiter wie in Sardinenbüchsen hausen, macht das Treiben auf ihrem Grundstück einen geradezu vorbildlichen Eindruck. Auch die sanitären Zustände sind nicht zu beanstanden. Jeden Nachmittag gegen halb fünf lässt Bartos die Einfahrt ausfegen. Selbst kleinste Erdreste werden entfernt, den Reifen des Porsches zuliebe. Zusätzlich entstaubt Lana auch den Wagen des Herrn, in einem recht unförmigen Overall, den sie Putzsack nennt und als Strafe empfindet.

Lustig vielleicht, doch ihre alten Gewissensbisse setzen Evelyn noch heftiger zu: Wie kann es sein, dass sie – eine christliche und überdurchschnittlich gebildete Mitteleuropäerin – plötzlich über Sklaven verfügt? Aus zwei Subs sind buchstäblich über Nacht ein Dutzend geworden. Noch immer hat sie mit keinem der Männer gesprochen. Dass sie oft genug aus dem Fenster des

Sensophoriums, über die Mauer aus aufgestapelten Baumaterialien hinweg, zur Baustelle späht, ist ihr ohnehin peinlich genug. Mein Wachturm, denkt sie manchmal. Von hier aus beobachtet sie täglich die dunklen, vornübergebeugten Figuren, die mit Hacken und Schaufeln das vom Bagger gegrabene Loch weiter ausheben, bis sie allmählich im Boden verschwinden. Zeit und Raum scheinen für diese Elendsgestalten keine Rolle zu spielen, sie wühlen sich einfach in die Erde, die ihnen wahrscheinlich eine kalte, herzlose Stiefmutter ist: Bedächtig hacken sie mit ihren Werkzeugen auf sie ein, als gäbe es dort unten irgendwo einen Schatz, den sie ausbuddeln müssen. Ihr könnt graben, so viel ihr wollt, denkt Evelyn, auf den Grund dieser unbarmherzigen Welt kommt ihr nicht.

Dieser Gedanke macht sie in der Regel so traurig, dass sie es kaum mehr schafft, die Tränen zu unterdrücken.

Inzwischen ist es Mai, die Tage werden strahlender, ein Jahrhunderthoch hat sich stabilisiert. Dasselbe lässt sich leider auch von der Rezession sagen. Alle gängigen, medial zelebrierten Beschwörungsformeln der Kapitalmärkte haben versagt, der ifo-Geschäftsklima-Index, der heilige DAX, der Dow Jones und nicht zuletzt der Gfk-Consumer-Index verheißen nichts Gutes. Die einstige Kornkammer Westeuropa ist geplündert, geblieben ist ein abgeschriebener, kaum überlebensfähiger Haufen, eine zu Stimmvieh herabgewürdigte Masse, die sich in weiten Teilen aus Mutationen rekrutiert – hornlosen weißen Rindern, dackelbeinigen Schafen, mopsköpfigen und glotzäugigen Fischen, blinden Erdkröten und flügellosen Insekten, die sich nun die Wirtschaftsschutthalde teilen. Doch der Niedergang menschlicher Zivilisationen ist nie aus biologischen, sondern stets aus psychologischen Gründen erfolgt. Das zügellose Treiben der korrumpierten Eliten hat Schule gemacht, der gesellschaftliche Halt ist der Psyche des Einzelnen verlorengangen. Doch eines hat die breite Masse in ihrem Siechtum begriffen: Während man ihre Existenzgrundlage zerstört, ziehen die Selbst-Auserwählten – »gottesfürchtige Männer« wie die Goldman-Sachs-Manager – ihren Nutzen aus dem vorsätzlich verursachten Chaos. Das Leben zur Hölle machen und sich daran wärmen – Gottes Werk ist das nicht. Doch hatten die Geldinstitute der Kirche in puncto Heiligkeit nicht schon immer Konkurrenz machen wollen? Die Raserei der Symbole, die die Nullerjahre beherrscht hat, verdichtet sich jedenfalls zum Auftakt des »Jahrtausends der Anti-Transzendenz« eines heiligen Materialismus, an dessen Ende die einen im Faulschlamm der Gesellschaft versinken, die anderen das Nadelöhr zum Paradies finden werden. Dank biokybernetischer Technologien würden sie Alter und Tod überwinden. Auch Claus ist insgeheim von dieser Möglichkeit fasziniert, selbst wenn sie das Ende der plastischen Chirurgie einläuten würde. In den freistaatlichen Wissenschafts-Enklaven wird schon lange nach diesen *letzten Dingen der Konsumgesellschaft* geforscht. Unsummen fließen inzwischen in bizarre Forschungsprojekte. Von der Natur haben die Turbo-Hedonisten dennoch wenig gelernt. Wahrheit und Menschlichkeit bedeutet ihnen nichts, überhaupt kennen sie nur eine Bestimmung, ihr Lebensfest auf den Gebeinen der minderwertigen Masse zu feiern. Dazu braucht es immer stärkere Reize und immer mehr Geld, und wer selbst an der Geldpumpe hängt, empfindet die Aussicht auf ein geringeres Gehalt als Amputation. Also Zähne zusammenbeißen und durch!

Diese Devise trifft auch auf die Müller-Dodts zu. Während Evelyn sich mit der rechtlich verfahrenen Zwangsräumung einer baufälligen Doppelhaushälfte herumschlagen muss, in der zu allem Elend auch noch ein frisch geschiedenes Ehepaar mit drei Kindern haust, klagt Claus über die Fließbandarbeit in der Klinik. Er leere jetzt täglich zwei Plauzen von Wohlstandsfett, verkündet er eines Tages. Den Pommespanzer eines Ex-Boxweltmeisters stuft er dagegen als »Extra-Leidensdruck« ein, den Hempel auf ihn ausübe. Ein derartiger Wanst sei sehr hart, die Arbeit mit der Hohlnadel grenze an Torfstecherei, tagelang habe er unter Muskelkater gelitten.

»Sie sind zu gut für diese Welt«, meint Bartos sichtlich gerührt eines Abends. Und als Evelyn spitzfindig fragt, wie er das meine, antwortet er: »Nicht nur Claus, auch Sie, gnädige Frau! Allein die Tatsache, dass Sie uns als Subs dulden, zeugt von einer Menschenliebe, die heutzutage eine Seltenheit ist. Die Gesellschaft da draußen ist ein kaltes Ungeheuer, sie beide haben sich dem mit Mut und Herzlichkeit widersetzt.«

»Mein guter Bartos ...« Claus holt zu einer Stegreifrede auf seinen loyalen Vorsteher aus, doch Evelyn kommt ihm zuvor.

»Schön, wenn sich zwei gesucht und gefunden haben«, sagt sie schnippisch. »Es wird sicher ein herrlicher Sommer.«

III.

Seit Tagen hat sie sich auf ihre Schwester gefreut. Sogar der Schlaf stellt sich wieder ein. Im Traum ist sie bereits mit Karlotta in Berlin unterwegs. Jede Nacht stromern sie gemeinsam durch die Konsumtempel und Fresspaläste, die Evelyn im Wachzustand seit Jahren meidet. In der Nacht vor Karlottas Ankunft klingt das Summen ihres Weckers wie das Piepsen einer akustisch-magnetischen Warensicherungsschranke; an den Rest des Traums kann sie sich nicht mehr erinnern.

Nach einer mehr als ausgiebigen Morgentoilette betritt sie die Küche. Lanas Revier, denkt sie und betrachtet die magnetischen Buchstaben an der Kühlschranktür – »Locker-Lingo«, wie es in Amerika heißt – und natürlich die Tierchen – Marienkäfer, Frösche, Bären und fröhliche Ferkel –, die Lana als Erinnerungshilfen dienen. Nur unter dem Käfermagneten klemmt an diesem Morgen ein dicht beschriebener Zettel. Über Lanas kyrillische Lettern hat jemand *I SCREAM!* in fetter Druckschrift geschrieben. Evelyn zieht den Zettel ab und studiert die Schrift wie eine gerichtliche Vorladung. Es ist die Klaue von Claus, kein Zweifel. *Ich schreie?,* denkt Evelyn. Nach was? Nach *ihr?* Da kannst du lange schreien ... Reflexartig zerknüllt sie das Papier. Ihre Hand schwebt schon vor der Klappe des Müllschluckers, als sie Zweifel befallen. Von ängstlicher Eifersucht erfüllt, streicht sie den Zettel wieder glatt. Nein, das ist kein großes S, es ist ein kleines c und ein flüchtiger e-Kringel, also heißt es *Ice Cream.* Natürlich, es ist ja Sommer und Claus eine Naschkatze. Ihr Herz klopft noch immer und sie klemmt den halbwegs entknitterten Zettel unter die Pfote des magnetischen Schweinchens.

Während sie acht Linien in die Schale eines noch grünen Apfels kerbt, die Achtel nochmals halbiert und mit diesen Schiffchen ihr Müsli wie eine geometrisch perfekte Krone garniert, glaubt sie von draußen Schritte zu hören. Es sind schwere, knirschende Schritte. Unwillkürlich muss sie an Einbrecher denken. Die Küchentür führt zur Rückseite der Villa, zu einem ungenutzten, mit Kies bestreuten Areal. Der frühere Dienstboteneingang ist verschlossen, der mit einer Quaste verzierte Schlüssel steckt zwar im Schloss, doch Evelyn hat ihn seit Jahren nicht mehr berührt.

Vorsichtig nähert sie sich der Tür. Unschlüssig starrt sie auf die Klinke, als erwarte sie, dass sie sich jeden Moment absenken werde – was nicht möglich ist, denn von außen gibt es nur einen Knopf. Sehr zögerlich wirft sie einen Blick durch den Spion und erschrickt: Statt des vertrauten, mit Kies bestreuten Hinterhofs, erkennt sie aufgespannte Zeltplanen, verknotete Wäscheleinen, Kabel, selbst geschreinerte Möbel und einen aus Luftziegeln aufgeschichteten, qualmenden Herd. Das Stillleben, das eher an ein Krisengebiet erinnert, befindet sich höchstens einen Steinwurf von der Villa entfernt. Eine der behelfsmäßigen Notunterkünfte öffnet sich just in diesem Augenblick und ein unrasierter, glotzäugiger Mann gähnt ausgiebig in den Morgen, wobei er Evelyn eine Reihe schwarzer Zahnstümpfe präsentiert. Aus einem Plastikkanister füllt er Wasser in einen verbeulten und roststarrenden Kessel.

»Guten Morgen, gnädige Frau.«

Evelyn wirbelt auf der Stelle herum. »Ogottogott, Bartos!«

»Verzeihung, ich wollte Sie nicht erschrecken.«

Lautlos hat der erste Diener des Hauses die Küche betreten. Evelyn mustert ihn mit strafendem Blick. Seine sanfte Art, ihr aus dem Halbdunkel des Flurs heraus einen guten Morgen zu wünschen, berührt sie unangenehmer, als hätte er sie von hinten an den Schultern gepackt.

»Bartos ... Was schleichen Sie hier durch die Gegend?«

»Das kommt von den Gummisohlen, Madame.« Wie er jetzt den Korb mit frischem Brot auf den Küchentisch stellt, ist er die Freundlichkeit in Person. »Sie sind früh auf den Beinen. Ein Termin bei Gericht?«

Evelyns nimmt ihr Müsli und setzt sich steif vor die goldene Wand.

»Nein, ich hole meine Schwester vom Flughafen ab.«

»Dann werde ich Sie fahren.«

»Nicht nötig, ich nehme ein Taxi.« Genervt von seiner Buckelei beginnt Evelyn in den sojagetränkten Flocken zu rühren. »Fahren Sie Claus zur Klinik. Sie wissen ja, er lässt sich gerne von Ihnen chauffieren.«

»Wie es Madame beliebt.« Bartos geht an die rote Nespresso-Maschine. »Cappuccino oder Lungo?« Es ist keine echte Frage, eher eine Höflichkeitsfloskel, denn er weiß, dass sie Koffein meidet. »Sie haben eine Schwester«, sagt er dann mehr zu sich selbst. »Das wusste ich nicht.«

»Sie müssen ja nicht alles wissen«, erwidert Evelyn. »Ich dagegen wüsste schon gerne, wer da seit neustem im Hinterhof unserer Villa campiert. Das sieht ja aus wie das wandernde Ghetto …«

»Oh.« Bartos fährt sich mit der Hand über die Stirn. »Claus fand es eine gute Idee, das Gros der Sklaven hinter dem Haus unterzubringen. Hat er Ihnen das nicht gesagt?«

Statt zu antworten, greift Evelyn kurzerhand nach dem Schlüssel und öffnet die Tür. Das Zwitschern, Tschilpen und Trillern aus den Baumkronen lindert den Anblick; der Wald ist gerade erwacht, was man von den Bewohnern der Berber-Biwaks nicht sagen kann. Faulige Gerüche von Essensresten und einem Pissoir steigen ihr in die Nase. Neben den Behelfszelten stapeln sich Müllsäcke und Bananenkartons. Auf einer Kaninchenstallung von beträchtlicher Größe stehen Schüsseln mit Wasser, die wohl als Waschgelegenheit dienen. Gleich daneben trocknet eine regelrechte Lumpensammlung auf Wäscheleinen im Rauch.

»Was hat das zu bedeuten?«

»Sie meinen die Unterkünfte?« Bartos sieht sie unschuldig an. »Man kann die Leute nicht wie Schmetterlinge unter freiem Himmel leben lassen, finden Sie nicht?«

»Sehen Sie das offene Feuer?«, unterbricht sie ihn. »Haben Sie sich schon einmal überlegt, dass unser Haus abbrennen kann?«

»Die Leute sind sehr umsichtig«, beteuert Bartos. »Außerdem übersteigt unsere Brandschutzversicherung den wahren Wert des Gebäudes.«

Als er neben sie tritt, streift sein Atem Evelyns Nacken. »Ich habe diesen armen Teufeln erlaubt, ein kleines Feuer zu machen – um Kaffee zu kochen. Falls das Ihren Gleichheitsidealen widerspricht, dann können Sie die Männer natürlich auch auf einen Espresso einladen.«

»Wäre das nicht eine etwas zu freundliche Geste?«

Bartos tritt noch näher an sie heran. »*Welche* Signale Sie aussenden wollen, gnädige Frau, liegt ganz in Ihrem Ermessen.«

»Aha.« Es ist ihr, als zöge er hinter ihrem Rücken ungute Konsequenzen. Abrupt dreht sie sich um. »Sind Sie sich Ihrer Sache da nicht etwas zu sicher?«

»Welcher Sache?« Verwirrt weicht er vor ihr zurück.

»Sie scheinen wirklich zu glauben, dass keiner von diesen Menschen die Freiheit vermisst.«

Bartos lässt ein süßsäuerliches Lächeln aufblitzen.

»Mit der Freiheit ist es wie mit Gott, gnädige Frau: Wer nie von dieser absurden Idee gehört hat, der wird sie auch nicht vermissen.«

Er bemerkt einen älteren Mann, der sie gleichfalls zu beobachten scheint. Zaghaft hebt er die Hand und winkt. Bartos schiebt die Hausherrin mit einem Ruck hinter die Tür.

»Manche sehen vielleicht so aus, aber es sind keine Roma. Und keine Ölaugen. Ehrenwort, gnädige Frau.« Mit dieser Feststellung schließt er die Tür. »Sie können sich ganz auf mich verlassen.«

Wie betäubt geht Evelyn zum Küchentisch. Sie nimmt ihr Müsli und setzt sich vor die goldene Wand, die jeden Glanz eingebüßt hat.

»Wie lange ... wie lange werden die brauchen?«, fragt sie, während sie zu löffeln beginnt. Die Kaubewegungen wirken auf ihren Kopf wie eine beruhigende indische Massage.

»Einen Monat, wenn das Wetter mitspielt.« Bartos zieht sich weiße Handschuhe an, wie er es immer tut, wenn er die Spülma-

schine ausräumt.«Der Zement muss durchtrocknen, bevor verputzt werden kann.«
»Und dann?«
»Das hängt allein von Ihnen ab, gnädige Frau.« Bartos scheint sehr wohl verstanden zu haben, worauf sich ihre Frage bezieht. »Sicher haben Sie noch Verwendung für diese Leute. Unter den Männern gibt es versierte Bauschlosser und Monteure. Die könnten sich um den Ausbau des Weinkellers kümmern. Claus liebäugelt schon eine ganze Weile mit dieser Idee.«
»Dann geht es also immer so weiter. Der Belagerungsring zieht sich enger.«
»Wie meinen Sie das, gnädige Frau? Welcher Belagerungsring?«
Sie ignoriert seinen Einwurf. »Sagen Sie, Bartos, empfinden Sie diese Situation persönlich nicht auch gelegentlich menschenunwürdig?«
»Nein.« Bartos' Haltung scheint sich unnatürlich zu straffen. »Im Vergleich mit dem, was Leiharbeiter mitmachen müssen, leben wir hier wie im Paradies. Sie möchten nicht wissen, was sich in Brandenburg neuerdings Arbeitsbeschaffungsmaßnahme nennt. Das ist das wirklich Perverse an dem System: Es verlangt von Unfreien, sich frei zu fühlen, und setzt dabei das Einverständnis zur Selbstversklavung voraus. Schön ist sie nicht, die Unfreiheit in der Maske von Gleichheit und Freiheit. Kommt heute nicht jedes Kind als Schuldner zur Welt? Was ist die globale Marktwirtschaft anderes als der brutalste und elendste Sklavenmarkt, den es gibt?«
Evelyn macht ein Gesicht, als würde sie für die Lachtherapie üben.
»Dann haben Sie also das große Los gezogen?«
»Ja, und ich sage das nicht nur, weil Claus mir gestattet, den Porsche zu fahren.« Sein Schmunzeln ist echt. »Noch glücklicher bin ich, kein Sklave zu sein, dessen Kette im Silberton rasselt. Die Hypothek einer Bank ist ein Judasgroschen, glauben Sie mir.« Aus nicht ganz ersichtlichen Gründen bekreuzigt er sich.

Evelyn wirft einen Blick auf die Uhr, Karlottas Flieger wird voraussichtlich in zwei Stunden landen. »Darf ich Sie etwas fragen, etwas Persönliches?«

»Fragen Sie.« Geistesgegenwärtig räumt Bartos Evelyns Müsli-Schüssel vom Tisch. »Ich werde Ihnen antworten, obwohl ich mich von diesem Flohsack, der sich Persönlichkeit nennt, schon vor längerer Zeit getrennt habe.«

»Was ist passiert?«

»Passiert?« Bartos braucht eine Weile, um sich zu sammeln. »Es war einmal eine Bank«, sagt er traurig. »Fangen so nicht die meisten Verbrechergeschichten an? Und die meisten modernen Tragödien? Ich besaß ein kleines Landschloss mit einem Park vor der Tür. Kaum vorstellbar, nicht?« Die Schärfe seines Blicks verklärt sich für einen Moment. »Eintausendvierhundert Hektar saftiges Grün. Für den Umbau hatte ich Thierry Despont einfliegen lassen, den weltbekannten Architekten, der in den Vereinigten Staaten Villen im Stil des Weißen Hauses nachbaut.«

»Ach ja?« Evelyn hat in der Locker-Lingo des Kühlschranks eine merkwürdige Wortspiegelung entdeckt: PONEY MIGS. Was nicht stimmt, ist auf Anhieb zu sehen. In Gedanken vertauscht sie das M und das P: Money Pigs … Ist das der Name des Spiels? Hatte Lana sich unterbewusst verraten, oder war es nur Zufall?

»Reden Sie von dem Verwöhnhotel an der deutsch-polnischen Grenze? Wo Lana gearbeitet hat?«

»So ist es. Ich hatte ein Dutzend Angestellte, organisierte Kutschenfahrten für Hochzeiter und galt als der erfolgreichste Erholungshotelier an der Müritz.«

»Und weiter?«

»Eines schönen Tages erhielt ich ein Schreiben. Eine mir unbekannte Firma namens Westeurope Realities teilte mir mit, meine Hypothek sei aufgekauft worden, die Zinsvereinbarungen, die ich mit meiner Bank hatte, damit hinfällig.«

»Warum haben Sie nicht geklagt?«

»Ich bitte Sie, stehen die Banken nicht eindeutig über dem Gesetz? In meinem Fall war ohnehin alles legal. Ich habe noch den exakten Wortlaut im Kopf: Durch eine Abtretung des Kredits verändert sich auch der Inhalt der Forderung, ohne dass der Schuldner zustimmen muss. Mein Haus kam unter den Hammer, ebenso wie die Pferde. Am Tag der Zwangsräumung legte ich mich ins Bett und drückte mir den Lauf einer Schreckschusspistole an die Schläfe. Strategie der Abschreckung, doch die Rechnung ging – wie Sie sehen – nicht auf. Die Beamten überwältigten mich und steckten mich zur Beobachtung in eine Ausnüchterungszelle. Es war besser, als gleich auf der Straße zu stehen.« In der hellhörigen Küche klingt sein kurzes, explosionsartiges Lachen plötzlich wie auf Glas herabprasselnder Hagel. »Ich verlor nicht nur das Hotel, sondern auch meine Altersversorgung. Einen Ruhestand kann ich mir seitdem nicht mehr leisten.«

Er sieht Evelyn an und lächelt verschmitzt.

»Tut mir leid.« Zum ersten Mal empfindet Evelyn so etwas wie Mitleid für diesen Mann, ja, sie schämt sich insgeheim, dass sie ihn stets so abweisend behandelt. »Das habe ich nicht gewusst.«

»Hätten Sie mich verteidigt?«

Die Frage überrascht sie, sie kann nicht anders, als zu bejahen.

»Sie stehen auf meiner Seite«, sagt er leise, »das ist schön. Von der philosophischen Warte aus betrachtet, hatte ich wohl Glück im Unglück. Der neue Besitzer meines Hotels – ein Geschäftsmann aus Dubai – bot mir die Stelle des Hauspächters an. Er hatte ein ausgeprägtes Unrechtsempfinden, vielleicht gebot es ihm der Koran. Die Sklaverei, meinte er, sei keine Schande, sondern eine Strafe Gottes. Was er uns über seinen Kulturkreis und die dort lebenden Haussklaven erzählte, war hochinteressant, doch da er anfing, Lana nachzustellen, sahen wir uns genötigt, einen anderen Haushalt zu suchen.«

»Als Sklaven …«

Bartos nickt. »Sie sagen das immer noch so, als ob es etwas Anrüchiges wäre. Unsere erste Station war eine Villa in der Nähe von Duisburg. Ein vielbeschäftigter Transportunternehmer suchte einen Privatsekretär und ein Mädchen für alles. Über unsere Bewerbung als Sklaven zeigte er sich erfreut. Die Rückkehr des Feudalismus erschien ihm als logische Folge der Demokratie, die er mir gegenüber als überholt und realitätsfremd bezeichnete. Wir verbrachten die ersten Jahre auf seiner Finca auf Mallorca und kümmerten uns um die zahlreichen Gäste. Seine polnische Mätresse entpuppte sich leider nicht nur als eine ungebildete, sondern auch sehr unangenehme Erscheinung. Normalerweise haben die Polen es ja nicht so mit den Russen, aber gegenüber Lana war diese Megäre handzahm. Mich dagegen ließ sie alle Drecksarbeit machen.«

»Und deshalb haben Sie gekündigt ...«

»Darf ich Ihnen mit einer Zeile aus Schillers *Maria Stuart* antworten: ›Nachdem ich‹ – das sagt Leicester – ›nachdem ich zehn bittere Jahre lang dem Götzen ihrer Eitelkeit geopfert, mich jedem Wechsel ihrer Sultanslaunen mit Sklavendemut unterwarf‹ – nun, da hatte ich genug.«

»Da capo, ein brillantes Bonmot!« Applaudierend betritt Claus die Küche. »Und das schon vor dem Frühstück! Guten Morgen allerseits!« Mit seinen frisch gewaschenen Haaren und dem offenen weißen Hemd wirkt er wie ein besserer Mallorca-Urlauber. Er ist prächtig gelaunt.

Bartos macht eine knappe Verbeugung. »Der Latte kommt sofort, gnädiger Herr.«

»Keine Eile.« Claus nimmt Evelyn zärtlich in die Arme. »Was machst du denn wieder für ein Gesicht? Ich dachte, wir freuen uns auf Karlottchen.«

»Und wie wir uns freuen«, sagt Evelyn. Sie weist auf die Hintertür. »Du hast mir nicht gesagt, dass die Sklaven jetzt auch auf der Rückseite wohnen.«

Claus und Bartos wechseln betretene Blicke.

»Stimmt«, sagt Claus. »Da hinten sind sie unter sich. Um ehrlich zu sein, ich habe auch an deine Schwester gedacht ...« Er wirft einen scheinheiligen Blick auf die Uhr. »Herrje, schon Viertel vor acht, musst du nicht los?«

IV.

Am Flughafen Tegel herrscht an diesem Morgen Ausnahmezustand. Locker zusammengewürfelte Rotten des Bodenpersonals verschrecken mit Transparenten und Trillerpfeifen die Passagiere. Allem Anschein nach wird wieder mal zwanglos gestreikt.
Als Evelyn das Gate erreicht, kommt Karlotta gerade wie ein Maulesel bepackt durch die automatische Tür. Sie wirkt verändert, wie Evelyn schon aus einer gewissen Entfernung bemerkt. In der rot-grünen, weit geschnittenen Escada-Jacke, dem goldblonden Pagenkopf und Varieté-Künstlerinnen-Make-up ähnelt sie auf verblüffende Weise einer prominenten Politikerin; sie trägt sogar denselben Gesichtsausdruck zur Schau, eine Mischung aus selbstgerechtem Zorn und in sich schmorendem Eigendünkel. Als sie Evelyn sieht, hebt sie die Hand mit der Duty-Free-Tüte. Evelyn winkt zurück.
Aus unerfindlichen Gründen geht Evelyn der Satz »See, fly, die« durch den Kopf; lächelnd eilt sie der Schwester entgegen.

»Nun sieh doch endlich nach, was ich dir mitgebracht habe!«
Als diese Worte fallen, sitzt man bereits auf dem nach Lavendel riechenden Rücksitz eines Taxis, das sie in die Berliner Innenstadt bringt.
»Ja, natürlich, entschuldige ...«
Während sie demonstrativ in den Mitbringseln – ihrem Lieblingsparfüm, einer Flasche südafrikanischen Rotweins und einem Eyeliner – kramt, hört sie ein nur allzu vertrautes Wort: »Sklaven ...« Der Radiosprecher schildert den Fall einer sechsundvierzigjährigen Millionärin aus Garden City, New York, deren Haushaltshilfen unter »sklavenähnlichen Zuständen« lebten. Die gestrenge Herrin habe kleinste Vergehen drakonisch geahndet.

So seien die Angestellten gezwungen worden, Chilischoten in rauen Menge zu essen. Auch Erbrochenes stand auf dem Speiseplan. »Hast du das gehört?«

»Was?«, fragt Karlotta. Mit einer ungelenken Burschikosität quält sie sich aus ihrer Jacke.

»Was denn?«

»Die Nachrichten eben.«

Karlotta winkt ab. »So was hört man doch schon seit Jahren. New York ist da nicht anders als Berlin, weißt du.«

»Ein wahres Wort«, sagt Evelyn mehr zu sich selbst.

»Wie geht's Claus? Lebt er noch immer vom Fett anderer Leute?«

Evelyn schenkt Karlotta einen nachdenklichen Blick. Wenn sie sich anstrengt, kann sie noch immer Karlottas Jungmädchengesicht entdecken, das auf einer reifen Haut haften geblieben ist. Aus Grübchen sind inzwischen Dellen geworden.

»Und sein Privatzoo ist wahrscheinlich um das eine oder andere Tierchen gewachsen, nehme ich an.«

»Natürlich. Irgendwann bin ich aufgewacht und habe festgestellt, dass ich auf einer Schlangenfarm lebe!«

»Lass ihm doch seinen Spaß«, sagt Karlotta. »Männer sehnen sich nun mal nach Gefahr. Mein Michael verballert im Monat ein paar Hundert Dollar in seinem Sportwaffenverein, weißt du. Dafür herrscht im Bett tote Kanone. Und bei euch?«

Evelyn übergeht die Frage. Sie tätschelt demonstrativ die Duty-Free-Tüte und drückt Karlottas feuchtkalte Hand. »Danke.«

»Gern geschehen!« Karlotta reckt den Hals, als interessiere sie der Radiobericht. »Was soll das überhaupt heißen? Sklavenähnliche Zustände?«

Der Taxifahrer dreht plötzlich den Kopf. Vielleicht hat er die ganze Zeit zugehört.

»Keene Ahnung«, meldet er sich zu Wort. »Aber für mich klingt das so wie ›nicht bewaffnete internationale Konflikte oder kriegsähnliche Zustände‹, wa?« Unter seiner Schirmmütze zeigen sich zwei übernächtigte Augen. »Angefangen hat das mit der Umschreibung der Amis für Folter: ›Unsanfte Verhörmethoden‹ nannten die das. Seitdem hört man in den Nachrichten öfters so Wörter, die so klingen, als ob die Sprecher um den heißen Brei rumreden würden ... Verstehen Sie, was ich meine?«

»Aha.« Wie es sich für eine in AStA-Kreisen geschulte Trivialfeministin gehört, lässt Karlotte ihren typischen Männerhinterfragungsblick folgen.

»Sie hören wohl ganz genau hin?«

Der Fahrer zuckt mit den Schultern. »Man macht sich so seine Gedanken. Das mit den Chilischoten will nicht viel heißen. Angeblich ist das Essen von scharfen Gewürzen sogar jesund.«

»Aber Sklaverei ist keine Geschmackssache, oder?«

»Lifestyle«, sagt der Fahrer und lacht. »Heutzutage is' doch alles 'ne Frage von Lifestyle. Es gibt Leute, die können sich Sklaven erlauben, und andere, die bieten sich an, machen da mit. So isset, wenn Se mich fragen.«

»Interessant«, sagt Karlotta mit unterschwelligem Spott in der Stimme. »Sklaverei eine Frage des Lifestyles!«

»Auf jeden Fall verstößt es nicht gegen die Genfer Konvention.« Der Fahrer lässt den Wagen vor einer roten Ampel ausrollen. »Ein Kollege, der hat sich den Kram ma' ausjedruckt, um uns zu zeigen, wie oft bestimmte Großmächte dagegen verstoßen. Das war zur Zeit der menschlichen Pyramide, in Abu Dingsda. Sie erinnern sich noch an die Fotos von den ufjestapelten Menschen?«

Evelyn spürt plötzlich den Geschmack von Galle im Mund und öffnet das ruckelnde Seitenfenster. »Das waren Gefangene, keine Sklaven.«

»Wo ist der Unterschied?«, fragt der Fahrer. »Früher wurden die Kriegsjefangenen von den Siegern versklavt. Die Menschen der Antike ham das als natürlich empfunden.«

»Hört, hört«, sagt Karlotta. »Sie sind anscheinend das Kind einer etwas anderen Aufklärung, hab ich Recht?« Sie beugt sich weit vor, sehr weit, als wolle sie dem Fahrer etwas zuflüstern. »Glauben Sie, dass es in Berlin einen Sklavenmarkt gibt?«

»Also, Karlotta ...« Evelyn schnappt hörbar nach Luft.

»Schon möglich«, erwidert der Fahrer nach einiger Zeit. »In Bukarest soll's einen geben. Und in Trepoia, in Albanien.«

»Hast du gehört, Schwesterherz? Vielleicht sollte ich mir da mal 'nen neuen Mann kaufen? Meiner hat nämlich 'ne Macke.« Das Lachen, das folgt, klingt hohl.

»Wer's sich leisten kann, bitte«, bemerkt der Fahrer.

Evelyn schüttelt heftig den Kopf.

»Was für ein nettes, aufschlussreiches Gespräch«, wirft sie ein.

»Det will ick meinen«, schallt es fröhlich zurück. »Wenn ich mir 'nen Sklaven kaufen will, und die Kohle habe, dann is' det doch mein Bier, oder?«

»Nicht, wenn es gegen Gesetze verstößt.«

»Seit wann ist es ungesetzlich, Geld auszugeben?« Der Fahrer fährt sich ein paarmal mit der Hand über den Mund. »Ick will Ihnen mal was sagen, ich meine, Sie sind ja Damen, und vielleicht wollen Sie das nicht hören, aber was der Mensch wert ist, sieht man zuerst am Preis der einheimischen Prostituierten. Wenn die nicht teurer ist als die Ghananesin, dann heißt das nicht, dass die Menschen wieder ein Stück gleicher geworden sind. Ne, bestimmt nicht.«

»Willkommen in Berlin!«, seufzt Evelyn. Die Ampel springt um, die Fahrt geht weiter.

»Lass doch, Evi.« Karlotta scheint fest entschlossen, den Mann des Volkes weiter zu triezen. »So, was heißt es denn?«

»Na, das hier Ausverkauf herrscht – Inflation! Die Menschen sind nichts mehr wert.« Er mustert Karlotta über die Schulter. »Erinnern Sie sich noch an diese Koksnase, Paolo Pinkel oder Pinkas oder wie der sich nannte? Politiker und Moderator. Der hat regelmäßig seine Orgien mit Zwangsprostituierten gefeiert, im piekfeinen Interconti. Die Sache wurde damals nach allen Regeln vertuscht, aber der feine Herr ließ sich die Frauen wie frisch jefangene ukrainische Austern anliefern. Im Dutzend billiger, soweit man weiß. Es hieß auch, der Sklavenhändler hat ihm die Ware persönlich aufs Zimmer jebracht. Ist noch jar nicht so lange her.«

Karlotta lehnt sich mit einem indignierten Lächeln zurück. Sie ergreift Evelyns Hand und drückt sie fest. »Auf jeden Fall können wir später nicht behaupten, wir hätten es nicht gewusst.«

»Jenau!«, ruft der Mann am Steuer. »Taxi-Kalle hat Sie aufjeklärt! Ha, ha, ha. Hoffe, das jibt'n Extra-Trinkgeld. Da wären wir übrigens – Friedrichstraße, Quartier La Fayette ...«

V.

Ein gegen alle Gewohnheit fast heiterer Arbeitstag liegt hinter Claus, als er an diesem Nachmittag mit offenem Verdeck und einem »I wanna be your dog«-schreienden Iggy Pop in die Einfahrt biegt. Er ist früh dran, sehr früh sogar, und er wundert sich über die Stille. Von der Grube ist wenig zu sehen. Bartos hat das Areal nicht nur durch Bauzäune gesichert, sondern diese auch prophylaktisch begrünt. Große schlitzblättrige Topfpflanzen sind so postiert, dass nur der den Bauzaun überragende Bagger das idyllische Bild ein klein wenig trübt.

Claus parkt den Wagen vor der Villa und lässt sich selbst ein, da er den Klingelknopf Evelyn zuliebe nicht mehr als nötig benutzt. Digi-Funny-Animal-Sound? *Not funny at all ...* Irgendwann wird er sich einen Ruck geben und den Ton ändern müssen. Auf dem Weg zur Küche sortiert er die Post und verfüttert das meiste an den Müllschlucker.

Eine Nachricht von Bartos am Schwarzen Brett unterrichtet ihn über den Fortgang der Bauarbeiten: Die Verrohrung des Pools wird einige Tage länger dauern als geplant, da einige Steckelemente nicht passen. Doch alles andere, was sonst zur Poolausrüstung gehört – Gegenstromanlage, Schwallduschen, Unterwasserleuchten, ja, selbst Haltegriffe für die Römische Treppe –, hat er bereits organisiert. Sogar Chlortabletten und pH-Senker-Granulat stehen bereit. Der geplanten Einweihung des Schwimmbads Anfang August steht aus seiner Sicht nichts im Weg.

Na dann, denkt Claus. *Eine frohe Botschaft mehr kann nicht schaden ...*

In der Klinik ist es so ruhig gewesen wie schon lange nicht mehr. Die Gattin eines Großhändlers, von allen nur »Walfisch-

Wilma« genannt, die seit Wochen für die Vormittags-OP vorgesehen war, hat in allerletzter Sekunde gekniffen. Angeblich leidet sie an einem grippalen Infekt. Claus hat schon zweimal das Vergnügen mit der Dame gehabt und sie jedes Mal um gute zehn Kilo erleichtert. Leider scheint es Wilma unmöglich, ihre Essgewohnheiten zu ändern. In kürzester Zeit hat sie wieder Speck angesetzt, die Hölle des Absaugens beginnt aufs Neue. Wobei sich ihr wässriges Fett stets andere Sammelstellen aussucht, als spiele es mit dem Chirurgen Verstecken. Entweder hat es sich jetzt einen besonders üblen Ort gesucht, denkt Claus, oder ihr Alter hat die Faxen endgültig satt. Er erinnert sich an den kleinen, nach Mottenpulver riechenden Mann, der ihm einmal zwanzigtausend Euro in bar auf den Tisch gelegt hat und in einem schnodderigem Tonfall die Generalüberholung seiner Frau anordnete. Mehr als zwanzig seien aber nicht drin, »und wenn ihr die Möpse sonst wo rumhängen!«

Selbst Senta Götze, der Empfangsdrachen, ließ sich über Wilmas plötzlichen Sinneswandel zu einem Schmunzeln herab. In dieser fröhlichen Stimmung erreichte Claus die Einladung zum »VII. Ästhetik-Symposium von Monaco«, eine Ehre, die Roger Hempel nur wenigen Mitarbeitern angedeihen lässt, denn es bedeutet nicht mehr und nicht weniger als eine Woche Urlaub am Meer. Claus betrachtet die Einladung trotzdem mit gemischten Gefühlen. Die Frage ist nicht, ob er sich diesen Dekadenzgutschein verdient hat, die Frage ist, wieso der Chef ausgerechnet ihn in den Genuss kommen lässt. Immerhin ist er kein Fein-Sezierer wie Don Bauer oder Hanns »Jacky« Mangold, auch »Couturier des Fleisches« genannt, der in seiner Freizeit angeblich Rennen auf dem Nürburgring fährt. Irgendetwas habe ich offensichtlich richtig gemacht, sinniert er. Oder »Rogel« liebt es mal wieder, Gott zu spielen, dessen Wege bekanntlich unerforschlich sind.

Er überlegt ernsthaft, ob er Evelyn mitnehmen soll, doch er kennt ja ihre Abneigung gegenüber den lieben Kollegen, die sie zur Oberschicht der Unterschicht zählt und für Geld-Prolls oder ausgemachte Perverslinge hält. Sie will mit denen »nicht auf Duzfüßen stehen«. Die Bemerkung, dass Zahnärzte in der Regel noch prolliger und perverser sind, lässt sie nicht mal als tröstendes Kontrastmittel gelten.

Während er sich wundert, dass Lana nicht in der Küche werkelt, empfindet er ein plötzliches Bedürfnis, mit Evelyn nach Goa zu fliegen. Einfach so. Seine Mutter, »die Dörthe«, würde ihnen sicher einen löchrigen Schlafsack aufschütteln und einen Begrüßungsjoint bauen. Er hat lange nichts mehr von ihr gehört, oder besser gesagt, er hält Distanz, seitdem er weiß, dass sie im Kindbett vorgehabt hatte, ihn Bonghardt zu nennen, Bonghardt Müller-Dodt, schon deshalb hätte man ihre ganze verkorkste Generation entmündigen sollen! Erst im Angesicht der Enterbung hatte sie sich von seinem Großvater Friedrich zu Claus Gordian breitschlagen lassen. Es wäre dennoch ein Fehler gewesen, sie für geistig zurechnungsfähig zu halten. Vielleicht lebt sie gar nicht mehr, denkt Claus. So wie sein unehelicher Vater, dieser belämmerte Chemie-Laborant namens Karl Fußmann, der 1979 auf einer winterlichen Autobahn in der Nähe von Frankfurt am Main verstarb, ohne je von der Existenz seines Sohnes zu erfahren. »Die Dörthe« hat es ihm einfach verschwiegen. Zur Zeit des Unfalls war sie im vierten oder fünften Monat schwanger gewesen. Später setzte sie sich in den Kopf, dass Claus die Reinkarnation ihres so früh verstorbenen Jugendschwarms sei, denn die Seele, auf die es ankommt, werde ja erst vor der Niederkunft von Gott »eingecheckt«. Claus weiß, sie meint das ernst, und der Gedanke an lange, esoterische Diskurse am Strand bewirkt, dass sein Fernweh wie eine Seifenblase zerplatzt.

Er gönnt sich stattdessen einen kurzen Blick ins Reptiliengehege; die Tiere scheinen vor kurzem gefüttert worden zu sein: Einer Netzkopfpython hängt ein weißer, noch zuckender Rattenschwanz wie ein Schnürsenkel aus dem Maul. Brave Lana. Beschwingten Schrittes nimmt er die Treppe zum Obergeschoss …

Leise summend betritt er sein Arbeitszimmer und erstarrt, als er vor sich eine weiße Schleife erblickt. Sie ziert einen kurzen schwarzen Rock, der sich über zwei perfekte Halbkugeln spannt, Halbkugeln, die zu Lana gehören – seiner Lana, die in dieser Sekunde auf einer Trittleiter steht und Staub wischt. Schwarze Netzstrümpfe und eine niedliche Haube vervollständigen ihr Dienstmädchenkostüm.

Claus bleibt andächtig stehen. Halleluja! Der Hintern ist zweifellos der ästhetischste Teil einer Frau, weil aus ihm eine funktionslose Vollkommenheit spricht. Man könnte von einem perfekten Altar sprechen, um einen Gottesdienst zu verrichten.

»Herr ...?« Sie hat den Kopf schon gedreht, bevor sein Blick abkühlen kann.

»Lana, was machen Sie hier?«

»Sauber, was sonst?«

»Ich meine, was machen Sie in dieser Aufmachung? Sind Sie verrückt?«

Lana lässt den Staubwedel sinken. »Das ist mein Putzkostüm.«

»Putzkostüm?« Claus kneift die Augen fast gewaltsam zusammen.

»Ich bin nicht prüde, Lana, aber Sie ziehen sich jetzt besser was über ...«

Rückwärts, mit zwei großen, wie abgezirkelt wirkenden Schritten, die die Schleife so weit heben, dass er ihr fast unter den Rock sehen kann, turnt sie die Stufen herab. »Gefällt es Ihnen denn nicht?«

»Darum geht es nicht, Lana. Wenn Evelyn Sie so sieht ...«

Sie kommt auf ihn zu und macht ansatzlos eine Pirouette.

»Finden Sie mein Kostüm zu freizügig, Herr?«

»Na ja, sagen wir mal, diese Schwarzer sollte es besser nicht sehn.«

Sie sieht ihn verständnislos an. »Aber Ihnen gefällt es doch ...«

Die Korsage, die sie trägt, bringt ihre Uhrenglasfigur vollauf zur Geltung. »Es ist die Traditionsuniform.«

»So, so, die Traditionsuniform.« Claus tritt einen Schritt zurück und begutachtet die raffinierte Verquickung von Kunstseide, Bordüren, elastischen Gummis und unsichtbaren Drähten.
»Es hat zweifellos seinen Reiz.«
»Und sind Sie für diese Reize empfänglich?«
»Lana, bitte, das geht zu weit!«
»Meinem alten Herrn hat es gefallen.«
»Das glaube ich gern.« Claus sucht verzweifelt nach einem Ausweg aus dieser Situation. »Übrigens, was mir auffällt – seitdem Sie hier sind, ist Ihr Deutsch jede Woche etwas besser geworden.«

Sie lacht kurz auf. »Oh, ich könnte auch normal mit Ihnen reden, aber ich dachte, Ihnen gefällt mein Akzent.«

»Also, Sie sind ja eine ...« Claus ist mehr als verblüfft. »Und jetzt ziehn Sie sich besser um.«

»Später«, beharrt sie, »ich bin noch nicht fertig ...«

»Doch, das sind Sie«, sagt Claus.

»Nein, putzen darf ich, so viel ich will.« Sich lasziv in den Hüften wiegend, steigt Lana wieder die drei Stufen der Leiter empor. »Es ist meine Pflicht. Und dieser Taft ist so luftig, dass man einfach nie ins Schwitzen gerät.«

»Sie vielleicht nicht ...« Seine Reizschwelle liegt in der Regel so tief, dass sich Erregung – sexuelle Erregung – seinem Bewusstsein nicht mehr mitteilen kann. Jetzt ist es anders. Eine Naturbegabung, denkt er bei sich, ganz zweifellos sind diese seidigen, elastischen Hüften für die Liebe gemacht. »Denken Sie doch mal an mich ...«

Sie streift ihn mit einem Blick. »Das tue ich ja.«

Mehr sagt sie nicht, doch mehr ist auch nicht nötig, denn Claus hat bereits eine Idee, die – in Musik übertragen – mit »Freude schöner Götterfunken« mithalten kann: Er wird seine kleine, liebreizende Sklavin mit zum Symposium nehmen; ein Blick hinab in den inneren Triebschacht zeigt ihm bereits eine zartrote Glut. Das eigene Herz lässt sich nicht hintergehen, ohne auf Dauer Schaden zu nehmen. Vor allem kein männliches Herz mit seinen phallischen Wurzeln. Wie die meisten seiner Generation hat Claus nie gelernt zu verzichten. Kulturelle Verzichttechniken wie Askese sind ihm fremd. Was der Trieb fordert, bekommt er zu fressen. In rauen Mengen, bis zu jenem Sättigungsgrad, an dem das Verlangen erstickt. Im Grunde genommen ist Carl noch immer ein großes, staunendes Kind, ein ewig Pubertierender, der dummerweise in einer Art Fleischerei seine Brötchen verdient. Nun will er sich endlich einmal für die Schufterei in der Klinik belohnen. Eine Frau wie Lana gehört zweifellos zu den Götterspeisen des Lebens, und sosehr er Bartos auch schätzt, er wird ihm Lana ja nicht ausspannen. Er wird sie sich nur ausleihen, so wie sich Bartos den Porsche ausleiht, um ein paar Runden zu drehen. Vielleicht beansprucht er auch nur die Prima Noctis, die ihm als Grundherrn ohnehin zusteht, wobei er seiner liebreizenden Magd lediglich einen unappetitlichen Alten erspart, der sie ohnehin nicht verdient. Im Übrigen wird sie sich nicht im Geringsten abnutzen, selbst wenn er sie von hinten rannehmen würde. Die bildhafte Vorstellung ihrer Rosette lässt sein Herz höher schlagen: *I wanna be your dog ... All night long.* Evelyn hat sich nie etwas aus Analsex gemacht.

»Sie haben eben an etwas Unanständiges gedacht.« Ihre Stimme bringt ihn zurück in die Wirklichkeit. »Etwas Schmutziges, richtig?«

Er schluckt; dass man ihm seine Gedanken ansehen kann, ist ihm neu.

»Lassen Sie es mich so sagen«, beginnt er im salbungsvollen Ton eines viktorianischen Ostensors, »Sie wissen, ich bin Schönheitschirurg und habe ein geschultes Auge, was die – sagen wir mal – elastische Materie des weiblichen Körpers betrifft. Bei Ihnen, Lana, wüsste ich nicht, wo man das Messer ansetzen soll. Ihr Körper ist einfach perfekt. Wegen Frauen wie Ihnen wurden im Orient die Ganzkörperschleier erfunden.«

Ein Lächeln, zart wie Rosenwachs, legt sich auf ihr Gesicht.

»Nur damit keine Missverständnisse entstehen«, setzt er nach. »Ich bin der Typ mit der weichen Schale und dem harten Kern, und deshalb sage ich Ihnen, dieses Kostüm möchte ich nicht mehr sehen.«

»Ganz wie Sie wünschen.« Sie klimpert ein paarmal mit den Wimpern. »Aber eine Fußtraum-Massage nach dem Abendessen werden Sie mir doch nicht abschlagen wollen?«

»Fußtraum?«, lacht Claus. »Sie meinen doch nicht etwa diese Fußreflexzonenferkelei mit warmen Messingschalen und indischem Schmalz?«

»Madame hat Ihnen davon erzählt?«

»Geschwärmt hat sie.« Claus will weiter ausholen, doch Fußabdrücke auf dem Teppichboden erregen in diesem Moment seine Aufmerksamkeit. Die Abdrücke stammen von dreckstarrenden Sohlen, Stiefeln mit halbem Treckerprofil, wie sie Bauarbeiter tragen – und sie führen vom Fenster zu seinem Bauhaus-Schreibtisch, einem Erbstück seines Großvaters.

»Ach, du liebes bisschen …« Er lässt Lana stehen und eilt auf das frisch restaurierte Möbelstück zu. »Die rechte Schublade – sie ist offen! Das Schloss …« Auf allen vieren begutachtet er die Bescherung. »Und das schöne Eichenholz – völlig verkratzt! Da liegt der Brieföffner …«

»Sie haben Recht!« Lana ist zu ihm geeilt. Als sie sich bückt, riecht er ein ebenso herbes wie frisches Parfüm.

»Herr Claus, sehen Sie nur!« Ihre Hand, deren lackierte bordeauxrote Fingernägel sicher in der Lage wären, seine Lenden bis aufs Blut zu zerkratzen, weisen auf weitere lehmige Spuren. »Noch mehr Fußabdrücke. Es wird doch niemand eingebrochen haben?« Sie will nach dem Knopf der Schublade greifen, aber Claus hält sie zurück. »Nicht anfassen! Das gibt Fingerabdrücke. Haben Sie vielleicht irgendein Tuch …?«

Sie errötet, löst die Schleife von ihrer Taille und reicht ihm die Schürze. »Jetzt nehmen Sie schon«, herrscht sie ihn an – und Claus gehorcht. Er wickelt sich den Satin um die Hand und zieht die Schublade vorsichtig auf.

»Meine Kreditkarten!« Er kippt beide Laden auf den Boden. »Und das ganze Bargeld ist weg. Mindestens zweitausend Euro.«

Sichtlich bestürzt weicht Lana zurück. »Aber wer ...?«
»Na, wer wohl?« Claus ist bereits mit der Untersuchung des Fensters beschäftigt. »Hier ist er reingekommen. Über den Balkon ...« Er lehnt sich weit nach draußen. »Natürlich, die Regenrinne, das passt! Da hat er sich hochgehangelt ... Bartos!«, ruft er lauthals, die Hände vor dem Mund zu einer Flüstertüte geformt. »Menschenskind, sind Sie taub? Können Sie sich bitte mal in mein Arbeitszimmer bemühen? Ja, sofort!« Als er sich umdreht, hat sich Lana auf die Armlehne des Sessels gestützt. Kreidebleich, pflaumenfarbene Ringe unter den Augen.

»Du meine Güte! Geht's dir nicht gut?« Er hat nicht vorgehabt, sie zu duzen, doch als er ihr hilft, sich zu setzen, dämmert ihm, der erste Schritt ist getan ...

»Nur eine Kreislaufschwäche«, erwidert sie. »Kommt wahrscheinlich von der Diät, ich habe seit gestern nichts gegessen.«

»Damit ist jetzt Schluss.« Er geht in die Hocke und fühlt ihr behutsam den Puls. »Du brauchst keine Diät, was du brauchst, ist etwas mehr Liebe.«

Er hat die erste Hälfte des Satzes nur gesagt, um das »Du« zu zementieren, den Rest legt seine Libido nach; fast glaubt er, er habe einen Fehler gemacht, denn er deutet die Art, wie sie die Augen aufschlägt, zunächst als Empörung.

»Stimmt«, sagt sie leise.

Bartos poltert im selben Moment in den Raum. Die Treppe hat er mit Riesensätzen genommen, denn er ringt hörbar um Atem. Als er Claus und Lana bemerkt, spitzt er spöttisch die Lippen.

»Was haben wir denn? Wieder ein kleines Kreislaufproblem?«

Es klingt gehässig, wie er das sagt. Claus weist mit grimmiger Miene zum Schreibtisch.

»Offenbar hatten wir ungebetene Gäste. Meine Kreditkarten und unsere Haushaltskasse haben sich in Luft aufgelöst.«

Bartos geht zum Fenster, wobei er tunlichst vermeidet, auf die Fußabdrücke zu treten. Er braucht nicht lange, um zu kombinieren.

»Gelegenheit macht Diebe«, sagt er mit ernstem Gesicht, »auch unter Sklaven. Es kann nur einer von uns gewesen sein.«

»Bist du da so sicher?«, haucht Lana. »Ich habe gestern einen Hausierer an der Einfahrt gesehen.«

Bartos schenkt ihr einen zutiefst missbilligenden Blick. Ganz offensichtlich hängt der Haussegen schief.

»Svetlana, würdest du bitte deinen arretierbaren Teleskopwedel einziehen und uns entschuldigen? Claus und ich haben zu tun.«

Sie schnellt wie eine Feder empor und stürzt hinaus auf den Gang.

»*Sie* war es mit Sicherheit nicht«, sagt Claus.

»Hm, nein, mein Schlamphäschen war es nicht.« Bartos scheint in Gedanken versunken. »Ich hätte nicht gedacht, dass sie es noch einmal trägt.«

»Was meinen Sie?«

»Die Traditionsuniform.« Der oberste Sklave senkt für eine Zehntelsekunde den Blick. »Sie hat sie lange nicht mehr getragen.«

»Das ist kein Grund, so garstig zu ihr zu sein«, meint Claus. Er hält den Augenblick für gekommen, nach dem Stand der Dinge zu fragen. »Sagen Sie, Bartos ... schlafen Sie eigentlich ... mit Lana?«

Bartos antwortet nicht gleich.

»Dass man Tisch und Bett teilt«, sagt er endlich, »besagt nicht, dass man auch miteinander verkehrt. Meine Einstellung zu Liebe und Sex entspricht der des Petronius. Was wir heute als Liebe bezeichnen, das galt in den Augen der Griechen und Römer als ein schlimmes Fieber, eine üble Krankheit, die vorübergeht.«

Der Procurator mustert Claus mit einem nach Innen gerichteten Blick.

»Wenn man Armut, Gehorsam und Keuschheit als eine Vorbereitung zur geistigen Reife begreift, dann ist der Weg leicht.«

»So weit bin ich noch nicht«, gesteht Claus, »aber ich arbeite daran.«

Bartos winkt ab. »Ach, das kommt schon von selbst: Hat uns die Liebe einmal verlassen, dann ist es nicht schlecht, so zu tun, als hätte sie nie existiert.«

»Kopf hoch«, sagt Claus. »Es wird schon wieder.« Er ist drauf und dran, in den Keller zu gehen und Bartos mit einer Flasche vom guten Roten zu trösten, aber sein aufgebrochener Schreibtisch bringt ihn zur Besinnung.

»Ich fürchte, wir werden die Polizei rufen müssen«, sagt er.

Bartos nickt langsam, wie er es immer tut, wenn er eigentlich anderer Meinung ist. »Nur, was würde das bringen? Glauben Sie etwa, die Beamten werden den oder die Täter ausfindig machen?«

Claus ist ans Fenster getreten, er wippt leicht auf und ab. »Hören Sie, Bartos, ich weiß, es ist nicht Ihre Schuld, aber ich denke, es ist das Beste, wenn diese Leute verschwinden.«

»Bitte, Herr ...« Ein Anflug von Panik macht sich in Bartos' Stimme bemerkbar. »Wir sollten den Bau nicht unnötig gefährden.«

»Was heißt *gefährden*?«

»Keine Polizei!«, plädiert Bartos. »Bedenken Sie die Konsequenzen. Außerdem wäre es ungerecht, alle Subs wegen *eines* schwarzen Schafs zu bestrafen.«

Ohne dass es einer Aufforderung bedurft hätte, beginnt er die am Boden verstreuten Schreibutensilien einzuräumen. Als er Lanas Satinschürze bemerkt, stockt er mitten in der Bewegung.

»Was wäre die Alternative?«, fragt Claus, der mit den Augen jede von Bartos' Bewegungen verfolgt.

»Wir regeln das unter uns.« Bartos hebt Lanas Schürze auf und dreht sie hin und her. »Darf ich mich um die Aufklärung kümmern?«

»Sie meinen ... Selbstjustiz?«

»Mir geht es eher um Schadensbegrenzung.«

Claus geht noch einmal zum Fenster: Die Fortschritte auf der Baustelle sind nicht zu übersehen. Aus der Grube ist ein geometrisch einwandfreies Becken geworden, alle Seiten sind bereits mit Magerbeton ausgegossen, die Verschalung entfernt. Ein paar Männer transportieren gerade einen senffarbenen Betonmischer ab.

»All das wäre zunichtegemacht ...«

Claus kann dem nur beipflichten. »Was schlagen Sie also vor?«

»Die Ordnung muss wiederhergestellt werden.« Sorgfältig überprüft Bartos, ob sich die Schubladen reibungslos aufziehen lassen. »Das Wort Selbstjustiz sollten wir allerdings in Gegenwart der gnädigen Frau tunlichst vermeiden. Lassen Sie uns von einer Disziplinierungsmaßnahme sprechen. Wer das getan hat, hat die Gemeinschaft in Gefahr gebracht und eine Strafe verdient. Außerdem«, er betrachtet Lanas Satinschürze wie die Haut einer exotischen Schlange, »sollten wir keine Personenkontrolle riskieren.«

Claus stockt, denn zum ersten Mal spürt er, wie wenig Handlungsfreiheit er hat. »Trotzdem können wir nicht einfach Selbstjustiz üben. Dieses Grundstück ist kein rechtsfreier Raum ...« Und doch klingt es so, als wäre er sich da nicht mehr so sicher. »Na, was denken Sie, Bartos?«

Bartos faltet Lanas Schürze zusammen und lässt sie in seiner Jackentasche verschwinden.

»Was ich denke, ist nicht von Bedeutung«, pariert er kühl.

»Was denken Sie?«

VI.

Claus versucht etwas, was ihm selten gelingt – ernsthaft nachzudenken. Er denkt an die Scherereien, die die Entdeckung von Schwarzarbeitern gewöhnlich nach sich zieht, die Mühlen der Justiz – und damit ist er auch schon bei der Anwaltschaft seiner Frau. Das Amtsgericht ist ein Schlangennest, die kleinen Beamten warten doch nur darauf, einen Juristen zu mobben. Und Richter Harms Ziehtochter hätten sie auf der Stelle geteert und gefedert. Evelyn würde ihm diese Schmach niemals verzeihen, ein äußerst unschöner Gedanke. Ach, Evi ...

Als sie endlich auftaucht, sitzt Claus bekifft und angeschickert zwischen den Terrarien und starrt auf eine defekte Quecksilberdampflampe. Er macht dabei ein Gesicht, als hätte Billy gerade seine Lieblingspython verspeist.

»Hier hast du dich versteckt.« Evelyns Fröhlichkeit wirkt bemüht.

»Wo sonst?« Claus steht auf und kommt ihr auf halbem Wege entgegen. Wie die meisten Männer, die einen Seitensprung planen, gibt er seiner Frau einen besonders zärtlichen Kuss. »Wo steckt denn Karlotta ...?«

»Oben im Bad, sie macht sich nur eben frisch.« Erst jetzt erwidert sie seinen Kuss. »Als du angerufen hast, dachte ich erst, du machst Witze ...«

Claus schlägt sich mit der flachen Hand vor die Stirn. »Du hattest ja so Recht, es musste wohl einfach so kommen! Da leben Leute auf unserem Grundstück, und wir kennen nicht einmal ihre Namen. Wer sind die? Das mag Bewohnern von Plattenbauten ähnlich gehen, aber die wissen wenigstens, bei ihrem Nachbarn ist nichts zu holen.« Er sieht Evelyn reumütig an. »Die Kreditkarten hab ich sperren lassen und das Bare ist bis

Ende der Woche wieder verdient. Eine kleine Lidkorrektur, ein Schnittchen hier, ein Schnittchen da, und das war's. Was ich viel ärgerlicher finde, ist, dass auch mein alter Sex-Pistols-Button abhandengekommen ist. Den hatte ich an der Geldklammer befestigt.«

Er hatte gehofft, er könne sie damit zu einem Lächeln verleiten, doch sie bleibt ernst. »Hat die Polizei schon einen Verdacht?«

»Was soll das bringen?« Er verzieht das Gesicht. »Wenn die mitkriegen, was hier läuft, werden sie uns den Prozess machen, nicht dem Langfinger ... Ich denke, den Ärger können wir uns sparen.«

»Aber ... ein Einbruch ...« Evelyn gerät ins Stottern.

»Eben. Es ist nur ein Einbruch«, sagt Claus. »Und nur einer der Sklaven kommt als Täter infrage. Damit ist die Sachlage im Grunde geklärt.« Es sieht so aus, als hätte sie den Köder geschluckt, denn ihr Einspruch lässt auf sich warten.

»Bartos meint, die regeln das unter sich. Ich bin sicher, er kennt Mittel und Wege.«

»Bestimmt.« Die aufkeimende Furcht in ihren Augen ist nicht länger zu übersehen. »Lass uns morgen darüber reden ...«

»Wieso morgen?« Claus folgt ihr die Treppe hinauf. »Evelyn?«

Es ist unnatürlich heiß an diesem Abend, so heiß, dass die Arme an der Tischplatte des Gartentischs festkleben. Die für eine vernünftige Konversation notwendigen Worte bleiben in den Gehirnzellen stecken oder gelangen nur mit großer Verspätung in die schwerer werdenden Zungen.

Evelyn fällt auf, dass sich Karlotta seit ihrer Ankunft geradezu vorbildlich benimmt und sich Claus gegenüber mit dreisten Kommentaren auffallend zurückhält. Entweder hat der Weißwein, von dem sie in der Kenzo-Filiale zweieinhalb Flaschen niedergemacht hatte, ihre ansonsten so kritische Intelligenz eingelullt, oder sie ist tatsächlich entschlossen, alles zu ignorieren, was das idyllische Bild vom Landleben der Müller-Dodts trübt.

Während sie am Gartentisch sitzen und Claus den I&O-BBQ-Monstergrill einheizt, schielt Karlotta gelegentlich hinüber zum anderen Ende des Rasens, dem freien Platz zwischen Baugrube und Anliegerwohnung, wo ein Dutzend Männer seit geraumer Zeit Kniebeugen macht. Bartos ist nirgends zu sehen, vielleicht sitzt er hinter einer der Planen und dirigiert den gymnastischen Ablauf.

»Ein Stückchen Pute, Karlotta?«

»Nein, danke, ich wisst doch, ich habe dem Genuss von Aas seit langem entsagt.«

»Wie wär's mit einem kleinen Rückfall?«, stichelt Claus. »Mir zuliebe.«

Karlotta schielt nach der knusprigen Brust. »Na gut. Einmal ist keinmal.«

»So ist es!« Claus prostet seiner Schwägerin zu. »Auf euch Schwestern!«

»Ja, auf uns!« Karlotta hebt ihr Glas, doch von einem Moment zum nächsten scheint sie nicht mehr bei der Sache zu sein. »Also nicht, dass es mich etwas angeht, aber was um Himmels willen machen diese Leute da drüben?«

»Abgefälschte Kniebeugen«, scherzt Claus über die Brutzelgeräusche hinweg.

»Vorhin haben sie Liegestützen gemacht«, spielt Karlotta den Ball über Bande zurück. »Sie sehen nicht aus, als ob sie das freiwillig tun.«

»Stimmt«, bestätigt Claus. »Es sind Disziplinierungsmaßnahmen.«

»Claus!« Evelyn ist aufgebracht, und zu Recht, wie sie findet. Die Tatsache, dass sie hier sitzt und zusehen muss, wie Menschen schikaniert oder gemaßregelt werden, lastet ihr wie Blei auf der Brust.

»Aber so ist es doch!« Während die Paprikaschnitzel Brandblasen werfen, kostet Claus von der Pute. »Wir hatten hier heute einen Vorfall«, beginnt er mit vollem Mund. »Ein kleiner Einbruch, nichts weiter. Der Übeltäter muss gefasst werden und Herr Bartos – unser Aufseher – versucht, ihn zu finden. Wahrscheinlich hat er das Abendessen der Männer ausfallen lassen.«

»Hat Claus eben ›Aufseher‹ gesagt?« Karlotta verzieht ihre clownesk geschminkten Lippen zu einem Grinsen. »*Aufseher?*«

»Was er meint ...« Evelyn schluckt ein paarmal. »Herr Bartos sieht nach dem Haus und ... beaufsichtigt den Bau.«

»Klingt nach Sklaventreiber«, sagt Karlotta. Erst jetzt bemerkt sie Evelyns Miene: »Nanu, hab ich was Falsches gesagt?«

»Ich kann dich beruhigen«, Claus wendet blitzschnell das schon schmauchende Grillgut, »es sind Wanderarbeiter. Balkanmenschen. Sie sind nicht gemeldet, und deshalb spielen wir den Ball lieber flach.«

»Du meinst, sie arbeiten schwarz?«

»So ist es. Wir nennen sie übrigens Subs.«

»Claus, musst du wieder provozieren?« Wütend schnappt sich Evelyn Karlottas Teller und hält ihn Claus unter die Nase.

»Was ist dir denn für eine Laus über die Leber gelaufen?«

Dass Karlotta nicht durchblickt, ja, nicht durchblicken kann, scheint Claus zu gefallen. »Karlotta weiß, dass das Leben kein Ponyhof ist. Wer mehr hat, hat mehr vom Leben.« Er reicht Karlotta einen beladenen Teller zurück. »Und wer nichts hat, hat eigentlich nie existiert. Das soll übrigens keine Anspielung sein.«

»Oh, ich gönne euch, was ihr habt.« Karlotta verziert ihren Teller mit einem fetten Klecks Mayonnaise. »Die Leute arbeiten sicher gut. Wenn ich so ein Anwesen hätte, würde ich auch ein paar Fremdarbeiter anheuern.«

»Entschuldige, Karlotta ...« Evelyn hat nicht vor, den verschleierten Vorwurf auf sich sitzenzulassen. »Dieses Wort hat einen schalen Beigeschmack.«

»Das sagst ausgerechnet du!«, pariert Karlotta, die Lippen verzogen, dass sie wie eine missmutige Knospe aussehen. »Dir steht es nun wirklich nicht zu, hier die politisch Korrekte zu spielen. Deine Illegalen sind Fremdarbeiter, ob sie nun durch militärische oder ökonomische Gewalt verschleppt wurden oder nicht!«

»Du weißt nicht, wovon du redest ...«

»Aber du, ja?« Karlotta hat noch immer die unschöne Angewohnheit, ihrer jüngeren Schwester das Wort abzuschneiden. »Du sitzt hier, zelebrierst deine soziale Absonderung und lässt es dir gutgehen.«

»Und du? Sitzt in deiner Zimmergalerie und lässt dich aushalten. Hast du jemals eine Wohnung nach der Zwangsräumung gesehen? Die Überreste von Existenzen. So sah es auch in den Häusern der bosnischen Herzegowina aus. Nach dem Krieg, wenn du weißt, was ich meine.«

»Lass uns sachlich bleiben, ja?« Karlotta tätschelt Evelyns Arm. »Wir haben von ... Subs und Fremdarbeitern gesprochen, und du fängst mit der Herzegowina an.« Sie seufzt einmal in einem Anflug von Selbstironie. »Tja, wenn das so weitergeht, dann werde ich nächstes Jahr meinen Urlaub wohl besser im Burj al Arab verbringen. Oder im Banyan Tree ... du weißt schon, diese Wellness-Oase in Thailand.«

»Gegen unsere Lana kannst du das alles vergessen.« Claus pickt neue gare Fleischstücke vom Rost. »Ich sage nur Lomi Lomi Nui. Musst du dir merken.«

»Wer ist Lana?«, fragt Karlotta.

»Unsere Haussklavin«, sagt der Grillmeister nonchalant. »Und jetzt guten Appetit!«

Karlotta lacht gekünstelt. »Ach, Cläuschen, aus dir werde ich einfach nicht schlau.«

»Ich denke, wir sollten Karlotta einweihen, was meinst du, Evi?« Claus legt es offensichtlich darauf an. »Evelyn und ich experimentieren nämlich schon einige Zeit mit einer, man könnte sagen, alternativen Lebensform.«

»Du meinst ...«

»... ein neues Gesellschaftsmodell.«

»Claus, es reicht!« Evelyn macht eine hastige Bewegung und stößt versehentlich gegen ihr Glas.

Das Kristallglas hat den Aufprall zwar heil überstanden, doch der Wein bildet eine schwarze Lache zwischen Knochenteller, Brotkorb und Flasche.

»Was denn?« Claus versucht, den verschütteten Wein mit Servietten zu löschen. »Karlotta lebt schließlich in New York. Natürlich weiß sie, was ein Sweatshop ist, und sie weiß auch, wie die Unterschicht lebt. Wir dachten uns, wir können das besser ...« Er macht eine bedeutungsvolle Pause. »Du wirst es nicht glauben, aber wir haben hier innerhalb unseres kleinen freistaatlichen Reservats das altrömische Staatsrecht zur Grundlage unseres Zusammenlebens gemacht. Dafür, dass sie hier zum Nulltarif wohnen, verstehen sich diese Leute da drüben als unsere Sklaven.«

»Und ich wäre beinahe drauf reingefallen ...« Vor Lachen in ihren Wein prustend, langt Karlotta mit den Fingern ins fetttriefende Röstfleisch. »So schnell geht das und schon ist man wieder ein dreckiger Kannibale!«

Das Essen verläuft von nun an in stiller Eintracht, weil die in pistaziengrünen und korallenroten Saucen geschwenkten Grilladen vorzüglich schmecken, und nicht zuletzt auch der Wein, ein zehn Jahre alter, perfekt temperierter Barolo, die Gedanken zerstreut.

Dennoch fällt es Evelyn schwer, ihre Nervosität zu verbergen. Im Stillen hofft sie, Karlotta habe ihrem Schwager kein Wort geglaubt. Sie unkt nicht einmal, als Lana auftaucht und auf High Heels den Nachtisch serviert. Auf die Traditionsuniform hat sie Claus zuliebe verzichtet, nur zwei große Schleifen zieren ihr zu Zöpfen geflochtenes Haar. Dafür hat sie sich wie eine schwindsüchtige Hure geschminkt – die Lippen mit einem dunklen, glänzenden Lack eingeschmiert, die gezeichneten Brauen noch einmal geschwärzt.

Vor Karlotta macht sie einen zierlichen Knicks.

»Madame, ich stehe jederzeit zu Ihrer Verfügung.«

Während Evelyn vor Scham am liebsten im Erdboden versinken möchte, scheint Karlotta keinen Anstoß an Lanas Auftritt zu nehmen, ja, sie beginnt sogar eine Konversation.

»Was für ein patentes Au-pair-Mädel«, meint sie später. »Ich kenne nicht viele Mädchen in ihrem Alter, die so aufgeräumt sind.«

»Ich auch nicht«, bekräftigt Claus.

Aber das kann sich schnell ändern, fügt er in Gedanken hinzu.

VII.

Karlotta bleibt länger als geplant. Während der Pool mit weißem Finish verputzt wird, liegt sie schon morgens in einem Deckstuhl und sonnt sich bis in die Milde des frühen Abends hinein. Sie scheint nichts zu vermissen, weder Ausflüge in die Stadt noch Anrufe ihres Gatten aus New York, stattdessen erlaubt sie sich ein Maximum privater Intimität: Sie lässt sich von Lana bedienen. Und das rund um die Uhr.

»Lass sie ruhig faulenzen«, meint Claus hinter vorgehaltener Hand. »Den Hang zum Schnorren kriegst du aus einer Müßiggängerin nun mal nicht raus.« Doch diesmal ist es wirklich extrem: Selbst seine Einladung zur Reptilienfütterung schlägt sie aus. Einerseits liebt sie den Alligator, andererseits hat sie nicht mehr den Nerv, über die Glasbausteinmauer zu schielen. Billys letzter Wachstumsschub mache ihr Angst, sie wolle ihn lieber so wie früher in Erinnerung behalten, als er sich noch draußen im Garten neben ihr sonnte: »Kaum größer als eine Kroko-Handtasche war er da und ebenso still.« Tja, andere Zeiten, andere Krokodile.

Sehr spät erst bemerkt Evelyn eine Veränderung in Karlottas Verhalten. Zunächst sind es nur schräge Blicke oder kleine fahrige Gesten, die ihr vor allem dann unterlaufen, wenn Lana – mit der sie sich prächtig versteht – serviert oder Bartos mit Claus über die »interne Fahndung nach dem Langfinger« spricht.

»Der meint das wirklich ernst?«, fragt sie dann die Schwester unter vier Augen. »Crazy!«

Mehr sagt sie eigentlich nicht, und genau das empfindet Evelyn als Ausdruck einer unbestimmten *reservatio mentalis*. Sie selbst gibt sich indes auch nicht redseliger, sondern frisst ihre Bedenken in sich hinein. Was sie am meisten innerlich quält, ist die Scham. Sie kennt Karlottas Lästermaul, und fragt sich, ob sie dichthalten kann oder auspacken wird. Gelegenheit hat sie freilich nicht.

Die Müller-Dodts haben selten Besuch, fast nie, kann man sagen. Einladungen sprechen sie sehr selten aus. Stets fürchten sie, ihre wenigen Freunde könnten sie aufgrund des Anwesens zu den Happy Few zählen. Von diesem Zeitpunkt an ließe man nichts unversucht, sie beide zu ruinieren. Das letzte große, unter der hedonistischen Internationale vorherrschende Gefühl ist der Neid. So kumpelhaft man auch miteinander umgeht, niemand gönnt dem anderen mehr als sich selbst. Obwohl man selbst Nutznießer des feudal regierenden Klüngels ist, bezeichnet jeder jeden hinter vorgehaltener Hand als raffkehaften, neureichen Schmarotzer. In diesem Punkt orientiert man sich zweifellos an der politischen Kaste, die durch Intrigen und Bestechlichkeit glänzt. Es geht nur darum, aus dem spannungslosen Gleichstrom der Konsumgesellschaft die größten Fettaugen abzufischen – die wichtigste Voraussetzung, um zur In-Crowd zu zählen. Wer das nicht nötig hat oder den Anschein erweckt, es nicht nötig zu haben, der ist ebenso schnell wieder draußen.

Befreundet ist man eigentlich nicht; man gehört einfach dazu, zum Freizeitclan der cleveren Großstadttraubmenschen, die sich alle als Nichtbürger fühlen. Es sind immer dieselben, die hier aufschlagen und ihresgleichen als Abstraktionen eines erfolgreichen Lifestyles betrachten; die zufällige menschliche Identität spielt dabei keine Rolle, nur die Sucht, die Lebenszeit lückenlos auszufüllen, wird honoriert. Was tief verbindet, ist das Vergnügen an krankhaften und schmutzigen Dingen und der Vorsatz, die schreckliche Langeweile einer übersättigten Schicht zu bekämpfen. *How far can you go? And how low?*

Die Welt, nach der man sich sehnt, entfaltet sich in der Grenzüberschreitung. Man sucht den Exzess. Schon aus diesem Grund verabredet man sich lieber auf neutralem Terrain, in der künstlichen Wildnis eines Szenelokals, einem gefeierten Restaurant oder dem Betriebs-Wellnessklub der Potsdamer Klinik – zum unbeschwerten Ausleben der eigenen Macken. Die Gespräche, die sie hier führen, werden im dauerironischen Ton der längst abgesoffenen Spaßgesellschaft geführt. Man gibt sich cool, gebraucht Ausdrücke und Floskeln, die sich leicht *überreden* lassen. Nichts ist »so« gemeint. Was echte Emotionen erweckt, hat entweder mit Statussymbolen oder hierarchischen Eifersüchteleien zu tun. Spricht Claus einmal von seinen »Sklaven«, dann halten die meisten das für seine neue Marotte, gewöhnliche Hausangestellte als Sklaven zu »*labeln*«.

In Evelyn wächst dennoch die Angst, dass alles auffliegen könnte. Längst hegt sie den Verdacht, halb Grunewald wisse Bescheid, die Razzia der Grenzpolizei sei nur eine Frage der Zeit. Sie hofft innig, Karlotta würde endlich wieder verschwinden; so wäre ihr zumindest der Anblick der schadenfrohen Schwester erspart. In abendlichen Gesprächen in der Sauna hat sie feststellen müssen, dass ein Leben in unterschiedlichen Einkommensklassen auf Dauer entfremdet. Entspringt der Charakter eines Individuums letztlich nicht immer der Verinnerlichung einer bestimmten Umgebung? Brooklyn, Grunewald – irgendwie passt das nicht mehr zusammen. Jedes zweite Wort von Karlotta scheint mit kaum verhohlener Missgunst getränkt oder lässt jede Freundlichkeit als anbiedernde Heimtücke erscheinen.

»Ja, wenn ich nochmal von vorne anfangen könnte, dann würde ich auch Jura statt Kunstgeschichte studieren. Wahnsinn, aber ich habe damals einfach studiert, ohne mir über die spätere Anwendung meines Studiums Gedanken zu machen. Ich dachte, da findet sich was. Pustekuchen. Dann doch lieber von der ungerechten und hässlichen Welt profitieren. So, wie ihr das macht.«

Was mitleiderregend beginnt, endet in der Regel in einem hämischen Ton. Nur den Sklaven-Haushalt stellt sie sonderbarerweise niemals infrage: »Sklaverei, ja, warum eigentlich nicht? Wenn beide Seiten davon profitieren.« Sie halte den Unterschied zur realen Situation der Massen für herzlich gering: »Ist dieser Maulkorb der Political Correctness nicht das Eingeständnis der Eliten, dass sie lieber unmündige, verängstigte Sklaven statt freie Menschen regieren? Was werden sie sich als Nächstes einfallen lassen? Die *Spiritual* Correctness vielleicht? Im Grunde genommen habt ihr hier nur die Konsequenzen gezogen.«

Evelyn weiß auf derlei Äußerungen in der Regel nichts zu erwidern. Für gewöhnlich lässt sie Karlotta einfach philosophieren, es kann sie ja niemand hören, außer den Sklaven vielleicht, doch die sprechen kein Deutsch.

Morgens schleicht Evelyn zum Amtsgericht und abends wieder zurück. Selbst ihre obligatorischen Sonntagsspaziergänge mit Claus hat sie auf die Abendstunden verschoben, nur um sicherzugehen, niemandem aus der Nachbarschaft zu begegnen. Doch selbst hier, wenn sie händchenhaltend vor sich hin schlendern, kann sie das Gefühl der Scham, ja, der Schande nicht länger verdrängen. Sie kann und will es einfach nicht glauben, dass niemand einschreiten wird, keine große oder kleine Institution, weder das Ordnungsamt noch der Ethikrat. Niemand interessiert sich für das, was sich auf ihrem Grundstück abspielt.

Die Zeit vergeht, und noch immer weigert sich Evelyn, den Tatsachen ins Auge zu sehen: *Du bist Sklavenhalterin, Evi. Was du getan hast, ist unverzeihlich.* Doch worin genau bestand ihr Vergehen? Sie hatte den Spleen eines patenten Hausverwalters akzeptiert, der sich in einer altrömischen Solidargemeinschaft um einiges wohler fühlt als in der spätkapitalistischen Raubtiergesellschaft. Hatte einem zusammengewürfelten Haufen osteuropäischer Wanderarbeiter eine Zufluchtsstätte geboten. Hat die Regierung nicht immer wieder Eigeninitiative von den Bürgern gefordert? Um den Sozialstaat zu entlasten und »chancenlose Menschen« zu integrieren? Genau das hatten sie getan. Nur warum dann das moralische Dilemma, das sie Tag und Nacht quält? Weil sie Rechtswissenschaft studiert hat, am Amtsgericht arbeitet, wo es ihre Pflicht ist, den sozial Schwachen beizustehen? In Gesprächen mit Claus läuft alles stets auf die Frage nach den »angemessenen Begrifflichkeiten« hinaus. In einer Welt aufgelöster oder sich zersetzender Werte sei eben alles möglich, vorausgesetzt, es gefährde nicht die zum Schein noch immer aufrechterhaltene Ordnung. Natürlich habe es immer Sklaven gegeben. Mit Freiheit sei immer nur die Freiheit der Sklavenhalter gemeint, die Freiheit nämlich, sich Sklaven zu halten. Ob es nun Lohn-, Fabrik- oder Leiharbeiter sind, Dienstmädchen, Putzhilfen oder Prostituierte – die Plutokraten haben sich ihre menschliche Menagerie nie nehmen lassen. Die Sklaven ihrerseits hätten die fortschreitende Entrechtung stets hingenommen, die letzte Generation habe der Hirnerweichung durch die elektronischen Medien zugestimmt. Die meisten von ihnen entstammten einer für nutzlos erklärten Menschen-Mischschlacke, die einem trüben, quirlverrührten Karpfenteich gleiche, aus dem von Zeit zu Zeit der eine oder andere herausgefischt werde, um die Großmut der Herren zu demonstrieren. Fischzüge dieser Art seien die medialen Selektions-Shows, man denke nur an die wöchentliche Castingshow-Super-Verarsche, die stets aufs Neue beweise, wie wenig es braucht, um aus potenziell mündigen Bürgern niederträchtiges Viehzeugs zu machen.

Überraschenderweise will Karlotta diese Medienschelte nicht teilen. »Alles halb so schlimm«, winkt sie ab. Regelmäßig leistet sie Lana beim Gucken von irgendeinem Promi- oder Supermodel-Schwachsinn Gesellschaft. »Ich finde es nicht schlimm, wenn sich Arbeitslose zur Unterhaltung der arbeitenden Bevölkerung hergeben«, meint sie einmal. »Schließlich hat nicht jeder das Glück, auf eurer Sklavenfarm ein warmes, sicheres Plätzchen zu finden.« Schulabgänger würden auf diese Weise auch so einiges lernen, zum Beispiel, dass es sich auszahlt zu tricksen, zu lügen und immer schön an den eigenen Vorteil zu denken. Auch die Vorarbeit von MTV wird lobend erwähnt: Dank der permanenten Berieselung mit musikalisch untermalter Softpornographie wäre es inzwischen für jede Zwölfjährige normal, »die Hure zu spielen«. Schaden könne es auf jeden Fall nichts. Als Evelyn empört widerspricht, wird sie still, vielleicht weil sie befürchtet, eine ernsthafte Diskussion könne ihren Aufenthalt im Kurort Müller-Dodt vorzeitig beenden.

Jeden Morgen, wenn Claus und Evelyn in ihren Arbeitsalltag entschwinden, frühstückt Karlotta auf der Terrasse und kriecht dann in ihren Deckstuhl. Die Stöpsel ihres iPods im Ohr, starrt sie entweder auf die dunkelgrüne Mauer aus Blättern oder in die Wipfel der Bäume. Dass sie die Vögel nicht hört, ist nur ein kleiner Wermutstropfen in einer einzigen von Wellness-Exzessen unterbrochenen Nichtstuerei. Die Berieselung mit Anouar Brahem verhindert, dass sie den Lärm von der Baustelle als solchen wahrnimmt. Umso mehr scheinen sie die gebräunten und *rough* aussehenden Sklaven zu interessieren. Sie zeigt Evelyn Skizzen, die sie sich von einem besonders gut gebauten Exemplar namens Petru gemacht hat. (»Er hätte einen besseren Gladiator als Russell Crowe abgegeben, das ist sicher.«) Immer häufiger gibt sie sich jetzt auch ihrer Schwester als Eingeweihte zu erkennen. Während ausgedehnter Lani-Fuing-Massagen hat sie sich peu à peu von Lana in Bartos' Gedankenwelt einführen lassen. Es sei zwar ein resignativer Entschluss, sich auszuliefern, aber letzten Endes wenigstens eine Antwort auf das eigentliche Problem, »nicht zu wissen, wohin mit den Menschen«.

Mit der Gelassenheit einer Frau, die sich inzwischen auf dem Gebiet der römischen Sklaverei kompetent fühlt, erfreut sie Evelyn mit dem Vorschlag, von »Supreme Wellness-Lifestyle« zu sprechen; andererseits, warum sich die Zunge verbiegen? Man müsse die Dinge beim Namen nennen, sie hätte von den Euphemismen der duckmäuserischen Presse genug. Die Millionenheere der Beschäftigten wären im Grunde auch nur eine schlimmere Neuauflage der römischen Sklaven. Seit der industriellen Revolution diene die Masse den »gesichts- und herzlosen Konglomeraten«, der Kreislauf der Geldherrschaft habe sie zu »Kaufkraft-Partikeln in einer Abschöpfungsmaschine« gemacht, Endstation »Alt & Verbraucht«. Das und nichts anderes sei das Los des Menschen in der sogenannten freien Welt. Sie wisse das aus New York, wo die Verelendung ja allgegenwärtig sei, und doch werde keine der Moderatoren-Amöben die neuen Wohnwagencamps am Rande der Großstädte als »Menschenmüllkippen« bezeichnen. Ganz im Gegenteil, die straff organisierte News-Industrie diene nur mehr dem Verschleiern. Als sie das sagt, hat sie bereits diesen nach innen gerichteten Blick. Sie beißt innerlich die Zähne zusammen, denn sie wäre nicht die »rote Lotta« gewesen, die ehemalige latzbehoste AStA-Frontfrau, hätte sie im Lifestyle der Müller-Dodts nicht das Scheitern ihrer alten Ideale gesehen.

So erklärt es sich vielleicht, dass sie fast jeden zweiten Nachmittag zur Baustelle schlendert und Kontakt zu den Unterprivilegierten sucht. Sie hat die Siedlungsgemeinschaft im Hinterhof zufällig entdeckt, auf der Suche nach einer Tonne für Sondermüll. (»Und siehe da, ich befand mich plötzlich in einer anderen Welt.«) Leider stellt sich das Rumänische mal wieder als unüberwindbare Sprachbarriere heraus, und umgekehrt scheinen die Arbeiter nicht einmal Pidgin-English zu sprechen. Sie sind freundlich, fast unterwürfig, nennen sie »Doamnä«, was wie Dame klingt. Karlotta deutet an, sich geschmeichelt zu fühlen, und doch hat sie den Eindruck, nicht nur wohlwollende Blicke zu ernten. Ihre gut gemeinte Absicht, mit den »Ausgebeuteten« zu fraternisieren, endet ziemlich abrupt, als der dunkelhaarige Typ mit dem Gladiatoren-Gesicht, »ihr liebstes Model«, seine Hand ausstreckt und nach ihrer Brust grapscht. (»Das ging mir doch entschieden zu weit.«)

Obwohl sich Bartos später für diesen Vorfall entschuldigt, weist er sie darauf hin, das Betreten der Baustelle sei auch für Gäste der Herrschaften strengstens verboten. (»Als ob das meine Schuld wäre ...«) Auch das Sicherheitsrisiko erwähnt er ihr gegenüber, der Dieb sei noch immer nicht dingfest gemacht. Als kleine Sanktion schlägt er vor, die Essensrationen der Männer um ein weiteres Drittel zu kürzen – »um humanen Leidensdruck auszuüben«. Die Solidarität unter den Sklaven sei zwar größer als in den meisten Firmen, doch jede Gemeinschaft habe einen Verräter, einer, dem der Bauch näherstehe als das Gewissen. Claus hat dagegen nichts einzuwenden, es ist seine Art, über den Dingen zu stehen (»Der Zuchtmeister weiß genau, was er tut.«)

Wie in einem perfiden, mit Weichzeichner gefilmten Alptraum, so fühlt sich Evelyn schon einige Zeit. Für ihren seelischen Zustand gibt es eigentlich keine Erklärung; trotz der langen Unterredungen mit ihrer Schwester ist aus ihrer nervösen Angespanntheit eine verdrossene Reizbarkeit geworden. Vielleicht liegt es auch daran, dass sie sich nun öfter Nachrichtensendungen ausgesetzt sieht; Karlotta scheint nicht ohne die tägliche »Shitlist« auskommen zu können, und aus Solidarität setzt Evelyn sich häufig dazu. Man braucht gute Nerven: Ein Bericht der britischen Labour-Partei, genannt »Anatomie der sozialen Ungleichheit«, bestätigt den Bürgern für die letzten Jahre das »höchste Maß an ungleichen Einkommen seit den Nachkriegsjahren«. Der Wohlstand, den die »oberen zehn Prozent der obersten Einkommensklasse« ansammeln konnten, ist noch weiter gewachsen. Die Kluft zwischen einem Jahreseinkommen von bis zu einhundertfünfzig Millionen und einem Gehalt, das eher an ein Almosen erinnert, ist nicht mehr zu begründen. Selbst Evelyn, die nicht schlecht verdient, bekommt angesichts dieser Maßlosigkeit ein flaues Gefühl, wie am Vorabend einer Revolution. Ja, es sieht schlimm aus da draußen, doch trotz anhaltender Rezession und Weltwirtschaftskrise vermitteln die politischen Akteure in ihrem offiziellen Verlautbarungs-Blabla noch immer den Optimismus eines Samsung-Commercials. »*It's a bright world out there – and everybody is invited!*« hat es Anfang des Jahrtausends noch in einer Werbung für Plasmabildschirme geheißen. Der von Ethno-Freaks bevölkerte Spot schien eine unbeschwerte Zukunft im Euro-Freizeitpark zu versprechen. Angesichts des rasanten technologischen Fortschritts hätte das neue Jahrtausend auf eine »große Spaßdynastie« (gepaart am Ende mit Nietzsches »großer Gesundheit« in Form einer Iron-Man-Vollkörperprothese) hinauslaufen müssen. Dass die Menschheit ein Recht hat, mehr Spaß und weniger Arbeit vom Leben zu wollen und dass dieses Verlangen sogar als das kollektive Ziel der Spezies definiert werden sollte, wird niemand bestreiten. Dass diese Erwartung nicht aufgehen kann, liegt an dem blauen Planeten, dem Raum und Rohstoffe ausgehen. Die kleinsten Späße kommen plötzlich teuer zu stehen. Und die Welt – der *genießbare* Teil wohlgemerkt – wird von Tag zu Tag kleiner. Und *sorry, almost nobody is invited.* In den oberen Einkommensklassen hält der Trend zur Gesellschaftsflucht an. Es ist längst Mode geworden, sich in quasi-freistaatliche Enklaven abzusetzen, auf »Mustergüter« à la Berlusconi, mit Reit- und Golfplatz, und einem Park, der sich zwischen künstlich angelegten Seen verliert. Diese Luxus-Sprengsel sind zurzeit überall am Entstehen. Lauter kleine Fürstentümer. Auch hier, im Schatten der hohen, undurchdringlichen Ligusterhecke, leben sie ja bereits nach diesem Modell.

In diese trügerische Ruhe platzt eines Tages eine Postkarte vom Schwarzen Meer: Mariola, die verschwundene Perle, hat geschrieben, dem Poststempel nach zu urteilen aus einem rumänischen Badeort namens Mamaia. Es gehe ihr gut an der Riviera des Ostens, sie arbeite jetzt schon über ein Jahr im örtlichen Tourismusbüro. Ein »kultivierter, älterer Herr« habe ihr die Stellung vermittelt. Aus Furcht, die Müller-Dodts würden ihr die Sache ausreden, habe sie sich damals entschieden, einfach zu gehen. Sie bittet Evelyn, Claus, aber besonders die »lieben Schlangen« um Verzeihung.

»So klärt sich alles auf«, meint Claus, nachdem er die Postkarte gelesen hat. »Hauptsache, es geht ihr gut.«

Evelyn ist nicht so ganz überzeugt: Mariolas Handschrift hat etwas von der Schönschreibschrift einer Grundschülerin, die Unterschrift wirkt gemalt. Der Text hat keine orthografischen Fehler – was verdächtig ist, denn Evelyn hat genügend Einkaufslisten von Mariola gelesen, um zu wissen, dass die deutsche Rechtschreibung nicht zu ihren Stärken gehört. Dass die Karte keinen Absender hat, ist auch merkwürdig.

»Wundert mich nicht«, sagt Claus, »sie schuldet dir immerhin Geld. Und was den kultivierten, älteren Herren betrifft ...«, er sieht sie an, als hätte er ihre Gedanken gelesen, »diese Beschreibung passt nicht nur auf Bartos, okay?«

Evelyn klemmt die Karte an den Garderobenspiegel. »Warum sagst du das so explizit?«

»Weil ich dasselbe gedacht habe, Evi.« Und mit einem Augenzwinkern: »Nein, es gibt zum Glück noch mehr kultivierte, ältere Männer.«

VIII.

»Verzeihen Sie, gnädige Frau.«

Ein Blatt Papier in der Hand, nähert sich Bartos Karlottas Deckstuhl. Claus hat ihn schon vor Tagen beauftragt, sich um den Rückflug der Dame zu kümmern. »Ich störe doch hoffentlich nicht?«

Karlotta entledigt sich ihrer Ohrstöpsel.

»Ah, Bartos, der gute Geist des Hauses …« Das Magazin, in dem sie bis eben geblättert hat, landet auf dem Rattan-Beistelltisch. »Kommen Sie, es wird Zeit, dass wir beide uns mal tief in die Augen sehen.«

Der Satz scheint Bartos nicht zu befremden. »Ich wollte Ihnen nur die Reservierung Ihres Rückflugs bestätigen. Ein Gangplatz, wie Sie es wünschten. Es war nicht ganz einfach, aber das gewünschte Vegetarier-Menü wurde mir ebenfalls garantiert.«

»Fantastisch.« Karlotta mustert ihn mit einem wohlwollenden, aber ebenso eisigen Blick. »Kommen Sie, setzen Sie sich.« Sie weist auf den freien Gartenstuhl, der ihr normalerweise als Ablage dient.

»Hat es Ihnen bei uns gefallen?«, ergreift er die Initiative.

»O ja. Meine Schwester und ihr Mann sind bei Ihnen in guten Händen, da bin ich sicher.«

»Sehr gütig von Ihnen.« Das Rollenspiel, das Bartos aufführt, heißt Verlegenheit in Person. »Ich möchte die Gelegenheit nutzen, mich für eventuelle Ruhestörungen zu entschuldigen. Nächstes Jahr um diese Zeit sollte die Entwicklung des Anwesens abgeschlossen sein. Der Bau des Weinkellers ist zwar noch umstritten, doch ich bin guter Dinge.«

Karlotta setzt sich auf. Trotz der Hitze zieht sie die malvenfarbene Stola fester um ihre Schultern.

»Darf ich Sie etwas fragen? Was haben Sie mit dem Anwesen vor? Ein neues Wohlfühlhotel aufmachen?«

»Sie belieben zu scherzen.«

»Nein. Lana hat mir alles erzählt. Ich könnte verstehen, wenn Sie diesen Schicksalsschlag wettzumachen versuchen.«

Er erwidert nichts. Seine Augen glänzen stählern, die dünnen Lippen wirken wie mit taubenblauem Puder bestäubt.

»Also kein Hotel?«, fährt Karlotta ungerührt fort. »Dann vielleicht eine Baumwollplantage? *Like in the good old South?*«

Bartos legt den Kopf in die Schräge. Es sieht nicht so aus, als wäre er in irgendeiner Weise beunruhigt. »Ich nehme mal an, Sie haben das eben ironisch gemeint. Nichtsdestoweniger war die Sklavenhaltung in den Südstaaten gar nicht so schlecht. Im Vergleich mit heutigen Firmen waren die Plantagen des Südens soziale Oasen. Viele Ex-Sklaven aus Alabama und Kentucky widersetzten sich wochenlang ihrer Befreiung durch die Truppen von Abraham Lincoln, weil sie wussten, dass sie Verwandte in den Slums der Nordstaaten hatten. Diese Art Freiheit wollten sie nicht.«

»Sehr amüsant, aber es beantwortet nicht meine Frage: Was haben Sie vor?«

»Das liegt im Ermessen der Herrschaften«, erwidert er im absoluten Matter-of-fact-Ton des britischen Butlers.

»Herrschaften?« Niemand versteht es, so spöttisch zu lachen wie die »rote« Karlotta. »Herr Bartos, wir können doch ehrlich miteinander reden. Glauben Sie, ich hätte nicht bemerkt, wer hier das Sagen hat?«

Bartos will sich erheben, doch Karlotta legt ihm eine Hand auf die Schulter. »Beantworten Sie nur meine Frage.«

Nach einigen Augenblicken steifer Reserviertheit antwortet er: »Mein Name ist Bartos, nicht Barbarius – auch nicht Barbius Philippus, wie dieser dreiste Sklave in Dios *Römischer Geschichte* genannt wird. Ich habe nicht vor, als Magistrat zu amtieren, bin kein Schädling des Hauses, sondern den Herrschaften treu ergeben.«

»Verschonen Sie mich mit der Erhabenheitsnummer.« Unter merkwürdig ausdruckslosen Augenlidern blickt Karlotta auf ihn herab. »Dazu fahren Sie zu gerne mit dem Porsche spazieren.«

»Und ob! Ich würde sagen, der Wagen lässt mich die schwindende Dynamik meiner Altersklasse vergessen. Ein Traum ...«

»... den Ihnen meine Schwester und ihr Mann finanzieren!« Bartos' Miene ist längst versteinert. »Was werfen Sie mir vor, gnädige Frau?«, fragt er, jede Silbe deutlich aussprechend.

»Dass Sie Claus diesen Floh ins Ohr gesetzt haben. Sie wissen, er ist ein Snob! Und wie jeder Snob träumt er davon, ein kleiner Sonnenkönig zu sein!«

Bartos zuckt unter dem gestärkten Hemd mit den Schultern. »Herr Claus ist ein großzügiger und umsichtiger Herr ...«

»Sie meinen, es ist gefahrlos, einem Ohnmächtigen die Macht anzubieten.« Karlotta ist das Versteckspiel allmählich leid. »Ihre Masche ist nicht unoriginell«, sagt sie schnippisch, »Sie dienen sich bei irgendwelchen Neureichen an und liefern denen den theoretischen Überbau, den sie brauchen, um noch mehr zu genießen. Also immer her mit den Sklaven! Lana mag die Rolle der Sklavin ja liegen, aber einem Akademiker nehme ich nicht ab, dass er sich gerne als Sklave verkauft.«

»Wenn Sie so sprechen, gnädige Frau«, erwidert Bartos mit fast dienstlicher Miene, »wird mir schmerzlich bewusst, dass Sie meinesgleichen in einem erniedrigenden Zustand verorten. Ich dagegen empfinde meinen Zustand als privilegiert. Sklave ist man erst, wenn man die Ketten fühlt, gnädige Frau. Ich fühle sie nicht, wie Sie sehen. Ich fühle mich sogar auf meine Art frei, nämlich von der andauernden Existenzangst befreit, dieser wahren Hölle auf Erden. Aufgrund einer nicht von der Hand zu weisenden Prognose – dass rund dreißig Prozent der Deutschen bis zur Mitte des 21. Jahrhunderts an die Armutsgrenze abrutschen werden –, sehe ich sogar etwas Exemplarisches in meiner Situation. Den Jahren der *sozialen Apartheid* wird eine neue feudalistische Zeit folgen, die neuen Privatbesitztümer wird man ohne Sklaven gar nicht mehr bewirtschaften können. Man könnte etwas überspitzt sagen, die Berufung zum Sklaven hat Zukunft! Doch besser, als am Tropf dieses Staates zu hängen, glauben Sie mir. Wo Betrug zur festen Einrichtung und Machterhalt zum ausschließlichen Ziel der Politik wurden, da ist die Aristokratie des Lebens gefragt ...«

»Ich glaube trotzdem nicht«, wirft Karlotta ein, »dass viele Ihre neue Sklaverei mitmachen werden.«

»Ich schon!«, schmettert ihr Bartos entgegen. Zum ersten Mal scheint er die Contenance zu verlieren. »Für diese Form der Sklaverei braucht es keine neue Faschisten, auch keine Befürworter einer neuen sozialen Apartheid. Der gewöhnliche Konsumbürger – Parallelweltler und Exzess-Hedonist – ist zum Sklavenhalter prädisponiert. Ihr Klassenkampf, gnädige Frau, hat sich damit erübrigt, betrachten Sie sich einfach als überholt.«

»Da kennen Sie die Menschen nicht, lieber Herr Bartos, die Freiheit ist ihnen heilig ...«

Bartos erlaubt sich ein etwas unstatthaftes, fast anzügliches Grinsen.

»Genau das wage ich zu bezweifeln. Dass die Freiheit nicht so wichtig ist, wie wir glauben, zeigen uns heute die Einwanderer. Sie bevorzugen das rigide Korsett ihrer Religion. Besser noch, ihre Führer gedenken, uns verweichlichten Westeuropäern wieder Zucht und Ordnung zu lehren. Beschämend, finden Sie nicht?«

Karlotta spitzt ihre Lippen und pfeift. »Und dem glauben Sie zuvorkommen zu können, indem Sie eine neue Form von Sklaverei predigen, die naive, aber gutmütige Hedonisten zu Wirtskörpern macht?«

»Ich predige gar nichts. Schon gar nicht dem gnädigen Herrn.«

»Dann vielleicht Lana?« Wenn Karlotta spitzfindig wird, bringt sie die Dinge schnell auf den Punkt. »Sie haben Lana auf ihn angesetzt, so ist es doch, oder?«

Bartos wird weiß. »Diese Bemerkung, gnädige Frau, war ebenso überflüssig wie geschmacklos«, schießt er zurück. »Und jetzt entschuldigen Sie mich, der Pool wird geflutet. Meine Anwesenheit ist gefragt.«

Natürlich verläuft alles mit reibungsloser Perfektion. Selbst das Einschalten der Poolbeleuchtung klappt auf Anhieb. Ein türkisfarbenes Rechteck erstrahlt vor Evelyns Fenster, das fleckenlose Tischtuch eines Gedecks der Reinheit, das man für die Hausherrin angerichtet hat. Da Evelyn müde und abgespannt ist, überlässt sie Lana die Ehre, den Pool einzuweihen. Sie tut es auch, um ihrer Schwester zu zeigen, dass sie die Sklaven nicht wie Sklaven behandelt, dass zumindest das praktische Zusammenleben normal funktioniert.

Während Lana in einem champagnerfarbenen Bikini zwei Bahnen zieht, wartet Bartos mit dem Handtuch auf sie. Dann geht Claus schwimmen. Er ruft ein paarmal nach Evelyn, doch sie stellt sich taub. Zu diesem Zeitpunkt ist ihr ausgewogener, individueller Lebensentwurf bereits zu einem Fluchtplan verkommen. Sie will nur noch fort, doch genau das ist unmöglich.

An diesem Abend versucht sie, sich zum ersten Mal seit zehn Jahren vorsätzlich zu betrinken. Eine Flasche Krimsekt in der Hand betritt sie das Dampfbad, beseelt von dem Wunsch, im Wellness-Koma einer Welt, die ihr immer fremder erscheint, zu entfliehen. Ein Kreislaufkollaps und anschließender Atemstillstand, ein sanftes Hinübergleiten, warm, feucht und dunkel wie eine umgekehrte Geburt.

Sie hat gerade einen Sauna-Durchgang hinter sich, als sie Karlotta bemerkt. Dick in bunte Frottee-Tücher verpackt, sieht sie aus wie eine Pummelfee, die gekommen ist, Böses zu tun.

»Hallo«, sagt Evelyn matt. »Ich hab dich gar nicht gesehen. Alles in Ordnung?«

Statt zu antworten, dreht Karlotta eine Runde im Raum – alles mit fahrigen Bewegungen und einem unheilvoll brütenden Blick.

»Ich glaube, Claus hat dich gerufen«, gibt Evelyn vor. »Warum gehst du nicht schwimmen? Es wäre doch schade, wenn nur Lana den Pool genießt. Du entschuldigst mich, ja?«

Es folgt ein unüberhörbares Schweigen, das gleichwohl zu Evelyn hinüberwächst, um ihr den Rückweg zur Saunakabine zu versperren.

Karlottas Gesicht ähnelt in diesem Moment einer zeremoniell geschminkten Eule, die bereit ist, ihre Beute zu greifen.

»Du hast wirklich Nerven«, sagt sie unangenehm leise. »Hier drinnen, im Tempel der gepflegten Frau, spielst du Hippie deluxe, und draußen geht es zu wie in der Strafkolonie!«

»Wie bitte? Wovon redest du überhaupt?«

»Von euren Sklaven natürlich!«

Evelyn macht es sich auf ihrer mit Kuhfell bezogenen Liege bequem. »Oh, wird das jetzt ein Besinnungsanfall?«

»Es gibt Grenzen«, sagt Karlotta im Tonfall einer älteren Schwester. »Von Claus habe ich ja nichts anderes erwartet. Alle Schönheitschirurgen halten sich für Gott-weiß-was, warum sollte deiner eine Ausnahme sein? Aber du …?«

»Was soll mit mir sein?«

Ihre Schwester packt sie so fest an den Schultern, dass Evelyn glaubt, ihre Gelenke knacken zu hören.

»Du bist Rechtsanwältin! Vielleicht stimmt es, dass es für die Reichen keine Gesetze gibt, aber was ihr hier abzieht, das geht schlicht zu weit!« Sie hält kurz inne. »Ich bin heute bei den Zelten gewesen – in eurem Hinterhof, Liebes, da, wo sie wohnen …«

»Worauf willst du hinaus?« Evelyn fühlt sich überrumpelt.

»Ich habe mit einem eurer Untermenschen gesprochen! Dieser nette, hilfsbereite Herr Bartos … weißt du, wie ihn eure Bausklaven nennen? ›Meister Fitz-Fetz‹!« Sie schüttelt ihre Arme, als wäre sie von Kopf bis Fuß mit Jauche besudelt. »Und weißt du, warum? Weil er die Leute, die nicht so wollen wie er, gerne mit der Knute auspaukt!«

Eine eiskalte Dusche hätte nicht schneller zu Evelyns Ernüchterung beitragen können.

»Ich habe die Peitsche gesehen! Mit eigenen Augen! Er züchtigt die Sklaven, Evi, weißt du das nicht? Vielleicht sind doch nicht alle von denen *freiwillig* hier.«

»Karlotta, bitte!« Evelyn stellt fest, dass ihr Herz hämmert, als habe sie gerade einen Sprint hinter sich. »Ich habe einen harten Tag gehabt. Was immer da draußen vor sich geht, es erfüllt nicht den Straftatbestand des Menschenhandels zum Zweck der Arbeitsausbeutung. Paragraf 233 des StGB kann nicht greifen, denn diese Leute sind freiwillig hier ...«

»Das Juristengefrotzel kannst du dir sparen.« Karlottas Angriffslust ist noch nicht verflogen. »Dein Leben ist schön, aber muss es auch so hohl sein wie du? Es wird Zeit, dass du aus deinem Wohlstandsschlummer erwachst.«

»Wie bitte?« Evelyn glaubt ihren Ohren nicht zu trauen. »Muss ich mich in meinem eigenen Haus von einer Krawallschachtel beleidigen lassen?«

»Du musst handeln, Evelyn, das musst du! Vielleicht habt ihr euch in dieser Parallelgesellschaft gemütlich eingerichtet, aber was hier vor sich geht, ist Wahnsinn, das weißt du genau!«

Karlottas Neigung, die Dinge unnötig zu dramatisieren, kommt Evelyn wie gerufen. In sich selbst zurückgetrieben, ist sie stets hart und klar wie ein geschliffener Diamant.

»Du bist und bleibst eine Drama-Diva«, erwidert sie seelenruhig, »wir helfen diesen Menschen, weiter nichts.«

»Selbst wenn es jeder Rechtsgrundlage entbehrt?«

»Sicher doch, denn die Gebote der Menschlichkeit haben mit dem Gesetz wenig zu tun.«

»Es ist nicht in Ordnung, verdammt!«

Evelyn hasst Standpauken; sie ist plötzlich entschlossen, ihr Glück zu verteidigen.

»Werd endlich erwachsen, Karlotta. Was mischst du dich hier überhaupt ein? Hast du nicht genug damit zu tun, dein eigenes Leben in Ordnung zu bringen?«

»Du hast aufgegeben, Evi, das macht mir Sorgen.«

»Und was *hast* du, Schwesterherz?«

Karlotta, eben noch wild gestikulierend, zuckt wie von einer Peitsche getroffen zusammen.

»Nichts. Ich habe nichts.« Vielleicht merkt sie, dass sie zu weit gegangen ist. »Ja, das hat gesessen, Evi. Was ist nur aus dir geworden?«

Es ist tatsächlich das Ende der Unschuld, vielleicht sogar das Ende der gemeinsamen Kindheit. Während der Fahrt am nächsten Morgen zum Flughafen sprechen die Schwestern kein Wort. Vielleicht hält Karlotta Evelyn für ein Monstrum und wahrscheinlich hat sie Recht. Erst als sie am Schalter anstehen, gelingt Karlotta eine versöhnliche Geste, selbst wenn es frostig klingt, was sie sagt: Sie müsse sich womöglich erst an gewisse Dinge gewöhnen, sie habe es nicht böse gemeint. Sie werde schreiben, beteuert sie und drückt Evelyn an sich.

»Wir sind doch Schwestern«, sagt sie noch. »Pass auf dich auf!«

Evelyn stimmt diesmal nicht ein.

IX.

3. März 2008
Berlin. Dienstmädchen, Kindermädchen, Putz- und Pflegekräfte übernehmen heute in zunehmendem Maße die Versorgungsarbeit in privaten Haushalten. Nach Angaben des Deutschen Instituts für Wirtschaftsforschung (DIW) machen etwa 4 Millionen privater Haushalte von diesen Dienstleistern Gebrauch. Die Sozialwissenschaftlerin Simone Odierna warnte bereits 2001 in einer Studie vor einer „heimlichen Rückkehr der Dienstmädchen". (dpa)

15. April 2008
Florida. US-Senator Bernie Sanders äußerte sich empört über die Lebensbedingungen von Tomatenpflückern in Süd-Florida. Die Vorstellung, dass „Menschen im Jahr 2008 hier in den USA in Sklaverei leben" müssten, übersteige jedes Vorstellungsvermögen. Anfang des Monats hatte das FBI in Immokalee eine von illegalen mexikanischen Sklaven bewirtschaftete Plantage geschlossen.
(Palm Beach Post)

27. Juni 2008
New York. Ein US-Bundesgericht verurteilte eine Millionärin zu elf Jahren Haft, nachdem bekannt geworden war, dass sie ihre indonesischen Haushaltshilfen praktisch wie Sklavinnen hielt. Schläge und Demütigungen gehörten zum Alltag der Frauen, die seit 2002 und 2005 in einer Vorstadtvilla eingesperrt lebten.
(reuters)

12. Juli 2008
Genf. Ein Notruf aus dem Luxushotel „Président Wilson" erreichte gestern die eidgenössische Polizei. Zwei Domestiken meldeten, sie seien soeben mit Kleiderbügeln und Gürteln „blutig geschlagen" worden. Bei den Beschuldigten handelte es sich um Hannibal al-Gaddafi und seine Frau Alina. Nach Zahlung einer Kaution von 500.000 Franken befinden sich beide wieder auf freiem Fuß.
(dpa)

X.

*Da Sattheit den Wohlstand zu
untergraben droht,
sind Lüste, die früher verboten waren,
zu den Hauptgütern des modernen
Wirtschaftssystems geworden.*

– JOHN N. GRAY

Wenn die Ursache allen Übels Fäulnis ist, Fäulnis und Zerfall – oder besser gesagt, die vorprogrammierte Verwesung –, dann entspricht der Kapitalismus mit seinen antiseptischen Verheißungen, seinen sichtverblendeten Lebensweisen, seinen chirurgischen und technologischen Rettungsmaßnahmen, einer nachvollziehbaren Schutzreaktion. Mit Geld lässt sich der Prozess der Abtakelung – dieses A und O im Leben des eingefleischten Materialisten – um Jahrzehnte verschleppen. Wem die Zähne verfaulen und wer diesem Verfall hilflos zusehen muß, der wird die Armut verfluchen. Der Ursprung aller Kultiviertheit liegt in der Angst vor Verwesung, angefangen vom Hygienepapier, Toilettenduftspendern über Mundwasser bis zum Veröden von Hämorrhoiden.

»Sie sind auch wirklich vorsichtig, Doktor?«

Die Stimme des kleinen, dicklichen Schwulen reißt Claus aus seinen Gedanken. Er betastet gerade das Knäuel aus knotig verdickten, blauroten Adern, die normalerweise dem Schließmuskel zur Abdichtung dienen. Es erinnert an ein Granatapfelgeflecht.

»Keine Sorge«, erwidert Claus. »Für mich ist das ein Routineeingriff«, fügt er mit einem frechen, an Schwester Buki gerichteten Grinsen hinzu. Das ist natürlich eine dreiste Lüge, denn er macht Vertretung für einen Kollegen, doch das kann der Mann, dessen behaarter Hintern gerade mit orangefarbener Desinfektionsflüssigkeit eingepinselt wird, nicht ahnen.

»Ich will Vollnarkose und keine Regionalanästhesie!«

»Kriegen Sie, kriegen Sie.«

»Und noch was, Doktor ...« Die weinerliche Stimme des Patienten klingt in diesem Moment herrisch und unangenehm. »Wenn Sie mir die Düse verhunzen, also, falls ich nachher nicht mehr richtig abschließen kann, dann werde ich dafür sorgen, dass Sie hier einpacken können. Ich schwöre Ihnen, wenn Sie da was kaputt machen, dann mache ich *Sie* kaputt, und das ist nicht etwa die leere Drohung eines Kassenpatienten.« Unter dem OP-Tuch kommt eine manikürte Schwurhand zum Vorschein. »Nur dass Sie Bescheid wissen: Ich arbeite für den Bürgermeister, und ich gehöre zur In-Crowd der Stadt ...«

Claus gibt der Anästhesistin ein Zeichen und das Nörgeln verstummt. Dann macht er sich an die rotbraune Arbeit.

Der Eingriff dauert tatsächlich nicht länger als ein paar Minuten. Den Joint danach raucht Claus auf dem Parkplatz der Klinik.

Wer bin ich?, fragt er sich. *Nicht mehr neunzehn und nicht in.* Ja, das ist schon ein Jammer. Nicht zur In-Crowd zu zählen, zum Freizeitclan, der die Stadt unsicher macht. Aber das hat er sich ohnehin längst abgeschminkt. Eine Sklavenkolonie lässt sich ja wohl kaum mit einem soliden sozialen Netzwerk vergleichen. Das Leben, das er führt, entspricht in etwa jener von Kybernetikern beschriebenen, zirkulären Selbstreferenz eines x-beliebigen Organismus: reine Selbstrückbezüglichkeit, die selten über das simple Feedback eines Thermostaten hinausgeht. Er ist sein eigener Regelkreis, die ewige Rückkopplung, die sich noch immer nach echten Erlebnissen verzehrt, vor allem echter Liebe, alles erlösender Liebe; noch ist er das Gegenteil, ein Subjekt ohne Subjektivismus auf der Einbahnstraße der tierischen Triebe, eine sich selbst verschlingende Menschen-Amöbe, die – künstlich an ihrer Teilung gehindert – kein wirklich existenzielles Interesse an der Zukunft mehr hat. Bisher jedenfalls.

Er muss an Lana denken, seine süße Lana-Sklavin, die um diese Uhrzeit wahrscheinlich fegt, wäscht, kocht oder bügelt oder die Reptilien versorgt ... Oder in der Anliegerwohnung vor dem Spiegel steht und sich die Muschi rasiert. Warum eigentlich nicht? Gehört das nicht zur altenglischen Traditionsuniform? Es ist ihm, als ob es plötzlich eine Bandschleife in seinem Inneren gäbe, Wonnebilder und -töne, die er immer wieder abspielen kann und die ihm nie langweilig werden. Und endlich gesteht er sich ein, warum er sich so merkwürdig fühlt: Er, der alte Freibeuter, ist verliebt, verliebt wie noch nie in seinem von Genusssucht geprägten Leben. Dabei hat er keinen Grund, auf eine Erwiderung seiner Gefühle zu hoffen. Nach dem Vorfall im Arbeitszimmer geht Lana ihm auffällig aus dem Weg. Und dennoch – je mehr er an Lana denkt, umso mehr wird er von dem wohligen Gedanken geplagt, es gäbe in seinem Leben endlich eine neue Frau, eine äußerst flexible, um nicht zu sagen biegsame Frau, und diese liebe ihn heimlich, ihn, Claus, mit all seinen Unzulänglichkeiten und Fehlern, und sie würde ihn nie kritisieren, nie infrage stellen – so wie seine gnadenlose Juristin ...

Er nimmt einen tiefen Zug und hält den warmen Rauch in der Lunge. Kann man überhaupt jemanden lieben, der einen andauernd hinterfragt? Eine zänkische und herrische Maus? Schön, sie hatten nie die Sorte Ehe geführt, die Oscar Wilde einmal als »gegenseitige Freiheitsberaubung im beiderseitigen Einvernehmen« charakterisierte. Doch die Liebe ist im Grunde genommen noch viel unkomplizierter, sie ist so einfach wie die Beziehung einer Flasche zum Korken. Lana, denkt Claus. In seiner Fantasie steht sie nackt nur wenige Meter von ihm entfernt auf dem Dach von Hempels dentalweißem Mercedes und rockt zu irgendeinem beinharten Groove, den er nicht hören kann, doch der sie veranlasst, dieses gewaltige Arschfleisch wabbeln zu lassen. *Sweet bird of youth*. Die Eiweiße wissen noch, was sie tun, und das Gewebe ist elastisch wie Gummi.

Claus sieht sich vorsichtig um. Niemand zu sehen – also reibt er sich wohlig im Schritt. Sein Testosteronspiegel ist endlich im Aufwind, das kann er spüren. Vielleicht ist die Liebe wirklich nur eine Tombola der Evolution, wo mit Mörderpreisen gelockt wird und letzten Endes niemand gewinnt. Die Gegenwart ist alles, was zählt, nichts anderes ist real, und Lana ist *sehr* gegenwärtig. Und wenn er sie einladen würde, zum Ästhetik-Symposium, als Sklavin und Frau, würde sie es nicht ausschlagen können. Die Lana in seiner Fantasie betrachtet ihn mit ausdruckslosem Gesicht. Ein sich näherndes Donnergrollen und quietschende Reifen bewirken allerdings, dass sie den Kopf langsam dreht ...

Der Wahn, dass einem zum Glück nur ein neuer Wagen fehlen könnte, diese teuflischste Form der Auto-Suggestion, entsteht wohl erst im direkten Vergleich mit anderen Kutschen. Sicher, sein alter Porsche sieht noch passabel aus, doch Silber gilt inzwischen als Farbe der Nullerjahre, das heißt restlos out. Erdige, kupferne oder altgoldene Töne haben die letzte Automobilmesse beherrscht, und genau so einen undefinierbaren Farbton hat Hanns »Jacky« Mangolds neuer Lamborghini Diablo, der eigentlich *Salambo Vagini Dildo Bombastico* hätte heißen müssen, doch so weit sind die Marketing-Leute noch nicht, dass sie direkt ausloben dürfen, worum es geht. Auf jeden Fall ist es ein Roadster mit allen Schikanen, ein Porsche wirkt dagegen fast ordinär. Schon der Sound des Zwölfzylinders fegt Claus mental vom Platz. Dass die Lana-Erscheinung ihren Tanz auf der Kühlerhaube des Diablo noch wilder fortsetzt, wertet Claus als einen weiteren Tiefschlag der übelsten Sorte. Während er zusieht, wie Mangold – unter fast anzüglicher Lärmentwicklung aus Rap-Schwachsinn und Rumpelmusik – einparkt, erinnert er sich düster eines Gesprächs, in dem der Platzhirsch hatte durchblicken lassen, Claus habe wohl den Anschluss verpasst. (»Mensch, Clös, du fährst immer noch Porsche? Und das wird dir nicht langweilig, Mann?«) Sie hatten gemeinsam auf den Aufzug gewartet, und Mangold, der den Rang eines Turms auf dem sumpfigen Schachbrett der Klinik genoss, hatte nur dreckig gegrinst. »Ich möchte dir nicht zu nahe treten, altes Haus, aber in den letzten zwanzig Jahren hat sich 'ne Menge verändert. Auch am Design.«

Zurück in der Wirklichkeit, ruft der ewig gebräunte Witzbold gerade ein saloppes »Wie geht's?« über den Platz. Er scheint vom Friseur zu kommen, sein Haar sieht jedenfalls aus, als habe sich ein Pudelscherer an ihm vergangen, doch Claus ist noch völlig im Bann des Lana-Phantoms, das mit schaumtriefenden Brüsten den roten Traumwagen einzuseifen beginnt. *Cold rockin' it,* denkt Claus, als sich die ersten Brandblasen auf dem Lack zeigen. Ein neues Auto muss her. Und zwar schnell. Wäre es nicht großartig, in so einem Schlitten nach Monaco zu fahren? Mit Lana? Auf jeden Fall besser, als der Hirnsinnlichkeit zu verfallen, dem fieberhaften Jonglieren mit Wichsvorlagen vor dem Computer, wie es heutzutage fast überall zum Modus Vivendi gehört. Er hat noch anderthalb Stunden Zeit bis zur nächsten OP, und so beschließt er, dem Banker seines Vertrauens einen Besuch abzustatten.

Lana, Lambo, Lana ... Die Verkettung dieser Gedanken wälzt sich noch immer – begleitet von mental abgespeicherten Werbeclips für windschnittige Zweisitzer – durch den limbischen Sumpf seines Hirns, als er die Grunewalder Bankfiliale betritt. Ihr Leiter ist noch immer Nils Wilkens, der Mann der verstorbenen »Speckprinzessin« und ein Bekannter aus jenen fast unschuldigen Tagen, als Claus noch glaubte, ein Mann brauche nur drei Freunde im Leben: einen mit allen Wassern gewaschenen Steuerberater, einen wenigstens halbkriminellen Anwalt und natürlich einen soliden, leicht trotteligen Bankmenschen, der in der Lage war, das nötige Spielgeld zu beschaffen.

»Herr Doktor Müller-Dodt, welch seltene Ehre ...«

Kaum ist Claus an den Schalter getreten, da blickt er schon in ein hageres Geiergesicht. Mit Haarlack frisiert und rastlosen

Blicks hinter randloser Brille, zeigt Wilkens das unendlich überlegene Lächeln eines Menschen, dem nichts mehr imponieren kann. Erich Honecker hatte ähnlich hinterfotzig gelächelt, und tatsächlich ist Wilkens ostdeutsch sozialisiert, das heißt, die Wende zum Kapitalismus erscheint ihm noch immer nicht ganz geheuer. Dass die schwarzen Auswüchse einer Tätowierung über den klein karierten Hemdkragen lugen, fügen seinen Auftritten eine ganz eigene Note hinzu.

»He, Nille, long time, no see«, beginnt Claus, aber der Filialleiter zuckt nur mit der Hand.

»Deine Chuzpe möchte ich haben.« Über sein gut gebräuntes Gesicht irrt ein schmerzliches Lächeln. »Hier einfach reinzuschneien, einfach so.« Seine Stimme schwankt zwischen tückischem Näseln und dem Singsang des jamaikanischen Muggers. »Mit der Trauerpost bist du leider zu spät.«

Obwohl der Satz nicht mehr als eine Feststellung ist, glaubt Claus ein schlecht verhehltes Übelwollen hinter den Worten zu peilen.

»Jeder kann mal was vergessen, okay? Ich hatte viel um die Ohren.«

»Vergessen? Sie war kein Pflegefehler, sie war meine Frau!« Der lackierte Geierkopf beugt sich vor, seine raumgreifende Nase wird noch größer. »Gero Hempel hat mir alles erzählt! Du hast sie auf dem Gewissen!«

Claus sieht sich um: Außer ihm befinden sich noch zwei Kunden am Schalter, die dahinter kauernden Angestellten wirken ungewöhnlich beschäftigt, was nur bedeuten kann, dass sie die Lauscher in diesem Moment gehörig spitzen.

»Ich habe nur getan, was sie wollte«, sagt er leise.

»Du hättest das Richtige tun sollen, dann wäre sie jetzt noch am Leben!«

Claus schluckt, als ihm der Ernst dieser Worte aufgeht. Seit Ende seiner Studienzeit hat er sich an die Trägheit seines Herzens und die Einengung seines Bewusstseins gewöhnt. Vielleicht war es der ganz normale Mechanismus, der früher oder später jeden erfasst. Die Zusammenhänge, die er begreift, reichen aus, um ein angenehmes Leben zu führen. Dass er sich das *ausgedacht* hat, steht auf einem anderen Blatt. Zum ersten Mal dämmert ihm seine gottverdammte Gleichgültigkeit. Doch so Recht Wilkens auch hat, er hat nicht vor, sich von einer Bankschranze zum Affen machen zu lassen.

»Schon sonderbar, wie sich die Menschen ändern«, entgegnet er sanftmütig, »wenn man bedenkt, wie du zu Lebzeiten von deiner holden Gattin gesprochen hast. Um ehrlich zu sein, ich dachte, ich hätte dir einen Gefallen getan.«

Das Grimassenhafte weicht aus Wilkens' Gesicht. Seine Mundwinkel sacken ab, was aus jedem Geier eine Geierschildkröte macht. »Was zum Teufel willst du?«

»Dich sprechen«, sagt Claus, so kaltschnäuzig er nur kann, »es geht um einen Autokredit.«

Es wird noch stiller in der Filiale, als Wilkens eine Schranke zwischen den Schaltern aufklappt. »Das trifft sich gut«, sagt er ebenso kalt. »Am besten gehen wir in mein Büro.«

Schon die Art, wie er seinen Besucher durch die Schreibtische der hektischen und nervös aufblickenden Angestellten lotst, will Claus nicht gefallen. Der sonst so ausgeglichene Wilkens scheint sich wirklich verändert zu haben. Von hinten wirkt das verklebte Haar wie die gelackte Helmmütze eines Lemuren.

»Ein besonders herzlicher Empfang war das nicht«, bemerkt Claus, als er vor dem Schreibtisch des Filialleiters sitzt. Während Wilkens in einem Schrank mit Hängeordnern kramt, beginnt Claus in seinem weich gepolsterten Sessel zu juckeln.

»Was hast du erwartet«, meint Wilkens, »nach dem, was du mir angetan hast?« Er hebt seine Hand mit dem Trauring, als wäre es eine Art Tapferkeitsmedaille. »Für dich war Simone vielleicht nur irgendeine Breitarschgazelle, aber sie war meine Frau!«

»Sicher«, sagt Claus, »deshalb hast du sie auch bei jeder Gelegenheit mit dieser Tippse betrogen. Oder war es die Serviererin aus dem Hooters? Nein, es war die Schnecke aus dem Drive-in-McDonald's, habe ich Recht?«

Wilkens schluchzt leise auf. Claus wirft einen nervösen Blick zur Tür; sie ist glücklicherweise geschlossen.

»Und ich dachte immer, ihr Ossis wärt psychisch robuster. He, tut mir leid, altes Haus ...«

»Du bist ein mieser Zyniker, und das weißt du.« Wilkens wischt sich die Tränen aus dem Gesicht.

»Wieso? Seit wann bist du gegen die Wahrheit allergisch?« Claus sucht nach einem witzigen Übergang. »Ich beziehe mich auf eine Studie der Dresdner TU. Während im Westen elf Komma fünf Prozent der Bevölkerung unter Depressionen leiden, sind es in den neuen Bundesländern gerade mal acht. Statistisch gesehen eine deutliche Sprache. Herrgott, was suchst du da eigentlich? Mein Todesurteil?«

Wilkens ist offensichtlich in seiner Kartei fündig geworden: Er legt eine Kladde mit Unterschriftenregister auf den Tisch und beginnt, mit der rechten Hand seine gegelten Haare zu strählen.

»Hör zu, machen wir's kurz für dich. Wobei ich sagen muss, ich habe dir alle sechs Wochen geschrieben, aber nie eine Antwort bekommen.«

Claus zuckt die Achseln, doch ein mulmiges Gefühl in der Magengegend breitet sich aus. »Kann schon sein«, räumt er ein. »Ich dachte, es sei Reklame.«

»Sicher.« Wilkens nickt Claus süffisant zu. »Solange das Geld aus dem Bankautomaten kommt, ist alles in Ordnung – denkst du, aber so ist es nicht.«

Er schlägt die Kladde auf. »Wie du weißt, haben alle Banken unter der Finanzkrise gelitten. In diesem Zusammenhang sahen wir uns leider gezwungen, riskante Hypotheken oder Schuldverschreibungen abzustoßen, das heißt zu verkaufen. Das gilt natürlich ganz besonders für doppelte Hypos. Ein Haufen Leute stand bei mir tief in der Kreide, aber keiner so tief wie ein gewisser Müller-Dodt, Claus.«

»Mach mal halblang, Nille, wie redest du eigentlich mit mir?«

»Wie mit einem Schuldner«, kontert Wilkens, »der zu lange über seine Verhältnisse gelebt hat und nun zur Kasse gebeten wird. Oh, nicht von uns, sondern von einem gesichtslosen, gnadenlosen, internationalen Finanzkonsortium. Sie haben die meisten unserer Hypotheken gekauft. Du kannst dir denken, was das bedeutet.«

Claus schüttelt entgeistert den Kopf. »Kümmere dich um mein Geld, Nille, das ist doch dein Job. Im Übrigen habe ich mich entschlossen, das, was du vorhin gesagt hast, nicht als Beleidigung aufzufassen. Davon wird Simone auch nicht wieder lebendig, tut mir leid. Also vergib mir oder lass es sein, aber hör mir einmal gut zu: Das Leben geht nämlich weiter und ich brauche einen neuen fahrbaren Untersatz, etwas Standesgemäßes …«

»Lass mich raten«, Wilkens lächelt maliziös, »du hattest an eine größere Summe gedacht. Was Sechsstelliges. So viel kostet ein F40 mit 760 PS. Hab ich Recht? Oder eine noch größere Pasta-Rakete? Wenn schon, denn schon!«

Claus atmet einmal tief ein. »Ich hatte so an die hunderttausend gedacht. Gib mir hundertfünfzig und ich schicke Simone jedes Jahr einen Kranz.« Noch immer versucht er, mit seinem Galgenhumor aufzutrumpfen. »Nun mach doch nicht so ein Gesicht!«

»Du hast mir nicht zugehört.« Die Augen des Filialleiters treten stechend hervor. »Du hast mir noch nie zugehört! Aber diesmal wird dir nichts anderes übrigbleiben, mein Freund. Ich kann dir keinen Kredit geben. Weil du nicht mehr kreditwürdig bist. Dein Haus gehört dir nicht mehr, dein Porsche, das Viehzeug in deinem Keller, all das werden die Jungs von der Westeurope Realities zu Geld machen. Es sei denn, du schaffst es innerhalb kürzester Zeit, eine halbe Million aufzutreiben …«

»Warte mal!« Der Ernst der Lage ist endlich zu Claus durchgedrungen. »Du hast mir doch diese zweite Hypothek aufgeschwatzt. Wenn ich in die Bredouille gerate, hängst du genauso tief drin. Du hast einen Beratungsfehler gemacht.«

»Das ist ein ganz großer Irrtum«, sagt Wilkens, »ich bin die Bank. Wer sollte mich zur Rechenschaft ziehen?«

»Also kein Kredit?« Erfüllt von tiefster Ungläubigkeit, erhebt sich Claus aus dem weichen Kunststoff-Fauteuil. »Weißt du, was ich gerade denke? Man sollte Typen wie dich in einen Container stecken und den direkt über der Nordsee ausklinken.« Und mit Nachdruck: »Als Erstes werde ich mein Gehaltskonto einer anderen Bank anzuvertrauen.«

»Tu das«, sagt Wilkens. »Wo sie dein Gehalt pfänden, ist denen sicherlich gleich. Schönen Tag noch, mein Freund.«

XI.

Wenn man kein Zuhause mehr hat, dann erscheint der Arbeitsplatz plötzlich wie ein sicherer Hafen. Hier gehört man hin, hier zählt man sich insgeheim bereits zum unentbehrlichen Inventar. Man selbst wird noch da sein, wenn alle anderen schon längst das Handtuch geworfen haben. So müsste es sein.
Als Evelyn das Amtsgericht betritt, ist es schon später Nachmittag, die Pförtnerloge ist nicht besetzt und auch sonst weit und breit niemand zu sehen. Es gibt diese seltsamen Momente in öffentlichen Gebäuden, wo sie ihre Verlassenheit und Müdigkeit zeigen, und je nachdem, wie wir uns fühlen, lassen wir uns in ihren Bann ziehen. Evelyn kommt es jedenfalls so vor, als sei sie plötzlich ein Teil dieser Gemäuer. Karlottas Besuch hat insofern etwas bewirkt, da sie nun das Versteckspiel, dass sie mit sich spielt, als beschämend empfindet.
Der Hall ihrer Schritte auf dem gebohnerten Flur passt zu den gerahmten und verblichenen Würdenträgern an den eisgrauen Wänden. Vielleicht klingt er noch etwas unerbittlicher als an anderen Tagen. Die letzten Wochen hat sie wie ein Automat funktioniert. Dabei war es nicht nur um die üblichen Zwangsvollstreckungen gegangen. In ihrer Aktentasche hat sie die Abschriften der Vermögens- und Schuldverzeichnisse einer Mandantin, die den Staat ein gutes Jahrzehnt geschröpft hat und nun selbst geschröpft werden soll. Evelyn hofft noch immer, die Pfändung abwenden zu können, doch ein gefälschtes Verkehrswertgutachten hat den Prozess unnötig verkompliziert. Eine Entschuldigung seitens der Mandantin hat es nicht gegeben, Evelyn gegenüber hat sie bis zuletzt das mittellose Opfer gespielt, die alleinstehende Mutter mit ihren fünf Kindern. Kein Wort von den vermieteten Häusern und Liegenschaften. Tatsächlich sind

die Behörden der Sozialschwindlerin nur durch einen dummen Zufall auf die Schliche gekommen: Als die Frau ihre jüngste Tochter in einer Kita absetzte, hat einer der Kindergärtner eine Plastiktüte von »Feinkost Käfer« bemerkt und diese Beobachtung unverzüglich dem zuständigen Sozialamt gemeldet. Irgendeine Sachbearbeiterin nahm daraufhin die Personalien der Mutter unter die Lupe; sie musste zwangsläufig auf gewisse, unerklärliche Grundbucheinträge stoßen. Seitdem hat Evelyn den Fall an der Backe.

Berlin ist so arm, geht es ihr durch den Kopf, *dass man aufpassen muss, mit welcher Plastiktüte man wann wo und bei wem aufkreuzt.* Lidl oder Aldi, etwas anderes steht einer Hartz-IV-Empfängerin schlecht zu Gesicht.

Wie ein müdes Zirkuspferd trabt sie an den einzelnen Service-Geschäftsstellen vorbei. Die Schilder kennt sie inzwischen auswendig: Unterbringungssachen, Adoptionssachen, Pflegschaftssachen, Personenstandssachen, Transsexuellensachen (man lebt schließlich in modernen Zeiten) und Todeserklärungen. Eine andere grün gestrichene Tür führt ins Untergeschoss und zu einem größeren, ungenutzten Raum des Archivs, hinter dem bei schlechter Wetterlage der Lach-Verein tagt.

Irgendjemand ruft ihren Namen ... wie aus großer Ferne schallt es hinter ihr her ...

»Evelyn, so warten Sie doch!« Als sie sich umdreht, erkennt sie Richter Harms, ihren väterlichen Freund, ihren Mentor. Seit den Tagen der Uni hat er ihre Karriere stets diskret in die richtigen Bahnen gelenkt. Mit seinen silbergrauen Locken ähnelt er einem Zwillingsbruder von Rainer Langhans im Fischgrätjackett. Das Kinn vorgestreckt, folgt er Evelyn mit einem unnatürlich federnden Gang, nur seine Beine beuteln an den Knien etwas aus.

»Wo waren Sie, Mädchen?«

Sie weiß nicht, was er meint. »Wann?«

»Na, gestern Abend. Der Lach-Klub hat Sie vermisst. Ihre Fehlquote macht mir allmählich Sorgen.« Seine wasserhellen

Augen forschen in ihrem Gesicht. »Was ist denn los? Sagen Sie nur, Sie haben noch immer keine neue Putzfrau gefunden? Meine treue Galina hätte nach wie vor Zeit und würde Ihnen einen guten Preis machen.«

Evelyn hat plötzlich einen furchtbar trockenen Mund. »Vielen Dank, aber der Haushalt ist wieder in guten Händen.«

»Und warum machen Sie dann so ein Gesicht?«

Der Kloß in Evelyns Hals ist inzwischen so groß, dass sie glaubt, ersticken zu müssen. »Könnte ... könnte ich Sie eben kurz sprechen? Unter vier Augen?«

Harms wirft einen Blick auf die Uhr.

»Tja, eigentlich befinde ich mich noch immer im Würgegriff der täglichen Juristerei. Aber wenn es nicht zu lange dauert ...«

»Ich ...« Evelyn stockt, würgt, ihr Atemzentrum scheint für Sekunden gelähmt. »Ich kann ... einfach nicht mehr ...«

»Um Himmels willen ...« Harms fängt sie gerade noch auf. Während er sie wie eine Verwundete stützt, zieht er sie in sein Büro. »Es ist wegen Claus, hab ich Recht? Hab ich Sie nicht immer vor diesem Blender gewarnt?«

Als sich die Tür hinter ihr schließt und sie die muffigen Gesetzbücher seines Studierzimmers riecht, löst sich endlich der Knoten in ihrer Brust. Der Raum ist hell, so hell, dass man sich in unmittelbarer Nähe der Fenster einen Sonnenbrand zuziehen kann. Das grelle Licht tut ihr gut.

»Lassen Sie Claus aus dem Spiel«, sagt sie mehr zu sich selbst.

»Hm?« Der Richter reicht ihr ein Glas Wasser. »Was ist es dann?«

Die Konsequenzen ihrer Beichte abwägend, nimmt Evelyn mehrere kleine Schlücke, doch selbst der Verlust ihrer Anwaltschaft könnte sie nicht mehr daran hindern, ihm die Wahrheit zu sagen.

»Was würden Sie sagen, wenn Ihre Kollegin eine Sklavenhalterin wäre?«

»Bitte?« Harms tritt näher, fast berührt er mit seinem Schambein die Kante des Schreibtischs. »Ich fürchte, ich kann Ihnen nicht folgen ...«

»Sind Sie taub? Ich rede von mir.« Evelyn lauscht dem Hall ihrer eigenen Stimme. »Ich halte mir neuerdings Sklaven. Sehen Sie, zunächst waren es nur zwei. Inzwischen sind es ein gutes Dutzend, und sie leben direkt vor meinem Haus.«

»Evelyn, bitte beruhigen Sie sich!« Ein paarmal versucht er, sie am Arm zu berühren, doch sie versteht es jedes Mal, sich der Annäherung zu entziehen. »Was haben Sie denn? So kenne ich Sie ja gar nicht.« Mit dürren Fingern beginnt er jetzt, seine krausen Koteletten zu zupfen. »Habe ich Ihnen etwas getan?«

Sie schüttelt den Kopf.

»Na also.« Seine Hand landet auf ihrer Schulter. »Jetzt erzählen Sie mir einmal genau, was sich bei Ihnen da draußen abgespielt hat. Mir können Sie doch vertrauen.«

Sie braucht keine zehn Minuten, um Richter Harms die Ereignisse der letzten zwölf Monate in allen Einzelheiten zu schildern. Sie spart nichts aus – angefangen von dem hirnrissigen Inserat bis hin zum Einzug der Baukolonne, die sich nach dem Einbruch einer Form von Selbstjustiz ausgesetzt sah. Ruhig und sachlich wie vor Gericht schließt sie mit der Feststellung, sie befürchte das Schlimmste, wäre der Einbrecher erst einmal gefasst. »So wie es aussieht, wird es auf eine körperliche Züchtigung hinauslaufen. Angeblich werden die Bausklaven bereits von Meister Fitz-Fetz gepeitscht.«

Es mag wahr sein, dass der beruflich im Elend des Lebens Wühlende sich allmählich einen Panzer zulegt, doch Harms zeigt überhaupt keine Regung. Während sie spricht, nickt er gelegentlich oder lächelt still in sich hinein. Es hat etwas Einlullendes.

»Dieser Bartos scheint mir ein kluger und integrer Bursche zu sein«, sagt er schließlich.

»Integer?« Eveyln scheint aus ihrer Betäubung erwacht. »Einen Mann, den sie Meister Fitz-Fetz nennen, den nennen Sie integer?«

»Von seinem Standpunkt aus gesehen, ja«, erwidert Harms. »Sie sagten ja, er versteht sich als Procurator, das heißt, er will nicht, dass es zu einer Wiederholungstat kommt. Was er tut, ist nicht ungesetzlich, zumindest nicht, wenn man berücksichtigt, dass das Gesetz immer die Macht und den Reichtum repräsentiert.«

»Und was ist mit dem Standpunkt der Menschen, die er prügelt?«

Harms beginnt an seiner Unterlippe zu kauen. »Sagten Sie nicht, diese Leute nennen sich in aller Offenheit Sklaven? Der Brauch, Sklaven durch Schläge zu disziplinieren, ist uralt und herrschte schon bei den Scythen, wie eine Schrift von Justin beweist. Die griechischen Sklaven bekamen bei jeder Veranlassung ihre Tracht Prügel. Auch die römischen Richter galten als freigebig mit der Rute. Keine Strafen, keine Gebote – kein Paradies. Wie heißt es bei Horaz so schön: *Quid leges sine moribus?* Was nützen Gesetze ohne Gesittung?«

»Ach, darum geht es also … gute Gesittung.« Evelyn ahmt seinen Tonfall nach, der sich bis zu einem tonlosen Wispern absenkt. »Sie sollten vor Empörung aufschreien! Sie sollten mich anzeigen oder auf der Stelle rauswerfen!«

Der Richter scheint anderer Meinung zu sein. »Und Sie sollten vielleicht einmal einen Blick in Mommsens *Römisches Staatsrecht* riskieren, ein höchst aufschlussreiches Werk, was den Umgang mit Sklaven anbelangt …«

»Aber Sie können das unmöglich gutheißen!«

Harms lacht spöttisch. »Ich hätte Ihnen mehr Menschenkenntnis zugetraut, meine Liebe.« Er steht auf und zieht sie auf die Beine. Da er kleiner ist, irrt sein Blick zunächst über ihr Dekolleté, von dort zum Hals, dem Kinn, der Nase, bis er endlich ihre Augen erreicht. So war es schon an der Uni gewesen, im Hörsaal, doch damals hat er Evelyn noch ernsthaft begehrt. Inzwischen ist die Kluft des Alters unüberbrückbar geworden.

»Jetzt hören Sie mir mal zu: Wir beide sind lange genug im Geschäft, oder nicht? Wir wissen, was in der Welt vor sich geht, der schönen neuen, neoliberalen Welt. Wir profitieren alle auf die eine oder andere Weise von einem unsichtbaren, aber wachsenden Sklavenheer, dass uns mit spottbilligen Waren versorgt.

Auf dem freien Markt konkurrieren Näherinnen aus Indien mit Näherinnen aus Korea, damit sich unsere Kaufhäuser füllen.«

»Wir sind nicht in der Dritten Welt«, erwidert Evelyn stur.

»Aber fast«, legt Harms ungerührt nach. »Denken Sie nur an Italien oder Griechenland, für mich gehören die längst zur afrikanischen Scholle. Und in Afrika ist Sklaverei Usus. Das Gleiche gilt für die gesamte arabische Welt, Asien und Südamerika. Haben Sie niemals von der *lista suja* gehört, von der ›schmutzigen Liste‹ Brasiliens? Weiß Gott, es ist kein Geheimnis – Sklaverei ist dort so normal wie – sagen wir mal – die Vetternwirtschaft in Deutschland. Doch wer würde bestreiten, dass auch hier der Mensch nur noch ein käuflicher Gebrauchsgegenstand ist?«

Evelyn nickt mit geschlossenen Augen. »Dann ist ja alles in Ordnung«, sagt sie in einem grausam leiernden Tonfall, »da sehe ich ja der Züchtigung meines Sklaven gelassen entgegen. Bleibt mir nur eines zu tun: mich von meiner Wellness-Sklavin in Schlick und Algen einwickeln lassen und meinen wohlverdienten Schönheitsschlaf schlafen. Herr Bartos wird es schon richten!«

Harms antwortet mit einem gebrochenen Lachen.

»Nun, ich kann Ihnen nur raten, sich nicht einzumischen. Mit der heutigen Gesellschaft verhält es sich wie mit einem sinkenden Schiff: Was den maroden Kahn über Wasser hält, ist allein die Verdrängung. Machen Sie sich das Leben nicht unnötig schwer.«

Evelyns Gesicht ähnelt immer mehr einer Grimasse aus der Lachtherapie.

»Das sagt sich so leicht, Sie müssen nicht so leben wie ich.«

Als sie sich abwenden will, stößt ihr Harms einen zweiten Bürostuhl von hinten in die Kniekehlen, so heftig, dass sie mit dem Hintern auf die Sitzfläche plumpst.

»Was wissen denn Sie, wie ich lebe?«, fragt er in einem leicht verärgerten Ton. »Kennen Sie meine chinesische Frau?«

»Ja, ja, wir haben uns letztes Jahr auf der Weihnachtsfeier gesehen…«

»Li, meine Frau, ist ein gutes Beispiel für das, was ich Ihnen klarmachen möchte.« Er versucht zu lächeln, was ihm nicht ganz gelingt. »Was macht Li für einen Eindruck auf Sie?«

»Ein nettes Mädchen«, sagt Evelyn mehr zu sich selbst.

»Das ist sie auch, sehr nett sogar.« Sein Blick irrt ein paarmal um die Ecken des Zimmers. »Sehen Sie, die Stellung der Chinesin ist noch immer anders als die der europäischen Frau. Selbst in modernen, wohlhabenden Kreisen ist die Frau vor allem ... Dienerin. Also Sub. Sie unterwirft sich. Daran haben alle Anpassungsversuche an okzidentale Verhältnisse wenig geändert. Alle Frauen, die ich in China kennengelernt habe, hatten dafür zu sorgen, dass im Haushalt und Garten peinlichste Sauberkeit herrscht. Sie halfen ihren Männern beim An- und Ausziehen, servierten stets mit einem Lächeln die Mahlzeit. Sie begrüßten und verabschiedeten ihre Gatten und deren Gäste stets mit einer tiefen Verbeugung ...«

»Und?« Evelyn hält es nicht länger aus. »Was wollen Sie damit sagen?«

Harms zögert einen Moment. »Dass es schwer ist zu definieren, wo Sklaverei beginnt und wo sie endet.« Etwas Abgründiges liegt in seinem Blick. »Ich bin nicht stolz darauf«, fährt er fort, »aber ich habe Li damals ... von einem kantonesischen Sklavenhändler gekauft.«

»Nein!« Evelyn hält sich die Hand vor den Mund. Der Brechreiz ist unerträglich, wird erst besser, als sie sich eine Tomahawk-Cruise-Missile vorstellt, die direkten Kurs auf das Amtsgericht nimmt. Vielleicht ist es eine Art psychische Antikörperreaktion, doch es hilft.

»Das kann alles nicht wahr sein«, stößt sie endlich hervor.

»Es ist aber wahr, glauben Sie mir.« Harms öffnet eine Schublade seines Schreibtischs und steckt sich eine affig wirkende Culebra zwischen die Lippen. »Ja, was meinen Sie denn ... Wie kommt ein alter Knochen wie ich an so ein Jade-Püppchen? Die Gelegenheit war einfach zu günstig und ...«

»Ich verstehe schon«, fällt Evelyn lachend dazwischen. »Wem sich die Gelegenheit bietet! Ich denke, Li ist sicher ... *value for money.*«

Harms schenkt Evelyn einen missbilligenden Blick.

»Ja, das ist sie«, sagt er mit herausforderndem Stolz, »sie war der beste Kauf meines Lebens. Ich glaube sogar, dass sie mich inzwischen liebt.«

»Wie schön für Sie«, flüstert Evelyn. Irgendetwas ist in ihr ein für alle Mal in die Brüche gegangen.

Harms hat den letzten Satz wohl überhört, denn er fährt einfach fort.

»Sie kann tun und lassen, was sie will – außer mich verlassen natürlich, deshalb halte ich ihren Pass unter Verschluss. Nun sehen Sie mich nicht so an, eine kleine Absicherung wird doch wohl erlaubt sein. Ich kenne einen Kollegen von der Strafkammer, der hat seiner Asiatin einen Chip implantiert – hier in der Hautfalte zwischen Daumen und Zeigefinger. Ein Tierarzt hat die Kleine verarztet, wahrscheinlich haben sie ihr was von Impfung erzählt. Im Grunde ist der Eingriff ja harmlos ...«

»Sie müssen mir nichts erklären« bekräftigt Evelyn mit manisch klingender Stimme, »es ist alles normal, völlig normal!«

Ein gutes Maß an Verstörung spricht aus Harms Gesicht, als sie aufspringt und nach draußen auf den Gang stürmt.

»Wir sehn uns Donnerstag«, ruft er ihr nach. »Nicht vergessen, Kindchen: Lachen ist gesund!«

XII.

Der Sommerabend zeigt sich endlich einmal in strahlendem Kornblumenblau. Hinter der Tür des Sensophoriums liegt Evelyn schlaff im lauwarmen Wasser. Sie steuert mit einem Finger die einer Muschel nachempfundene Seifenschale langsam durch das schaumige Nass. Durch das offene Fenster weht ein lauer Wind und bewegt die afrikanischen Ziergräser in den silbernen Vasen. Überhaupt, ein balsamischer Duft von Blumen erfüllt den Raum und Evelyn versucht, sich in diesem Duft zu verlieren. Doch noch etwas liegt in der Luft, etwas Unbestimmtes, Ungutes – vielleicht hat es mit den Geräuschen von draußen zu tun.

»Stimmt es eigentlich, dass alle Juristinnen heimlich trinken?«

Zwei Hände legen sich von hinten auf ihre Schultern.

»Nein, nur solche, die unter die Sklavenhalter gegangen sind.«

Sie lässt die Seifenschale absichtlich kentern, sieht zu, wie sie sich mit Wasser füllt und zwischen ihren spitzen, weißen Knien versinkt.

»Verstehe«, seufzt Claus. Er setzt sich auf den Wannenrand und beginnt behutsam, Evelyns Schultern zu streicheln. »Ich habe nachgedacht: Wenn wir uns unwohl in unserer Haut fühlen, dann suchen wir die Gründe immer zuerst in unserem Umfeld. Stimmt's?«

Evelyn hält die Frage für rhetorisch und bemüht sich erst gar nicht um eine Antwort. Stattdessen fischt sie mit der Hand nach der Schale.

»Finden wir nichts, dann fragen wir uns, ob das Unwohlsein vielleicht auf falschen Soll-Vorstellungen beruht. Erst dann stellen wir uns die entscheidende Frage nach dem Gesamtzusammenhang und den Konsequenzen für unsere Person.«

Evelyn dreht den Kopf. »Was soll der Vortrag?«

Claus steht auf. Dass er seinen weißen Bademantel trägt, fällt ihr zum ersten Mal auf. Offenbar war er schwimmen oder hat vor, schwimmen zu gehen. Merkwürdigerweise fühlt sie sich jetzt an alte Zeiten erinnert – alte Klamotten, wie den Doktorkittel, den er früher, während seiner Ausbildung, trug.

Der Verbandskasten, den er wie eine Herrenhandtasche hält, ist dagegen neu.

»Ist irgendjemand verletzt? Oder hast du vor, einen Unfall zu bauen?«

Er schüttelt nachsichtig den Kopf.

»Ich wollte nur sagen – nicht alles, was dich in deinem Leben bedrückt, hat mit den Sklaven zu tun. Im Übrigen habe ich eine gute Nachricht für dich: Unser Einbrecher hat sich heute Nachmittag freiwillig gestellt.«

»Was?« Vielleicht hat sie sich zu schnell aufgesetzt, der Raum beginnt sich zu drehen. Das Sensophorium mit seinen Waschtischsäulen und dem Meanderfries erscheint ihr plötzlich wie ein verkleinertes Kolosseum.

»Und wer ...?«

»Ein Trossknecht.« Claus klingt erleichtert. »Ein junger Rumäne. Er meinte, er habe den Leidensdruck nicht mehr aushalten können. Das hat er jedenfalls Bartos erzählt. Und dass er schon als Waisenkind zum Diebstahl abgerichtet wurde. Klingt ein bisschen nach Folklore, aber ich hab ihm die Geschichte abgekauft, bin ja kein Unmensch.«

»Natürlich nicht ...« Sie hebt ihren schaumtriefenden Hintern aus dem Wasser und Claus reicht ihr nach kurzem Zögern das Handtuch.

»Du siehst gut aus, tropfendes Tier ...« Und als habe er ihre Frage bereits erahnt: »Die regeln das unter sich, Evelyn, mach dir nur keine Sorgen.«

Evelyn steigt aus der Wanne, bedächtig setzt sie ihren Fuß auf die Fliesen und gerät doch ins Rutschen. Die psychomotorischen Kontakte, der Nervenverbund zwischen Armen, Beinen und Kopf, sind für Sekundenbruchteile unterbrochen. Selbst ihre Zunge legt eine Art Rückwärtsgang ein. »Soll das heißen ... Bartos ... wird mit der Peitsche ...?« Dass es so ist, merkt sie an seinem ausweichenden Blick.

»Ja, das hat Bartos gesagt. Nach römischem Recht ist alles in Ordnung.« Vielleicht kann er ihre schreckgeweiteten Augen nicht länger ertragen, jedenfalls flüchtet er sich wie üblich in die Ironie. »Ja, soll ich diesen Kerl etwa an Billy verfüttern? Das römische Recht erlaubte es, Sklaven den wilden Tieren zum Fraß vorzuwerfen. Zum Glück leben wir momentan in einer menschenfreundlichen krypto-marxistischen Post-Demokratie!«

»Verdammt, Claus, hörst du dir eigentlich selber mal zu?« Evelyn hat keine Kraft mehr zu schreien. »Ist dir wirklich alles egal?«

»Aber ganz im Gegenteil.« Claus versucht es noch immer auf die ironische Tour. »Genau deshalb werde ich mir das ansehen.«

»Wie dieser Mensch ausgepeitscht wird? Das willst du dir ansehen?«

Claus bleibt die Ruhe selbst, der Kältegrad seiner Coolness ist heftig, so heftig, dass sie sich fragt, ob er auf irgendeiner neuen Droge ist, die sie nicht kennt.

»Relax. Ich möchte einfach sichergehen, dass ihm nichts passiert.«

»Und dafür holst du schon mal den Verbandskasten raus, ja?«

»Aus humanitären Gründen«, bestätigt Claus. »Es ist nebenbei bemerkt meine ärztliche Pflicht.«

»Du bist verrückt.« Evelyn taumelt zur Marmorkonsole, auf der das Telefon steht. Es hat einen Notrufknopf, gleich neben der Wiederwahltaste.

»Was soll das, Evi?«

»Ich rufe die Polizei.«

Sie weiß, wie leidensfähig er ist, doch was sie jetzt deutlich spürt, ist seine verhaltene Wut. »Willst du uns ruinieren – wegen eines Strauchdiebs?«

»Das hast du schön gesagt«, erwiderte Evelyn mit bebender Stimme, »denn wir sind ja keine Kleinkriminellen, wir nicht. Wir sind ...«

»... im Recht! Das sind wir, Evi!« Claus ist froh, dass er sich endlich Luft machen kann. »Vor Gericht soll das noch immer von Vorteil sein, sagt man, aber ich bin kein Jurist. Sicher, unser Reichtum hat den armen Teufel verführt, ich weiß das. Trotzdem sollten wir nicht vergessen: Wir wurden von ihm beraubt, und nicht umgekehrt.«

Ohne Vorwarnung zieht er sie in seine Arme.

»Glaubst du, es macht mir Spaß? Herrgott nochmal, der Mann ist Rumäne! Und ein rumänischer Gauner erwartet nun mal eine Tracht Prügel. Strafe muss sein. Nun, sieh mich bitte nicht so an! Andere Länder, andere Sitten, willkommen in der EU! Zum Glück leben wir in der zivilisierten Hälfte der Welt ...«

Sie macht sich los.

»Haben wir die nicht längst verlassen?«

»Ganz im Gegenteil«, erwidert Claus. »Wir sorgen dafür, dass sie zivilisiert bleibt, indem wir uns nicht vor der Verantwortung drücken.«

Er nimmt den Verbandskasten und klemmt ihn sich unter den Arm.

»Ich geh dann mal.«

»Bitte, Claus ...« Evi hält ihm den Telefonhörer hin. »Ruf du die Polizei, lass uns diesen Wahnsinn beenden, bevor es zu spät ist ... Bitte!«

Eine monoton geschlagene Trommel lähmt in dieser Sekunde ihren Verstand.

»Es geht los«, sagt Claus. »Wenn du willst, kannst du vom Fenster aus zusehen.«

»Warum sollte ich?«

»Damit du siehst, dass alles seine Richtigkeit hat.«

»Du machst mir Angst, Claus.«

»Tut mir leid, war nur so ein Gedanke. Entspann dich einfach, in ein paar Minuten ist alles vorbei ...«

Lautlos schließt sich die Tür des Sensophoriums hinter ihm, Evelyn bleibt allein und benebelt von den ätherischen Düften zurück. Der Telefonhörer in ihrer Hand wiegt schwer, sie taumelt durch den Raum, stößt den Handtuchhalter über den Haufen, strauchelt und fällt kopfüber in die Duschtasse. Der Ärmel ihres Kaftans verfängt sich in den Armaturen, ein eiskalter Duschstrahl trifft ihren Scheitel.

Ich brauche jetzt Ruhe, denkt sie, Ruhe und vitaminreiche Kost.

Obwohl sie sich stärker denn je nach den warmen Heilsteinen sehnt oder den Düften, die sie wie fliegende Teppiche davontragen würden, muss sie weg, weit weg von hier – fort, fort vom Badezimmerfenster, an dem sie jetzt steht und mit halb zugekniffenen Augen beobachtet, wie sich die Sklaven an der römischen Treppe des Swimmingpools im Halbkreis versammeln. Die Menschentraube – das kann sie sehen – setzt sich nur aus Männern zusammen. Sie entzünden Wachsfackeln und bilden dann ein Spalier. Auch den Taktgeber kann sie ausmachen, er steht mit dem Rücken zu ihr, die Handtrommel, die er schlägt, ist kaum zu sehen.

Eine Dreiergruppe erscheint: Der Dieb ist deutlich an seinem schleppenden Gang zu erkennen – ein dunkelhäutiger, fast negroider Mann, den Oberkörper entblößt, die Hände auf dem Rücken gefesselt. Selbst aus dieser Entfernung glaubt sie das Gelbe seiner Augäpfel schimmern zu sehen. Bartos nimmt den jungen Mann in Empfang. Mit gemessenen Schritten führt er ihn zu der römischen Treppe. Dort werden seine Fesseln gelöst und durch andere, dickere Stricke ersetzt, die die Arme des Delinquenten am Geländer verschnüren. Das Spalier der Subs rückt zusammen. Mehr Fackeln werden entzündet, als ob das Licht der untergehenden Sonne nicht ausreichen würde, die ärmlich gekleideten Männer in erzene Statuen zu verwandeln. Ihre wie mit Goldbronze bestrichenen Gesichter und Arme leuchten zu ihr herüber.

Eine Gestalt in Weiß tritt dazwischen. Es ist Claus, im Bademantel. In der Linken trägt er sein Verbandsköfferchen. Auch

Lana, in voller Abendgarderobe, ist anwesend. Seelenruhig fächelt sie Claus mit einem Palmwedel Luft. Bartos reicht Claus ein schwarzes Buch, das nur die Bibel sein kann.

Zwei Männer zwängen jetzt den Dieb auf die Knie, und Bartos schiebt ihm einen Knebel zwischen die Zähne. Dann umrundet er den Mann, wobei er – als er hinter ihm steht – einmal kurz beiseite tritt, als wolle er einem Unsichtbaren, vielleicht seinem Dämon, den Vortritt lassen. Ein Sklave reicht dem Procurator die geflochtene Knute. Der lässt das Instrument einmal probehalber durch die Luft sausen.

Das Geräusch geht Evelyn durch Mark und Bein, den Blick abwenden kann sie nicht. Zu ihrem Entsetzen hört Sie nun, wie Claus mit fester, sonorer Stimme aus der Bibel vorliest.

»Ihr Sklaven, gehorcht euren irdischen Herren mit Furcht und Zittern in Einfalt eures Herzens, als würdet ihr Christus dienen; nicht mit Augendienerei, als den Menschen gefällige, sondern als Sklaven Christi, indem ihr den Willen Gottes von Herzen tut! Ihr wisst doch, dass jeder, der Gutes tut, vom Herrn dafür belohnt werden wird, er sei Sklave oder freier Mensch.«

Er sieht auf, vergewissert sich, dass Bartos mit der Peitsche ausholt, woraufhin Claus einen Schritt zurücktritt und seinerseits die rechte Hand kaum merklich bewegt.

Im nächsten Augenblick klatscht der erste Schlag auf den schweißglänzenden Rücken. Der Knebel verhindert, dass der Sklave aufschreien kann, nur ein tiefes, hündisches Knurren ist zu hören, ein Ton, der sich so anhört, als habe man ihm einem Lebewesen aus den Eingeweiden gepresst. Noch immer fährt die Knute nieder und absurderweise beginnt Evelyn, leise zu zählen. Erst nach dem fünfzehnten Hieb sackt der Dieb zu Boden, offenbar hat er das Bewusstsein verloren. Eine Dusche aus einem bereitgestellten Moët-&-Chandon-Eiskübel ruft die Lebensgeister allerdings in Windeseile zurück.

Als sei es nun an ihm selbst, die Absolution zu erteilen, zitiert Claus jetzt aus dem Epheser-Brief, doch das meiste ist im Sensophorium nicht zu verstehen. Vielleicht konzentriert sie sich auch zu sehr auf das Zählen. Bei sechsundzwanzig schließt sie das Fenster.

Nachdem sie das Licht gelöscht hat, geht sie zielstrebig in die dunkelste Ecke des Raumes und kauert sich zwischen zwei Handtuchkörben zusammen. Sie wartet, bis es dunkel geworden ist, erst dann schleicht sie über den Gang in ihr Zimmer.

Die Nacht bringt Gewitter. Fast zeitgleich mit dem ersten Donnerschlag begreift Evelyn, dass sie noch immer angezogen auf ihrem Bett im Schlafzimmer liegt und nicht tief unter der Erde, in einem Beinhaus, das den Toten gehört.

Mit offenen Augen lauscht sie dem blinden Wüten der Elemente und will an nichts denken, doch das ist nicht leicht. Jedes Mal, wenn es blitzt, fallen von draußen funkelnde Strassketten gegen die Scheiben.

Der Himmel weint, muss Evelyn denken, *und der Teufel tanzt auf unserem Dach.* Sie hat das Gefühl, wie ein totes Gewicht in der Matratze zu versinken.

Der Schlaf will nicht kommen, der Schlaf will nicht gehen. In diesem Dämmerzustand glaubt sie auch helle, aufplickende Geräusche zu hören. Sie machen Evelyns Schlaf leicht und zerbrechlich wie Glas. In der Küche herrscht offensichtlich ein Kommen und Gehen, und auch sonst im Haus öffnen und schließen sich Türen. Einmal hört sie, wie Claus nach ihr ruft, doch sie antwortet nicht. Gegen Mitternacht beginnt der Müllschlucker ein paar Minuten zu mahlen, dann wird es still. Sie überlegt, ob sie ein stärkeres Schlafmittel braucht, doch sie bekommt auch so die Augen kaum auf: Dass Claus jetzt neben ihr liegt und schläft, spricht dafür, dass sie zumindest für kurze Zeit im Schlummerland war.

Sie hat ihn nicht kommen gehört und jetzt liegt er zusammengerollt auf seiner Seite. Jedes Mal, wenn er ein schlechtes Gewissen hat, schläft er an der äußersten Kante des Betts. Eine leere Martini-Flasche zwischen seinen Kenzo-Flip-Flops wertet sie als Indiz, dass es wohl nicht der richtige Zeitpunkt ist, mit ihrem Mann über das Strafgericht an der römischen Treppe des Schwimmbads zu sprechen.

XIII.

Wie sie den folgenden Tag am Amtsgericht hinter sich bringt? Zwei Prozac auf nüchternen Magen, eine Valium zum Lunch und alle zwei Stunden Baldrian-Tee. Trotz einer weiteren Unterredung mit ihrem Psycho-Coach Harms spürt sie, dass es sich nicht mehr verdrängen oder abschütteln lässt. Ihr Argwohn hat neue Nahrung bekommen. Während sie die Aktenberge auf ihrem Schreibtisch hin und her wälzt oder wahllos an den Schredder verfüttert, quält sie plötzlich ein unbestimmter Verdacht, jedenfalls beginnt sie sich in die Vorstellung zu verrennen, das Strafgericht an der römischen Treppe habe Folgen gehabt. Schlimme Folgen. Ganz schlimme Folgen.

Zwei Tage und Nächte frisst sie ihren Verdacht in sich hinein, dann eines Abends zwingt ihr Nervenkostüm sie, das Schweigen zu brechen.

»Und – wie geht es dem Mann?«

Sie hat den Satz sehr leise gesprochen, fast hingehaucht, doch Bartos, der mit Claus gerade über den Ausbau des Weinkellers spricht, hebt augenblicklich den Kopf.

»Welchem Mann?«

»Dem Dieb natürlich, dem Einbrecher, den Sie vor ein paar Tagen auf den Pfad des Gerechten zurückgebracht haben. Mit der Peitsche, erinnern Sie sich?«

»Was soll mit ihm sein?«, erkundigt sich Claus.

»Geht es ihm gut? Ich würde den Mann gern einmal sprechen.«

Lana, die gerade den Nachtisch serviert, verlangsamt ihren Schritt. Claus vermeidet es, in Evelyns Richtung zu sehen, stattdessen faltet er die Hände im Nacken zusammen.

»Das ist leider unmöglich«, meldet sich Bartos zu Wort, »er hat das Anwesen gestern verlassen. Auf eigenen Wunsch.«

»Er ist fort?« Evelyn grient süffisant, als habe sie genau diese Antwort erwartet. »Wieso?«

»Ich denke, er hat sich vor der Gemeinschaft geschämt.« Bartos' Rücken bleibt weiterhin über die Pläne gebeugt. »Oder die haben ihn noch zusätzlich mit Verachtung gestraft. Was geschehen ist, lässt sich ja nicht mehr rückgängig machen, Sie verstehen?«

Evelyn lehnt sich zurück, ihr Blick wandert hinaus auf die Terrasse. »Und ich dachte, ein rumänischer Dieb sei so etwas gewöhnt. Das sagten Sie doch.«

»Herrje, Evi.« Claus seufzt aus tiefstem Herzen. »Der Mann wollte zurück in seine Heimat, was ist dagegen zu sagen?«

»Nichts«, erwidert Evelyn, »die Frage ist nur, warum wurde der Mann nicht gleich weggeschickt? Warum erst prügeln, kann mir das jemand erklären?«

»Um ein Exempel zu statuieren.« Bartos blickt zum ersten Mal auf. Er kann der Versuchung nicht widerstehen, Claus seine Findigkeit zu beweisen. »Die Bestrafung eines Fehlverhaltens ist nur glaubwürdig, wenn sie auch ausgeführt wird. Sie als Juristin werden mir sicher beipflichten, dass der Abschreckungseffekt im Vordergrund steht.«

»So ist es.« Trotz des gallig bitteren Schaums, den sie schmeckt, hat Evelyn sich noch immer im Griff. »Nur der Staat hat das Recht dazu, wir haben es nicht.«

»Ich würde vorschlagen, wir betrachten diesen höchst unangenehmen Vorfall als *arcanum imperii* ... oder zu gut deutsch, als Ausnahmezustand.«

»Ausnahmezustand? Aber ansonsten geht es Ihnen noch gut?«

»Nehmen Madame auch ein Dessert?«, erkundigt sich Lana mit einer wahren Appetitmacher-Stimme. »Erdbeerparfait, nur zweihundert Kalorien, luftig-leicht geschlagen und mit Ceylon-Zimt ...«

Evelyn schlägt ihr das Tablett aus der Hand. Die rote Masse landet mit der Heftigkeit eines Tuberkulose-Anfalls am Boden. Claus gehen die Augen allmählich über, seine Unterlippe beginnt zu zittern.

»Aber, Madame ...« Lana tippelt zwei Schritte zurück, sie sieht Claus an, sehr lange und eindringlich; schließlich klopft sie sich mit dem Zeigefinger an den Kopf und trampelt auf ihren Plateau-Sandaletten davon.

»Das ist ... nicht akzeptabel«, stößt Claus zwischen zusammengepressten Zähnen hervor. »Lana! Warte! Wo willst du denn hin? Sie hat das nicht so gemeint ...«

Kopflos stürzt er hinter seiner Hausklavin her.

»Da hast du deinen Ausnahmezustand!«, ruft ihm Evelyn nach. »Wusste gar nicht, dass hier alle so zartfühlend sind!«

Hinter der Milchglastür wird heftig geschluchzt. Dem Schattenriss nach zu urteilen, spielt Claus den Tröster.

»Was?« Evelyn hat bemerkt, dass Bartos seit geraumer Zeit der Mund offen steht. Wie eine Klappmaulpuppe, deren Marionettenspieler gerade einen massiven Aussetzer hat, steht er da. »Passt Ihnen irgendwas nicht? Es ist noch immer mein Haus! Sie können jederzeit gehen.« Evelyn wirft ein paar Servietten in das Parfait. »Sagen Sie mir nur eins, Bartos, wo auf dem Grundstück haben Sie ihn verscharrt?«

Bartos' Unterkiefer schließen sich. Er schluckt, als wäre ihm nicht wohl. »Ich ... ich kann Ihnen nicht folgen.«

»Verkaufen Sie mich nicht für dumm!« Evelyn bemerkt, wie sich der Schatten in der Milchglasscheibe teilt. »Ausgeschluchzt, Lana?«, ruft sie hämisch und hört sofort einen unterdrückten, hysterischen Aufschrei.

»Dieser Mann, den Sie ausgepeitscht haben ...« Evelyn wendet sich wieder an Bartos, »... wie hieß er eigentlich?«

»Petru«, erwidert Bartos stutzerhaft höflich, »alle heißen sie Petru. So nennen sie sich selbst.«

»Wie praktisch«, höhnt Evelyn. Es pulsiert hart in ihren Schläfen. »Also, dieser Petru, er hat das Grundstück doch überhaupt nicht verlassen, oder? Antworten Sie mir gefälligst!«

Bartos pariert mit stoischem Blick. »Liebe gnädige Frau, es verhält sich so, wie Claus bereits sagte: Der Mann bat um seine Freiheit und sie wurde ihm gestern gewährt. Um ehrlich zu sein, ein diebischer Sub ist kein allzu großer Verlust.«

»Sicher nicht.« Evelyn steht auf und geht mit schnellen Schritten ans Fenster.

»Kommen Sie ... Wo haben Sie ihn verbuddelt?«

»Nirgends. Rufen Sie die Polizei, wenn Sie mir nicht glauben.« Er hat die Pläne zusammengerollt und sieht sie sich nachsichtig an. »Was werfen Sie mir eigentlich vor? Dass ich versuche, für Recht und Ordnung zu sorgen? Wir haben den Anfängen gewehrt, mit Zero Tolerance, wie die Amerikaner nach 9/11 sagen.«

»Es steht Ihnen nicht zu ...«

»Ist das nicht Makulatur?«

»Ich rede von Totschlag, Bartos, fahrlässiger Tötung.«

»Totschlag?« Bartos legt eine Hand an die Stirn. »Wie ... wie kommen Sie auf diesen absurden Gedanken?«

»Raten Sie mal.« Einmal in Rage, ist Evelyn entschlossen, ganze Arbeit zu leisten. »Ich habe die Peitschenhiebe gezählt und diesen Menschen bluten gesehen!«

Bartos macht ein Gesicht wie ein kleiner Junge, der die Strafpredigt der Mutter erduldet.

»Hätten Sie bis zum Ende zugesehen, wäre Ihnen gewiss nicht entgangen, dass noch vor Ort und Stelle eine gründliche Untersuchung erfolgte. Von Herrn Claus persönlich. Dass der Gesundheitszustand des Diebes durch die Strafe beeinträchtigt wurde, konnte nicht festgestellt werden. Tatsächlich war der Mann am nächsten Morgen wieder wohlauf. Die Striemen werden ihn wahrscheinlich noch ein paar Tage jucken, aber dank der Wundsalbe, die unser in der Medizin bewanderter Herr ihm verschrieb ...«

Den Satz kann er nicht mehr vollenden, denn Evelyn hält es nicht länger aus. Sie lässt Bartos einfach in der Wohnhalle stehen. Im Sensophorium verriegelt sie von innen die Tür. Es ist Lana zuzutrauen, dass sie – von Claus getröstet und mit aufgefrischtem Make-up – hier auftauchen wird, um ihrer Herrin eine Massage zu empfehlen. Lomi Lomi Nui ... *Fuck it!* Wie ein verwundetes, von den eigenen Geistesblitzen erschrecktes Tier läuft Evelyn ein paar Runden im Kreis. Dann leert sie den großen Handtuchkorb und klettert zum Schlafen hinein. Sie hat Angst und zum ersten Mal die Empfindung, der übermächtige Innendruck in ihrem Schädel könnte ihren Kopf aufplatzen lassen.

Und wäre das so schlimm?, denkt sie noch. *Dann wärst du immerhin frei.* Dank der Sauerstoffknappheit gleitet sie in die Bewusstlosigkeit tiefen Schlafs wie eine Hand in einen schwarzen Samthandschuh.

Claus schafft es an diesem Abend nicht mehr, seine Frau nach draußen zu locken. Er klopft an, schmeichelt, fleht, einmal hämmert er sogar mit der Faust gegen die Tür. Schließlich gibt er auf, schlüpft in eine lockere Toga und lässt den vermasselten Abend im Reptilienkeller ausklingen.

Die Babys der Prärieklapperschlange sind gerade geschlüpft. Schwer bekifft staunt Claus über die Tatsache, wie leicht es der Natur fällt, aus einer tödlichen Waffe fünf weitere ebenso tödliche Waffen zu machen. Es ist der vierte Joint, seine Lunge fühlt sich an wie geteert und gefedert; entweder ist das Gras feucht gewesen oder aber seine Stauballergie straft ihn ab wie noch nie. Trotzdem raucht er weiter und bläst Rudi, das Chamäleon, mit seinen Rauchschwaden an. Wunderbar dieses Farbenspiel ...

»Ja, das magst du, was, kleiner Freund?« Evelyn hätte ihn jetzt sicher einen Tierquäler genannt, aber da er es ihr ohnehin nicht mehr recht machen kann, ist ihm das schnuppe.

»Sie hat sich in letzter Zeit schwer zu ihrem Nachteil verändert«, murmelt er vor sich hin. »Eigentlich schade ...« Dabei hat er in ihr immer einen voll emanzipierten Partner gesehen – nicht bloß die Frau im Arm seines Willens. Sie war frei gewesen, frei zu tun und zu lassen, was immer sie wollte. Selbst kleine Schwärmereien und One-Night-Stands hatten sie sich gegenseitig gegönnt, verfügten sie doch beide zweifellos über die nötige geistige Reife. (»Begierden sind nun einmal Aspekte des menschlichen Lebens, okay?«) Man hat eine feste, dauerhafte Beziehung, doch schätzt man auch die Möglichkeit von unerwartetem Sex. Treu zu sein um der Treue wegen, erschien ihnen stets wie ein mittelalterliches Relikt, ein schrecklich altmodisches Attribut derjenigen, die es nötig haben, mit Selbstverstümmelung zu kokettieren: Yakuzas mit viereinhalb Fingern ... Auf diese Art von Treue wollten sie immer verzichten.

Vielleicht ist der Zeitpunkt gekommen, überhaupt zu verzichten, denkt er jetzt. Vielleicht ist es einfach so weit. Die Gründe dafür? Physikalische und biochemische Gründe fallen ihm ein: Der Mensch, zumindest sein Körper, war Wasser – ein »molekulares Gedränge mit flüchtigen Verbindungen«, wie es die Wissenschaft nennt. Vielleicht ist das der Grund, warum Beziehungen wie Flüsse allmählich versumpfen, versanden und schließlich vertrocknen. Was sich Seele nennt und Geist, das ist vielleicht auch nicht mehr als ein bisschen Dunst, wie er sich oft über Feuchtgebieten, stehenden oder strömenden Gewässern ansammelt. Eine frische Brise, ein Temperaturanstieg, und der Zauber hat sich in Nichts aufgelöst.

Die Möglichkeit einer »Trennung« erscheint plötzlich vor seinem geistigen Auge, und obwohl er seine kruden Analogien sogleich wieder verwirft, bleibt die Einsicht, dass er nun einmal nicht in der Lage sein wird, mit einer Verrückten zu leben. Evelyn sieht Dinge, die er beim besten Willen nicht sieht, und das ist ein ernstes Problem. Andererseits graut es ihm, sich dem Ausweidungsprozess einer Scheidung zu stellen. Im Unterschied zu Evelyn ist er ein Weltmeister der Verdrängung. Ein Leben im Pendelschlag zwischen Funktionalismus und freier Marktwirtschaft hat ihn darin geübt. Scheuklappen und ein dickes Fell, mehr braucht man eigentlich nicht, um immer so weiterzumachen. Hinzu kommt seine bewährte Angewohnheit, amtliche Schriebe oder solche, die unangenehm aussehen, lässig und bedenkenlos zu entsorgen. Selbst Briefe ihres Scheidungsanwalts hätte er wahrscheinlich zunächst einmal an den Müllschlucker verfüttert. Erst Einschreiben würde er ernst nehmen, und der leidigen Pflicht einen Moment seiner Aufmerksamkeit schenken.

Dass sein Umfeld nicht immer bereit ist, diese Marotte zu ignorieren, bemerkt Claus am nächsten Tag gegen halb elf, als es klingelt und ein junger Mann vor ihm steht, der sich ihm korrekt als Gesandter der Westeurope Realities vorstellt und quasi nebenbei den folgenschweren Satz fallenlässt:

»Sie wissen ja, wir haben Ihnen mehrfach geschrieben.«

Trotz des dunkelblauen Zweireihers, den der junge Mann trägt, rückt ihn Claus – noch leicht benebelt von seinem Kiff-Marathon – sofort in die Nähe einer Satanserscheinung. Daran kann auch der hauchdünne Titanium-Laptop nichts ändern, den Claus als solchen mit einem Blick als begehrlich einstuft. Dass der Besucher seinen schwarzen Audi A8 in der Einfahrt abgestellt hat, lässt ihn dennoch hoffen, dass sich die Sache in ein paar Minuten erledigt. Weit gefehlt. Sein Gegenüber mustert ihn einmal von oben bis unten.

»Geschichte leben«, meint er salopp, und Claus vergegenwärtigt sich, dass er noch immer die weiße Toga aus dem Tepidarium trägt.

»Cooles Outfit. Darf ich reinkommen?«

Unter normalen Umständen hätte Claus den Schnösel nicht einmal auf das Grundstück gelassen, aber die Gelegenheit ist einfach zu günstig, um gewisse Dinge, von denen er weiß, dass sie schmoren, halbwegs zu klären. Evelyn hat einen Termin am Gericht und die beiden Subs sind im Porsche unterwegs, um einen Bio-Markt in der märkischen Heide auszukundschaften.

»Nette Bude«, sagt der Schnösel, als sie die Wohnhalle betreten. Er hat einen Haaransatz, der fast die Brauen berührt, und ein kleines, schlecht rasiertes Doppelkinn, das ihm trotz des piekfeinen Anzugs ein schmuddeliges Aussehen verleiht. »Als

Schätzer bekommt man so einiges vor die Flinte, aber das hier ist wirklich was Feines.«

In einem Tonfall, den man aus Call-Centern kennt – eine perfide Mischung aus Unaufmerksamkeit und vorprogrammierten Missverständnissen –, kommt er auf seinen Auftrag zu sprechen.

»Herr Wilkens meinte jedenfalls, er habe Sie mündlich über eine mögliche Zwangsversteigerung in Kenntnis gesetzt.«

»Wilkens ist ein armes Stück Scheiße.«

Der Gesandte nickt, als wäre er in diesem Punkt mit Claus einer Meinung. »Wie dem auch sei, wir beide werden jetzt ein kleines Inventar von den Wertgegenständen anlegen, die eventuell zur Wertsteigerung des Anwesens beitragen könnten. Okay?«

»Soll das heißen, Sie werden Plaketten verkleben?«, erkundigt sich Claus.

»Aber nein.« Der Schnösel lässt ein gepflegtes Lachen vernehmen. »Ich bin nur ein Taxator, ein Wertsachverständiger, kein Gerichtsvollzieher. Es ist in unserem Interesse, so viel wie möglich zusammenzuhalten. Manche Villen werden ja vor der Versteigerung bis aufs Letzte gestrippt.«

»Sie reden von meinem Zuhause«, sagt Claus.

»Ja, ja. Beginnen wir mit der Küche, okay?«

Claus ist noch immer unschlüssig, da ist der Schätzer schon hinter der Milchglasabtrennung verschwunden. Der Hausherr rafft seine cäsarische Robe zusammen und folgt schleppenden Schrittes: Da hat er ein paar Dutzend Sklaven und eine Menge gefährlicher Tiere im Keller und dennoch behandelt ihn dieser Büttel wie ein gekapertes, menschliches Etwas, dessen existenzielle Montage sich nicht länger ausstellen lässt.

»Keine Angst, ich werde Ihnen nicht allzu viel Zeit stehlen.« Fast lautlos huscht der Gesandte einer undurchsichtigen Finanzmacht durch die Küche, öffnet Anrichten und einen der Bulthaupt-Werkschränke.

»Aber hallo«, merkt er beiläufig an, »satinierte Glastüren in edelstahlfarbenem Rahmen. Genau mein Geschmack.«

»Wie schön für Sie.«

»Nein, wirklich, die inszenierten Freiräume ihrer Küche sind so was von dezent. Ihre Frau hat einen guten Geschmack.«

Der junge Mann öffnet seinen Klapprechner und beginnt, geschmeidig zu tippen. Offensichtlich macht ihm das Prozedere Spaß.

»Sie sind doch verheiratet, oder?«

»Kurz vor der Scheidung«, sagt Claus.

»Gütertrennung wird nicht viel nützen.« Mit dem Gesichtsausdruck eines alten, mit allen Wassern gewaschenen Hasen, kramt er eine zerknitterte Packung Zigaretten hervor. Eine Sekunde zögert er, als erwäge er die Möglichkeit, einen Nichtraucherhaushalt zu entweihen, doch die im Raum verteilten, kristallenen Teelichthalter, die er mit Aschenbechern verwechselt, zerstreuen die letzten Bedenken. »Sie sind Porsche-Fahrer, stimmt's?« Das Dunhill-Feuerzeug zündet nicht gleich. »Ob es stimmt?«

»Hat das Wilkens behauptet?«

»Wenn Sie's genau wissen wollen, ja.« Er hackt in seinen Laptop und mustert Claus gelegentlich mit einem abschätzenden Blick.

»Fahren Sie?«

»Nein«, lügt Claus. »Oder haben Sie draußen irgendwo einen Porsche gesehen?«

»Vielleicht steht er in der Garage.«

»Es gibt hier keine Garage.«

»Keine Garage? Erstaunlich.« Auf dem Schirm öffnen sich neue Excel-Tabellen. »Falls Sie Geld brauchen, würde ich Ihnen den Wagen abkaufen. Zu einem fairen Preis.«

Während Claus noch grübelt, ob er den Schelm auf der Stelle rausschmeißen soll, steht dieser bereits an der Milchglastür, die zum Hinterhof führt.

»Wo geht's da hin?«, fragt er und dreht den Schlüssel. Er öffnet die Tür und starrt entgeistert auf die improvisierten Behausungen der Siedlungsgemeinschaft. Ein paar Subs drehen die Köpfe und nicken.

»Was sind das für Leute?«

»Sklaven«, antwortet Claus aus reiner Böswilligkeit. Er wundert sich selbst, wie viele es sind. Offenbar haben sie sich zwischen den Zelten zu einem Sit-in versammelt – eine Unmenge sehniger, brauner Arme ist heftig am Gestikulieren ...

»Das sind sie ganz ohne Zweifel«, pflichtet der Gesandte ihm bei. »Nur, für was brauchen sie die?«

»Für alles Mögliche«, erwidert Claus, als wäre es die normalste Sache der Welt. »Sklaven kann man immer gebrauchen. Haussklaven, Bausklaven, Sexsklaven, ich nehme sie, wie sie kommen.«

»Krasse Szene.« Sichtlich irritiert schließt der Schnösel die Tür. Als Handlanger einer Gruppe von Finanzdrohnen kennt er so ziemlich alle arroganten Fratzen der Macht, doch Sätze wie diese müssen selbst einen Gecken argwöhnisch machen. Sollte es da tatsächlich noch Gefilde der Menschenverachtung geben, die er nicht kennt?

»Was sagten Sie eben?«

»Na ja, ich hatte schon eine Menge über diese Gegend gehört, aber dass die Leute hier dermaßen krass drauf sind ...« Mit großen Schritten kehrt er in die Wohnhalle zurück, umrundet die Sitzkombination und setzt sich direkt in die Mitte. Ohne ersichtlichen Grund hebt er ein Polsterstück hoch.

»Schön leicht.«

Claus wirft einen Blick auf die Uhr. »Es mag vielleicht nicht so aussehen, aber ich gehe einer geregelten Beschäftigung nach.«

»Keine Sorge, wir sind gleich durch.«

Der Sachverständige zupft seinen Kragen zurecht, steht auf und streift am Entertainment-Center vorbei.

»Sieh an, Sie hören The Stooges«, sagt er mit einem Blick auf das Display. »Die höre ich auch. Fast so gerne wie die Circle Jerks. Ich sage nur: *When the shit hits the fan ...*«

»Hat Wilkens Ihnen auch von meinem Privatzoo erzählt?«, wirft Claus ein, dem eine musikalische Zwangsverbrüderung mit dem Business-Punk in etwa so reizvoll erscheint wie die

Zwangsbefruchtung durch ein Alien oder die Umgarnung durch eine menschliche Spinne.

»Hat er.« Eine sonderbare Erregung erhellt das junge, feiste Gesicht. »Und, stimmt das?«

»Es ist nicht gerade die Neverland Ranch, aber es stimmt. Ich habe so an die hundert Tiere im Keller.«

»So an die hundert? Jetzt nehmen Sie mich auf den Arm.«

»Das würde ich mir nie im Leben erlauben«, betont Claus.

»Sie sind eine Respektsperson, das kann ich sehen.«

Giftig lächelnd führt er seinen ungebetenen Gast die Treppe hinab. Obwohl die meisten Schlangen tagsüber schlafen, brennen in den Terrarien spezielle UV-Lampen. Manche Tiere bevorzugen Infrarotstrahler oder Mondlichtlampen, die wegen der hohen Luftfeuchtigkeit zwischen den Blättern zu milchigen Flecken verschwimmen.

»Hammermäßig«, meint der Gesandte. Er setzt sich auf eine Futtertonne, reibt sich unmotiviert und verdächtig langsam die Hände. »Ein richtiger Dschungel. Was, meinen Sie, ist das wert?«

»Die Terrarien?«

»Die Terrarien und die Bio-Prospects ...«

»Verzeihung, wie haben Sie gerade meine Tiere genannt?« Für Claus ist das Maß allmählich voll. »Wie auch immer, sie sind nicht zu verkaufen.«

»Das glauben Sie«, meint der Schätzer, während er zu tippen beginnt. »Mal im Ernst: Was kostet so eine Schlange?«

»Kommt drauf an, welche.« Obwohl Claus die Frage als Entweihung seines Tempels empfindet, schafft er es, in relativ ruhigem Ton weiterzusprechen. »Eine Crotalus atrox kostet um die achtzig, eine Albino-Königspython etwa zweitausend Euro.«

»Mehr nicht?« Das Tippen stoppt für eine halbe Sekunde. »Da hätten Sie mal besser in einen Reitstall investiert. Dass Sie das Schwimmbad gebaut haben, war kein schlechter Move. Der Wert des Anwesens ist damit erheblich gestiegen.« Und wie ein erfahrener Ringer, der einen Würgegriff nur lockert, um ihn noch fester anzuziehen: »Aber das wird Sie auch nicht retten.«

»Mich retten?«, echot Claus.

»Nein, vermutlich nicht, nein«, spekuliert sein Besucher ungeniert vor sich hin. »Wenn Sie einen guten Anwalt haben, und ich hörte, dass Sie mit einem verheiratet sind, können Sie – im günstigsten Fall – die Versteigerung um ein, zwei Jahre verschleppen. Andererseits – wenn Sie mich fragen – rechnen Sie mal eher mit dem ungünstigsten Fall.« Er bemerkt Claus' eisigen Blick. »Was ich meine, ist ... ähem ... es wird wahrscheinlich ein Nullsummenspiel. Als Vermögensobjekte haben Bio-Prospects ... ich meine natürlich Ihre lieben Tierchen ... keine große Liquiditätsnähe, einmal abgesehen von Rennpferden ... und Rassehunden wie Tibet-Doggen und gestreiften ... Chi... Chihuahuas.«

Er blickt sich um, als würde er etwas suchen. »Äh, entschuldigen Sie, sagen Sie, kann ich mal eben bei Ihnen pullern? Also, nur wenn es keine Umstände macht ...«

»Wissen Sie, was auch kein schlechter Move wäre? Einen kleinen Köter wie Sie an ein Krokodil zu verfüttern.«

»Wie bitte?«

»Na ja ...« Claus beginnt, auf den Fersen zu wippen. »Normale Hunde heben einfach das Bein, Sie dagegen pinkeln wie wild in der Gegend herum.«

»Ich kann Ihnen gerade nicht folgen.«

»Wieso? Wer hat denn zuerst von Tibet-Doggen und Chihuahuas gesprochen?«

»Ja, nur ...« Der junge Großstadttraubmensch wirkt sichtlich verstört.

»Vergessen Sie's«, kommt Claus einer Entgegnung zuvor. »Da geht's durch die Tür.«

»Danke, sehr freundlich von Ihnen.«

Der Schätzer platziert seinen Computer behutsam auf dem Deckel der Tonne. »Passen Sie gut auf ihn auf.«

»Sicher.« Obwohl Claus zum ersten Mal in seinem Leben echte Mordlust verspürt, kommt ihm aus dem Nichts ein teuflischer Plan.

»Piss auf die Brille, und du bist tot«, flüstert er vor sich hin. Die Hände in den Gesäßtaschen versenkt, beginnt er eine Melodie zu pfeifen, die den Anschein erwecken soll, er sei guter Laune ...

»Da bin ich wieder.«
»Schon? Sie scheinen von der schnellen Einsatztruppe zu sein.«
»Das bin ich durchaus.« Seinen Hosenstall ordnend, meldet sich der Abgesandte zurück. »Ach du liebes bisschen ...« Schon von weitem kann er sehen, dass etwas nicht stimmt. »Ist die giftig?«

Gemeint ist eine große, schwarz glänzende Schlange, die es sich auf dem Laptop gemütlich gemacht hat und die Belüftungsschlitze bezüngelt.

»Sehr sogar.« Claus legt den Schlangenfänger – ein anderthalb Meter langes Kunststoffrohr, aus dessen Ende eine Schlaufe hervorlugt – beiseite. »Der Biss einer Mamba ist tödlich. Mich kennt sie zum Glück. Dabei fällt mir gerade ein, ich habe kein Serum im Haus.«

M'nique, die schwarze Rattennatter, ist nicht gefährlicher als ein Regenwurm, doch das kann ein Laie nicht wissen. Tatsächlich hat Claus seine einzige *Elaphe obsoleta obsoleta* – ein immerhin zwei Meter langes Tier – mit der Hand behutsam auf den Rechner gesetzt. Er kann sehen, dass M'nique der Ausflug nicht passt, doch sie ist für ihre Rolle perfekt.

»Das Gift dieser Schlange verursacht einen akuten Atemstillstand. Sie werden bei vollem Bewusstsein ersticken.«

Dem Gesandten fällt der Mund auf, so weit, dass Claus die rußschwarzen Amalgamplomben ausmachen kann.

»Hat Ihnen schon mal jemand gesagt, dass Sie aus dem Maul stinken, Sie kleiner Pissposeur?«

»Wie ... wie reden Sie denn mit mir?«

»Wie ich will, denn ich zähle Sie zu den Psychopathen, die sich vom massenhaften Elend der anderen eine Linderung ihrer Minderwertigkeitskomplexe versprechen. Sehe ich das richtig?«

»Hören Sie, ich weiß nicht, was das soll, aber hätten Sie bitte die Freundlichkeit und würden Ihr Haustier wegsperren?« Die dreiste Tour ist ihm offensichtlich vergangen. »Ich meine, wir sind noch nicht fertig ...«

»Doch, sind wir«, sagt Claus, »und angesichts der Zeit, die Sie mir gestohlen haben, erhebe ich einen Tribut.«

»Tri... Tribut?«

»Dann nennen Sie es halt eine Entschädigung. Ich nehme an, Sie wissen, wie abgewichst Sie rüberkommen?«

Der Mann rührt sich noch immer nicht von der Stelle. »Was meinen Sie mit Tribut?«

»Ihren Laptop natürlich. Den Blender an ihrem Handgelenk können Sie sich sonst wo hinstecken.«

»Sind Sie verrückt?« In der Stimme des Schätzers schwingt die Hoffnung mit, das Ganze könne sich als eine Art Versteckte-Kamera-Blödsinn entpuppen. »Das wäre faktisch gesehen Diebstahl. Ich fordere Sie hiermit auf ...«

»Sie haben etwas zu fordern? Interessant. Ich fürchte, dass wird die Schlange kaum beeindrucken, Sie Westreality-Würstchen.« Lässig zupft sich Claus einen Fussel von seiner Toga. »Kommen Sie, ich bringe Sie noch zur Tür.«

»Das ... das können Sie ... nicht machen ...«

»Was mache ich denn? Hindere ich Sie etwa daran, Ihren Computer zu nehmen?«

»Sehr clever von Ihnen.« Das Jüngelchen lacht gehässig. Es klingt wie ein letztes Aufbäumen. »Sie machen einen auf Macker ...« Seine vorher so ölige Stimme klingt jetzt wahrhaft plebejisch. »Doch das haben schon andere vor Ihnen versucht, und sie alle sind fett auf die Schnauze gefallen!«

Eine abgefälschte Ohrfeige beendet seinen Vortrag. Claus ist selbst überrascht. Ist es wirklich nur der erhöhte Testosteronspiegel oder sind seine herrschaftlichen Instinkte plötzlich erwacht?

»Das ist Körperverletzung!« Fassungslos betastet der verhinderte Schätzer seine blutende Lippe. »Dafür zeig ich Sie an ...«

»Noch so ein Spruch und ich werde Sie auspeitschen lassen. Mit einem kleinen Fronsklaven machen wir hier in Grunewald kurzen Prozess.« Claus steigert sich mehr und mehr in die Rolle des römischen Patriarchen hinein, eines ehrbaren Mannes, der sein Heim vor einem Eindringling schützt. »Was Sie getan haben, nennt sich Hausfriedensbruch. Ein Dutzend Sklaven würden das ohne Zweifel bezeugen. Im Grunde könnte ich alles mit Ihnen machen ...«

»Sie sind ja verrückt. Wenn Sie mich rausschmeißen, werden die einfach einen anderen schicken, ist Ihnen das klar?« Es ist erstaunlich zu sehen, wie schnell die Schnöseligkeit eines Schnösels verfliegt, sind die Spielregeln erst einmal außer Kraft gesetzt, die sein Unwesen schützen. »Ich gebe Ihnen Geld«, bibbert er, während er seine Brieftasche zückt, »aber bitte geben Sie mir meinen Computer zurück ... In ... in dieser Kiste, da steckt mein halbes Leben drin, mein Job, meine privaten Connections, einfach alles, Mann.«

»Um Ihre privaten Connections brauchen Sie sich nicht mehr zu sorgen«, echot Claus. »Ich verspreche Ihnen, alle Daten zu löschen. Bis auf die vielen Bilder von den kleinen Mädchen natürlich. Ist Ihnen klar, dass Pädophile in diesem Land fast so hart rangenommen werden wie rechtsextreme Kanaillen? Diese Files, die Sie auf Ihrer Festplatte haben, dafür können Sie ein paar Jahre in den Knast wandern.«

»Das ist unmöglich. Woher ... ich meine ...« Der ernüchterte Schnösel wird weiß wie die Wand. »Sie können das unmöglich wissen ...«

»Sie meinen, woher ich von Ihren digitalen Schmutzhäppchen weiß?«

Ein kaum wahrnehmbares Nicken – und Claus lacht schallend auf.

»Voll in die Zwölf ... Tja, der Schuss ins Blaue hat gesessen, was, alter Junge? Soll ja in den besten Familien vorkommen«, fährt er ungerührt fort, »ist an und für sich nichts gegen zu sagen, jeder nach seinem Geschmack, aber wissen Sie, was der Unterschied ist? Andere Kinderficker führen ihre große Fresse nicht in einem fremden Haushalt spazieren!«

Der Schnösel ist offensichtlich am Ende. Ein zerknülltes Taschentuch auf die blutende Lippe gepresst, starrt er die Schlange feindselig an, als spiele er mit dem Gedanken, sich doch noch als Tierbändiger zu versuchen. Auch M'nique spielt ihre Rolle perfekt, den Hals leicht erhoben zurückgekrümmt, züngelt sie nach ihrer vermeintlichen Beute. Claus entschließt sich, dem Schnösel den Gnadenstoß zu versetzen.

»Ich denke, Sie gehen jetzt besser«, sagt er mit betont düsterer Miene. »Sollte ich je wieder von Ihnen hören, dann landet Ihre Kiste bei der Kriminalpolizei. Meine Frau, die Rechtsanwältin, hat mir kürzlich von einem Inspektor erzählt, der nur darauf wartet, Leute wie Ihnen den Arsch aufzureißen. Ich sage das nur, falls Sie auf die Idee kommen sollten, bei der nächsten Wache so etwas wie Anzeige zu erstatten. Wenn Sie Ihren Computer hier zurücklassen, haben Sie das aus freien Stücken getan. Und jetzt raus mit Ihnen, bevor ich Sie auspeitschen lasse!«

Vom Fenster seines Arbeitszimmers aus beobachtet Claus, wie der schwarze Audi verschwindet, er kriecht davon wie ein geprügelter Hund.

Das ist die Art, denkt Claus, so muss man Aasgeiern und Hyänen begegnen ... Gewalt ist Recht und Recht ist Gewalt, die meisten von uns haben das während der Sitzungen vor den Betäubungsmaschinen und elektronischen Wahrnehmungsprothesen vergessen. Man hat uns eingeübt, die wahren Gesetze der Welt zu vergessen.

»Das nächste Mal werde ich deine Kutsche einziehen«, murmelt er noch.

Superfly und omnipotent, so fühlt er sich. Undenkbar, heute noch in Hempels Zirkus Frondienste zu leisten! Nachdem er den Titanium-Rechner in einem Geheimfach seines Schreibtischs deponiert hat, leitet er die Krankmeldung ein.

»Kleine Unpässlichkeit, Senta, morgen werde ich mich wieder Rogers Joch beugen, großes Indianerehrenwort, alte Schwester!«

»Herr Müller-Dodt, ich muss doch sehr bitten! Nicht in diesem Ton!« Sie schnaubt ein paarmal, und fast rutscht es ihm raus: Na, dann fahr doch nach Kenia und lass dich von einem Buschmann besamen, aber geh mir nicht andauernd auf die Nerven ...

Er legt auf und wundert sich über sich selbst. Einerseits hat ihn sein Auftritt erschöpft, andererseits hält ihn das für Lana angemachte Testosteron noch immer an der hormonellen Kandare.

Die können mich mal, denkt er bei sich. *Und zwar richtig!*

Keine Bank wäre in der Lage, ihn von seinem Hab und Gut mit legalen Mitteln zu trennen. War es in den Staaten, in Russland und Südamerika nicht längst gang und gäbe, dass Millionäre sich Privatarmeen hielten? So schwer konnte es nicht sein, an Waffen zu kommen, schon gar nicht in einer Stadt wie Berlin. Gleich nach dem Mittagessen will er mit Bartos die Möglichkeit erörtern, ein paar Subs zum Personenschutz auszubilden. Er würde etwas von einem rachsüchtigen Spinner erzählen, dessen Frau aus der Vollnarkose nicht mehr aufgewacht ist. Angesichts der Sache mit Wilkens wäre das nicht mal gelogen, sondern nur eine Dehnung der Wahrheit.

Seine Toga locker um die Hüften gewickelt und einen Joint zwischen den Lippen, sucht er wenig später Evelyns Heiligstes auf. Die Sauna ist vorgeheizt. Als er die Tür öffnet, streift ihn die trockene Hitze wie der Kuss einer Mumie. Eigenartige Vorstellung ...

Er beschließt, dem Dampfbad einen Stirnhöhlenaufguss folgen zu lassen, um diese merkwürdigen Gedanken zu vertreiben, und gegen Abend Lana-Maus um eine Lomi-Pfui-Deibel-Massage zu bitten. Sie würde es ihm nicht abschlagen wollen, da ist er sich sicher.

Ach ja, das Leben eines Sklavenhalters ist schön!

Schon als er die Badezimmertür öffnet, wundert er sich allerdings über die Intensität der ätherischen Öle ...

Sanfte Vergasung, denkt er und wirft einen vorsichtigen Blick in den Spiegel. *Ist es das, was sie will? Wie hält sie das bloß aus ...* Der Duschvorhang ratscht in diesem Moment auseinander. Eine bandagierte Hand tastet sich den Rand der Wanne entlang, eine grünlich schimmernde Mumie setzt sich ruckartig auf.

Nicht, dass es zu seinem neu entdeckten Machismo gehört, aber Claus bleibt äußerlich völlig gelassen; nur in Gedanken geht er den Kalender seines Lebens zurück. Der letzte LSD-Trip liegt Jahre zurück, und die Ecstasy-Eskapaden ... Moment mal, ein junger Assistenzarzt, der sich bei ihm einschleimen wollte, hat ihm vor ein paar Wochen ein paar Pillen spendiert. Der Name der UFOs ist ihm inzwischen entfallen, doch könnten das die Nachwirkungen sein?

Den Blick stur in den Spiegel gerichtet, beobachtet er, wie das Ding Anstalten macht, aus der Wanne zu klettern. Grauenhaft. Er löscht die Glut seines Joints unter fließendem Wasser, aber nein, an dem Gras kann es nicht liegen, THC verursacht keine Halluzinationen.

»Verschwinde.« Mit stoischer Ruhe dreht er den Wasserhahn auf – und schreit auf, als ihn die Mumie plötzlich mit eisigen Fingern berührt.

»Ich bin's ...« Evelyn schiebt die grünfleckige Binde beiseite. »Warum schreist du denn so?«

Er macht ein paar hilflose Bewegungen, um seinem Verstand eine Erholungspause zu gönnen. »Was soll der Aufzug?«

»Hast du noch nie ägyptische Vitalwickel gesehen?«, pariert sie seinen fassungslosen Blick. »Vergiss den Samadhi-Tank, das hier hilft zu entspannen. Ich fühle mich wie neugeboren.« Sie haucht ihm einen klebrigen Kuss auf die Wange. »Alles in Ordnung?«

»Sicher.« Er schafft es einfach nicht, ihr reinen Wein einzuschenken, nimmt sie stattdessen etwas distanziert in den Arm.

»Soll das heißen, du hast in der Wanne geschlafen?«

»Sieht so aus. Lana hat mir gegen Mitternacht ein Glas Milch gebracht und hat mich dann in Mull eingepackt.« Noch immer wacklig auf den Beinen, geht sie zur Wanne und zieht die Kette des Stöpsels.

»Dann hast du also über die Sache geschlafen ...« Claus beobachtet, wie der Flüssigkeitsspiegel sinkt. »Und?«

»Und was?« Als Markierung des Höchststands bleibt ein schmutziger Streifen aus Kräuterpartikeln zurück. »Glaubst du im Ernst, man kann über einen Mordverdacht schlafen? Weißt du wirklich nichts, oder willst du es mir nicht sagen?«

Claus lächelt in sich hinein. »Ich hatte mich immer gefragt, welche Zivilisationskrankheit bei dir das Rennen machen würde, mein Schatz. Ich meine, jeder Großstadtmensch trägt auf die Dauer einen kleinen bleibenden Schaden davon. Ich habe diese verflixte Stauballergie, Mangold leidet an Neurodermitis und Don Bauer ...«

»Worauf willst du hinaus?«

Er scheint zu überlegen, wie schonend er ihr seine Überlegung beibringen soll. »Ich denke, du bist latent paranoid. Tut mir leid, aber wir müssen uns dieser Veränderung stellen.«

»Ist das deine Meinung, Liebling, oder die von Herrn Bartos?«

»Es ist meine Meinung«, bekräftigt Claus. »Du musst doch selbst merken, dass du unter mildem Verfolgungswahn leidest.«

»Wenn das stimmt, was du sagst«, Evelyn versucht sich zu konzentrieren, »dann hätte ich ja eine Psychose ...«

»Das siehst du genau richtig.« Der Rest von Claus' Geduld ist aufgebraucht. »Tut mir leid, Evi.«

»Dir braucht nichts leidzutun«, erwidert sie leise. »Nur hast du jemals in Erwägung gezogen, dass Bartos der Psychopath sein könnte und nicht ich?«

»Du bist kein Psychopath, du bist abhängig von Problemen«, ächzt Claus, »das warst du schon immer. Vielleicht ist das ja eine Berufskrankheit bei Juristen, aber ich wünschte wirklich, du würdest nicht andauernd Unfrieden stiften ...«

Eine Zeit lang lauschen beide dem Gurgeln der grünen Soße. Als das Seifenschälchen am Grund der Wanne auftaucht, hält es Evelyn nicht länger aus.

»Verdammt, Claus, sieh mich doch mal an: Die Subs haben das aus mir gemacht!« Während sie vor sich hin heult, rollt sie die Mullbinden ab. Mumien-Striptease.

»Die Subs? Du meinst Lana ...« Claus verzieht spöttisch den Mund. »Sie hat dich also verändert. Und mich wahrscheinlich auch. Nur, wie hat sie das bloß gemacht? Weil sie für uns sorgt? Uns bekocht, den Haushalt schmeißt? Nein, Liebling, Lana hat nichts mit unseren Problemen zu tun. Um ehrlich zu sein, ich denke, wir haben uns auseinandergelebt.«

»Und wenn das so wäre?« Evelyn ist jetzt nackt, nur in ihrem Bauchnabel steht etwas grünliches Wasser. Widerwillig stopft sie die Reste ihres Kokons in den kleinen, mit Krepp verkleideten Eimer. »So geht es nicht weiter. Ich will so nicht mehr leben ...«

»Aber ich.« Claus öffnet die Tür zur Saunakabine.

»Und du schämst dich wirklich kein bisschen?«

»Für was bitte?« Er sieht sie an, als hätte er es eigentlich längst aufgegeben, mit ihr zu reden. »Du scheinst nicht zu merken, wie gut es dir geht. Was uns hier gelungen ist, das ist wie eine kulturelle Befreiung. Du und ich, wir haben die Wirklichkeit umgedacht und uns etwas ermöglicht ...«

»Du meinst geleistet.«

»Den Zynismus kannst du dir schenken.« Er zögert, dann fährt er fort: »So, wie ich die Sache sehe, gibt es zwei Möglichkeiten: Entweder werden wir morgen die Scheidung einreichen – oder das Haus renovieren. In zirka siebenundachtzig Prozent aller Ehekrisen hilft ein Baumarkt-Besuch, die Beziehung wieder zu kitten.« Er hält inne, als erwarte er eine Reaktion. »Sollte ein Witz sein. Entschuldige, bitte.«

»Es gibt noch eine Möglichkeit.« Evelyn beginnt eine Haarsträhne um ihren Finger zu zwirbeln. »Du sagst mir die Wahrheit. Was ist mit diesem Petru passiert?«

»Ich dachte, das Thema hätten wir durch.«

»Solange ich nicht weiß, was passiert ist, ist das Thema nicht durch.«

»Von mir aus«, sagt Claus, »aber wundere dich nicht, wenn du immer die gleiche Antwort bekommst.«

Unschlüssig sieht sie ihm nach – wie er die Saunatür hinter sich schließt und ihr durch das rautenförmige Fenster zuwinkt.

Als sie kurz darauf unter die eiskalt tröpfelnde Duschbrause tritt, muss sie an das Bett denken, das sie noch immer teilen, jeder an seinem Rand, mit abgewandtem Gesicht, Nacht für Nacht, als wäre man lebendig begraben.

Das Glucksen und Gurgeln aus dem Abfluss erscheint ihr bestens geeignet, Ehekrisen, Schicksalsschläge und mittelschwere Katastrophen zu überdecken. Doch auch dieses Ablenkungsmanöver kann das innere Rinnsal der Gedanken nicht daran hindern, in die tieferen Schichten ihrer Seele zu tropfen.

XIV.

Die üblen Gedanken sind miteinander verwoben,
sie gleichen Gräsern, aus denen Wurzeln sprießen.

– JI YUN (1724–1805), »Yuewei caotang biji«
(»Notizen aus der Grashütte«).

Zwei Tage später, am Sonntag um Viertel nach zwölf, trifft Claus Evelyn – in ihrem ältesten Sweatshirt – am Küchentisch vor der goldenen Wand an, wo sie das administrative Schlachtfeld ihres gemeinsamen Lebens mit Rechnungen abgesteckt hat.
»Setz dich«, sagt sie, in irgendeine allerletzte Zahlungsaufforderung von irgendwelchen Finanz-Halsabschneidern vertieft. »Da steht Kaffee.«
Claus setzt sich und nippt an der lauwarmen Brühe.
»Ich dachte, wir wollten am Wochenende mal wieder frühstücken gehen.«
»*Du* wolltest am Wochenende mal wieder frühstücken gehen. Ich habe Besseres zu tun, wie du siehst.«
»Hat das nicht Zeit?« Er sieht sich demonstrativ um. »Dann ... dann werde ich wohl besser hier frühstücken, was?«
Evelyn steht auf, öffnet den Kühlschrank und setzt Claus ein Tablett mit drei Schälchen vor.
»Oh, interessant.« Was er sieht, erinnert ihn einerseits an verschimmelte Holzspäne, andererseits an die Ausscheidungen von Schlangen. »Ist das die gefürchtete Okinawa-Diät?«
»Powerfood, Liebling.« Sie blättert in einem Stapel von ungeöffneten amtlichen Briefen. »Geraspelte Bambussprossen auf Alfalfa.«
»Ah, geraspelte Sprossen. Die sind sicher gesund.«

»Sind sie. Das Rezept hab ich von deiner Mutter.«

»Von Dörthe? Na dann.« Ein Grund mehr, sie zu verfluchen, denkt er insgeheim. »Und was ist das da – das Braune?«

»Hirse.«

»Fucking Hirse?«, platzt es aus ihm heraus. Sein Entsetzen weicht dem unwiderstehlichen Verlangen, zu McDonald's zu fahren. »Äh, wo ist Lana?«

»Sie hat ihren freien Tag.« Wie geistesabwesend blickt sie zum ersten Mal auf. »Willst du lieber Rührei mit Speck – eine nach Aas riechende, cholesterinhaltige Kohlenhydrat-Bombe?«

»Nein, nein. Es ist nur jedes Mal etwas Besonderes, wenn du kochst.« Er lächelt sie scheinheilig an. »Seit wann kümmerst du dich um die Rechnungen, Liebling?«

»Seit wann?« Sie lehnt sich zurück. »Seitdem ich einen Anruf vom Finanzamt erhalten habe.«

»Vom Finanzamt?«, echot Claus. »Dürfen die das?«

»Ja, mein Liebling, die dürfen das. In besonders schwerwiegenden Fällen, wenn zum Beispiel eine Zwangsvollstreckung ansteht, und wenn sich der Schuldner auch nach der siebten Mahnung nicht meldet, dann probieren manche Beamte es noch ein letztes Mal telefonisch.«

»Sag Bartos, er soll sich um den Mist kümmern.«

»Der Beamte hat sich über Bartos beschwert. Offenbar empfindet der Mann es als Hohn, wenn Bartos Nachforderungen der Behörden mit dem Ausspruch eines römischen Kaisers quittiert: Du sollst meine Schafe scheren, nicht kahlrasieren.«*

»Guter Bartos!« Claus strahlt übers ganze Gesicht. »Ich kann mir vorstellen, dass das den Blutsaugern vom Finanzamt nicht schmeckt.«

»Stimmt, deshalb mahnen Sie uns mit schöner Regelmäßigkeit ab. Und lassen uns so Bartos rhetorische Kraftmeierei büßen.«

»Sollen sie mahnen, die Säcke!« Claus probiert vorsichtig von der Hirse. »Und was bedeutet das für uns?«

---

* Tiberius Julius Caesar Augustus.

»Versäumniszuschläge.« Sie blättert in einem kleinen Notizblock. »Da ist seit letztem Frühjahr einiges zusammengekommen. Summa summarum zehntausend Euro.«

»Frechheit«, sagt Claus mehr zu sich selbst. »Wie die einen abschröpfen, das sind ja mittelalterliche Methoden. Aber da siehst du's mal wieder. Schon Kaiser Diokletian erlaubte es seinen Steuereintreibern, zu foltern. Die Praxis ist offensichtlich dieselbe geblieben.« Er schlürft noch einmal und setzt seine Tasse behutsam ab. »Ich gebe zu, dass die Idee einer Buße nicht in meine Erlebniswelt passt. Vergiss den Mist und lass uns endlich frühstücken, ja?« Und als sie nur die Stirn runzelt: »Na denn, ich werd mal sehen, was Billy so macht.«

»Das hier«, sie entfaltet einen weiteren Brief, »ist wichtiger, glaub mir.«

»Was ist das?«

»Ein Schrieb von der Bank.«

»Von Nille? Und – was schreibt der alte Verräter?«

»Sein Schreiben bezieht sich auf den Verkauf unserer Hypothek.«

»Das ist doch heutzutage normal. Die verscherbeln alles, was nicht niet- und nagelfest ist.«

»Du hast mir gar nichts davon erzählt.«

»Was hätte das genützt? Das sind Banker, Evi, die können tun und lassen, was sie wollen. Wenn ich mich recht entsinne, sind wir jetzt bei einer Gangsterbande gelandet, die sich Westeurope Realities nennt. Der Name ist zwar ein Hohn, aber für uns macht das keinerlei Unterschied.«

Sie scheint in ihrem Gedächtnis zu forschen.

»Hier steht was von Tilgung der Restschuld bis Mitte Dezember. Könnte es sein, dass wir in Schwierigkeiten stecken?«

»Ist das wieder dieser übertreuerte Malz-Muckefuck?«, lenkt er ab, und Evelyn schnappt auch gleich nach dem Köder.

»Es ist kein Malz-Muckefuck, sondern Getreidekaffee, biologisch angebauter Manou! Wenn er dir nicht schmeckt, mach dir einen Nespresso. Der ist zwar pures Gift, aber es ist schließlich dein Körper.« Eine blassblaue Ader beginnt an ihrer Schläfe zu pochen. »Und jetzt verrate mir eins? Wie sollen wir in der Lage sein, die Hypothek in einem halben Jahr abzubezahlen?«

»Wir könnten eine Bank überfallen ...«

»Claus!«

»Okay, das muss ein Druckfehler sein.«

»Quatsch nicht!« Sie schwenkt mit dem Kopf hin und her – wie ein Pferd, das sich unsicher ist, ob es seinen Reiter abwerfen soll.

»Was soll das denn?« Er hat beschlossen, die Situation charmant zu entschärfen. »Hast du vergessen, was wir uns gegenseitig geschworen haben? Nur Dinge in unserem Leben zu tun, die uns Spaß machen, oder Dinge, von denen wir beide wissen, dass sie unseren gemeinsamen Weg positiv beeinflussen werden. Nils Wilkens und seine miesen Geschäfte gehören da nicht dazu.«

»Aber die Subs ...«

»Wie kommst du jetzt da drauf?« Claus hat es allmählich leid. »Lass die Subs aus dem Spiel! Ich weiß, du hegst eine Antipathie gegen Bartos, aber ich habe dir schon zigfach gesagt, du liegst falsch.« Er schiebt den Hirseteller weit von sich. »Im Übrigen sollte man solche Anmaßungen von Handlangern nicht überbewerten.«

»Willst du es wirklich darauf ankommen lassen?« Evelyn wedelt mit einem Fächer mit Zetteln. »Bartos hat eine Menge liegen gelassen. Einkommensteuer, Umsatzsteuer, Kfz-Steuer, selbst die Grundsteuer hat er erst nach der dritten Mahnung bezahlt ...«

»Weiß-der-Henker-Steuer!«, geht Claus dazwischen. »Meinen Segen hat er!«

»Ich bin der Ansicht, wir sollten uns wieder um unsere Angelegenheiten kümmern ...«

»Jetzt hör mal zu, Evi, wenn ein Mann seine Frau liebt, wirklich liebt, sollte er niemals auf die Idee kommen, mit ihr die Steuer zu machen. Danach geht im Bett nichts mehr, nie wieder.«

Er glaubt, aus leidvoller Erfahrung zu sprechen: Seit dem Überhandnehmen der bürokratischen Vorgänge in seinem Leben hatte

er mit Potenzstörungen zu kämpfen. »Schon schlimm genug«, setzt er nach, »dass man die Monogamie des geldwerten Vorteils wegen in Kauf nimmt, aber gemeinsam über einer Steuererklärung zu brüten, geht wirklich zu weit.«
»Mit wem warst du eigentlich am Siebenundzwanzigsten essen?« Vor seinen Augen flattert jetzt ein Kreditkartenauszug.
»Keine Ahnung.«
»Hm, eigentlich kommt nur Lana infrage. Habt ihr eigentlich schon zusammen geschlafen? Nimm sie mit nach Monaco, dann hast du's hinter dir, Casanova.« Dabei lächelt sie tapfer wie eine vom Leben gesaubeutelte, aber unverwüstliche Frau.
»Bist du endlich fertig?«, fragt Claus.
»Jetzt, generell oder für immer?«, schallt es zurück. »Du kannst es haben, wie du es brauchst, nur lass es mich rechtzeitig wissen!«

Sie erwacht mitten in der Nacht mit einem tonnenschweren Druck auf der Brust und der quälenden Vorstellung, im Würgegriff einer Riesenschlange zu sein. Ihre Füße suchen im Dunkeln nach den Flip-Flops, sie findet nur einen, verheddert sich in dem Y-förmigen Riemen und kickt den Badeschuh vor Wut gegen die Wand.
Claus brummelt irgendetwas, da steht sie bereits auf dem Gang. Dass sie barfuß ist, merkt sie erst, als sie den synthetischen Flaum des Teppichbodens verlässt und die gefliese Halle betritt. Sie glaubt zu fühlen, wie ihre Sohlen anfrieren. Erst als sie die Kellertreppe betritt, wird es besser. Sie fragt sich, ob das Rauschen, das sie hört, echt ist, oder ob es hier unten immer so rauscht. Wie an der Küste, denkt sie noch, dann sieht sie die Lichter der Stereoanlage und die Tiefenentspannungs-CD *Meeresrauschen, Teil III*. Sie geht zur Konsole, schaltet die Anlage aus und erschrickt über die schlagartig einkehrende Stille.
Entschlossen geht sie an den Sicherungskasten, Claus bewahrt hier eine Stabtaschenlampe auf, für all die Notfälle, die es bisher nicht gab. Es kostet sie einige Überwindung, den Druckknopf der Lampe zu drücken. Viele der nachtaktiven Schlangen zün-

geln empört gegen das Glas, die Tickgeräusche der gespaltenen Zungen sind deutlich zu hören. Manch einen der schuppigen Untermieter hat Evelyn noch nie in ihrem Leben gesehen, da sich die Tiere tagsüber kaum zeigen. Doch die Terrarien und ihre Bewohner interessieren Evelyn nicht. Ihr Augenmerk ist auf das äußerste Ende des Raums gerichtet, auf den milchigen Fleck, hinter dem sich das Alligatorengehege verbirgt. Auf Zehenspitzen, als gehe sie über brüchiges Eis, nähert sie sich Billys Behausung. Sie wartet, lauscht, aber hinter der Glasbausteinmauer hätte ebenso gut ein Grab liegen können.

Was, wenn es stimmt, denkt sie bei sich. Es ist ein ungeheuerlicher Verdacht, und er verfliegt auch nicht, als ihre Hand die Glasbausteine berührt.

Nachdem sie die Taschenlampe auf einer Tonne platziert hat, schiebt sie die verstellbare Design-Stehleiter an Billys Gehege heran.

Einmal tief ein- und ausatmen, dann setzt sie ihren nackten Fuß auf die unterste Stufe. Sie fühlt etwas Kaltklebriges und zuckt zurück. Zitternd schaltet sie die Lampe ein, leuchtet genau auf die Stelle und sieht Blut.

Eine Hand vor dem Mund, nimmt sie einen Lappen, den Claus gelegentlich zum Wischen der Scheiben gebraucht, und reinigt sich hektisch den Fuß.

Sie hat Angst, eine Riesenscheißangst, doch sie ist fest entschlossen, das zu tun, was getan werden muss.

Hinter der Wand sind jetzt Kratz- und Schleifgeräusche zu hören, gefolgt von einem lauten Plätschern, gerade so, als hätte jemand ein Kanu zu Wasser gelassen. Evelyn nimmt ihren ganzen Mut zusammen. Sie steigt die Leiter bis zur obersten Stufe hinauf und leuchtet auf die andere Seite. Der Lichtkegel irrt über eine schwarze Wasseroberfläche, Wasserlinsen, dreckstarrende Kacheln und – einen offenen, menschlichen Brustkorb, der am Beckenrand liegt.

Sie spürt einen heißen, jähen Schock bis hinauf in die hämmernden Schläfen. Alles, was sie in den letzten Monaten erlebt hat, alles pulsiert in einer unglaublichen Bildfrequenz vor ihrem geistigen Auge vorbei und verdichtet sich zu einem brennenden Eindruck.

Die schwere Lampe entgleitet Evelyns Händen, sie taumelt zurück. Zitternd wankt sie die Treppe hinab, am Ende knicken ihre Kniekehlen ein. Sie muss sich zwingen, nicht in Panik zu geraten. Ruhig durchatmen, Evi, ganz ruhig ... Sie hat das Gefühl, aus ihrer inneren Grabkammer eine äußere zu betreten.

Ein dumpfes Knirschen lässt sie aufschrecken. Das Licht auf der anderen Seite der Glassteinmauer hat sich bewegt, der Strahl ruckt hin und her. Einem heiseren Fauchen folgt wildes Geplansche ...

Yea', there's no funny sound like Digi-Funny-Animal-Sound ... Als hätte sie einen lautlosen Startschuss gehört, springt Evelyn auf, sie rennt die Kellertreppe hinauf und verriegelt die Tür hinter sich. Irgendwie schafft sie es in die Küche. Sie hat Lust, sich zu erbrechen, doch mehr als schaumige Galle bringt sie auch nach dem dritten Versuch nicht heraus. *Milch,* denkt sie, *Milch beruhigt die Magenschleimhaut ...* Sie öffnet den Kühlschrank – und schließt ihn im nächsten Moment, denn sie hat etwas gelesen, in bunten, magnetischen Lettern, fünf Wörter, die ihr Hirnfieber auf der Stelle absenken: Herr Claus und seine Maus ... Ihre Panik verwandelt sich schlagartig in Wut.

Im Schlafzimmer beugt sie sich über Claus und schubst ihn wach.

»Evi ... was zum Teufel?«

Statt näher zu kommen, tritt sie ein paar Schritte zurück.

»Warum, Claus? Warum?«

»Warum was?« Er macht das Nachttischlicht an. »Wovon redest du überhaupt?«

Evelyn dreht den Kopf hin und her, als wolle sie sich die Nackenwirbel verrenken. »Ich war unten, unten im Keller ...«

»Wie schön.« Er versucht, lässig zu klingen, doch sie spürt seinen Unmut. »Was zum Teufel hattest du da unten zu suchen?«

»Es ist auch mein Haus«, zischt sie zurück, »oder gibt es hier neuerdings Schilder mit der Aufschrift ›Betreten für Klein-Evi verboten‹?«

»Schon gut.« Er versucht zu grinsen. »Ich habe nur an die Schlangen gedacht. Werden sie beim Fressen gestört, würgen sie alles wieder heraus.«

»Was ist mit Billy?« Evelyn hält sich die Hand vor den Mund. »Würgt er auch wieder alles heraus?«

»Was soll das sein – eine bestialische Pointe?«

»Wann hast du ihn zuletzt gefüttert?«

Claus überlegt einen Moment. »Vor drei Tagen. Wieso?«

Evelyn zählt an den Fingern. »Also am Tag nach der Bestrafung!«

»Was hat das damit zu tun?«

»Das fragst du noch?« Vor Empörung beginnen ihre Augen zu funkeln. »Ich habe Billys *Futter* gesehen, begreifst du jetzt?«

»Keine Ahnung, was du meinst«, presst er mühsam hervor.

»Nun, sagen wir mal, dein Liebling hat nicht alles gefressen.« Sie geht an die Kommode und sucht nach Zigaretten.

»Nicht im Schlafzimmer«, sagt Claus. »Evelyn, bitte – meine Allergie …«

Das Feuerzeug flammt auf, Evelyn beginnt hektisch zu inhalieren.

»Bist du eigentlich noch bei Trost?«, fragt sie mit einer Stimme, in der sich Entsetzen und Furcht die Waage halten. »Wir sind erledigt. Hast du wirklich gedacht, ihr könntet einfach einen Menschen …? O ja, ich vermute, es war nur ein Unfall, und ihr habt den Sklaven notschlachten müssen …« Sie lacht wie irre. »Das Problem war nur, wohin mit der Leiche.«

»Leiche?«, flüstert Claus. »Welche Leiche?«

»Verdammt, für wie blöd hältst du mich eigentlich?«, schreit sie jetzt auf. Ihre mühselig gezügelte Wut bricht sich jetzt schlagartig Bahn. »Ich habe die Überreste in Billys Tümpel gesehen! Rippen, einen halben Brustkorb …«

Claus starrt sie fassungslos an. »Du bist ja übergeschnappt«, flüstert er. »Was du gesehen hast, waren Schlachtabfälle, weiter nichts ...«

»Warum lügst du mich an?« Sie wirft ihre noch glimmende Zigarette nach ihm, die Glut streift sein Gesicht. »Nun sag endlich: Wie tief hängst du mit drin? Dass du passive Beihilfe geleistet hast, ist dir klar, oder? Die Pathologen werden sehen, ob dieser Körper fachmännisch zerlegt wurde oder nicht. Das war kein Metzger, werden Sie sagen, das war ein Chirurg!«

Wortlos steht er auf, schlüpft in seinen Morgenmantel und verlässt mit energischen Schritten das Zimmer. Verblüfft sieht ihm Evelyn nach. Vielleicht weiß er wirklich nichts? Evelyn tritt fröstelnd ans Fenster: Die Nacht ist so finster; weder die Anliegerwohnung noch die Berber-Biwaks und Zeltunterkünfte sind zu sehen. Nur eine schwache Reflexion ihres Gesichts auf dem Glas starrt Evelyn mit verheulten Augen entgegen.

Du siehst wirklich aus, als wärst du von Sinnen. Bist du das, Evi? Kann es sein, dass du unter Verfolgungswahn leidest? Unten öffnet Claus eine Tür, die Tür zum Tepidarium, Bestiarium, und jetzt steigt er die Kellertreppe hinab ... Selbst das Klicken des Schalters dringt an ihr Ohr ...

Warum sollte er dir etwas vorspielen, Evi? Er könnte doch zugeben, was er weiß. Juristisch gesehen sitzt ihr beide in einem Boot. Wenn es sinkt, dann sinkt ihr beide ...

Wieder die fernen Geräusche. Diesmal kommt er die Treppe herauf, sie kann hören, wie er die Tür hinter sich schließt. Gleich wird er wieder das Schlafzimmer betreten ...

Er wird es leugnen, ist doch klar! Was bleibt ihm auch anderes übrig?

Im Spiegel der schwarzen Fensterscheibe, in der ihr eigenes Gesicht zuckt und bebt, manifestiert sich ein milchiger Schemen – Claus im weißen Bademantel. Wortlos geht er zum Bett, entkleidet sich und schlüpft unter die Decke.

»Und?«, fragt Evelyn, ohne sich umzudrehen.

»Nichts«, sagt er leise. »Lass uns morgen in Ruhe darüber reden.«

Evelyn schlägt die Stirn an die Scheibe. Der Stoß bringt das Sicherheitsglas zum Sirren, doch reicht er nicht aus, die prekäre Oberflächlichkeit ihres Spiegelbilds zu erschüttern.

»Ich weiß, was ich gesehen habe«, sagt sie ebenso leise.

»Und ich sage dir, es sind Schlachtabfälle. Was du gesehen hast, waren Überreste von einem Schwein.«

Sie dreht sich abrupt um und stürzt sich auf ihn, fast kommt es zu einem Gerangel im Bett.

»Hör mir zu!« Sie packt seine Hand, drückt sie wie flehend. »Ich bin nicht verrückt, ich bin sehr wohl in der Lage, einen menschlichen Brustkorb von dem eines Schweins zu unterscheiden!«

»Merkwürdig«, sagt Claus, »ich bin Arzt und ich könnte das nicht.« Er zieht seine Hand zurück, reibt sich die Augen. »Bitte, Evi, was man sehen will, beeinflusst die Wahrnehmung, oder nicht? Warum wärst du sonst mitten in der Nacht in den Keller gegangen? Du wolltest einen Beweis finden.«

Sie forscht in seinem Gesicht, nach einem verräterischen Zucken, aber da ist nichts.

»Na schön, du warst es nicht. Dann war es Bartos? Hat Meister Fitz-Fetz die Leiche zerlegt?«

»Hörst du dir eigentlich selbst zu?«, erwidert Claus mit vor Rationalität strotzender Stimme. »Was willst du als Nächstes wissen? Ob wir die Knochenreste eingeäschert haben – und in Blumentöpfe gefüllt, so wie diese gestörte Alte aus Plauen? Vielleicht haben wir auch seine Innereien gegessen? Wäre doch möglich.« Er beobachtet sie, als würde er das Schlimmste befürchten. »Was denkst du dir eigentlich? Ein kleiner Dieb hat sein Fett wegbekommen. Aus Scham – was verständlich ist – fragte er Bartos, entlassen zu werden. Ich dachte noch: Was für ein Glück, den sind wir los! Und jetzt tu mir einen Gefallen und lass mich endlich mit deinen überspannten Geschichten zufrieden!«

Völlig unerwartet packt sie Claus mit beiden Händen am Hals.
»Ich habe in unserem Haus die stofflichen Überreste eines Menschen entdeckt! Nimm das endlich zur Kenntnis!«
Mit einer kraftvollen Bewegung, die sie ihm nicht zugetraut hätte, schüttelt er sie ab und springt aus dem Bett.
»Entweder gehst du morgen freiwillig zum Psychiater, oder ich ziehe aus!«
»Was sagst du da?«
»Du hast mich verstanden!«
Wütend strampelt er in seine Kleider, wobei er sein Hemd erst verkehrt herum anzieht und beim ersten Befreiungsversuch einen Ärmel zerreißt.
»Von Anfang an warst du dagegen! Von Anfang an!«
»Gegen was?«, fragt Evelyn nach. Seine seltenen Gefühlsausbrüche haben sie schon immer ernüchtert.
»Na, gegen die Sklaven!« Er stiert sie mit offener Feindseligkeit an. »Du verachtest sie! Wenn ich schon sehe, wie du Lana behandelst…«
»Und wie behandelst du sie? Herr Claus und seine Maus!«
»Ich wusste gar nicht, dass wir neuerdings ein Konto für Eifersucht führen.«
Er versucht noch immer, klug aus seinem zerrissenen Ärmel zu werden. »Du hasst Lana doch nur, weil sie weiblicher ist«, schießt es jetzt aus ihm heraus, »und weil sie in der Lage ist, diesen Haushalt zu schmeißen! Und zwar mit links!«
»Aber ich liebe dich doch…«
»Sicher, *wann* es dir passt!« Halbwegs angekleidet flitzt Claus zur Schlafzimmertür. »Diesen Dauervorwurf halte ich nicht länger aus… Du machst mir das Leben zur Hölle!« Zum ersten Mal in ihrem Leben hört sie Claus brüllen: »Ich habe es satt, der Esel des Hauses zu sein! Und ja, seitdem die Sklaven hier sind, geht es mir gut! Alles läuft rund, bestens! Ich lasse mir von keinem Langfinger mein Leben vermiesen!«
Evelyn schüttelt traurig den Kopf. »Ich erkenne dich nicht mehr wieder.«

»Falsch, du hast mich nie gekannt.« Claus lässt sie stehen.

Dreißig Sekunden später röhrt der Porsche auf, und sie sieht den Wagen wie einen geölten Blitz auf das Gatter der Einfahrt zurasen. Natürlich ist der Öffnungsmechanismus zu langsam, nur eine Notbremsung stoppt den Wagen in letzter Sekunde. Claus knallt mit dem Kinn auf den Hupenring, er flucht schrill, als wolle er das erbärmliche Aufquieken noch übertönen. Dann haut er den Rückwärtsgang rein. Als Evelyn ans Fenster tritt, brennt in der Anliegerwohnung bereits Licht: Mit wohlbemessenen Schritten eilt Bartos querbeet über den Rasen zum Tor. Ohne auch nur ein Wort mit Claus zu wechseln, betätigt er den Mechanismus, der das Tor normalerweise mittels der Lichtschranke öffnet.

XV.

Lieber Claus,
ich glaube, es ist besser, wenn wir uns eine Weile nicht sehen.
Ich kann so nicht weiterleben, tut mir leid. Die Forderung, bis
zum Ende durchhalten zu müssen, ist mir zu viel. Ich werde den
Rest des Monats daher bei Karlotta verbringen, in New York.
Du weißt, wo du mich findest.
   Meinen Rückflug habe ich noch nicht gebucht.
   Vielleicht sollten wir einmal vorher telefonieren.
   In Liebe, E.

   P. S.: Sag Bartos, ich hab mir seinen Tacitus ausgeliehen. Vielleicht lerne ich hier, die Dinge mit anderen Augen zu sehen.

Das DIN-A5-Blatt, das man eigentlich nicht Brief nennen kann, steckt am Scheibenwischer des Porsches. Claus, der ihn am frühen Morgen entdeckt hat, glaubt zunächst an den Anschlag einer übereifrigen Politesse. Als er endlich begriffen hat, was da steht, greift er nach seinem Handy, wählt Evelyns Kurzwahl, doch nur ihre Mailbox springt an.

   Gut, dass sie nicht nach Goa geflogen ist, denkt er bei sich. Die Dörthe hätte ihr sicher noch jede Menge Munition für den anstehenden Rosenkrieg frei Haus geliefert. (»Lass dir von deinem Affenpascha nur nichts gefallen!«) Sein Ärger beginnt der Einsicht zu weichen, dass einen das Schicksal tatsächlich mit der Beiläufigkeit eines defekten Baumarktutensils trifft.

   Ehefrauen, denkt Claus. Also *Ehe-malige*. Zumindest waren sie das für den amerikanischen Kulturkritiker Henry Louis Mencken. Der hatte in Ehefrauen nur ehemalige, nämlich abgelegte Geliebte gesehen, und hielt den heiligen Stand der Ehe für weit überschätzt. Claus hat genau das nie gewollt, dass Evi, seine schlanke Evi mit den kleinen, festen Tennisballmöpsen und dem rasierten Venushügel, eine Ehe-malige wurde. Und je entschiedener sie Sex aus ihrem gemeinsamen Alltag ausklammerten, umso mehr hat er sich an den Gedanken gewöhnt, die Rechtswissenschaftlerin bumsen zu *müssen*, die ewig nörgelnde und besserwissende Alte. Nun fügt er in Gedanken noch *die durchgeknallte* hinzu. Er macht sich ernsthafte Sorgen um ihren Geisteszustand. Und dann New York – he, geht es nicht eine Nummer kleiner? Auch diese Kurzschlusshandlung passt ins Bild: Paranoia, Psychose. Ihr nächtlicher Auftritt hat ihn das Gruseln gelehrt – und das bei seiner Dickfelligkeit. Trotz allem hofft er, sie werde sich fangen. Etwas Zeit lassen sollte sie sich allerdings, am besten, bis er das Ästhetik-Symposium und die geplante Frischzellenkur hinter sich hat. Mit der Vorfreude auf exquisite Schuldgefühle und rührende Momente der Versöhnung fährt er zur Arbeit.

Nicht, dass er auch nur ein Quäntchen Wahrheit an ihren Spekulationen vermutet, aber als er an diesem Abend von der Klinik nach Hause kommt, schleicht er als Erstes hinab in den Keller. Er steigt die Trittleiter an den Glasbausteinen empor und leuchtet in Billys Gehege. Das große Reptil begrüßt ihn mit einem schläfrigen Fauchen.

»Reg dich ab, Dicker!« Claus lässt den Lichtstrahl lange hin und her wandern. Bis auf die vergammelten Überreste des Ferkels gibt es nichts zu sehen. In der Regel lassen Alligatoren frische Beute verwesen, ihre spitzen Zähne sind schlichtweg nicht zum Kauen gemacht. Selbst ein Tier von Billys Größe würde es nicht fertigbringen, einen Leichnam zu zerkleinern und zu verschlingen.

Erleichtert tritt er den Rückzug an. Sein Urteil steht fest: Bartos und Billy haben nichts ausgefressen.

Als er kurz darauf die Küche betritt, sitzt Lana vor der goldenen Wand und blättert in einem Reiseprospekt. Die Spülmaschine rauscht dezent wie ein ferner Mühlenbach vor sich hin. Lana sieht nicht einmal auf, als er sich setzt und den Teller bestaunt.

»Sind das Rinderbäckchen?«

Sie nickt. »In Barolo geschmort.«

»Ah, daher das Aroma!«

Dass sie ein etwas anderes Putzkostüm trägt, fällt ihm erst auf den zweiten Blick auf, was vielleicht an den Woll-Leggins liegt, die die Kluft aus Knautschlack halbwegs entschärfen.

»Lass mich raten«, sagt er mit sturem Blick auf den Prospekt. »Du willst verreisen?«

»Mhm.«

»Und wohin?«

»Irgendwohin.«

»Aha.« Claus muss an das Ästhetik-Symposium denken; es ist in greifbare Nähe gerückt.

»Und – hast du deinen Herrn schon um Erlaubnis gefragt?«

»Mein Herr hat nichts dagegen«, sagt sie, ohne die Lektüre zu unterbrechen. »Er weiß genau, ich habe mir den Urlaub redlich verdient.«

»Ja, sicher«, schmatzt Claus. »Nur, wer kocht in deiner Abwesenheit? Ich werde verhungern.«

»Bestimmt nicht«, erwidert sie forsch, »denn ich fahre schon nächste Woche. Dann ist der gnädige Herr in Monaco. Dort ist er gut versorgt und braucht keine Lana, die für ihn kocht.«

»Klingt einleuchtend.« Während des Geplänkels belegt Claus sein geviertetes Rinderbäckchen mit Nudeln. »Ach, wenn ich nur so kochen könnte wie du ...«

Insgeheim hat er andere Sorgen: Sollte sie wirklich in Urlaub fahren, ist es vorbei mit der geplanten Frischzellenkur. *Warum musst du immer alles bis auf die letzte Minute verschleppen?*

»Hast du schon gebucht?« Wie geistesabwesend greift er nach einem von Lanas Prospekten und schlägt ihn auf. Es dauert nicht lange, und sie blättern beide im Takt.

»Wieso, willst du mitkommen?«

»Nein, die Ostsee ist nicht so mein Fall. Zu viele Quallen ...«

»Schade.« Jedes Mal, wenn sie eine Seite umblättert, sieht er auf – nur ganz kurz, um diese eine fließende Bewegung ihrer Hände zu sehen. Sie erweckt in ihm das Gefühl bodenloser Vertrautheit, und das hätte er ihr gerne gesagt. *Wie gerne wäre ich eine neue Seite im Buch deines Lebens.* Andererseits kann er sich nicht wie ein verliebter Trottel aufführen, er ist ihr Herr, und bleibt daher der Pater familias im Haus.

Eigentlich möchte ich nur mit ihr schlafen, gesteht er sich ein, hier auf der Stelle und nicht erst in Monaco. Braucht es überhaupt eine Reise, um fremdzugehen? Erinnert sein Vorhaben nicht auf fatale Weise an die Lustreisen dieses gewissen VW-Betriebsrats a. D., den der große Peter Hartz mit wohlfeilen brasilianischen Lenden verwöhnte? Widerlich.

Vergiss es, grübelt er vor sich hin, das Reisen hat dir immer nur Ärger gebracht. Noch ist Zeit, Hempel eine Absage zu erteilen und dem Schicksal keine neue Angriffsfläche zu bieten. Andererseits ist da der Triebkonflikt namens Lana und die Erfahrung, dass jede tabuisierte Vorstellung sich eines Tages in Form einer Fehlleistung rächt. Das sollte man nicht riskieren. Doch während die bunten, briefmarkengroßen Bilder des Prospekts vor seinen Augen zu Farbflecken verschwimmen, beschleichen ihn wieder Zweifel: *Mal im Ernst, hat es je eine Reise gegeben, die nicht die eine oder andere böse Überraschung für dich bereitgehalten hat?* Claus denkt an seinen ersten und einzigen Jamaika-Urlaub. Weihnachten '99 war das, kurz nachdem dieser Öltanker vor der bretonischen Küste in Seenot geriet.

Es war die Zeit, als die Dinge anfingen, aus dem Ruder zu laufen, das wirtschaftliche Klima hatte sich zusehends verschärft, doch du hattest noch genug Schotter, um mit deiner Frau in den teuersten Hotels abzusteigen. Viel gebracht hat es nicht. In Montego Bay bist du zweimal von Einheimischen ausgeraubt worden, Verwandten des Hotel-Personals. Ein- und Auschecken im Rasta-Style nannten das die jamaikanischen Cops. *White man's burden ...* Oder war das Mount Irvine Bay in Tobago? Nein, da wurdest du von einem Taxifahrer und seinen bekifften Homies um eine glücklicherweise falsche Rolex erleichtert. *I don't like reggae, oh no, I love it,* das hast du denen aus Angst vorgesungen. Sie haben dir dafür herzhaft in die Schnauze getreten – mit deinen eigenen Espadrilles. Ein mittelständischer Weißer ist automatisch ihr Feind. Scheißegal, ob es in Deutschland jemals Sklavenhalter gab oder nicht.

Claus muss bei dem Gedanken grinsen, dass es jetzt zumindest *einen* gibt, den er kennt – Clausus Gordian Maximus. *Call it late payback, you suckers* ... Monaco ist nicht die Karibik, denkt er noch, es ist eine europäische Stadt an der Mittelmeerküste. Überhaupt, das Reisen in Europa ist weniger riskant.

Einmal abgesehen von Portugal, das war auch grenzwertig gewesen. Erinnerst du dich noch an diese Villa Moroc? Überall Graffitis und lauthals pöbelnde Junkies! Das Palaver hättest du dir besser gespart, die wollten doch nur deine Kamera. Aber nein, du musstest ja in Evelyns Gegenwart den Klugscheißer spielen. »Das multikulturelle Miteinander scheint nur zu funktionieren, solange eine Seite eine Knarre in der Hand hat, was, Jungs?« Und schon hast du wie ein Schwein auf deine weiße Daniel-Hechter-Hose geblutet. Die Flecken waren noch in Ägypten zu sehen.

Kairo – Shit! Ein komplettes Desaster. Der letzte gemeinsame Trip. Die Dörthe hatte Evelyn damals beschwatzt, eine »Reinkarnationsreise« zu buchen, »um mal voll zu recharchen«, wie sie am Telefon meinte. Sie hatte auch sonst noch eine Menge wirrer Phrasen gedroschen. Die Pyramiden-Energiequelle sei unerschöpflich: »Leg 'nen Bergkristall unter die Zunge, und du wirst sehen.« Doch schon die erste Seance in Gizeh, mitten in der nächtlichen Wüste, war die arschkalte Hölle. Du, Evelyn und eine Horde Pyramiden-Idioten kauerten bei minus fünf Grad um ein winziges Feuer.

Obwohl viele vergeistigte Frauen anwesend waren, prahlte ihr muslimischer Aufpasser die ganze Zeit über von seinen Abenteuern mit »weißen Füchsinnen«: »Nachts schleichen sie sich aus den Hotels und lassen sich von unseren Jungen betatschen. Allah ist mein Zeuge, was dann kommt, hat nichts mit Erleuchtung zu tun.« Superpeinlich. Ein pockennarbiger Mufti mit einem First-Generation-Handy am Gürtel trumpfte vor einem Dutzend Mitteleuropäern auf, nur weil die mit ihren goldblau bemalten Papiertüten auf den Köpfen wie geistig Verwirrte aussahen.

Evelyn machte Claus später für den Misserfolg der Reise verantwortlich, denn auf dem Rückflug hatten sie sich wie zwei leere Batterien gefühlt, die gerade noch in die Holzklasse des Fliegers passten.

Monaco wird anders verlaufen, denkt Claus. Monaco ist zivilisiert, reich und europäisch. Was sollte da schon schiefgehen können?

»Herr ...«

Das Wort reißt ihn aus seinen Gedanken.

»Warst du jemals auf Rügen?«

»Rügen?« Claus verzieht das Gesicht. »Nein. Liegt das nicht an der Ostsee?«

Sie nickt. »Seebad Binz. Hier steht, das Hotel ist nur einen Steinwurf von den Kreidefelsen entfernt ...«

»Pass auf, ich habe eine bessere Idee«, er holt einmal tief Luft, »du begleitest mich nach Monaco.«

»Aber ...«

»Keine Widerrede, ich bin dein Herr.«

Ein breites Lächeln legt ihre Oberlippe in Falten.

»Und was wäre meine Aufgabe?«

»Du machst Urlaub«, sagt er und versucht, wie ein frisch geschlüpftes Küken zu gucken. »Du wolltest doch Urlaub machen, oder nicht? Also, hier ist deine Chance ...«

Sie nimmt den Reiseprospekt, rollt ihn zusammen und lässt ihn einfach in den Müllschlucker wandern.

»Ich hoffe, das ist keines dieser unanständigen Angebote, von denen man in Frauenzeitschriften liest.«

»Darauf kannst du wetten«, flüstert Claus, »dass es das ist.« Sein Herz wummert wie eine große, mit heißem Wasser gefüllte Kalebasse, auf der ein Affengott wie wild zu trommeln beginnt.

3

*Deka*dance

Die Sklaverei lässt sich bedeutend steigern, indem man ihr den Anschein von Freiheit gewährt.

– ERNST JÜNGER

Reichtum dient dem modernen Menschen nur noch dazu, seine Vulgarität zu steigern.

– NICOLÁS GÓMEZ DÁVILLA, *»Notas«*

I.

Lana blinzelt kein einziges Mal in die Sonne. Auf der Kaimauer im Yachthafen von Monte Carlo posiert sie vor einer Großbauern-Jolle, deren mutmaßlicher Kapitän – ein behäbig grinsender Monegasse – in diesem Moment ausrutscht und auf den Planken seines Schiffs eine krachende Bauchlandung macht.

»Was war das eben?« Lana zuckt nicht einmal zusammen, dazu ist sie zu professionell.

»Eine Tat hormonal gesteuerter Verzweiflung, würde ich sagen.« Claus – das Auge am Sucher seiner Digitalkamera – macht es spannend. »In der Midlife-Crisis balzen Männer zum letzten Mal, aber heftig. Manche versuchen es mit Haarverpflanzungen, andere lassen sich die Prostata schälen und trennen sich von ihren Altmännertitten. Die ganz Harten versuchen es eben mit halsbrecherischen Stunts.«

Der gestrauchelte Skipper kommt wieder ins Bild. Einen verbitterten Ausdruck im Gesicht und mit blutender Stirn verschwindet er unter Deck.

»Nun mach doch mal.« Während Lana mit Böen zu kämpfen hat, die einerseits nach ihrem Sonnenhut, andererseits nach dem seitlich gerafften Minirock trachten, dreht und wendet sie ein Hörncheneis hin und her, das ihr bereits vom Handgelenk tropft. »Wird das noch was mit dem Foto?«

Nicht so vorlaut, kleines Sklavenmädchen ... Über ihren blendend nackten Schultern, die aus dem Kelch eines trägerlosen Bustiers steigen, funkelt ein breites, mit Strasssteinen besetztes Hundehalsband. »Ich trage es dir zu Ehren, mein Herr«, hatte sie ihm am Flughafen Tegel geflüstert. Zu der *furca** gibt es sogar

---

* Altrömisches Sklavenhalsband.

eine passende Leine, doch so weit wollen sie beide nicht gehen. Noch nicht. Etwas an ihrem Anblick stimmt Claus ohnehin traurig, etwas berührt und verunsichert ihn, vielleicht ist es nur die Vergänglichkeit des vermeintlichen Glücks, die maßlose Ungerechtigkeit, die sich für den modernen Menschen im vorprogrammierten Verfall des Lebens manifestiert. Als Schönheitschirurg weiß er natürlich bestens Bescheid: Jede Sekunde sterben an Lanas Hautoberfläche annähernd eine Million Zellen, ihr Inneres ist ein einziges Schlachtfeld, er weiß das, und doch erscheint ihm Lana wie eine letzte Einladung an das Leben, wohlgemerkt auf knallweißen Hochplateau-Mules.

»Achtung! Dein Hut!«

Sie langt blitzschnell nach oben – und unten hebt sich ihr Rock. Claus lässt den Auslöser schnalzen. Kein Slip, stellt er fest, und frisch rasiert ist sie auch. Er hat es im Grunde nicht anders erwartet, zoomt kurz in die Aufnahme hinein. Dem Chip ist nichts entgangen, selbst die Rötung der Haut ist deutlich zu sehen.

»Nun sag schon – ist es gut genug, dass du es rumzeigen kannst?«

Er nickt langsam, wie eine Palme mit Rückenwind, und schleckt ihr dann das Eis von der Hand. »Nicht schlecht.«

»Mandel-Vanille.«

»Ja, ja.« *Doch wie schmeckst du unten?* Vielleicht bringt ihn das schmatzende Schlürfen der See auf diesen Gedanken, vielleicht die Ahnung, dass er bestimmte Dinge vorher abklären sollte. Er ist ja Ästhet. Am Geschmack der Genitalsäfte ist schon manche Romanze gescheitert. Claus hofft natürlich das Beste. Händchenhaltend schlendert er mit Lana über den Pier auf den fernsten Molenkopf zu.

»Ohne Staub wäre der Himmel nicht blau«, sagt sie einmal, die Augen mit der Hand gegen die Sonne abschirmend. »Wusstest du das?«

Claus schüttelt den Kopf. »Ist das wissenschaftlich bewiesen?«

»Keine Ahnung. Es ist trotzdem toll.«

Als ob es sein Stichwort ist, bleibt Claus plötzlich stehen.
»Würde es Bartos auch toll finden, uns so zu sehen?«
»Keine Ahnung. Er findet nie irgendwas toll.«
»Was ich meine – glaubst du, dass er uns umbringen wird?«
Sie sieht sich einmal kurz um. »Er ist nicht eifersüchtig.«
»Wer weiß, zwei Menschen lernen sich nie ganz kennen. Er muss sich doch denken können, dass was zwischen uns läuft.«
»Was läuft denn zwischen uns?«
Claus zuckt hilflos die Achseln. »Ich meine doch nur ...«
Lana wiegt den Kopf hin und her, als ob nur noch wenig Hoffnung bestünde.
»Er hat diesen Mann nicht ermordet«, sagt sie dann.
»Da ist Evelyn anderer Meinung.«
»Sie ist auch verrückt«, sagt Lana.
»Ist sie das?« Es gefällt Claus nicht, wie seine kleine Sklavin von Evelyn spricht.
»Na ja, ich würde sagen, sie hat eine geistige Störung. Wie sie sich aufgeführt hat die letzten Wochen, das war nicht normal.«
»Soll ich sie vielleicht einweisen lassen?«
»Es wäre zu ihrem eigenen Besten.« Lanas Stimme klingt völlig neutral. »Ich meine, gibt es eine Alternative? Sie hat uns das Leben lange genug zur Hölle gemacht, und sie wird sich nicht ändern. Stell dir vor, sie geht mit ihrer Geschichte zur Polizei. Dann sind wir alle geliefert. Und das nur wegen einer geistig verwirrten Person ...«
Er kann nicht glauben, dass sie das sagt, aber er kennt ja ihre direkte Art, die manchmal an seelische Grausamkeit grenzt.
»Lass uns das Thema wechseln«, schlägt er vor und sie nickt, als wäre die Sache damit erledigt.
Sie beschließen, Rücken an Rücken auf einem Poller zu sitzen. Lana schleckt Eis und genießt »ihren verdienten Urlaub am Meer«, was sie sich selbst immer wieder versichert. Claus hat dagegen Mühe, die Seele baumeln zu lassen. Vermischt mit impulsivem Trotz empfindet er eine wohltuende Wärme in der Herzgegend, wie immer, wenn er an Evelyn denkt. Er wünscht,

sie könnte das sehen: Alles wirkt so friedlich, die Stadt und ihr Hafen strahlen unter dem makellos blauen Baldachin eine ungekannte Lebenslust und Zuversicht aus.

Er hofft, dass sie ihn zurückrufen wird. Immerhin hat er es dreimal versucht.

Wir waren viel zu bescheiden, denkt er bei sich. *Zu genügsam. Und die schöpfen hier aus dem Vollen. Das Ich ist ihr Gott und die anderen nur Stoff zum experimentieren ...*

Hinter einer Absperrung erkennt er monströse Yachten, halbe Schlachtschiffe, mit allen Schikanen. In ihrer leuchtend weißen Verlassenheit scheinen sie Raumschiffe einer außerirdischen Rasse zu sein, die hier nur anlegt, wenn der Champagner, das Koks und das Orgienfleisch knapp werden sollten. Die Herren der Welt haben sich schon immer mal ein paar französische Austern gegönnt, der Straßenstrich liegt nur einen Steinwurf von den Kaianlagen entfernt.

Die Umsatzzahlen der Escort-Branche sprechen für sich, denkt Claus. Die Gewissheit, dass er sich hier im Dunstkreis von Sklavenhaltern bewegt, erscheint ihm wie das Prüfsiegel seines Plans. Die hier hatten nie das römische Sklavenrecht als Vorwand gebraucht, um sich Sklaven zu gönnen. Der Umgang mit käuflichen Frauen war in ihren Kreisen schon immer normal. Es ist die eigentliche Lebenssüßung des Reichen.

Vielleicht hat er einen leichten Sonnenstich oder die Trennung von Evelyn, diese Trennung auf Probe, reaktiviert seine brachliegende Hirntätigkeit; er glaubt plötzlich bestimmte Zusammenhänge zu sehen.

»Ein Superschurke kommt heute auf eine Million Leute, die mit Anstand verlieren. All diese Yachten gehören Verbrechern, da bin ich sicher.«

Lana blinzelt irritiert in die Sonne. »Was ist schon dabei? Mein alter Herr hatte auch so ein Boot.«

»Der Araber? Wie hat der eigentlich seine Millionen gemacht?«

»Geschäfte.«

»Stimmt, ja, bevor sie geschnappt werden, heißt es immer Geschäfte.«

»Aber er hat wirklich Geschäfte gemacht.«

»Woher willst du das wissen?«

»Ich habe ihn einmal nach Marbella begleitet. Er hatte mir eine große Zukunft als Yacht-Stewardess prophezeit.«

»So, so, nicht nur ein Geschäftemacher, sondern auch noch Prophet. Was für Qualifikationen braucht man eigentlich als Yacht-Stewardess?«

»Das Wichtigste ist ein guter Gleichgewichtssinn. Jede Yacht-Stewardess muss diesen Eignungstest machen – barfuß über eine Matratze gehen, sich hinknien, das Tablett absetzen und dem Gast einen Cocktail reichen.«

»Was ist mit poppen?« Einen Augenblick ist ihm nicht klar, wie unbesonnen das klingt. »Hast du?«

»Das haben andere Mädchen besser besorgt.« Sie dreht sich um und drückt ihm einen Kuss auf die Schläfe. Claus fühlt sich nicht wirklich geküsst, schon eher gestempelt. »Manchmal denke ich, du bist nicht zum Herrschen geboren ...«

»Und ob ich das bin«, sagt Claus, »aber diese Möchtegernübermenschen mit ihren Statussymbolen widern mich an.«

»Sagte der Porschefahrer zu seinem Dienstmädchen.« Lana beobachtet ihn von der Seite. »Kann es sein, dass du gerade deinen Moralischen hast?«

»Nein, ich kenne nun mal diese Sorte.«

Eine Patientin – die Frau eines erzkonservativen Börsenmaklers – hatte ihm gegenüber kürzlich einmal ihre Beweggründe durchblicken lassen; sie nehme diese unangenehmen Eingriffe nur deshalb in Kauf, um sich vom »Rohmaterial Mensch wohltuend zu unterscheiden«. Die gestandene Berufsshopperin schämte sich keineswegs ihrer Beichte, die nicht nur einen verfassungsfeindlichen Unterton hatte, sondern auch alle humanistischen Werte offen verhöhnte: »Wir – mein Mann und ich – haben uns das Paradies diesseits der Grube geschaffen, Herr Doktor. Es gibt daher nur zwei Themen, über die man unablässig nachdenken sollte: Geld und wie man den Tod aufhalten kann. Und genau über diese Themen sollte man den anderen gegenüber hartnäckig schweigen.«

Definiere Kapitalisten, denkt Claus: Die Minderheit eines Volkes, die sich durch die höchste Konzentration von nichtswürdigen Eigenschaften – Habsucht, Großmannstum und Verantwortungslosigkeit – auszeichnet. Sie teilen mit ihresgleichen eine wunderbare Vision, die wohl schon in grauer Vorzeit unter der fliehenden Stirn eines faulen, prähistorischen Homo erectus entstand, die Wahnidee nämlich, Nahrung, Behausung und Wärme zu haben, *ohne* sich dafür anstrengen zu müssen. Die heitere Notentrücktheit, die die meisten Milliardäre auszeichnet, sie war niemals ohne eine solide Basis an Sklaven zu sichern, ohne verblödete, entrechtete Massen. Und viel hat sich getan, seit den Tagen der Steinzeit: Sollte es heute irgendeiner Paris Hilton gefallen, in Menschenblut baden zu wollen, sie bräuchte nur einen Wissenschaftler zu engagieren, der den Nutzen öffentlich bestätigt, und schon wäre es gerechtfertigt, die Masse zu einer Spende zu zwingen. Nur wäre das gar nicht nötig, denn die meisten würden ohnehin freiwillig gehen. (»Rotes Badesalz? Cool!«) Und schließlich dient es ja einer saugut en Sache. Und wer könnte noch einer gepflegten, gut aussehenden und noch besser betuchten Frau ihr Bad in der Menge missgönnen? Welche Gründe könnte es geben? Wäre es nicht geradezu normal, die geschröpfte und gepresste Menschenmasse *noch weiter* zu nutzen? Claus fühlt sich plötzlich, als würde er in einem inneren Gulli ersaufen. Ein derartiges Bad wäre systemkonform und ließe sich – unter medizinischen Gesichtspunkten – wahrscheinlich sogar legitimieren. Seine Karriere verdankte er nicht zuletzt Menschenversuchen, die die Schönheitschirurgen von Tijuana erprobt hatten. Selbst Hempel, sein Chef, hatte nie geleugnet, dass es einen direkten Zusammenhang gab. (»Erst der erleidende Körper gibt seine im Dunkeln des Organischen schlummernden Geheimnisse preis, erst leidend lässt er sich semiotisch entschlüsseln.«)

»Dieses Glück habe ich nicht verdient«, sagt Lana plötzlich. Ihre Hand weist hinaus auf die türkis schimmernde See. »Es ist wunderschön.«

»Wenn du meinst.« Diesmal haucht er ihr einen Kuss auf die Schläfe.

»Spürst du die Sonne?«, fragt sie.

»Yip. Sie strahlt mir schon aus dem Arsch.«

»Wusst' ich's doch«, seufzt sie ihm über die Schulter zu, »du bist noch immer mit der Verrückten beschäftigt.«

»Würdest du bitte aufhören, die Eifersüchtige zu spielen?« Er steht auf, reckt sich, als wolle er seinen Rücken entspannen. »Außerdem verbitte ich mir, dass du Evelyn als Verrückte bezeichnest.«

Dass Lana mit dieser Antwort nichts anfangen kann, merkt er daran, dass sie unvermittelt die Namen der hochseetüchtigen Villen vorzulesen beginnt ...

Total Eclipse ... Affinity ... Mohan'nad's Tits – Namen, hinter denen Claus nicht nur Investmentbanker, sondern auch stinkreiche Spinner wie den Sultan von Brunei* vermutet. Zumindest bei der *Mohan'nad's Tits* handelt es sich um einen Nachbau der legendären *Fortuna*. Er hat diese funkelnagelneureichen Stammeshäuptlinge immer beneidet, die so tun, als sei das Leben nur ein Bumsmarathon, ein Windrädchen mit nackten Frauen drauf, die das Anblasen nicht dem Wind überlassen. Angeblich hat man auf einer Hundertfünfzig-Meter-Yacht besseren Sex als sonst wo auf der Welt, und der Kasten ist – mal ganz nüchtern betrachtet – ein schwimmender Freistaat. Das Wort des Skippers ist hier Gesetz, ganz gleich, ob er eigentlich ein primitiver Kameltreiber ist, der einen Wasserhahn aus Platin für besser hält als einen aus Gold. Ob König Fahd wohl ein eigenes SM-Studio unterhält oder ob er die Folter *outsourcen* lässt wie Donald Rumsfeld? Wer erinnert sich noch an Crazy Udai? Saddams ältester Sohn soll selbst Hand angelegt haben.

---

* Tatsächlich hat der Sultan von Brunei eine Yacht namens *Tits*, die Rettungsboote heißen *Nipple 1* und *Nipple 2*.

Aus dem Verlies ist er dann zu Staatsempfängen gefahren, hat Diplomaten-Hände geschüttelt oder deutschen Industriekapitänen »Weiber organisiert«.

»Was ist es jetzt?«, fragt Lana. »Kannst du nicht einmal so tun, als wäre das Leben schön?« Ihr Blick hängt in dem silbrigen Dunst über der Bucht.

»Ich freue mich ja«, beteuert Claus, »und deshalb habe ich mich gerade gefragt, ob Yachten einer bestimmten Größe«, er deutet auf die weißen Giganten, »über serienmäßig eingebaute Folterkammern verfügen. Könnte doch sein.«

Lanas Mund weitet sich oval-eliptisch zu einem Ausdruck gespielten Entsetzens.

»Wenn man nicht mal das bei einem Preis von siebzig Millionen voraussetzen kann, was dann?« Als Kenner von Luxusgütern hält Claus diese Überlegung zumindest für denkbar. »Manche lassen sich sogar dabei filmen. Denk nur mal an diesen Prinz Issa* ... oder Issi. Das war schon 'ne oberkrasse Geschichte.«

»Können wir bitte das Thema wechseln?«

»Wieso?«

»Weil mir das Thema unangenehm ist.«

»Ist das so?« Er bemerkt einen Ausdruck auf ihrem Gesicht, den er noch nie bei ihr gesehen hat und der ihn an ein missbrauchtes Kind denken lässt, ein Kind, das sich ihm anvertraut hat. »He, tut mir leid ... Wahrscheinlich ist es die Hitze. Irgendwie ist mir das alles zu viel.«

Unter einer glühenden Mittagssonne schleppen sie sich die asphaltierte Küste entlang, vorbei an Bettenburgen und Résidences Secondaires, Lana auf ihren orthopädischen Sohlen und Claus auf dem Zahnfleisch. Während sie vorbehaltlos »alles« genießt, behält er die in der Ferne liegenden Belle-Epoque-Dächer des Casinos im Auge. Sie flimmern in der dunstigen Luft, wer-

---

* Scheich Issa bin Zayed al-Nayran, 22. Prinz der Vereinigten Arabischen Emirate. Die Videoaufzeichnungen, die den Prinzen beim Foltern zeigen, strahlte der US-Fernsehsender ABC am 27. April 2009 aus.

den mal größer, mal kleiner oder wachsen für Sekunden zusammen. Dort im Herzen der Fata Morgana liegt das Hôtel de Paris, wo sie wohnen. Ankommen ist alles, denkt er und legt einen Zahn zu. Leider vergeblich. In der von extravaganten Boutiquen wimmelnden Straße bleibt Lana mit schöner Regelmäßigkeit stehen: Hermès, Louis Vuitton, Prada, selbst ein Thierry-Mugler-Outlet hat im Felsentum des Fürsten Albert überlebt.

»Ist das okay für dich?«

Ob sie die Nuttenverpackungen im Schaufenster meint?

»Was bleibt mir anderes übrig?«, sagt Claus. »Sind Frauen erst mal satt, denken sie bekanntlich an Kleider.«

Lana legt ihm einen Arm um die Schulter. Er fühlt sich kalt an – nicht wie Eis, eher wie ballistisches Plastilin. »Und an was sollten sie deiner Meinung nach denken?«

»An einen Mann natürlich, der die Klamotten bezahlt.« Claus genießt das kleine Geplänkel. »Doch um ehrlich zu sein, nichts geht über deine altenglische Traditionsuniform.«

»Hab ich leider zu Hause vergessen.« Lana zieht einen Schmollmund. »Das Kleine da für zweitausend Tacken wäre kein schlechter Ersatz.«

Claus hat das Preisschild erst für ein Überbleibsel der verflossenen Währung gehalten, jetzt staunt er nicht schlecht, als er ein Euro-Zeichen erkennt. »Frechheit, für so einen Fetzen ...«

Lana nickt, als hätte sie den tieferen Sinn seiner Worte verstanden.

»So viel bin ich dir nun auch wieder nicht wert.«

Jetzt ist sie es, die ein rasantes Tempo vorlegt. Auf dem dicht befahrenen Boulevard, der eher einer Schnellstraße gleicht, fliegen lachsrosa, befranste Sonnenschirme wie Flamingos vorbei, die Taxistände und versifften Straßencafés nimmt Claus kaum mehr wahr. Nur die gelifteten Visagen der älteren Männer. Schlecht gemacht, denkt er bei sich.

»Sieh mal – ob die da drehen?« Als Lana das fragt, sind sie einen Steinwurf vom Casino entfernt. Irgendein Protz der »Liechtensteiner Akademie für Gesichtschirurgie« hat seinen Ferrari mitten auf den Rasenflächen geparkt. Da die Flics d'Azur selbst frankophilen Touristen als launisch und unberechenbar gelten, schiebt ein schneidiger Hoteldiener Wache. Wer die Ecke zwischen Nizza und St. Tropez kennt, weiß, dass das durchaus dem Modus Vivendi entspricht: Wo immer die Gäste eines Hotels Wildwest-Manieren an den Tag legen, ist sofort ein Page zur Stelle, um den Fauxpas auszubügeln.

»Was wäre der Kapitalismus ohne sein Bakschisch-Gesindel«, murrt Claus vor sich hin, »ohne all die hinterhältigen Kriecher.«

»Sie müssen auch von was leben«, meint Lana.

»Das ist eben die Frage«, erwidert Claus. »Müssen sie das?«

Seine Abscheu vor den Bücklingen hat sich ins Bodenlose gesteigert.

»Das sind keine ehrlichen Sklaven, sondern livrierte Lumpen, deren Unterwürfigkeit darauf abzielt, dem gutmütigen Gast das Geld aus der Tasche zu ziehen.«

Schon nach dem Einchecken war ihnen ein aggressiver Schmarotzer durch die Lobby gefolgt. Maurice – so hieß der junge, drahtige Mann – wurde fast pampig, als Claus darauf bestand, seine Reisetasche selbst zu tragen.

Dennoch war es dem Schelm gelungen, sich Lanas Koffer zu angeln – ein weinroter Sarg auf Rädern, den er keuchend bis zur Zimmertür schob. Dort zückte er eine Schlüsselkarte aus Plastik und versenkte sie in dem vorgesehenen Schlitz an der Tür. »Nach Ihnen, Madame!«, raunzte er vor sich hin, als wolle er sagen, seht nur, ich weiß, was sich gehört. Dass Lana sofort im Badezimmer verschwand, hatte Maurice vielleicht ebenfalls voraussehen können. Er öffnete jedenfalls noch schnell eines der Fenster und rückte dann Claus auf die Pelle.

»Ein unverbindlicher Tipp, M'sieur: In unserer Casino-Bar findet sich immer nette Gesellschaft.«

Franzosen, hatte Claus noch gedacht. Einer Umfrage zufolge hatten die *frogs* mehr Sex als die Einwohner von allen anderen Industrienationen zusammen.

»Hinweisen möchte ich Sie auch auf unsere gut sortierte Hausapotheke, Sie wissen schon – wenn es einmal nicht geht. Neben Viagra und Cialis führen wir auch Actra-Rx und Deux C-B im Sortiment. Der Genuss lässt sich zu jeder Tages- und Nachtzeit verlängern.«

»Wollen Sie mich beschämen?« Claus fehlten einfach die Worte. »Oder könnte es sein, dass Sie mir gerade ein attraktives Lifestyle-Angebot unterbreiten?«

»Genau so ist es, M'sieur.« Maurice verstand sich auf ein schlimmes Falsett. »Wir arbeiten hart an unserem Guest-Recognition-Programm, um den Kunden zufriedenzustellen.« Er nickte einmal in Richtung Bad. »Wenn Sie einmal nicht können, M'sieur, geht uns das natürlich nichts an. Womit ich nicht sagen will, dass Sie *nicht* könnten. Doch ein kluger Mann beugt bekanntlich vor. Und ich halte Sie für einen sehr klugen Mann.« Er lächelte mehr als verbindlich. »Auch Joiner und Gesellschafterinnen können Sie über mich reservieren. *Toujours à votre service, M'sieur.*«

»Sind die Damen diskret?«, erkundigte sich Claus aus reiner Boshaftigkeit.

»Das versteht sich von selbst.«

»Und wenn ich mehrere nehme, gibt es Rabatt?«

»Das hängt von den Dienstleistungen ab.« Den Blick starr auf die Badezimmertür gerichtet, fuhr Maurice im Flüsterton fort: »Die kleine Pforte, Sie verstehen, das hat schon immer extra gekostet.«

»Sicher, ich verstehe.« Claus hatte die Fernbedienung auf dem Couchtisch entdeckt. Blasiert lächelnd drückte er die Taste »Adult-Entertainment«. Auf dem Plasmaschirm an der Wand – zwischen zwei Kunstdruckplakaten nach Claude Monet – erschien augenblicklich ein Close-up von auf- und abwogendem Fleisch. Ein Countdown und die eingeblendete Schrift wiesen dezent darauf hin, dass die Triebabfuhr nicht kostenlos war.

»Was würde so etwas kosten?«

»Mon Dieu ...« Maurice verzog abschätzend das Gesicht. »Sie wollen wirklich mit zwei *éphèbes noirs* – zwei schwarzen Buben, M'sieur ...?«

Im Bad wurde die Spülung betätigt und Claus zappte zum Discovery Channel.

»Wenn das wirklich zu eurem Service gehört, dann beherbergt ihr wohl nur den Abschaum der Welt.«

»Das ist eine kühne Vermutung, M'sieur ... Kennen Sie eigentlich unsere französischen Bäder?« Ohne Vorwarnung hatte Maurice das Thema gewechselt. »Sie werden es nicht glauben, aber wir hatten hier schon *nouveaux riches* aus Sierra Leone, die wuschen ihre Bananen mit Champagner und tranken Wasser aus dem Bidet! Außerdem kamen sie mit dem *Sümmton* unserer Telefone nicht klar ...«

»Es reicht!« Claus packte den Hoteldiener am Schlafittchen und schubste ihn hinaus auf den Gang. »Leck mich, du Larve!«

»Ich? Das ist nicht mein Fall, M'sieur!«, schallte es über den Flur. »Aber ich kann Ihnen Albért schicken, einen der Liftboys – ein hübscher, algerischer Junge. *Bienvenue, M'sieur, bienvenue!*«

Verdammte Hitze! Die Erinnerung an dieses durch und durch unwürdige Erlebnis verblasst erst in dem Moment, als Claus ein mit Bordüren besetztes Plüschportier unzweifelhaft als Eingang *seines* Hotels, des Hôtel de Paris, identifiziert.

»Geschafft«, sagt er gerade, da kommt schon das nächste Problem: Don Bauer, sein zertifizierter Kollege, schusselt ihm durch die Drehtür entgegen. Bauer trägt Kroko-Slippers, die besser zu Al Pacino gepasst hätten, sandgestrahlte, kurze Jeans und eine »Raiders«-Schirmmütze. Soll wohl *tough* wirken, oder authentisch, und irgendwie passt der Deckel zu dem Gesicht eines Besens, der aussieht, als habe er in den dreckigsten Ecken gekehrt. Die Anorexia nervosa in seinem Kielwasser ist möglicherweise eine Patientin. Das helmartige Etwas auf ihrem Kopf – irgendwo zwischen dem Pschent der Nofretete und einer utopischen Burger-King-Krone angesiedelt – erweckt den Eindruck, dass sie entweder gehirnentkernt ist oder mit Barbituraten »verstrahlt«. Ihr Körper scheint dagegen unter dem sozialen Druck einer mitleidlosen, urbanen Erwerbsgesellschaft entstanden zu sein. Sehnig, fast ausgezehrt, kein Kapitulationsangebot, das ist sicher: Sie dennoch schön zu nennen, heißt den weiblichen Körper von einem grundsätzlich anderen Standpunkt zu sehen.

»Hallo, Gemeinde!« Bauer empfängt Claus und Lana mit einem *update* dessen, was bisher im Symposium lief. Sein Gesicht glänzt feurig, die rote Stirn ist zum Zerreißen gespannt, er scheint in Champagnerlaune zu sein. »Diese Rhinoplastiker! Junge, was gehn die mir auf den Keks ... Das hätte der olle Nasen-Joseph* bestimmt nicht gewollt. Die denken wirklich, mit einem neuen Zinken wäre alles geritzt!« Er dreht sich nach seiner Begleiterin um. »Boroka, Baby, wie hieß nochmal dieses saublöde Referat von dem Schwaben?«

»›Die schwierige und die unmögliche Nase.‹ Einer meinte, es wäre besser, *nice-job* als *nose-job* zu sagen.« Sie schnieft in kleinen regelmäßigen Abständen, wie jemand, der aus einem sehr chlorhaltigen Schwimmbecken kommt. »Wir haben gebrüllt vor Lachen, gebrüllt.«

Das glaub ich dir gerne, denkt Claus, *wie eine Kissenbeißerin siehst du nicht aus.*

»Die müssen das Pferd auch immer von hinten aufsatteln«, kürzt Bauer die Sache ungefragt ab. Während die Blonde mit Lana zu plaudern beginnt, schiebt er Claus einen halben Meter zur Seite. »Und – wie findest du meine Boroka?«

»Um ehrlich zu sein ...« Claus mustert die Blonde von oben bis unten. »Ich sehe zwei Dinge – ein breites Kreuz und verdammt große Füße. Du hast dir eine Transe angelacht, Bauer.«

»Bitte?« Der Kollege schaltet eine Grinsstufe herunter. »Bo ist ein Internet-Escort, gerade mal ein Vierteljahr im Geschäft.«

Es gelingt Claus, den Abgebrühten zu spielen. »Teure Liegegebühren?«

---

* Jacques Joseph (1865–1934) gilt als Begründer der Plastischen Chirurgie; die von ihm entwickelten Operationsinstrumente werden noch heute bei der Nasenkorrektur eingesetzt.

»Die haben mir einen Sondertarif eingeräumt«, frohlockt Bauer, »dreihundert Mäuse am Tag. Angesichts meines Spesensatzes werde ich sozusagen gratis gepoppt. Du kennst ja mein Motto«, merkt er an. »Das Leben soll man mit dem ganz großen Löffel essen.«

Idiot, denkt Claus. Als Sklavenhalter der alten Schule fühlt er sich einem Möchtegern-Libertin haushoch überlegen. Zumindest in amoralischer Hinsicht. »Hätte trotzdem nicht gedacht, dass du zu Nutten gehst, Bauer. So schlecht siehst du nun auch wieder nicht aus.«

»Kehr lieber mal vor deiner eigenen Tür.« Bauers Retourkutsche lässt nicht auf sich warten. »Wer ist die kleine Abhängige?«

»Lana? Wie kommst du darauf, dass sie abhängig ist?«

»Wegen dem Hundehalsband.«

»Ein Mode-Accessoire, Bauer, nichts weiter.«

»Oh, ich weiß, wer sie ist.« Bauer scheint ein Licht aufzugehen. »Sie ist deine Sklavin. Hast du nicht mal so was erzählt?«

Claus fühlt sich überrumpelt. Wie immer weicht er aus.

»Sie ist meine Team-Assistentin. Medizinstudentin im fünften Semester an der Universität Kiew. Es geht dich zwar nichts an, aber sie macht ein Praktikum an der Klinik.«

»Praktikum?« Bauer verzieht den Mund, als hätte er in etwas Saures gebissen. »Finger weg von Studentinnen, Freund. Bevor du dich versiehst, hast du 'ne Vaterschaftsklage am Hals. Die warten doch nur auf einen wie dich.«

Er hält inne, denn ganz in der Nähe kommt es plötzlich zu einem Menschenauflauf. Ein gut erhaltener, etwa fünfzigjähriger Moppel tönt in die Mikros des Monaco Matin. Paparazzi kleben wie Putzerfische an seiner Seite. »*Why not make this world a more beautiful place by more beautiful people?*«

»Da ist er ja«, flüstert Bauer. »Danny Rosen ... Labialplastiker und Vorsitzender der Amerikanischen Gesellschaft für Plastische Chirurgie. Er hat die Eröffnungsrede auf dem Kongress in Las Vegas gehalten, erinnerst du dich? Danny ›Superboss‹ Rosen?«

»Man muss sich nicht an jeden messerschwingenden Irrwisch erinnern«, murrt Claus. Dabei erinnert er sich genau: Der Amerikaner ist für seine Designer-Vaginen ebenso wie für seine kontroversen Artikel über Ästhetik bekannt.

»*If you look good, you're a winner ... people love winners!*« Rosen rotiert mit den Armen im Uhrzeigersinn so wie Fußballer aus Entwicklungsländern mit einer Analphabetenquote von über fünfzig Prozent.

»Könnte mir mal jemand erklären, warum sich die Pfeife Superboss nennt?« Claus missfällt, dass sich Lana offenbar blendend mit dem blonden Mannweib versteht.

»Er ist allen eine Nasenlänge voraus«, behauptet Bauer. »Dank Dannys Pionierarbeit lassen sich immer mehr Frauen *unten* verjüngen. Hempel hat die Labialplastik jetzt auf unsere Produktpalette gesetzt.«

»Heißt das, der Pausenclown fängt bei uns an?«

Bauer kratzt sich hinter einem seiner abstehenden Ohren. »Es wird eine Umstrukturierung geben, mein Freund.«

»Und dazu brauchen wir einen Ami?«

»Na klar«, meint Bauer, »wenn man irgendwo in Europa ein krummes Geschäftsmodell einführen will, holt man sich am besten einen Amerikaner. Der macht das dann vor. Rosen wird inoffiziell bereits als Kronprinz gehandelt, nicht ...«, er betont das mit Genuss, »... Jacky Motherfuckin' Mangold. Wer immer gewinnt, mein Trost wird es sein, dass einer verliert.« Er wirft einen kurzen Blick auf die Uhr. »Ach ja, Roger hat heute mehrmals nach dir gefragt. Ihr kommt doch zum Leichenschmaus, oder?«

Damit ist das Geschäftsessen in einer neppigen Strandbudentränke gemeint, wo Gero Hempel für gewöhnlich Geschäftsberichte verliest und sich hochleben lässt. Ebenso gut konnte sich die Tafelrunde in eine Thingstätte des konspirativen Mobbings verwandeln und irgendjemand wurde aus irgendwelchen nichtigen Gründen geschasst.

»Und ob wir kommen«, bestätigt Lana die Einladung eine Zehntelsekunde früher, als Claus sie absagen kann. »Wir freuen uns schon.«

»Supi.« Bauer gibt Lana ein verspätetes Küsschen. »Sagen Sie, sind Sie wirklich seine Team-Assistentin?«

»Team-Assistentin?« Lanas Wangen scheint das Rosa einer schon lange zurückliegenden Morgendämmerung zu überziehen. Dann sagt sie etwas, das nur Boroka versteht.

»Was hat sie gesagt?«, will Bauer wissen.

»Nicht viel. Es überrascht sie, dass sie nicht nur seine Sexsklavin ist.«

Bauer lacht schallend, und Claus, dessen Gesichtsfarbe man fast Aubergine nennen kann, gibt Lana zu verstehen, dass es Zeit wird zu gehen.

Innerlich aufgelöst, aber äußerlich ruhig, betritt er wenig später das Zimmer.

»Ich fürchte, ich bin zu alt für die Branche.« Claus lässt sich rückwärts aufs Bett fallen und wartet, bis die Federn ausquietschen.

»Die Frau von deinem Freund ist wirklich nett«, sagt Lana.

»Die Frau von meinem Freund?«, wiederholt Claus. »So viel Falsches in einem Satz unterzukriegen, das ist einfach genial.«

»Dann ist er nicht dein Freund?«

»Nein. Und sie ist nicht seine Frau.«

»Trotzdem finde ich beide sympathisch. Man kann sehen, dass sie sich lieben. Ich bin sicher, dass sie bald heiraten werden.«

Claus kommen in diesem Moment eine Menge sinistrer Gedanken: Für einen, der ausgesorgt hat, ist es leicht, Ruhe und Gelassenheit zu verkörpern. Es ist leicht, so zu tun, als wäre es normal, dass alles um einen herum stets funktioniert, dass Alltagsprobleme nur willkommene Anlässe sind, um ein paar Scheinchen zu zücken, und schon ist die Sache geritzt. Wer Geld hat, kennt kein Rattenrennen, keinen Existenzdruck und keine entwürdigenden Jobs. Abgesehen von einem gepflegten Äußeren und einer halbwegs erträglichen Visage zählt genau dieser Habitus zum sozialen Pheromon-Gemisch, das Frauen anzieht. Ist er dazu noch kultiviert, weiß er gutes Essen zu schätzen, liegt er modisch nicht ganz daneben, umso besser. Es erspart den Frauen sich einzugestehen, warum sie lieber mit gut betuchten Männern vögeln als mit netten, aber minderbemittelten Losern, warum sie es trotz Emanzengequake für selbstverständlich halten, dass »Mann« für sie zahlt. Wer Geld hat, richtig Geld, weiß, wie anschmiegsam selbst Junkie-Bräute sein können, dass sie frisch gewaschen und geschminkt antraben und sich unterwürfig servieren. Und dass sie plötzlich ihr freches Maul halten können, Schimpfwörter meiden, als hätten sie die Unschuld vom Lande wiederentdeckt. Manche beginnen sogar, leise beim Ficken zu heulen, so groß ist die Freude. Der große Lebensentwurf ist von nun an Easy-Sailing, ein sich Entlanghangeln am Zwirn des Vergessens aus einer ungenießbaren Welt ins Rundum-Sorglos-Paket, ins »rund laufende Leben« einer Wohlstands-Enklave. Lana hatte sich zumindest Zugang verschafft. Was hatte sie als Nächstes geplant?

Er beschließt zu schweigen und einfach nur zuzusehen, wie sie ihren Koffer auspackt. Anscheinend hat sie an alles gedacht – Verbandskasten, Zange, Taschenlampe. Selbst einen Zimmerbrand hat sie einkalkuliert, anders ist die Rettungsleiter aus Draht nicht zu erklären.

Er bemerkt auch eine Plastiktüte mit Strapsen und hofft, dass es zwischen den Dessous und dem Werkzeug keinen Zusammenhang gibt.

Nebenan fegt jemand mit der Hand durch die Kleiderbügel, es klingt wie das Schlagzeugsolo eines ambitionierten Amateurs. Der Wirbel hallt immer noch nach. Was nur bedeuten kann, die Wände des edlen Gemachs sind aus Pappe.

»Schreien kannst du schon mal nicht«, sagt Claus. Er dreht den Kopf und erstarrt, so fremd sieht sie ihn an.

»Du auch nicht.«

II.

*Ich bin bekannt für meine Ironie.
Aber auf den Gedanken, im Hafen
von New York eine Freiheitsstatue
zu errichten, wäre selbst
ich nicht gekommen.*

– GEORGE BERNARD SHAW

Du bist wieder in New York, Evelyn, nach zehn Jahren zurück im Big Apple, in dem Boutique-Hotel am West Broadway, das du damals mit Claus aufgetan hast. Da trug er noch rahmengenähte Chelsea-Boots, Kordelschlipse und Suede-Lederjacken mit Fransen. Keine schlechte Bleibe, zumindest besser als Karlottas Gästezimmer, die Abstellkammer mit dem kaputten Hinterhoffenster, die Bude, wo sie mit ihrem Macho-Man haust, oder besser gesagt ausharren muss, denn sie hat ja keine andere Wahl. Im Unterschied zu dir, du hättest auch im Hyatt oder in sonst einer Nobel-Herberge absteigen können, einem Luftschloss mit hermetisch versiegelten Fenstern: Don't look down. Never look down.

Aber ein sauberes Bett ist wie jedes andere saubere Bett in einer dreckigen Stadt, du hast nicht vor, hier Ewigkeiten zu bleiben. In ein paar Tagen, vielleicht schon übermorgen, wirst du einen Wagen anmieten und losfahren, von New York City nach Los Angeles, zwei Drittel der Strecke über die berühmte Route 66, einfach nur Gas geben und Staub schlucken, wie dieser Kowalski in Vanishing Point. *Schon zu deiner Studentenzeit wolltest du die Tour einmal machen, quer über den amerikanischen Kontinent rasen und irgendwo an der Westküste landen, mit allem im Reinen, mit dir selbst und der Welt. Bis dahin muss ein Minimum an Komfort reichen und dein kleines Einzelbettzimmer hat sogar eine handgemalte Vogeltapete, Kelly-Wearstler-Style, und ein rosa bezogenes Bühnen-Bett. Schon immer hast du ein Auge für die schönen Dinge gehabt, und hier in dieser rauschenden Betonwüste weißt du sie besonders zu schätzen. Von deinem Fenster im siebten Stock kannst du die gelben Taxis ausmachen, der träge fließende Verkehr in Richtung Chinatown oder Ground Zero, dem längst verheilten Loch im Herzen der Stadt. Die ausbetonierte Narbe liegt um die Ecke, ein paar Blocks von hier entfernt, die Zwillingstürme über dem gegenüberliegenden Dach sind tatsächlich verschwunden, ansonsten scheint sich nicht viel verändert zu haben. Der Ausblick ist dennoch gewöhnungsbedürftig, zumindest für die entflohene Bewohnerin eines Elfenbeinturms. Die künstlich entfachte Hektik, das Gezappel ums Überleben, das Unentrinnbare der Erwerbsgesellschaft – kein Vergleich mit ihrem »Wellnest«, den stillen Tagen in Grunewald, dem bescheidenen, von Melancholie überzuckerten Glück zwischen Aroma-Dampfbädern, Gourmet-Diät und juristischen Bagatellen, nein, was du hier spürst, ist der Kampf ums Überleben in einer zweiten, nicht weniger grausamen Pseudo-Natur. Schon auf der Fahrt vom Flughafen JFK über den Long Island Expressway hast du das Erbarmungslose gespürt, daran konnte auch das Zipfelchen Manhattan nichts ändern, die Glitzerspitzen von Empire State, Chrysler und Woolworth. In manchen Straßen herrschte so starker Verkehr, dass du den Eindruck hattest, ein solcher Treibriemen aus Asphalt könne nur bei Lebensgefahr überquert werden.*

Also packst du aus – Kleider und Bücher, mehr hast du nicht dabei – und siehst nebenbei fern, weil du an nichts denken willst. Nicht an Claus, die Subs, die ganze vertrackte Situation. Schon gar nicht willst du an Billys Gehege denken, oder die Überreste von diesem Menschen. Nein, du hast dich nicht getäuscht, Claus hat dir viel einreden können, aber nicht das. Von Tegel aus hattest du noch mit Harms telefoniert, und den frei erfundenen Fall eines Mannes geschildert, dem man unterlassene Hilfe oder Beihilfe zum Mord anlasten wolle. Zwar hatte der Richter sofort nachgehakt (»Wir reden doch nicht etwa von Claus?«), doch aus irgendeinem Grund hast du sofort abgeblockt, ein Schwippschwager musste her, und dementsprechend vage war Harms' Rat ausgefallen. Es käme auf die Beweislage an, ohne die belastende Aussage eines Zeugen habe der Angeklagte nichts zu befürchten, und selbst in diesem Falle stünde es Aussage gegen Aussage, wahrscheinlich würde dieser Schwippschwager eine Bewährungsstrafe bekommen. Für einen Schönheitschirurgen wäre das nicht weiter tragisch.

Ein Blick auf dein Handy signalisiert dir drei Anrufe in Abwesenheit, alle von Claus, aber du hast vor, ihn ein paar Tage zappeln zu lassen. Müde und hungrig unterbrichst du die Auspack-Arie für einen Moment und überlässt dich dem Sog der Bilder: Es läuft ein Film mit einer schon reiferen Goldie Hawn, aber der Empfang ist plötzlich gestört. Merkwürdige Schattenbilder setzen sich durch, es knistert wie im Kamin. Und da sitzen sie plötzlich – die drei Weisen aus dem Morgenland – und sehen dich an, drei Mohren mit goldenen Kronen. Dass sie keine Karnevalsprinzen sind, verrät schon der Untertitel der Sendung: »Die Partei der vertriebenen Söhne Hams«.

Du liest zuerst »Harms«, nur deshalb hörst du überhaupt hin.

»... denn wir wissen« – der Kostümierte ist kaum zu verstehen – »dass das Hirn des Mannes die Säuberung der Ghettos befohlen hat – oh yea'. Diese Motherfuckers arbeiten an der ethnischen Bombe! Aids ist ein CIA-Agent mit der Lizenz, alle Brothers 'n Sisters zu töten. Doch es wird nicht gelingen!« Er schwenkt die Bibel direkt in die Kamera. »Gott sagt: Der Weiße sei des Schwarzen Knecht! Und so wird es sein, morgen seid ihr unsere Sklaven!«

»Hate TV«, meint der alte Mann am Empfangstresen. Er trägt eine getönte Porsche-Brille und erinnert nicht nur wegen seiner ordentlichen Frisur an die gut geschminkte, senkrecht gestellte

Leiche von Ronald Reagan. »Es sind mobile Piratensender, wir können da nichts gegen tun. Selbst im Trump Tower hat es schon Ärger gegeben.« Sein Lächeln wirkt fast versteinert. »Manche behaupten, es sind muslimische Bürgermilizen, aber ich denke mal, es sind nur unsere üblichen rassistischen Spinner. Als Nachkommen von Sklaven glauben die halt, sie hätten noch was bei uns gut.«

Das Wort Sklaven bringt Evelyn zurück in die Realität.

»So genau wollte ich das eigentlich nicht wissen ...«

»Kann aber nichts schaden.« Der Alte zwinkert ihr aufdringlich zu.

»Es wird hier bald einen Bürgerkrieg geben. Aber keine Sorge, bis es so weit ist, sind Sie schon wieder abgereist, Ma'am.« Er lacht ein stummes, aber heftiges Lachen, eine gehörige Fahne weht zu ihr herüber. »Sigmund Freud – ja, genau der – nannte die Staaten mal einen gigantischen Fehler, und ich denke, er hatte Recht. Jetzt, wo Obongo regiert, denken die, sie könnten den Spieß umdrehen.«

Der farbige Pianist in der Bar stimmt in diesem Moment »That ol' black magic« an, vielleicht hat er den Monolog des Portiers mitgehört, und diese Melodie ist seine sanftmütige Antwort.

»Ja, spiel du nur, Nigger.« Der Portier nickt manisch, als empfinde er das Lied als Provokation. »Sorry, Ma'am. Aber in dem Land, aus dem er kommt, essen sie sich noch gegenseitig zu Mittag.«

»Sie werden diese Belästigung also nicht abstellen können?«, will Evelyn wissen.

»Misses ...« Der Portier lehnt sich über den messingbeschlagenen Tresen. »In New York ist so ziemlich alles eine Belästigung. Deshalb ist dieses Hotel ja auch in Wirklichkeit ein Hochsicherheitstrakt.« Zwei entzündete Augen blinzeln voller Ironie über den Rand der dunklen Gläser. »Wenn ich Ihnen einen Rat geben darf ...« Er hält kurz inne, denn ein gut gelauntes Touristenpärchen schlendert vorbei. »Ignorieren Sie einfach diesen Hate-TV-Quatsch. Legen Sie sich ein paar ordentliche New Yorker Scheuklappen zu. Das Miteinander hat hier noch nie funktioniert, selbst wenn heutzutage andauernd Space-Operas laufen, die uns zeigen sollen, dass es möglich ist, mit Feen und deformierten Trollen zu leben. Die Wirklichkeit sieht anders aus, glauben Sie mir.«

New York, New York – eine babylonische Geräuschmasse, hineingestampft in tiefe Schluchten aus Stahlbeton und verspiegeltem Glas, dazwischen der verdampfte und pulverisierte Abraum einer offenbar wahnsinnigen Zivilisation, Staub vermischt mit Abgasen, alles in allem sehr gewöhnungsbedürftig für eine verwöhnte Kurpatientin auf Abwegen. Die Straße empfängt Evelyn mit einem Hupkonzert, das sich mit aufjaulenden Sirenen, undefinierbaren Tönen und Gesprächsfetzen von Passanten vermischt ...
Nicht die Nerven verlieren, Evi, bleib ruhig ... Es ist ihr erster Abend im Cast-Iron Historic District, belebte Gegend, da kann nichts passieren. Im Flieger hat sie sich noch auf den Broadway gefreut, jetzt fühlt sie sich schlapp und erschöpft. Unter einem gigantischen, quer über die Straße gespannten Sternenbanner hetzen verhärmte Gesichter an ihr vorbei. Trägt man Kontaktlinsen, sieht man in der Regel mehr hässliche Menschen. In der Unschärfe liegt oft die Gnade.

Sie hält sich auf der Hauptstraße im Licht hell erleuchteter Schaufenster, dort fühlt sie sich sicher. Zum ersten Mal konstatiert sie ein irrwitziges Hungergefühl. Ihr Blutzucker ist auf null. *Zu Hause wäre das nie passiert,* denkt sie, *es geht doch nichts über ein geregeltes Leben. Na dann! Von Lanas Delikatessen zu Kentucky Fried Chicken.*

Was bleibt ihr auch anderes übrig? Etwa zu »Jack in the Box«? Ein Hotdog vielleicht? Schön fettig, mit Senf und im Stehen? So weit in die kulinarische Gosse will sie sich an diesem ersten Abend nicht wagen. Doch eine schlichte Salat-Bar oder ein vegetarisches Restaurant ist nirgends zu sehen.

Die Straße neben dem Hotel riecht wie ein verdorbener Magen: »Hot Wok«, ein indischer Take-away, zwei Tortilla-Shops, selbst eine jamaikanische »Jerk Hut«-Filiale hat sich hier ansiedeln können. Laut Reiseführer sind zwei Drittel aller Restaurants in New York auf *ethnical food* spezialisiert.

Sie ist jetzt mitten im Gedränge. Hin und wieder wirft sie einen Blick auf den Miniatur-Stadtplan. Chinatown, denkt sie, das ist es, da gab es doch diesen glutamatfreien Imbiss. Die hatten rein Vegetarisches auf der Karte. Sie glaubt sich an eine gewisse Canal Street zu erinnern und einen buddhistischen Tempel. Die Straßenschilder, die sie sucht, sind wie üblich in so einer Situation immer auf der anderen Seite. Eine Bettlerin in einer schäbigen Pelzjacke und ausgelatschten Sportschuhen wankt auf Evelyn zu. Sie weicht nicht aus, starrt ins Leere, nur ihre Hand mit dem Styroporbecher zuckt und bringt ein paar Münzen zum Klimpern ...

Was man alles an unerfreulichen Einzelheiten über Amerika weiß, fällt einem schnell wieder ein, wenn man die vielen Obdachlosen bemerkt, die es hier gibt, *bag-ladies*, *bums* und *vinos*, die Masse, die einen anbettelt, so von der Seite, so wie diese Frau, stumm und ohne einen anzusehen, als wäre es ihr peinlich zu existieren. Was die Massen hier wie die Pest fürchten, heißt Armut, es ist in diesem Land unentschuldbar, doch schon zur Zeit von Bush senior hatte die Zahl der armen Amerikaner die Einwohnerzahl Spaniens weit überschritten.

Evelyn erinnert sich noch an die frühen neunziger Jahre, an Karlottas alternativ-chaotische Hochzeit in einem Park. Es endete in einer Katastrophe, denn obdachlose Bewohner des Parks hatten sich unter die geladenen Gäste gemischt und für einige Verwirrung gesorgt ...

Sie fühlt sich inzwischen wie ein namenloses Partikel im Menschenstrudel der Stadt. Das Klima, das sie spürt, ist zur Norm gewordene soziale Kälte, die Unerträglichkeit eines von oben abgesegneten, menschenunwürdigen Lebens.

Sie bemerkt zwei Jugendliche, die sie mit Blicken taxieren und ihr dann in einem Schlendergang folgen.

Sie haben deinen Stadtplan gesehen, denkt Evelyn, *so ein Mist ...* Sie flüchtet an eine Bushaltestelle, stellt sich neben einen

231

korrekt gekleideten Buchhaltertypen, der in einem Buch über Hautschuppenbakterien liest. Nicht, dass sie vorgehabt hätte, Karlotta schon jetzt anzurufen, aber sie zückt ihr Handy und presst die Kurzwahl, die sie in und auswendig weiß. Dabei starrt sie dem Buchhalter gleichgültig in sein festgestelltes Brillengesicht.

»Wie – du bist in der Stadt?« Karlottas Stimme klingt so, als wäre nie etwas vorgefallen. »Warum hast du nicht angerufen?«

»Es sollte eine Überraschung sein.« Evelyn behält ihre Verfolger im Auge. »Um ehrlich zu sein, die Decke fiel mir auf den Kopf ...«

»Zwischen dir und Claus ist doch alles in Ordnung?«

»Ja, sicher.« Evelyn hält den Atem an, denn ihre jugendlichen Verfolger schlendern achtlos an ihr vorbei, verlieren sich im Gedränge. »Wieso fragst du? Hat Claus angerufen?«

»Sollte er das, Schwesterherz?«

»Nein, nein«, sagt Evelyn schnell. »Er hat ja meine Handynummer, okay?«

»Okay«, seufzt Karlotta, »dann werde ich mal das Bett für dich machen.«

»Nicht nötig«, sagt Evelyn, »ich wohne in einem Hotel. Umsonst, verstehst du? Wir haben von der Anwaltschaft so ein Bonus-Programm, Hotel-Anteilscheine, also dachte ich mir, das ist meine Chance, bevor die Punkte verfallen. Im Übrigen bin ich nur auf der Durchreise. In ein paar Tagen werde ich mir so einen offenen Ford Mustang mieten und damit in Richtung Westküste düsen ...«

»Verstehe«, sagt Karlotta. Es klingt so, als hätte sie wirklich verstanden. »Hör mal, was ich da gesagt habe, du weißt schon, das war nicht so gemeint. Ihr könnt tun und lassen, was ihr wollt, schließlich habt ihr das Geld ...«

»Lass uns morgen darüber sprechen«, sagt Evelyn. »Wenn es dir recht ist, komme ich nach dem Frühstück vorbei.«

»Du kannst auch zum Frühstück kommen. So knapp bei Kasse sind wir nun auch wieder nicht.«

»Wenn es deinem Mann nichts ausmacht«, setzt Evelyn nach. »Soll ich Brötchen mitbringen? Oder Bagels ... Hallo?« Da dringt ihr schon der Summton ins Ohr und die elementare Geräuschkulisse der Stadt stülpt sich ihr wieder wie eine Turbo-Trockenhaube über den Kopf.
Vielleicht trägt sie mir ja doch etwas nach, denkt Evelyn.

Noch immer quält sie der Hunger. Dass sie in einer Sackgasse gelandet ist, merkt sie schnell an der lichtlosen Enge. Nicht gut, Evi, gar nicht gut. Die Mauern und Feuerleitern sind verrußt, die Scheiben der Fenster so blind, als hätte man diese Schinderhütten das letzte Mal zu Abraham Lincolns Zeiten geputzt. Im Vorbeigehen liest sie die üblichen Wandschmierereien, vor allem »Fuck«, immer wieder, sogar falsch oder rückwärtsgeschrieben. Ganz schwach, glaubt sie das Rattern von Näh- oder Stanzmaschinen zu hören ...
Hier wird noch gearbeitet, denkt sie. Wahrscheinlich für Gucci, Dolce & Gabbana & Co. Hatte Donna Karan nicht auch schon mal ein kleines Sweatshop-Problem? Die meisten namhaften Designer New Yorks haben ihre Imperien auf den Gebeinen von Illegalen erbaut. Doch immer noch besser, als auf einer mexikanischen Tabakplantage zu schuften, wo Frauen in ihren eigenen Exkrementen herumwaten müssen. Tja, das Gegenteil von schlecht muss nicht gut sein – schlechter ist auch eine Option. Sie ärgert sich zum ersten Mal über sich selbst und ihre Neigung, die kleinsten Dinge zu analysieren ... Mit Wehmut denkt sie an ihr Zuhause zurück, ihr wundervoll geregeltes Leben.

O paradiesische Einsamkeit. Hermetisch abgekapselt, für immer Kurgast und in völliger Ignoranz all dessen, was sich zweifellos außerhalb ihres Grundstücks abspielte. Ja, Bartos hatte schon Recht, ihre Enklave war tausendmal besser als dieser ins Gigantische degenerierte Alptraum der Freiheit.

Ein Rascheln schreckt sie aus ihren Gedanken und sie dreht sich um: Zwischen Mülltüten und aufgestapelten Kartons wühlt ein Mann. In seiner Hand hält er etwas, das nach Spareribs aussieht, sie glaubt auch zu hören, wie er den Knochen benagt.

Er verharrt plötzlich, wie Tiere es tun, wenn sie sich beobachtet fühlen.

Evelyn senkt den Blick, geht schnell weiter, und bemerkt in diesem Moment einen offenen Einstieg in die Kanalisation. Der gusseiserne Deckel liegt neben dem Loch und von dort unten sickert Licht in das abgeschliffene Rund. Etwas spät für Kanalarbeiter, denkt sie noch. Eher Tunnelmenschen. Wie oft hat sie von Karlotta gehört, die Obdachlosen hätten das Labyrinth der stillgelegten U-Bahn-Tunnel für sich entdeckt. Unter der Straße gäbe es noch ein zweites New York, die Stadt der *mole people*, die die ausgedienten Stollen und Abwasseranlagen zur Überwinterung nutzten. Maulwurfsmenschen, jetzt fällt ihr der Terminus technicus ein. Wie viele dort unten lebten, war schwer zu sagen, sechs-, siebentausend vielleicht, das New Yorker Gesundheitsamt ging tatsächlich von einer Parallelgesellschaft aus. Schon Ende der achtziger Jahre des letzten Jahrhunderts waren Kanalarbeiter über Feuerstellen gestolpert, inzwischen hatte man *regelrechte Hüttendörfer* entdeckt. Raum gab es da unten genug, um dem gnadenlosen Souverän zu entkommen. Die unterirdische Infrastruktur der Stadt wurde zum letzten Mal 1939 ordentlich kartographiert.

»*Spare some change?*«

Ein Licht blendet plötzlich auf. Aus dem Einstieg leuchtet ihr eine Taschenlampe direkt ins Gesicht. »*Don't panic, Lady ... hey, what the heck?*«

Sie weiß, wann sie genug gehört hat, und flüchtet zurück zur Hauptstraße und von hier zum Hotel. Dann halt Roomservice, sagt sie sich, als sie ihr Zimmer betritt. Sie fühlt sich merkwürdig beschmutzt von diesem wunderbaren New York, als hätte ihr eine ungewaschene Hand aus der Kanalisation zwischen die Beine gelangt. Während sie ihre verschwitzte Unterwäsche wechselt, bestellt sie das Club-Sandwich ohne Curry-Majo, dazu ein stilles Wasser. Die Anlieferung wird ihr »in zwanzig Minuten« in Aussicht gestellt.

Da der reguläre Fernsehempfang noch immer gestört ist, beschließt sie, Claus anzurufen. Die Worte liegen ihr schon auf der Zunge, doch sein idiotischer Anrufbeantworter würgt sie ab: »Glück gehabt, das befürchtete Dauergespräch auf Ihre Kosten findet nicht statt. Sie können aber Ihre Drohungen kurz und knapp aufs Band sprechen oder mir das Millionen-Angebot unterbreiten, auf das ich – auf meine Kosten, versteht sich – natürlich sofort reagiere ... *pieps.*«

Kindskopf, denkt sie. Aber sie hat ihn lieb. Ganz gleich, ob er die Kontrolle verloren hat oder nicht. Es ist ein großer Unterschied, ob man sich von seinem Glück einmal freiwillig trennt oder ob es einen für immer verlässt.

Eine ruhige Nacht wird es nicht. Immer wieder schlägt sie den Tacitus auf, doch der getragene, abgeklärte Tonfall des Römers macht sie nicht schläfrig. Ganz im Gegenteil. Manches erinnert sie auf fatale Weise an Bartos. Gereizt löscht sie das Licht. Aus dem klaffenden Spalt der Vorhänge huschen Lichtflecke unablässig über die Vogeltapete, so heftig, als gäbe es da draußen den Vorführsaal eines Kinos. Schlimmer noch, sie hört die Zeiger des Reiseweckers wie wild galoppieren, nicht wegen defekter Zahnräder, sondern wegen einer wachsenden Einsicht: Sie ist vom Regen in die Traufe geraten, von einer gut geführten Solidargemeinschaft hinein in den Sog eines menschenverschlingenden Molochs. Was sich da draußen vor ihrem Fenster abspielt, ist das, was Bartos so fürchtet – die sich frei wähnende Welt, in der zwei Drittel der Gattung Homo sapiens aus hilflosen Würmern oder Automaten besteht, die zu schwach sind, sich aufzulehnen oder tatsächlich glauben, es sei ein Privileg, wie ein Mensch behandelt zu werden. Vielleicht wollen manche wirklich so leben, doch die meisten leben nur so, weil sie nicht anders können.

Sicher, etwas hatte sich schon in den letzten Dekaden geändert; das System, das früher den Farbigen stets Fairness und gleichen Schutz verwehrt hatte, benachteiligte nun auch die weißen Bürger des Landes. Ihrer eigenen Sicherheit wegen hatten diese Leute immer geglaubt, sie lebten in einer Welt, in der jeder bekommt, was er verdient. Stattdessen hatten die meisten nur einen Tritt in den Hintern bekommen, und selbst das wurde ihnen noch als gesellschaftlicher Fortschritt verkauft.

Am ganzen Körper zitternd, schließt sie die Augen. Von ihrem ersten Abend in dieser Welt, die sich pausenlos überholt, brauchte sie keine weitere Minute.

Evi – wants – home … Evi – wants – home …

III.

Das Porto Bello ist rappelvoll. Schon als Claus seiner Lieblingssklavin aus dem Taxi hilft, ist der Eingang des Restaurants unter einer Lawine weißer Dinnerjacketts begraben. Die Umsetzung des Schneeballsystems mit anderen Mitteln. All die Möchtegern-Bonvivants haben sich zu einer Wand aus angespannten Rücken und noch härteren Ellenbogen verharkt. Ob die Masse nun wirklich eine höhere Tiergattung ist oder nicht, ihre Schwerkraft ist sicher nicht jedermanns Sache. Vor dem verstopften Eingang sehnt sich Claus nach seiner ruhigen Bleibe im Grünen zurück, ja, fast beneidet er Bartos, der jetzt wahrscheinlich vor der Anliegerwohnung sitzt, eine Havanna raucht oder mit dem Gedanken spielt, noch ein paar Bahnen zu schwimmen. Vielleicht hört er auch in der Sauna Musik, etwas ganz Feines wie die Pilgerlieder von John Dowland oder Händels *Agrippina*.

Sklave müsste man sein, denkt er bei sich.

Zu allem Übel hat sich ein Wiener Gastro-Trotter zu ihnen gesellt, beruflich ein »kleiner Nasen-Heinz«, wie er selbstkritisch meint, der wie jedes Jahr den »Schulterschluss mit Hempels Fresskompanie« sucht.

»Mit Roger dinieren«, orakelt er lautmalerisch, »heißt immer auch dienern. Doch danach wird es wild.« Vielleicht trägt er deshalb eine Art Trappermontur. Schon sein Mozartzopf bringt Claus' Magensäure zum Kochen. Und was redet der Mann? Von einem Brunch der Bayerischen Bezirksärztekammer und von Spaltnasendeformation, von Tropfnasen und einer Spontan-Sushi-Orgie im Le Meridien. Es ist eine widerwärtige Melange aus unerträglichem Schmäh und Fachgesimpel. Irgendwann wird es Claus zu bunt, er schnappt sich Lanas Arm und schiebt sie an dem in schrillsten Tönen protestierenden Maître vorbei.

»Vordrängler, dreckiger!«, brüllt jemand, aber da sind sie schon drinnen.

Zu seiner Überraschung läuft afro-amerikanischer Jazz, eine Musik, die Claus bestenfalls unter anthropologischen Gesichtspunkten würdigen kann. (»Wenn du mich fragst, die erste und schlimmste Ausformung von Multikulti ...«)

Obwohl auch hier überall die Farbe Weiß dominiert, hat er den Tisch der Potsdamer Klinik sofort geortet.

Die meisten Kollegen, allesamt beschattet von perfekt aussehenden Frauen, scheinen dermaßen locker, dass der Verdacht naheliegt, sie haben sich schon einmal die Hotelmeile rauf und runter gesoffen. Nur Gero »Roger« Hempel wirkt bedrückt, schließlich wird er die Zeche bezahlen. Mit seinem azurblauen Marineblazer und dem leuchtend weißen Krawattenschal gleicht er von weitem einem englischen Yachtie. Etwas Feudal-Erhabenes geht von ihm aus, was Clausus Maximus zutiefst irritiert. Doch alles, was in dieser Runde von Schmeißfliegen zählt, ist, seine Antipathie gerecht zu verteilen. Während er Lana einen Stuhl in die Kniekehlen schiebt, dämmert ihm, warum diese Veranstaltung von jeher »der Leichenschmaus« heißt. Selbst Senta Götze – in einem schulterfreien, exotisch gemusterten Kleid – hat es an die Futterkrippe geschafft. An Hempels grüner Seite sitzend, lächelt sie Claus missmutig zu.

»Na, wer sagt's denn«, murmelt der vor sich hin, »kein festeres Band als die Minderwertigkeit!«

»He, Müller-Dodt!«, bellt Bauer über den Tisch. »Wie wär's mit einem Aperitif-Champagner ohne Dosage, oder hättest du lieber ein ehrliches Bier?«

Lana und Bauers Hungerengel tauschen bereits die obligatorischen Küsschen.

»Wir haben dich vermisst«, merkt Mangold scheinheilig an. Etwas umständlich wischt er sich die Finger an der Tischdecke ab, zupft seine Metall-Stretch-Hosenträger zurecht und kredenzt Lana ein randvolles Champagnerglas.

»Ich empfehle das Degustationsmenü Nummer eins: soufflierter Babysteinbutt.«

»Wie traurig«, meint Lana.

»Nicht so traurig wie die Alternative«, unkt Bauer. »Schafshirn mit Kapern.«

Er reicht Claus die Weinkarte mit dreihundertfünfzig Kreszenzen.

»Wenn du Hilfe brauchst ...«

»Rektum«, sagt Claus. »Lern erst mal einen Riesling von einem Zahnacker zu unterscheiden.«

»Ein wahres Wort, Müller-Dodt!« Mangold klemmt sich seinen protzigen Füllfederhalter zwischen Oberlippe und Nase und schneidet ein Wichtigtuer-Gesicht. »Du bist Biertrinker, Bauer, also halt gefälligst die Schnauze!«

Claus bemerkt den prüfenden Blick seines Chefs. Es ist nicht unwahrscheinlich, dass es im Berufsleben – so wie in der Schule – nie um Leistungen geht, sondern um gute Führung: Einer, der die Spielregeln, also das abwechselnde Buckeln und Treten, beherrscht, wird es weiter bringen als einer, dem es um die Sache geht und der vergessen hat, dass er seinen Arbeitsplatz dem Wohlwollen eines *anderen Primaten* verdankt, eines infantilen Affen, der Unterwürfigkeitsgesten erwartet und dem das Imponiergehabe eines von ihm angestellten Primaten gründlich missfällt. Die offene Wiedereinführung der Sklaverei hätte auch diese Scharade beendet, es wäre für kristallklare Verhältnisse gesorgt.

»Was ist los?«, fragt Lana.

»Tanzen?«, entgegnet er forsch.

»Jetzt? Zu dieser Musik?«

»Dann sind wir wenigstens unter uns.« In der Mitte des Raumes gibt es eine Tanzfläche, auf der sich zwei ungeübte Techno-Stampfer an einem Slow-Fox versuchen.

»Ihr entschuldigt uns, bitte!« Claus packt Lana am Handgelenk, zieht sie hinter sich her. Die Tatsache, dass er einmal

Tanzschüler war, gibt ihm die nötige Selbstsicherheit. Auch Lana weiß – wie die meisten osteuropäischen Mädchen – genau, was sie tut, als sie ihm auf die Tanzfläche folgt. Zumindest lässt sie sich mühelos führen, was bei seinen zusammengewürfelten Kombinationen – Tango-, Paso-Doble- und Walzeranleihen – im Takt einer nach Jive schreienden Musik nicht so leicht ist, wie es auf Anhieb erscheint.

»Hast du dich wieder beruhigt?«, flüstert sie. »Du siehst so angespannt aus.«

»Angespannt?« Claus schleudert sie am Arm in eine halbe Pirouette. »Ich könnte aus der Haut fahren, das ist was anderes.«

»Aber wieso?«

»Dafür gibt es eine Menge triftiger Gründe. Die schlimmsten sitzen da drüben an unserem Tisch.«

»Ich dachte, wir wollen uns amüsieren.«

»Das tun wir doch, oder?«

Es fällt ihm schwer, seine Frustration vor ihr zu verbergen. *Eine simple Handgranate,* denkt er, *und das Problem wäre gelöst.*

Nur auf dem letzten Bundespresseball – dieser Fratzenparade von Ministern, Wirtschaftskriminellen, Juwelieren, Filmproduzenten, Botschaftern, RTL-Moderatorinnen, Herzchirurgen, Hoteliers, Bauunternehmern, ausgebrannten Schlager-Raketen, arbeitslosen Personenschützern und Lokalpolitikern – hatte er sich noch miserabler gefühlt.

Er bemerkt zwei Neuankömmlinge an Hempels Tisch, einer ist zweifellos der redselige Schnorrer aus Wien ... Danny Rosen, in einem adretten weißen Dinnerjackett, ist erst auf den zweiten Blick zu erkennen. Den Gesten nach wird es ein schneller geistiger Striptease vor Hempel, gerahmt von makabren, aber schillernden Anekdoten aus dem OP und pseudokosmopolitischen Anspielungen auf seine unvergleichbare Person. *Den Unterkiefer leicht vorschieben,* denkt Claus, *an nichts denken und dann das Gesabbel kommen lassen. Ja, der Neue hatte es drauf.*

»Ganz gleich, ob sie ihn Superboss nennen ...« – Lanas Schulterblätter berühren plötzlich die seinen – »du bist noch immer mein Herr.« Sie sagt das mit unüberhörbar ironischem Schmelz in der Stimme.

»Na, dann«, sagt Claus, obwohl es ihn ärgert. »Tanz den Imperator!«

Sie antwortet mit einer Hüpffigur, und ihr Gesicht ist plötzlich ganz nahe.

»Ich mag deine Lachfalten.«

»Und ich erst«, sagt Claus.

Sie gehen simultan in die Knie und sind plötzlich in der Hüfte miteinander verkeilt.

»Hast du jemals so mit Evelyn getanzt wie mit mir?«, fragt sie in der Bewegung nachschwingend. »Hast du?«

»Lana …« Die Frage trifft ihn wie ein Tiefschlag. »Lass Evelyn aus dem Spiel! Warum musst du sie andauernd erwähnen?«

»Noch ist sie deine Frau, oder nicht?«

Danny Rosen ist schon von weitem zu hören.

»I don't like Sanssouci, I love it!« Als Claus und Lana wieder sitzen, ist er gerade dabei, Hempels verlängerten Rücken zu küssen. »Ich freue mich auf die ausgedehnten Spaziergänge mit Roger zwischen den Operationen. Wusstet ihr, dass Sanssouci *ohne Sorge* bedeutet?«

»Werd ich mir merken«, meint Bauer. Seine Finger formen eine dünne Figur aus Weißbrotresten, die entfernt an seine Freundin erinnert, die gerade Lana und Claus mit Komplimenten eindeckt.

»Was für ein Tanz, ihr beiden … So etwas sieht man heute ganz selten!«, zwitschert sie über den Tisch zu Lana. »Heutzutage scheint die Figurenbildung des Tanzes eher auf gegenseitiger Behinderung zu beruhen.«

»So ist das moderne Leben«, meint Claus jovial. Erst jetzt hat er den Ober mit dem gezückten Notizblock bemerkt.

»Da wir zu zart besaitet sind, um in den Babysteinbutt zu beißen, nehmen wir die Seeteufelmedaillons.«

»Die wirst du nicht nehmen«, sagt Bauer. »Hier an der Côte isst man Seezunge – oder Babysteinbutt –, selbst wenn das traurig klingt«, fügt er Lana zuliebe hinzu.

Auch Mangold zieht ein pikiertes Schnäuzchen.

»Müller-Dodt, unser Freund Bauer hat ausnahmsweise mal Recht: In diesem Teil Europas ist die Küche keine Privatangelegenheit, sondern eine *affaire nationale*. Die Kollegen aus Aix-en-Provence schielen schon die ganze Zeit zu uns herüber. Wenn du unbedingt die kulinarische Extratour willst, dann zeig wenigstens, dass du Lebensart hast.«

»Wie lautet eigentlich die Mehrzahl von Rektum?«, murmelt Claus vor sich hin.

»Rekta.« Lana scheint gegen den Wahnsinn gefeit, ihr Gesicht glüht von innen heraus. »Wieso willst du das wissen?«

»Ach, nur so. Könnte ja sein, das ich mich später von allen überstürzt verabschieden muss.« Aus Frust bestellt Claus eine Montecristo-Zigarre, ein Kotzbalken im Salatgurkenformat. Daran nuckelt er und nebelt sich ein.

Schließlich gibt er sich doch geschlagen, bestellt Seezunge und empfiehlt aus Rache den Dessertwein, der im Vorjahr zu einer Fäkalienschlacht im Fairmont-Hotel geführt hat.

»Gemein«, prustet Mangold in die hohle Hand, und Hempel, der zwar nicht hören kann, was seinen Meisterschnitzer amüsiert, stimmt mit einem Auflachen ein.

Während sie auf die gebratenen Seezungen warten, fällt Claus auf, wie raumsparend Lana neben ihm sitzt. Mucksmäuschenstill lauscht sie Rosens Geplapper.

»Wie ich schon sagte, I love Potsdam! Und die Arkadien-Siedlung. Roger hat mir ein Apartment besorgt, dreihundert Quadratmeter, Erdgeschoss, mit Hefe-Blick ...«

»Havel-Blick«, korrigiert Hempel. »Beste Lage, direkt am Glienicker Horn. Und nur zehn Minuten von der Klinik entfernt. Zu Fuß, versteht sich.«

»Zu Fuß?« Der Amerikaner macht ein Gesicht, als hätte Hempel ihm einen unsittlichen Antrag gemacht. »Ist das nicht gefährlich?«

»*This ain't Kansas, Toto!*« Bauer schafft es mühelos, mit einer offenen Auster in die Gegend zu prosten. »Come on, Danny, in der Arkadien-Siedlung bist du so sicher wie in Abrahams Schoß …«

»Wenn es hier wirklich so sicher ist«, Rosen versucht es mit Spitzfindigkeit, »wieso gibt es dann Leute, die in einer Gated Community wohnen?«

»Weil Sie das nötige Kleingeld besitzen«, meint Claus, sichtlich darum bemüht, nicht schleimig zu klingen. »Außerdem ist es die einzige Deutschlands.«

»Genau das macht mich stutzig.« Rosen bekundet Claus gegenüber mimische Loyalität, die doch gerade wegen ihrer Eindeutigkeit falsch und aufgesetzt wirkt. »Ich kenne Germany noch von früher … aus meiner Dienstzeit. Oh boy, was waren das wilde Zeiten …«

»Die Zeiten ändern dich«, meint Bauer, »oder du änderst die Zeiten.«

»Don-Boy …« Dass Rosen Bauer mit einem kruden Kosenamen anquatscht, hält Claus für kein gutes Omen. »Glaub mir, ich werde mich umstellen müssen. Du hast keine Ahnung, wie wir leben.«

»In einer anderen Gated Community?«, tippt Claus, aber niemand scheint die Ironie zu verstehen.

»Meine Frau, die Kiddies und ich«, erläutert Rosen, »leben auf einer Ranch. Im San Fernando Valley. Wir haben zwei Dutzend Pferde, fünf Hunde und zehn Hausangestellte.«

»Sagtest du, zehn Hausangestellte?«, fragt Mangold vorsichtig nach.

Rosen beginnt, an den Fingern seiner rechten Hand abzuzählen. »Eine Köchin, eine Haushälterin, eine Gouvernante – *we've got three kids, you know* –, dann der *driver*, er fährt die Kids zur Schule und erledigt Besorgungen. Zwei Gartenarbeiter, zwei *cleaning ladies*, ein Pool-Boy, und unser Verwalter natürlich, der alles organisiert, das macht zehn Personen.« Er zwinkert Mangold verschwörerisch zu. »Ich sage immer: Ziele genau und triff trotzdem!«

»Tja, so gesehen …« Bauer grinst verschmitzt aus der Wäsche. »Aber Sozialabgaben zahlst du nicht?«

»Bullshit.« Rosen wird der Riemen seiner weißen Hose zu eng. »Wir sind nicht weit von der mexikanischen Grenze entfernt. Die meisten Dienstmädchen zwischen San Diego und Hollywood sind illegal. Unsere *fulltime carers* stammen aus Tijuana.«

»Fulltime carers?« Claus verschluckt sich fast am Rauch seiner monströsen Zigarre. »Warum nennt ihr sie nicht einfach Sklaven, so wie früher – *in the good old south*?« Lana tritt ihm in diesem Moment *von hinten* ans Schienbein, ein Treffer, den er einem Känguru, aber keiner Frau zugetraut hätte.

»Na ja, wir nennen sie nun mal so. *FTCs, that's the short form.*« Für Rosen scheint es die normalste Sache der Welt. »Sie sind rund um die Uhr für uns da. Wie nennt ihr Kontinentaleuropäer solche Leute?«

Zum Glück landen gerade die provinzialischen, mit Bückling servierten Vorspeisenteller wie fliegende Untertassen auf dem Tisch. Niemand weiß, wer sie bestellt hat, doch das ist kein Grund, sie links liegenzulassen.

»Spachteln, nicht fragen!«, befiehlt der Gastro-Trotter aus Wien und klärt so die undurchsichtige Situation. Er bestellt noch einen Saint-Julien und versucht, um die Wartezeit zu verkürzen, eine Laudatio auf den »hoch verehrten Gero« zu halten.

»In den achtziger Jahren, da hieß es bei uns, eine Nase von Hempel, die erkennst du am Schnitt ...« Während er stumme Lacher andeutet, schnüffelt er immer wieder am Wein. Das Glas in seiner Hand wird zum Destillierkolben, in dem pure Alchemie kreist. »Prostata, Freunde! Darauf, dass es uns nie schlechter gehen möge als heute! Und wenn es doch mal geschieht«, fügt er reumütig hinzu, »dass wir es mit Würde ertragen!«

Alle klatschen, und Rosen, tief bewegt, bestellt noch einen teuren Portwein namens *Fonseca* – »die erfreulichste Form des Imperialismus!«, wie er voller Inbrunst verkündet.

»Game, Set, Match«, kommentiert Mangold die Spende. Wenig später nimmt er Claus ins Gebet. »Du hast das vorhin verpasst, Sportsfreund, aber es heißt, Hempel habe seine Anteile an Rosen verkauft. Er ist draußen.«

»Und was heißt das für uns? Ruhestand, Witwenverbrennung?« Bauer schüttelt den Kopf. »Es heißt Personalabbau, Freund. Entweder ändern sich die Zahlen, oder es ändern sich die Gesichter.«

»*The McKinsey way to fly.*« Beim Sprechen spannt Bauer die Oberlippe über den Zähnen. »Tough luck, man.«

»Mir soll's recht sein.« Claus versorgt Lana mit Häppchen und beobachtet wieder den unsäglich charmanten Rosen, der gerade mit Hempel seinen interkontinentalen Umzug erörtert.

»Man kann auch mit fünf Hausangestellten auskommen ...«

»Dein Wort in Gottes Ohren, Roger.«

»He, Danny ...« Hempel lässt ein abgeschmacktes Grinsen aufblitzen. »Du kannst eure Latino-Mädels nicht mit unseren Hausangestellten vergleichen. Wir haben in Deutschland ein riesiges Menschenreservoir. Such dir ein paar kräftige, osteuropäische Männer und Frauen, die schaffen für zwei.«

»Genug amüsiert?«, flüstert Claus an Lanas Adresse gerichtet: »Wollen wir gehen?«

»Nach dem Essen«, lautet die ebenso berechnende wie vernünftige Antwort.

Ob man an der Côte keine Sperrstunde kennt?

Es ist inzwischen halb eins, und ein Londoner Pub-Besitzer hätte schon zigmal die Glocke geläutet – »*last orders, gentlemen!*« – und schließlich mit der Baseballkeule gedroht. Zwar ist das Tratschgeraune an den Tischen verstummt, doch das Nachgelage im Porto Bello scheint in die nächste Runde zu gehen. Wo hochprozentige Spirituosen und Degustationsweine Lücken in die Fressgemeinschaften schlugen, brillieren nun verkannte Alleinunterhalter vor sich hin. Hempels Tisch gleicht einem trinkfesten Widerstandsnest. Freilich, von dem Tischherrn und seiner Götze ist nichts mehr zu sehen, sie liegen schon geraume Zeit unter dem Tisch. Auch der Gastro-Trotter ist mantelflatternd verschwunden, von den weiblichen Wesen haben sich nur Lana und Bauers büffelhüftige Riesin gehalten. Claus, Mangold,

Bauer und Rosen hängen auf ihren Stühlen. Wobei sich der Smalltalk immer wieder wie ein besonders hartnäckiger Flechtenteppich auf einer Sumpfbrühe bildet. Claus betrachtet den kalten Stumpen in seiner Hand, dann Jacky Mangold, der den Eindruck macht, er übe sich in einer Art Anwesenheitsschlaf, um sich selbst von der übermächtigen Präsenz seines zugesauten Hemds zu erlösen. Bauer sieht auch nicht besser aus, zudem sind seine Augen unnatürlich geweitet, was vielleicht an den abgefahrenen Sprüchen liegt, die Rosen seit einigen Minuten serviert. Wobei es ihm spielend gelingt, die Intelligenz seiner Zuhörer zu unterfordern.

»Mit meinem Background schließt du die Möglichkeit nie ganz aus, dass du in Deutschland doch eines Tages als Lampenschirm endest«, sagt er mit todernster Miene. »You never know.«

»Rechne mal eher mit einem goldenen Fallschirm«, witzelt Bauer. »Things have changed.«

Rosen entblößt seine Jetkronen zu einem tonlosen Lachen.

»Stimmt schon«, sagt er dann, »es ist vieles besser geworden. Man kann zu jeder Tages- und Nachtzeit einen Deutschen auf Englisch ansprechen und so die Uhrzeit erfahren. Und im Kino laufen überall saukomische Filme. *No-Ear-Bunny*. Hat den einer von euch gesehen? He, Claus, *you listening, man?*«

»No-ear-*was*, bitte?« Als lausche er einer zu schnell abgespielten Tonbandaufnahme, beschränkt sich Claus' Beitrag zur Konversation seit geraumer Zeit auf das Herausangeln von Wörtern, die er nicht auf Anhieb versteht. »Babysprache ist nicht so mein Ding.«

»Er meint *Keinohrhasen*«, sagt Mangold mit geschlossenen Augen. Trotz der erhöhten Promille schaltet er wie immer ungemein schnell.

»*Rab... Rabbit without ears*«, lallt Bauer. »He, Bo-Baby, läuft der nicht auch im Hotel?«

Der plattbusige Hungerengel rülpst etwas und kippt dann seitwärts vom Stuhl. Bauer sieht ihr ungerührt zu, wie sie sich über seine Schuhe erbricht.

»Auf jeden Fall ham die richtig Asche gemacht.«

»Deshalb wird es drei Teile geben«, meint Mangold. »Wie bei *Star Wars*.«

»Quatsch nicht, Jacky!«, widerspricht Bauer. »Wenn es eine Trilogie wäre, hieße es Einohrhasen, okay?« Zu diesem Zeitpunkt ist allen klar, dass Bauer noch einmal den fidelen und blitzgescheiten Puck spielen will.

»Scheiß der Hund drauf!«, platzt es jetzt Claus von den Lippen, der endlich den Zünder gefunden hat, den öden Smalltalk zu sprengen. »Hat irgendeiner von euch den Film *Dreilochstuten* gesehen? Der war noch viel besser.«

Die Zote flackert auf und verstirbt.

»*Whatever*«, meint der Amerikaner.

»Was zum Teufel ist eigentlich mit Schweiger passiert?«, will Bauer jetzt wissen. Beiläufig beginnt er, Weißbrotreste zu essen, auch die Kügelchen, die sich Claus vor Stunden aus den Ohren gepult hat. »Also ich bin kein Psychologe, aber weißt du, wie ich das sehe? Dieser Ludo Decker oder wie er heißt – also dieser Typ, den er spielt, der legt doch seinen Schwanz auf das Hackbrett, und diese potthässliche Olle, diese Kinderknast-Aufseherin, die macht ihm das Teil so richtig klein. Stück für Stück, über neunzig Minuten. Sie behandelt ihn wie einen Sklaven!«

Wie jedes Mal, wenn er das Wort irgendwo in der Öffentlichkeit hört, zuckt Claus zusammen.

»Man kann Sklaven auch anständig behandeln«, wirft er ein.

»Du vielleicht«, höhnt Bauer, »sie tut es jedenfalls nicht. Am Schluss hat sie aus ihm eine Art Tunte gemacht, die einen Taxifahrer anbettelt, ihm einen zu blasen.«

»He, es ist doch nur *fun*«, murmelt Rosen. »Don-Boy, ich glaube, du brauchst eine Mütze voll Schlaf …«

Und du, Danny, wahrscheinlich ein neues Gehirn, denkt Claus, während er einen Rest Martini kippt. *Der Film präsentiert nur das politisch korrekte Rollenmodell: Der Mann als geborener Sub, als Selbsthass-Schwulette aus Überzeugung, als Schamgeschichtler, Clausthaler-Trinker, Rasierbalsam-Gebraucher. Jeder alte Römer – ob Sklavenhalter oder nicht – hätte in diesem Schrumpfgermanen die Rache des Varus an Armin, dem Cherusker, gesehen!*

Es ist der denkwürdige Augenblick, in dem Claus Rosens stechend weißes Sakko am Boden bemerkt. Zwei Details stechen ihm auf Anhieb ins Auge: a) die unter den Achseln eingeklebten Tampons, um ein Durchweichen des Leinenstoffs zu verhindern und b) die dralle Brieftasche, die ihn aus der Innentasche unverschämt anlacht. Ganz schön unvorsichtig, Danny-Boy, fast schon leichtsinnig in so einem Laden ... Und während er noch nachdenkt, ob er etwas sagen soll, und die Geräusche um ihn herum verwehen, bückt sich Lana, seine Lana, seine kleine, gelenkige Sklavin, und greift einfach zu.

»Bin eben mal frische Luft schnappen«, sagt sie, an Borokas Adresse gerichtet.

Die diebische Hand ist längst in ihrer kleinen Handtasche verschwunden.

»Claus, kommst du mit?«

Erst jetzt spürt Claus die jäh aufsteigende Hitze in seinen Schläfen.

»Das war ein Stellungsbefehl«, kommentiert Mangold. »Worauf wartest du, Müller-Dodt? Lass die Kleine nicht warten!«

IV.

Das Herz macht bumm, Claus fühlt sich leicht und beschwingt. Sie zieht ihn mit sich, hinaus in die Nacht. Entlang der Avenue, die das Hafenbecken wie ein Hufeisen rahmt, packen Gaukler, Hütchenspieler und Liliputaner gerade ihren kunstgewerblichen Krimskrams zusammen.

»Lana, so warte doch! Wo willst du denn hin?«

Statt zu antworten, schleppt sie ihn weiter.

Sie lassen das Hafenviertel hinter sich, die betriebsamen, hell erleuchteten Straßen ebenso wie die geduckten Villenpartien und verschlossenen Parks. Eine steile, kopfsteingepflasterte Straße führt in die Altstadt hinein. Es riecht plötzlich nach Touristenkotze, Diesel und faulem Gemüse. Lanas Stöckelschuhe klappern laut hallend in den stinkenden Gassen. Etwas verstört bemerkt Claus, dass dieser für seine Ohren unerträgliche Lärm einfach verhallt.

Es sind diese völlig leblosen Winkel, mit angeketteten Mopeds, Pylonen und hölzernen Verkaufsschütten wie von einem Markt. Blickt er auf, erkennt er kalkweiße Giebel und arabeskes Gitterwerk von vier-, fünfstöckigen Häusern, die die Seiten eines dunklen Straßenschachts bilden. Nirgends brennt Licht.

»Lana?«

Sie ist plötzlich verschwunden.

»Herrgott nochmal, Lana? Was soll das?«

Er tastet suchend umher, findet eine kaum sichtbare Lücke zwischen den Mauern, gerät an eine Nische und spürt plötzlich vor Schreck erstarrend einen Körper – einen sehr weiblichen Körper, einen nackten Arm, ein Stück Kleid, Haar …

Sie krallt sich an ihn wie ein in die Enge getriebenes Tier, zwei

Knöpfe platzen von seinem Hemd, Claus hört noch, wie sie auf dem Pflaster wegspringen.

»Du bist ja ganz verschwitzt«, stellt sie fest. »Bist du krank?«

»Nein, gealtert«, sagt er. »Bist du eigentlich von allen guten Geistern verlassen? Du kannst nicht einfach einen Kollegen beklauen!«

»Zeig mich doch an.« Sie grinst frech, drückt ihm das mit Kreditkarten, Flugticket und Banknoten ausgepolsterte Futteral in die Hand. »Verhafte mich, wenn du willst.«

»Hör auf damit.« Er weiß nicht, wohin mit der Beute.

»Hallo?« Lana schnappt sich Rosens Brieftasche und springt hinaus auf die Gasse. »Ist hier jemand? Ich bin eine Diebin und muss eingelocht werden!«

Während sie die Fünfhunderter zählt, sucht Claus die Straße nach Kameras ab.

»Neuntausenddreihundert Euro!«, ruft sie ihm zu.

Sie will dich nur reizen, denkt Claus. Kalter Schweiß tropft ihm in die Stirn. Hier im Sumpf von Monaco ist es auch nicht anders als in den verschlammten Flüssen des Amazonas, wo weibliche Frösche Druck auf ihre Partner ausüben. Einmal gereizt, laufen die Männchen rot an. Aus der Verfärbung liest *sie* dann, ob *er* ein guter Jäger ist oder nicht. Auch Lana hat ein Recht, sich zu vergewissern, dass du noch immer rot anlaufen kannst ...

Als sie in seiner Reichweite ist, zieht er sie am Arm in die Nische zurück.

»Ist dir klar, was du riskierst? Hier gibt es mehr Kameras als in der City von London.«

»Du meinst, die nehmen uns heimlich auf, ja? So wie in *America's Dumbest Criminals*, oder so?«

Sie macht sich wieder los, stöckelt auf dem Kopfsteinpflaster herum.

»Hier, das könnte eine Kamera sein ...« Vor einem merkwürdigen Kasten, der alles Mögliche nur keine Kamera ist, hebt sie nach einem schlingernden Auftritt den Rock.

Auch eine Art, seine Geschlechtsfarbe zu zeigen, denkt Claus.
»Alle können es sehn«, feixt sie, »alle können es sehn!«
Er verpasst ihr eine Ohrfeige, nicht fest, aber fest genug. Sie wirkt augenblicklich ernüchtert.
»War das eben als Kompliment zu verstehen? Danke, mein Herr.«
Er will sie an sich ziehen, doch sie stößt ihn zurück.
Im Gegenlicht kann er sehen, wie sie die Scheine zusammenrollt. Lächelnd verstaut sie das Geld in einer eingenähten Tasche des Minis.
Dann zieht sie ihn aus dem Hausgang und streichelt verdächtig lang seine Schläfen, als habe sie gerade eben ein paar graue Haare entdeckt.
»Bist du jetzt schockiert? Was ist schon dabei ...« Sie fährt ihm mit den gespreizten Fingern beider Hände von unten her in die Haare. »Ich will auch mal so richtig einkaufen gehen.«
»Großartig«, sagt er mehr zu sich selbst. »Willst du, dass ich dich zurückschicke? Willst du, dass Bartos erfährt, wie du dich hier aufgeführt hast?«
»Bartos?« Sie stößt das Wort so aus, als hätte sie etwas Zähes im Mund. »Bist du nicht mal Mann genug, um mir selbst den Arsch zu versohlen?«
»Treib es nicht auf die Spitze!«, droht Claus. »Was du getan hast, ist keine Lappalie.«
»Stimmt«, sagt sie plötzlich, »es war dumm von mir. Komm, lass uns gehen.«
Vielleicht ist es wirklich ein passender Abschluss, aber er glaubt, sie einen abgewandelten Chanson aus der Rühmann-Ära singen zu hören: »Wenn der Herr mit der Sklavin einmal ausgeht, und keiner von den beiden gern nach Haus geht ...«
Sie lacht jetzt. »Tut mir leid, Herr, ich verspreche, dass ich alles wiedergutmachen werde.«
Die leere Brieftasche überantwortet sie auf dem Rückweg der nachtschwarzen See. Schweigend sehen sie zu, wie das Treibgut mit einer schon halb abgesoffenen Flasche kollidiert, einer Fla-

sche, die sich in diesem Moment kurz aufrichtet, tiefer eintaucht, noch mehr Wasser schluckt, ein bisschen hin und her wackelt und dann lautlos versinkt.

»Weg ist sie«, sagt Lana.

Auf dem Hotelflur vor ihrem Zimmer riecht es nach Moschus, Grubengas und Verwesung. Der Dessertwein aus dem Porto Bello hat offensichtlich gewirkt.

Claus sperrt die Zimmertür auf, er zögert, bevor er Lana einlässt, denn am liebsten würde er sie über die Schwelle tragen und dann aufs Bett pfeffern.

»Lana, was ich sagen wollte ...« Da ist sie schon ins Zimmer geschlüpft.

»Erster!«

»Erster?«, echot Claus. »Ich wusste nicht, dass hier ein Wettbewerb läuft.«

»Du weißt vieles nicht, Herr.«

Sie sitzt schon vor dem Fernseher und stochert in den Kanälen der flimmernden Wahrnehmungsprothese des Zivilisierten herum.

»DSDS«, murmelt sie wie geistesabwesend, »das müsste doch heute kommen.«

Claus wirft seine Jacke von sich und reißt die Balkontüren auf.

»Wie wär's jetzt mit Champagner?«

»Ich hätte lieber einen O-Saft«, sagt Lana. »Wie zu Hause.«

»Wie bitte?« Claus hat den Telefonhörer schon in der Hand. »Da werde ich mit Bartos mal ein ernstes Wort reden müssen.« Und als sie ihn verständnislos anstarrt: »Ist dir klar, dass zu viel Vitamin C die Magenschleimhaut zerstört? Also, trinkst du jetzt einen Absacker mit, ja oder nein?«

»Können wir das nicht auf morgen verschieben?« Die Art, wie sie auf dem Bett liegt, erinnert ihn an eine schwebende Jungfrau.

»Den Mehreffekt im Leben willst du verschieben?« Es klickt in der Leitung und jemand leiert die Standardphrasen herunter. »*Roomservice. Comment puis-je vous aider?*«

»Was jetzt, ja oder nein?«

Lana ist immer noch mit der Fernbedienung beschäftigt.

»Du denkst schon wieder an deine Frau«, sagt sie. Es klingt, als wäre sie maßlos enttäuscht.

»An Evelyn?« Claus zuckt zusammen, als hätte man ihm einen Stromstoß verpasst. »Wie kommst du jetzt darauf?«

»*Monsieur?*« Die Stimme des Zimmerkellners klingt irritiert. »*Hallo? – Hello-oh?*«

Claus legt auf. Schwer lastet für ein paar Sekunden ein Schweigen im Raum.

»Wie kannst du jetzt so etwas sagen? Wie kannst du nur ...«

Sie zieht die Beine an, rollt sich zu einem Katzenknäuel zwischen den Kissen zusammen.

»Ich möchte gern schlafen«, sagt sie. Erst jetzt merkt er, dass sie seine Hand hält und seine Fingerspitzen mit den Lippen liebkost. »Gute Nacht.«

Angesäuert macht er sich los und schlendert ans Fenster. Dort bleibt er stehen und versucht, Gefallen an der mediterranen Aussicht zu finden. Das silbrige Dunkel des Meeres unter den flimmernden Sternen versöhnt ihn fast augenblicklich mit dem vermasselten Abend. Nur die Lichter eines vor Anker liegenden Kreuzfahrtschiffs erinnern ihn schmerzlich an Goa und den einsamen Strand, an dem Evelyn, eine andere Evelyn – mit grellen Day-Glo-Farben bemalt – für ihn tanzte ...

»Du hast Recht«, sagt er, so leise er kann, »ich habe wieder an sie gedacht.«

Er spürt plötzlich, dass sie ihn von hinten umarmt. Die feste Rundung ihrer Brust drückt sich ihm wie der Lauf einer überdimensionalen Pistole ins Kreuz.

»Sieh mal, wie der Sternenstaub glüht«, flüstert sie.

»Ja, und wie«, sagt Claus, der sich eigentlich umdrehen will.

Und dann, als hätte sich in ihrem Inneren eine Schleuse geöffnet, kippt sie einen wahren Seelenkübel vor ihrem Herrn aus: Sie glaube nicht an eine Liebe, die sich einniste, um satt und grau zu werden, und so handlich sei wie ein Steifftier, das jede Nacht auf einen warte.

Ob damit Bartos gemeint sei, erkundigt sich Claus, doch sie verneint. Liebe sei stolz, herrisch und unbedingt, sie wolle siegen oder sterben. Beides gelänge nur mit einer Hingabe, die dem aztekischen Menschenopfer gleiche.

»Ich bin bereit«, flüstert er, auf dem Bettrand sitzend.

»Wozu?«

»Das Opfer zu bringen.«

Sie ergreift seine Hand, legt sie in ihren Nacken. »Nur unsere Leidenschaften tragen Wahrheit in sich.«

Wie benommen lauscht Claus nicht ihren, sondern *seinen* Gedanken; was sie sagt, hätte auch er denken können, die schmeichelnde Hyäne der Romantik hat längst ihre Beute gewittert. Lana ist kein Bild ohne Gnade, keine Marmorleiche, keine Justitia, die alles auf die Waagschale legt. Sie ist das ruchlose Leben.

»Die Frau in meinem Bett«, flüstert er, »ist die konkreteste Form der Wahrheit für mich.«

»Das ist gut so«, flüstert sie noch leiser zurück.

»Meine weise und erhabene Sklavin.«

»So weise bin ich nun auch wieder nicht ...«

»Doch, das bist du, denn du bist Gebieterin und Sklavin zugleich; weil du herrschen kannst, willst du gehorchen.«

Wie ihre Augen da plötzlich aufleuchten – nein, aufblitzen, wie man es nur von Tiefseebewohnern kennt, zumindest sieht es so aus, als wäre Phosphor im Spiel.

»Claus, mein Herr und liebster Freund ...«

Er rührt sie nicht an, versucht es nicht mal. Stattdessen unterhalten sie sich noch eine gute Stunde in einem Ton, als übten sie für die Bühne. Irgendwann fasst sich Claus ein Herz und fragt, ob sie ihm einen Tag schenken wolle. Und eine Nacht, die gehöre schließlich dazu. Er habe da an ein kleines Hotel fernab des Trubels gedacht. Er wolle sie ein bisschen verwöhnen, mit diesem Angebot wären keinerlei Erwartungen verknüpft.

Sie sagt Ja, ganz einfach nur Ja – dann löscht sie das Licht. Er kann hören, wie sie sich bis auf die Unterwäsche entkleidet. So schlüpft sie unter die Decke. Er folgt ihrem Beispiel, legt sich neben sie, ohne sie zu berühren.

Und erstaunlicherweise träumt er vom Fliegen ...

»*Welcome, Sir.*« Der Purser des Fluges Soixante-Neuf identifiziert ihn auf Anhieb als Drohne hoher Flugfrequenz. (»Sie sind ein HON, Sir, das kann ich riechen.«) Auf seinem Doppelplatz, zweite Reihe, Gang 5, Sitz E und F, erwartet den Frequent Flyer eine niedliche Zellophansklavin. Ein Lana-Klon mit aufschlussreichen Tätowierungen in der Schamgegend: PLEASE INSERT PENIS HERE. Solche Anweisungen muss man im Luftraum ohne Wenn und Aber befolgen.

Vor dem eigentlichen Service erklärt sie ihm noch die Sicherheitsvorschriften an Bord und macht ihn mit der Air-Flow-Methode vertraut, was bedeutet, dass er die Plastikverpackungen der Gleitmittel aufreißen darf, die Ringe und Klemmen anlegen. JUST FOLLOW THE SIMPLE INSTRUCTIONS IMPRINTED ON MY BODY. Nach diesem unter technoiden Monaden beliebten Vorspiel sitzen sie auf einem antiseptisch riechenden Müllberg. Das durch Luftlöcher holpernde Flugzeug bewegt ihre Körper und die Passagiere der Holzklasse feuern sie an. Selbst der Kapitän – er hat verblüffende Ähnlichkeit mit Roger Hempel – reizt seinen verbalerotischen Wortschatz aus, der das Repertoire eines guten Tierstimmen-Imitators nicht übersteigt: »*There's nothing more funny than Digi-Funny-Animal-Sounds* ... CHRRIEPP!! CHHRIEPP!!! OH BABY, RAAWWW, RAAAWWW!«

Es soll sie geben, die Tage, Wochen und Monate, an denen es leicht ist, die Sonne mit einer gelben Klobrille zu verwechseln. Wenn es passiert, sollte man sich nichts dabei denken.

Claus begeht jedenfalls den nächsten Vormittag griesgrämig *à la plage*. Von einer Hotel-Liege aus beobachtet er das Treiben hinter dem weiß gestrichenen Zaun – den Schlenz in kurzen Hosen mit seinen Herrenohrringen, Skinhead-Frisur, Geox-

Sandalen und polynesisch tätowierten Waden, all das widert ihn an.

Was seid ihr schon anderes als Pappnasen aus Wasser, Knorpel und Kalk ...

Die versauten Bräute, mit denen sie abhängen, sind auch so eine Sache für sich. Alles egotrippende Schlampen, die ihren Bälgern schon die passenden T-Shirts anziehen: I'M THE PROOF MY MOM LIKES TO FUCK. Kein Witz. So ein Hemdchen hatte er tatsächlich an einem kleinen Jungen gesehen. Auch die Einheimischen gehen ihm schwer auf den Geist, vor allem die langsam dahinschlurfenden Paare: lederhäutige Mumien, aus Schlupflidern blinzelnd und an den Ellbogen eingehängt, als wären sie guten Gewissens auf dem Weg zum Jüngsten Gericht. Obwohl er nur faulenzt, fühlt er sich von ihrem Anblick an Botoxspritzen und faltenabtragende Laser erinnert. Eine spanische Speckbarbie, die höchst sporadisch Getränke serviert, verleitet ihn sogar dazu, an Hohlnadeln und Kanülen zu denken. In Gedanken sticht er ihr die Nadel mal eben so rein und kostet einen Tropfen von ihrem nach Tapas und Corona schmeckenden Fett.

Nein, ganz so pervers ist er nicht, er ist nur schlecht gelaunt, enttäuscht, eigentlich will er nicht mehr. Doch dem Körper ist es gleich, ob die Psyche nicht will; der Herzmuskel zieht sich automatisch zusammen und pumpt das Blut durch ein Gefäßsystem von ein paar Hunderttausend Kilometern am Tag, der lebende Leichnam hat sein organisches Soll zu erfüllen. Was zum Teufel ist mit Lanas organischem Soll? Hat sie ihn nur hinhalten wollen, oder hält sie ihn womöglich für einen effeminierten Typen und weiß, ihr kann nichts geschehen?

Jacky Mangold kommt ihm gerade recht. Entweder bildet Mangolds Haut im Minutentakt neue Pigmente, oder er hat sich in Erdnussbutter gewälzt.

»Howdy, Schweißperle ...«

»Schieb ab, du alte Liposom-Schwuchtel«, knurrt Claus und verhindert so, dass der Kollege einen Exkurs über Bräunungsregeln anzetteln kann.

Mangold verschwindet, doch nicht ohne vorher noch Stinkbömbchen geworfen zu haben: »Weißt du, was dir fehlt, Müller-Dodt? Vorzeigbare Erfolge!«
Stunden vergehen. In der diffusen Helligkeit vor seinen Augen erscheint plötzlich Lana, in einem blutorange-farbenen Badeanzug und mit funkelnden Wassertropfen im Haar. Sie hat sich gut erholt, zu gut, wie sie meint. Ihre Bräune hat sie unter einem wasserfesten Wasserleichen-Make-up versteckt.

»Und wie geht es meinem Hochleistungs-Chiller?«
Er zuckt nur mit den Achseln, hadert im Stillen mit sich selbst und seinem hirnrissigen Plan. Wenn man merkt, dass die Rechnung nicht aufgeht, ist es meistens zu spät. Obwohl sie freundlich ist, fast liebevoll, spürt er ihre Distanz. Natürlich kann er sich täuschen, aber er wagt es nicht, sie zu küssen.
»Du, stell dir vor«, sagt sie, während sie sich von ihm abtrocknen lässt, »in den Nachrichten hieß es, letzte Nacht sei ein Stern in der Großen Magellanschen Wolke kollabiert.«
»Kollabiert?«, wiederholt Claus ungläubig. In seinem Zustand wirkt das Wort wie ein Köder. Zwar hat er keine Sterne gesehen, doch er weiß ungefähr, was sie meint. »Ist diese Dingsda-Wolke nicht ein paar Hunderttausend Lichtjahre von der Erde entfernt?«
»So ungefähr.«
Ein feiner Sprühregen landet auf seinem Gesicht, als sie ihre Haare frottiert.
»Findest du es nicht romantisch, dass einer dieser Sterne, die wir gestern Nacht gesehen haben, in Wirklichkeit eine sterbende Sonne war? Vielleicht ein ganzes Sonnensystem. Und jetzt ist es nur noch Staub.«
Eigentlich findet Claus diese Vorstellung nicht im Geringsten romantisch – die möglichen Bewohner des betroffenen Sonnensystems sicher auch nicht –, aber er nickt ihr mitfühlend zu.
Schade, denkt er noch, *da hat der liebe Gott mal richtig zugeschlagen, und dann gleich hundertsiebzigtausend Lichtjahre daneben.*

»Wenn du willst, fahre ich wieder zurück«, sagt sie plötzlich.
»Ich habe den Eindruck, du bist von mir enttäuscht.«
»Unsinn.« Diesmal nimmt er sie fast liebevoll in den Arm.
»Wir haben doch noch einiges vor.«
»Ach ja, stimmt«, pflichtet sie ihm verschwörerisch bei. »Du, bis später.«

Während es allmählich Nachmittag wird und Claus Trübsal bläst, jagt Lana auf Rollerblades mit Bauers Boroka über die Straße in Richtung Hafen – drei, vier Kilometer hin und zurück.

Eigentlich müsste sie sich um mich kümmern, denkt Claus, *um ihren Herrn. Hat sie ihren Sklavinnenstatus so schnell vergessen?*

Im Halbschlaf versuchte er sich mit der bewährten Formel eines anerkannten Urlaubs-Experten* zu trösten:

$$\frac{(cM \times wW) + 2\{uU \times eE \times vV\} \quad + v\{fF \times sS\} \quad + v\{opBsL\}}{(tT) + (rkRK)}$$

Dabei steht cM für die Qualität des Ortes, wW für das Wetter, uU für die gebotene Unterhaltung, eE für Essen, vV für mögliche Aktivitäten, fF für freundlichen Service und sS für Shopping. tT symbolisiert den Zeitaufwand, um hierherzugelangen, und hinter rkRK stecken die Kosten der Reise. Alle Annehmlichkeiten stehen über dem Bruch, die negativen Aspekte darunter.

Mal sehen, denkt Claus ... Dass die Strände überlaufen sind, das Wetter zu heiß, der Fraß überteuert und der Service eher peinlich, lässt sich nicht leugnen. Schlimmer noch, auf einer Skala von 1 bis 10 rangiert die Unterhaltung eher im unteren Drittel: Man hat die Wahl, dumme Vorträge anzuhören oder auf gepflegten Stehpartys zu versumpfen. Die Option opBsL – »Beischlaf mit Lana« – steht dagegen einmal mehr in den Sternen.

---

* Ferienformel des Tourismusexperten Dimitrios Buhalis der University of Surrey.

Oder sind die auch nur noch Staub wie dieser Unglücksstern in der Großen Magellanschen Wolke?

Als die Rollergirls zurück sind, ist es schon Abend. Hoch über den langsam driftenden Sommerwolken hat sich glattgestrichener Zirrus gesammelt, die meteorologische Patina eines überflüssigen Tages, an den sich die Schöpfung mit Sicherheit keine Sekunde erinnert.

Trotz einer ausgeprägten Ballenzehe, die sich angeblich nicht wegmachen lässt, hat Boroka gewonnen. Sie rast gleich weiter zum nächsten Schwitzsieg im Bett von Don Bauer.

»Und? Endlich ausgechillt?«, erkundigt sich Lana, während sie sich diesmal selbst den Rücken abtrocknet. »Dein Gesicht ist windelwundrosa, hat dir das schon mal jemand gesagt?«

»Warum sollte mir das jemand sagen?«

Irgendwie ist er froh, dass sich ihre Antwort in einem Achselzucken erschöpft.

Später, auf dem Zimmer, beschließen sie, an diesem Abend nicht auszugehen. Wohl eher unbeabsichtigt erfreut Lana Claus mit dem Anprobieren von Dessous, die sie »gleich um die Ecke« gekauft hat. (»Denk dir nichts dabei, aber ich schlafe gern luftig.«)

Nun, was sollte er sich schon dabei denken? Manches ist nicht nur luftig-leicht, sondern mit bloßem Auge kaum zu erkennen. (»Was ist denn das da – eine Schamhaarperücke?«) Andere sogenannte *Tangas* sind größer, doch nach allen Himmelsrichtungen offen. Sie kann sich in dieser Nacht schwer entscheiden, wiegt ihren Hintern vor dem Spiegel hin und her wie nichts Gutes.

»Wusstest du, dass Shakira auf Kasachisch Vagina bedeutet?«, fragt sie beiläufig.

»Soll das heißen, du hast den Labial-Mystiker Rosen getroffen?«, kontert Claus. Er ist entschlossen, sie in seine gereizte Stimmung hineinzuziehen.

»Er ist uns auf seinem Skateboard in die Quere gekommen«, erwidert Lana fast fröhlich.

»Da bietet sich so ein Gesprächsthema natürlich an.«
»Wenn man eine Kundin wiedererkennt, ja.«
»Du meinst Boroka? Sie hat sich ...«
Lana nickt. »Im Übrigen ist es nicht verkehrt, solche Wörter zu kennen.« Die neue Freundin spreche ein halbes Dutzend Sprachen, sie sei nicht nur »fit for fun«, sondern auch »fit im Kopf«.

Claus genießt den Ausblick auf ihren Hintern und versucht, ihr Geplapper zu ignorieren. Doch je länger sie von Borokas Lifestyle erzählt, umso schmerzhafter wird die Gewissheit, dass Heidegger in einem Punkt Recht hat: Die in die Welt geworfenen Massen sind dem Meistbietenden fröhlich »zuhanden«. Sie wollen mitmachen, dabei sein, das ist alles. Ihre Welt ist selten mehr als ein Automatentheater, ein buntes, dreidimensionales LARP, in dem sie Rollen spielen, die irgendwer ihnen zuweist. Die hermetisch abgeriegelte Welt der Subs war nur eine Hypertrophie.

»Für unseren Ausflug werde ich *diesen* Tanga einpacken.« Er ist kaum sichtbar.

Er kann längst nicht mehr hinsehen. »Ich leg mich jetzt schlafen«, verkündet er wie ein kleiner Junge, der noch nicht wissen will, was das Christkind beschert.

Ein Hüpfer auf dem Brückensteg, denkt er noch, *nur ein winziger Sprung. Tu es für mich.*

Aber mehr als kleine »Liebhab-Anfälle« und ein kleiner, schmerzhafter Biss in die Hüfte, den sie selbst als »Seiten-Bitey« verklärt, sind von ihrer Seite nicht drin.

V.

Evelyns Schwester wohne in einer heruntergekommenen Gegend, zumindest meint das der Portier, der sich wiederholt für die Hate-TV-Störung entschuldigt.
»*Natürlich haben wir die Polizei informiert, aber die Cops trauen sich ja nicht mal mehr an ihre Nightsticks zu denken. Wo sagten Sie, wohnt Ihre Schwester, in Brooklyn?*« *Eher beiläufig empfiehlt er den Limo-Service des Hotels, fünfzig Dollar die Fahrt, all inclusive.* »*Der Fahrer bringt Sie auch wieder zurück – in einem Stück, na, wie finden Sie das?*«
Fast musst du lachen. »*Angesichts der bürgerkriegsähnlichen Zustände würde ich nicht im Traum auf die Idee kommen, mit der U-Bahn zu fahren.*«
»*Sehr vernünftig von Ihnen. Die Verbrecher sind unter uns, Ma'am!*« *Der Portier hängt Evelyns Schlüssel ans Brett. Mitnichten alterslahm greift er gleichzeitig mit der freien Hand nach dem Telefonhörer.* »*Wünsche trotz allem einen schönen Tag in New York!*«

Der ruppig anfahrende Mann im grauen Hoodie nennt sie tatsächlich »Miss«: »Where we're going, Miss? Downtown?« Er ist noch jung, vielleicht Anfang zwanzig, doch offensichtlich schon vom Leben gezeichnet – ein blatternarbiges Nicht-Gesicht, ein gebrauchtes Kondomgummi mit Nikotinflecken. Von seiner Wange bis zum Kinn verläuft eine rosig glänzende Narbe.
»Stuyvesant Avenue«, liest Evelyn ab. »Ecke Putnam.«
»Putnam?« Obwohl er Slang spricht, versteht sie, was er sagt: »Nette Gegend, Miss, tagsüber.«
Die forcierte Fahrt dauert jetzt schon eine gute Dreiviertelstunde. Das andauernde Abbiegen schlägt Evelyn auf den nüch-

ternen Magen. Verzweifelt hält sie nach einem Bagel-Shop Ausschau, doch alles, was sie sieht, riecht schon von weitem nach Salmonellen. Der Fahrer kommt jetzt von sich aus auf seinen »Fahrstil« zu sprechen. Er wisse, er schlage eine Menge Haken, doch das liege an der rechtwinkligen Anordnung der Straßen: »Aus euklidischen Entfernungen werden so Manhattan-Distanzen, Miss, und die überwindet man nur, indem man jede zweite Ecke links abbiegt. Tut mir leid.«

Leere Augen strömen in der Blechlawine vorbei, die Bowery scheint unter Plakaten von aufsässig glotzenden Rappern und ins Riesenhafte vergrößerten Turnschuhen zu ersticken. Darunter brandet der Verkehr in die Schluchten und Schächte der Stadt, alles bebt, zuckt, vibriert im Griff einer krankhaften Unruhe, die dem sichtbaren Pointilismus des Existierens entspricht – *here today, gone tomorrow* –, jeden Moment ein Punkt auf dem Sprung, jeden Moment Keimzelle von irgendwas, Neuerfindung des Selbst zum Zweck des Überlebens, die Stadt braucht ihre Pseudo-Personen und formbaren Knechte. Die Unersetzlichen, die Einmaligen – sie leben in einer anderen Stadt. Das Flatiron-Gebäude schiebt sich ihnen wie der Bug eines steinernen Ozeanriesen entgegen, es ist zweifellos noch immer die surrealste Ecke der Stadt. Der Fahrer kommentiert dies und das, als wolle er sie mit den Attraktionen der Stadt vertraut machen: »Waren Sie schon im Guggenheim-Museum, Miss? Das Rockefeller Center, das müssen Sie sehen, die Prometheus-Statue ...«

Evelyn nickt indigniert: Ganz Manhattan ist voll von vergoldeten Plastiken und Standbildern, die an den Monumentalkitsch des ehemaligen Ostblocks erinnern. Doch Kunst am Bau ist nicht das eigentliche Thema des Fahrers. Mal erwähnt er flüchtig, die 34. Straße sei wegen einer Bombendrohung gesperrt, mal ergeht er sich in Mutmaßungen über einen Mord in Hell's Kitchen. Die afro-kubanische »Westie«-Gang habe da letzte Woche einen Typen in mundgerechte Portionen zerkleinert und über ganz Manhattan verteilt.

Evelyn muss an den Reptilienkeller in Grunewald denken, Billys Gehege, den blutleeren, verstümmelten Torso im Wasser ... Einbildung oder nicht, das Bild will nicht vor ihrem geistigen Auge verblassen.

»Wollen Sie, dass ich mich übergebe?«

Zum ersten Mal fixiert der Fahrer das Bündel Unbehagen im Fond seines Wagens. »He, ich dachte nur, besser Sie wissen Bescheid.« Er überholt ein schrottreifes Wohnmobil, das im Schneckentempo auf der vierspurigen Straße dahinzottelt. »*Sure thing.* Brooklyn ist sicherer geworden. Aber die Gegend zwischen Stuyvesant und Bedford Avenue ist nach wie vor heikel. *Free firing zone.* Eine Frau wie Sie sollte sich da nachts nicht die Füße vertreten.«

»Wieso nicht?«, erwidert Evelyn. »Meine Schwester lebt da seit zehn Jahren mit ihren Kindern. So schlimm kann es also nicht sein.«

Der Fahrer nickt anerkennend, als halte er das für eine besondere Leistung.

»*Lucky lady, I say.* Glück muss man haben.«

Karlotta wohnt in einem schmalen Brownstone-Gebäude, von dessen Fassade die violette Farbe abblättert. Wie ein typisches Kreuzberger Frauenhaus sieht es aus, doch passt der Kasten in die Reihe der bunt zusammengewürfelten Häuser. Als Evelyn aussteigt, wirbeln auf der Abbruchhalde gegenüber Zeitungsblätter und Plastiktüten im Kreis. *Irgendwelche Geister lassen hier Drachen steigen.* Vielleicht erinnert das Areal nicht umsonst an einen eingeebneten Friedhof. Was hier früher gestanden hat, ist schwer zu sagen. Die Bauruinen sind über und über mit Graffiti bedeckt. Nicht mal ein Vogel könnte hier in Ruhe sein Nest bauen, denn aus dem Schutt wächst eine riesige wilde Mülldeponie.

Schon als das Taxi abfährt, fühlt sich Evelyn reif für das »Aveda Day Spa«, einen der besten Wellness-Tempel der Stadt. Gut möglich, dass er mit Lanas Programm nicht mithalten kann, aber besser als nichts.

Sie hat kaum geklingelt, da öffnet sich schon die Tür – ein blasses Kindergesicht starrt sie mehr wesenlos als misstrauisch an.

»Äh, hallo.« Zu ihrer Schande muss sie feststellen, sie hat den Namen ihres Neffen vergessen. »*Hey, you* ... Ist deine Mutter ...?«

»*Lady Aunt* ... Tante Dame.« Karlottas Kinder haben sie schon früher nur Tante Dame genannt, wahrscheinlich hatten sie sich auch nie Evelyns Namen gemerkt. Karlotta selbst glaubte, es hänge mit Evelyns schicken Kostümen zusammen.

»*Mom, Mom! It's Lady Aunt!*«

Die Tür schließt sich wieder, wird lautstark entriegelt und ein etwa zehnjähriger Junge in einem Manga-T-Shirt öffnet die Tür. Er braucht nur ein paar Sekunden, um zu begreifen, dass sie nichts mitgebracht hat, und so überlässt er die Tante seinem jüngeren Bruder, der wie Chuckie, die Mörderpuppe, schon an ihrem Arm hängt und vehement zieht.

Evelyn schließt die Tür und folgt dem verstrubbelten Knirps durch den dunklen, mit leeren Keilrahmen und plastikverpackten Gemälden verstellten Flur.

»Evi!« Karlotta kommt aus der Küche gelaufen. In ihrem schlabberigen T-Shirt und einer ausgeleierten Trainingshose wirkt sie wie die typische amerikanische Hausfrau der unteren Mittelschicht. Über ihren Jüngsten hinweg zieht sie Evelyn in ihre fleischigen Arme. »Es ist auch wirklich alles in Ordnung?«

»Aber ja«, bestätigt Evelyn, »Claus ist zum Ästhetik-Symposium nach Monte Carlo, und da dachte ich mir ...«

»Er ist in Südfrankreich?«, wiederholt Karlotta. »Und wieso nimmt er dich da nicht mit?«

»Weil es eine Geschäftsreise ist«, erwidert Evelyn. »Ich bin nicht der Typ, der tagsüber faul am Pool herumliegt und wartet.«

»Stimmt, das kannst du auch in Grunewald tun.« Karlotta zieht Evelyn durch den Glasperlenvorhang, der das mit besserem Sperrmüll eingerichtete Wohnzimmer von der Essküche trennt. »Kaffee?«

»Koffeinfrei«, sagt Evelyn, »und ohne Milch. Danke. Ich wollte noch Bagels mitbringen, aber der Fahrer ...«

Sie bleibt stehen, schafft es nicht gleich, die muffig riechende Küche zu betreten. In den schiefen, türkis bemalten Hängeschränken zeigen sich angebrannte Pfannen und unansehnliche Töpfe, die sich besser im Slum von Bombay gemacht hätten. Vermischtes Geschirr stapelt sich in einem offenen Regal zwischen ausrangierten Apparaten, Krimskrams und Vasen. Evelyn fühlt sich an einen Zimmer-Flohmarkt erinnert, die schleichende Form der Wohnungsauflösung. Eine um den Fenstergriff gewickelte Knoblauchkette vergegenwärtigt ihr, dass sie sich nicht in der New Yorker Boheme, sondern im Horrorfilm des echten Lebens befindet.

»Willkommen«, sagt Karlotta, »nun weißt du, warum ich so gerne bei euch in Grunewald bin.« Sie entzündet den Gasherd mit einem Zippo, setzt Wasser auf, räumt dann die Zeitungen von einem klapprigen Stuhl.

»Setz dich doch. Bitte, setz dich.«

Evelyn widersteht dem Impuls, die Sitzfläche mit der Hand abzuwischen.

»Wo ist Michael?«, fragt sie beiläufig. »Hat er wieder Arbeit?«

»Michael?« Karlottas Talent, den Gedanken hinter einer Frage zu wittern, hilft, das Fragespiel abzukürzen. »Michael lebt nicht mehr hier«, sagt sie betont unemotional. »Er hat uns als Belastung empfunden und sich entschieden, seine eigenen Wege zu gehen. Er will sich selbst verwirklichen, weißt du, und jetzt sitze ich hier mit den Bälgern ... Schöne Scheiße.«

Evelyn wirft einen Blick über die Schulter, aber die Neffen, deren Namen ihr noch immer nicht einfallen wollen, haben sich längst verkrümelt. »Ich wollte es dir schon früher sagen«, fährt Karlotta fort, »aber irgendwie konnte ich nicht. Was hätte Claus von mir gedacht? Da mache ich Urlaub bei euch und lasse meine Kinder bei der Schwiegermutti zurück. Zum Glück ist die nicht so verantwortungslos wie ihr Sohn.«

Evelyn steht auf. Sie will Karlotta umarmen, doch die Schwester flüchtet – so scheint es jedenfalls – an den Herd. »Nein, lass mal. Ich bin froh, dass ich den Schweinehund los bin.« Sie neigt den Kopf nach vorne und weist auf eine haarfeine Narbe, die unterhalb der linken Augenbraue verläuft. »Zuletzt hat er mich mit Fäusten geschlagen. Ins Gesicht.« Und nach einem verzweifelten Kichern: »Schon verrückt, welche Farben gut zugeschlagenes Fleisch annehmen kann ... Zitronengelb, Mintgrün, Indigoblau, Violett. Manchmal hatte ich die ganze Palette am Körper. Solche Tage habe ich meine Regenbogentage genannt.«

»Karla ...« Die Erkenntnis, dass das Entsetzliche immer näher ist, als man denkt, lähmt Evelyns Verstand. »Das ist ja furchtbar ...«

»Nein, bloß häusliche Gewalt.« Karlotta schaufelt Löskaffee in zwei Tassen.

»Ich sage dir, vor der brutalen Engstirnigkeit des anderen Geschlechts gibt es keinen geordneten Rückzug. Die handtellergroßen Überraschungsangriffe können dich jederzeit treffen. Alles, was dir hinterher bleibt, ist eine innerliche Frontbegradigung vorzunehmen.« Sie räuspert sich. »Das ist der Grund, warum ich neulich so aufgebracht war. Wenn man selbst geschlagen wird, tut es schon vom Zuhören weh. Aber das ist jetzt okay ...«

Evelyn glaubt, einen berechnenden Unterton in Karlottas Stimme zu hören. Sätze der Melancholie sind nie spontan, denkt sie bei sich. Man wiegt die Worte im Voraus ab und verpasst ihnen einen bläulichen Schimmer, von dem man hofft, dass er auf den anderen abfärbt. Die Keimzelle eines gemeinsamen Sorgen-Camps ist gelegt ...

Sie richtet sich daher auf und versucht, überlegen zu lächeln.

»Ich habe mit diesen Maßnahmen nicht das Geringste zu tun. Im Übrigen kann ich dich beruhigen: Selbst Richter Harms meinte, die Prügelstrafe sei im ländlichen, osteuropäischen Kulturkreis durchaus normal ...«

»Jetzt mach dich nicht lächerlich, ja?« Karlotta beginnt zu grinsen, so dreckig, dass selbst die Abzugshaube dagegen verblasst. »Schon verrückt, aber Michael hat mich immer wie seine Sklavin behandelt. Ich meine, er hat mich entmündigt. Erst liebenswürdig, dann grob. Er verhängte auch schon mal ein Ausgehverbot und konfiszierte mein Handy für ein paar Tage. Strafe muss sein. Nach dem ersten Kind meinte er, *er* habe nun eine kleine Auszeit verdient. Er wolle seinen Sohn aufwachsen sehen, kein *Vater Morgana* sein, sondern ein richtiger Dad. Obwohl er genau wusste, dass die Galerie keine Goldgrube war, hat er von mir verlangt, auch *seinen* Lebensunterhalt zu verdienen.« Sie verstummt, denn ein Luftzug bewegt den Perlenvorhang und eine Tür fällt ins Schloss. »Man kann nicht alles tolerieren«, fährt sie fort, »aber man kann auch nichts ändern.« Mit einem mehr als geistesabwesenden Gesichtsausdruck hat sie den Kaffee aufgebrüht. »Du musst dich nicht rechtfertigen, Liebes.«

»Das hatte ich auch nicht vor, denn ich habe nichts Unrechtes getan!« Evelyns Schläfen beginnen zu pochen. »Selbst wenn sich diese Leute als unsere Sklaven verstehen, mir persönlich ist noch immer bewusst, dass Sklaverei gegen die elementarsten Menschenrechte verstößt.«

»Luxusprobleme«, sagt Karlotta, »das Grundgesetz spiegelt schon lange nicht mehr die Wirklichkeit wider. Kannst du mir Geld leihen?«, fragt sie aus heiterem Himmel. »Lass mal. Sollte ein Witz sein.«

Doch genau so klingt es nicht.

Karlotta zieht es plötzlich ins angrenzende Wohnzimmer, es sei dort heller und wohnlicher, wie sie meint. Was aber nicht mit der Größe der Fenster zu tun hat oder der Tatsache, dass es dort mehrere knisternde Sitzsäcke gibt. Der tonlos flimmernde Flachbildschirm hat die Breite eines Wandschranks und scheint fernöstlicher Herkunft zu sein. Zitternd springen die Bilder von einem Elend zum anderen, irgendwie passend zu der eklektisch ausstaffierten Umgebung, der verwahrlosten Kargheit, die sich in der verschlissenen Polstergarnitur manifestiert.

»Richtig gemütlich«, kommentiert Evelyn die Situation. »Fehlt nur noch Hate-TV. Ich hoffe, du hast einen ungestörten Empfang…«

»Reine Folklore«, meint Karlotta, »wahrscheinlich stecken die großen Fernsehanstalten dahinter. Was wirklich schlimm ist, bekommst du erst mit, wenn es dich trifft.« Lautstark beginnt sie ihren Kaffee zu schlürfen. »Ich hatte schon ein verdammtes Pech. Sieh mich an, Liebes, ich bin und bleibe eine Null. Eine Null kannst du mit jeder Zahl multiplizieren – das Ergebnis bleibt doch immer dasselbe. Goodbye, Michael, *you rat!*«

»Hauptsache, er zahlt Alimente«, hakt Evelyn nach. Vielleicht will sie ihrer Schwester Mut machen, doch Karlotta winkt müde ab.

»Er ist untergetaucht. Soll ich vielleicht einen Privatdetektiv anheuern? Dazu fehlt mir das Geld. Er wird in einem anderen Bundesstaat sein und hat ein neues Leben begonnen.« Sie öffnet eines der Fenster, denn auch im Wohnzimmer hält sich ein strenger Geruch. »Was siehst du mich so an, Liebes? Glaubst du, ich wollte so leben? Nein, natürlich nicht. Doch so ist das nun mal: Während sich die breite Masse mit Leichtigkeit an die unsichtbaren, aber allgegenwärtigen Mauern gewöhnt, die Gefängnisregeln achtet und Geschmack an der eintönigen Kost eines industriell vorgefertigten Lebens findet, randalieren die freien Geister halt noch einige Zeit. Deine Schwester gehört dummerweise dazu. Wer hätte auch damals in den Achtzigern gedacht, dass es einmal darauf hinauslaufen würde? Uns ging es um die ganz große Freiheit, nicht mehr und nicht weniger! Keine Bindungen mehr, keine Verpflichtungen! Wir wollten alles und sind so was von auf die Schnauze geflogen ...« Sie kauert sich in einem verschlissenen Sessel am Fenster zusammen. »Und bei dir läuft alles schön rund?«

Sicher doch, alles in Ordnung. Evelyn verschanzt sich hinter der dampfenden, bittermetallisch schmeckenden Brühe. *Einmal abgesehen von einer Leiche im Keller ... und einmal abgesehen davon, dass mein Mann mitgeholfen hat, einen Mord zu vertuschen.*

»Bei uns ist alles in bester Ordnung«, sagt sie endlich, und glaubt ein verräterisches Zucken an Karlottas Oberlippe zu sehen.

»Bist du sicher? Mir kannst du es doch sagen. Ihr habt euch gefetzt, hab ich Recht?«

»Gefetzt?« Evelyn lässt sich zu einem etwas überheblichen Lächeln verleiten. »Teenager fetzen sich, Erwachsene haben eine Meinungsverschiedenheit.« Sie war schon immer gut im Verschleiern, doch allein die Tatsache, dass sie hier sitzt, so kerzengerade und mit sittsam gefalteten Händen, sagt der Schwester wahrscheinlich mehr als genug.

»Stimmt, ihr seid keine Teenager mehr«, bestätigt Karlotta. »Bei euch geht es zu wie in einem neorealistischen Film: Zwei feinfühlige und gebildete Menschen reden ununterbrochen aneinander vorbei.« Sie ruckelt auf ihrem Stuhl, als sei sie in ein unter dem Tisch liegendes Tellereisen getreten und versuche sich zu befreien. »Lass mich raten«, sagt sie dann, einen konspirativen Tonfall anschlagend. »Claus hat was mit Lana. Und du bist gerade dahintergekommen.«

»Wohinter?« Evelyn versucht, belustigt zu klingen.

»Ach, Herzchen, das weißt du doch: Er hat sie an deiner Stelle mit nach Monaco genommen.« Eine klitzekleine Spur Häme klingt aus Karlottas Stimme. »Verzeihung, das war wirklich taktlos von mir. Aber habt ihr schon über die Scheidung gesprochen?«

Einem unterbewussten Impuls folgend, greift Evelyn nach ihrem Handy. Ein Blick auf das Display sagt ihr, dass Claus nicht versucht hat, sie zu erreichen.

Ich hätte nicht einfach abhauen dürfen, denkt sie bei sich. Zusammen waren wir stark ... Ihre Gedanken wandern zurück an den einsamen Strand von Goa, wo sie sich in die Brandung gestürzt hatten. Sie glaubt für eine Sekunde, den nassen Sand unter ihrem Rücken zu spüren, die Gewalt des Ozeans, der sie nicht nur mit kräftigen, feuchten Armen umfing ... Der Ozean hatte hellblaue Augen, blondes Haar und bronzefarbene Haut – und sie beschließt in diesem Moment, ihn wiederzufinden.

»Claus hat nichts mit Lana«, sagt sie jetzt, bemüht, Selbstsicherheit und Stolz aus ihrer vollen Stimme klingen zu lassen. »Wenn es so wäre, dann wüsste ich das.«

»Wüsstest du, ja?« Karlotta scheint längst ihre Schlüsse gezogen zu haben. »Aber er hat sie doch mit nach Monaco genommen. Und wenn das so ist, dann kannst du davon ausgehen, dass da was läuft. Tut mir leid, Liebes.«

Während Karlotta ihre Rabauken in der Küche abfüttert – aus dem Wohnzimmer hört man nur nervtötendes Zetern, das schließlich auf ein großes Stühlerücken und Türschlagen hinausläuft –, versucht Evelyn, Claus zu erreichen. Erneut scheitert sie an seiner Mailbox. Zum ersten Mal hat sie den Eindruck, dass etwas nicht stimmt. Hatten sie sich nicht stets alles *rechtzeitig* vergeben, bevor es zu spät war, bevor es Elementarschäden auf der tieferen Ebene gab – worunter sie beide die Zerstörung ihrer materiellen Basis verstanden …?

Nach dem Mittagessen leben die Schwestern ihre nostalgischen Anwandlungen aus. Sie fahren mit der Subway von Brooklyn nach Manhattan. Einem Bummel durch Chelsea und Greenwich Village folgt die Erkenntnis, dass die meisten Boutiquen, die sie noch aus Karlottas Studentenzeit kennen, nicht mehr existieren. »Kein Wunder, bei den Mieten«, kommentiert Karlotta die Lage. Selbst ein erstklassiges vegetarisches Restaurant hat die Segel gestrichen. Anstelle von kleinen Läden finden sie gesichtslose Medienmärkte, Drogerieketten und Ramschläden vor. In einem Straßencafé setzt Karlotta ihre üblichen Lästereien über das New Yorker Großkapital fort. »Der Donald« – gemeint ist Trump – habe gerade einen Golfklub eröffnet. Die Green Fee? Läppische dreihunderttausend Dollar im Jahr, um »das lästige Kleingeld auf Abstand zu halten.« Um zu betonen, dass sie in Tüttelchen spricht, macht Karlotta andauernd mit verbogenem Zeige- und Ringfinger Zeichen. »Und alles nur, um die Ballsklaven springen zu lassen!«

»Die Zeiten sind hart«, räumt Evelyn ein. Karlottas Gejammer um Knete ist ihr nicht neu.

Karlotta nickt desillusioniert. »Wie viele Arbeitslose gibt es eigentlich in Europa?«

»So um die achtzehn Millionen.« Die Zahl ist Eveyln von Amts wegen vertraut.

»Da können wir mithalten!« Karlotta scheint es zu genießen, sich einmal alles von der Seele zu reden. Es sprudelt nur so aus ihr heraus: Das ganze Land ähnele mehr und mehr den Anciens Régimes der Pharaonen, es wimmele nur so »von elenden Parallelen«. Zumindest der Arbeitsmarkt unterscheide sich kaum mehr vom Sklavenmarkt des frühen 19. Jahrhunderts, wo »ausländische Importe« mit »inländisch erzeugtem Nutzvieh« um ein Auskommen konkurrierten.

»Sieh mich an, Liebes!« Sie packt plötzlich Evelyns Hände. »Ich färbe mir die Haare, weil ich Angst habe, durch den Rost zu fallen, nicht weil ich gut aussehen will!« Eine Bauruine, der man die Renovierung ihrer Fassade als Strafarbeit aufgebrummt hat, würde nicht erbärmlicher klingen. Ein alter Sklave sei nichts mehr wert. Von den Jüngeren erwarte man, »unterwürfig, still und fleißig« zu sein, fährt sie fort, sie müssten dankbar sein, »genommen« zu werden. Doch während man früher die Sklaven präventiv terrorisierte, genüge heute allein das Wörtchen Entlassung – »Synonym für sozialen Abstieg und schmachvollen Tod«. Wehe denen, die bei den Dollar-Pharaonen von Millionaire's Row in Ungnade fielen ...

»Wieso redest du neuerdings andauernd von Sklaven?«, wirft Evelyn ein.

»Weil mir dein Lifestyle gefällt«, erwidert Karlotta etwas zu freundlich. »Ich schwöre dir, euer kleines Experiment hat mir die Augen geöffnet. Man kann nicht ewig und drei Tage an die nutzlosen Ideale schwer gestörter Sozial-Utopisten glauben, es geht nicht mehr, wenn man so halbwegs auf die Rente zugeht ...« Sie hält inne, als habe sie sich selbst bei etwas ertappt. »Mal ganz im Ernst, Evi, warum macht ihr euer Projekt nicht publik? Das fehlende soziale Netz durch eine Art Sklaven-Patenschaft zu ersetzen, das ist gut ... Man könnte fast von echter Sozialarbeit sprechen ...«

»Hör schon auf, ich mag es nicht, wenn du mich auf den Arm nimmst.«

Während Evelyn Claus eine lange, ironisch verbrämte Liebes-SMS schickt – und sich wundert, wie schnell sie in ihrer Not losfingern kann –, wechselt Karlotta endlich das Thema. Die »letzten bescheuerten« Trends und »unverdienten Erfolge« anderer Galeristen stoßen ihr auf. Aus einem Prospektständer hat sie ein paar Flyer gefischt, das meiste steckt sie kopfschüttelnd zurück. (»Pop ist schon peinlich.«) Überhaupt, solange der Kunsthandel von »Psychopathen, homosexuellen Schnöseln und reichen, unbefriedigten Witwen« beherrscht werde, könne es mit der Kultur einfach nichts werden: »Niemand kann es denen recht machen, Liebes, mal abgesehen von einem zehn Zentimeter dicken, noppenbesetzten Hartgummidildo – im transästhetischen Sinn, wenn du verstehst, was ich meine. Das Abartige ist alles, was heute zählt.«

Als »kleines Beispiel« aus ihrer Berufserfahrung führt sie einen bestimmten New Yorker Pappkünstler an, der »Junkfood-Verpackungen mit Designer-Namen« verziert und den sie vor fünfzehn Jahren mit gutem Gewissen abgelehnt hat. Ein Sammler namens Dodie Rosenkrans hätte dann nur wenige Tage nach Karlottas Absage hunderttausend Dollar »für eine *kulturelle Prothese* namens Chanel-Guillotine gelatzt«. Noch immer hat sie an dieser Niederlage zu kauen. (»Hätte ich diesen Trash damals gepusht, wäre ich heute raus aus dem Schneider! Aber ich wollte ja Kunst!«) Das Credo des Künstlers »When you lose culture, you get some of the things we do here« wollte sie noch immer nicht teilen. (»Ich kann nur sagen, was die sogenannte entartete Kunst anbelangt, hat die freie Welt endlich ihr Quantum bekommen.«)

Zu diesem Zeitpunkt beschließt Evelyn, eine Übelkeit vorzutäuschen. In einer Kellertoilette verschanzt, versucht sie Claus zu erreichen. Dass sie die Rückruftaste drückt und dann doch wieder wählt, macht die Sache nicht besser.

Sie beschließt, die Nummer von zu Hause zu wählen. Für drei, vier Sekunden lauscht sie gespannt, wie die Ziffern in unterschiedlichen Tonlagen piepen.

»Residenz Müller-Dodt. Ja, bitte?«

»Hallo.« Evelyn hätte es nicht für möglich gehalten, Bartos' Stimme einmal als wohltuend zu empfinden: Es ist die Stimme der Vernunft und der guten Ordnung, die sie hört, die Stimme des regelten Lebens, das sie vermisst.

»Gnädige Frau?«

»Ja, ja, ich bin es ...«

»Das freut mich.« Er klingt tatsächlich so, als habe er ihre gepflegte Feindschaft vermisst. »Ich habe mir allmählich Sorgen um Sie gemacht.«

»Wieso? Sie wissen doch, ich bin in New York, bei meiner Schwester ...«

»Nun, Ihre Abreise erschien mir – unter uns gesagt – etwas überstürzt ...« Er schweigt eine Idee zu lang. »Ich bestehe darauf, dass ich Sie vom Flughafen abholen darf. Sagen Sie bitte nicht Nein. Warten Sie, ich werde mir gleich die Ankunftszeit ihres Rückflugs notieren ...«

»Nicht nötig ...« Evelyn zuckt zusammen, als in der Kabine nebenan die Spülung betätigt wird. »Sagen Sie ... ist mein Mann schon nach Monaco geflogen? Zu diesem Symposium, na, Sie wissen schon ...« Und als Bartos nicht gleich antwortet: »Es ist nichts Wichtiges, aber ich habe mich nicht richtig von ihm verabschieden können ... Bartos?«

Wieder antwortet er erst nach einigem Zögern.

»Ach, das können Sie natürlich nicht wissen ... Claus und Lana sind vorgestern nach Monte Carlo geflogen. Seitdem habe ich nichts mehr von den beiden gehört.«

»Dann geht es Ihnen wie mir«, stimmt Evelyn mit ein. »Claus hat sein Telefon abgestellt. Wahrscheinlich, weil er in irgendeinem Vortrag sitzt.« Und so leise, dass es die Schwester nicht hört: »Haben Sie's mal bei Lana versucht?«

»Wenn sie sieht, dass ich anrufe, geht sie nicht dran«, erwidert Bartos gefasst. »Aber machen Sie sich nur keine Sorgen. Lana wird sich schon um Ihren Mann kümmern. Sie weiß schließlich, was sich gehört.«

VI.

6. April 2009
London. In einer TV-Dokumentation berichtet der BBC-Reporter Ben Anderson über „ganze Busladungen von indischen Sklaven", die täglich auf den Baustellen in Dubai eintreffen. Die angestellten Europäer und Amerikaner erhalten dagegen überproportional hohe Löhne. Von den Emiratis werden sie „die goldenen Sklaven" genannt und dementsprechend behandelt. Bis zur Ausreise hält man ihre Pässe allerdings unter Verschluss. (VBS-TV)

7. August 2009
Washington. Das US Department of State schätzt die Anzahl versklavter Menschen in den Industrienationen inzwischen auf 27 Millionen. Der weltweite jährliche Gewinn durch Sklaverei wird auf rund 45 Milliarden US-Dollar beziffert. In einem Großteil der Fälle werden die Opfer von professionellen Menschenhändlern verschleppt. (Washington Post)

4. Dezember 2009
Mexico City. Die Polizei befreite am Donnerstag 107 Näherinnen vom Gelände einer am Stadtrand gelegenen Weltmarkt-Fabrik. Die Frauen arbeiteten dort unter „sklavenähnlichen Bedingungen", wie es in Medienberichten hieß. Staatsanwalt Miguel A. Mancera sagte, manche der Arbeiterinnen seien zwischen den Schichten wiederholt sexuell missbraucht worden. 23 Personen wurden inhaftiert. (world)

24. Dezember 2009
Haiti. Eine Studie der Pan American Development Foundation belegt, dass mehr als 250.000 Kinder auf Haiti als „unbezahlte Restavec-Sklaven" unter „menschenunwürdigen Bedingungen" arbeiten. Restavec – vom Französischen „rester avec" abgeleitet – bedeutet „bei jemandem bleiben". In Haiti bedeutet es: für jemanden schuften. Die Studie belegt auch das erschreckende Ausmaß von gewohnheitsmäßigem Kindesmissbrauch. (CNN)

VII.

Jetzt machen wir Bunga, Bunga!

– SILVIO BERLUSCONI

Am Mittag des 18. Juli fahren sie los – in einem eigens gemieteten SLK Cabriolet mit defektem Verdeck. Im Grunde genommen ein Hohn, an einem dem Wassergott Neptun geweihten Tag. Der Fahrtwind ist warm, weich, fast seifig, es fährt sich leicht. Obwohl das Hotel, in dem sie logieren, bereits zu den besten gehört, hat Claus noch eine Schippe Luxus draufgeben können: Das Monte Carlo Beach Hotel liegt eine knappe Autostunde von Monaco entfernt, der Ort heißt Roquebrune-Cap-Martin, Bauer hat es als Nest für verwöhnte Liebesvögel empfohlen. Schon einige Kollegen hätten hier ihre Solo-Bacchanalien gefeiert, die lokale Mafia betrachte den Laden als Wochenendreservat.

Gebucht hat Claus das »Große Verwöhnwochenende mit Rosenblüten-Aromabad, Champagner-Frühstück und einer balinesischen Wellness-Massage«. Er glaubt, das Lana schuldig zu sein, nicht zuletzt, weil sie sich für ihn aufgespart hat. *Kleines Sklavenmädchen, du sollst meine Königin sein ...* In Gedanken sieht er sie beide unter einem blühenden Apfelbaum sitzen, vor einem schmucken Landhaus am See, um den sie abends spazieren gehen, um später dann mit gut durchbluteten Organen emsig Nachwuchs zu zeugen.

Ja, so könnte es gehen, denkt er noch. Einer jungen Frau tief in die Augen sehen und sagen: Komm, du, lass uns eine Horde gründen, eine richtige Sippschaft, so ein blut-erdiges Ding ... Um die Früchte ihres Leibes dann Jahr für Jahr zu pflücken. Aus dem reinen Egoismus der Gene heraus. So wäre es wahrscheinlich normal. Doch so ist es für ihn nicht gelaufen.

Stattdessen hatte er schon nach dem Studium die Entscheidung gefasst, gepflegt auszusterben, die Welt den Brutalen zu überlassen, den Halbtieren, die sich heute überall mit ihren untrüglichen Instinkten behaupten. Wäre Lana in der Lage, ihn zu verändern? Sie ist vielleicht seine letzte Chance, sich dem Leben zu stellen.

Während der Fahrt bleibt Lana auffällig still. Vielleicht liegt es daran, dass er einen Remix aus lauter Sklavensongs spielt, »Slave to the Rhythm«, »Slave to Love«, »I need a Slave« und natürlich das legendäre »Master and Servant« ... Nur einmal macht sie ihn auf ein paar Zypressen aufmerksam, deren windflüchtige Schatten nach unterschiedlichen Richtungen weisen.

»Wie die Sonnenuhr eines anderen Sterns«, träumt sie laut vor sich hin.

Claus nickt und nickt, es sieht fast nach einem körpersprachlichen Selbstgespräch aus. Mit jedem Kilometer, den der Motor wegschnurrt, spürt er, wie sich seine Gedanken immer weiter vom eigentlichen Zweck dieser Reise entfernen: Eine Wallfahrt zur Liebe hatte er sich erwartet, jetzt stürzt die ganze Szene vor seinen Augen in sich zusammen. Er hat das Gefühl, durch eine Modellbaulandschaft zu fahren. Die Gleise einer Eisenbahn sind freilich nirgends zu sehen, doch vor dem himmlischen Cyanblau ähneln die ausgedörrten Hügel schlechten Attrappen. Auch die Büsche sehen wie aufkaschiert aus, ihre Ähnlichkeit mit industriell geformten Belaubungsflocken ist erschreckend. Schlimmer noch: Im Asphalt vor sich glaubt er jetzt das Trägernetz von Bodenbedeckmaterial zu erkennen.

»Alles in Ordnung, mein Herr?« Er gibt keine Antwort. Eine alte Natursteinbrücke, die sie passieren, erscheint ihm plötzlich wie ein dreidimensionales Willink-Gemälde – freilich von grobpixeliger Realität.

Ganz anders dagegen Lanas Busen, dessen Rundungen seine Augenwinkel eindrücken. Von allen Oberflächen in seiner Umgebung hat diese noch immer die höchste Auflösung, und er weiß wieder mal, nichts ist schärfer als die Realität.

»Dieses Glück habe ich nicht verdient«, sagt sie plötzlich.

»Doch, das hast du.« Er tastet nach ihrer Hand und findet das nackte, feste Fleisch ihres Oberschenkels. »Vorausgesetzt, dass du willst.«

Sie ergreift seine Hand.

»Ich will«, sagt sie leise.

Dennoch läuft die Fahrt auf eine Grundsatzdiskussion über das Leben »außerhalb der Villa« hinaus. Vielleicht liegt es an der inneren Angespanntheit, die beide quält und die sie doch voreinander zu verheimlichen suchen. Claus moniert jedenfalls den Zustand der Welt, »dieses Nichts aus Angebot und Nachfrage«, das Frauen zu kosmetisch getarnten Einkaufskörben und Männer zu lebenden Brieftaschen degradiere. Hauptsache konsumieren. Davon lebe dieses Piratennest mit seinen »livrierten Hotel-Morlocks«. Nachdem er sämtliche ehrbaren Berufsstände des Gewerbes diffamiert hat, beschimpft er die junge Generation, die ungeniert die Selbstmaschinisierung betreibe. Menschliche Matrix-Batterien, mehr wollten sie nicht sein. Jede schmore in ihrem Ich-Tümpel. Anstelle von Ethik seien schlichte Überlebensregeln getreten, das moderne Gewissen zur Anpassungsfunktion verkümmert. Auch Lana neige dazu, sie begreife ihr Leben eindeutig als dreidimensionales Rollenspiel. Das zeuge im Grunde genommen zwar von geistiger Reife, doch spiele sie das ihr zugewiesene Modell mit einer, wie er meint, »entsetzlichen Überzeugung«. (»Du bist nicht wirklich meine Sklavin, ist dir das klar?«)

Dennoch gemahnt er sie – ihm zuliebe –, auf die Laber-Dompteuse Heidi Klum zu verzichten, er könne dieses öffentliche Abrichten von Sklaven schlecht ertragen, ganz zu schweigen von DSDS, *Frauentausch* oder *Bauer sucht sonst was* ... All diese für Sklavenseelen erdachten Unappetitlichkeitssendungen gingen ihm an die Substanz. »Ich will nicht zehn Minuten rätseln müssen, ob die Sendung läuft oder die Werbung.«

Erstaunlicherweise hält sie dagegen: Dass die moderne Welt ein Sklavenmarkt sei und dass Ausverkauf herrsche, dafür könne er ihre Generation nicht verantwortlich machen. Er habe ja auch davon profitiert, sonst säße sie ja nicht hier, sondern würde an einer Uni studieren, um ihren Doktortitel zu machen. Im Übrigen würde sie die Abwesenheit von überkommenen Wertvorstellungen nicht stören, sie habe jedenfalls noch nie in ihrem Leben einen Satz von Kant und Hegel gebraucht. (»Spirit muss wandelbar sein, sonst ist es nicht cool.«) Dasselbe halte sie von all den abstrusen Ideologien und Klassenantagonismen, die Menschen hätten sich längst von ihren Klassen befreit. Moral sei immer schon nur eine von großen Fischen ersonnene Regel gewesen, um sich selbst vor dem Überfressen zu schützen. Seine Kritik an ihren Lieblingsprogrammen empfand sie dagegen als unfair: Ihr persönlich sei das RTL-Dschungelcamp lieber als der Archipel Gulag. Auch Shopping sei kein Verbrechen, eher ein harmloser Spaß, vergleichbar mit einem Spielautomaten, der einen für den Einwurf einer Münze sofort mit bunten Lichtern belohnt. Die Liberalisierung des Westens habe aus ihrer Sicht schon beachtliche Früchte getragen. So untätig seien die Politiker nun auch wieder nicht. Das Urheberrecht habe man beispielsweise im Handumdrehen gebeugt, um die kostenlose Versorgung der Massen mit Musik und Pornos zu garantieren, eine aus ihrer Sicht kulturelle Revolution. Nebenbei werde durch diesen »freudianischen Trick« der soziale Frieden gewahrt. Und statt Kultur-Hickhack gäbe es endlich »Wellness-Kultur«. Man müsse schon sehr dekadent sein, um so viel Gutes und Schönes als schlecht zu empfinden. Gerecht teilen wollten im Übrigen immer nur die, welche vom Teilen fremden Eigentums profitieren, nie jene, die etwas zum Aufteilen hatten. Das sei auch in Zukunft das große Problem.

Was ihre Rolle beträfe, so habe sie tatsächlich nicht vor, für immer und ewig Sklavin zu sein. Sie vergleiche ständig den Soll- und Haben-Zustand ihres Lebens und strebe nach einer »wertigeren Realität«. Dass er, Claus – trotz seiner fragwürdigen Motive – sie dabei unterstütze, wisse sie sehr zu schätzen. Als sie endlich fertig ist, fühlt sich Claus wie einbalsamiert. Ihre Hand liegt noch immer wie tot in der seinen.

»Kannst du deinen dreimalklugen Kopf einmal ausschalten?«, fragt er nach einiger Zeit. »Wir sind doch hier zum Vergnügen.«

Das Monte Carlo Beach Hotel – so nobel der Name auch klingt – hat schon bessere Zeiten gesehen. Von weitem erinnert es an eine schlampige Verhüllungsaktion von Christo. Auf dem Parkplatz stehen noch Baugerüste herum, und das Bruchsteinmauerwerk, das den weitläufigen, aber stereotypen Park einfasst, ist, so weit man sieht, mit dilettantischen Graffiti von Provinz-Sprayern verschandelt. Das Vertrauteste ist vielleicht noch das Sägen der Maulwurfsgrillen, die den nahenden Abend auf ihre unnachahmliche Weise begrüßen.

So viel steht fest, irgendjemand in diesem Hotel hat eine Schwäche für Art déco. Eine wachsgesichtige, krankhaft gepflegt wirkende Dame hilft ihnen an der Rezeption mit den Formalitäten. Claus trägt sich als »Justin Cognito« ein, sie als »Jennifer Joiner«. Da er im Voraus bezahlt hat, will niemand Ausweispapiere sehen.

Leicht beschwingt betreten sie wenig später ein geschmackvoll eingerichtetes, lichtdurchflutetes Zimmer. Vom Fernseher aus, zwischen zwei imitierten Barockwandleuchten, heißt die Hotelleitung ihre Gäste herzlich willkommen.

Eine Schale mit frischen Waldbeeren steht auf dem Tisch, daneben eine Flasche mit stillem Wasser.

»Die haben an alles gedacht«, sagt Lana.

»Ich vermisse meine römische Toga«, quengelt Claus so zum Schein. »Und ein Viertelliter für zwei Personen, das ist viel zu wenig. Das Verlegen der physiologischen Leistungsgrenzen beim Liebesspiel macht die Aufnahme von Flüssigkeit unerlässlich.«

»Spinner.« Sie knufft ihn in die Seite.

Tatsächlich liegen sie die ersten anderthalb Stunden einfach nur auf dem Bett und starren hinauf zu einem achtarmigen Kristallleuchter, den ein paar müde Fliegen umschwirren. Sie probieren die Nummer vom Roomservice aus und folgen dann einem Nachmittags-TV-Programm über sibirische Hirsche, deren abgesägte Geweihe – wie Salami aufgeschnitten – Asiaten als Potenzmittel dienen. »Russisches Viagra«, bemerkt einer der Jäger und hebt beide Daumen, alles wird gut.

»Wer braucht schon den Mist?«, meint Claus scheinheilig. Dabei hat er so ziemlich alles an Weekend-Pills und Scharfmachern in seiner Reisetasche dabei. Sanft legte er seinen Arm um Lanas Taille, und sie lässt es wie selbstverständlich geschehen.

Evelyn, denkt Claus in diesem Moment. *Warum musste es nur so weit kommen?*

Der Kommentar des Sprechers stößt ihm zwischendurch auf: »Trotz seines völlig intakten Geweihs wird der alte Hirsch nur schwerlich eine Partnerin finden, sein Geruch entlarvt ihn als altes Tier.«

Claus hält unwillkürlich den Atem an, aber Lana wirkt ohnehin schläfrig.

»Dieses ganze Naturgewundere ist doch das Letzte.«

»Hm?«

Er ahnt, dass sie dem Programm nicht mehr folgt, und schaltet aus.

»Was für eine göttliche Ruhe.« Jetzt hebt sie den Kopf, als horche sie auf ein Geräusch.

»Sag mal ...« Claus berührt Lanas Schulter. »Hast du dich eigentlich schon einmal gefragt, wie das wäre, Herrin zu sein?«

Diesmal sieht sie ihn fast mitleidig an. »Aber das bin ich doch schon«, sagt sie leise, so leise, dass er zunächst glaubt, er habe sich eben verhört. »Wenn du nicht aufpasst, bist du verloren.«

»Das war ich schon, als ich dich das erste Mal sah.« Claus hält es für die übliche Neckerei, aber sie legt noch einmal nach: »Ich bin nicht gut für dich, glaub mir. Komm mir nicht zu nahe, okay?«

»Ich bin gewarnt«, Claus schafft es, ihrem Blick standzuhalten, »aber ich liebe Gefahr.« Schade, dass Männer nicht wie

Hunde mit dem Schwanz wedeln können. Wie viele Missverständnisse ließen sich so mittels Körpersprache vermeiden!

»Zumindest gibt es wesentlich langweiligere Arten, einem Mann klarzumachen, dass Frau auf ihrer statistisch zugesicherten Vorspieldauer von 19,7 Minuten besteht. Ich weiß Verzögerungen durchaus zu schätzen.«

Sie reckt sich verlegen, rutscht geschickt von der Matratze. »Ich glaube, ich schulde dir eine Erklärung.«

»Wenn du Missverständnisse ausräumen willst«, sagt Claus, »musst du dir eine Nummer ziehen und dich hinten anstellen.«

»Ich meine es ernst.« Etwas an ihrer Körpersprache erinnert ihn an die Haltung, die viele Männer beim Entkorken einer Flasche annehmen. »Hören wir auf mit dem Spiel: Als ich sagte, ich würde mit dir nach Monaco fahren, da wusste ich natürlich, was du von mir erwartest.«

»Dann weißt du mehr als ich«, sagt Claus schüchtern.

»Es war nicht schwer zu erraten. Mädchen in meinem Alter werden dauernd ausgeführt und herumgereicht, und alles nur wegen des straffen Bindegewebes des Körpers.« Sie klingt jetzt so unterkühlt wie ein Computer im Greta-Garbo-Sprachmodus. »Die älteren Typen denken, ein Mädchen in meinem Alter sei eine Art Frischzellenkur.«

Claus wirkt in diesem Augenblick wie die Betroffenheit in Person.

»So groß ist der Altersunterschied nun auch wieder nicht.«

»Sicher nicht«, sagt sie mit einem spöttischen Grinsen. »Weißt du, Claus, ich hab dich wirklich lieb, sehr lieb sogar, aber es läuft nicht, okay?« Sie greift nach seiner Hand. »Wenn man mit jemandem schläft, dann gibt der eine Körper dem anderen ein Versprechen. Es ist ... wie mit kommunizierenden chemischen Gefäßen, die Flüssigkeiten austauschen. Hast du das nicht in der Schule gelernt?«

»Kommunizierende Gesäße wären mir lieber«, meint Claus. »Aber ich verstehe, was du meinst: Physikalische Wärme ist wichtiger als das Gefühl der Geborgenheit, Tränen sind Wasserverschwendung. Und Gefühle beruhen auf den volatilen Verbindungen der Körperchemie. Darf ich dich vom Gegenteil überzeugen?«

»Du hörst mir nicht zu.« Sie blinzelt müde und nachsichtig. »Es wäre dir gegenüber nicht fair. Meine Seele könnte das Versprechen meines Körpers nicht halten.«

Claus lässt sie reden, einfach weiterreden, über Fairness und Beischlaf vor der Ehe und schlimme Erfahrungen, die sie als junges Mädchen gemacht habe, und ihre Absicht, nur noch Dinge zu tun, die positiv auf ihre Mitmenschen wirken.

»Ich will dir wirklich nicht schaden.«

»Ich mir auch nicht«, pflichtet er ihr redselig bei, wobei er an die Macht der Unwahrheit denken muss, einer Macht, der manche Menschen alles verdanken. »Wahrscheinlich hast du Recht. Belassen wir es also, wie es war.«

»Gut.« Sie besteht darauf, dass sie sich die Hand geben. »Dann werde ich jetzt ein Bad nehmen. Ist das okay, mein verständnisvoller und großzügiger Herr?«

»Mehr als das, meine noch nicht ganz schaumgeborene Venus ...«

Während das Badewasser läuft, lauscht Claus am offenen Fenster den Klängen eines getragenen Klavierstücks, das nach einem endlos sich wiederholenden Schlussakkord klingt.

Da die Tür zum Badezimmer nur angelehnt ist, kann er hören, wie sie sich wäscht.

Sie ist jetzt nackt, denkt er, splitternackt, und du hast zwei Optionen, entweder den Wohlfühlwochenendquatsch mitzuspielen oder Lanas Reizen wie ein Mann gegenüberzutreten. *Wie würden Sie entscheiden?*

Lächelnd greift er in seine Tasche und schüttelt vier, fünf Viagra auf die feuchtklamme Handfläche. *Sicher ist sicher.* Da wäre allerdings der Verzögerungsfaktor. Sildenafil wirkt erst nach dreißig Minuten. Vorsichtshalber wirft er noch zwei gräuliche Kapseln hinterher – »Love Bomb Jungle Juice«, die härtesten Geschütze der Branche. Seit einem Jahr hat er sie in seiner

Brieftasche aufbewahrt, ein kleines Andenken an einen Fetischball, wo es alles Mögliche kostenlos gab. Angeblich werden die Dinger nur von den Dauer-Stehern sogenannter Live-Shows geschluckt. Der Wirkstoff Apomorphin schießt direkt in die Neurotransmitter und bei etwas okularer Erregung ...

Schon bis aufs Hemd ausgezogen, bearbeitet er seinen Peter, als ob der ihm Geld schulden würde.

»Alles in Ordnung?«, ruft sie aus dem Bad. »Du bist so still ...«

»Nein, nein, alles bestens.«

Sie wird begreifen, denkt Claus, dass der Daseinszustand des Spermatozoiden für den Mann nie endet. Jeden Moment seines Lebens schwimmt oder treibt er auf eine Eizelle zu, die sich ihrerseits unter einer Puderkruste verbirgt. Er muss Schallwellen absondern und anhören, optische Signale und Gerüche sondieren und abwägen, ob sich diese geschminkte Fötusfabrik zur Herstellung seiner Nachkommenschaft eignet. Letztendlich könnte man den Mann insgesamt als Luxusbildung betrachten, eine Art Hirschgeweih auf zwei Beinen – was ihn wieder an die demütigende Tiersendung über das Schicksal der alternden, sibirischen Hirsche erinnert. Ein Glück, dass Sex inzwischen zu den Konsumartikeln der Warenwelt zählt, und dass die Eizelle sich nicht mehr wirklich einen Kopf machen muss, ob sie schwanger werden will oder nicht. Lana nimmt die Pille, alles im Lot. Ein römischer Sklavenhalter, der seiner Sklavin nachstellte, ging in der Regel ein höheres Risiko ein.

»Hast du Hunger?«, ruft er, während er mit seiner freien Hand im Zimmermenü blättert. Ein Bonjour-Tropfen perlt inzwischen auf seiner Eichel, die eher an eine Esskastanie erinnert.

»Das sieht gut aus«, kommentiert er laut vor sich hin, »die servieren sogar kanadischen Lobster und Kaviar. Hast du Lust auf ein Kaviarbrötchen?«

»Du meinst Kaviar von den Fischen?«, schallt es zurück.

»Gibt es auch anderen Kaviar?«

Statt zu antworten, plätschert sie laut vor sich hin.

»Also, wenn du keinen Kaviar willst, kann ich auch den Großen Austernteller bestellen.«

Sein Atem geht schwer, das Teil in seiner Hand fühlt sich jetzt an wie ein sperrig abstehender Ast, er käme damit in keine Hose der Welt. *Tja, Romeo, vielleicht waren fünfe doch des Guten zu viel ...*

Er hält es für überflüssig zu klopfen und öffnet einfach die Tür. Sie sitzt mit dem Rücken zu ihm in der Wanne und hantiert gerade mit einer altmodischen Bürste. Überall brennen Teelichter, die langen Dochte verströmen ein goldfarbenes Licht.

»Willkommen im Paradies«, flüstert Claus. Die Stickstoffmonoxid-Konzentration in seinen Schwellkörpern hat sich noch einmal erhöht: Clausus Gordian Maximus klar zum Gefecht ...

Sie dreht sich um – und macht große Augen, als er Anstalten macht, nackt zu ihr in die Wanne zu steigen. Noch bevor er ganz in das nach Myrrhe riechende Badewasser eingetaucht ist, stürzt sie wie eine Springflut an ihm vorbei und fegt ein paar der brennenden Kerzen vom Hocker. Heißes Wachs spritzt auf den Boden und erstarrt auf den Marmorfliesen zu einer abstrakten Figur der Verzweiflung.

In der Wanne sitzend, lauscht Claus den Geräuschen, aus denen er schließt, dass sie ihre Sachen fluchtartig packt.

O Fortuna, velut luna, statu variabilis ... Wenn der Affekt nicht zur Sinnlichkeit zählt, was dann? Sein Blick wandert durch den Raum, vom Spiegel zum Waschbecken und zurück zu den Armaturen, die eine stark gerötete Fratze mit einem pulsierenden Aderngeflecht auf der Stirn widerspiegeln ...

»Das hätte ich nicht von dir gedacht!«, ruft er galant. »Ich meine, dass du so kleinbürgerlich bist. Sich erst als Jennifer Joiner eintragen lassen und dann kneifen! Was wäre eigentlich so verkehrt daran, ein vollendetes Werk der Schöpfung vollkommen ungehemmt zu genießen? Komm schon, Svetlana, was hindert dich daran? Warum lässt du das Leben nicht einfach geschehen? Es lebt sich von selbst.«

Keine Antwort, nur leises Rascheln.

»Verstehe. Und ich dachte, in deiner Generation schlittert man von einem Orgasmus zum nächsten. Bitte, Lana, könntest du die Sache einmal unter medizinischen Gesichtspunkten sehen? Was habe ich denn Schlimmes getan?« Er klatscht mit der Hand in den Schaum. »Du bist doch sonst nicht so zimperlich, oder? Kannst du nicht einfach einen sexuellen Funktionskreislauf in mir sehen?«

Das offene Fenster wird nicht geschlossen, es wird zugeknallt.

»Jetzt mal im Ernst, Lana, auch du musst mit den Erkenntnissen der modernen Wissenschaft leben, den großen Vereinfachungen unseres Lebens! Biologische Funktionskreise leben nun mal davon, dass man sie regelmäßig betätigt ... Svet, hörst du mir überhaupt zu? He, ist dir eigentlich klar, dass nur Menschen und Delfine richtig Spaß an Sex haben können?« Noch im Auflachen bricht er wieder ab: »Hab Mitleid, hörst du? Wenn du jetzt gehst, Lana, dann sinkt der osmotische Druck in meinen Blutgefäßen auf den kritischen Wert. Es könnte zu ernsthaften organischen Komplikationen kommen! Herrgott nochmal, willst du vielleicht, dass ich draufgehe?« Und als sie noch immer nicht reagiert: »Verdammt, Lana, das ist keine Art für eine Sklavin, ihrem Herren zu dienen!«

Er lauscht wieder, aber sie ist kaum mehr zu hören.

»Dann tu es der schlanken Linie zuliebe!«, brüllt er jetzt. »Sechsundzwanzig Minuten Sex mit Orgasmus entsprechen den Kalorien einer halben, gut belegten Pizza! Du bist doch sonst so versessen aufs Abnehmen, oder?«

Draußen fällt eine Tür leise ins Schloss, die Flammen der Teelichter flackern für ein paar Sekunden und brennen dann seelenruhig weiter. Claus legt den Kopf in den Nacken und wartet auf das Abklingen der Erektion.

Sie hat schon Recht, grübelt er vor sich hin. Ein wahrer Herrscher hätte anders gehandelt. Jeder Dummfick hätte es fertiggebracht, sie flachzulegen. Nur du musstest wieder mal den Gentleman spielen. An diesem griechischen Restaurantbesitzer hättest du dir ein Beispiel nehmen sollen. Der hatte sich als Investor ausgegeben und mit EU-Geldern in der finstersten Ecke von Lichtenrade eine baufällige Platte gekauft: sechzehn Buden in der Vertikalen, und jede einzelne hatte er an eine andere sozialschwache Schlampe vermietet – Junkies und Alkoholikerinnen im Frühstadium der Demenz, aber auch Stripperinnen und Hartz-IV-Empfängerinnen, von denen sich manche als Gelegenheitsdirnen verdingten. Um die einzige alleinerziehende Mutter kümmerte sich sein neunzehnjähriger Sohn Polykarb, und genau diese Mutter hatte Evelyn wegen einer anstehenden Zwangspfändung verteidigen müssen. So hat Claus von der vertrackten Geschichte erfahren. Schon die Vorgehensweise des Griechen war nicht unoriginell: Er hatte stets auf Kautionen und Bankbürgschaften verzichtet und auf »vertrauensvolles Entgegenkommen« seiner Mieterinnen gesetzt. Über einen Mietrückstand ließe sich reden. Dass er damit vor allem Spielarten des Geschlechtsverkehrs meinte, hatten die meisten der Mieterinnen vielleicht schon geahnt. Nichtsdestoweniger hatten sie ihn als einen »über alle Maßen kulanten Herren von großer Herzlichkeit« charakterisiert. Wie sich später herausstellen sollte, brauchte der Grieche weder die Mieteinnahmen, noch hatte er je vorgehabt, die marode Beton-Wohnmaschine zu sanieren. Er war kein Entwickler von Immobilien, sondern nur ein sehr reicher, gelangweilter Mann. Wie er freimütig zugab, hatte er von Anfang an auf ein »Tauschgeschäft« mit seinen zahlungsunfähigen Mieterinnen spekuliert. Vor allem die Crackbräute aus dem vierten Obergeschoss waren gegen Mieterlass zu allem bereit. Während der Sohn seine Wochenenden zumeist im Bett der ältesten Frau ausklingen ließ, widmete sich der Vater jeden Wochentag einer anderen Etage des Hauses. Die medial abgerichteten Frauen wollten auch später nichts Anstößiges an seinem Verhalten erkennen. Yvonne, eine einundzwanzigjährige Langzeitarbeitslose, meinte sogar, er habe gelegentlich für sie gekocht und ihr eine »osmanische Putze« bezahlt. Einer anderen Frau, einer Analphabetin, die zigfach vorbestraft war, half er persönlich beim Ausfüllen der Formulare. »Er war immer für mich da«, meinte sie später, »ganz ein feiner Kerl.« Der hatte sich inzwischen das oberste Stockwerk des Hauses zu einer Penthouse-Suite ausgebaut. Sehr oft brachte er seinen Mietparteien Essen vorbei oder kümmerte sich um lästige Haushaltsprobleme.

Auch die Traditionen kamen nicht mehr zu kurz. An Feiertagen – dem Tag der deutschen Einheit zum Beispiel – veranstaltete er in seiner Penthouse-Wohnung wüste Gelage, wobei der Gastgeber seine Frauen vortanzen ließ: Bille, achtzehn, die beruflich vom Stangentanz lebte, konnte sich immerhin noch an einen Maskentanz, einen Hut-Nackttanz und den »Mothon« erinnern. Letzterer wurde auch »Tanz der Sklaven« genannt und war bei den Frauen besonders beliebt. Erst mit der Zwangspfändung einer Mieterin wurden die Behörden auf die Zustände in der Platte aufmerksam.

Der polizeilich befragte Gastronom hatte angeblich einen »erschreckend biederen Eindruck« gemacht. Den Verdacht, Opfer einer Form von sexueller Versklavung geworden zu sein, wiesen auch seine Mieterinnen zurück, es sei – so wörtlich – »einfach ein natürliches Geben und Nehmen« gewesen.

Du hättest so was nie hingekriegt, denkt Claus. Es ärgert ihn auch, dass der Druck in den Schwellkörpern noch immer nicht sinkt. Ob es am Wirkstoff Sildenafil liegt oder an dieser abgewichsten Geschichte, ist schwer zu sagen.

Es bleibt ihm nichts anderes übrig, als selbst Hand anzulegen …

Später verbringt er die Nacht allein auf dem Zimmer, er hat schließlich im Voraus bezahlt, ein Stornieren kommt in solchen Fällen nicht mehr infrage. Wenigstens hört er draußen eine Nachtigall singen. Auch nicht schlecht.

Es freut ihn, dass die Erinnerungen, die er an Evelyn hat, noch nicht verblassen; trotz des Ärgers hat er sie unter einer Glasur aus Zuneigung in seiner Seele verwahrt.

»Da hast du Narr dein Wunder der Osmose!«, flucht er einmal laut vor sich hin und versucht sich mit einem Brokatkopfkissen sanft zu ersticken.

Die Wirklichkeit fügt sich niemals der menschlichen Illusion, ganz gleich, ob man sich Sklaven hält oder nicht. Der Apfelbaum seiner Fantasie ist jetzt kahl, die Früchte, nach denen er sich verzehrt hat, liegen verrunzelt im Gras.

Mit der festen Absicht, etwas in seinem Leben zu ändern, findet er doch noch in den Schlaf.

Dass Lana sich aus dem Staub gemacht hat, ist das Erste, was er feststellen muss, als er am Vormittag mit einem Brummschädel erwacht.

Die Möglichkeit, dass sie frühstücken oder schwimmen gegangen ist, fällt ihm ein. Das Hotel hat angeblich einen Pool auf dem Dach. Was dagegenspricht, ist der von innen steckende Schlüssel der Suite. Wie hätte sie das Zimmer unbemerkt betreten und sich umziehen können?

Für alles gibt es eine logische Erklärung, denkt Claus. Zumindest wäre es schön.

Er bemerkt einen ihrer hohen Hacken am Boden, mit Schattenfüßen gestopft ...

»Tanzt einem anderen auf der Nase herum ...« Wie unterschiedlich Reaktionen von Frustrierten ausfallen, kennt man aus psychologischen Experimenten: Nach einer zynischen, unter ärztlicher Aufsicht durchgeführten Befragung zeichnet der eine spontan Karikaturen von erstochenen und erhängten Psychologen, der andere versinkt im Wachkoma und knallt drei Jahre später den Versuchsleiter ab. So unterschiedlich sind Menschen. Die Mehrzahl reagiert sich aber in der Regel an fremdem Eigentum ab, nicht ungewöhnlich in Zeiten des Wohlstands.

Claus stolpert jedenfalls über den zweiten Mule und nur ein beherzter Griff in die Vorhänge bremst seinen Fall.

»Zur Hölle ...« Er betrachtet den zerrissenen Stoff in seiner Hand. »Verdammt, Sklavin, das lasse ich mir nicht bieten!« Er hat noch nie ein Hotelzimmer demoliert, aber die Sache gestaltet sich leichter, als man denkt: Ein Tritt in die Minibar, einen Stuhl an die Wand, den anderen an die Badezimmertür.

Er zertrümmert einen zweiten Stuhl auf dem Boden, als gelte es, eine Saalschlacht zu schlagen. Erst nach einem vernichtenden Tritt in den Nachttisch, wobei er sich den Zeh schmerzhaft staucht, hält er inne und weint ...

Im Badezimmer, während er pinkelt, entdeckt er eine übergroße Lippenstift-Schmiererei: »Money Pig«, steht da quer über den Spiegel geschrieben. *Money Pig?*
Sie glaubt, ich wollte sie kaufen, kombiniert Claus. *Ach, daher weht der Wind.* Da es im Ansatz der Wahrheit entspricht, ist es ihm unmöglich, ihr böse zu sein. Dennoch glaubt er, sich nichts vorwerfen zu müssen. Es ist nichts passiert – oder doch?

Erst nach einem ausgiebigen Katerfrühstück – zwei Bloody Marys und mehreren Wachteleieromeletts, keimt in ihm der Verdacht, dass er es vielleicht doch übertrieben haben könnte.

Er wählt die Rezeption an, aber *le Sümmton* ändert sich nicht. Entweder ist er unfähig, ein französisches Telefon zu bedienen, oder das Ding ist im Eimer. Der Vibra-Alarm seines Handys erlöst ihn aus einer mehr als ungewissen Situation.

»Lana? Wo zum Teufel ...?«

»Müller-Dodt? Sind Sie das?« Es ist Hempel, und er klingt etwas pikiert. »Äh, Danny und ich nehmen die Mittagsmaschine ... Wann fliegen Sie?«

»Später«, erwidert Claus. »Gegen halb neun. Oder noch später.« Es rauscht in der Leitung, Hempel überlegt offensichtlich, was er antworten soll.

»Schade, ich hätte die Zeit gerne genutzt, mit Ihnen einmal über ein paar Veränderungen in der Klinik zu sprechen ...«

»Lassen Sie mich raten«, sagt Claus. Ein Betäubter, der gerade aus der Narkose erwacht, hätte nicht anders geklungen. »Die Produktpalette hat sich geändert ...«

»Stimmt.«

»Sie haben vor, mich zu schassen.«

Der Schuss ins Blaue hat ganz offensichtlich gesessen, denn Hempel druckst eine Weile herum.

»Roger, bitte, ersparen Sie mir dieses Rosstäuscher-Geplänkel!«
Da ihn Lanas Verschwinden noch immer beschäftigt, will er die Sache einfach nur hinter sich bringen.

»Es ist Ihre Wurstmaschine, Sie brauchen nicht meine Einwilligung, um mich zu entlassen. Was soll das also? Mit der Anpassung Ihrer Produktpalette versuchen Sie nur, dem medizinischen Fortschritt, der unsere Branche früher oder später plattmachen wird, ein Schnippchen zu schlagen. Die Liposuction ist ein auslaufendes Modell. Vielleicht stimmt das sogar, vielleicht auch nicht. Tatsache ist, dass Fehler in unserem System nie auf der Ebene beseitigt werden, auf der sie entstehen. Sonst säßen ja all die kretinösen *Topf*-Manager und Protointelligenzen des politischen Lebens in der Hartz-IV-Klemme – oder im Knast. Und jetzt schassen sie mich, aber ersparen Sie uns bitte diesen pseudomenschlichen Austausch.«

»Also, Müller-Dodt ...« Hempel räuspert sich, als könne er es einfach nicht fassen. »Wer ... ich meine, wer hat es Ihnen gesagt?«

»Der gute Rosen«, antwortet Claus. Es ist eine Lüge, aber sie erfüllt ihren Zweck. »Danny hat es mir nach dem Abend im Porto Bello gesteckt. Deshalb habe ich nochmal richtig auf Ihre Kosten Urlaub gemacht.«

»Danny hat es Ihnen gesagt?« Hempels ansonsten so feste Stimme klingt breiig. »Das ist ... das ist unmöglich.«

»Glauben Sie, was Sie wollen«, sagt Claus.

»Sie haben jedes Recht, so zu reagieren«, sagt Hempel. »Ich darf aber sagen, ich habe ein reines Gewissen ...«

»Klar doch«, bestätigt Claus, »Ihr Gewissen muss sogar lupenrein sein, denn Sie haben es nie gebraucht.«

Im Affekt drückt er auf die Gabel und reibt seine schwitzenden Handflächen aneinander, als wolle er ein Feuer entzünden. *Lana, warum? Warum tust du mir so was an?* Statt sich Sorgen um seine eigene Zukunft zu machen, hechtet er aus dem Frotteebademantel in seine Kleider. Er hat keinen Nerv, auf den Aufzug zu warten, und rennt barfuß drei Stockwerke hinunter.

Stumpfsinnig taumelt er in die Lobby, wo die Chef-Concierge bei seinem Anblick erstarrt.

»Guten Morgen«, beginnt er, »ich würde gerne auschecken, wenn es Ihnen keine Umstände macht.«

Die Frau nickt freundlich-beherrscht. Erst als Claus sich nach dem Verbleib seines Joiners erkundigt, verzieht sie leicht verächtlich den Mund.

»*La petite fille?* Ist schon gestern Abend gegangen.«

»Dann haben Sie sie gesehen?«

Er erntet einen missbilligenden Blick. »Zu übersehen war sie ja nicht.«

»Was soll das heißen?«

»Als ob Sie das nicht wüssten, M'sieur.« Sie geht kurz in die Hocke, ein Nadeldrucker, der unter dem Rezeptionstresen rattert, braucht neues Papier. »Schämen Sie sich, so ein junges Mädchen.«

»Aber ich weiß von nichts!« Claus, der bemerkt, dass sein Hemd vorne weit aufgeknöpft ist, zieht es am Kragen zusammen.

»Sind Sie in den Wechseljahren, oder warum sind Sie plötzlich so rot im Gesicht?«

Die Frau reißt das Papier mit einem Ruck ab. »Sie war nackt, M'sieur, splitternackt ... Haben Sie das arme Kind so auf die Straße gejagt?«

Claus glaubt erst, er habe sich verhört, aber der stellvertretende Direktor, der wie aus der Versenkung auftaucht und ebenso hilflose wie beschwörende Gesten macht, bestätigt, was seine Mitarbeiterin sagt.

»Sie hatte nichts an – außer Sandalen. Ich glaube, es war kurz vor zehn, als sie ging.«

»Und da habt ihr nichts getan, ihr Sumpf-Frösche?«

»Aber, M'sieur ...« Der stellvertretende Direktor versucht, seinen Gast zu beruhigen. »Dies ist ein Luxushotel, Sie verstehen? Unsere Klientel legt Wert auf Diskretion. Die meisten Chirurgen sind doch ein bisschen – wie sagt man – *extravertiert*, ich meine, extrovertiert? Wir dachten, Monsieur hätte vielleicht etwas über die Stränge geschlagen ... M'sieur, wo wollen Sie hin? Ist alles in Ordnung?«

Nichts ist in Ordnung. Während der Rückfahrt sinkt Claus' angespannte Gemütsverfassung auf den Nullpunkt einer miserabel zu nennenden Laune.

Es ist nicht nur der Fahrtwind, der ihm das Atmen erschwert. *Polizei,* denkt er. Es führt kein Weg dran vorbei. Du kannst jetzt nicht einfach in ein Flugzeug steigen und hoffen, dass sie irgendwann wieder auftauchen wird.

Für die Vermisstenanzeige braucht Claus etwa dreißig Minuten.

Die Polizisten machen einen gelangweilten Eindruck.

»Mit jungen Frauen weiß man doch nie«, sagt der Bulle, der seinen mittelalterlichen PC mit Claus' Angaben füttert. Schwerfällig tippt er so vor sich hin. »Ich wette mit Ihnen, sie taucht morgen früh wieder auf und wird Ihnen irgendein Märchen auftischen. Ich kenn das von meiner Tochter.«

Claus spielt den Erleichterten, unterzeichnet das Protokoll. Und das war's.

Zurück im Hôtel de Paris hat er mit organisatorischen Problemen zu kämpfen. Er telefoniert mit der Fluggesellschaft, gegen einen saftigen Aufpreis lässt sich der Rückflug verschieben. Auch das Hotelmanagement lässt mit sich reden, er muss das Zimmer nicht räumen, man zeigt Verständnis für die außergewöhnliche Situation. Die junge Dame werde sich sicher noch finden, spekuliert zumindest die persönliche Assistentin des obersten Hotel-Managers.

Lana, denkt Claus, *ich fliege nicht ohne dich ab.* Auf dem Zimmer hält er es nicht mehr aus. Auch nicht auf dem Balkon mit der herrlichen Aussicht. Dann doch lieber die abgedunkelte Casino-Bar des Hotels, mit Blick auf die hochprozentige Welt. Ein Absacker erscheint ihm genau das Richtige, um das unheilvolle Gemisch aus Schuldgefühlen und Scham, das ihn quält, zu bekämpfen.

Er trinkt, wartet, trinkt, wartet ... Komatös beginnt er in einem französischen Reiseführer zu blättern, er versinkt in sich selbst und ist zutiefst erschreckt, als er bemerkt, dass er liest, wirklich versteht, was da steht, obwohl er kaum Französischkenntnisse besitzt. Er glaubt, nach Nizza fahren zu müssen, der Stadt, die Guy de Maupassant einmal das »Hospital der Welt« nannte, »das Wartezimmer des Todes, den blühenden Friedhof des europäischen Hochadels«.

»Jetzt verrecken hier auch die Hunde«, flüstert er dem besorgt dreinblickenden Barkeeper zu. »Die Zeiten ändern sich, Freund ...« Von seiner Kinnspitze tropft eine einzelne Träne, fünfzehn Milligramm kondensierter Schmerz, in seinen Gin Tonic und hinterlässt dort eine kaum sichtbare Schliere.

VIII.

Am späten Nachmittag bekommt er überraschend Besuch: Zwei Flics mit verschwitzten Klamotten treten plötzlich neben ihn an den Tresen. »Pardon, Monsieur Müller-Dodt, entschuldigen Sie die Störung ...« Sie präsentieren ihm Ausweise, auf denen sie noch beschissener aussehen als in natura. Der Ältere, ein hagerer Typ mit dem grauen Gesicht eines Vogels, den man Schuhschnabel nennt, zieht etwas umständlich ein paar Sandaletten aus einem Druckverschlussbeutel. »Sind das die Schuhe der vermissten Person?«

Claus hat Herzklopfen. Er hätte nicht anders empfunden, hätten sie ihm Lanas Füße gebracht. »Ja, das sind ihre Sandalen.«

»Wir haben sie am Strand von Roquebrune-Cap-Martin in einem Papierkorb gefunden«, erklärt sein Partner, ein junger Schlaks mit Haargelfrisur. »Ein Taxifahrer behauptet, er habe dort gestern Nacht eine nackte Frau schwimmen gesehen. Das ist Erregung öffentlichen Ärgernisses.«

»Und ich dachte, ihr wärt tolerant«, erwidert Claus. »Immerhin ist sie nackt durch eine Hotel-Lobby marschiert und niemand hat einen Finger gerührt.«

»Bedauerlich, aber das haben wir auch schon gehört.« Die Stimme des Schuhschnabels klingt, als rede er von einem Sonntagsspaziergang. »In dem Papierkorb lagen auch noch zwei Mickymaus-Söckchen ...«

»Die sind nicht von ihr.«

»Sicher?« Während er Claus auf eine durchgescheuerte Stelle an der Ferse hinweist, tuschelt der andere mit dem Mann hinter dem Tresen. »Wir werden die Socken trotzdem ins Labor schicken, Monsieur.«

»Hören Sie ...« Claus hat zum ersten Mal in seinem Leben mit einer Hitzewallung zu kämpfen. »Was, glauben Sie, ist passiert?« Der Ältere legt seine graue Stirn in tiefe, noch grauere Falten. »Sie ist womöglich ertrunken. Dieser Strand ist kein öffentlicher Badestrand, müssen Sie wissen. Es gibt da eine gefährliche Strömung.«

»Neptun hat sie geholt ...« Die Schuldgefühle, die Claus empfindet, schlagen sich ihre Bahn. »Glauben Sie, es war Selbstmord?«

»Ich würde es nicht ausschließen wollen.« Der ältere Flic legt seine grau marmorierte Stirn in tiefe Falten. »War sie lebensmüde, Monsieur?«

»Nein, nicht dass ich wüsste.« Claus schüttelt den Kopf.

»Manche haben Pech.« Der Jüngere grinst schon die ganze Zeit vor sich hin, eigentlich ist es ein ebenso feixendes wie zurückgenommenes Grinsen, wie es selbst gestandenen Zynikern nur selten gelingt. »Nicht immer ruft die willentliche Selbstauslöschung eine rechtzeitige Intervention der Außenwelt auf den Plan. Die meisten Selbstmörder wollen unsere Aufmerksamkeit. Sie tun so, als ob, und wundern sich, wenn es klappt. Rettungsschwimmer oder besorgte Mitmenschen, die bereit wären, sich in die Fluten zu stürzen, sind nicht immer zur Stelle.«

Unvermittelt pocht er mit den Knöcheln der rechten Hand auf seinen iPad. »Ich hätte noch ein paar – wie soll ich sagen – Fragen.« In der Mitte des Bildschirms blinkt bereits das unter heraldischen Gesichtspunkten gründlich misslungene Wappen der Polizei von Monaco.

»Geht das nicht schneller?«, drängt Claus.

»Immer mit der Ruhe.« Der junge Beamte starrt Claus unverwandt an. »Sehen Sie den kleinen weißen Fleck in der Mitte des Logos? Vielleicht denken Sie, es ist ein Bildschirmfehler, aber ich sagen Ihnen, was es ist: Während der Geduldsphase, die jeder Polizist bei seinen Ermittlungen braucht, ist er das Licht am Ende des Tunnels.« Der LCD-Schirm ist inzwischen vom fluoreszierenden Schimmer der Datenzeilen erfüllt.

»Voilà. Wo fangen wir an? Sie hatten ein Zimmer im Monte Carlo Beach Hotel gebucht. Ist das richtig?«

Claus nickt.

»Die Suite L'Amoure?«

»Ich habe die Suite nicht so benannt.«

»Wieso haben Sie sich als Justin Cognito eingetragen?«

»Es sollte ein Witz sein, nichts weiter.«

»Und in welcher Beziehung stehen Sie zu Jennifer Joiner?«

Claus schwankt noch zwischen kriminologisch korrekter Beschreibung und gefühlsbetoner Schilderung. »Sie ist ... sie ist meine Hausangestellte.«

»Ihre Hausangestellte?« Der junge Beamte grinst süffisant. »Laut Buchung haben Sie ein Doppelbett miteinander geteilt. So eine Hausangestellte hat nicht jeder, M'sieur.« Er gefällt sich offensichtlich in der Rolle, Claus einzumachen.

»Ich habe gar nichts mit ihr geteilt. Sie ist noch am selben Abend gegangen.«

»*Correctement.*« Der Schuhschnabel zückt ein bereits oft aufund wieder zusammengefaltetes Blatt aus seiner Tasche. »Die Concierge bestätigte uns, die als verschwunden gemeldete ...« – er kneift die Augen zusammen – »Svetlana Waligura Alina Romaschkina sei überstürzt abgereist.«

Claus greift nach seinem Gin-Tonic-Glas.

»Verabschiedet ... hat sie sich ... nicht«, sagt er zwischen zwei Schlücken.

»Hatten Sie Streit?«

Claus schüttelt den Kopf.

»Wieso ist sie dann ... ohne alles ... auf die Straße gerannt? Haben Sie dafür eine Erklärung?«

»Nein, Sie etwa?«

»Drogen«, tippt der jüngere Flic.

»Sie hat keine Drogen genommen.«

»Ich meine Partydrogen, M'sieur, K.-o.-Tropfen. Die Concierge meinte, das Mädchen habe einen aufgelösten Eindruck gemacht.«

»Sie hatte rote Augen«, merkt der Ältere an. »Vielleicht hat sie vorher geweint.«

Claus schüttelt mit stoischer Ruhe den Kopf. »Sie irren sich«, sagt er mit einer gepressten Stimme, die nach Clausus Maximus klingt.

»Aber die Rezeptionistin ...«

»... ist ein Hausdrache, den man einschläfern sollte!« Claus knallt sein leeres Glas auf den Tresen. Er steigt von seiner Barkrücke und beginnt, auf der Stelle zu wippen. »Jeder Idiot merkt, dass die mir was anhängen will!«

»Was ist ein Money Pig?« Der Haargel-Flic lässt sich von Claus nicht beirren.

»Wie ... wie bitte?«

»Money Pig.« Auf dem Computer ist ein Foto des verschmierten Badezimmerspiegels zu sehen. »Können Sie das lesen, M'sieur? Wenn ja, dann bitte ich Sie, dieses Wort zur Kenntnis zu nehmen. Ist das Ihre Handschrift?«

»Nein.«

»Dann ist es wohl die Schrift Ihrer Hausangestellten?«

»Vermutlich.« Claus Gordian Maximus ist am Ende seines Lateins. »Ich habe keine Ahnung, was es bedeutet.«

»Es bedeutet so viel wie Sparschwein«, erläutert der Schuhschnabel mit einem Gesicht, als hätte er etwas Weltbewegendes zu verkünden. »Ich würde trotzdem sagen, es klingt nicht sehr nett.«

»Vielleicht hat man sie nicht anständig bezahlt«, spielt der Jüngere den Ball über Bande zurück. »Wissen Sie, Monsieur, es soll Männer geben, die versuchen, ihre Nutten zu prellen.«

»Ich musste sie nicht bezahlen.« Claus spürt den kalten Schweiß auf seinem Rücken.

»Sind Sie sicher?«

»Ja, ganz sicher. Sie war ... sie war meine Sklavin.«

»Das ist die erste ehrliche Antwort, die ich von Ihnen höre«, sagt der jüngere Flic.

Der Ältere macht eine Geste, die an einen militärischen Gruß erinnert. »Keine Sorge, Monsieur, diese kleine Episode nächtlicher Ausschweifung interessiert uns eigentlich nicht. Das ist Ihre Privatangelegenheit. Hätten Sie keine Vermisstenanzeige erstattet ...« Seine Augenbrauen und Mundwinkel zucken im Gleichtakt. »Wir mussten Sie befragen, weil das Gesetz es so will.«

»Was werden Sie jetzt tun?«

»Nichts.« Er faltet sein einzelnes Notizblatt wieder penibel zusammen und lässt es in der Tasche verschwinden. »Wir wollen keine Karriere oder gar eine Ehe wegen einer kleinen Orgie zerstören. Einen schönen Tag noch, M'sieur.«

»Wie geht es weiter?« Claus hat sich wieder halbwegs unter Kontrolle. »Ich meine, werden Sie mit Booten rausfahren und nach ihr tauchen?«

Die Beamten wechseln Blicke, aus denen tiefe Fassungslosigkeit spricht. »Wieso tauchen?«

»Nun, wenn Sie davon ausgehen, dass Lana ... dass sie ertrunken ist ...« Claus hat mit den Tränen zu kämpfen. »Sie müssen die Leiche doch bergen.«

Der Schuhschnabel kommt noch einmal zurück. »Natürlich hoffen wir, dass die Leiche irgendwo auftauchen wird ...«

»Dann heißt das«, Claus versucht, seine schlimmsten Befürchtungen in Worte zu fassen, »es gibt keine Suche?«

»Was haben Sie erwartet, Monsieur?« Der Ältere macht ein Gesicht, als ob an der Zeit wäre, die Maske fallen zu lassen. »Dass wir wegen einer verschwundenen Dirne den nationalen Notstand ausrufen? So etwas ist hier schon öfter passiert und wird auch in Zukunft passieren – vor allem im Zusammenhang mit illegalen, osteuropäischen Frauen.«

»Was erlauben Sie sich?«, sagt Claus.

»Die Frage ist, was erlauben *Sie* sich?« Der Schlaks mit dem iPad hat offensichtlich genug. »Wir sind nicht auf den Kopf gefallen, Monsieur! Das Visa im Pass ihrer vermissten Sklavin war nicht mehr gültig – seit über zehn Jahren!«

Claus schießt das Blut ins Gesicht. »Ich habe Lanas Pass nie gesehen ...«

»Natürlich nicht.« Der Schuhschnabel kann seine Verachtung für Claus kaum mehr verhehlen. »Welche Veranlassung hätte es auch für Sie gegeben, die Personalien Ihrer Beischläferin zu kontrollieren? So was macht die Stimmung kaputt. Wir haben diesen Pass übrigens im Kulturbeutel der jungen Dame entdeckt, zwischen einem löchrigen Pessar und Tränengasspray ... im Badezimmer der Suite L'Amour. Ersparen Sie sich und uns weitere pikante Details.«

»Und wenn sie ... nun nicht ertrunken ist?«, würgt Claus hervor. »Was, wenn sie entführt worden ist?«

»Daran haben wir auch schon gedacht«, sagt sein Gegenüber in einem unverbindlichen Tonfall. »Wie gesagt, wir können nicht an allen Ausfahrtsstraßen Polizeikontrollen abhalten ... Nicht wegen einer – entschuldigen Sie – ukrainischen Gesellschafterin. Was uns betrifft, kann sie überall sein.« Er weist mit einer fahrigen Geste hinaus aufs offene Meer. »Unter Umständen sonnt sie sich gerade an Bord einer Yacht und hat ihren Spaß. Ebenso gut könnte sie schon Fischfutter sein. Wie sagt man so schön? *C'est la vie.*« Genervt wirft er einen Blick auf die Uhr. »Und jetzt entschuldigen Sie uns bitte, Monsieur, aber mir knurrt der Magen.«

Und selbst wenn die Hölle zufrieren sollte, denkt Claus, als er die Aufzugskabine betritt. *Das Leben geht weiter, du selbstsüchtiges Aas. Doch was du dir jetzt eingebrockt hast, kann dir das Genick brechen.*

Er drückt seinen Etagenknopf und holt einmal tief Luft.

»Selbst wenn es aufwärtsgeht, geht es abwärts ...«

»Hallo, M'sieur!« Die Stimme lässt Claus erschaudern, noch lange bevor er sich umgedreht hat: Von allen Plagen Monacos ist es ausgerechnet Maurice, der penetrante Hoteldiener, der jetzt vor ihm steht. In Zivil und mit frisch gewaschenen, lockigen Haaren. Spöttisch heischt er einen Ergebenheitsgruß.

»Sie sehen gut aus, M'sieur – süpör! Haben Sie im Casino gewonnen?«

»Nicht jetzt, Maurice.« Obwohl es unhöflich ist, wendet sich Claus von seinem Peiniger ab. »Heben Sie sich Ihr Lifestyle-Angebot für einen anderen auf.«

»Aber ich bitte Sie, M'sieur, ich spreche als Privatmann zu Ihnen.« Maurice grinst leicht irritiert. »Wo ist die niedliche Mademoiselle? Sie hat Sie doch nicht etwa versetzt?«

»Ich will nicht darüber reden.« Claus folgt dem Licht durch die aufsteigende Reihe der Zahlen.

»Da klingt einer aber ganz schön verletzt«, säuselt Maurice. Fast klingt es so, als wolle er sich wieder anheischig machen. »Aber lassen Sie sich vom Leben nicht unterkriegen, M'sieur. Wie ich bereits sagte, in der Casino-Bar findet sich immer nette Gesellschaft ...«

Ohne Vorwarnung dreht sich Claus um und versetzt Maurice einen Schlag in den Magen. Stöhnend klappt der verhinderte Tröster zusammen.

»Schreib das in meinen ›Guest Incident Action File‹: Gast erteilt mir gratis eine Lektion in der Trendsportart Happy Slapping. *Au revoir*, Maurice, *au revoir!*«

Der Aufzug hat inzwischen gehalten, Claus merkt es daran, dass er, als er sich umdreht, mit der wattierten Schulter eines älteren Herrn kollidiert. Die dicken Brillengläser weisen den Mann als Anwärter auf den Großen Blindenstern aus.

»*What's that down there?*« Er deutet zaghaft auf den knienden Mann auf der Bodenplatte des Aufzugs.

»*Well, I guess it's life, but not as we know it.*«

Den Abend verbringt Claus auf dem Balkon und beobachtet, wie es dunkelt. Über der See liegt ein silberner Strahlenvorhang, in dem ziemlich regelmäßig Seevögel wie computeranimierte Einheiten aufblitzen, immer dieselbe V-Form mit minimalen Unterschieden in der Spannweite. Unter den grobstofflichen Schollen der alten, ausgelutschten Realität, den Brocken, mit denen die Blicke normalerweise jonglieren, glaubt er wieder mal ein Gitternetz zu erkennen, wie in Trickfilmen gebräuchlich. L – E – B – E – N

ist auch nichts anderes als ein Programm, eine Versuchsanordnung, die sich irgendein Sadist ausgedacht hat.
Die Seele ohne Meta-Dingsbums erklärt, denkt er noch. Ein Schwarm von Konstellationen aus Trieben, Gefühlen und Vorstellungen, zusammengefügt durch zufällige genetische und linguistische Klammern. Das alles – eingesperrt im Raum-Zeit-Käfig des allmählich zerfallenden Körpers – muss zu Wahnvorstellungen führen ...
»Ich schenke meinen Sklaven die Freiheit!«, flüstert er vor sich hin. »Gleich nach meiner Rückkehr werde ich es tun. Bitte, Lana, gib mir noch eine Chance! Warum tust du mir das an?« Er kommt sich vor wie ein Kind, das sein liebstes, zerbrochenes Spielzeug beklagt. Die letzten Sonnenstrahlen lodern über einer Horizontlinie, die wie Kupferdraht glüht. »Lana, Neustart ... Ich sagte, Neustart! Bitte. Ah, fuck it!«
Nach der perlgrauen Dämmerung kommen die Sterne. Sie vergegenwärtigen ihm *seine reale Situation*: Betrachtet man die Naturgesetze als Rechenanweisungen, dann ist das Weltall nur ein Computer von gigantischem Ausmaß, die Erde ein Subsystem eines Betriebssystems und die Menschen bestenfalls Schaltkreise, die der Wechselwirkung von Bits unterliegen. Ist Gott wirklich ein Mathematiker höherer Ordnung, dann wurde mit Lana nur eine Abstraktion eliminiert, ihre zufällige Individualität hat für Gott keine Bedeutung. Auch Claus war der Schöpfung mit Sicherheit einerlei.
Er genehmigt sich eine Havanna und gegen halb sieben – als er vor Kälte schlotternd erwacht – macht er doch noch die Minibar nieder. Der Raum beginnt sich zu drehen, nur der mit Würfeln gemusterte Boden – zweifellos ein Pop-Art-Relikt – verpflichtet Lanas aufgeklappten Koffer auf seine asketische Geometrie. Von manischer Entschlossenheit gepackt, leert er ihren Koffer aufs Bett. Wütend wälzt er sich so lange in den Dessous, bis ihn die Kräfte verlassen. Einen Sport-BH auf dem Gesicht und die Hände in einen Schlüpfer verkrallt, sucht er den Schlaf. Saddam Hussein hat sich vielleicht so ähnlich gefühlt, am letz-

ten Tag seiner irdischen Herrschaft – mit einem Bein noch im Paradies, dem anderen bereits in einem Erdloch in Bagdad.

Die Sonne scheint ihm ins Gesicht, es ist später Vormittag. Noch im Halbschlaf bestellt er sich das »kleine Frühstück« aufs Zimmer und setzt sich dann für zehn Minuten einem eiskalten Duschstrahl aus. Abgesehen davon, dass er seinen Rückflug nach Berlin erneut umbuchen muss, glaubt er sich zwei unangenehmen Gesprächen stellen zu müssen. Was Evelyn betrifft, glaubt er gute Karten zu haben. Zum einen hat sie ihm die ganze Woche hinterhertelefoniert, und zum anderen liebt sie es, wenn er sich ihr in schonungsloser Offenheit zeigt; sie kann dann nicht anders, als ihm zu vergeben. Doch was ist mit Bartos? Ob er durchdrehen wird? Auch Evelyn könnte ihm wegen Lanas Tod Vorwürfe machen, vielleicht würde sie sogar zwischen ihrem eingebildeten Kellerfund und Lanas Verschwinden einen Zusammenhang sehen.

Egal. Claus beschließt, es dem Zufall zu überlassen: Sein Daumennagel drückt eine der obersten Hartplastiklinsen seines Handys, eine Kurzwahl wird aktiviert: Mit geschlossenen Augen lauscht er den klickenden Relais, die den Rufaufbau für ihn besorgen.

»Residenz Müller-Dodt. Sie sprechen mit Bartos.«

»Hallo, alter Römer.« Claus ist fast erleichtert, dass es nicht Evelyn ist.

»Wollte nur mal hören, wie es Ihnen so geht?«

»Herr Claus, das wurde aber auch langsam Zeit. Ich hoffe, Sie haben ebenso gutes Wetter wie wir.«

»Kann nicht klagen.« Claus schließt die Tür vom Balkon, der Straßenlärm macht ihn kirre. Entweder schreit er jetzt gleich »Sie ist tot!«, oder er wird den leicht überforderten Souverän spielen, der es wieder einmal billigt, dass sein tüchtigster Sklave an seiner Stelle regiert.

»Wissen Sie, was ich denke, Herr Claus? Sollte sich das Wetter halten, wäre es das Beste, wenn wir gleich nach Ihrer Rückkehr mit dem Ausbau des Kammerkellers beginnen.«

»Des was, bitte? Oh, natürlich, jetzt fällt es mir wieder ein ...«
»Das will ich auch hoffen, schließlich war der Weinkeller Ihre Idee. Vom Platz her könnten wir auch eine Bacchusecke einbauen, um die Schatzkammerweine geschmackvoll zu präsentieren.« Er hält plötzlich inne. »Es ist doch alles in Ordnung?«
»Eben nicht«, sagt Claus – und hätte sich am liebsten die Zunge abbeißen wollen. »Die Barbaren rütteln schon lange nicht mehr an den Toren, mein Guter, nein, sie sind unter uns, mitten unter uns, Bartos ... In diesem Fürstentum wird jedenfalls nach ihrer Pfeife getanzt.«
»Ich beneide Sie nicht um diesen Ausflug«, sagt Bartos. »Herr, um ehrlich zu sein, ich würde nicht im Traum daran denken, unter diese neureiche *plebs urbana* zu gehen.«
»Wieso sollten Sie auch?«, flüstert Claus. Vor innerer Erregung beginnt er auf den Fersen zu wippen. »Es ist eine Illusion zu glauben, wir wären geschützt und in Sicherheit, nur weil wir Staatsbürger sind ... Abenteuerurlaub in der Hölle, so ist das hier, Bartos, Sie hatten mich immer gewarnt.«
»Ich bin nur Ihren Eingebungen gefolgt«, pflichtet Bartos ihm bei. »Ich darf wohl sagen, ich vermisse Sie, Dominus, vermisse Sie sehr.«
»Und ich vermisse Sie, altes Haus, und die geordneten Verhältnisse unseres altrömischen Heims. Glauben Sie mir, ich bin restlos erschöpft.«
»Dann kann ich nur hoffen, dass sich Lana gut um sie kümmert.«
»Aber ja!« Claus bringt es nicht fertig, Bartos die Wahrheit zu sagen. »Lana tut, was sie kann. Ich meine, ich kann mich nicht über Lana beklagen ...«
»Davon bin ich überzeugt«, schmunzelt Bartos. »Der gute Treitschke nannte die Sklaverei einst einen ausgedehnten Harem, der die Frühreife der Mädchen und ihre Bereitschaft zum Konkubinat fördert. Wellness und Diätküche für Madame, der Dienstleistungskatalog für den Herrn steht auf einem anderen Blatt.«

Das Gefühl, durchschaut zu sein, hindert Claus daran, sofort zu widersprechen.

»Es ist nicht so, wie Sie denken«, sagt er endlich. »Das müssen Sie mir glauben.«

»Aber es wäre auch nicht schlimm, wenn es so wäre«, legt Bartos nach. »Können Sie sich vorstellen, dass Lana mich nicht einmal angerufen hat? Ich weiß, sie braucht ihre Freiheit, aber allmählich fange ich an, mir Sorgen zu machen. Es geht ihr doch gut?«

»Um ehrlich zu sein ...« Claus nimmt einen neuen Anlauf, aber wieder weicht er seinem guten Vorsatz in letzter Sekunde aus, »sie wirkte heute Morgen recht deprimiert. Neulich meinte sie, ich sei in großer Gefahr ... Sie versuchte, mich vor irgendetwas zu warnen.«

»Wahrscheinlich vor sich selbst!« Bartos lacht betont hohl. »Sollten Sie die Dummheit begangen haben, ihr beim Shoppen Gesellschaft zu leisten, werden Sie wissen, was ich meine.« Er macht eine kurze Pause, als ob er nachdenken müsse. »Könnte ich Lana einmal kurz sprechen?«

»Sie ist mit der Frau eines Kollegen schwimmen gegangen«, lügt Claus aus dem Stegreif. »Ich erwarte sie erst gegen Abend zurück.« Ein kratzbürstiges Geräusch, das entfernt an einen Akkord erinnert, dringt unvermittelt an sein Ohr.

»Entschuldigen Sie«, übertönt Bartos die Musik, »da wollte ich gerade den Verkehrsfunk einstellen und erwische den falschen Knopf ...«

»Sie sitzen in meinem Wagen«, seufzt Claus wie ein Suchtkranker, »das habe ich gar nicht bemerkt.« Und weil er dringend ablenken will: »Seit wann hören Sie die Stooges?«

»Seitdem ich Sie kenne«, meint Bartos. »Fragen Sie Lana, Sie haben mich regelrecht infiziert. Was gibt es Schöneres, als so mit offenem Verdeck durch die Gegend zu brausen.«

»So, wo geht es denn hin?«

»Neuruppin. Ich habe eine Verabredung mit einem Kenner in Sachen Gewölbe, der sich vor allem auf Ziegel versteht. Luftziegel, um genau zu sein. Er schwört auf luftgekühlte Gestelle. Es ist zwar unorthodox, doch der Trend ...«

»Erzählen Sie mir alles, wenn wir uns sehen«, fällt Claus ihm ins Wort. Seufzend: »Sie können sich nicht vorstellen, wie ich Sie gerade beneide.«

»Das kann Ihnen niemand verdenken«, bekräftigt Bartos. »Ich am allerwenigsten. Kehren Sie nur heil aus diesem Sumpf des Vulgären zurück, der Rest wird sich finden.«

»Das werde ich, Bartos, und nichts wird mich daran hindern!« Claus fühlt einen Anflug seiner alten Macht und Herrlichkeit. »Ach, eines noch ...«

»Was, gnädiger Herr?«

»Meine Frau hat sich nicht zufällig bei Ihnen gemeldet?«

»Das hat sie. Und Sie hat nach Ihnen gefragt.«

»So, hat sie? Na, Hauptsache, es geht ihr gut.«

»Sie klang verändert, würde ich sagen. Sehr verändert sogar. Von einem Rückflug hat sie auch nichts gesagt. Um ehrlich zu sein, ich hatte irgendwie den Eindruck, dass sie sich verabschieden wollte.«

»Verabschieden?«, echot Claus. »Was wollen Sie damit sagen?«

»Dass ich der gnädigen Frau keine Träne nachweinen würde, gnädiger Herr. Entschuldigen Sie die Indiskretion, aber wären wir ohne Evelyn nicht viel besser dran?«

IX.

Shoppen mit Karlotta ist peinlich, denn Mode, diese permanente Pseudo-Evolution der kultivierten Affen, ist nun mal, seitdem es Kleider gibt, an die Penunze gekoppelt. In Karlottas Fall gehen Geschmack und Geldbeutel schon länger getrennte Wege. Nur der seelische Asbestanzug ist derselbe geblieben, die Verkäuferinnen haben es heute nicht mit einer vergeistigten Kunstpäpstin, sondern mit einer bissigen Natter zu tun, sie wittern den Typus »toxische Kundin«, den Karlotta überzeugend verkörpert, die echte sophisticated bitch-attitude, die auf der Fifth Avenue Angst und Schrecken verbreitet. Noch vor der Anprobe fragt Karlotta die Managerin nach Kundenrabatt. Dabei nutzt sie deine Anwesenheit aus, sie tut so, als wärt ihr reiche Touris und hättet vor, eine Menge Geld zu verprassen. Nach einem ersten verbalen Schlagabtausch hat Karlotta bereits zehn Prozent Nachlass bekommen, sogar fünfzehn auf ein bestimmtes Cardigan-Top von Narciso Rodriguez. Jetzt fragt sie nach einem Giveaway – einem kleinen Geschenk: »Sie wissen ja, solche Dinge tun Ihnen nicht weh und erhalten die Kundschaft.«

Die träg blinzelnde Verkäuferin gibt sich kämpferisch, doch ihre bebenden Nasenflügel verraten, wie unsicher sie ist. »Tut mir leid, Ma'am, unsere Boutique ist keine Parfümerie«, sagt sie in einem Tonfall, der verdächtig nach Psychopharmaka klingt.

»Das merkt man am Preis«, erwidert Karlotta. »Nur bedenken Sie: Auf dem Plunder sitzenzubleiben ist auch keine Lösung.«

»Ich muss doch sehr bitten«, protestiert ihr Gegenüber. »Wir haben nur hochwertige Prêt-à-porter-Modelle.«

»Prêt-à-porter!«, lacht Karlotta, »Sie können das Wort ja kaum aussprechen, Täubchen!«

Persönlich, sehr persönlich, diese Anrede, und du musst zugeben, so weit ist sie selten gegangen. Doch sie legt nochmals nach: »*Wir beide wissen genau, wo die Klamotten herkommen, nicht wahr? Was zahlen Sie eigentlich so einer minderjährigen Mexikanerin, die sich in einer Maquila die Finger wundnäht? Ein Dollar die Stunde oder ein Dollar fünfzig?*«
Die Verkäuferin sackt förmlich zusammen, wie eine Hüpfburg, aus der die Luft plötzlich entweicht. Sie ist geschlagen.

Während Karlotta – einen Haufen Kleider über dem Arm – in der Umkleidekabine verschwindet, blickt Evelyn durch die Armbeuge einer Schaufensterpuppe hinaus in den Nachmittagsregen, der gerade seine schmuddeligen Vorhänge aushängt. Es ist ihr letzter Tag in New York, das Wetter macht den Abschied noch leichter. In Gedanken ist sie schon auf dem Highway, Route 66, als sie auf der Straßenseite gegenüber einen Obdachlosen bemerkt. Er hat sich mitten auf der Fifth eine hundehüttenähnliche Behausung gebaut. Die rechtwinkelig eingeknickte Pappe ersetzt dem regenunlustigen Mann das Dach über dem Kopf.

»Eine Erfrischung, Madame?« Die Verkäuferin präsentiert Evelyn unaufgefordert ein Glas Wasser. »Es ist ein durstlöschendes, isotonisches Erfrischungsgetränk«, leiert sie vor sich hin. »Der hohe Anteil an Elektrolyten schützt vor rascher Ermüdung. An unserer Kasse liegt übrigens ein ernährungsphysiologisches Gutachten für Sie aus.«

»Wollen Sie mich vergiften?« Evelyn ignoriert das Angebot, ja, sie wendet nicht einmal den Kopf. Nicht nur ihr Geist, auch ihr Körper fühlt sich fortwährend bedroht. Kalt betrachtet sie den Reigen menschlicher Machenschaften, der sich vor dem Schaufenster entfaltet und der darin besteht, einfach weiterzugehen, ob man sich nun zurechtfindet oder nicht. Was für ein Wahnsinn. Allmachts- und Selbstmordfantasien geistern hier Hand in Hand durch die Straßen, genau das glaubt sie in dieser Sekunde zu verstehen. New York erscheint ihr wie eine begehbare 3-D-Psychose, vielleicht ist es auch nur der stinknormale amerikanische Traum – die Hoffnung auf schnelles Geld, die Verheißungen der käuflichen Liebe und die fixe Idee, das am Ende, nach einem zutiefst barbarischen Leben, alles gut werden wird. Doch in Wirklichkeit wird nichts gut, das dicke Ende wird für die meisten eher noch dicker.

Der Mann im Straßenbiwak reckt sich, und für eine Zehntelsekunde – durch die Beine der vorbeihastenden Masse hindurch – begegnet Evelyn seinem Blick. Es kommt ihr in diesem Moment vor, als seien in ihren Augen empathische Sensoren erwacht; was sie sieht, schießt ihr wie warmes Blut durch den Kopf.

Jeder Obdachlose ist ein Apokalyptiker, der den Schrecken, den die anderen in ihren nice homes *erwartet, bereits hinter sich hat. Er hat das Ende seiner bürgerlichen Existenz, den Untergang des eigenen Ichs, überlebt. Und hier beginnt das eigentliche Problem ...*

»Irgendjemand sollte sich dieses Menschen erbarmen.«

»Pardon?« Erst jetzt bemerkt Evelyn, dass die Verkäuferin noch immer neben ihr steht. Auf dem Glas scheint ihr Gesicht in milchiges Nichts zu zerfließen.

»Er sieht gesund aus.« Evelyn deutet auf den kauernden Menschen in seinem aufgeweichten Verschlag. »Haben Sie nicht Verwendung für ihn?«

»Verwendung?«

»Ja, Verwendung.« Evelyn kostet doch noch von dem geschmacklosen Zaubertrank. »Sehen Sie, wenn dieser Mann eine Ameise wäre und diese Stadt ein Ameisenhaufen, ich wette, er würde nicht so herumsitzen müssen.«

Sie sieht wieder hinaus in den Regen, betrachtet den Mann, der sich immer tiefer in seinen Parka verkriecht. Die Sklavenkolonie in Grunewald erscheint ihr fast wie ein leuchtendes Vorbild. Sie versteht zum ersten Mal, was sie und Claus gewagt haben, und dass es seine Richtigkeit hat.

»Ist es denn wirklich so abwegig, Menschen, die es brauchen, dass man ihnen Befehle erteilt, die kein Engagement besitzen und nicht den geringsten Antrieb in Richtung Bildung oder Karriere verspüren, in unsere Häuser zu integrieren, um sie dort als Sklaven arbeiten zu lassen?«

»Sklaven?« Die Zunge der Verkäuferin klingt noch schwerer. »Ist das eine Idee aus der Alten Welt, Madame?«

»Vielleicht.« Evelyn sieht sich nach Karlotta um, doch die scheint in der Umkleidekabine verschollen zu sein. »Ich wollte nur sagen, wir müssen neue Wege finden, einander zu helfen. Besser ein Schattendasein als gar kein Dasein. Wenn Sie mir nicht glauben, fragen Sie diesen Mann.«

»Wieso sollte ich diesen Mann fragen?« Die Verkäuferin hat offensichtlich kein Wort begriffen, und Evelyn beschließt, Karlotta Gesellschaft zu leisten.

»Karla?«

Der Kabinenblock liegt unterhalb einer schwarz gestrichenen Treppe. Eine winzige Überwachungskamera starrt von der gegenüberliegenden Wand auf einen bordeauxfarbenen Vorhang.

»Brauchst du noch lange?« Da eine Reaktion ausbleibt, taucht Evelyn mit dem Kopf durch den Vorhang.

»Bist du so weit...?« Ihr stockt der Atem – Karlotta hat eine Rasierklinge in der Hand. Offensichtlich ist sie damit beschäftigt, das Sicherheitsetikett von einer Bluse zu lösen.

»Komm rein, Liebes, und mach den Vorhang hinter dir zu.« Und als Evelyn nicht sofort reagiert: »*Welcome to the dark side of* Sex and the City...«

Evelyn schlüpft durch den Spalt, ihre Hände knautschen den Vorhang zusammen.

»Karlotta... was... was tust du?«

»Wonach sieht es denn aus?« Das Licht steht sehr ungünstig, der Kabinenspiegel zeigt Karlottas Puddinggesicht.

»Sag nur, du zahlst noch? Weißt du, ich hab mir ein Beispiel an Winona Ryder und Lindsay Lohan genommen. Die zahlen ja auch nicht mehr diese Preise. Selbst die steinreiche Jennifer Capriati wurde mal beim Klauen erwischt. *It's part of the greed deal!*« Endlich hat sie den Hartplastiksender entfernt. »Was siehst du mich so an? Man kann sich nicht für immer und drei

Tage von denen ausnehmen lassen. Diese Preise sind nicht hundertfacher, sondern tausendfacher Betrug. Also muss man schlauer sein als das Pack.«

Sie stopft die entsicherte Bluse in ihre Prada-Handtasche, die mit dem Umfang eines Seesacks mithalten kann. Während sie sich dem Etikett eines halb durchsichtigen Top zuwendet, plaudert sie im Flüsterton aus der Schule:

»Die meisten dieser Piepsdinger lassen sich mit starken Magneten lösen, aber es ist trotzdem möglich, dass der Chip irgendwo einen Alarm auslöst. Der einzig sichere Weg heißt daher ›Ladyshave‹. Ein kleiner, chirurgischer Schnitt und das war's. Kann man später wieder nähen, das nehme ich gerne in Kauf. Nach einer Saison ist der Fummel eh reif für die Tonne.« Ein Schweißtropfen fällt von ihrer Kinnspitze auf den Boden, als sie nach einer neuen Textilie greift. »Hier ist es besser. Siehst du, Liebes, in Designerklamotten sind die *tags* ohnehin nur an Schlaufen oder Etiketten befestigt.«

»Was ... was du so alles weißt ...« Evelyn glaubt ihre eigene Angst riechen zu können. Hinterrücks sind ihre Hände noch immer in den Stoff des Vorhangs verkrallt.

»Hast du die Scanner am Eingang gesehen?«

»Sicher, ich bin ja nicht blind.« Karlotta stopft die aus den Kleidern herausoperierten Piepser in die weiten Taschen einer biederen Kostümjacke.

»Tust du mir einen Gefallen und hängst das unauffällig zurück? Wir treffen uns draußen.«

Evelyn nimmt den Kleiderhaken mit spitzen Fingern entgegen.

»Worauf wartest du, Liebes? Bist du so abhängig von deinen Subs, dass du nicht mehr weißt, wie man ein Kleid auf die Stange zurückhängt?«

»Ich ...« Evelyns Antwort bricht in einem kläglichen Kehlkopfverschlusslaut zusammen.

»Was sagst du?« Hastig stopft Karlotta einen ganzen Ballen Stoff in ihre Tasche. »Was ist denn los, Evi, du stellst dich doch sonst nicht so an?«

»Gibt es nicht auch so Plaketten, die … die plötzlich Farbe versprühen …«

»Du meinst ›Colortags‹.« Karlotta tupft sich den Schweiß von der Stirn. »Man muss die Dinger einfrieren und dann mit dem Hammer draufschlagen. Dann rieseln nur Farbkörner raus. Piepen tun die nicht, glaub mir. Und jetzt geh!«

Evelyn dreht sich ruckartig um. Wie in einem Wachtraum öffnet sie den Vorhang und stößt fast mit der Verkäuferin zusammen.

»Kann ich Ihnen etwas abnehmen, Ma'am?« Ihr gekrümmter Zeigefinger bietet sich an, die Ware zu übernehmen. »Ist es nicht die richtige Größe?«

Sie angelt sich das Kostüm und zupft automatisch den Kragen zurecht. »Wir haben fast alle Größen auf Lager.«

»Nein, ich glaube, meine Schwester hat ein Problem mit … mit der Farbe …« Evelyn gerät ins Stocken – weiß schimmern die Plastikpiepser aus der ausgebeulten Tasche der Jacke. Entweder ist der dienstbare Geist betriebsblind, oder er steht kurz vor der ganz großen Entdeckung.

»Sind die Rucksäcke da drüben preisreduziert?«, fragt Evelyn schnell.

»Welche Rucksäcke?« Die Verkäuferin reckt den Hals. Die Finger ihrer Hand tasten wie automatisch die Knopfleiste ab. »Sie meinen unsere *stylishen* Umhängebeutel?«

Karlotta schlüpft in diesem Moment aus der Kabine. Mit einer ebenso energischen wie herablassenden Bewegung wirft sie ein paar Kleidungsstücke in den Raum und steuert entschlossen zur Tür – einer Tür, die ein stiernackiger Uniformierter bewacht.

»Wagen Sie es nie wieder, meine Zeit zu verschwenden!«, schimpft sie laut vor sich hin. »Nennen Sie das Qualität?« Und sehr sanft zu ihrer Schwester: »Kommst du, Liebes? Mit dieser Boutique sind wir fertig!«

»Aber, Madame«, schluchzt die Verkäuferin auf. Auf Knien sucht sie die Kleidungsstücke zusammen.

»Sie meint es nicht so«, sagt Evelyn. »Bitte entschuldigen Sie uns …«

Der Angstschweiß steht ihr auf der Stirn, als sie auf die Glastür zutaumelt – Wahnsinn, denkt sie, heller Wahnsinn! –, sie kommt plötzlich nicht von der Stelle, ihr Absatz scheint sich in einer losen Faser des Teppichbodens verheddert zu haben ... *Nicht auch das noch* ... Sie verliert das Gleichgewicht, doch der Wachmann ist plötzlich zur Stelle und fängt sie auf.

»You awright, Lady?« Behutsam stellt er sie auf die Beine.

Evelyn gelingt es zu nicken, sie bemerkt, dass Karlotta ein Taxi gestoppt hat und bereits einsteigt.

»*Goodbye, Ma'am. And have a pleasant day.*«

Evelyn schlägt einen Zickzackkurs durch die Passanten ein.

»*Wait a moment!*«, ruft die Verkäuferin plötzlich. »*Madam, is this your ...?*«

Evelyn fühlt sich wie in Trance, als sie Schultern anrempelt oder selbst angerempelt wird. Dennoch ist sie froh, in das Getümmel zu tauchen, die Masse umschließt sie, hilft ihr, aus dem Blickfeld der Verkäuferin zu verschwinden ... Dann sitzt sie neben der Schwester und ihrer riesigen Tasche, die Wagentür fällt ins Schloss und der Fahrer tritt das Gaspedal durch.

»Puh«, macht Karlotta. »das war spannend!« Sie klopft mit der Hand auf ihre Beute. »Nichts ist schöner als vorgezogene Weihnachten, sag ich immer.«

Es dauert nicht lange und sie haben zwei, drei, vielleicht sogar vier Blocks zwischen sich und den geschändeten Mode-Tempel gebracht. Erst auf Höhe der Christopher Street, vor einem urigen Straßencafé, wie es sie nur noch selten in Greenwich Village gibt, befiehlt Karlotta dem Fahrer, zu stoppen. Evelyns gute Absicht zu zahlen, wird mit der Erkenntnis belohnt, dass sich ihr Handy nicht mehr in ihrer rechten Manteltasche befindet.

»Ach, du Schande ...« Deshalb hatte die Verkäuferin also nach ihr gerufen.

»Was ist denn?«, fragt Karlotta, während sie ihre bauchige Tasche von der Rückbank hievt.

»Ich glaube, ich habe mein Handy in dem Laden verloren ...«

Karlotta verzieht kurz den Mund. »Tut mir leid«, sagt sie dann, »wenn du Glück hast, werden die das Teil aufheben und ich kann es in ein paar Wochen abholen.«

»Sicher, wenn du dir vorher die Haare schwarz färbst.« Obwohl Evelyn bereits daran denkt, sich ein neues Handy mit Touchpad zu kaufen, beschleicht sie das bedrückende Gefühl, völlig aus der Bahn geworfen zu sein.

»Das war großartig, Liebes.« In einer ruhigen Ecke des Cafés – über einem Latte Macchiato und einer Schale mit Reiscrackern – begutachtet Karlotta die Beute des »Fischzugs«. Die mit Silberfolie tapezierte Wand scheint die Kleidermenge noch zu verdoppeln. »Zac Posen, Proenza Schouler, Alexander Wang und Derek Lam ... Das nenne ich ein Full House für die nächste Saison!« Euphorisch schüttelt sie Blusen und Röcke auf, faltet sie dann behutsam zusammen. »Siehst du, so spart man zweitausend Dollar.« Sie juckelt vor Freude auf ihrem Stuhl. »Der Kampf geht weiter! Das nächste Mal bist du dran, okay? Du weißt ja jetzt, wie es geht.«

Evelyn starrt hinaus auf die Straße. Draußen quält sich der Verkehr durch den Regen. Sie muss an Schimpansen im Zirkus denken, die in Gokarts im Kreis fahren und sich anhupen. Hier fahren sie um die Wette, alle Welt fährt in einer Stadt wie New York um die Wette.

»Was hast du denn?« Karlotta legt Evelyn unvermittelt die Hand auf den Arm. »Also bitte, jetzt mach nicht so ein Gesicht. Ich hab doch schon als Kunststudentin geklaut. *Practice makes perfect.* Seit Michael die Kurve gekratzt hat, kaufe ich auch im Supermarkt kostenlos ein.« Sie nimmt eine Serviette und faltet sie auf.

»So geht das: Du nimmst eine große Plastiktüte, legst sie flach gedrückt in den Korb und schiebst einfach oben drauf, was du brauchst. Natürlich nur teure Sachen – Kürbiskernöl, Fischfilets, Tofu oder Steaks. Es muss sich schließlich rentieren. Dann ziehst du die Tragegriffe hoch, nimmst die volle Tüte und spazierst einfach aus dem Laden hinaus. Die Detektive – falls es sie gibt – checken nichts, wenn es so offen geschieht ...«

»Das ist doch kein Zustand«, sagt Evelyn mehr zu sich selbst. »Ich wusste gestern nicht, dass du es ernst gemeint hast ...«

»Ob du mir Geld leihen könntest?« Karlotta beginnt, genüsslich an ihrem Latte Macchiato zu schlürfen. »Und – kannst du? Ich könnte einen kleinen, warmen Regen gebrauchen.«

Statt zu antworten, zieht Evelyn ein Etui mit Travellerschecks aus der Tasche.

»Das hier sind zweitausend Dollar. Ich würde vorschlagen, wir gehen zur nächsten Bank und lösen die ein. Und dann sehen wir weiter.«

Karlottas Hand pickt einen verkrüppelten Reiscracker aus der Schale.

»Heißt das, du bleibst?«

»Du weißt, dass das nicht geht.«

»Aber wieso?« Energisch beginnt Karlotta ihren Milchschaum zu schlagen. »Du und Claus, ihr habt euch nichts mehr zu sagen. Ich weiß, die Wahrheit ist hart, aber so ist es doch: Ihr habt euch getrennt.« Sie sieht ihre Schwester erwartungsvoll an. »Hab ich Recht?«

»Nein, hast du nicht.« Evelyn kommt es vor, als müsse sie jeden Moment aus einem Alptraum erwachen. »Ich habe bereits meinen Rückflug gebucht«, gibt sie vor. »Ich glaube, es war ein Fehler, dass ich hier so einfach aufgekreuzt bin.«

»Bestimmt nicht«, entgegnet Karlotta, »du bist unglücklich, und deshalb suchst du nach einem Ausweg. Im Grunde genommen sind wir beide in der gleichen Situation.«

»Ich lass mir nicht einreden, dass ich unglücklich bin«, widerspricht Evelyn. »Eine Auszeit bedeutet kein Aus. Außerdem hab ich dir gesagt, dass Claus auf Geschäftsreise ist.«

»Mit Lana, ich weiß«, setzt Karlotta nach. »Er vergnügt sich mit seiner kleinen Sklavin im sonnigen Süden. Was ist schon dabei? Solange du es vor dir selbst verantworten kannst.«

Evelyn gibt der Bedienung ein Zeichen.

»Und wie steht es mit deiner Verantwortung, hm? Weißt du eigentlich, was du riskierst, wenn du klaust? Du hast zwei unmündige Kinder.«

»Genau deshalb bin ich in dieser Situation.« Karlotta läuft puterrot an wie nach einer allergischen Reaktion. »Michaels Bälger fressen mir die Haare vom Kopf. Und die Schule – jedes Buch kostet Geld, da bleibt am Ende des Monats für Mutti nichts übrig. Also muss sie selbst sehen, wo sie bleibt.« Sie betrachtet das nagelneue Etui mit den Travellerschecks. »Mal wieder typisch für dich«, fährt sie fort. »Du denkst, mit Geld kannst du dich vor der Verantwortung drücken. Hör zu, wie wär's, wenn ich mit dir nach Grunewald komme? Ich könnte für dich kochen und waschen, du weißt ja, ich war schon immer der häusliche Typ. Außerdem könnte ich dir helfen, die Scheidung zu überstehen ...«

»Welche Scheidung?« Ein Instinkt, den Evelyn für verkümmert gehalten hat, meldet sich wie eine giftige Natter zurück. »Was bildest du dir eigentlich ein? Als hätte ich Verantwortung für meine ältere Schwester!«

»Sieh einer an, Tante Dame, wie sie leibt und lebt.« Karlotta fletscht die Zähne zu einem hässlichen Grinsen. »Ich wette, bei Bartos und Lana hast du nicht so lange gezögert.«

»Weil diese Leute mittellos sind!«

»Und was bin ich?«, fragt Karlotta. Ihre Hände schlagen so heftig vor ihrem Gesicht zusammen, dass es danach wie eine Pfingstrose glüht. »Mir steht das Wasser bis zum Hals! Ich ersaufe, und du siehst dabei zu!«

»Es reicht!« Evelyn gerät selten in Rage, doch diese Ausfälle sind ihr allmählich zu viel. »Willst du dich bei mir als Sklavin bewerben? Ist es das, was du willst?«

»Ja, vielleicht.« Karlotta stockt, denn die Bedienung kommt mit der Rechnung. Sie beobachtet, wie Evelyn zahlt. »Was ist schon dabei? Der Sub ist eine von vielen neuen Lebensformen, die auf der Schwelle siedeln, an der die Würde des Menschen endet. Und die endet sofort, wenn dir die Penunzen ausgehen. Dann stehst du da! Deine Bürgerrechte zählen nichts mehr: Du begreifst plötzlich, das Einzige, was dich beschützt, ist das Geld. Die setzen dich hier so auf die Straße. Mich haben sie ausgesetzt, Liebes, ehrlich, ich weiß nicht mehr weiter.« Sie scheint wieder nach einem besonders deformierten Cracker zu suchen. »Wenn du Kinder hättest, glaub mir, ich hätte Claus auf der Stelle gefragt, ob er noch eine Haussklavin braucht, eine gutwillige, gebildete Hauslehrerin.«

»Du solltest so etwas nicht sagen«, flüstert Evelyn sichtlich beschämt. »Dass du so leichtfertig bist ...«

»Ich und leichtfertig?«, zischt Karlotta zurück. Ihre Wut scheint dem Zustand der Derwische am zehnten Muharem zu entsprechen. »Mir sind die Augen aufgegangen, und wie!« Zwischen Serviette und Untertasse hat sich ihre Hand in einen knöchernen Morgenstern verwandelt, der hart auf die Tischplatte fällt. »Was bleibt mir denn, von meinem hehren, gesellschaftspolitischen Anspruch? Das nackte Leben! Rechts, links – das ist Schnee von gestern! Selbst die politischen Bauernfänger haben das inzwischen begriffen. Es geht nur noch um die Wurst, Liebes, seine Schäfchen ins Trockene zu bringen, bevor es kracht!«

Diesmal grapscht sie so heftig in die Reiscracker-Schale hinein, dass es wie das Zähneknirschen eines Wahnsinnigen klingt. »Also, wo ist das Problem? Deine Schwester bewirbt sich als Sklavin bei dir. Muss ich mich vielleicht dafür schämen? Die Zeiten sind hart! Oh, was habe ich insgeheim euren Meister Fitz-Fetz beneidet ... Erst im Porsche einkaufen fahren und später dann dem einen oder anderen Sklaven eine Prügelsuppe auftischen! So schwer kann das nicht sein! Jedem hergelaufenen Strolch geht es besser als mir!«

Evelyn hat noch immer ihr Portemonnaie in der Hand. Ohne zu zögern, legt sie ihr restliches Bargeld auf den Tisch. Es kommen fast fünfhundert Dollar zusammen. »Nimm das Geld«, sagt sie, »bitte ...«

»Scheiß auf die paar Kröten«, sagt Karlotta. »Ich brauche Sicherheiten, einen ordentlichen Gesellschaftsvertrag! Warum kannst du nicht dasselbe für mich tun wie für diesen Bartos?«

»Weil du meine Schwester bist, Karla.« Evelyn ist um Contenance bemüht. »Und weil ich nicht vorhabe, meine alten Tage als Sklavenhalterin zu beschließen. Die ungeschriebenen Gesetze des Anstands verbieten es, andere Menschen …«

»Verschone mich mit deinen kleinbürgerlichen Bedenken!«, stößt Karlotta wie unter Schmerzen hervor. »Du warst nie stark genug, dein Gewissen zu ertragen. Ich bin es! Als mir klar war, was ihr da auf eurem Lustschloss in Grunewald treibt, war ich nicht im Geringsten schockiert. Ihr könnt jetzt nicht mehr zurück, hast da das noch nicht begriffen? Niemand wird dir vergeben, was du getan hast, und weil das so ist, brauchst du dir auch nicht selbst zu vergeben! Ich habe mich stets nach oben orientiert! Leider fehlt mir das nötige Kleingeld … Was man sich vorgenommen hat, Liebes, das muss man durchstehen. Das ist schon alles.« Karlotta wischt mit der Hand durch die Luft, als verscheuche sie eine lästige Fliege. »Denkst du wirklich, es ist so schwer, einem rumänischen Strauchdieb das Fell über die Ohren zu ziehen? Ich könnte das mit links, glaub mir.« Sie bemerkt Evelyns erstarrtes Gesicht. »Ich muss nur an Michael denken, *free swingin'* Michael, und schon könnte ich eine ganze Horde von diesen Pennern eigenhändig erwürgen!«

»Du weißt offensichtlich nicht, was du sagst.« Steif wie eine Marionette steht Evelyn auf. Sie ist nicht länger bereit, den psychopathischen Zoll, den ihre Schwester fordert, zu entrichten. »Ich muss los, Karlotta, sonst macht die Autovermietung zu.« Zweifellos ist Evelyn die geschicktere Lügnerin von den Schwestern. »Also, gehen wir jetzt vorher noch zur Bank, ja oder nein?«

Der feindselige Ausdruck auf Karlottas Gesicht verfinstert sich noch um eine Nuance. »Verstehe schon, Schwesterherz, du lässt mich mal wieder im Stich.«

Ihre Finger tippen auf das Etui mit den Travellerschecks und schieben es dann in Evelyns Richtung. »Danke für das Angebot, aber Almosen brauche ich nicht.«

X.

Der 23. August ist ein schwülheißer Tag. Während die UNESCO den Internationalen Tag zum Gedenken an das Schicksal der Opfer des historischen Sklavenhandels begeht und die Riege der Bessermenschen sich gegenseitig mit Ehren und Medaillen behängt, sitzt Claus an einer demolierten Bushaltestelle am Hafen von Monte Carlo. Von weitem erinnert er zweifellos an einen Clochard, doch für einen Mann, der die letzten Wochen auf Parkbänken unter freiem Himmel genächtigt hat, sieht er ganz ordentlich aus.

Schon seit letzter Nacht, genauer gesagt, seit einem unerwarteten Regenguss so gegen halb vier, denkt er daran, zu Kreuze zu kriechen – vor Evelyn, vor seiner privaten Justitia. Er hat Zeit gehabt, seine neue pseudo-moralische Position zu beziehen, was bleibt ihm auch anderes übrig, als den reumütigen Sünder zu spielen? Andererseits muss er nicht übertreiben und seine Seele verschenken. Ein Anruf und ein paar melancholisch umwehte Verlautbarungen würden genügen, sie war ja nicht dumm. Sie konnten und wollten sich ja alles vergeben, das war immer ihre Art Liebe gewesen. Außerdem hat er nicht vor, ihr noch mehr Zeit zu geben, sich all die Vorwürfe auszudenken, die sie ihm ohnehin an den Kopf werfen wird. Sein Verlangen, sich in den Staub zu werfen, ist echt. Jetzt, wo er ganz unten ist, entdeckt er plötzlich seine maßlose Liebe zu ihr, und diese Liebe hat nichts mit der kindischen Genusssucht eines neoliberalen Wüstlings zu tun.

Mit einem abgewandelten Voltaire-Zitat, das er Bartos verdankt, wird er an ihre emotionale Intelligenz appellieren: »Na schön, ich wollte sie ficken. Doch sind wir nicht alle aus Schwächen und Fehlern gemacht? Drum sei erstes Naturgesetz, dass wir uns wechselseitig unsere Dummheiten verzeihen. Okay, Evi?«

Und wenn sie wirklich den Grips hat, den Richter Harms ihr schon im Grundstudium der Rechtswissenschaft unterstellte, dann wird sie seinen missglückten Seitensprung als Minimalschaden an ihrer Beziehung verbuchen. Besser noch, das kathartische Erlebnis der Trennung wäre bestens geeignet, sie von nun an für immer zusammenzuschweißen. Ihre Lebenslinien wären von nun an wieder zwei Parallelen, der Erhalt des gemeinsamen Kokons wichtiger, als der Eitelkeit Rechnung zu tragen.

Halbwegs entschlossen greift er nach seinem Handy – nur um festzustellen, dass das von Evelyn offensichtlich nicht funktioniert. Und Karlottas New Yorker Nummer hat er nicht. Aus gutem Grund hat er sie nie abgespeichert, also zur wertvollen Chiffre erklärt. Was jetzt? Die französische Auskunft stellt sich so an, als höre sie zum ersten Mal in ihrem Leben ein englisches Wort. Deutsch versteht sie schon gar nicht. Als er die Nummer endlich hat, ist er zu Freudentränen gerührt.

»Hallo?« Karlottas Altstimme scheint aus einer weit entfernten Blechbüchse zu kommen.

»Ich bin's, Claus. Wie geht es meiner Lieblingsschwägerin?«

Der Antwort geht eine lange Pause voraus.

»Gut. Wie ist das Wetter an der Côte?«

»Es war schon heißer.« Claus lacht verkrampft. Er hat ein schlechtes Gefühl. »Könnte ich mit Evelyn sprechen?«

Wieder diese merkwürdige Pause.

»Hallo? Karlotta? Kannst du mich hören?«

»Ja, ja ...«

»Ich sagte gerade, könnte ich bitte mit Evelyn sprechen? Ihr Handy scheint nicht zu funktionieren.«

»Darf ich fragen, worum es geht?«

»Um ehrlich zu sein ...« Unter normalen Umständen hätte Claus diese Frage als Anmaßung empfunden, jetzt entscheidet er sich, seiner strapazierten Nerven zuliebe, die Frage zu überhören. »Evi hat ihren Monatsbeitrag zum Lach-Klub noch nicht bezahlt. Der Oberlachfritze – ein gewisser Richter Harms – hat ihr eine Mahnung geschickt ...«

»Deine Witze waren schon besser«, schnappt Karlotta dazwischen.

»Deine auch«, erwidert Claus, obwohl er ahnt, wie kurz der Hebel ist, an dem er sitzt. »Würdest du jetzt aufhören, Evelyns Vorzimmerdame zu spielen?«

»Du hast Nerven, das muss ich dir lassen!« Der Satz lässt befürchten, dass sie gleich auflegen wird. »Erst fährst du mit deiner kleinen Sexsklavin nach Südfrankreich, und jetzt willst du Evelyn sprechen. Warum, zum Henker? Denkst du, sie könne plötzlich aufwachen und sehen, was für ein unerträglicher Scheißkerl du bist?« Sie pausiert, um die verbale Schockinjektion wirken zu lassen. »Glaubst du, Evi hätte den Braten nicht längst gerochen?«

»Augenblick mal, Karlotta, du hast kein Recht, so mit mir zu reden.«

»Und du hast kein Recht, hier den treudoofen Ehehampel zu mimen. Dazu ist es nämlich zu spät!«

»Bitte.« Es ist das erste Mal in seinem Leben, dass Claus seine Schwägerin bewusst um etwas bittet. »Hör zu, Karlotta, es ist etwas passiert...«

»Das kann ich mir denken.« Karlottas Lachen klingt, als würde jemand Schrotkugeln in einen Blecheimer schütten. »Was Evelyn betrifft – lass sie vorläufig in Ruhe.«

»Geht nicht«, sagt Claus, der den Ernst der Lage allmählich versteht. »Evelyn ist meine Frau. Ich habe ein Recht, sie zu sprechen.«

»Dann hast du den Brief vom Anwalt noch nicht bekommen?«

»Was für einen Brief?«

»Evelyn will die Scheidung.«

Der Satz erwischt ihn wie ein Handkantenschlag ins Genick.

»Gib mir Evelyn ... *sofort!*« Er umklammert das Handy so fest, dass etwas im Inneren knackt. »Das möchte ich aus ihrem Mund hören!«

»Sie hat dir nichts mehr zu sagen. Werd glücklich mit deinen Subs.«

»He, warte ... warte einen Moment!« Er stockt, weil er sich beobachtet fühlt, und bemerkt ganz in der Nähe eine tippelnde Straßenschönheit, eine ganz typische *Anwinkerin*, die ihm interessierte Blicke zuwirft, doch das will im Hafen von Monte Carlo nichts heißen. »Lass mich nur eine Minute mit meiner Frau sprechen. Nur eine Minute! Mehr brauche ich nicht.« Er hält inne, seine melodramatischen Ausfälle sind ihm peinlich. »Also gibst du sie mir jetzt, ja oder nein?«

»Ab heute kannst du ihr schreiben«, erwidert Karlotta fast freundlich. »Deine Frau wird die nächste Zeit bei mir wohnen, du hast ja meine Adresse.«

Claus schließt die Augen. Das Gefühl, sich in freiem Fall zu befinden, verstärkt sich mit jeder Minute. »Ein männliches Ego ist wie Eis«, sagt er mehr zu sich selbst. »Es knirscht so herrlich, wenn man es klein macht.«

Ein Klick, und die Verbindung ist unterbrochen.

Was jetzt? Wie viele einstürzende Himmel denn noch?

Ein unter Schock stehender Überlebender eines Flugzeugabsturzes hätte sich nicht viel anders gefühlt. Claus will zurück zum Hôtel de Paris, seine Füße setzen sich in Bewegung, das nutzlose Telefon entgleitet seiner Hand, es fällt zu Boden. Macht nichts, er hätte das Teil eh am liebsten im Hafenbecken versenkt, und sich hinterher.

»Ich bin unerträglich, da hat sie Recht«, murmelt er vor sich hin.

In Wahrheit muss man sich immer ertragen, so schwer es auch fällt. Läuft es gut, stellt man das eigene Handeln selten infrage, bei Rückschlägen mag das anders sein, doch letzten Endes setzt der Körper seine Wünsche auch weiterhin durch. Man kann nicht anders. Begreifen wir unser öffentliches Leben daher als Lüge und schönen Schein! Denn das genau ist es. Das Gegenteil von dem, was wir vorgeben zu sein, kommt unserer wahren Natur meistens ein ganzes Stück näher: Wir wissen, wie es in uns gärt und wie flüchtig in Wirklichkeit all die tollen Beziehungen sind, an die wir uns so lange klammern, bis die passende

Gelegenheit kommt, sie für wenig mehr als ein bisschen Nervenkitzel zu opfern.
»Ça va? Kommst du mit rauf?« Sie spricht ein gutes Deutsch mit einem unbestimmbaren Akzent, zumindest klingt es nicht nach Französisch. Claus mustert sie von der Seite, was in seinem Zustand nicht leicht ist ...
»Und? Was sagst du, Großer?« Sie schlendert so neben ihm her. Dabei nimmt sie Fühlung mit seinem Ellenbogen auf. »Was machst du für ein Gesicht? Irgendwas nicht in Ordnung?«
So ist es: Ihre Ähnlichkeit mit Lana ist erschreckend, doch seine Psyche schmarotzt heimlich an ihrem Bild. Dieselben ausgezupften Brauen, dieselben Lippen, dieselben vortretenden Wangenknochen, deren Wölbung er nie ohne das aufgelegte Rouge gesehen hat ...
»Meine Frau hat mich gerade verlassen«, sagt er endlich. »Ansonsten ist alles in Ordnung.«
»Wie traurig, aber so was kommt vor.« Ihr Lächeln ist überlegt, genau kalkuliert.,
»Ich dachte, alle Schönheitschirurgen wären längst wieder abgereist, Süßer.« Sie wühlt in ihrem Nuttenhandtäschchen. »Du scheinst der Letzte zu sein.«
Claus will sich verdrücken, aber sie hängt an seinem angewinkelten Arm wie ein Schleppanker.
»Willst du was trinken? Ich wohne gleich um die Ecke. Sind keine hundertfünfzig Meter von hier ...«
Claus hat keinen Grund, das anzuzweifeln. Wird man angesprochen, ist es nie weit; schon um die angesoffene Kundschaft nicht zu verlieren.
Schummrige Ecken rutschen vorbei, Pinten, weiß getünchte Plattenbauten, die sich in fahl-diesige Schlieren auflösen. Claus hat die Orientierung verloren ... und sein Zeitgefühl.
Beim Betreten des Hauses steht die Sonne in ihrem Rücken, so dass ihre Schatten den Flur eindunkeln. Zumindest ihre Schatten sind schon vereint. Claus betrachtet die abblätternde Tünche des Gangs. Über sich ahnt er die gähnende Leere eines

Treppenhauses, in dem sich die Hitze des Tages bis unter die Dachbalken staut. Hoch oben schimmert ein riesiger, achtarmiger Lüster, der Ähnlichkeit mit einem Wagenrad hat. »Sind wir hier richtig?«

Sie schleift ihn den ausgetretenen Stiegenlauf aufwärts. Claus stolpert, schwankt, irgendwie ist ihm schwindelig im Kopf. Sobald sein Fuß die Treppe berührt, knarrt sie, als ob das ganze Haus einstürzen würde.

»Jean-Luc«, ruft das Mädchen, »wir haben Besuch!«

Da sind sie bereits im ersten Stock, und ein bulliger Typ im Unterhemd erhebt sich von einem wackligen Stuhl. Ob er ihr Wirtschafter ist? Vielleicht sind sie auch ein glückliches Paar ... Mit dem deutlichen Bestreben, seinen verschlagenen Gesichtsausdruck devot erscheinen zu lassen, kommt er auf sie zu.

»Er ist Arzt, Jean-Luc, sei bitte nett.«

Der Mann zieht Claus in eine dunkelrot gestrichene, offen stehende Tür. Claus bemerkt einen verdreckten Flokatiläufer und einen mit Filzstiftkrakeleien verschmierten Plastikschuhschrank im Flur.

»Zweihundert für sie, hundert für Zimmer.« Auch er spricht Deutsch, mit Akzent.

»Lana ...«

»Hm?« Der Lude mustert das Mädchen mit einem finsteren Blick. »Wer ist Lana?«

»Es muss eine Verwechselung sein«, sagt Claus.

Der Gesichtsausdruck des Mannes bleibt unverändert. »Also, was ist? Zahlst du jetzt, oder was?«

Claus weiß, dass er abgezockt werden soll. Zum Schein fummelt er seine Hotel-Magnetkarte aus der Tasche. »Was ist hiermit?«

»Ist gut«, sagt der Mann ohne hinzusehen. »Wenn sie echt ist.« Eine tätowierte Pranke langt nach dem Plastik, aber Claus zieht die Karte blitzschnell zurück. »Später.«

»Nein, jetzt.« Der Mann öffnet eine Lade des Schuhschranks. Offensichtlich hat er alle denkbaren Matrizen zur Hand – Diners Club, Amex, Visa ...

»Bitte, Jean-Luc«, drängt Mädchen. »Es ist schon in Ordnung. Er ist doch ein Schnuckie. Wenn er geht, komm ich nicht auf meinen Schnitt.«

Der Abkassierer klappt die Schublade ärgerlich zu. »Mädchen, was du immer für Scheißtypen aufgabeln musst ...«

Claus quält sich zu sehr mit den Erinnerungsschüben an seinen letzten Abend mit Lana, um sich beleidigt zu fühlen. »Darf ich Sie etwas fragen?«

»Fragen Sie.«

»Die Kleine hier – ist sie Ihre Sklavin?«

»Wovon redest du überhaupt?«

Claus deutet ungeniert auf das Mädchen. »Wir können offen miteinander reden, mein Freund. Sehen Sie, ich hatte auch mal eine Sklavin. Ich brauche ... Ersatz.«

»Bist du ein Schnüffler?« Sein Gegenüber wirkt sichtlich verstört.

»Aber nein ... ich meine, vielleicht können Sie mir helfen, oder einen Tipp geben. Von Sklavenhalter zu Sklavenhalter ...«

»Jean-Luc behandelt mich gut«, sagt das Mädchen.

»Das glaube ich dir aufs Wort«, sagt Claus.

»Bist du auf Droge?«, schnaubt der Mann. »Sie arbeitet hier aus freien Stücken, du Arsch!«

»Rektum, bitte«, sagt Claus.

Er will nochmal nachlegen, aber da ist die Tür schon hinter ihm zu, er sitzt auf einer mit lila Cordsamt bezogenen Schlafcouch, betrachtet sein Gesicht in einem fleckigen Spiegel, atmet abgestandene Luft, in der er das Aroma von Duftkerzen wittert – Zimtzauber, Vanille, ein Hauch von Freesien oder Magnolien. Unter der Decke brennt eine glutrote Funzel, es riecht nach Desinfektion wie im OP.

»Was machen wir?«, fragt sie und schält sich aus ihren Klamotten.

»Keine Ahnung«, sagt Claus. Von irgendwoher dringt das höhnische Tropfen eines Wasserhahns an sein Ohr.

»Wer bezahlt, kann bestimmen«, sagt sie fröhlich.

»Wie heißt du?«

»Mandy.«

»Nein, dein richtiger Name ...«

»Cindy.«

»Red keinen Scheiß!«

»Eine nette Atmosphäre ist dir wohl wichtig.« Das Mädchen setzt sich auf den Boden und wühlt in einem flachen Wäschekorb, der neben einer Packung Kleenex und einer Flasche Sagrotan-Reiniger steht. »Was ist hiermit, Schnuckie?« Ihr dünner Arm zuckt hoch, wedelt mit einem Strapsgürtel. »Ringelstrümpfe? Nein?«

Sie wühlt noch verbissener in den verwaschenen Spitzen und ausgeleierten Strapsen. Endlich, nur in BH und Slip, rollt sie sich die schwarz-weißen Strümpfe über die abgemagerten Schenkel.

»Ist's so recht, großer Chef?«

Das ist es bestimmt nicht; abgesehen von den überschminkten Herpesbläschen an ihrem Mund, hat Claus auch dunkle Flecken in ihrer linken Armbeuge entdeckt.

»Drückst du?«

»Nein, ich war bei der Blutprobe«, erwidert sie kichernd. »Die Schwester konnte die Vene nicht finden. Also hat sie ein paar Anläufe gebraucht. Das ist nicht meine Schuld, oder?«

»He, schon gut, ich spiele nur den besorgten, älteren Freier.«

»Spiel mal hiermit.« Ein Handgriff, und ihr BH fällt zu Boden. Sie hat hübsche, hepatitisgelbe Quitten, die ihr wie Tischtennisbälle vor der Trompetenbrust hin und her springen. »Soll ich dich blasen?«

»Lana ...«

»Ja?« Sie fällt auf die Knie und rutscht ihm zwischen die Beine. »Ich bin deine Lana ...« Während sie an seinem Reißverschluss fummelt, streicht ihr Claus das Haar aus der Stirn, er versucht es so zu formen, wie Lana ihr Haar getragen hat.

Die Lust, sich auf weitere Fantasien einzulassen, ist groß.

»Dein Reißverschluss klemmt«, stellt sie fest.

»Lana ...« Das Aussprechen ihres Namens allein ist ein einziger, den Tod ausblendender Genuss. »Warum bist du ins Wasser gegangen?«

»Ins Wasser?« Ihre verfärbten Fingerspitzen nesteln an den Herpesbläschen, die ihren Mund voller erscheinen lassen, als er in Wirklichkeit ist. »Wir können zusammen baden, wenn du das meinst. Hinten gibt es eine Sitzbadewanne.«

»Vielleicht später.« In seinen inneren Zweifel versunken, streichelt er ihren Nacken. »Ich will nur wissen, ob es meine Schuld war.«

»Ist das so wichtig?« Ihr ebenso forscher wie herausfordernder Blick verrät ihm, dass sie Erfahrungen im Rollenspiel hat.

»Wahrscheinlich nicht.« Wie in Trance beugt sich Claus zu ihr herab, sein Mund berührt flüchtig ihre hartpicklige, dick gepuderte Stirn. »Wenn wir sterben, wenn es so weit ist, dann ist es eh nicht unser eigenes Leben, an das wir uns erinnern. Zumindest behaupten das die Psychologen. Die meisten von uns haben sowieso nie gelebt.«

»Ich schon«, sagt das Mädchen. Scheinbar hat sie begriffen, dass es dieses Mal nicht so laufen wird wie sonst immer, denn sie steht plötzlich auf, angelt sich eine Zigarette und dreht eine Runde im Raum. Die Kunstfasern des Teppichbodens saugen die Schritte in sich auf.

»Wer war diese Lana?«, fragt sie dann. Und als er nicht gleich antwortet: »Jetzt bist du schweigsam wie Holzleim, das gefällt mir nicht, Mann.«

»Wie ... Holzleim?« Der absurde Satz trägt augenblicklich zu Claus' Ernüchterung bei. »Sagt man das bei euch so? Oder bist du high?«

Sie lässt ihn nicht aus den Augen. »War sie eine Russin?«

»Keine Billigrussin, wenn du das meinst.«

»Was war sie dann?«

»Sie war meine Sklavin«, antwortet Claus, »das habe ich schon mal gesagt.«

»Sklavin?« Ihr rechter Mundwinkel zuckt nervös. »Ist ja voll krass.« Ihre schmeichelnde Stimmlage ist jetzt völlig verschwunden. »Für wen hat sie gearbeitet? Malaise? Rodriguez?«

»Sie ... sie war meine persönliche Sklavin.« Claus kommen die Tränen. »Ich hätte sie niemals vermietet.« Die Gänsehaut auf ihren bloßen Armen macht ihn argwöhnisch. »Was ist los?«

»Ich kannte auch mal eine Lana. Sie ist da draußen im Hafen ertrunken. Ist schon ein paar Jahre her. Die Polizei meinte, es war ein Badeunfall.«

»Das ist es wohl immer«, flüstert Claus, »es erspart den Beamten viel Arbeit.«

»Stimmt.« Etwas Irres flackert plötzlich in ihren Augen. »Jedes Jahr fischen sie da draußen ein Mädchen aus der Bucht, und es ist immer ein Badeunfall. Hast du was damit zu tun?«

Claus springt auf. Vielleicht fühlt er, dass sich hier etwas zusammenbraut, das ihn bedroht. »Ich muss jetzt gehen. War echt nett, mit dir zu plaudern.«

Aus den Augen des Mädchens sind längst hin und her wandernde Suchscheinwerfer geworden.

»Was glaubst du, wie das hier läuft? Du kannst nicht einfach verschwinden.«

»Lass uns die Sache vergessen«, sagt Claus, doch da fängt sie schon an zu brüllen: »Jean-Luc! Der denkt, er kann die Fliege machen.«

Claus stößt sie beiseite; in blinder Panik stolpert er aus dem Raum. Von der Flurdecke hängt eine einzelne Glühbirne, sie streift seine Stirn, versengt eine Braue, aber er schafft es unbehelligt bis zur Tür.

Ein Schemen, dessen Außenbegrenzung rasch scharfe Konturen annimmt, versperrt ihm plötzlich den Weg. Zwei kräftige Hände packen ihn und schleudern ihn gegen die Wand. Er prallt an den Schuhschrank, dessen Klappen aufspringen und lauter irrwitzige Stöckelpumps ausspucken. Bevor Claus loslachen kann, trifft ihn ein regelrechtes Trommelfeuer an Schlägen.

»Da hast du deine Lana!«, kreischt das Mädchen und ballt ihre winzigen Fäuste.

»Perverse Sau!« Sie grapscht nach seinem Haar, zieht seinen Kopf in den Nacken.

»Seid ihr alle durchgedreht, oder was?« Claus' Kopfhaut vibriert unter dem Tremor der Nerven.

»Du schuldest ihr Geld ...« Das Muskelpaket hat Claus fest im Griff.

»Wenn du nicht zahlst, dann ...«

»Streng dich nicht unnötig an«, keucht ihm Claus ins Gesicht. »Ich weiß, dass du zu der Personengruppe gehörst, die in der Lage ist – aufgrund von Muskelmasse und Extremitäten, das heißt, eigentlich durch die hohe Masseträgheit der Fäuste –, enorme Kräfte zu übertragen. Dass die in meinem Gesicht eine gewisse Verformungsarbeit leisten, würde ich nie im Leben bezweifeln.«

»Halt endlich die Fresse!«, tobt das Mädchen. Sie hat einen kurzen Anlauf genommen, jetzt rennt sie los, will sich in Claus hineinkatapultieren, aber der dreht sich ruckartig und mit der Gewandtheit eines Schlangenmenschen zur Seite, so dass sie einen Bauchrutscher macht. Trotz des Würgegriffs, in dem er hängt, geht Claus eine Folge aus *Jackass* durch den Kopf, Sonderthema »street-body-surfing«, da hatten sie hinterher auch so geschrien ... Die Verwirrung ausnutzend, knallt er dem Zuhälter seinen Hinterkopf ins Gesicht. Der Mann lässt los, die zwei, drei Sekunden, die er braucht, den Schaden an seinem Nasenbein einzuschätzen, reichen Claus, um zu fliehen.

Er prallt – kaum hat er einen Treppenabsatz geschafft – mit einem Mann zusammen. Es muss mit dem Teufel zugehen, denkt er noch, denn er erkennt Maurice. Der ist ebenso überrascht, ihn zu sehen.

»Sie hier, Monsieur?«

Claus will weiter, doch der Hoteldiener versperrt ihm den Weg,

»Warum die Eile, Monsieur?« Ohne Vorwarnung versetzt er Claus einen Stoß vor die Brust. »Das ist wirklich unglaublich! Bei mir den Scheinheiligen spielen, und dann so was ...«

»Helfen Sie mir, Maurice, Sie müssen mir helfen!«
Der Hoteldiener lacht. »Ihnen helfen, M'sieur? Schon vergessen? Sie haben mich geschlagen! Ohne Grund! Warten Sie, ich habe da eine kleine Ergänzung für Ihr ›Guest Incident Action File‹!« Er rammt Claus ein Knie in den Bauch. »Wie finden Sie das?«

»Ich wusste, du bist kein ehrlicher Sklave ...« Claus taumelt zurück, schrammt mit der Schulter über die bröckelnde Wand, prallt gegen die Verankerung des Flaschenzugs, der den riesigen Messinglüster bewegt. Ein Zittern läuft durch den großen, kupferfarbenen Kraken, dann löst sich die Schnur. Es folgt ein pfeifendes Sausen, Claus will ausweichen und macht einen Schritt rückwärts ins Nichts: Er fällt – sein Bewusstsein verlöscht in einem Blitz. Nichts mehr.

Als er wieder zu sich kommt, spürt er eine merkwürdige, warme, knisternde Wattigkeit in seinem Hinterkopf, die sich genauso anfühlt, wie er sich immer das Innere der mit verfilztem Haar ausgestopften Wollmütze von Bob Marley vorgestellt hat.

Seine Mütze füllt sich allmählich mit rotem Nebel.

Evelyn, es tut mir so leid ...

4

RAvenge

Der Ausnahmezustand hat heute erst seine weltweit größte Ausbreitung erreicht.

– Giorgio Agamben

Es wird immer erst schlimmer, bevor es besser werden kann.

– Batmans Diener Alfred in *The Dark Knight Returns*

I.

Die Villa Müller-Dodt liegt im tiefsten nächtlichen Frieden, als Evelyns Taxi in Sichtweite des Anwesens hält.

»Sind Sie sicher, dass ich nicht näher ranfahren soll?«, fragt der Fahrer. Ein Geldschein und ein zwingender Blick verraten ihm, dass sich das Warten auf eine Antwort nicht lohnt. Stumm hilft er ihr beim Ausladen der wenigen Gepäckstücke, eine Quittung bietet er ihr erst gar nicht an.

Während sich das Motorengeräusch des Wagens entfernt, geht Evelyn mit bedächtigen Schritten – fast so, als wäre der Bürgersteig vereist – die dunkle Mauer aus Blättern entlang. Die Hecke ist sichtlich gewachsen, ein gutes Stück sogar. Durch den blättrigen Wulst zieht sich Stacheldraht bis hinauf zu einer Übersteigsperre. Es ist ein erstes Indiz dafür, dass die Dinge nicht mehr so sind, wie sie noch vor zwei Monaten waren, als die Müller-Dodts ihr Wellnest verließen, um erstmals seit ihrer Studentenzeit getrennte Wege zu gehen.

Die Auszeit hat Evelyn gutgetan, die einsamen Abende in den Motels entlang der Route 66, der deftige Raststättenfraß (»Ranch-Dressing«), das aufs Minimum reduzierte Leben aus dem Kofferraum eines angemieteten Wagens. Hier hat sie sich abends in Mommsens *Römisches Staatsrecht* vertieft, und hier, zwischen Lesestunden in mitternächtlichen Waschsalons und langen, vom Radio untermalten Fahrten, wobei sie bekannte Folk- und Rocksongs mitgrölte, hat sie wieder und wieder an Rache gedacht: *Call me »Eve of destruction«* ... Und so, ganz allmählich, im Laufe von ein paar Tausend Kilometern, ist ihre Verfassung von tiefem Gram über Trauer schließlich in Wut übergegangen. Das, was sich unter ständigen Druck gebeugt hat, richtete sich allmählich auf, ihre verschüttete Rechtschaffenheit grub sich aus.

Jetzt steht sie vor ihrem Haus, die Initialen auf dem Namensschild sind noch immer dieselben. Was hat sie auch erwartet? Sie wohnt hier. Sie und Claus. Oder das, was von ihm übrig geblieben ist.

Am Gatter der Einfahrt angekommen, späht sie vorsichtig zwischen den Gitterstäben hindurch. In der Dunkelheit ist die Villa nicht richtig zu sehen.

Nicht, dass es ihr etwas ausgemacht hätte, Meister Fitz-Fetz aus den Federn zu klingeln, doch sie erinnert sich an einen Schlüssel, der ins Schloss der dezent integrierten Drehflügeltür passt.

Lange her, dass sie sich selbst in ihr Haus eingelassen hat, fast staunt sie, wie leicht sich die schwere Tür in den Angeln bewegt.

Sie schiebt ihren Rollkoffer zuerst durch den sich lautlos erweiternden Spalt, und schließt dann hinter sich ab.

Zwei Scheinwerfer flammen in diesem Moment auf, sie nageln Evelyns Schatten ins weiße Kiesbett der Einfahrt. Das Licht ist so fahl und kalt wie brennender Schwefel. Es verwandelt die dunkle, amorphe Masse zwischen Evelyn und der Villa schlagartig in graue Doppeldachzelte, mit Plastikfenstern und typischen Abdeckungen. Die meisten sind echte Hauszelte aus wasserdichtem PVC oder gummierter Leinwand, sie machen einen geradezu unverwüstlichen Eindruck. Mit der Hand die Augen abschirmend, setzt Evelyn ihren Weg fort. Zwischen den quietschbunten Campingmöbeln sticht ihr eine löchrige Hollywoodschaukel ins Auge, der Fuhrpark daneben scheint aus verdreckten Mopeds, Fahrrädern, zweckentfremdeten Einkaufswagen und einem einachsigen Handwagen zu bestehen. Unter einem offenen Zelt leuchten ihr die farbigen Mülltonnen fast fröhlich entgegen, und doch, Evelyn fühlt das trostlose Leben, das durch die Lüftungsschlitze der Planen atmet. Faltschränke und überladene Netzhängeregale schweben hie und da im Halbdunkel der Zelte.

Verwirrt von der Ausdehnung des Zeltdorfs – es scheint sich bis zu der Anliegerwohnung zu erstrecken –, schleicht sie auf ihr

Haus zu, der Koffer knirscht beharrlich hinter ihr her, am liebsten hätte sie sich von ihm getrennt. Vor lauter Biwaks und Zeltunterkünften ist der parkähnliche Garten kaum noch zu sehen. Nur die gelben und rostbraunen Einsprengsel im Laub der Baumkronen beweisen, der Herbst steht unmittelbar vor der Tür. An der Oberfläche des beleuchteten Pools treiben bereits einige Blätter im Kreis.

Bartos ist nachlässig geworden, denkt sie bei sich, während sie die römische Treppe passiert. Vielleicht zieht er deswegen die Stellschrauben der Sicherheit an. Erinnerungsbilder stürmen jetzt auf sie ein, sie sieht die Peitsche im Licht der Fackeln, die Striemen auf dem schweißnassen Rücken, die weiße Silhouette von Claus …

Den Mann mit der Dogge hätte sie dagegen fast übersehen. Bewegungslos steht er am Rand des Pools, ein kleiner Wandschrank in einem zu eng geschnittenen Affenanzug, auf Kniehöhe ein Hundegebiss und zwei höllisch glitzernde Augen. Eine verdammt große Dogge. Als Evelyn stehen bleibt, nickt der Mann mit dem Kopf, so, wie man eine entfernte Bekannte begrüßt. Sie ist froh, dass der Hund nicht anschlägt, sondern nur einmal grimmkehlig knurrt.

Inzwischen hat sie die Tür der Villa erreicht. Ihr zögerlicher Druck auf den Klingelknopf löst überraschenderweise einen sphärischen Glockenton aus: Goodbye, Digi-Funny-Animal-Sound. Vielleicht ein weiterer Beweis dafür, dass die Dinge nicht mehr so sind, wie sie waren. Sie wirft einen schnellen Blick über die Schulter, aber der Mann und die Dogge sind im Schatten der Ligusterhecke verschwunden.

Gerade will sie ihr Gepäck abstellen, um dem verklingenden Ton durch ein beidhändiges Klopfen nachzuhelfen, da öffnet sich vor ihr die Tür.

»Gnädige Frau!« Bartos ist wohl ebenso überrascht wie sie. Mit einer verkrampften Handbewegung rafft er seinen vorne offen stehenden Morgenmantel zusammen. »Warum haben Sie nicht angerufen? Ich hätte Sie doch vom Flughafen abholen können.«

Statt zu antworten, schiebt sie den Koffer vor und zwingt Bartos, beiseitezutreten. Verlegen, fast zögerlich, folgt er ihr in die Küche.

»Home, sweet home.« Die kalt illuminierten Sockelblenden und hinterleuchteten Regale vergegenwärtigen ihr, dass Claus die Formensprache ihrer Küche nicht ganz zu Unrecht Butcherlook nannte. Das rosa Babyphone auf der Anrichte spricht eine andere Sprache. Sie stuft es als die Erweiterung eines defekten Nervensystems ein.

Während ihr Bartos betont galant aus dem Mantel hilft, schenkt sie ihm einen sanft-ironischen Blick. »Hätte nicht gedacht, dass Sie es so eilig hatten.«

»Äh, wie bitte?« Dass sie Jeans und einen Wollpulli trägt, scheint ihn sichtlich zu irritieren. »Was nennen Sie eilig?«

»Na, dass Sie hier eingezogen sind. Seit wann wohnen Sie in unserem Haus?«

»Seitdem Claus das Krankenbett hütet.« Seine Leichenbittermine wirkt erschreckend echt. »Jemand muss sich doch um ihn kümmern.« Mit fahrigen Bewegungen macht er sich an der Nespresso-Maschine zu schaffen. »Sie nehmen doch sicher auch einen Latte macchiato?«, murmelt er halblaut vor sich hin. »Koffeinfrei, versteht sich.«

»Er ist wohl sehr *wertvoll* für Sie.« Und als er nichts sagt: »Ich dachte, diese Art der Pflege wäre Lanas Spezialität.«

»Dann wissen Sie es also noch nicht.« Er schiebt die Kapsel in die dafür vorgesehene Öffnung und zieht den Hebel fest an. »Lana ... sie ist ...« Er dreht sich um und kneift dann die Augen zusammen, als blende ihn ein inneres Licht. »Wir haben sie verloren.« Es scheint Evelyn, als habe er mit Tränen zu kämpfen.

»Angeblich war es ein Badeunfall. Zumindest glaubt das die französische Polizei.« Das Gurgeln des Kaffeevollautomaten hindert ihn daran, weiterzusprechen.

»Mein Beileid«, sagt Evelyn, »so ein Schicksal hatte sie nicht verdient.«

»Und Claus auch nicht«, fügt Bartos hinzu. »Was für ein Unglück! Gleich zwei aus unserem inneren Zirkel! Immerhin, Claus hat überlebt. Die beiden hätten niemals da rausgehen dürfen.«

»Sie meinen, in die böse, feindliche Welt, die ausgesperrte Wirklichkeit?« Vielleicht will er ihre Ironie nicht verstehen, jedenfalls macht er sich wie manisch an der zischenden Milchdüse der Maschine zu schaffen.

»Ich habe vorhin auf dem Grundstück einen Wachmann gesehen«, fährt sie fort, als Bartos den Latte serviert. »Ist das nicht zu viel des Guten?«

Der Procurator schüttelt entschieden den Kopf. »Wir dürfen kein Risiko eingehen.« Entweder haben sich seine Manieren in Luft aufgelöst oder er hat einen plötzlichen Schwächeanfall, jedenfalls setzt er sich auf Claus' Stammplatz vor der goldenen Wand. »In seinem jetzigen Zustand ist unser Herr sehr verwundbar. Eine neue Unregelmäßigkeit – sagen wir mal, einen weiteren Einbruch – würden er und ich nicht überleben. Der Mann, den Sie gesehen haben, ist ein ehemaliger bosnischer Militär. Er gehörte zum ersten Bautrupp, ein hervorragender Bauschlosser, wenn Sie mich fragen. Doch in dieser Situation wäre es dumm, sein besonderes Talent nicht zu nutzen. Sein Zwillingsbruder ist übrigens mit der zweiten Kohorte gekommen und ein gelernter Sicherheitsspezialist. Er hat die Torflügel des Gatters oben scharf anschleifen lassen und die Hecken mit Stacheldraht unterfüttert. Die Flutlichtanlage war ganz allein meine Idee.«

»Reizende Aussichten.« Evelyn nippt an ihrem Kaffee. »Wie in einer Gated Community.«

»Waren wir nicht schon immer eine Gated Community?«, fragt Bartos.

Sie setzt ihre Tasse ab und betrachtet für einen Moment ihre farblosen, kurzgeschnittenen Nägel. »Sagen Sie, warum haben Sie mich nicht sofort über den Unfall von Claus informiert?«

»Wie denn?« Händeringend sinkt Bartos in sich zusammen: »Herr Claus lag über zwei Wochen im Koma. In einem französsischen Krankenhaus an der Côte. Er war nicht ansprechbar. Als die Streife ihn fand, hatte er keine Papiere, nicht mal eine Kreditkarte dabei. Mehrere Tage verstrichen, bevor ihn das Hotel als vermisst meldete. Dann erst kamen die Dinge ins Rollen, und ich schwöre Ihnen, meine erste Amtshandlung war es, Sie in New York anzurufen. Ihre Schwester meinte allerdings, Sie wären auf und davon. Sie kann kurz angebunden sein, wenn sie will.« Er macht eine wohlbemessene Pause. »Die Polizei geht von einem Raubüberfall aus, und Claus ... um ehrlich zu sein, seit seiner Rückkehr war er nicht besonders gesprächig. Durch die Atemkanüle sind seine Stimmritzen momentan außer Funktion. Selbstverständlich habe ich ihm eine Mundmaus besorgt, mit der er eine virtuelle Tastatur ansteuern kann.«

»Und was soll das heißen?«

»Nun, er tippt mit dem Mund. Wenn der Zustand anhält, sollten wir ihm eine Sprachsoftware kaufen.«

»Augenblick ...« Evelyn fährt sich mit der Hand über den Kopf, als ob ihr Haar noch nicht eng genug anliegen würde. »Wollen Sie damit sagen, mein Mann ist querschnittsgelähmt?«

»So etwas dürfen Sie nicht einmal denken!« Bartos faltet die Hände wie zum Gebet. »Ich habe gestern noch einmal seine Krankenakte studiert: Claus wurde als inkomplett gelähmter Tetraplegiker diagnostiziert. Sein Zustand sollte sich bei Ruhe und guter Pflege aber schnell bessern. Der Arzt meinte, in einem halben Jahr ist er wieder der Alte. Etwas mürrisch ist er geworden, aber wer wäre das nicht in seiner Situation?«

»Kann ich ihn sehen?« Evelyns aufgestaute Ängste lassen sich nicht länger unterdrücken. »Oder haben Sie etwas dagegen?«

»Wieso sollte ich?«

»Nun, wenn er *mein* Unterpfand wäre ...«

Dass sie den Satz unvollendet lässt, löst in Bartos sichtliche Betroffenheit aus. »Stört Sie irgendetwas, gnädige Frau? Wollen Sie, dass ich wieder in die Anliegerwohnung ziehe? Sie brauchen es nur zu sagen.«

Evelyn spürt, dass ihm ihre Anwesenheit unangenehm ist, doch sie denkt nicht daran, ihn so leicht davonkommen zu lassen.

»Nein. Solange Claus noch rekonvalesziert, werde ich Sie nicht von Ihren Pflichten als Pfleger entbinden.«

Auf dem Weg zur Treppe bleibt sie an ihrem Kleidersack stehen und zieht ein Seitenfach auf. »Bevor ich's vergesse ...« Sie reicht ihm ein Buch. »Da haben Sie Ihren Tacitus wieder. Ein wirklich aufschlussreiches Buch. Vor allem, wenn man es im Kontext mit Mommsens Werk liest. Als Juristin war ich doch einigermaßen von der Weisheit des römischen Staatsrechts beeindruckt.« Und mit einem maliziösen Lächeln fügt sie hinzu: »Ich glaube, wir beide werden uns in Zukunft besser verstehen. Viel besser sogar.«

»Ich hatte nicht den Eindruck, dass es jemals ernste Unstimmigkeiten zwischen uns gab ...« Ein leises Röcheln aus dem Babyphone lässt ihn augenblicklich verstummen. Sichtlich alarmiert wirft er einen Blick auf die Uhr.

»Halb sechs. Ein bisschen früh, um Claus das Frühstück zu bringen.« Er weist auf eine Schnabeltasse. »Wollen Sie ihn ab heute füttern, gnädige Frau? Ich denke, dass er seinen Zustand dann als weniger entwürdigend empfindet.«

»Wenn Sie meinen.« Evelyn ist bereits hinter der Milchglasabtrennung verschwunden.

»Das erste Zimmer rechts«, ruft Bartos ihr nach, »ich wollte Ihr Schlafzimmer nicht mit dem hässlichen Bettgestell aus der Klinik verschandeln. Und bitte stören Sie sich nicht an seiner Aufmachung. Er wollte, dass ich ihm diese Sachen besorge; Sie wissen ja, wie exzentrisch er manchmal ist.«

»Ich weiß«, ruft sie zurück, »wir stehen tief in Ihrer Schuld.«

Im Bewusstsein, dass sie Bartos wirklich abgrundtief hasst, beginnt sie die Treppe hinaufzusteigen.

Hass das Gegenteil von Liebe zu nennen, ist falsch, das weißt du inzwischen genau, Evi. Hass, der den Namen wirklich verdient, ist die Antwort eines Bewusstseins, das sich unentwegt einer

Bringschuld erinnert, und nicht bereit ist, diese dem Schuldner mit einem großzügigen Strich zu erlassen. Hass, das ist der nachtragende Stiefbruder einer wehleidigen und missbrauchten Magd, die sich Dankbarkeit nennt. Der Hass vergisst nicht, was man ihr schuldet, vor allem vergisst er nicht, dass es auch anders hätte sein können. Wer tief und inbrünstig hasst, beherrscht den Konjunktiv aus dem Effeff. Dabei handelt der wahre Hass nie im Affekt, er muss gären, in sich kreisen – wie ein Tornado. Er muss abkühlen, fast den Gefrierpunkt erreichen, bevor er die Person heimsucht, die ihre Schuld ihm gegenüber nicht anerkennt. Das archaische Wissen um die Gegenseitigkeit menschlichen Handelns, dass sich aus jeder Leistung ein Recht ergibt und umgekehrt aus jeder Inanspruchnahme von Diensten oder Hilfeleistungen eine Pflicht, dieses Wissen verleiht dem Hass seine besondere Hartnäckigkeit und die Kraft, die es zum Abrechnen braucht, und deshalb bist du doch hier, Evelyn, und nicht, um deinem verunglückten Fremdgänger das taube Händchen zu halten.

Schon als sie das Krankenzimmer betritt, glaubt sie den ewigen Kampf von Verwesung und Antisepsis zu wittern. Es ist das ehemalige »Kinderzimmer« der Villa, das Zimmer, mit dem sie nie etwas anfangen konnten, das Zimmer, dessen Zweckentfremdung von Hobbyraum bis Abstellkammer reicht.

Das Weiß der Wände ist einem sanften, unaufdringlichen Pastellton gewichen. Obwohl die Wandleuchten gedimmt sind, reicht das Licht aus, um ihr einen ersten Eindruck zu vermitteln: Das Ding mit den geschienten Armen liegt in der Haltung eines Gekreuzigten vor ihr. Reglos, nicht leblos. Es schläft tief und fest, zumindest glaubt sie das an der gleichmäßigen Ausdehnung des Brustkorbs zu sehen. Es hängt an Schläuchen und einem Kabelbaum, der den an Stangen befestigten Körper mit einer Anzahl medizinischer Apparate verbindet. Allerdings ist es nicht irgendein Ding – es ist ihr Mann.

Sie weiß nicht, was schlimmer ist – das Kondensat der nicht abgebauten Sauerstoffrückstände an den Scheiben oder diese penetrante Geruchshaube des Angemodertseins. Gerade, als sie kehrtmachen will, hält sie ein leises Quietschen zurück: Das Bett hat Rollen, es ist ein hypermodernes Krankenhausbett mit verstellbarer Seitenreling, einem elektrischen Aufrichtmechanismus und einer Triangel, an der sich ein Patient mit einem funktionstüchtigen Arm leicht hochziehen kann. Die verkabelte Klemme an seinem Zeigefinger scheint eine Art Druckknopf zu sein.

»Claus, Liebling?«

Sie nähert sich dem Bett, versucht, nicht auf die Schläuche zu treten. Absurd, er trägt eine römische Toga, die seinen Körper bis zu den Knöcheln bedeckt. Das luftige Gewirk ist mit einer protzigen Spange an der rechten Schulter gerafft. Ein Seidenschal mit Crashstruktur kaschiert die hässliche Zervikalstütze seiner Halswirbelsäule. Das wohl wahnwitzigste Detail des Römer-Outfits ist der goldene Lorbeerkranz in seinem Haar, ein Scherzartikel, der sie an das Emblem eines Cadillacs erinnert.

Erst jetzt bemerkt sie seine weit aufgerissenen Augen.

»Ich bin's – Evi ...« Sie legt ihm eine Hand auf die feuchtheiße Stirn. Seine Haut ist von einem bläulichem Engerlingsweiß. Sie kann förmlich riechen, wie dreckig es ihm geht.

»Ich bin gekommen, so schnell wie ich konnte.«

Der Blick seiner Augen ist erschreckend, sie stemmen sich förmlich empor, manchmal ist nur das Weiße zu sehen; es ist, als kreise all die Lebensenergie, die sich sonst über seine Glieder verteilt hat, in diesen glitzernden Lichtern.

»Bartos hat mir alles gesagt«, flüstert sie. »Mein armer Liebling ...«

Seine aufgesprungenen Lippen ziehen sich allmählich zurück, sie entblößen Zähne und eine Zunge, die sich zwar hochwölbt und doch nur gurgelnde Laute erzeugt. Ein durchsichtiger Schlauch – die Atemkanüle – führt in seinen Mund, sie versteht nicht viel von diesen Geräten, doch ihr ist klar, dass der Schleim regelmäßig abgesaugt werden muss.

»Du brauchst nichts zu sagen.«

Um den phonetischen Verlust seiner Stimme auszugleichen, gestikuliert er mit den Fingern. Heben kann er die Arme offensichtlich nicht. Wahrscheinlich hat er irgendeinen der Knöpfe mit den Fingern berührt, denn ein Spezialstativ schwenkt die Mundmaus in Reichweite seiner Lippen. Augenblicklich erwacht unter dem Bett ein Computer zum Leben.

MORITURI TE SALUTANT.

Es ist der erste Satz, den der Beamer an die Tür projiziert: »Die Todgeweihten grüßen dich.«

»Das bist du nicht«, flüstert sie. »Du hattest einen Unfall, und bald bist du wieder gesund.«

Seine tränenden Augen rollen hin und her. Wieder beginnt er mit der Mundmaus zu tippen.

CLAUSUS GORDIAN MAXIMUS STIRBT.

»Wie das Schulbeispiel eines Sterbenden siehst du nicht aus.«

Sie entzieht seinen Lippen den silbernen Strohhalm. »Im Übrigen bin ich nicht den weiten Weg gekommen, um dich sterben zu sehen.« Sie beugt sich zu ihm herab und haucht ihm einen Kuss auf den Mund. »Man kann nicht bereuen wollen, ohne zu büßen, verstehst du? *Amor lega le membra a vero amante.** Du musst jetzt stark sein, mein Liebling. In den nächsten Wochen wird sich hier einiges ändern.« Und als Antwort auf seinen fragenden Blick: »Ich werde die Regierungsgeschäfte übernehmen, mein Cäsar, und ich sag schon jetzt, es liegt Krieg in der Luft. Schlaf jetzt, Liebling, ich bringe dir in ein paar Stunden dein Frühstück.«

Mit schnellen Schritten geht sie zur Tür, doch das Ticken der Mundmaus holt sie noch ein.

WARTE. BITTE.

Die gelben Buchstaben erscheinen neben der Tür.

»Was?«

Sein Kopf dreht sich nicht, nur seine Augen wandern in ihre Richtung.

---

* Ital.: »Dem wahrhaft Liebenden lähmt Amor die Glieder«. *(Così fan tutte)*

WILLST DU NOCH IMMER DIE SCHEIDUNG?
Sie kommt zurück, beugt sich wieder zu ihm herab. In seinem wächsernen Gesicht rollen die Augen wie Murmeln aus rosigem Marmor.

»Karlotta wollte unsere Scheidung, nicht ich. Als sie von deinem Unfall erfuhr, hat sie mir natürlich alles gebeichtet und schämt sich in Grund und Boden. Offenbar wollte sie dir nur einen Schrecken einjagen.«

Seine wie irre kreisenden Augen erstarren.

»*Warum*, fragst du? Nennen wir es mal Neid, Missgunst, Frustration. Sie war wütend auf mich, weil ich sie als Sub abgelehnt hatte. Mein Gott, was hättest du an meiner Stelle getan? Die eigene Schwester bewirbt sich bei mir als Sklavin. Dein Anruf war wohl der Auslöser dieser Kurzschlusshandlung. Sie wollte sich an mir rächen und hat dich stattdessen getroffen.«

Er stößt einen röchelnden Laut aus, der Zeiger der Mundmaus saust wieder über die virtuelle Tastatur.

SAG DER SCHLAMPE, SIE IST HIER NICHT LÄNGER WILLKOMMEN.

»Sie wird nicht vorhaben, dich zu besuchen.« Evelyn streichelt seinen Kopf. »Soweit ich weiß, lebt sie jetzt auf der Straße.«

Er spuckt die Mundmaus aus, starrt wie betäubt an die Decke.

Der Verdacht, dass sein Gehirn mehr abbekommen hat als die Halswirbelsäule, dämpft Evelyns Lust, schon bald Öl ins Feuer zu gießen.

Er kann mir nicht mehr helfen, denkt sie noch. Dennoch ist sie in diesem Augenblick glücklich – auch jenseits der Grenze, die sie beide nie mehr erreichen würden.

II.

Nie hat ein Dichter die Natur
so frei ausgelegt,
wie ein Jurist die Wirklichkeit.

– JEAN GIRAUDOUX

Mein ist die Rache. Wenn es stimmt, dass Psychopathen am effektivsten Psychopathen erzeugen, dann ist Bartos in Evelyns Fall eine herausragende Verwandlung gelungen. Auf dem Rückflug von New York nach Berlin – wie ein Vogel, der zu seinem zerstörten Nistplatz zurückkehrt, so kam sie sich vor – hat sie den Plan wie eine Rüstung geschmiedet. Sie würde die »andauernde Verdunkelung des Rechts«, wie sie es nennt, diesen »Affront gegen die Würde des Menschen« in ihrem Haus durch drastische Maßnahmen beenden. Die Dinge mussten erst in Ordnung gebracht werden, bevor sie ihr Leben wieder Stein für Stein zusammensetzen konnte. Die Sozialsymbiose mit den Subs – dieser Ausnahmezustand hätte ein Ende. Nicht zuletzt sieht sie es auch als geistige Herausforderung, Bartos mit seinen eigenen Waffen zu schlagen, seine ausgrenzende und waffenklirrende Vernunft zu widerlegen und seine Dominanz durch exakt bemessene Respektlosigkeit zu unterwandern. *Denn mein ist die Rache.* Sie will ihm auf gleicher Augenhöhe begegnen, seine Winkelzüge voraussehen und – noch bevor sie wirken können – vereiteln. Wen man hasst, den muss man in- und auswendig kennen.

Hass ist das Ergebnis eines oft langwierigen und komplexen Prozesses. Dazu braucht es zweifellos eine andere, robustere Psyche, eine komplett neue Person, die in der Lage wäre, die Rolle der Domina eines Sklavenhaushalts überzeugend zu spielen. *Mind over matter.* Vielleicht braucht es auch einfach nur das Ich, das man kennt und niemandem zeigt, das Ich, das sich erst im Angesicht einer Existenzkrise oder Katastrophe manifestiert.

Drei Tage sind inzwischen vergangen. Evelyns Vorgehensweise ist nicht gerade subtil. Was sie da abzieht, teils vor dem Spiegel einstudiert hat, entspricht eher einem *venire contra factum proprium*, wie es Tacitus nannte, einer »Zuwiderhandlung gegen das eigene frühere Verhalten«, etwas, das so gar nicht zu Evelyn passt und Bartos deutlich missfällt. Schon der obrigkeitliche Ton, in dem sie Missstände im Haushalt bemängelt oder neue Dekrete verbal in das Gehirn ihres Prokurators einpfählt, gehen ihr selbst auf den Geist. Und doch scheinen es archimedische Hebel zu sein, den Thron ins Wanken zu bringen.

Mit ihrem streng zurückgekämmten Haar, der Clark-Kent-Brille und dem schwarzen Rollkragenpullover verkörpert sie auf fatale Weise eine »Frau« Bartos, eine Doppelgängerin des Sklavenvorstehers, die sich gezielt einmischt und mit jeder Korrektur und Beanstandung Bartos' Autorität untergräbt. Bisher macht er gute Miene zum bösen Spiel, nur einmal äußert er, dass er sie kaum wiedererkenne, was vielleicht nicht zuletzt an ihrer Aufmachung liegt. Statt der Hauskleider aus Seide und Kostüme trägt sie nun Hosen und schwarze Schaftstiefel. Von weitem, zwischen den Zelten der Subs, sieht sie wohl wie eine Dressurreiterin aus, die in einer ebenso sanften wie seltsamen Art mit ihren menschlichen Zuchttieren spricht. Sehr leise, sehr dunkel, auf unheimliche Weise bedrohlich. Doch während sie in Bartos' Gegenwart stets arroganten Optimismus verbreitet, weint sie abends hinter verschlossener Tür.

Ist der Strom der Tränen dann wieder versiegt, scheint die kalte Hitze in ihrem Inneren noch intensiver geworden zu sein. Obwohl Evelyn noch immer zweifelt, wo sie ihre Gemütsverfassung im Sumpf zwischen Paranoia und Bipolarität ansiedeln soll, glaubt sie mit Bestimmtheit zu wissen, dass es geistige Störungen gibt, denen die menschliche Rasse – evolutionsgeschichtlich betrachtet – ihren Fortbestand schuldet ...

»Sie wollten mich sprechen, gnädige Frau?«

»Ave, Bartos, kommen Sie rein.« Gleich nach dem Frühstück bittet sie ihn auf ihr Zimmer zu einem Gespräch unter vier Augen. Während sie an einer Liste schreibt, nimmt Bartos gut gelaunt in einem der Korbsessel Platz.

»Haben Sie eben Ave gesagt?« Er lächelt dezent amüsiert. »So wie in Ave Cäsar?«

»So ist es. Aber Sie sind nicht Cäsar, sondern der oberste Sklave.«

Er räuspert sich, ruckt einmal hin und her, als wolle er schon wieder gehen.

»Schön, Sie wieder bei uns zu haben, gnädige Frau.« Diesmal grient er wie ein Wolf, der gelernt hat, dass es vorteilhaft ist, vor dem Fressen zu apportieren.

»Nur, dass wir uns recht verstehen«, sie hebt die Hand mit dem Kugelschreiber, als wäre er der Miniaturverschnitt eines Zepters, »eine Doktrin der Ausweglosigkeit kenne ich nicht. Damit will ich sagen, dass ich nicht zu den Menschen gehöre, die eine unerträgliche Situation einfach so hinnehmen müssen.«

»Welche ... unerträgliche Situation?«

»Nun, um ganz ehrlich zu sein, ich habe den Eindruck, dass sich hier in meiner Abwesenheit Anarchie und Chaos breitgemacht haben. Noch ein halbes Jahr, und es wird hier zugehen wie in einer Kolchose. Mit einem wohlgeordneten, altrömischen Haushalt hat das nichts mehr zu tun.« Eine Wirkung ihrer Worte auf seinem Gesicht ist nicht zu erkennen. »Angesichts der Tatsache, dass die Handlungsfreiheit meines Mannes eingeschränkt ist, habe ich beschlossen, gewisse Dinge zu ändern.«

»Wenn es machbar ist.«

»Wie bitte?«

Er räuspert sich, als hätte er eine Fliege verschluckt. »Ich meine, da bin ich aber gespannt.«

»Das sollten Sie auch sein, mein lieber Bartos.« Wie sie diesen fragenden und gleichzeitig melancholischen Blick hasst, die geheuchelte Aufmerksamkeit ohne echtes Interesse, als wisse er ohnehin alles und alles andere sei im Grunde nicht wichtig. »Lassen Sie uns mit den Kleinigkeiten beginnen: Eine Gemeinschaft festigt sich vor allem durch Bräuche. Die römischen Festtage, die wir feiern, sind zwar nette Reminiszenzen, doch wo ist der Bezug zu unserer Segregation?«

»Sie denken an eine Art Jubiläumsfeier?«

Sie lässt den Kugelschreiber einmal klicken. »Was halten Sie von einer täglichen Schweigeminute für Lana? Ihr Schicksal sei allen Subs ein warnendes Beispiel.«

»Sollten wir ihr zu Ehren nicht lieber irgendwo auf dem Grundstück einen Stolperstein setzen?« Bartos versucht, dem aberwitzigen Vorschlag mit Ironie zu begegnen. »Pardon, ich meine, ist das nicht zu viel des Guten? Sosehr ich den Verlust auch beklage.«

»Es ist ein Verlust für uns alle«, quittiert Evelyn seinen Einwand. »Lana war eine Sub. Durch ihr vorzeitiges Ableben wurden wir empfindlich geschädigt. Jedes Mal, wenn ich das Sensophorium betrete, denke ich, das Wichtigste fehlt.«

»Mag sein.« Bartos missfällt der Unterton, das kann sie sehen. »Und ich dachte immer, die Psychologen sind sich inzwischen einig, dass das Vergessen die höhere Kulturleistung ist. Wir sollten nach vorne blicken, nicht zurück.«

»Ganz recht, Procurator, deshalb erwarte ich ab heute täglich Ihren Rapport. Ich möchte wissen, was auf dem Anwesen läuft.«

»Das haben Sie doch immer gewusst«, entgegnet er schwach, »Sie brauchen mich nur zu fragen.«

»*Ich* soll *Sie* fragen? Für ein sprechendes Werkzeug riskieren Sie einen ganz schönen Rand.« Wie geistesabwesend dreht sie den Kopf zum Fenster. »Würden Sie mir bitte freundlicherweise erklären, was diese Zeltstadt in meinem Vorgarten macht? Wer hat all diesen Leuten erlaubt, sich hier niederzulassen?«

Bartos wird der Sessel, in dem er sitzt, sichtlich zu heiß. »Aber es sind nur Subs, die stören doch keinen.«

»Von mir aus können es Heloten oder Periöken sein. Es werden immer mehr, das ist es, was mich stört. Das Schwimmbad ist fertig. Wieso wandern Ihre Wanderarbeiter nicht weiter?«

Es ist eine neuralgische Frage, er verzieht jedenfalls das Gesicht. »Wir können Arbeitskräfte doch immer gebrauchen. Der Ausbau des Weinkellers ...«

»... wird umgehend gestoppt.«

»Aber wieso?«

»Weil er so überflüssig ist wie der Pool. Oder haben Sie mich jemals schwimmen sehen?«

»Schade, jammerschade.« Bartos ringt förmlich um Worte. »Dabei haben wir hier optimale Voraussetzungen. Die Frostfreiheit des sandigen Bodens ist ideal, wir brauchen nicht mal eine Feuchtigkeitssperre. Weiß Claus von Ihrem Vorhaben? Ich frage nur, weil er vor ein paar Tagen noch von verchromten Rollleitern schwärmte.«

»Wahrscheinlich hat mein Mann da etwas durcheinandergebracht«, sagt sie in einem sonoren Tonfall, der fast so klingt, als wolle sie Bartos nachahmen. »Mein Mann braucht einen Rollstuhl, keine Rollleiter.«

»Verstehe, verstehe. Wenn ich mir einen letzten Hinweis erlauben darf ...«

»Dürfen Sie nicht.« Evelyn verkörpert in diesem Moment die über jeden Zweifel erhabene Entschlossenheit einer Missionsschwester, die einen mit seinen üblen Instinkten hadernden Wilden bekehrt. »Sie dürfen meine Anordnung ausführen, das dürfen Sie.«

»Sehr wohl.«

Sie spürt, dass er sich aus dem Staub machen will, und zieht die Schraube noch einmal an.

»Die Zahl hätte ich noch gerne gewusst?«

»Welche Zahl?«

»Wie viele Subs nennen wir unser eigen?« Sie betont es so abfällig wie möglich.

»Frauen und Kinder mitgerechnet exakt dreiundneunzig.«

»Reden wir von schulpflichtigen Kindern?«

»Ein paar sind dabei …« Er stockt, als fühle er eine Schelte ankommen. »Herrje, wir reden nicht von Kinderarbeit! Im großen Zelt findet jeden Morgen Unterricht statt. Es versteht sich von selbst, dass ich den Hauslehrer spiele. Für die Eltern sollten wir uns auch etwas einfallen lassen …«

»Wie wär's mit einem Integrationsprogramm?« Evelyn will ihm eine volle Breitseite geben. »Ich bin Ihre Faxen allmählich leid! Mein Mann ist prekär invalide, wahrscheinlich wird er nie wieder arbeiten können. Was ich verdiene, ist angesichts unserer Ausgaben ein Tropfen auf den heißen Stein. Jedenfalls bin ich nicht in der Lage, an die hundert Mäuler zu stopfen, geschweige denn für eine ausreichende Gesundheitsversorgung geradezustehen.«

»Ach, die Balkanmenschen haben ihre Mittel und Wege«, wirft Bartos nonchalant ein. »Hat mal einer Halsweh, wird kurzerhand mit Salzbrühe gegurgelt.«

»Sind Sie eigentlich noch bei Trost?« Hinter der Maske der Domina meldet sich die echte Evelyn für eine Sekunde zu Wort. »Was, wenn hier die Grippe ausbricht? Wir können die kränkelnde Sklaven ja nicht zum Tempel des Äskulap schleppen und dort zum Sterben aussetzen, so wie zu Claudius' Zeiten!«

»Wenn Geld Ihr Problem ist, gnädige Frau«, Bartos erlaubt sich ein zurückhaltendes Lächeln, »dann habe ich eine gute Nachricht für Sie.«

»Und die wäre?« Sie versucht, so misstrauisch wie früher zu klingen.

»Wir vermieten einen Teil unserer Subs. Schon in der Antike gelang es so, bankrotte Staatshaushalte zu sanieren. Ich erinnere Sie nur an die Empfehlung des Xenophon, Sklaven für einen Obolus am Tag zu vermieten. Bei der Anzahl von Sklaven kam schnell ein ordentliches Sümmchen zusammen.«

»Was Sie nicht sagen.« Evelyn wertet das Ganze als Überrumpelungsversuch. »Mit Vermietung meinen Sie so etwas wie Leiharbeit ohne Tarifvertrag, ja? Ha, die Agentur, die Ihre Fachkräfte nimmt, möchte ich sehen.«

»Eine Agentur ist nicht nötig.« Der väterliche Ton, den er jetzt anschlägt, klingt so, als habe Bartos seine alte Form wiedergefunden. »Sie werden es nicht glauben, aber die Hälfte der Subs arbeitet bereits auf dem Nachbargrundstück. Claus weiß über alles Bescheid.«

Evelyn muss sich eingestehen, dass sie die Nachbarn kaum kennt. Ein Ehepaar; er scheint eine Zahnarztpraxis zu betreiben, sie ist EU-Abgeordnete und meistens im Dunstkreis politischer Luftnummern unterwegs, eine typische Powerfrau, die trotz ihres aufreibenden Phrasendrescherjobs noch eine unübersichtliche Anzahl von Kindern aus zwei Ehen versorgt.

»Sagen Sie das nochmal«, stößt Evelyn mit knirschenden Zähnen hervor. »Unsere Sklaven arbeiten auf dem Nachbargrundstück?«

»Nicht nur dort, insgesamt haben wir drei Baustellen in Grunewald zu betreuen. Zwei Schwimmbäder und ein Natursteinbecken, das später einmal zur Koi-Zucht genutzt werden soll. Der Auftraggeber, Doktor Volf, sitzt im Vorstand einer namhaften Bank. Wahrscheinlich werden wir auch noch am Glienicker Horn einen Tennisplatz bauen, nur einen Steinwurf von der Arkadien-Siedlung entfernt. Der Bedarf an Subs ist in dieser Gegend einfach enorm.«

»Warten Sie!« Evelyn spürt, dass die Dinge inzwischen komplizierter liegen als vor ihrer Flucht nach New York. »Heißt das ... unsere Nachbarn ... wissen über alles Bescheid?«

»Nicht nur das, sie sind restlos begeistert.« Der Procurator verschränkt lässig die Arme. »Die Dame des Hauses meinte kürzlich zu mir: Eine gute Idee, Bartos, kennt keine Grenzen. Sie hat vor, die Wiedereinführung einer humanen Form von Leibeigenschaft in einem EU-Sonderausschuss zu diskutieren.«

»Das ist doch Wahnsinn«, entfährt es Evelyn.

»Nein, nur logisch und legitim.« Bartos nutzt seine wiedergewonnene Selbstsicherheit aus. »Um ehrlich zu sein, ihr väterlicher Freund, Richter Harms, brachte uns auf diese Idee.«

»Das wird ja immer besser. Woher kennen Sie Harms?«

»Er rief ein paarmal in Ihrer Abwesenheit an. Offenbar machte er sich große Sorgen um Sie. So kamen wir ins Gespräch. Wissbegierig, wie er nun einmal ist, ließ er sich von mir die – ha! – Eckpfeiler meines Weltbilds erklären und drückte mir anschließend seine Bewunderung aus. Eines Tages meinte er, ich solle ihm – verzeihen Sie diesen Ausdruck – ein Dutzend Mietneger schicken, er wolle sich in seiner Datscha eine Kegelbahn bauen.«
Er macht eine abwägende Geste und erhebt sich. »Die Ausdrucksweise mag rüde erscheinen, doch dieser erste Einsatz war für uns ein gutes Geschäft. Einen schönen Tag noch, gnädige Frau.«
»Und das Geld?« Noch immer bemüht, ihre Verunsicherung zu verbergen, steht Evelyn auf.
»Wir haben eine Ratenzahlung vereinbart. Ich erhalte das Geld natürlich in bar und bringe es auf die Bank. Die Kontoauszüge befinden sich in Ihrer Post.«
»Setzen«, sagt Evelyn.
»Bitte?«
»Verdammt nochmal, setzen Sie sich!«
Er nimmt notgedrungen in seinem Korbsessel Platz, doch diesmal lässt er sie spüren, wie unangenehm er diese Art Dienstgespräch empfindet.
»Sie müssen nicht grob werden, gnädige Frau.«
Sie verpasst ihm eine Ohrfeige, so aus dem Handgelenk und ohne viel Nachdruck. »Was erlauben Sie sich? Verhält sich so ein redlicher Sklave? Valeria Messalina hätte Ihnen für diese Frechheit die Zunge rausschneiden lassen!«
Bartos verschränkt die Arme, damit sie seine zitternden Finger nicht sieht.
»Wenn ich mir eine Anmerkung erlauben darf: Messalina war nicht unbedingt eine ehrbare römische Regentin. Vergleichen Sie sich lieber mit Livia, Agrippina oder Poppaea Sabina, nicht mit einer infamen Frauensperson.«
Eine zweite, härtere Ohrfeige belohnt seine kleine Unvernunft, die Zeit der psychologischen Nadelstiche ist vorbei, der Lackmustest seiner Duldsamkeit hat begonnen.

»Wenn ich die dritte Frau des römischen Kaisers Claudius meine, dann meine ich sie! Was macht man nur mit einem Sklaven, der seiner Herrin unentwegt widerspricht? Oh, ist das etwa ein cholerisch geröteter Teint, sind Sie wütend oder leiden Sie plötzlich unter Bluthochdruck?«

»In der Tat«, erwidert Bartos, »habe ich mich gerade gefragt, ob es nicht besser wäre, wenn ich wieder in die Anliegerwohnung ziehe ...«

»Kommt nicht infrage.« Während er sich noch die brennende Wange hält, überreicht sie ihm ein Blatt Papier. »Ich möchte, dass Sie eine kleine Zeremonie für mich organisieren. Ich bin zwar die akklamierte Herrin des Hauses, aber ich bestehe darauf, dass die Sklavenschaft einen Eid auf mich schwört.« Sie hat viel Pathos in diesen Satz gelegt, als sei es an ihr, ein Opfer zu bringen. »Da Claus bis auf weiteres das Bett hüten muss, werde ich Ihre Regina reginarum* sein.«

»Reden wir ...«, ihm fehlen ganz offensichtlich die Worte, »reden wir von einer Art ... öffentlicher Inthronisierung?«

»So ist es. Der Text, den Sie gerade lesen, ist das Treuegelübde der Prätorianergarde von Kaiser Tiberius. Ich habe den Wortlaut aus Ihrem Tacitus abgeschrieben. Was Tiberius recht war, ist mir billig.«

Bartos wirkt verstört. Das Undurchsichtige der Situation scheint seine Gehirnzellen zu lähmen.

»Und was soll ich damit?«

»Sie? Gar nichts.« Sie zieht das Schriftstück zurück. »Husch, husch, ab mit Ihnen! Schicken Sie mir diesen Bosnier und seinen Bruder. Die Protectores domestici** sollen die Ersten sein, die den Eid schwören.« Während er zur Tür eilt, lässt sie den Kuli in ihrer Hand erneut klicken.

»Ach, und Bartos ... Sie haben nicht zufällig die Autoschlüssel einstecken?«

---

* Lat.: »Königin der Königinnen«.
** Lat.: »Wächter des Hauses«.

Weder verneint er, noch bejaht er die Frage, er bleibt einfach nur auf der Türschwelle stehen.

»Von der leidigen Pflicht einzukaufen, sind Sie hiermit entbunden. Ich werde das übernehmen. Dann haben Sie mehr Zeit, sich um Ihren kranken Herrn und das Viehzeug im Keller zu kümmern. Das Tepidarium stinkt ja zum Himmel. Ist das nur Schlangenkot oder haben Sie in meiner Abwesenheit wieder einen armen Schlucker an Billy verfüttert?«

Statt gleich zu antworten, dreht er sich um und grient sie unverschämt an.

»Ich verstehe Sie nicht ganz, gnädige Frau. Aber ich verstehe so vieles nicht.«

III.

Als Evelyn an diesem Abend den Versammlungsort des Lach-Klubs im Untergeschoss des Amtsgerichts betritt, wird sie von den Kollegen mit besorgten, ja, Anteilnahme heuchelnden Blicken bedacht. Die Nachricht vom Unfall ihres Mannes hat zweifellos dank Harms die Runde gemacht. Doch er weiß die Stimmung zu retten.

»Route 66!«, ruft er ihr zu. »Ist das die Möglichkeit! Sie haben es durchgezogen, ganz allein, ich bin stolz auf Sie, Mädchen ... Sie müssen mir später alles erzählen.«

Nach der ersten Session, die eigentlich nur dem Aufwärmen der Stimmbänder dient, nimmt er sie für ein paar Minuten beiseite.

»Was ist denn los, Evi? Nun geben Sie uns schon einmal die seltene Ehre, und dann sieht es so aus, als wollten Sie sich das Lachen mit allen Mitteln verkneifen. Was soll das werden, eine Art Negativ-Lachtherapie?«

»Vielleicht denke ich an meine Mietneger, die Ihre Kegelbahn bauen«, erwidert Evelyn in einem freundlich-giftigen Tonfall. »Hoffentlich läuft alles nach Plan. Wie ich hörte, sind Sie und Meister Fitz-Fetz dicke Freunde geworden.«

Harms zieht ein gespielt vorwurfsvolles Gesicht. »Bitte? Wer profitiert denn hier von dem Geld? Das bisschen Schwarzarbeit tut doch keinem weh. Es wird Zeit, dass wir bessergestellten Bürger unsere Steuergelder selbst beschlagnahmen und nicht warten, bis die Regierung wieder mit Milliarden für die Hochfinanz bürgt. Und wenn Claus nicht mehr auf die Beine kommt, werden Sie bald jeden Cent brauchen. Sagen Sie mal«, er sieht sich nach den anderen Teilnehmern um, »es geht mich ja nichts an, Evelyn, aber warum haben Sie eigentlich den Ausbau des Weinkellers gestoppt? Ist Ihnen klar, was das bedeutet?«

»Seien Sie froh«, erwidert sie, »dann können mehr Sklaven an Ihrer Kegelbahn bauen.«

»Aber Sie zerstören einen Wert, liebes Kind. So ein unterirdisches Gewölbe, das ist ein Juwel. Sie wissen selbst, nach welchen Kriterien man heutzutage Häuser taxiert. Luxus ist Trumpf. Und Bartos meint es nur gut. Außerdem, was haben Sie von Subs, die den ganzen Tag nur Ringelpietz spielen?«

»Sie haben Recht«, Evelyn wirft sich ihren Mantel über, »es geht Sie wirklich nichts an.«

Harms nickt, doch der missbilligende Gesichtsausdruck auf seinem Gesicht scheint dieses Nicken zu relativieren.

»Wissen Sie, Evelyn, es ist mir fast peinlich, Sie daran zu erinnern, dass die säkularen Sitten unserer Gesellschaft eines mit Sicherheit ausschließen: Reich und anständig zu sein, das geht nicht zusammen. Werden Sie endlich erwachsen. Wer sich mit achtzehn als Rächer der minderbemittelten und gesaubeutelten Massen versteht, vor dem ziehe ich meinen Hut. Doch in Ihrem Alter? Halten Sie Ihren Drang, immer und überall für eine gerechte Sache kämpfen zu wollen, etwas im Zaum. Betrügen oder betrogen werden, das ist die Wahl, die man uns lässt, einen goldenen Mittelweg gibt es nicht.«

»Zumindest ist er nicht leicht zu sehen«, erwidert Evelyn, »wenn man die eigene Frau einem chinesischen Menschenhändler verdankt.«

»Lassen Sie Li aus dem Spiel«, sagt Harms.

»Wieso?« Evelyn hat ihre Tasche geschultert. »Wenn es so ist, wie Sie sagen, dann können auch alle wissen, dass Sie Ihre Sklavin geheiratet haben.«

Das Gelächter im Hintergrund verstummt, und Harms hebt die Arme, als würde er vor diesem Argument kapitulieren. Selbst wenn er nicht mehr rot werden kann – der Grad der Korruption, an dem er angelangt ist, lässt das nicht zu –, empfindet er so etwas wie Scham.

»Das war nicht nett«, flüstert er, »gar nicht nett.«

»Willkommen in der Welt der Erwachsenen«, erwidert Evelyn mit einem Augenaufschlag, der es in sich hat. »Ich habe schon immer schnell gelernt, das wissen Sie doch.«

Während sie Anstalten macht zu gehen, ist Harms sichtlich um Schadensbegrenzung bemüht. »Alles nur Spaß!«, ruft er einem Rechtspfleger zu, der ihn etwas zu lange anstarrt. »Nicht wahr, Evelyn, alles nur Spaß!«

Er eilt ihr nach, bekommt sie noch am Ellenbogen zu fassen.

»Wem wollen Sie eigentlich etwas beweisen? Ich stehe doch auf Ihrer Seite. Glauben Sie mir, es wird nicht leicht sein, diese Dinge ungeschehen zu machen. Man kann nicht Birnen und Äpfel von ein und demselben Baum ernten, verstehen Sie?«

Doch Evelyn lässt ihn einfach stehen.

Leicht hat sie es sich nicht vorgestellt, dieses Kunststück der Wiederherstellung ihres früheren Lebensplans, die Rückkehr zur Normalität. Der unhaltbare Ausnahmezustand ist haltbarer, als sie dachte. Es scheint ihr, als habe er sich im Geviert der mauerartigen Ligusterhecke verschanzt. Trotz einer unerklärlichen Angst, die sich quasi an ihrem Hirn vorbeischleicht, um sie dann aus dem Hinterhalt anzuspringen, spielt Evelyn ihre Rolle als römische Domina gut, so gut, dass es selbst Bartos die Sprache verschlägt. Jeden Morgen, wenn die Bautrupps ausrücken, die Kinder sich vor dem Schulzelt versammeln, und die weiblichen Subs ihr Tagewerk zwischen offenen Kochstellen und Wäschebottichen beginnen, tritt sie hinaus auf den Balkon und nimmt eine Art Gebetshaltung ein. Sie bete zu der Göttin Fortuna, lässt sie Bartos wissen, und beauftragt ihn, einen kleinen Hausaltar in der Wohnhalle zu errichten. Dass sie anmerkt, es werde in ihrem Haushalt »nur vegetarisch geopfert«, ist gar nicht nötig. Schneller als erwartet beginnt er an ihr zu verzweifeln. Vor allem, wenn sie Kurzkritik an den Baueinsätzen übt oder seine Rapports hinterfragt.

Inzwischen weiß sie, dass es nicht nur gilt, die Entstehung eines überflüssigen Weinkellers zu verhindern, auch die Baupläne für eine Doppelgarage und einen Wintergarten hat sie bereits an den Müllschlucker in der Küche verfüttert. Sie vereitelt auch diese Pläne, obwohl Bartos sie regelrecht beschwört, sich nicht selbst zu schaden. Im Gegenzug wirft sie ihm vor, die sich durch eine Grippewelle anbahnende »humanitäre Katastrophe« zu ignorieren. Statt immer neue Werte zu schaffen, sei das Gebot der Stunde, bestehende Werte zu pflegen.

Die Gesundheitsversorgung der Subs wird zur Chefsache erklärt, was bedeutet, dass Bartos einen weiteren Zuständigkeitsbereich seiner selbst gewählten Hirtenrolle verliert. Schmerzhaft, gewiss. Doch was er ihr am meisten missgönnt, ist die soziale Kompetenz, die ihr Vertreter von Wohltätigkeitsorganisationen auf Anhieb zubilligen. Nach außen hin stellt sie sich als reiche, etwas exzentrische Gutmenschin dar, die eine Menge riskiert, um obdachlosen Migranten eine Bleibe zu bieten. (»So müssen diese armen Teufel wenigstens nicht durch die Mühlen der deutschen Bürokratie.«) Die Phrasen sind ihr von Amts wegen vertraut, sie entsprechen dem oberflächlichen säkularen Idealismus, der die In-Crowd zu dem gemacht hat, was sie ist. Gleich mehrere Hilfsorganisationen springen mit Care-Paketen in die Bresche, die Ärzte ohne Grenzen schicken sogar eine mobile Zahnarztpraxis vorbei. Die Mediziner bewundern Evelyns Chuzpe, ihre »grüne Insel der Menschlichkeit« vor dem Hintergrund der Massenverelendung in Berlin.

Andere sprechen sogar von einer Meisterleistung der Integration. Ein Neuköllner Ärztehaus lädt unter dem Siegel der Verschwiegenheit zur kostenlosen Schutzimpfung ein. Längst fragt sich Bartos, ob die neue Herrin echt durchgedreht – oder einfach nur ausgebufft ist. Sie dekoriert ihr Zimmer mit exotischen Peitschen. Eine Schandmaske und eine Knebelbirne ersetzen im Eingangsbereich die dilettantisch gefertigte Immendorff-Plastik. Selbst einen luxuriös ausgestatteten Pranger – mit rot lackierten Metallranken – lässt sie von Handwerkern einer Charlottenburger SM-Boutique neben dem Grill auf der Terrasse platzieren. Obwohl Bartos den Sinn und Nutzen der Anschaffung nicht sieht und dies auch mehrfach äußert, bleibt sie dabei: »Es ist Statussymbolik, wem das nicht passt, der kann gehen. Ich bin noch immer der Meinung, wir müssen die Sklavenschaft vor dem Winter halbieren.«

Auch die Knute des tabellarischen Verstandes kommt zum Einsatz: Nach Vorbild der römischen Stadtpräfekten lässt sie Listen anlegen, aus denen Qualifikationen und Sprachkenntnisse der einzelnen Subs hervorgehen. Aus der anonymen Bausklaven-Masse zieht Evelyn sich ihre durchnummerierten Gärtner, Köche, Servierer und Bäcker heraus. Zwei albanische Mädchen ernennt sie zu ihren persönlichen Badesklavinnen. Fast ein Viertel der Segregation besteht aus Frauen und Kindern, auch das hat sie in Erfahrung gebracht. In Rovanalona, einer sechzigjährigen moldawischen Ex-Lehrerin, dient sich ihr ein lebendiges Konversationslexikon an. Sie ist erst vor zwei Wochen zu dem Trupp von Herrn »Bartosch« – so spricht sie es aus – gestoßen, ihr Mann arbeitet auf dem Nachbargrundstück. Die Behandlung empfindet sie als gut, es gäbe nichts zu beklagen, äußert sie Evelyn gegenüber. Sie hat etwas Duckmäuserisches an sich, ein Wesenszug, wie ihn Menschen entwickeln, die immer wieder Enttäuschungen hinnehmen mussten. Sie kann einem leidtun, Bartos verunglimpft sie trotzdem hinter vorgehaltener Hand als »Oberstechmeisterin«. Rovanalona sei früher in die Tschechoslowakei zum Spargelstechen gefahren. Dort, auf den Feldern, habe man alle »Balkanmenschen« wie echte Sklaven behandelt. Die Ex-Lehrerin widerspricht ihm in diesem Punkt nicht. Bartos' Anspruch dagegen, sich Procurator zu nennen, hält sie für eine schrullige Macke, die Idee, in einer Sklavenkolonie tätig zu sein, für eine »Variante des RTL-Dschungelcamps«, in dem abgehalfterte C-Promis und andere Ekelfiguren in Zelten hausen und zur Sau gemacht werden. Dass Bartos gelegentlich mal den einen oder anderen Klaps austeilen müsse, sei nicht mit dem Aggressionspotenzial zu vergleichen, das heutzutage auf jedem durchschnittlichen Campingplatz in Brandenburg herrscht. Richtige Prügeleien hätte sie noch nie mit eigenen Augen gesehen, es wäre alles bestens geregelt.

Im Gespräch stimmt Evelyn ihrer Untergebenen selbstherrlich zu, doch später hat sie das merkwürdige Bedürfnis, sich gründlich zu waschen und dann die Beine zu wachsen, so sehr fühlt sie sich von so viel Devotheit beschmutzt.

Ja, noch immer gibt es Stunden, in denen sie nicht Domina, sondern Evelyn ist, die zerbrechliche Frau, die sich um ihren Mann kümmert. Jeden Abend sitzt sie auf einem Klappstuhl an seinem Bett und hört ihm zu, das heißt, sie liest mit, was er schreibt. Sie zerstreut seine größte, stets wieder aufkeimende Angst, von nun an »der Hemmschuh ihres Lebens« zu sein, und analysiert seine bösen Träume, vor allem solche, die er für Wirklichkeit hält.

AM ANFANG HAT SIE MICH EINMAL BESUCHT.

»Wer? Wer hat dich besucht?«

LANA.

Sie legt ihm die Hand auf die Stirn, als vermute sie, er habe Fieber. »Du weißt, das ist unmöglich ...«

SIE WAR HIER. SIE SASS IN DEM STUHL, IN DEM DU JETZT SITZT, UND SIE WOLLTE MIR ETWAS SAGEN.

ICH KONNTE SIE NICHT RICHTIG VERSTEHEN. SIE HAT MICH BERÜHRT. AN DER SCHULTER ...

Er bricht ab.

»Ach so, ein Traum war das ...« Evelyn sieht ihn nachsichtig an. »Und wie ging es aus?«

BARTOS KAM UND SCHLEPPTE SIE AUS DEM RAUM. SIE SAH MICH MIT FURCHTBAR TRAURIGEN AUGEN AN.

»Claus ...«

ES WAR KEIN TRAUM. SIE WAR HIER. GANZ SICHER.

»Ganz sicher nicht.« Noch entschiedener massiert und knetet sie das Leben in seine Gliedmaßen hinein. »Lana ist tot, so ist es nun mal, du darfst dich nicht weiter quälen. Sie ist tot, und wir leben. Tröste dich, Liebling, jede Narbe ist eine Tür.«

IV.

Kurz nach Sonnenaufgang – dessen Licht sich wie gewöhnlich durch die Vorhänge brennt und das Gestell, in dem er liegt, freundlich bescheint – kommt Claus zu sich: Er liebt diesen Schwebezustand zwischen erwachtem Körperbewusstsein und dem Gefühl der Abwesenheit. Vielleicht ist es die Ruhe des Urmenschen, die er fühlt, einerseits bereits da, andererseits noch nicht ganz in der wirklichen Welt. Da draußen, jenseits der Ligusterhecke, eilen bereits die Erbsenzähler der Westeurope Realities zu ihren Kunden. Man ahnt, was sich dort tagsüber abspielen wird. Die Nummernmenschen haben auch ihn auf dem Kieker, doch diese Vollstrecker des beschwerlichen Lebens, mit seinen miesen, kleinen Dingen, die stets wieder um Bewältigung fragen, sie haben einen noch nicht aufspüren können. Wie das letzte Wildschwein aus der Herde des Epikur, so fühlt er sich in diesem Moment; die Möglichkeit, das Bewusstsein wie einen Schirm zusammenzufalten und wieder abzutauchen in die Tiefe des Unterbewusstseins, dieser Fluchtweg steht ihm noch offen. Auf der Bühne des Lebens, dem alten Wimmelbild der Evolution, wird der einzelne Aufguss einer Gattung ohnehin nur von Fressfeinden vermisst. Und wer hätte schon auf ihn Appetit?

Ein Tag ohne mich, denkt er bei sich. Kein schlechter Tag für die Welt. Auch vor seinem Unfall hatte er es nicht als erregende Tatsache empfunden, am Leben zu sein. Verdammte Melancholie. Dabei fühlt er sich richtig gut, er freut sich geradezu auf den kommenden Tag. Vorbei die Zeiten des Rückzugs aus dem gefühllos hängenden Körper, hin zum äußersten Rand seines Kortex, die Erwartung des seligmachenden Abstiegs in die limbischen Sümpfe, wo sein verwundetes Ego jede Nacht einen wahren Hexensabbat abhielt, delirierend, fluchend, aufputschend. Vorbei auch die Zeiten, in denen er geglaubt hatte, Lana mit niedergeschlagenen Augen an seinem Bett sitzen zu sehen. Und während er früher mit leerem Kopf und einem Druck auf den Schläfen erwachte, formen sich heute aus dem driftenden Hirnsand endlich wieder Strukturen. Aus losen Schnappschüssen und abgetrennten Gesten entstehen zusammenhängende Bilder. Das wattige Rauschen in seinen Gehörgängen ist fast verstummt, das pelzige Gefühl in seinen Beinen einem Kribbeln gewichen.

Erleichtert starrt er an die Decke des Raums, der sich plötzlich – als gäbe es in allen vier Ecken ausfahrbare Pfeiler – unter exakter Wahrung der Proportionen zu erweitern beginnt. Hat er des Nachts die Schwanenhalshalterung mit dem geschwungenen Strohhalm verwechselt, der zu seinem heimlichen Spritlager führt? Um seinem chronischen Unterblutdruck auf die Sprünge zu helfen, hält er sich eine Anzahl flüssiger Lebensregler am Bett, vor allem Liköre. Mit einem langen, gebogenen Schlauch aus dem Zoofachgeschäft ist es ihm sogar möglich, zwischen den Flaschen zu wechseln. Hatten ihn die Spirituosen reanimiert? Mundmaus, aus die Maus, *Half Machine Lip Moves* ... Einem unterbewussten Impuls folgend, drückt er auf den Knopf, der die Schwanenhalshalterung an seine Lippen bewegt, und tippt zwei Wörter, die der Beamer an die gegenüberliegende Wand spuckt:

MONEY PIG.

Wie Schuppen fällt es ihm jetzt von den Augen: Er war damit gemeint ...

»Ave. Gut geschlafen, mein Cäsar?«

Die Frage kommt aus dem Nichts, ebenso wie ihr Schatten, der über die Bettdecke gleitet. Als sie die Vorhänge öffnet, wird es schlagartig hell.

Evelyn schiebt den Rollwagen an sein Bett, entfernt die Atemkanüle und präsentiert ihm einen Obstsalatteller.

»Wie geht es dir heute?«

An ihr ist eine gute Chirurgin verlorengegangen, denkt er, den Blick auf eine hauchdünn geschnittene Blutorange gerichtet.

Die Prozedur vor der Fütterung ist stets dieselbe: Sie schiebt die Verschlusskappe von der Atemkanüle, schaltet die Vakuumpumpe an und schiebt das Ende des Absaugschlauchs in die Kanüle. Claus würgt dann, röchelt, streckt manchmal eine weißlich belegte Zunge heraus, kriegt keine Luft. Der Schleim blubbert und brodelt durch die Kanüle nach oben. Die Angelegenheit dauert nur wenige Sekunden. In Kürze wird er den Schleim selbstständig abhusten können, zumindest hat das der Doktor gesagt.

»Mund auf ...« Das Fruchtfleisch schiebt sich zwischen seinen Lippen hindurch, die Gabel streift es an seinen Zähnen ab und zieht sich zurück. »Die Badesklavinnen werden heute deine Toga wechseln. Außerdem werde ich dir ein Mädchen schicken, das dir vorsingen soll. Wie findest du das?«

Glück im Unglück, denkt er bei sich. Als Behinderter bekommt er die Härten des Lebens kaum mehr zu spüren. Der Säugetierkamerad, der seinesgleichen normalerweise nichts schenkt, sieht einem Krüppel so manches nach, gibt ihm auch mal einen Vorsprung oder was extra. Selbst die Behörden und Fiskalinstitutionen, die es sich früher nicht nehmen ließen, ihn alle vierzehn Tage schriftlich zu mahnen, zeigen sich plötzlich furchtbar kulant. Nach einem Rundbrief mit angehängtem Attest sieht selbst das Grunewalder Finanzamt »vorerst« von weiteren Maßnahmen ab. Nils Wilkens schickt sogar einen längeren Brief, in dem er sich nicht nur »für die letzte, unangenehme Unterredung« entschuldigt, sondern ebenso innig verspricht, sein Menschenmöglichstes zu tun, um die »Hetzmeute der Westeurope Realities auf eine falsche Fährte« zu setzen.

»Money Pig.« Sie hat das Wort endlich entdeckt und sieht ihn nachdenklich an. »Claus?«

Er betrachtet ihr Gesicht, ihre hohlwangige Blässe, ihre Schnittlauchlocken, die ihn weniger an schwarze Spaghetti erinnern, seitdem die Schläfen leicht angegraut sind, die Strähnen berühren ihre nach unten eingekerbten Mundwinkel, die ersten Runzeln am Kinn, die Krähenfüße, die er ihr seit Jahren wegmachen will. Auch die anderen Male, die das Leben ihr schlug, prägt er sich ein, er liebt das harte Glitzern in ihren Augen, und während er all das in sich aufnimmt, hofft er, ihr Bild möge so in seinem Gedächtnis haften, für eine verdammt lange Zeit oder zumindest für einen Moment, wenn sie nicht mehr wäre – oder wenn er nicht mehr wäre, er wollte dieses Bild in sich bewahren und mitnehmen, ganz gleich wohin.

»Claus, ich rede mit dir. Hörst du mir eigentlich zu?«

»Es ist …« Sein Röcheln hat etwas von einem nassen Hund, der sich schüttelt, aber sein erster Sprechversuch ist gut zu verstehen. »Es ist … nur ein Wortspiel … weiter nichts.«

»Du sprichst!« Die Gabel beginnt gefährlich vor seinen Augen zu zittern. »Seit wann … Ich meine, seit wann kannst du wieder sprechen?«

»Seit jetzt.«

»Ist das wahr?«

Versehentlich piekst sie ihm mit der Gabel in die kribbelnde Oberlippe, so tief, dass sich ein Bluttröpfchen zeigt.

»Oh, das wollte ich nicht …« Sein Unterkiefer verkrampft sich, als sie ihm den Mund mit einer Serviette abwischt. »Das ist ein gutes Omen«, flüstert sie.

»O… men?«

»Heute ist ein ganz besonderer Tag.« Obwohl es noch früh ist, wirkt sie so aufgedreht, als hätte sie die ganze Nacht durchgetanzt. »Ich werde gekrönt. Das heißt, ich kröne mich eigentlich selbst, da die Schwingen meines römischen Adlers noch ausheilen müssen.«

Claus' Versuch, den Kopf zu schütteln, scheitert an der hartgepolsterten Zervikalstütze, die er immer noch trägt.

»Was … was soll der Zirkus?«

»Öl ins Feuer gießen, was sonst?« Sie tupft noch immer an seiner blutenden Lippe herum. »Den Gegner zu imitieren ist die vollständigste Form der Rache. Steht so bei Marc Aurel.«

»Ist das nicht … albern? Wir … brauchen Bartos.«

»Ich will mein altes Leben zurück.« Und als wäre ihr sein ausweichender Blick nicht entgangen: »Du bist sein Gefangener, ist dir das klar? Bartos hat dich genau da, wo er dich haben will. Er sieht in dir nicht mehr als eine lebende Batterie.«

»Und deshalb ... willst du ... alles zerstören?«

»Für mich gibt es keinen anderen Weg.« Die Blutung an seiner Lippe ist gestillt, Evelyn zerknüllt die Serviette. »Wenn jemand sich so erfolgreich in eine ausweglose Lage gebracht hat wie wir, dann muss man den Weg weitergehen und warten, bis das Rad eine volle Drehung gemacht hat.«

»Du klingst ... wie meine Mutter«, seufzt Claus. »*Wait till the wheel comes around.*«

»Aber Dörthe hat Recht. Im Übrigen hofft meine Seele, in den Stürmen ihre Ruhe wiederzufinden«, zitiert sie frei nach Händels *Agrippina*. »Mit Beharrlichkeit bin ich gewappnet. Und Herzenskälte«, fügt sie fröhlich hinzu.

Claus starrt an ihr vorbei.

»Kann es sein ... dass du wirklich ... durchgedreht bist?«

Sie muss lachen. »Das fragt ausgerechnet ein Mann mit einem goldenen Lorbeerkranz auf dem Kopf?«

»Ich bin krank, Evi, schwer krank. Ich habe ein Recht, so zu tun, als wäre ich nicht ganz richtig im Kopf, aber du ...« Seine geröteten Augen beginnen unnatürlich zu tränen. »Du hast dich festgebissen und lässt nicht mehr los. Weißt du noch ... wie *leicht* wir mal waren?«

»Ich war nie leichter als heute.«

»Nein, ich meine ... wir konnten rollen, wohin wir wollten.«

»Rollen? Du scheinst wirklich Fieber zu haben.« Ihre Hand legt sich auf seine Stirn, drückt seinen Hinterkopf zurück in die Pelotte.

»Liebst du mich noch?«, fragt er plötzlich. »Oder sind wir jetzt nur noch ... Freunde im herbstlichen Wald des Lebens?«

Die Frage scheint nicht gut anzukommen, denn sie steht plötzlich auf und verlässt das Zimmer.

»Evelyn! Menschenskind, darf man nicht mal mehr fragen?«, krächzt er mit schmerzendem Kiefer. »Ein Kranker weiß doch nicht, was er sagt.«

Als der Krampf der Kiefer auf die Halsmuskeln übergreift, sie strammzieht, so stramm, dass die aufgeblähten Adern und Sehnen vorspringen wie Rippelmarken auf Wüstensand, hat er ein lähmungsähnliches Versagen seines Sprechorgans zu beklagen. Nichts geht mehr. Sein Blick wandert zu dem zerkauten Plastik der Mundmaus zurück.

FREUNDE IM HERBSTLICHEN WALD DES LEBENS
Er tippt die Worte in die Maschine und lehnt sich zurück. *Sie sollte sich lieber freuen,* denkt er bei sich. War das nicht geradezu eine Hommage an die unvergängliche seelische Dimension ihrer Liebe, die ihren gemeinsamen Lebensweg zu einem Spaziergang verklärt? Was besagt es denn wirklich? Dass das Männchen-und-Weibchen-Getue irgendwann aufhört. Ist das nicht die wahre Gnade der Schöpfung? Nicht mehr *müssen* müssen, wie in diesem schlechten Werbespot, wo es um alte Knacker geht, die unter ihrer Reizblase leiden. Dass man einen Lustgreis wie Woody Allen als widerwärtig empfindet, hängt bestimmt auch damit zusammen, dass der eigentliche Zweck des Rein-und-Raus-Spiels, die *Fortsetzung* der Art, nicht mehr erfüllt werden kann. Dass Claus gerade mal dreißig ist, steht auf einem anderen Blatt ...

Die Zeit danach verträumt er bei offenem Fenster. Seine innere Uhr geht mal vor, mal nach, steht oft stundenlang still, um dann, aus irgendeinem nichtigen Anlass, regelrechte Sprünge zu machen. Ferne Stimmen, undefinierbare Geräusche ... Er spürt die Unruhe mehr, als dass er sie hört. Offensichtlich inspiziert Evelyn wieder die Zelte: Alle drei, vier Tage taucht sie einmal in Begleitung ihrer Leibgarde auf und kontrolliert, ob auch alles seine Richtigkeit hat. Unreinlichkeiten duldet sie nicht. Selbst Töpfe und Pfannen werden von ihr kontrolliert. Und Kinderspielzeug.

Zu ihren unpopulärsten Erneuerungen zählt die monatliche Entlausung mit einem Zerstäuber. Trotz großen Unmuts verweigert sich keiner der Subs der Prozedur. Eine Frau, die sich beschwert hat, wurde kurzerhand in einen Käfig gesteckt, um sich zu besinnen. Der mannshohe Zwinger stammt von einem Mittelalter-Flohmarkt, »ein Wiedertäuferkäfig«, wie Bartos hinter vorgehaltener Hand meint. Überhaupt heißt es, dass die neue Herrin recht freigebig mit Ohrfeigen ist. Die Reitgerte setzt sie dagegen seltener ein.

Früher oder später, denkt Claus, sind wir alle nur arme Irre in einem Grand-Guignol. Genauer gesagt, unser Leben ist das genaue Gegenteil eines solchen Theaters, es ist ein Folterkeller, den die Regierung als Varieté getarnt hat. Dabei sind wir ehrlicher als unsere Altvorderen: Wir tun nicht so, als würden wir foltern, sondern wir tun so, als würden wir nur so tun, als würden wir foltern. Kleiner Unterschied. Wie wir wissen, foltert alle Welt ungeniert vor sich hin. Eine Million Lobbys, eine Million infame Gründe. Die Schmerzensschreie werden übertönt vom Maulheldentum der politischen Lumpen und dem blutigen Witz, den die Presse darüber reißt. Nur sehr selten – wenn einem Menschen nicht nur ein Stück, sondern etwas wirklich Lebensnotwendiges abgezwackt wird, wenn mal einer beide und nicht nur ein Auge verliert, oder wenn beispielsweise eine Minderjährige daran glauben muss, oder wenn den Blinden nicht nur Scheiße vorgesetzt wird, sondern mit Nägeln vermengte Scheiße, dann macht sich eine moralinhaltige Betroffenheit breit, die zum emotionalen Design der Maschine gehört. Ändern wird sich nichts, um Gottes willen, so wie es ist, so muss es sein. Das ferne, exotische Elend, es interessiert uns mehr als Nachbars Kinder, die sich den Winter über in Sandalen die Füße abfrieren. Der Reigen aus Quälen und Gequältwerden vor unserer Haustür geht weiter. All die Verstümmelten, Geblendeten und Liegengebliebenen – solange wir nicht zu ihnen gehören, nehmen wir sie in Kauf. Dabei müssten wir nur die zur Selbstverständlichkeit erklärte Logik der Metzger ablehnen, und schon wäre es eine andere Welt. Der Fluch des Daseinskampfes, das ewige Alle-gegen-alle, es wäre vorbei. Leider verbieten unsere Götter der Pest das Teilen. In den geheimen Bezirken der realen Macht, dem Arcanum imperii des Systems, hat man das Ideal der Gleichheit immer belächelt. Man braucht entrechtete Massen, die in permanenter Existenznot leben – letzte Zuckung einer Gesellschaft, in der nichts, aber auch gar nichts mehr funktioniert, außer der Doppelmoral, eine Disziplin, in der die Deutschen neben ihren amerikanischen Freunden bekanntlich Weltmeister sind: Da ist einmal das Recht der Menschen und einmal das Recht der Wirtschaft, da ist die Politik und da ist die Realität, hier ist das Sollen und dort das Sein. Dass in diesem Land verborgene Gesetze herrschen, wird niemand ernsthaft bestreiten. Das Volk bürgt inzwischen für ausgemachte Verbrecher, und deshalb unterscheidet sich das Leben außerhalb der Ligusterhecke in nichts mehr von einer grausamen Farce.

Am späten Nachmittag erhält Claus überraschend Besuch von Bartos. Selten hat er seinen Procurator so zerrüttet gesehen. Er scheint froh, sich auf den Klappstuhl setzen zu können.

»Schon wieder zwei! Nein, das geht allmählich zu weit.«

Seine Zerknirschung klingt echt, aber Claus hat keine Lust, den Seelsorger zu spielen. Er klammert sich deshalb an die Schwanenhalshalterung und tippt.

BITTE?

Bartos macht eine abwehrende Bewegung mit beiden Händen.

»Entschuldigen Sie, dass ich Sie mit meinen Problemen belästige, aber Evelyns Art, das Zepter zu schwingen, treibt immer mehr Subs in die Flucht. Gerade haben mir wieder zwei ehemalige Bauschlosser gekündigt. Sie fühlten sich unnütz und schikaniert. Selbst wenn Evelyn ihre Reitgerte nur für ein Accessoire halten sollte, so hat sie doch aus unserer friedlichen und zivilisierten Segregation eine Manege gemacht!«

WOLLEN SIE SICH BESCHWEREN?

»Bei unserer Herrin? Damit Sie mich in den Käfig steckt, der dort draußen zwischen den Ziersträuchern hängt? Nein, es kann nicht meine Aufgabe sein, den Stil der ungnädigen Frau zu kritisieren. Es steht mir nicht zu. Am Anfang dachte ich wirklich, sie hätte sich zu ihrem Vorteil verändert. Sie berief sich immerhin auf das römische Recht.«

UND DAS SCHMECKT IHNEN NICHT?

»Ich möchte es einmal mit einem Spruch des Lieblingsrömers Ihrer Frau ausdrücken: Früher haben wir unter Verbrechen gelitten, heute unter Gesetzen. Nicht genug, dass sie mit Ave gegrüßt werden will, sie scheint auch tatsächlich zu glauben, die Reinkarnation einer römischen Regentin zu sein. Die gewitterträchtige, gebieterische Manier, mit der sie auf dem Gelände herumfuhrwerkt, wird nur von ihrer Beratungsresistenz übertroffen.«

ES IST DOCH NUR SHOW.

»Ich wünschte, es wäre so.« Respektvoll rückt Bartos den Lorbeerkranz um Claus' verschwitzte Schläfen zurecht. »Sie wissen, ich habe Sinn für jeden abgründigen und skurrilen Humor, aber dieser neue Hofstaat mit Prätorianern, Herolden und Badesklavinnen erscheint mir überzogen. Was kommt als Nächstes, was hat sie vor? Wagenrennen wie im Circus Maximus? Gladiatorenkämpfe? Klare Argumente scheinen an ihr wie an einer Regenhaut abzuperlen. Bisher habe ich ihre militante Rechthaberei ohne Murren ertragen, aber auch meine Geduld hat mal ein Ende.«

Er will gehen, doch ein projiziertes Wort versperrt ihm den Weg.

LANA.

»Was ist mit ihr?« Statt Trauer glaubt Claus lediglich Nervosität im Gesicht des Procurators zu erkennen.

Claus' Lippen lösen sich von der Mundmaus. Er räuspert sich mehrmals, bevor seine bebenden Lippen ein paar Worte ausstoßen.

»Sie scheinen den Tod von Lana … gut verkraftet zu haben. Erinnern Sie sich überhaupt noch an sie?«

Vielleicht ist es nur die Überraschung, Claus' Stimme zu hören, jedenfalls wirkt Bartos ein paar Sekunden wie vom Donner gerührt.

»Nun wird alles wieder gut«, flüstert er mehr zu sich selbst. »Der Dominus ist wieder gesund! Er kann sprechen! Sie sind zurück, gnädiger Herr! Jetzt können wir diese Farce einer Krönung doch noch verhindern.«

»Verdammt, Bartos, die Heureka-Rufe heben Sie sich für ein andermal auf! Ich habe Sie etwas gefragt: Wie kommt es, dass ich den Eindruck habe ... Sie haben Lana vergessen?«

Bevor er antwortet, erlaubt sich Bartos zunächst einen regelrechten Kniefall am Krankenbett seines Herrn.

»Was soll ich sagen? Hat der Mensch einmal gelernt, gelassen auf schwierige oder kontroverse Situationen zu reagieren, dann findet er schneller sein Gleichgewicht wieder. Irgendwann ist der innere Schwerpunkt so tief, dass einen nichts mehr aus dem Gleichgewicht bringt. Nicht mal der Tod.« Er erhebt sich und ordnet seine Hemdbrust. »Es stimmt übrigens nicht ganz, was Sie sagen: Selbst wenn Lana und ich zuletzt nicht gerade das waren, was man ein glückliches Paar nennen würde, fehlt sie mir sehr.«

»Es war nicht meine Schuld«, beteuert Claus, ohne danach gefragt worden zu sein. »Wenn ich nur wüsste ... wenn ich nur ...«

»Sie hatte nun mal ihren eigenen Kopf«. Bartos reibt sich die Augen, als fische er mit den Fingern nach Schlaf. »Doch in jedem Ende liegt bekanntlich ein Anfang. Ich spüre heute, Lanas Tod hat das Freundschaftsband zwischen uns noch verstärkt. Sie haben mich immer als einen *familiare* betrachtet, als Angehörigen der Familie. Genau das ist der Grund, warum ich so unter Evelyns Anwandlungen leide. Ist das eine Art? Warum kann sie mich nicht einfach wie einen guten Onkel behandeln?«

Die Inthronisierung der Regina reginarum, mit idealem Wetter gesegnet, erfolgt noch am selben Abend am beleuchteten Pool. Claus sieht vom Fenster aus zu. Es ist noch hell, schmiedeeiserne Feuerkörbe spenden zusätzlich Licht. Aus gegebenem Anlass trägt »Ava« – wie Evelyn sich jetzt nennt – ein hochgeschlossenes Abendkleid. Auch an ein geschmackvolles Diadem hat sie gedacht, angeblich eine getreue Nachbildung der Haarreif-Krone, die Agrippina, die Frau von Kaiser Claudius, Tag und Nacht und selbst auf dem Sterbebett trug. Die »Balkanmenschen« lieben bekanntlich den Prunk ebenso wie die Engländer *pomp and circumstances*. Im engen Kreis von Fackelträgern küsst man der neuen Herrin die Hand. Manche der Männer lassen sich sogar zu einem Fußkuss verleiten. Scheue und abschätzende Blicke mustern sie aus der Menge, manche bekreuzigen sich sogar, es scheinen fromme Leute zugezogen sein. Die meisten scheinen auf eine Rede zu warten, und Evelyn hat nicht vor, diese Erwartung zu enttäuschen. Den Unfall des Dominus in Monaco nennt sie »tragisch« und bittet die Anwesenden, für seine baldige Genesung zu beten. Auch auf Lana kommt sie zu sprechen und erzwingt förmlich eine Schweigeminute.

Nachdem sie ein paar allgemein verständliche Dekrete erlassen hat, was die dauerhafte Versorgung der Zelte mit Wasser und Strom betrifft, verspricht sie, Claus an Güte und Gerechtigkeitssinn nicht nachzustehen. Neben Ehrlichkeit, Sauberkeit und guten Manieren verlange sie von ihren Untertanen vor allem drei Dinge: Pietas, die Verehrung der Ahnen, Virtus, das mannhafte Verhalten, und natürlich Fides, die Bündnistreue gegenüber dem altrömischen Gemeinwesen.

Als Vorbild nennt sie ihre bosnischen Prätorianer. Aus einfachen Leibwächtern sei eine Leibgarde entstanden. Ein nicht unwesentlicher Unterschied, den von allen Anwesenden nur Bartos wirklich versteht. Nachdem auch andere am Lobeskuchen teilhaben durften, nötigt sie den anwesenden Männern ein Ehrengelübde ab, stets »mutig und treu den Dienst zu erfüllen«. Wer seine Geschlechterrolle ausschlage, wer nicht arbeite und für die Gemeinschaft kämpfe, der habe »als Sub unter Subs sein Anrecht zu existieren verwirkt«. Der Grunewalder Segregation stünde ein harter Winter bevor, von jedem verlange sie, alles zu geben. Sie erinnert an die Definition des Aristoteles, nach der ein Sklave »für den Lebensvollzug des Herrn da sei und einem von dessen Körper abgetrennten Glied gleicht«, was den Anspruch des Herrn auf alles, was der Sklave mit seiner Arbeit leistet, legitimiere. Natürlich hoffe sie auf bessere Zeiten. Sogar ein Ende der Sklaverei halte sie für möglich, wenn auch nicht für wahrscheinlich. Sie teile die Ansicht, die schon Augustinus in seinem Werk »De civitate Dei« mit deutlichen Worten vertrat: »Die Knechte sollen nicht in arglistiger Furcht, sondern in treuer Liebe ihren Dienst tun, bis die Ungerechtigkeit vergeht, alle menschliche Herrschaft und Gewalt aufgehoben wird und Gott alles ist in allen.« Das könne noch ein Weilchen dauern, so Evelyn mit lammfrommer Miene, während die betagte Ex-Lehrerin der Reihe nach für die Angehörigen von fünf Nationen Wort für Wort übersetzt und jedes Mal wieder die Pointe belacht: »Ein Weilchen ist gut, ein Weilchen ist gut.«

Später, im Flur der Villa, steht Evelyn lange hinter der Tür und lauscht der mittelalterlich klingenden Spielmannsmusik. »Ave, Ava!« Den Rest der Huldigungen kann sie nicht verstehen, aber sie schätzt, dass man auf ihre Gesundheit trinkt und sie hochleben lässt. Rundherum zufrieden mit ihrer Performance steigt sie die Treppe hinauf und schließt sich im Sensophorium ein.

Eine reinigende Maske auf dem Gesicht, tritt sie dann vor den Spiegel und erfreut sich an der Fratze, die sie das »Sich-selbst-Zulächeln« nennt.

Es ist doch immer wieder ein kleines Erlebnis.

V.

Die Sonne kommt noch einmal zurück. Mitte Oktober, ein paar Tage nach der Zeremonie, zeigt das Thermometer stolze siebzehn Grad Celsius. Obwohl sich die Kronen der Bäume lichten und der abgedeckte Pool bereits winterfest wirkt, beliebt es der Herrin des Hauses, ein letztes Mal auf der Terrasse zu speisen. Zwischen hell lodernden Feuerkörben genießt Evelyn ein etwas verwürztes Ossobuco nach Tessiner Art und einen guten Merlot. Bartos zieht es vor, in der Küche zu speisen. Er habe kein Verlangen, sich von der zweiten Generation blutsaugender Mücken als Bar betrachten zu lassen. In Wahrheit geht er Evelyn seit der Inthronisierung aus dem Weg, was Evelyn, die keinen Wert darauf legt, dass er beim Abendbrot den Mundschenk spielt, keineswegs stört. Umso mehr Zeit verbringt sie mit ihrem Mann.

Clausus Gordian Maximus fühlt sich mit jedem Tag besser, der Heilungsprozess der Nackenwirbel geht zügig voran. Er verzichtet jetzt schon halbe Tage auf die Atemkanüle. Und seine Neugierde ist wieder erwacht. Tagsüber, wenn sein fahrbares Bett am Fenster steht, beobachtet er seine Subs bei der Gartenarbeit. Als Evelyn ihm das Mittagessen serviert, rätselt er gerade über eine vermummte Person, die gewissenhaft mit einem Laubsauger die Hecke von herbstlich verfärbten Blättern befreit und ihn an eine »Seekuh in Männerkleidung« erinnert.

»Wer mag das sein?«
»Keine Ahnung. Irgendein Sub.«

Die knappe Antwort scheint erst recht Claus' Neugier zu wecken. »Ich würde trotzdem gerne mal mit einem von ihnen sprechen.«

»Und was hättest du davon?« Evelyn ist neben ihn ans Fenster getreten. Die Person mit dem Laubsauger erinnert sie eher an ein aufgedonnertes, prähistorisches Faultier, was sich irgendwie aus der Kombination Schafsfellmantel und Lärmschutz erklärt. Auch die verwaiste Anliegerwohnung ist von hier aus deutlich zu sehen. Und unten im Keller – *brennt Licht* ... zumindest wirkt eines der vergitterten Fenster deutlich erhellt.

Bartos hat vergessen, das Licht auszumachen, denkt sie noch, da ist es auch schon erloschen.

»Was ich davon hätte?« Sein Blick wandert immer erst zu dem Diadem in ihrem Haar, dann zu ihren Augen. »He, diese Leute schlafen zwar nicht unter unserem Dach, aber im Vorgarten.«

»Da schlafen sie gut.« Während sie die Rückenlehne von seinem Bett aufrichtet, wartet sie insgeheim darauf, dass sich die Tür der Anliegerwohnung öffnet.

»Hast du das eben gesehen?«

»Was?«

»Das Licht in der Anliegerwohnung.«

»Was soll damit sein?« Claus öffnet seinen Mund wie ein Nestling zur Fütterungszeit. »Bartos wird irgendwas suchen«, setzt er nach, als er merkt, dass die Rechnung nicht aufgeht. »Er hat noch viele Sachen drüben. Vor allem Bücher ...«

»Natürlich.« Evelyn schiebt das Spezialtablett in die dafür vorgesehenen Schienen an den Armlehnen. »Guten Appetit.«

Es ist Claus' erster Versuch, wieder eine Gabel zu halten. Es wirkt ungeschickt, aber nach ein paar Bissen scheint sich der Arm seiner früheren Tätigkeit zu erinnern.

»Meinst du, ihnen gefällt es bei uns?«

»Den Subs? Aber ja.«

»Und woher willst du das wissen?«

»Cum tacent, clamant«, sagt sie mehr zu sich selbst. In Gedanken ist sie noch immer mit der Lichterscheinung im Keller beschäftigt. »Indem sie schweigen, stimmen sie zu. Ein reziprokes Verhalten ist von Subs im Übrigen nicht zu erwarten. Ich glaube, sie betrachten uns einfach als Bestandteil ihrer Lebensbedingungen.«

»Soll heißen?«

»Die Naturgesetze kann man nicht ändern. Man muss mit ihnen leben. So sehen sie uns.« Sie kann nicht widerstehen, seinen etwas schief sitzenden Lorbeerkranz geradezurücken. »Der durchschnittliche Sub hat daher eine angeborene Scheu vor dem Dom, jede Form von Selbstreflexion ist ihm fremd. Am Anfang dachte ich, es läge an uns, aber sie wollen es so.«

Eine Weile kaut und schluckt Claus mit einem unlustigen Gesicht vor sich hin. »Lana war anders«, bringt er schließlich heraus.

»Lana?« Nicht, dass sie eifersüchtig ist, aber irgendwie hat sie gehofft, den Namen nie mehr zu hören. »Hat sie wieder an deinem Bett gesessen und dich – wie soll ich sagen – berührt?«

Er krümmt sich jäh zusammen, fast so, als müsse er sich übergeben.

»Warum sagst du nicht, dass ich uns diese Scheiße eingebrockt habe?«, flüstert er mit bebender Stimme. »Aber wahrscheinlich habe ich es nicht anders verdient. Insgeheim war ich felsenfest überzeugt, nur Ungerechtigkeit ermöglicht das Glück. Leben wir nicht längst in einer Feudalgesellschaft des Pöbels? Sieh dir nur an, wer hier das Sagen hat, wer zur In-Crowd gehört und wen offensichtlich nichts zu Fall bringen kann! Diese verdammten Schmarotzer! Ich dachte, ich könnte ebenso unanständig und ungerecht sein …«

Sie hat ihn noch nie so verzweifelt gesehen und traut sich nicht, ihm die Hand auf die Schulter zu legen. »Wenn du dich ausgeschämt hast, solltest du ein Nickerchen machen. Schlaf tut dir gut.«

Er zuckt so heftig mit den Schultern, dass sie fast glaubt, er habe sich an seinem Speichel verschluckt. »Wer sagt, dass ich mich schäme? Was wir getan haben, war mehr als nur eine Gelegenheit, es war die Lösung für den grauen Morgen *danach*, für den die anderen noch nicht vorgesorgt haben. Im Vergleich war es sogar richtig und gut. Ich meine, im Vergleich mit dem, was die da draußen aus der Welt gemacht haben. Nein, ich schäme mich nicht. Man ist ja immer Teil der Lösung oder Teil des Problems, man kann gar nichts anderes sein, denn die Quersumme aller Probleme bleibt bekanntlich seit Jahrhunderten gleich. Nennen wir es mal lapidar den unwiderlegbaren Problemgrunderhaltungssatz der Welt. Wieso sollte ich mich schämen, eine Lösung angenommen zu haben, die es mir ermöglicht, die Zumutungen dieser heuchlerischen Gesellschaft zu ertragen. Unsere wortbrüchigen Politiker halten es ja auch für überflüssig, sich an die Verfassung halten. Sie regieren nicht im Namen der Leute, sondern längst im Namen der Wirtschaft.«

»Vielleicht haben sie nie anders regiert«, wirft Evelyn ein, doch er scheint schon einen Gedanken weiter zu sein.

»Ja, vielleicht haben sie das. Und deshalb war ich immer dagegen – gegen *sie*, verstehst du? Ich war der Mann, der König sein wollte, nicht um aufzutrumpfen, sondern um es besser zu machen. Womöglich liegt es daran, dass ich nicht zu den Psychopathen gehöre, die sich vom Elend der anderen eine Linderung der eigenen Minderwertigkeitskomplexe versprechen. Es liegt schließlich an einem selbst, wenn man es satthat und sich nicht mit denen anfreunden will, die für das Elend von Millionen verantwortlich sind und die auch nach der nächsten Kollektivkatastrophe wieder antreten, und so tun, als wäre *ihr* System das einzig richtige auf der Welt. Freiwillig werden sie nicht abtreten, wir alle kennen inzwischen das Passwort zu ihrem System: *Keine Lösung*. So muss es heißen, denn nur so bleiben sie an der Macht. Damit die Rechtmäßigkeit ihres Systems bestehen bleibt, darf es nur unwesentlich modifiziert und revidiert werden, ganz gleich, ob heute alle Probleme dieser Welt ineinanderstürzen und man das Fernste im Nächsten erkennt, niemand darf eine echte Lösung aufzeigen, damit ein paar auserwählte Halunken auch weiterhin ihr Goldenes Kalb schlachten können! Sicher, etwas hat sich verändert ...«

»Und das wäre?«

»Das Stimmvieh weiß inzwischen Bescheid, die Verdrießlichkeit darüber ist groß. Es wurde in den letzten Jahren einfach zu viel gelogen, die mediale Tarnkappe der Strippenzieher ist löchrig geworden. Ich glaube, dass die breite Masse nicht mehr lange stillhalten wird. Die werden sich mehr und mehr querstellen, und dann werden die oben andere Saiten aufziehen müssen. Die kapitalistische Demokratie, dieses plumpeste aller politischen Täuschungsmanöver, ist im Windkanal des 21. Jahrhunderts gescheitert. Wir sind in einer Kultur eingeschlafen und auf einem Marktplatz erwacht. Ein großes Kaufhaus ist vieles, aber eben keine Gesellschaft mit ethisch-sittlichen Normen. Wer zahlt, bestimmt. Und weil das so bleiben soll, verhindern und verschleppen sie die Lösung der innenpolitischen Probleme. Wir dagegen haben in unseren vier Wänden eine praktikable Lösung gefunden, davon bin ich fest überzeugt.«

»Ich auch«, sagt Evelyn nach einiger Zeit, »und genau deshalb will ich, dass es so bleibt.«

»Aber sagtest du nicht ...« Claus wirkt perplex. »Bartos glaubt, du willst alles zerstören.«

Er stockt, denn ihr Blick hat sich in Sekunden verfinstert.

»Bartos ist nur ein Intrigant. Er hat seine Vertrauensstellung stets ausgenutzt, um unsere Macht zu untergraben. Ich möchte nicht mehr, dass er dich mit seinen Sklavensorgen behelligt. Von nun an wird er sich bei mir anmelden müssen. Und damit er nicht doch noch auf dumme Gedanken kommt, werde ich einen Prätorianer vor deiner Schlafzimmertür postieren. Ich denke, das ist auch in deinem Interesse.«

VI.

*Sklavenmädchen erzieht man am besten
in einer Atmosphäre der Furcht.*

– HARRIET A. JACOBS, »Incidents in the Life of a Slave Girl«

Beige gekleidet und mit streng zurückgekämmten Haaren begeht Evelyn diesen sonderbar farblosen Tag im November. Wie dürre Reisigbesen reckt der Wald seine gelichteten Kronen über die Blätter des winterharten Liguster. Der Garten verschwimmt allmählich in abgesoffenen Farben.

Sie arbeitet jetzt viel zu Hause. Auf ihrem Schreibtisch stapeln sich hartnäckige Fälle, Zwangspfändungen maroder Ost-Liegenschaften, unlösbares Paragrafengetrickse, das ihr Harms eingebrockt hat. Angeblich nur, um wenigstens ab und an »mit der Eiskönigin zusammen zu sein« – eine spöttische Anspielung auf den glitzernden Haarreif, den sie auch am Amtsgericht trägt. Sie nimmt es ihm nicht weiter übel. So, wie sie sich abends im Badezimmer anlächelt, so lächelt sie auch ihm zu. Etwas Fachliches stößt ihr dagegen auf – wie einfach doch alles ohne die Zinswirtschaft wäre. Selbst Wilkens, den alten Sparfuchs, hat es angeblich inzwischen erwischt, die eigene Bank hat ihn als Privatperson in der Mangel. Nur der fluchtartige Umzug in die Pampa hinter Köpenick hat ihn vor dem totalen Finanzfiasko bewahrt.

Die Schreibtischarbeit verläuft schleppend an diesem Tag, sie kann sich nicht konzentrieren, kann ihre Gedanken nicht sammeln, am Schluss hat sie ihr Pensum nicht niedergerungen, sondern noch mehr juristische Kollisionsgebilde vor sich auf dem Tisch. Normalerweise kommt sie, wenn sie sich zwingt, wie eine aufgezogene Puppe in Fahrt, doch diesmal wächst ihr der Aktenstoß über den Kopf. Was hindert dich, Evi?

Obwohl es kalt ist, raucht sie ihre Pausenzigaretten auf dem Balkon. Ihr Blick schweift hinüber zu der Anliegerwohnung, zu den Fenstern mit den gebügelten, perfekt gefalteten Blümchengardinen, die sich fast wie Attrappen ausnehmen. Nichts Auffälliges, denkt sie. Doch die Erinnerung, etwas gesehen zu haben, das ihr Bewusstsein weder verarbeiten noch irgendwo ablegen kann, kommt ihr stets in die Quere. Am Nachmittag, nachdem sie wohl mehr Zigaretten als in all den Jahren davor geraucht hat, stellt sie fest, dass sich die Stunde der Wahrheit nicht länger aufschieben lässt. Entschlossen, aber ohne festen Plan, läuft sie hinaus auf den Flur. Die Tür zu Claus' Arbeitszimmer steht wie immer offen, sie geht an den Schreibtisch, reißt die Schubläden auf, bis sie den Bund mit den Nachschlüsseln findet. Sie bemerkt auch einen nagelneuen Titanium-PC – herrje, wie viel überflüssiges Techno-Spielzeug hat Claus denn noch vor ihr versteckt? Was der Aufkleber WESTEUROPE REALITIES soll, will sie gar nicht erst wissen.

Sie geht zurück in ihr Zimmer, überprüft ihr Make-up, dann ruft sie Bartos ...

»Ave, gnädige Frau ... Wo brennt's denn?«

Mit abgewandtem Gesicht reicht sie ihm eine Liste mit Aktenkürzeln.

»Sie könnten sich nützlich machen, wenn Sie wollen, und mir ein paar Unterlagen vom Amtsgericht holen. Ich möchte meine Arbeit nur ungern unterbrechen. Falls Sie die Akten nicht finden, fragen Sie Ihren Freund Richter Harms. Er kennt sich aus.«

»Wie Sie wünschen.« Bartos versucht nicht einmal, Ausflüchte vorzubringen, sondern faltet das Blatt stattdessen penibel zusammen.

»Hätten Sie den Autoschlüssel für mich?«

Sie winkt irritiert ab. »Nehmen Sie die S-Bahn. Oder fahren Sie mit dem Fahrrad, das hält gesund.«

»Aber die Akten ...«

»Es sind nur Schnellhefter, Bartos. Die nehmen Sie einfach unter den Arm und bringen sie her. Ist das so schwer zu verstehen?«

»Dann könnte es aber ein Weilchen dauern.«

»Ist mir schon klar. Sind Sie noch nicht weg?«

Er nimmt tatsächlich das Rad. Von ihrem Fenster aus kann sie sehen, wie er auf einem altmodischen schwarzen Herrenrad durch die Flügeltür eiert. Den Regenmantel hat er so hoch zugeknöpft, dass sie sich fragt, ob der Gummiband-Kragen seinen Adamsapfel nicht auf Kirschengröße zerquetscht. Selten hat sie die Zeltstadt der Subs so verlassen gesehen. So eine Gelegenheit bietet sich nicht alle Tage. Sie denkt nicht mehr nach, sie läuft los.

Geschickt umgeht sie die Behausungen, nimmt stattdessen den Weg über den zart krachenden Teppich aus Laub, der den Rasen bedeckt.

Das Herz schlägt ihr bis zum Hals, als sie die Tür der Anliegerwohnung öffnet: Wässriges Licht verwischt das Ende des Flurs und lässt eine vergilbte, auf dem Boden liegende Zeitung fast mit dem Sisalläufer verschmelzen.

Nichts Auffälliges ... Alles befindet sich noch an seinem von den Eigentümern zugewiesenen Platz. Selbst die grässlichen Flurmöbel, die aus dem Nachlass von Claus' Großvater, dem großen Friedrich Müller-Dodt, stammen, sind noch da. Die Subs haben sich selbst mit der verkratzten Wandkonsole aus hellem Tannenholz arrangiert. Nur die einst weißen Wände wurden zwischenzeitlich in einem gelblichen, wie hingeleckt wirkenden Farbton gestrichen, ein typischer Anfall von Heimverschönerungswahn. Im Pirschgang nähert sie sich dem Wohnzimmer. Auf den Sideboards und dem Tisch fehlt die Epiphanie des Staubs, doch das will nichts heißen, denn Bartos scheint die Wohnung noch ab und an zu betreten und zu putzen.

Eine Büchervitrine steht halb offen, als habe er in großer Eile nach irgendetwas gesucht. Sie kann nicht widerstehen, die Titel zu lesen: Jewreinows *Körperstrafen in der russischen Rechtspflege und Verwaltung*, Thelens *Welt der Flagellanten* und Jean des Villiots *Magnetismus der Peitsche* stechen ihr auf Anhieb ins Auge. Ebenso beeindruckend ist die Anzahl anrüchiger Literatur: Von *Madame Birkenstocks Visiten* bis hin zu den *Kallipygen* scheint alles in Erstausgaben vorhanden zu sein.

Davon hat er Claus nie erzählt, denkt sie noch. Aber typisch für einen Altphilologen, das er seine wahren literarischen Schätze für sich behält.

Auch die Küche scheint sich seit dem Einzug der Subs nicht verändert zu haben. Auf der Arbeitsplatte entdeckt Evelyn ein Glas mit von Weinsatz gefärbtem Boden, gleich daneben eine angebissene Stulle. Das Brot ist hart wie Stein, der Schmierkäse erinnert an krümeligen, weißen Zement, auch hier fehlt es an Staub. Vielleicht ist Bartos doch häufiger in der Wohnung? Ebenso plausibel erscheint ihr die Erklärung, der Putzteufel namens Lana hatte alle Möbel mit irgendeinem Wundermittel totalimprägniert.

Sie geht weiter, leise, behutsam, als laufe sie über hauchdünnes Eis. Die Tür zum Badezimmer steht einen Spalt offen. Vor dem Blattmuster des Duschvorhangs zeigt sich ein verrunzelter Kaktus als letzter Überlebender der Zimmerflora, von der sonst nur leere Blumentöpfe übrig geblieben sind. Auf der Ablage, zwischen alten, angetrockneten Zahnbürsten, entdeckt sie zumindest erste Spuren von Staub. Dem Häufchen mangelt es allerdings noch an flächendeckender Dichte. Den Zahnputzbecher besieht sie sich aus der Nähe: Die in Räumen unweigerlich voranschreitende Verdunstung hat ganz unterschiedliche Ablagerungsringe auf dem Glas hinterlassen, was zumindest beweist, dass sich die Badezimmertemperatur von Zeit zu Zeit ändert.

Nachdem sie den Kaktus gegossen hat, gibt es für Evelyn keinen Grund mehr zu bleiben. *Du hast dich getäuscht,* denkt sie bei sich. Es war nichts, kein Licht, nur ein Reflex auf der Scheibe.

Nein, erst noch Lanas Zimmer – es muss Lanas Zimmer sein, denn Wände und Decken sind von riesigen, exotischen Schmetterlingen bedeckt, oder anders gesagt, vereinfachten Silhouetten, die irgendjemand aus Evelyns Hochglanzmagazinen ausgeschnitten und zusammengeklebt hat.

Evelyn braucht eine geraume Zeit, um über die Schwelle dieses eigenartigen Schmetterlingsfriedhofs zu treten.

»Wer ist hier verrückt, Mädchen? Wer ist hier wirklich verrückt?«

Es müssen Tausende ausgeschnittener Falter sein, die sich besonders in den Ecken des ansonsten kahl wirkenden Zimmers verklumpt haben. Dort bilden sie im Luftzug zitternde Strudel aus schmatzenden Farben. Die Künstlerin hat die meisten Flügel aus Gesichtern von Promis geschnitten, Augen, Münder, Ohren hässlich mit Filzstift verschmiert. Ebenso morbid wirken die kleinen, in Silber gerahmten Porträts von Männern auf einem Sims: Es sind fünf an der Zahl, und vier von fünf haben ein schwarzes Kreuz im Gesicht. Auf einem Bild entdeckt Evelyn sogar einen handschriftlichen Vermerk: *Mein erstes Zahlschwein.* Ausrufezeichen.

Zweites Zahlschwein. Verstorben. Zumindest, wenn man das Filzstiftkreuz als lexikographisches Sterbezeichen deutet.

Zahlschwein Nummer drei ...

Ihr Blick überspringt Nummer vier: Der Mann auf dem fünften Bild ist Claus.

Nachdem sie den ersten Anflug von Panik überwunden hat, geht sie in die Küche zurück und greift sich wahllos eines der Messer.

»Bleibt nur der Keller«, sagt sie sich, »bleibt nur der Keller ...«

Dunkel kann sie sich erinnern, dass die Kellertür vom Flur abgeht und nicht breiter als ein Besenschrank ist. Dass sie abgeschlossen ist, passt natürlich zu einem Kontrollfreak wie Bartos, doch auch für dieses Schloss mit Schieberiegel findet sich ein Nachschlüssel an ihrem Bund.

Selbst zu Mariolas glorreichen Zeiten hat sie den Keller der Anliegerwohnung nie betreten, er ist Neuland für sie, ein weißer Fleck auf der Topographie ihres Grundstücks. Gibt es unten mehrere Räume oder nur einen? Selbst das ist ihr inzwischen entfallen. Immerhin kann sie sich an einen vom Heizungskeller getrennten Stauraum erinnern.

Fast lautlos schleicht sie die Stiegen hinab. Es ist warm und stickig hier unten, der Geruch von geschmolzenem Paraffin oder Petroleum liegt in der Luft, und sie glaubt, ein leises Rascheln zu hören.

Im Trockenraum sieht sie es: Zwischen einer ausrangierten Kommode und einem Stapel Umzugskartons schwebt ein Frauengesicht, ausdruckslos wie das Antlitz einer in Bleiche gebadeten Ophelia, das Haar notdürftig hochgesteckt – das irre Lächeln einer Verlorenen um den Mund. Ein Wasserspender, mehrere Thermosflaschen, ein Tablett mit Zwieback, Trockenfrüchten und H-Milch-Tüten lassen vermuten, dass Lana hier schon länger campiert. Sie kauert bewegungslos – in Decken gehüllt – auf einem eisernen Bettgestell.

»Ich wusste, dass Sie noch leben«, sagt Evelyn so ruhig und gelassen, als ob sie sich mit Lana verabredet hätte. »Als Claus mir sagte, er hätte Sie nachts an seinem Bett sitzen sehen, da war es mir irgendwie klar. Was ich nicht wusste, ist, dass Sie eine Gefangene sind.«

»Und was sind Sie? Eine Königin?« Lanas Kichern hätte jeden normalen Menschen aus diesem Kerker getrieben, doch Evelyn weiß, ihr droht keine Gefahr: Obwohl es dunkel ist, kann sie die Handschellen sehen. Gleich mehrere Ketten spannen sich zwischen dem Gestell und Lanas Deckenkokon, dessen Falten sie mit Rinnen der Finsternis umgeben. »Diese Krone ist ja ganz nett, doch der schönste Schmuck ist noch immer die nackte Haut.« Wieder dieses enervierende Kichern, das zu den süßlichen und ekelerregenden Ausdünstungen passt, die ihr Lager verströmt. »Können Sie mir helfen, ja oder nein?«

»Das mindeste, was Sie mir schulden, ist eine Erklärung.«

»Bitte helfen Sie mir.« Eine Enttäuschung lässt Lanas Gesicht in schmerzhafter Unsicherheit zurück. »Das Ganze war seine Idee, was zum Teufel sollte ich tun!« Sie starrt auf das Messer in Evelyns Hand und scheint sich tiefer in ihrem Bett zu verkriechen. »Es tut mir leid wegen Claus, aber ich habe nichts mit seinem Unfall zu tun. Wenn ich das gewusst hätte, wäre ich bei ihm in Monaco geblieben ...«

»Stattdessen sind Sie einfach verschwunden«, erwidert Evelyn kühl, »und jetzt sind Sie hier. Warum sagen Sie mir nicht die Wahrheit? Wer sind Sie, Lana? Und wer ist Bartos?«

Ein Geräusch, wie ein schamvoll verhaltenes Räuspern, platzt von Lanas Lippen.

»Er ist ... mein Vater. Sind Sie jetzt zufrieden?« Unvermittelt schlägt sie die Decke zurück, ihre bläulich schimmernden Fußgelenke liegen in Ketten. »Er hat mich hier eingesperrt, seitdem er weiß, dass ich Claus warnen wollte.«

»War es dafür nicht schon etwas zu spät?« Evelyns Hand tastet nach dem Lichtschalter an der Wand; in letzter Sekunde zuckt sie zurück, als hätte sie eine Kellerspinne berührt.

Das Licht ist von außen zu sehen, also bleibt es aus, Evi, vielleicht ist das gut so, denn vielleicht willst du selbst nicht so genau sehen, was du gleich mit diesem Messer anstellen wirst: Wenn dieses Biest wirklich denkt, ihre nackte Haut sei ein Schmuckstück, dann wirst du ihr helfen, diesen Schmuck nach Chirurgenart zu veredeln ... Hass macht den prosaischsten Menschen zum Künstler. Du hast in der Küche das richtige Messer gewählt, ein buchstäblich rasiermesserscharfes Gerät zum Ausbeinen von Knochen. Hat Lana Knochen im Leib? Hat sie tatsächlich ein Herz? Um es herauszufinden, wirst du nachsehen müssen ...

Es gelingt Evelyn, das Schlachthausbild in ihrem Kopf zu verdrängen.

»Na, schön, dann ist er also Ihr Vater. Ich glaube Ihnen sogar. Als Ihr russischer Akzent so mir nichts, dir nichts verrauchte, da wusste ich, dass mit Ihnen etwas nicht stimmt. Ich fürchte allerdings, Sie werden mir etwas mehr von sich erzählen müssen. Was ist ein Zahlschwein, Lana? Um ehrlich zu sein, das ist das Erste, was mich im Moment interessiert.«

»Dann helfen Sie mir! Ich halte es nicht mehr aus.« Aus der Nähe betrachtet, hat Lana violette Flecken im Gesicht, ihre Wangen sehen wie erfrorene Erdbeeren aus, es sind Spuren, die von Ohrfeigen stammen. »Wenn Sie mir einen Schraubenzieher oder eine Haarnadel besorgen, dann schaffe ich es allein. Im Heizungsraum gibt es Werkzeug, bitte helfen Sie mir!«

»Ich werde Sie losmachen, aber nicht, bevor Sie mir meine Frage beantwortet haben. Oder wollen Sie, dass ich die Polizei rufe? Wollen Sie das?«

»Und was würden Sie denen sagen?« Lana schafft es, Evelyns Blick standzuhalten. »Sie haben eine Annonce aufgegeben, erinnern Sie sich, und wir haben uns auf diese Anzeige gemeldet.« Jetzt klingt ihr silberhelles Kichern doch etwas dreckig: »Ich weiß noch, wie Vater sagte, mal sehen, wie weit die gehen: Je riskanter, je unverfrorener der Gegenstand, desto größer der Genuss, so ist diese stupide und selbstgefällige Generation! Er war wirklich neugierig auf sie beide.«

Evelyn hat sich Lanas Bett bis auf zwei Schritte genähert. Was Lana gesagt hat, erzeugt eine furchtbare Spannung zwischen den Frauen.

»War das alles?«

»Nein, das war nicht alles. Er hätte es gerne gesehen, wäre ich an Ihre Stelle getreten.« Es klingt distanziert, wie sie das sagt. »Vater hat Sie nie leiden mögen, das wissen Sie ja.«

»Kein schlechter Plan.« Evelyn nickt anerkennend. »Die Tochter mit einem reichen Kerl verkuppeln und ausgesorgt haben. Eigentlich wie Malen nach Zahlen. Erstaunlich, dass die Rechnung nicht aufgegangen ist.«

»Die Tochter hatte andere Pläne.« Leicht vorgebeugt spricht Lana mit schleppender Stimme. »Es war mir einfach zuwider, dieses andauernde doppelte Spiel, das eigene Gewissen mit Füßen zu treten ... Ich bin erst achtzehn, Madame. Außerdem hat mich Claus immer mit Achtung behandelt, ich hätte es nicht fertiggebracht, ihn leiden zu sehen.« Sie streicht ein paar Brotkrumen von ihrer Decke. Ihre Augen irren umher. »Sie können das nicht nachempfinden, aber ich habe da nur mitgemacht, weil ich einmal in Schönheit leben wollte. In Schönheit, verstehen Sie?«

»Das Streben nach Schönheit ist eine Möglichkeit«, sagt Evelyn. »Dass man dafür zwei menschliche Wirtskörper braucht, ist mir allerdings neu. Wie kommt man auf so eine kranke Idee?«

Evelyn spürt, dass es besser ist, nicht weiter in Lana zu dringen, aber die Worte sprudeln jetzt wie aus einer Quelle. »Solange ich Vater kenne, glaubte er nur an die Vergänglichkeit ... des Lebensgenusses. Und dass man die Zeit nutzen sollte, bevor es zu spät ist. Als Hotelier verdiente er nicht schlecht, er konnte es sich leisten, seine Neigungen auszuleben.«

»Sie meinen ...«

»Ein Faible für Bondage. Als er das Hotel verlor, konnte er sich die entsprechenden Dienstleistungen nicht mehr kaufen und das brachte ihn wohl auf diese – wie Sie eben sagten – Idee.« Sie wischt sich linkisch die Augen. »Nach der Räumung lebten wir monatelang in Pensionen und hatten oft genug nichts zu essen. Doch Not macht erfinderisch, wie Sie sehen.« Diesmal schnäuzt sie sich in einen Zipfel des Lakens. »Vater dachte, ich hätte das gewisse Talent, und so vermittelte er mich an eine Domina, die er kannte.«

»Was wohl heißen soll, Sie erlernten dort das zynische Handwerk der Prostitution?«

»Was gibt es da groß zu lernen, Madame? Als Hobbyhure ist mehr Geld zu verdienen als in jedem anderen Gelegenheitsjob. Ein Mädchen braucht heutzutage Titten *und* Grips. Ich habe mal gelesen, jede fünfte Studentin in Berlin verdient sich so gelegentlich ein paar Mäuse dazu. SM ist easy: Man schlüpft in ein Latexkorsett, geht ein-, zweimal die Woche in so ein Studio, und wenn man fertig ist, geht man mit mindestens zweitausend Euro nach Haus. Die *money pigs* zahlen, was man verlangt.«

»Da ist es wieder, mein Stichwort ...« Evelyn schweigt einen Augenblick voller Spannung. »Sie haben mir noch immer nicht gesagt, was ein *money pig* ist?«

»Es ist nur ein Wort aus der Szene, so wie Top* oder Bottom ...«

»Sie müssen schon etwas deutlicher werden.«

»Hören Sie ...« Wohl unbeabsichtigt lässt Lana die Schultern sinken und bringt damit die Federn der alten Bettstatt zum Quietschen. »In der Bondage-Szene versteht man unter *money pig* einen Geldsklaven, einen netten, reichen Spinner, der seiner Herrin jeden Wunsch von den Lippen abliest. Es gibt Dominas, die veröffentlichen ihre *wishlists* im Netz. Ein Shopping-Sklave hat so die Möglichkeit, einer Geldherrin zu imponieren. Obwohl man als Zofe mehr Geld macht, habe ich auch als Gouvernante und Geldherrin gejobbt. Die Kunden sind in ihrer Scheinwelt gefangen. Indem man die Geschenke annimmt, tut man so, als wäre diese Scheinwelt real. Als Gegenleistung präsentiert man sich dann entweder vor der Cam, oder man bestellt die Typen in irgendeinen Laden und gerbt ihnen das Fell.«

»Bezahlte Schmerzen«, Evelyn nickt Lana aufmunternd zu, »klingt nach einem lukrativen Geschäft.«

»Es sichert mehr als den Lebensunterhalt, glauben Sie mir. Nicht alle Zahlschweine waren an meiner Wunschliste interessiert, manche wollten lieber mit mir auf Shoppingtour gehen. So ein Juwelier, er nannte sich Beutler, hat mir sogar mal eine Schaffhausen-Uhr geschenkt. Leider defekt. Irgendwann tauchte er nicht mehr auf. Ich glaube, er ist bei einer Session erstickt. Angeblich stand er auf Face-Sitting mit Kaviarspende.«

Sie zuckt zusammen, als Evelyn sich auf den Bettrand setzt. Obwohl sie das Ausbeinmesser nicht weggelegt hat, wirkt sie sichtlich amüsiert.

---

* SM-Slang: *Top* ist die aktive, *Bottom* die passive Person in einem sadomasochistischen Rollenspiel.

»Sie sind schon ein schmutziges, kleines Ding, wissen Sie das?«
»Es war nur ein Job.« In Lanas Stimme schwingt etwas mit, das Evelyn reizt. »Worauf warten Sie? Stechen Sie endlich zu ... Deshalb sind Sie doch hier.«

Ein nettes Angebot, nicht wahr, Evi? Sie denkt, du könntest es nicht tun, wärst dazu nicht in der Lage, weil du eine Königin bist. Du würdest dir nicht an einem Sklavenmädchen die Hände schmutzig machen? Dabei wollte die Kleine deine Ehe zerstören. Sie wollte sich ins gemachte Nest setzen. Sie hat alles gestanden, es wird Zeit für die Exekution. Aber man kann nicht bereuen wollen, ohne zu büßen, das gilt auch für sie, besonders für sie. Worauf wartest du? Hat sie nicht schon genug Hurenlatein ausgeplaudert? Was willst du noch hören? Der schmutzigste Mythos des alten, suburbanen Roms lebt in diesem achtzehnjährigen Fleisch wieder auf. Messalina ... Muss sie dir vielleicht noch die Stärke des Orgasmus im Verhältnis zur Stellung der Freier erörtern? Wie viele Vertraulichkeiten braucht es denn noch, bis du ihr die Kehle ...

»Wieso sollte ich?« Mit diesem Gedanken weist sie den Hass in seine Schranken. »Sie haben gerade eine Menge Schätze aus ihrer tiefsten Seele ans Tageslicht befördert. Dafür möchte ich Ihnen danken, so reich wurde ich selten beschenkt.« Sie zwinkert Lana zu, ein Lächeln im Gesicht wie getrocknete Zuckerglasur. »Was ich allerdings nicht verstehe, ist diese Scharade. War alles nur erstunken und erlogen?«

»Nein.« Lanas Lippen sind jetzt nur noch ein Strich. »Vater war selbst überrascht. Die Leute, mit denen er sprach, und die heute hier wohnen, waren tatsächlich alle bereit, als Sklaven zu leben. Letztes Jahr hat er sich noch Sorgen gemacht, ob er sie je wieder loswerden wird.«

»Interessant, sehr interessant.« Argwöhnisch beobachtet Lana, wie Evelyn aufsteht und bewegungslos in der Mitte des Raumes verharrt.

»Lana?«
»Ja, Madame?«

»Wo, sagten Sie noch, befindet sich dieses Werkzeug, das wir brauchen, um Sie zu befreien?«

Du lässt sie laufen, das ist nun wirklich verrückt. Andere träumen ihr ganzes Leben von Rache, und sie wird ihnen niemals gegönnt. Und du hättest sie hier, hier vor dir, diese kleine Schnepfe mit ihrer glatten Haut und dem Babyspeck an den richtigen Stellen. Niemand könnte dich daran hindern, sie in Würfel oder Scheiben zu schneiden. Ein Obstteller aus rohem Fleisch. Du verzichtest auf das, was dir zusteht, das muss dir klar sein, wenn du sie jetzt von diesen Ketten befreist.

Sie bringt Lana noch zum Bahnhof. Die Stille bricht erst, als Evelyn zwischen zwei Kleinbussen in einer Ausladezone hält.

»Wenn Sie sich an unsere Abmachung halten, wird alles gut«, sagt sie. »Enttäuschen Sie mich nicht. Dann schicke ich Ihnen auch mehr Geld. Falls ich sonst noch was für Sie tun kann ...«

Lana steigt wortlos aus, schultert ihre Reisetasche und entfernt sich mit schnellen Schritten. Evelyn sieht ihr nach, bis sie in der Menge verschwindet ...

Mit einem flauen Gefühl in der Magengrube vertrödelt Evelyn den Rest des Nachmittags in einem Schöneberger Reha-Geschäft, wo sie sich die neuesten Rollstühle vorführen lässt, ein rundes Dutzend Modelle.

Manche probiert sie selbst aus, sie lacht, schäkert mit dem jungen Verkäufer, der ihr von seinem Zivildienst erzählt, doch in Gedanken ist sie noch im Keller der Anliegerwohnung. Die großen Erklärungen im Leben kommen meistens zu spät, denkt sie bei sich. Sie kommen, wenn sie niemand mehr braucht, wenn man sich bereits mit dem Diffusen abgefunden oder im Haus der Notlüge fest eingerichtet hat. Wenn man sie jetzt zu hören bekommt – eine große Erklärung für die ganze Misere –, empfindet man sie oft nur als peinlich. Man fragt sich, wieso man nicht selbst in der Lage gewesen ist, die Zusammenhänge zu sehen. Und je banaler die Kausalketten erscheinen, umso mehr widerstrebt einem diese Einsicht, nicht zuletzt, weil sie einem die Gewissheit vermittelt, dass auch das eigene Schicksal nur ein beliebiges ist, ein Durchschnittsereignis, der Fall X, der irgendeine statistische Erhebung abrunden wird.

Nachdem sie ein ostasiatisches Spitzenmodell bestellt hat, verlässt sie den Laden.

Sie hätte Bartos einiges zugetraut, aber nicht, dass er sie an der Einfahrt des Grundstücks abpassen würde. Unter dem aufgespannten Regenschirm wirkt er leichenblass. Sein Gesicht scheint noch bleicher zu werden, als sie den automatischen Scheibenheber betätigt.

»Ist das Tor defekt?«

Er beugt sich vor, so weit, dass sie die aufgeblähten Adern an seinem Hals sehen kann.

»Was haben Sie sich bloß dabei gedacht?«, stößt er zwischen zusammengebissenen Zähnen hervor. Ein Schwall klarer, kalter Luft schlägt ihr ins Gesicht.

»Bitte?« Sie genießt es, die Ahnungslose zu spielen. »Wovon reden Sie überhaupt?«

»Von Lana natürlich! Sie hat mich angerufen. Aus irgendeinem Zug. Sie wollte mir nicht sagen, wohin sie fährt.«

»Kluges Kind.« Evelyn drückt auf die Fernbedienung des Gatters. »Ich war mir nicht sicher, ob sie nicht doch zur Polizei fahren würde.« Sie starrt ihn kaltschnäuzig an. »Haben Sie meine Akten?«

»Zum Teufel mit Ihren Akten!«, bricht es aus ihm heraus. »Svetlana ... ist ... meine Tochter!« Er klammert sich an den Rahmen des offenen Fensters. »Sie haben kein Recht, mein Kind wegzuschicken! Wenn ihr etwas passiert ...«

»Etwas Schlimmeres als Freiheitsberaubung?«, fällt sie ihm freundlich ins Wort. »Finden Sie nicht, Sie haben Lana genug missbraucht?«

Er stockt, als müsse er Evelyns Wissensstand abwägen.

»Ich bin ...«, beginnt er stockend, aber in einem erstaunlich achtunggebietenden Tonfall, »der alleinige Erziehungsberechtigte.

Ich habe nur meine Pflicht getan, nichts weiter. Manchmal muss man ein Kind vor sich selbst schützen.«

»Hören Sie auf!«

»Bitte, gnädige Frau! Sie sollten nicht alles glauben, was Lana Ihnen erzählt hat. Sie hat mir gedroht ... uns gedroht, die Segregation zu verraten. Deshalb habe ich sie einsperren müssen. Was hätten Sie an meiner Stelle getan?«

Das Gatter ist jetzt offen, sie fährt langsam an, wobei sie Bartos von ihrem Wagen abstreift.

»Ich weiß nur, dass Lana volljährig ist!«, ruft sie zurück. »Doch lassen Sie uns die Unterredung auf meinem Zimmer fortsetzen. In fünf Minuten – ist Ihnen das recht?«

Er sitzt vor Evelyns Schreibtisch wie ein ungezogener Schüler, dem die Lehrerin eine lange Strafpredigt hält.

»Lügen hat keinen Zweck, Lana hat mir alles gesagt.« Von Anfang an stellt sie ihn vor vollendete Tatsachen, so bleibt nichts mehr zu verhandeln, zu beschönigen oder zu deuten. »Vertrauen ist der Schlüssel zu jedem SM-Spiel, das wussten Sie aus Erfahrung, und Claus und ich haben Ihnen vertraut. Wir kamen wie gerufen, nicht wahr? Zwei Eskapisten, betucht genug, um Ihnen ein bequemes, ruhiges Leben zu bieten. Wir haben, man möchte sagen – in bester Singvogelmanier, ihr Kuckucksei ausgebrütet. Zumindest Claus hat an Ihre Parallelwelt geglaubt. War das naiv? Hätten wir es besser wissen müssen? Ja, vielleicht. Im Zeitalter der virtuellen Realitäten gibt es Utopien wie Sand am Meer, doch was wirklich zählt, ist die überzeugende Simulation. Werden die Leute dann wach, ist die Wirklichkeit schlimmer als die Realität, und aus dem großen Guru und Schamanen wird ganz schnell ein kleiner, mieser Betrüger. Ein verkrachter SM-Connaisseur. Mehr sind Sie eigentlich nicht.« Sie hält kurz inne. »Angesichts dessen erübrigt sich natürlich die Frage, ob Sie hier auf unserem Grundstück einen Mann umgebracht haben. So weit würden Sie für ein bisschen Luxus nicht gehen. Was mich betrifft, ist dieser Petru jedenfalls nach Hause gefahren und damit basta.« Sie macht eine kurze Pause. »Dass Sie Ihre Tochter gefangen hielten, ist dagegen eine andere Sache. Sie war entschlossen, das schäbige Spiel Ihres Vaters aufzudecken und Claus die Wahrheit zu sagen ...«

»Und was wäre die Wahrheit?«, meldet sich Bartos mit scheppernder Stimme zu Wort. »Dass ich Ihnen etwas vorgemacht habe? Mitnichten! Eine Kultur, die zunehmend die Ungleichheit zelebriert, erfüllt die Voraussetzung einer sadomasochistischen Beziehung ... Die Oberschicht thront seit Jahren vor einem einzigartigen Unterwerfungstableau, in dem halbkriminelle Machtmenschen, ausgeschämte Huren und Mammonsknechte als vorbildliche Bürger posieren ...«

»Und deshalb mussten Sie uns zu Ihren *money pigs* machen?« Es ärgert Evelyn, dass er noch immer nach Ausreden sucht. »Sie haben schon besser argumentiert.«

»Verstehe. Am Ende sind alle Dinge bekannt, die wenigsten haben eine Rolle gespielt.« Er versucht, weise zu lächeln, was hilflos, ja fast lächerlich wirkt. »Kann ich Claus noch einmal sprechen, bevor ich gehe? Ich würde mich gerne bei ihm für die Unannehmlichkeiten entschuldigen. Ganz gleich, ob Sie mir glauben oder nicht, er war mir mehr als ein Herr, fast ein Freund.«

»Wieso glauben Sie« – Evelyn dreht sich zum Fenster – »ich würde Ihnen erlauben zu gehen?«

»Bitte?« Die Verblüffung auf seinem Gesicht wirkt fast idiotisch. »Aber ich dachte ...«

»... dass Ihre Illoyalität Sie zu einem freien Mann gemacht hätte? Dass es Ihre Entscheidung wäre, zu gehen? Dass Sie bestimmen, wann der Vorhang dieses absurden Theaterstücks fällt? Ich finde Ihr Verhalten, gelinde gesagt, respektlos.«

»Es war nur ein Vorschlag, gnädige Frau.« Er scheint noch immer einen Ausweg zu suchen. »Ich dachte, meine Entlassung wäre die logische Folge ...«

»Wenn das so wäre, hätte ich es Ihnen gesagt. Ihre Aufgabe ist es zu gehorchen, also unterlassen Sie in Zukunft das Denken.«

Er hält den Kopf gesenkt. Kein schlechtes Zeichen.

»Die Sache mit Lana bleibt unter uns«, fährt sie fort, bemüht, ihre Stimme schroff und farblos klingen zu lassen. »Als Regina reginarum kann ich mir den Luxus von Emotionen nicht leisten. Und kein Wort zu Claus, haben Sie mich verstanden? Ich möchte nicht riskieren, dass er einen Rückfall erleidet.«

Wenn es wirklich sein Gesicht ist, das sie schemenhaft im Fensterglas sieht, dann ähnelt es einer Totenmaske, wie sie früher aus Gips angefertigt wurden. Dunkle Augenringe und tiefe, wie mit weißer Kreide geritzte Falten auf der Stirn beweisen, dass die letzten Stunden nicht spurlos an ihm vorübergegangen sind.

»Natürlich haben Sie Ihre Privilegien als Procurator verwirkt. Das römische Staatsrecht erlaubt es mir, Sie ohne Prozess zu degradieren. Sie werden ab morgen ein Hundehalsband tragen. Kommt das nicht Ihrer Neigung entgegen? Als Haushaltssklave werden Sie für uns kochen und waschen, und da Sie indirekt den Zustand meines Mannes zu verantworten haben, werden Sie – falls ich es wünsche – auch seinen ehelichen Pflichten nachkommen. Andererseits, wenn ich Sie so sehe«, sie dreht sich abrupt um, »vielleicht sollte ich Ihnen vorher das Gesicht liften lassen.«

»Sie ... Sie sind wirklich verrückt.«

»Meinen Geisteszustand zu beurteilen steht einem Sklaven nicht zu.«

»Und wenn ich mich weigere?« Scham und Verzweiflung sprechen aus seiner Stimme. Sie hat ihn endlich da, wo sie ihn immer haben wollte, aller Logik entkleidet, nackt, schutzlos.

»Dann werde ich mein Gewissen bei der nächsten Polizeidienststelle erleichtern. Lana wäre mein Zeuge. Glauben Sie mir, nach dem, was Sie ihr angetan haben, dürfte es ihr Spaß machen, Sie in die Pfanne zu hauen.«

»So verrückt sind selbst Sie nicht.«

Evelyn bemerkt den schimmernden Kranz von Angstschweiß auf seiner Stirn.

»Sie wissen so gut wie ich, dass sich unser Verhältnis nicht unter Berufung auf ein plötzlich erwachtes Gewissen aufkündigen lässt«, fährt er fort.

»Haben Sie eben Verhältnis gesagt?« Sie hat gute Lust, ihm eine zu scheuern.

»Nun, ein Pakt mit dem Teufel war es jedenfalls nicht«, legt Bartos nach. »Ganz gleich, ob Sie meine Motive verstehen, Sie und Claus haben von mir profitiert. Sie können jetzt nicht einfach alles zerstören, was wir uns aufgebaut haben.«

»Dann passen Sie mal auf …« Sie erschrickt über den Natternblick, den er ihr durch seine reflektierenden Brillengläser zuwirft. »Wenn Sie mich so ansehen, Bartos, fällt mir ein, dass die Scheiben der Terrarien mal wieder geputzt werden müssen.«

»Das habe ich doch schon letzte Woche getan.«

»Dann tun Sie es nochmal. Und zwar ordentlich, Mann!«

Er schüttelt den Kopf, als könne er diese Behandlung kaum glauben.

»Was wird Herr Claus dazu sagen, wenn ich hier plötzlich das Aschenputtel gebe? Er wird Fragen stellen, meinen Sie nicht?«

»Sicher, doch weder Sie noch ich werden ihm Antworten geben.«

Zumindest Harms, da ist sie sich sicher, wäre stolz auf sie gewesen: Ein »Erwachsener« muss damit leben können, dass sein Partner Geheimnisse vor ihm hat. Eine kleine Notlüge hier und da hat schon so manche Beziehung gerettet.

»Sonst noch Unklarheiten, Bartos?« Sie nickt ihm zu, als wolle sie ihn zum Gehen bewegen.

»Nein … das heißt, ich finde es doch erstaunlich, dass Sie bereit sind, alles Ihrer Rache zu opfern.« Obwohl seine Stimme brüchig klingt, bleibt sein Gesicht unbewegt, vielleicht ist es auch nur ein Ausdruck verhaltener Wut, der sich in seinen Zügen festgesetzt hat. »Kant nennt die Rachbegierde … eine Leidenschaft, welche aus der Natur des Menschen unwiderstehlich hervorgeht. Die ganze Welt dreht sich offensichtlich in diesem sinnlosen Kreis. Man sucht den, der zuerst geschlagen hat, nicht um zu vergeben, sondern um zurückzuschlagen, und zwar doppelt so hart.«

»Ich habe Kant nie verstanden«, bekennt Evelyn so freimütig wie kalt. »Man kann Rache auch einfach als Analogon begreifen, das der Rechtsbegierde entspricht. Hass und Recht entspringen ein und derselben Quelle. Doch bitte, nehmen Sie meine Entscheidung nicht persönlich: Fühlen sie sich bitte als Person nicht betroffen.«

»Ich fühle mich selten betroffen.« Ähnlich einem unerträglichen Schmerz, der in Ohnmacht endet, fällt sein Widerstand plötzlich zusammen. »Ab einem gewissen Alter widerfahren einem immer mehr Dinge, die einen nicht mehr betreffen. Die Schüsse des Lebens gehen durch einen hindurch, denn man ist schon hinüber – in Gedanken und mit dem Herzen, wenn Sie verstehen. Vielleicht liegt es am Eingehen in die eigene Desillusion. Irgendwann verzichtet man auf die Einbildungen, man gesteht sich ein, dass der Weg, den man zurückgelegt hat, an den Fressgang einer Made erinnert. Ich will damit sagen, es ist ein blind endender Weg. Der Körper bewegt sich weiter, bewegt sich noch bis zuletzt, doch in Wahrheit stapft man nur in die eigene Grube. Und man muss weitermachen, ob man will oder nicht, denn die Möglichkeiten, die man in seiner Jugend hatte, sind alle verspielt. Alt sein bedeutet wohl, aufgrund biologischer Eckdaten nicht an einer Zukunft teilhaben zu können. Man landet im Fangnetz der Lebenserwartung.«

»Mir kommen die Tränen«, sagt Evelyn in einem schnippischen Ton. »Das Leben krempelt jeden von uns um, das sollte Sie freuen. Sie waren mal Procurator, jetzt sind Sie nur noch ein gewöhnlicher Sub.«

VII.

30. April 2010
Südafrika. Das Gastland der Fussballweltmeisterschaft wurde kürzlich von Papst Benedikt XVI. als wichtiger Umschlagplatz für den modernen Sklavenhandel bezeichnet. Die Regierung ignoriert die im Palermo-Protokoll vereinbarten Minimalstandards im Kampf gegen Menschenhändler. Die hilflosen Opfer werden oft genug von ihren eigenen Angehörigen in die Sklaverei verkauft, berichtet das Kirchenblatt „The Southern Cross". (reuters)

11. Juni 2010
Brüssel. »Wir schreiben das Jahr 2010 und es werden immer noch Frauen als Sklaven verkauft.« Mit diesen Worten eröffnete die schwedische Abgeordnete Anna Hedh ein Seminar mit Experten und Abgeordneten zum Thema Menschenhandel, das am gestrigen Donnerstag im Europaparlament stattfand. Die Kommission schätzt, dass jedes Jahr mehrere Hunderttausend Menschen in die EU oder innerhalb der EU verschleppt werden. (dpa)

30. Juni 2010
Bobigny. Ein französisches Ehepaar hat eine junge Afrikanerin 9 Jahre lang als Haushaltssklavin gehalten. Die aus Mali stammende Rose war 1997 illegal nach Frankreich geholt worden. Hier musste die Elfjährige fortan 15 Stunden am Tag kochen, putzen und waschen. Assaita und Mamadou S., die mit einer Bewährungsstrafe davonkamen, bestreiten die Vorwürfe: »Wir sind oft zusammen ausgegangen, hatten Spass und kauften gemeinsam ein.«. (dpa)

3. September 2010
London. Für erhitzte Gemüter sorgten die Äußerungen einer Management-Beraterin im Internetforum „Twitter". »Eine zickige Dienstmagd braucht nun mal ihre Tracht Prügel«, hatte Rehana M., eine Cambridge-Absolventin, dort geschrieben:»Wer 24 Stunden am Tag arbeiten muss, ist noch lange kein Sklave. Zu ihrer eigenen Sicherheit lassen wir weibliche Bedienstete nie aus dem Haus.« Inzwischen entschuldigte sie sich für ihren „unpassenden Tonfall." (BBC)

VIII.

Die Nachricht vom Tod seiner Hippie-Mutter löst in Claus ein anhaltendes, nach Pendelart schwingendes Kopfnicken aus. Wenigstens dieser nicht unwichtige Bestandteil seiner Motorik ist wieder einwandfrei reaktiviert. Wer nicken kann, also zustimmen, dem gehört zumindest diejenige Hälfte der Welt, die sonst keiner will. Die Einzelheiten von Dörthes Ableben klingen ziemlich bizarr: Nach einer »non-verbalen Gesprächstherapie« unter Vorsitz eines Yuppie-Yogis aus Bombay hatte sie sich eine mit Stechapfel und Bilsenkraut gestreckte Tüte gebaut und war kurz darauf friedlich in den Armen ihres fünfundachtzigjährigen Liebhabers, Acht-Finger-Eddie, entschlafen. Nicht ohne ein paar letzte Worte, versteht sich: »Versuch nie, wie Gott zu sein, Eddie, umgekehrt hat er es ja auch nur einmal versucht und ist dabei fett auf die Schnauze gefallen.«

»Immerhin ist sie zu Lebzeiten fünffach erwacht«, sinniert Claus laut vor sich hin, »ich kein einziges Mal. *Yeah, karma is such a bitch.*«

Auch die anderen Enthüllungen im Zusammenhang mit Dörthes Exitus erfüllen ihn mit gemischten Gefühlen: Seine Mutter hat tatsächlich für ihr Seebegräbnis am Strand von Anjuna bezahlt. Der indische Testamentsvollstrecker schreibt, die Unkosten nebst seiner Vergütung für die Nachlassabwicklung seien vom Privatvermögen der Verstorbenen »hinlänglich gedeckt«. Dass sie sich auch als Eigentümerin des Strandhotels entpuppt hat, in dem die jungverliebten Müller-Dodts ihre Flitterwochen verbrachten, empfindet Claus im Nachhinein als persönliche Kränkung. »So eine hinterhältige Schlunze! Sie hat uns ausgenommen und kein Wort gesagt! Und wir haben sie noch x-mal zum Essen eingeladen, weil wir dachten, dass die Olle vom Betteln lebt oder sonst was«

»De mortuis nihil nisi bene«, meint Evelyn traurig. »Über Tote nur Gutes. Freu dich doch. Wie es aussieht, hast du ein Hotel in Goa geerbt.«

»Ein Bed and Breakfast«, korrigiert Claus, »und die Gäste waren schon damals nur Tramper und Kiffer.«

»Gerade die haben heute das Geld«, meint Evelyn zuversichtlich. Fromm, wie sie auf ihre verschrobene Art ist, bittet sie Claus, mit ihr für Dörthes Seele zu beten.

Zwei Tage später schlägt der Tod fast noch einmal zu: Auf einer Treibjagd in den schottischen Highlands hat Gero Hempel eine fliehende Fee mit seiner roten Donnerbüchse in zwei Hälften *zerlegt*. Da die vordere Hälfte der Füchsin noch lebt, greift sie ihren Mörder nun rigoros an, und der schießt sich in Panik dabei selbst in den Bauch. Nur eine Notoperation und ein künstlicher Darmausgang können den »Einflussriesen der ästhetischen Chirurgie« retten. Ein makabres Detail: Noch von Edinburgh aus – zwei, drei Tage nach der Operation – hat Hempel seinen Jagdnachlass und den Unglücks-Repetierer bei eBay versteigert. »Ich hätte mir das Teil am liebsten gekauft«, bekennt Bauer, als er mit Claus telefoniert. Der lacht sich noch Tage danach bei der Vorstellung von Hempels Malheur in ein Röcheln hinein, das es durchaus gerechtfertigt hätte, ihn wieder an die Atemkanüle zu hängen. Noch herrlicher empfindet er den Gedanken, dass Senta Götze von nun an Hempels Stoma-Säckchen ausleeren muss. Erst die Anlieferung eines motorisierten Rollstuhls hindert Claus daran, sich all die Unappetitlichkeiten genauer auszumalen. Evelyn lässt im Haus kleine Rampen zimmern, die es Claus ermöglichen sollen, auf die Terrasse zu rollen. Da sich Bartos seinen neuen Aufgaben mit einer geradezu schrecklichen Ernsthaftigkeit widmet, bleibt es an den Prätorianern hängen, den Rollstuhlfahrer die Treppen hinauf- und hinunterzuschaffen. Nur die steile Kellertreppe, die zum Tepidarium führt, bleibt »Sperrgebiet«, obwohl Claus jeden Tag erneut protestiert. (»Sie gehen ein ohne mich! Ich fühle, dass meine Tierchen mich brauchen.«)

Abends gibt er gelegentlich Audienzen, wobei es den Subs erlaubt ist, Anregungen, Wünsche, aber auch kleine Beschwerden zu äußern. Evelyn kommt nicht besonders gut weg, besonders die älteren Bausklaven empfinden die neuen Reinlichkeitsgebote als Schikane. Warum muss man einen Teller nach jeder Mahlzeit spülen? Wieso Haare waschen? Man steht doch andauernd im Regen. Und diese Entlausung? Ist das chemische Pulver nicht viel schlechter für die Gesundheit?

Claus hat sich vorgenommen, all die kleinen Irritationen mit Evelyn zu besprechen, aber merkwürdige, epileptische Anfälle zwingen ihn, das Krankenhaus aufzusuchen. Obwohl die Ärzte davon ausgehen, dass die Zuckungen und Krämpfe nur Begleiterscheinungen eines positiv verlaufenden Genesungsprozesses sind, behalten sie ihren »tetraplegischen Cäsar« ein paar Tage stationär zur Beobachtung.

Seitdem herrscht in der Villa eine spürbar morbide Atmosphäre, die sich im Zwielicht des Abends noch weiter verdichtet. Selbst die ewig optimistische Ex-Lehrerin munkelt, es braue sich etwas zusammen, sie habe, wie die meisten moldawischen Frauen, einen sechsten Sinn und ein drittes Auge. »Wie schön für sie«, ulkt Claus, als ihm Evelyn von Rovanalonas Vorahnungen erzählt. Wobei er insgeheim an einen neuen Gesandten der Westeurope Realities denkt. *Sie werden kommen,* denkt er. Und diesmal wäre er wahrscheinlich nicht in der Lage, die Spitzbuben in ihre Schranken zu weisen. Andererseits hat sich das Anwesen seit dem ersten überfallartigen Besuch des Schätzers in eine Art Freistaat mit bewachten Grenzen und Ordnungshütern verwandelt. Auch die Regina reginarum würde nicht so ohne weiteres kapitulieren. Es war ihr zuzutrauen, dass sie – sollte sie sich bedroht fühlen – zu sehr drastischen Maßnahmen greifen würde. Manche Subs waren schon aus einem weitaus geringeren Anlass im Wiedertäuferkäfig oder am Pranger gelandet. Freilich, zu Schaden gekommen war bislang niemand, dazu strafte sie schlichtweg zu intelligent. Andererseits brauchte es vielleicht nur eines Tropfens, um das Fass zum Überlaufen zu bringen, und sie würde einen jungen, engagierten Finanzokkupanten, der ihr dummkommen würde, einfach auspeitschen und wegsperren lassen. Dasselbe würde ihm fast mit Sicherheit blühen, hätte sie erst einmal sein doppeltes Spiel mit den Hypotheken durchschaut. Auf die stillschweigende Kooperation mit Bartos, was das Abfangen von unschönen Briefen betrifft, kann er nicht mehr zählen: Die bosnischen Prätorianer haben seinen Vasallen schon zweimal am Zutritt gehindert, und um bei Evelyn eine Audienz zu erbetteln, dazu ist Bartos zu stolz. So rar, wie er sich macht, könnte man meinen, dass er sich im Reptilienkeller verschanzt hat. Fast täglich hat er dort unten zu tun. Mit Hartgummihandschuhen und Lanas U-Boot-getestetem Anti-Beschlag-Wundermittel poliert er die Scheiben. Und reicht tief, sehr tief, bis auf den Grund, in die Terrarien hinein. Die Schlangen verkriechen sich ohnehin, wenn sie ihn sehen. Vielleicht liegt es an den heimtückischen Zischlauten, die er von Zeit zu Zeit ausstößt. Die Kaltblüter haben ohnehin keine Chance. Ein Sub der zweiten Kohorte hält beißfreudige Tiere mit einem Teleskopstock in Schach, während Bartos mit einer Reinigungsklinge an besonders hartnäckigen Kalkablagerungen schabt.

»Vielleicht sollten Sie Herrn Claus einmal fragen, ob wir nicht einen Teil der Tiere abgeben können?« Schweigsam und mit leerem Blick steht Bartos eines Abends vor Evelyn in der Küche. Da sie gerade beim Abendbrot sitzt, legt sie ihre Gabel erst ab und betupft sich ausgiebig mit einer Serviette den Mund.

»Wollten Sie Claus deshalb sprechen?«

»Ganz recht. Ich fürchte, als Tierpfleger bin ich ein glatter Versager.«

»Ach wo.« Evelyn winkt ihn zu sich an den Tisch. »Sie machen das gut. Von Ihrem Naturell her, würde ich sagen, passen Sie prächtig zu Schlangen.«

»Lana hat sich zu den Tieren hingezogen gefühlt, ich nicht.«
»Reine Gewöhnungssache, mein Lieber. Kommen Sie, holen Sie sich einen Teller. Mögen Sie vegetarische Lasagne?«
»Als Henkersmahlzeit? Nein, danke.« Was folgt, ist ein boshaftes Schweigen in der Kirchenstille des Hauses.
»Was ist Ihnen denn für einen Laus über die Leber gelaufen? Da lobe ich Sie einmal für Ihren Elan, und das ist der Dank.«
»Gute Nacht, gnädige Frau.«
Mit diesen Worten zieht sich Bartos auf sein Zimmer zurück.
Wessen Henkersmahlzeit? Sie betrachtet die Lasagne auf ihrem Teller und hat plötzlich ein ungutes Gefühl. Unschlüssig horcht sie in sich hinein, und erzwingt dann – noch an der auf Hochglanz polierten Specksteinspüle – ein kontrolliertes Erbrechen. Mit einem Pfefferminztee und drei Sesamcrackern im Magen geht sie später zu Bett.

Als sie im Zwielicht der Morgendämmerung erwacht, spürt sie eine sanfte Bewegung auf ihrem Bauch: Es fühlt sich kühl an, was immer da liegt, wie ein mit Kartoffeln gefüllter Strickstrumpf, der sich kurz unter ihrem Brustbein zusammenzieht und entspannt. Irgendwie schafft sie es, ihren Herzschlag unter Kontrolle zu halten, den Adrenalinausstoß mit einem Gemisch aus Neurotransmittern zu drosseln. Der Impuls, die Bettdecke zurückzuschlagen, ist kurz, aber heftig. Stattdessen zieht sie den Magen leicht ein. Jetzt spürt sie es ganz genau, dieses Gewicht, wie von einer Katze, von einem Etwas, das sich just in diesem Moment wieder bewegt.

Das Gewicht lebt. Die Feststellung blockiert alle weiteren Vorgänge in ihrem Gehirn. Eine Falte des Deckbetts richtet sich fast unmerklich auf, sinkt wieder in sich zusammen. Sie weiß längst, *was* es ist, sie muss es nicht erst mit der Hand berühren. Längst hat sie begriffen, dass es Schuppen sind, die sie spürt, Schuppen mit hohen Kielen, die sich bei aller Glätte auf ihrer Haut reiben.

Schlange, denkt Evelyn, *Schlange! Und nicht unwahrscheinlich, dass sie Giftzähne hat.* Ihr Blut scheint sich in langsamen, schweren Wellen zurückzuziehen, denn jetzt glaubt sie, das Kitzeln einer gespaltenen Zunge in ihrem Nabel zu spüren.

Es ist der Super-GAU – das, was Claus immer das Unmögliche nannte. (»Schlangen können keine Glaswände hochkriechen. Hinzu kommt die steile Treppe. Glaub mir, unser Tepidarium ist ein Hochsicherheitsknast!«) Trotzdem hatte er sich die Notrufnummer des Berliner Serum-Depots auf den Unterarm tätowieren lassen. Unter den Haltern von Giftschlangen gälte das einfach als *cool,* ließ er damals verlauten.

Die Erkenntnis, dass sie das Bett womöglich mit einer Giftschlange teilt, lässt sie dennoch erstaunlich kalt. Solange sie sich tot stellt, hat das Reptil keinen Grund, giftig zu werden. Dem Gewicht nach zu urteilen hat sie es weder mit einer Python noch mit einer Würgeschlange zu tun. Eine Sandviper andererseits hätte sie gar nicht erst gespürt – und wäre jetzt bereits tot. Die Hornviper könnte es sein, denkt Evelyn, oder die Gabun-Otter. Ein Glück, dass es in Deutschland noch immer strenge Auflagen gibt, um an Kobras oder Mambas zu kommen. Das Schicksal eines Schlangenfängers fällt ihr ein, angeblich eine wahre Begebenheit, die sich so in Australien, irgendwo im Busch, zugetragen haben soll. Der Mann – im Auftrag des Frankfurter Exotariums unterwegs – war eines Morgens mit einer Schlange in seinem Schlafsack erwacht. Wie sich herausstellte, handelte es sich nicht um irgendein Kriechtier, sondern um einen Taipan, die giftigste Schlange der Welt. Das neurotoxische Gift führt bereits nach wenigen Minuten zur Lähmung der Atemorgane. Man erstickt einfach, ertrinkt in der eigenen Lunge, die sich allmählich mit Flüssigkeit füllt.

Andere Gifte sind weniger gnädig, denkt Evelyn, das Gift einer Klapperschlange zum Beispiel, ein Toxikum, das die Eiweiße allmählich zerstört, bis Herz oder Nieren versagen. Ein langsamer, qualvoller Tod. Evelyn spürt, wie sich ihr Rücken körnt, wie die Haut regelrecht aufperlt, bis aus Poren Kältepusteln geworden sind. Eine tiefsitzende, kreatürliche Furcht vor den nadelspitzen Zähnen, die sich nur Zentimeter über ihrer Bauchdecke befinden, hat sie plötzlich gepackt. Ihre Gedanken verwickeln sich zu einem schwarzen Knäuel, das ihr im Kopf herumrollt.

Bartos, denkt sie. Es gibt keine andere Erklärung. Wenn du tot bist, Evi, hat er mit Claus leichtes Spiel.

Siehst du, das hast du jetzt davon, dass du so zimperlich bist. Ihr Hass meldet sich endlich zurück. *Hast du das Seminar über Machiavelli vergessen? Er empfahl, »die Menschen entweder mit Freundlichkeit zu behandeln oder unschädlich« zu machen. Denn wegen geringfügiger Kränkungen nehmen sie Rache, wegen schwerer Schädigung können sie es nicht. Und so ist es. Oder wie man in den ländlichen Teilen von Frankreich sagt: Lange hebt das Maultier einen Stoß für seine Herrin auf.*

Inzwischen ist es schon hell. Seit Stunden hat sie sich um keinen Millimeter bewegt, nun macht ihr die volle Blase zu schaffen.

Halt es bloß ein! Was für ein erbärmliches Ende. Sie stellt sich Bartos' Gesicht vor, wie er sich lächelnd über sie beugt (»Sieh einer die Ungnädigste an, stumm wie die Zerbinetta in der *Ariadne auf Naxos*. Klappe zu, *Ävin* tot!«) und ihre starren Gliedmaßen so zurechtbiegt, dass der Körper in einen gerichtsmedizinischen Leichensack passt. Niemand würde ihm etwas nachweisen können. Jedes Jahr werden Hunderte von Giftschlangenhaltern gebissen, in den seltensten Fällen ermittelt die Kriminalpolizei.

Als sie ihr Wasser endlich in Schüben absickern lässt, ist es bereits Mittag. Es *muss* Mittagszeit sein, denn sie hört die typischen Geräusche aus der Küche, dem Garten, aus den Zelten der Sub-Kolonie. Die Balkontür ist ja immer gekippt. Ob sie bereits im Wachkoma liegt? Wirres Geflimmer zuckt ihr durchs Hirn. Irgendwo im Haus rauscht ein Klosett wie eine ferne, aber deutliche Drohung. Endlich bewegt sich der schuppige Teller unterhalb ihrer Rippen um ein paar Zentimeter. Das Tier schmiegt sich an sie, legt sein Gewicht in die natürlichen Rundungen und Buchten ihres Körpers. So fühlt sich vielleicht eine Schwangerschaft an.

Evelyn kann nicht länger ignorieren, wie durstig sie ist. Die Zunge sitzt wie ein Korken in ihrem Mund. Dass eine volle Wasserflasche auf dem Nachttisch – sozusagen in Reichweite – steht, macht das Ganze noch schlimmer. Es wird auf einmal ganz hell. In den Gardinen, in denen das Sonnenlicht spielt, macht sich ein hypnotischer, weiß schimmernder Zuckwirbel breit, eine oblatendünne Milchschicht wächst vor ihren Augen zusammen.

Hier kommst du nicht mehr raus, denkt sie plötzlich, *deine Zeit ist vorbei.*

Sie versucht weder, die Minuten zu zählen, noch daran zu denken, warum das wärmeempfindliche Grubenorgan der Schlange sie noch immer ignoriert. Hat sie bereits Untertemperatur oder ist es nur ein Spiel, das die Schlange mit ihrem Beutetier spielt?

Irgendwann wird sie sich schon verkriechen, denkt Evelyn. Claus hatte immer gesagt, dass die meisten seiner Lieblinge nachtaktiv sind.

Ihr eingesunkener Bauch beginnt leicht zu zittern – und diesmal kann sie durch verklebte Schlupflider sehen, wie sich die Bettdecke hebt, wie sich hie und da eine neue Falte bildet oder verschiebt.

Es klopft in diesem Moment an der Tür.

»Ave, gnädige Frau!«

Bartos, verdammter Hund! Die Vorstellung, dass er den Nerv hat, nachzusehen, ob sie noch lebt, bringt sie fast um den Verstand. Noch einmal klopft er an – energischer diesmal. »Hallo? Jemand zu Hause?«

Dafür wirst du büßen, denkt sie.

Nach einer Pause senkt sich die Klinke. Natürlich ist die Tür abgeschlossen, er weiß das, und doch versucht er sein Glück.

»Es ist angerichtet! Ihr ayurvedisches Lieblingsgericht – Curry-Wraps mit gebackener Birne. Hören Sie mich?« Wieder diese

Pause, aus der eine klammheimliche Schadenfreude zu sprechen scheint. »Ganz wie Sie wollen. Bitte entschuldigen Sie mich jetzt, ich werde mir heute Abend einen Ohrenschmaus gönnen. In der Deutschen Oper. *Die heilige Johanna*, gesungen von der göttlichen Mary Mills ... Ihnen noch einen schönen Abend!«

Sie lauscht, wie sich seine Schritte entfernen, wie die Haustür ins Schloss fällt und wie wenig später draußen ein Taxi vorfährt. Dann ist es still.

Evelyn hat mit Kreislaufproblemen zu kämpfen. Die werden schlimmer, je mehr sich die Dunkelheit über das Anwesen senkt.

Wie viel Zeit ist inzwischen vergangen? Als Evelyn wieder zu sich kommt, hört sie erneut ein Motorengeräusch, und dann, wie Bartos die Haustür aufsperrt und – für seine Verhältnisse gut gelaunt – in die Küche geht und vor sich hin trällert.

Er hält mich bereits für tot, denkt sie. *Wahrscheinlich hat er meine Beisetzung schon arrangiert. Er feiert und begießt seinen Triumph.*

Claus würde vielleicht in ihrem Tod so etwas wie ausgleichende Gerechtigkeit sehen. Er und sein treuer Bartos wären von nun an ein Paar, gemeinsam würden sie den Weinkeller bauen und dort gelegentlich ihrer verstorbenen Frauen gedenken.

Ein dumpfes Grollen lässt ihr das Blut in den Adern gefrieren. Welche Schlange ist in der Lage, wie ein ausgehungerter Löwe zu knurren?

Sie begreift plötzlich, dass es ihr Magen ist, der so ungehemmt auf sich aufmerksam macht. Wieder rumpelt es in ihren Eingeweiden – und diesmal kitzelt der geriffelte Schwanz ihren Bauchnabel, er richtet sich auf und beginnt augenblicklich zu rasseln. Zwar dämpft die Bettdecke das Geräusch, doch Evelyns Zweifel sind mit einem Schlag restlos beseitigt: Es ist die Waldklapperschlange, Crotalus horridus, ein weibliches Tier, das Claus auf den Namen Peggy-Sue getauft hat.

Peggy-Sue, und aus bist du. Evelyn versucht jetzt, noch flacher zu atmen, sie übertrifft sogar die »Shavasana« genannte

Totenstellung der Yogis, lebloser geht es nicht mehr. Nur ihr Magen scheint den Ernst der Lage zu verkennen: Er knurrt jetzt im Duett mit der immer gereizter rasselnden Schlange. Schließlich entrollt sich der Teller auf Evelyns Bauch. Sie spürt den Druck eines ihre rechte Hüfte entlanggleitenden Muskels. Obwohl es dunkel ist, glaubt sie zu sehen, wie sich die Bettdecke unter ihrem Kinn hebt. Die Schlange bezüngelt für ein paar Sekunden Evelyns Hals, ihre Wangen und Schläfen, dann – als hätte sie es ganz furchtbar eilig – kriecht sie davon.

Der Impuls, aufzuspringen, ist unwiderstehlich, Evelyns Hände krallen sich in das Laken. Sie kann lediglich Konturen erkennen – die Ecke des Nachttischs, die Wasserflasche, den Lampenschirm – und den Schwanz des Reptils, der gerade von der Bettkante rutscht. Der mit Flokati belegte Boden dämpft jedes Geräusch. Ein klarer Gedanke ist nicht mehr möglich, jede Überlegung ist wie vom Instinkt ausgelöscht. Sie richtet sich ruckartig auf: Aus Restlichtwerten und Erinnerungsfragmenten gelingt es ihr, im Bruchteil einer Sekunde den Raum zu rekonstruieren. Zum Glück hebt sich die Schlange deutlich vom hellen Untergrund ab. Sie verharrt vor dem Bett wie ein unfertiges Fragezeichen hinter der längst feststehenden Frage: Willst du sterben, Evi?

Die lange blockierten Nervenimpulse schießen ihr in diesem Moment in die Beine. Sie strampelt sich aus dem Bettzeug, springt auf, landet auf tauben Füssen – und fällt der Länge nach hin, wobei sie die Nachtkonsole aus Plexiglas mit sich reißt. In Panik kriecht sie auf den Kleiderschrank zu, dessen einladend offene Schiebetür sich vor ihrem geistigen Auge als Falle entpuppt: So geschwächt wie sie ist, würde sie in diesem Schrank entweder ersticken oder verdursten.

Irgendwie gelingt es ihr, auf die Beine zu kommen. Der geschuppte Tod scheint abzuwarten, selbst die aufgerichtete Rassel verstummt. Ein Gebet aus ihrer Kindheit fällt ihr ein: *Eh der Tag zu Ende geht, spreche ich mein Nachtgebet ...* Rückwärts taumelnd erreicht Evelyn die Tür zum Balkon. *Danke Gott für jede Gabe, die ich heut empfangen habe ...* Sie dreht sich um, schlägt mit der Stirn gegen das Glas, noch immer stammelt sie das Kindergebet vor sich hin.

Es scheint die Schlange wütend zu machen, ihr Klappern klingt jetzt nach einer mit Erbsen gefüllten Büchse, die ein Perkussionist manisch schüttelt.

Dass kein böser Traum mich weckt und das Dunkle mich nicht schreckt ...

Evelyn drückt die gekippte Flügeltür gegen den Rahmen, dreht den Griff, doch bis das Scharnier einrastet, scheint eine Ewigkeit zu vergehen. Ein Spalt reicht ihr, und sie schlüpft hinaus auf den Balkon. In der kühlen Nachtluft fällt die Angst von ihr ab, dafür versagen ihr wieder die Beine. Im Fallen krallt sie sich in das von Efeu begrünte Geländer. Ein Blick über die Schulter jagt ihr erneut Gänsehaut über den Rücken: Das Schlafzimmer ähnelt einem geöffneten Grab, eine schattendunkle, fließende Bewegung windet sich über die Schwelle.

»Hilfe! Zu Hilfe! Hört mich denn niemand!« Erschreckt von ihrer heiseren Stimme, hangelt sie sich über die Brüstung. Sie ist entschlossen, zu springen, als sie in letzter Sekunde das Fallrohr der Regenrinne entdeckt. Ein Wachhund schlägt in diesem Augenblick an, die aufblendenden Scheinwerfer tauchen das Grundstück in den trügerischen Glanz einer Theaterrampe. Evelyn beugt sich vor, so weit sie nur kann, sie bekommt das feuchte Ablaufrohr erst mit einer, dann mit beiden Händen zu fassen, klammert sich fest – und gerät augenblicklich ins Rutschen. Dass sie schreit, hat mehrere Gründe: An den Steckverbindungen zwischen den Rohrteilen bekommen die Innenseiten ihrer Schenkel scharfkantige Wulstränder zu spüren, Schraubringe graben sich wie Zähne tief in ihr Fleisch. Zudem schrammen ihre Knie über die mit rohem Verputz beworfene Wand.

Die Zeltstadt ist inzwischen zum Leben erwacht. Sie hört vereinzelte Rufe, eine Art Frage- und Antwortspiel aus den Biwaks, ein Säugling beginnt zu schreien. Als sie den Kopf dreht, sieht sie die ersten Gestalten im Gegenlicht der Flutlichtscheinwerfer stehen. Lange Schatten gleiten auf sie zu, vollführen groteske

Pantomimen auf dem silbrig beraureiften Rasen. Doch der Stimmenwirrwarr, selbst das Kläffen des Wachhunds rückt in weite Ferne, als die Halterung des Ablaufrohrs bricht. Das abgeknickte Rohr, an dem Evelyn hängt, senkt sich rasend schnell ab, ein Taxus oder Buchsbaumstrauch bremst ihren Fall.

Geschafft, denkt sie, *nichts gebrochen* – da hat sie schon einen zähnefletschenden Hund über sich. Einer der Prätorianer reißt die Dogge am Halsband zurück. Sein Bruder bekreuzigt sich mit nikotinbraunem Daumen. Was er sagt, ist nicht zu verstehen, aber seine hilfreichen Hände zerren sie auf die Beine. Ihre Knie brennen wie Feuer.

»Blut«, stellt der Bosnier fest, »viel Blut! Soll ich rufen Arzt?«

»Nicht für mich.« Von unbändigem Hass getrieben, taumelt Evelyn auf die Eingangstür zu, die Bartos – schläfrig-beschwingt und nichts ahnend – in derselben Sekunde öffnet. Was immer er sagen will, er bringt es nicht einmal im Ansatz heraus, denn Evelyns kleine, knochige Faust landet mitten in seinem Gesicht. Erstaunlicherweise braucht er nur Sekunden, um sich zu sammeln.

»Soll ich Herrn Claus anrufen, gnädige Frau?«

Sie stößt ihn beiseite, schüttelt ihre besorgte Leibgarde ab. Nur Bartos folgt ihr stumm – beide Hände vor dem Gesicht – in die Küche.

»Was ist denn passiert?« Während er die Blutung seiner Nase durch sanften Druck zwischen Daumen und Zeigefinger zu stillen sucht, beobachtet er, wie sie eine Flasche Wasser in sich hineinlaufen lässt und dann den Prätorianern erste Anweisungen gibt.

»Oben, in meinem Zimmer ... ist eine Schlange«, stößt sie mit rauer, aber beherrscht klingender Stimme hervor. »Seid vorsichtig! Das Tier ist giftig.«

»Das sieht nicht gut aus, gnädige Frau«, meldet sich Bartos zu Wort. Dunkles Blut quillt zwischen seinen Fingern hervor, dennoch macht er Anstalten, sich um Evelyns Wunden zu kümmern. »Ich werde jetzt den Verbandskasten holen«, sagt er mit der mechanischen Fügsamkeit, die man bisweilen bei Geistesgestörten beobachten kann.«Wir müssen Ihre Wunden sofort desinfizieren.«

»Sind Sie noch bei Trost?«, fährt sie ihn an. »Was sind Sie doch für ein Heuchler!«

Wie ein Boxer, der einen anderen mit dem Oberkörper auspendelt, tapst Bartos vor ihr herum. »Verzeihen Sie, aber ich will doch nur helfen.«

Eine halbleere Wasserflasche trifft ihn wie am Kopf. Glücklicherweise ist die Flasche aus Plastik. Bartos hebt sie auf und betrachtet sie wie ein Fundstück.

»Ich … ich glaube, Sie haben da etwas verloren«, stottert er vor sich hin.

»Und Sie haben Ihre letzte Chance vertan!«

Wüste Erschütterungen aus dem obersten Stockwerk vergegenwärtigen Evelyn, dass die Prätorianer gerade dabei sind, ihre Schlafzimmertür aus den Angeln zu heben.

»Eine Schlange?« Noch immer spielt er den Unschuldigen. »Wie ist das möglich?«

»Sie haben schon besser gelogen, Herr Bartos.« Breitbeinig auf einem Küchenstuhl sitzend, säubert Evelyn ihre übel zugerichteten Beine mit Wasser und Küchenpapier, dass sie stückweise von einer Rolle abdreht. Dass Bartos sie dabei anstarrt, ist ihr gleich. »Sie haben mich wieder mal unterschätzt. Ich bin nicht Ihr *money pig*, das habe ich Ihnen schon mal gesagt!«

Die Hautabschürfungen und Kratzer sind nicht weiter schlimm – nur ein stark blutender Schnitt an der Innenseite des linken Oberschenkels scheint etwas tiefer zu sein.

»Dabei hatten Sie den besten Zeitpunkt gewählt. Als Sie Claus zum Krankenhaus fuhren, da müssen Sie gedacht haben, jetzt oder nie.«

»Ich verstehe.« Auch Bartos hat sich gesetzt, aus dem Morgenmantel lugt ein spitzer weißer Bauch. Mit seinen hängenden Schultern und der rot leuchtenden Nase sieht er aus wie ein verlassener, alter Clown. »Sie trauen mir wirklich allerhand zu. So etwas durchzuführen, mit einer Schlange …«

»… ist ein Kinderspiel«, würgt sie ihn ab. Um ihre bloßen Füße herum hat sich ein Nest aus blutig durchsuppten Zellstoffknäueln gebildet. »Dass Sie es versucht haben, kann ich verstehen, aber die Show, die Sie jetzt abziehen, beleidigt meine Intelligenz.«

Bartos steht auf. Er bückt sich, sammelt die gebrauchten Papiertücher ein und stopft sie in den Müllschlucker.

»Sind Sie endlich fertig mit mir?«

»Ich bin erst fertig mit Ihnen, wenn man Sie hier in einem Leichensack abtransportiert …« Sie verstummt, denn ein Prätorianer steckt den Kopf durch die Milchglasabtrennung: Die kopflose Klapperschlange, die er triumphierend schwenkt, wirkt wie eine irrwitzig gemusterte Lederkrawatte.

»Grundgütiger.« Bartos hält sich die Hand vor den Mund. »Ausgerechnet die Crotalus horridus! So ein schönes Tier. Lassen Sie uns hoffen, dass Claus wieder bei Kräften ist, um diesen herben Verlust zu verschmerzen.«

IX.

Claus' Entlassung aus ärztlicher Obhut wird von dem Vorfall mit der Waldklapperschlange überschattet. Dass es ihm besser geht, wirklich besser, lässt sich nur an seiner standesgemäßen Aufmachung erkennen. Er hat sich von einem der Mädchen einen echten Lorbeerkranz aufsetzen lassen. Ein weißes, locker über der Schulter gefaltetes Laken erweckt den Eindruck, er trage eine besonders festliche römische Toga. Der Rollstuhl ist auf Hochglanz poliert, fast wirkt er wie ein Thron, dessen Zweitfunktion – wie es die Geschichte beweist – der Folterstuhl ist.

Mit starrem Gesicht lauscht er Evelyns Ausführungen, was wann und wie geschah und dass es nur dem Zufall zu verdanken ist, dass sie noch lebt. Er darf jede einzelne ihrer Schrammen und Schürfwunden sehen. Und ihre abgebrochenen Fingernägel. Vor dem tiefen Schnitt am Oberschenkel zuckt er sichtlich zurück.

»Sieht schlimm aus«, bringt er mühsam heraus. Er scheint den anstehenden Disput schon in den Kiefergelenken zu spüren, sie haben sich im Laufe des Morgens fast bis zum Starrkrampf verhärtet. Nur mit einiger Willensanstrengung ist es ihm möglich, den Mund wieder zu öffnen. »Und Bartos soll dafür verantwortlich sein?«

»Er wollte mich ermorden, mein Liebling. Das ist doch sonnenklar.«

»Nur, warum sollte er so etwas tun? Was wäre sein Motiv?«

Evelyn wirft einen schnellen Blick auf die Uhr. Sie hat das Tribunal auf neun angesetzt, in knapp zehn Minuten ist es so weit.

»Ich habe ihm das Leben offenbar etwas zu sauer gemacht«, spekuliert sie laut vor sich hin. »Vielleicht sollte ich auch nur den Tod der Kleopatra sterben. Wer weiß schon, was einen gemeingefährlichen Psychopathen bewegt?«

»Du hättest ihm den Porsche lassen sollen«, murmelt Claus.

»Ja, das war ein Fehler. Für einen Mann in seinem Alter grenzt das sicher an Kastration.« Und fast wehmütig: »Arme Peggy-Sue, vielleicht hätte sie gar nicht gebissen.«

Evelyn öffnet die Chintzvorhänge, lässt Licht in das säuerlich riechende Zimmer.

»Ich habe alles zigmal durchgespielt«, sagt sie mit einem Blick auf die Zelte der Subs, »Klapperschlangen können nicht fliegen. Sie können auch keine Glaswände und Kellertreppen hinaufkriechen.«

»Eigentlich nicht.« Claus ist offensichtlich noch immer bemüht, Bartos zu decken. »Andererseits hat man schon Pferde kotzen sehen. Peggy-Sue hatte eine gewisse Länge. Wenn sie sich aufrichtet ...«

»Das ist Unfug! Ja, wenn Schlangen durch die Luft schweben könnten – so wie in Lanas Traum –, dann hätte sie es vielleicht in mein Zimmer geschafft.« Sie macht eine Pause, um ihm Zeit zu geben, die Puzzleteile zusammenzusetzen. »Keine Schlange wäre zu diesem Kunststück in der Lage gewesen. Also hat sie jemand in mein Zimmer gesetzt. Und jetzt denk mal nach: Wer hätte ein Motiv, wer würde von meinem Tod sofort profitieren?«

»Keine Ahnung. Aber *dein* Motiv ist eindeutig Rache.« Während er mit einem neuen Anfall von Kieferstarre zu kämpfen hat, glaubt Claus für den Bruchteil einer Sekunde etwas mit Bestimmtheit zu wissen. »Die Rache ist ein zweischneidiges Schwert, Evi, kein Zaubertrick. Sie ist kein Tischtuch, das man wegzieht, und der gedeckte Tisch, an dem wir sitzen, bleibt so, wie er ist. Es wird Scherben geben, und das Tafelsilber landet im Dreck. Verstehst du, was ich meine?«

Das Tribunal findet in der Wohnhalle statt. Die Anwesenden sind Claus, Evelyn, die Prätorianer, die Ex-Lehrerin, die Protokoll führen muss, und der angeklagte Procurator natürlich. Da die Regina reginarum Klägerin ist, versteht es sich von selbst, dass Clausus Gordian Maximus das hohe Gericht repräsentiert. Das bedeutet, er muss das Urteil verkünden, und schon während Evelyn mit schneidender Stimme die Vorfälle schildert, fühlt er sich unwohl in seiner Haut. Er ist froh, als sie endlich mit den lateinischen Worten schließt: »Bartos servus malus est. Semper malae res Bartosum servum delectant.«*

»Nun, Herr Bartos ...« Claus versucht, einen zuversichtlichen Eindruck zu machen. »Was sagen Sie zu dieser Anschuldigung? Haben Sie für die Schlange in Evelyns Bett eine Erklärung?«

Schon während der Anklage macht Bartos einen abwesenden Eindruck. Wie eine blauviolette Blume ist seine Nase erblüht. Zudem scheint er unter hartnäckigem Lidflattern zu leiden.

»Können oder wollen Sie etwas zur Sache aussagen? Sie haben natürlich das Recht zu schweigen ...«

Mit einer tatterigen Hand-aufs-Herz-Geste erhebt sich der Procurator. »Ich schwöre Ihnen, ich habe nichts mit dieser Schlangengeschichte zu tun.«

»Der Sklave lügt«, hebt Evelyn an. Unter ihrer teigigen Blässe ist noch immer ein scharf gezeichnetes Gesicht mit Augen, an denen jeder um Verständnis heischende Blick abprallen muss.

»Was Sie mir vorwerfen, ist mit Verlaub gesagt ...«, er presst die Lippen zusammen, »absurd. Ich habe die Terrarien gereinigt, auf Ihren ausdrücklichen Wunsch, gnädige Frau. Auch das Crotalus-Gehege, ja, das gebe ich zu.«

»Sie hieß Peggy-Sue«, flüstert Claus.

»Sie hat sich mir nicht vorgestellt.« Bartos' Gelassenheit ist plötzlich dahin. »Um ein Terrarium zu reinigen, muss man die Abdeckung entfernen – sind wir uns in diesem Punkt einig?«

»Haben Sie es auch ordnungsgemäß wieder geschlossen?«

»Ich ... denke schon.«

»Das heißt, Sie wissen es nicht mit Bestimmtheit?«

---

* Lat.: »Bartos ist ein schlechter Sklave. Immer erfreuen schlimme Dinge den Sklaven Bartos.«

»Worauf wollen Sie hinaus?«, giftet Bartos zurück. »Dass ich nachlässig war? Habe ich mir jemals zuvor Unachtsamkeiten erlaubt? Dass ich die Schlange nicht an eine Kette gelegt hatte, ist natürlich ein schweres Vergehen!«

»Da haben wir's.« Evelyn wendet sich an das hohe Gericht. »Der Angeklagte nimmt die Möglichkeit einer fahrlässigen Tötung billigend in Kauf. Das ist fast ein Geständnis!«

»Ich habe nichts, aber auch gar nichts gestanden!«, protestiert Bartos. »Was soll das hier werden – die heilige Inquisition? Zwischen meiner Arbeit im Tepidarium und dieser vermaledeiten Schlange gibt es keinen Zusammenhang! Zumindest keinen kausalen! In dubio pro reo!«

»Bitte, das ist kein Grund, so melodramatisch zu werden!« Claus stützt die Ellenbogen auf die Armlehnen seines Lehnstuhls, die Fingerspitzen leicht aneinandergelegt. »Verstehen Sie mich recht, Bartos, aber wir brauchen eine Erklärung, mit der alle der hier Anwesenden leben können. Was passiert ist, lässt sich nicht mit dem Einbruch seinerzeit vergleichen. Angesichts der Tatsache, dass Evelyn … ich meine Ava, noch lebt, dürfen wir sagen, dass wir noch einmal mit einem blauen Augen davongekommen sind.«

»Sie meinen, mit einer blutigen Nase«, höhnt Bartos. »Der einzige Leidtragende dieses Vorfalls bin ich. Doch was soll's? Der Mensch – und nehmen wir einmal frevelhafter Weise an, dass auch die Herrin noch menschlich ist – lässt sich die Irrtümer nicht ausreden, die ihm nützen, sein Ziel zu erreichen. Wobei ich nicht sagen will, dass die gnädige Frau aus niederen Beweggründen argumentiert: Jeder Anwalt, der gewohnheitsmäßig Fakten verdreht, wird irgendwann ein gestörtes Verhältnis zur Wahrheit entwickeln …«

»Selbst wenn dem so wäre«, kommt Evelyn Claus zuvor, »es steht Ihnen nicht zu, zu opponieren. Sie sind nur ein Sklave, haben Sie das vergessen?«

Bartos macht eine Gebärde, die Claus für die lakonische Handbewegung eines in die Enge getriebenen Schachspielers hält.

»Na, schön, es war meine Schuld«, räumt er ein. »Immerhin ist es die Erklärung, die am wahrscheinlichsten ist. Dass ich es nicht absichtlich getan habe, ist vermutlich nicht von Bedeutung ...«

»Im Gegenteil!« Claus versucht, Bartos eine Brücke zu bauen. »Gestehen Sie Ihren Fehler ein, dann sehen wir weiter.«

Doch statt zu antworten, presst Bartos nur die Lippen aufeinander.

»Menschenskind, Bartos!« In seinem Rollstuhl scheint Claus auf glühenden Kohlen zu sitzen. »Sie waren unachtsam ... ein kleines bisschen nachlässig, okay? Vielleicht haben Sie den Weinessigsprüher auffüllen müssen, hm? Infolgedessen mussten Sie das offene Terrarium länger als geplant unbeaufsichtigt lassen. Zehn, fünfzehn Sekunden – mehr brauchte die Schlange nicht, um zu entkommen ...«

Bartos nickt. »Halleluja!«, seufzt er dann. »Ja, es war mein Fehler, und jetzt ist alles wieder gut! Lassen Sie mich der gnädigen Frau versichern, dass so ein Malheur nie wieder passieren wird. Nie wieder!«

»Da hörst du's, Evi.« Das hohe Gericht im Rollstuhl quietscht einmal kurz auf. »So klärt sich am Ende alles ...«

»Ich verlange Genugtuung!«, erwidert Evelyn im vollen Bewusstsein ihrer Macht.

»Reden wir von einer Hinrichtung?« Bartos lacht auf, aber Evelyn lässt sich in keiner Weise beirren.

»Hören Sie, ich würde Sie ja gerne davonkommen lassen, doch das geht einfach nicht. Wir können nicht willkürlich strafen. Der loyalen Sklavenschaft gegenüber wäre es Unrecht.« Sie versichert sich des stummen Nickens der beiden Prätorianer. »Wie viele Peitschenhiebe haben Sie dem Einbrecher damals verabreicht? Bei sechsundzwanzig habe ich aufgehört mitzuzählen.«

Bartos scheint allmählich zu dämmern, was ihn erwartet, denn er tritt einen Schritt zurück.

»Sind Sie mit fünfzig einverstanden, Herr Bartos?« Sie muss feststellen, dass ihr schon die Vorstellung seines entblößten

Rückens wohlige Gefühle verschafft. »Fiat iustitia! Es werde Gerechtigkeit!«

»Aber Evi!« Claus klingt verzweifelt. »Bartos ist ... er ist doch ...«

»... ein Sklave, der mir nach dem Leben getrachtet hat«, schließt sie den Satz.

»Ab heute wird Rovanalona seinen Posten bekleiden.« Sie schnippt einmal mit den Fingern und die betagte Lehrerin, die bisher nur Protokoll geführt hat, macht einen mädchenhaften Knicks.

»Stets zu Diensten, Herrin, stets zu Diensten.«

»Na bitte«, raunzt Bartos in seine Hemdbrust, doch so laut, dass es Claus hören kann, »schon Caligula verstand es, aus einem Ackergaul einen Konsul zu machen!«

»Halt! Wartet ...« Vielleicht hat Claus mit geharnischtem Widerstand seines Procurators gerechnet oder auf eine bis zuletzt aufgesparte und alles erklärende rhetorische Glanzparade gehofft. »Sollte nach altrömischem Recht zwischen Vergehen und Strafe nicht eine gewisse Verhältnismäßigkeit bestehen?«

»Dann müsste ich ihn hinrichten lassen«, antwortet Evelyn, »blenden, enthaupten und vierteilen. Die Römer hielten nicht viel von Kuscheljustiz. Selbst der für seine Milde bekannte Kaiser Konstantin ließ die besiegten Brukterer im Kolosseum an die Löwen verfüttern. Das Bestreichen mit der Rute sehe ich als Form der Versöhnung. Herr Bartos weiß nämlich Schläge zu schätzen, so ist es doch, nicht wahr?«

Der gestische Selbsthinweis, mit dem er antwortet, scheint zunächst alles zu sagen. Doch dann räuspert er sich. »Nach altrömischem Recht steht es dem Procurator zu, sich selbst zu züchtigen. Ich möchte mir die Peitsche aussuchen dürfen, und ich bitte um die Erlaubnis, der Vollstrecker meiner eigenen Strafe zu sein.«

»Das hatte ich von Ihnen erwartet«, sagt Evelyn in einem fast salbungsvollen Ton. »Was halten Sie von der neunschwänzigen Katze?«

»Ich wüsste keine bessere Wahl.« Bartos lächelt, als habe sie ihn begünstigt. »Eine mehrsträhnige Peitsche ist immer ein besonderes Fest. Gestatten Sie mir, die Strafe hier im Haus unter Ausschluss der Öffentlichkeit und ohne Stillhaltekommission* zu vollziehen.«

»Gewährt!« Nun scheint es Evelyn eilig zu haben. Sie klatscht mehrmals in die Hände und weist ihre Leibgarde an, die gewünschte Peitsche zu holen. »Macht schnell, Männer! Der Feige stirbt vier Mal, eh' er stirbt! Die Tapfern kosten einmal nur den Tod! Ich möchte Herrn Bartos nicht unnötig in Verlegenheit bringen.«

Als sie zurück sind und Evelyn die neunschwänzige Katze auf einem Tablett präsentieren, steht Bartos bereits mit bloßem Oberkörper am Fenster.

Seine Augen sind geschlossen, er scheint zu meditieren.

Claus wirkt dagegen wie die versteinerte Ohnmacht. Vielleicht sind es die Piercings, die er zwischen Bartos Brusthaar ausgemacht hat, schwere Brustwarzenringe und Tätowierungen, die besser zu einem japanischen Yakuza gepasst hätten.

»Muss es wirklich sein?«, fragt er Evelyn, während Bartos die Enden der Peitsche prüft, als wolle er sichergehen, dass man die verbleiten Lederstreifen nicht vorher entschärft hat.

»Aber ja!«, ruft Bartos. »Und keine Sorge ... Man muss es verstehen, die Früchte seiner Niederlage zu ernten. Passen Sie auf! Es ist nicht sonderlich schwer, sich selbst das Fell mit Schmackes zu gerben, wie die bekannten Bilder von blutüberströmten Schiiten und anderen turbantragenden Painfreaks beweisen. Man peitscht zunächst über Kreuz und stets heftiger, wobei man am besten die mit der Rute bestreichende Hand wechselt, um die jeweils schräg gegenüberliegende Seite des Rückens zu geißeln.«

Die Oberstechmeisterin aus Moldawien zählt mit. Nach dem zwanzigsten Hieb wechselt sie – wahrscheinlich unbewusst – in

---

* SM-Slang: Personen, die jemanden zum Auspeitschen festhalten.

ihre eigene Sprache, ihr Gesicht wird weiß wie die Wand, als sie der erste Blutspritzer trifft.

Wie in sich versunken, hat Bartos offenbar seinen Rhythmus gefunden.

Er murmelt, keucht, ächzt, beantwortet besonders schmerzhafte Schläge mit einem Passus aus irgendeiner lateinischen Schrift. Sein Murmeln steigert sich zu einem entsetzlichen Flüstern: »Der Gerechte muss viel erleiden. Doch wer sich mit Wonne strafen lässt, der wird klug!«

Die Art, wie er schlägt, wie er die Riemen wirbelt, bestätigt Evelyn, dass er im Umgang mit der Peitsche nicht ungeübt ist. Wahrscheinlich fühlt er sich auch in der Pflicht, sich selbst etwas beweisen zu müssen, denn er schlägt besonders fest zu. Wo die Knute mit einem satt klatschenden Geräusch auf bloße Haut trifft, hinterlässt sie blutige Striemen.

»Fünfzig!«, ruft die Ex-Lehrerin aus.

»Sind Sie sicher?«, fragt Bartos. Nach dem letzten Hieb entspannt er sich. Die tiefen Kerben zwischen Nasenflügeln und Mund lösen sich auf. Er legt die Peitsche zurück auf das Silbertablett, greift dann nach seinem Hemd.

»Bleibt mir nur noch eines zu sagen, gnädige Frau ... Ich werde das Anwesen so bald wie möglich verlassen.«

Dann, wie vom Blitzschlag getroffen, bricht er zusammen.

X.

Die Belichtungszeiten der westlichen Halbkugel werden kürzer, selbst der ewig lange Martinssommer packt ein. Die Ruhe von satter Bronze liegt jetzt über dem Park der Müller-Dodt-Villa. Hier und da leuchten noch einzelne knallgelbe Blätter im Gras. Die natürlichen Zersetzungsprozesse der Natur schreiten voran, selbst im Sensophorium riecht es oft nach feuchter Erde und Pilzen. Lana hätte sicher Abhilfe gewusst, denkt Evelyn manchmal bei sich. Sie hatte auch ihre guten Seiten und ein fundiertes Wissen im Wellness-Bereich. Ohne Lana ist das Sensophorium einfach nicht mehr dasselbe.

Während Bartos seinen grindigen Rücken salbt und das Krankenbett hütet, machen die Prätorianer ihrer Herrin ein kleines Geschenk: Sie haben die Haut der Klapperschlange präpariert. Als man Evelyn die mit verchromten Nadeln auf Holz gespannte Trophäe präsentiert, ist es bereits Anfang Dezember, die römischen Saturnalien* stehen vor der Tür. Entgegen ihrer früheren Abneigung gegen heidnische Feste kommen Evelyn die »tollen Tage« der alten Römer diesmal gelegen. Der Brauch spielt ihr in die Hände, bietet ihr die Bühne, die sie braucht, um die Farce so zu beenden, wie sie begann. Tief im römischen Staatsrecht verankert lief der Karneval auf eine Umkehr der Herrschaftsverhältnisse hinaus, für die Dauer des Fests galten die Unterschiede zwischen Herren und Sklaven nicht mehr. Es war auch erlaubt – und das war der springende Punkt –, den Sklaven die Freiheit zu schenken.

»Was soll das bringen?«, erkundigt sich Claus eines Abends. »Saturnalien. Das hat für unsere Subs doch keine Bedeutung.«

---

* Festtage in der Zeit vom 17. bis zum 23. Dezember.

Händchenhaltend sitzen sie vor dem leise knisternden Plasma-Kamin, dessen künstliche Flammen – ganz im Gegensatz zu den offenen Feuern, die draußen zwischen den stockfleckigen Zelten der Subs brennen – erschreckend echt wirken. Schon seit Tagen befindet sich das Außenthermometer der Villa in freiem Fall. Von Tagen kann eigentlich nicht mehr die Rede sein, eher von dubiosen Helligkeitsperioden, in denen die Subs morgens zu ihren Baustellen kriechen. Andere sammeln im nahe gelegenen Wald Brennholz. Evelyn begreift den Vorgang als »erste Ausweitung des Hoheitsgebiets«. Auch Kaninchenfallen werden gestellt. Sie hat schon Männer beim Ausweiden eines Tieres gesehen. Forststraßen zu blockieren und von Spaziergängern Wegzoll zu fordern, wäre der nächste logische Schritt. Doch so weit wird es nicht kommen, zumindest nicht, wenn es nach Evelyn geht.

»Du hast gewonnen, was willst du mehr?« Claus drückt ihre Hand, ganz fest, als könne sie jeden Moment fallen. »Bartos hat mir heute gesagt, dass er geht.«

»Das hat er schon vor Wochen gesagt«, versetzt sie kalt.

»Gib ihm etwas Zeit, wahrscheinlich ist es nicht leicht für ihn, eine neue Bleibe zu finden. Eigentlich schade um ihn. Ein so schlechter Mensch, wie du denkst, ist er nicht. Wenn du mich fragst, hat er nach Lanas Tod völlig die Bodenhaftung verloren …«

Da sie die Wahrheit kennt, fällt es ihr schwer, nicht zu widersprechen.

»Sicher, wenn Mutter Theresa das sagt. Doch erwarte nicht, dass ich Gemeinsamkeiten rauskehre.«

»Warum eigentlich nicht?«, meint Claus, unverfrorenen Optimismus ausstrahlend. »Wenn man sich gegenseitig nicht mag, hat man schon etwas gemeinsam.«

Sie sieht ihn irritiert an. »Ach du liebes bisschen, kann es sein, dass der Geist deiner Mutter auf dich übergegangen ist?«

Claus fragt sich, ob der richtige Zeitpunkt gekommen ist, ihr seinen neuen Lebensplan zu erläutern.

»Gutes Stichwort: Was hältst du von einem Kurzurlaub in einem warmen, exotischen Land? Zum Beispiel Goa?«

»Aha.«

»Unser letzter gemeinsamer Urlaub ist verdammt lange her. Und ich muss mich ohnehin um Dörthes Hinterlassenschaften kümmern. Erinnerst du dich noch an den türkisblauen Streifen vor unserem Fenster?«

»Kommt nicht infrage, ich hab dir schon mal gesagt, Urlaub ist in unserer Situation nicht drin.« Obwohl es ebenso schroff wie ablehnend klingt, spürt er, dass sie nicht ganz so abgeneigt ist, ja vielleicht nur überzeugt werden will.

»Dann lass es mich etwas drastischer formulieren: Selten sahen wir in den letzten Jahren so urlaubsreif aus. Ich sitze im Rollstuhl, und du hast beinahe so viele Mullbinden am Körper wie zu deinen besten Vitalwickel-Zeiten. Wir haben Schaden genommen, und nicht zu knapp. Vielleicht waren wir einfach nicht reif genug für diese Art Freiheit.«

»Mach dich nicht lächerlich.« Sie steht auf und macht den Plasmaschirm aus.

»Wovon sollten wir urlaubsreif sein? Wir werden von hinten und vorne bedient.«

»Urlaub verdient man sich nicht«, gibt Claus ebenso bissig zurück. »Urlaub macht man, weil man sich auch sonst alles gönnt.«

»Und dann? Das Gras auf der anderen Seite des Zauns ist bekanntlich nicht grüner.«

»Darum geht es nicht«, legt er nach. »Hast du nicht auch das Gefühl, wir stecken in einem Tunnel und es wird einfach nicht heller?«

»Das liegt an der Jahreszeit, Schatz«, erwidert sie kühl. »Soll ich Licht machen?«

»Mach dich nur lustig. Was ich meine, ist, ich habe andauernd das Gefühl, wir müssten irgendwo durch. Geht es nicht auch außen herum? Es ist möglich, barfuß durchs Leben zu gehen, ohne Netz und doppelten Boden.«

»Sicher«, sagt Evelyn, »so wie Dörthe.«

Claus nickt bedächtig. »Ja, genau wie die Dörthe. Sie war vielleicht *full of shit*, aber überversichert war sie nicht.«

Der überraschende, als kleine Stippvisite getarnte Besuch von Don Bauer und Hanns Jacky Mangold reißt Claus aus seinem Tran, der früher oder später zum Alltag von Pflegefällen gehört. Am Nachmittag des 2. Dezembers, jenem Tag, der alljährlich als internationaler Gedenktag der Abschaffung der Sklaverei begangen wird, hört Claus ein nur allzu vertrautes Motorengeräusch, das vor der Einfahrt gurgelnd verstummt.

Wenig später sitzen die beiden, in rot-weiße RK-Anoraks gekleideten Kollegen mit Clausus Gordian Maximus auf der von den Sklavenmädchen mit Windlichtern geschmückten Terrasse. Die ehemaligen Kollegen haben Maronen, Glühwein und Zimt-Parfait mitgebracht – und einiges zu erzählen. Der große Gero Hempel sei zurück, man wisse jetzt nie, ob er nach seinem Blackberry oder dem Stoma-Sack greife, wie der frisch verheiratete Bauer genüsslich erklärt. Im Gesicht sehe »der Roger« jetzt aus, als habe er ein dickes Akne-Problem, was – aus Bauers Sicht – Hempels neue Gemeingefährlichkeit unterstreicht.

Anscheinend hat er doch nicht alle Anteile an Danny Rosen verkauft und schon vom ersten Tag an ging er mit seinem einstigen Kronprinzen & Best Buddy auf Konfrontation. Alle Blütenträume des Amerikaners seien schneller verwelkt, als er habe *Fuck* sagen können. »Rosen hat keine Chance«, bestätigt auch Mangold. »Über jeden Pups, den er lässt, wird Hempel von Senta Götze sofort informiert. Ich denke, in einem Jahr hat er Rosen die Firma so madig gemacht, dass der freiwillig geht.«

»Er kam, sah und versagte.« Bauer muss an sich halten, um nicht wieder vom Stoma-Säckchen des Chefs zu fabulieren. »Er ist übler dran als du, alter Junge.«

Ansonsten kommen die Besucher schnell auf das Wesentliche zu sprechen: »Kriegst du ihn eigentlich noch hoch? Muss echt krass sein, wenn es nicht mehr funktioniert.«

Mangold unterstreicht die Ernsthaftigkeit seiner Frage, indem er gelegentlich versucht, Claus mit dem Ende eines Löffels zu pieksen. »Spürst du das? Hm? Die Toga steht dir übrigens gut«, schließt er die Examination. »Und der Lorbeerkranz ...«

»Ja, der römische Lebensstil hat was für sich«, quakt Bauer, während er pausenlos Maronen schält und verdrückt. »Und deine Olle schafft an, während du hier sitzt und den Blick ins Großgrün genießt. Eure Hecke wird auch immer höher.«

»Du warst lang nicht mehr hier«, sagt Claus.

»Ich war noch *nie* hier«, korrigiert Bauer. »Und Jacky auch nicht.« Was nicht vorwurfsvoll klingt, aber Mangold zieht doch vorsichtshalber ein Mea-culpa-Gesicht. »Die Arbeit, du weißt ja. Der Job frisst mich auf.«

»Sag mal, seid ihr schon wieder am Bauen?«, erkundigt er sich mit Blick auf ein Fähnlein Subs, das gerade, die Schaufeln geschultert, aus einer Zeltgasse auftaucht. »Oder warum campieren all die Leute auf eurem Gelände?«

»Das hat nichts mit Camping zu tun«, sagt Claus, während er seelenruhig sein Parfait löffelt. »Was du da siehst, sind die Unterkünfte der Sklaven. Wie habt ihr das eigentlich mit euren Sklaven geregelt?«

Mangold stößt ein heißeres Schnauben aus. »Ehrlich gesagt, so weit bin ich noch nicht.«

»Wie, du hast keine Sklaven?«

»Nein.« Mangold wirkt unsicher, als habe er gerade etwas verpatzt. »Momentan komm ich auch ohne aus.«

»Was ist mit dir, Bauer?« Claus greift ungeniert nach einer geschälten Marone. »Ein Typ wie du muss doch ein paar Sklavinnen haben.«

»Ich dachte, ich hätte eine«, seufzt Bauer, »aber seit sie bei mir wohnt, hat sich Boroka ziemlich verändert. Sie tanzt mir auf der Nase herum.«

»Ein Mann, der quasi seine Nutte ehelicht, hat es nicht anders verdient.« Claus weiß, es ist seine Abschiedsvorstellung, und er hat vor, sein Publikum nicht zu enttäuschen. »Ein eingemottetes Erfahrungsmodell wie die Ehe – nein, Sportsfreund, das hätte ich wirklich nicht von dir gedacht.«

»Du hast auch schon bessere Witze gemacht«, murmelt Bauer. Er scheint unvorhergesehenerweise in Grübelei zu versinken.

»Was mir gerade einfällt ... Boroka meinte neulich, diese verschwundene Team-Assistentin von dir, wie immer sie hieß, die sei gar keine richtige Russin gewesen.«

»Ach, was du nicht sagst.« Mit einem allwissenden Lächeln auf dem Gesicht lehnt sich Claus in seinem Rollstuhl zurück. Die Windlichter – reflektiert von den Deko-Lorbeeren – werfen goldene Sprenkel auf seine Stirn. »Wer ist heutzutage noch das, was er vorgibt zu sein?« Wie eine Schildkröte reckt er den Kopf aus der Halskrause, um nach dem Gatter zu sehen, das sich gerade hinter den Bausklaven schließt.

»Sieht nach Nachtschicht aus«, witzelt Mangold.

»Yip«, bestätigt Claus. »Wenn ihr euch mal ein paar Subs ausleihen wollt, sagt mir einfach Bescheid.«

»Subs? So nennst du sie?« Während er seinen Löffel wie einen Lutscher ableckt, wandert Mangolds Blick zu den Zelten.

»Und wenn ich mir selbst mal welche anschaffen will?«

»Dazu würde ich dir sogar raten«, erwidert Claus. »Hast du Platz vor deiner Hütte?«

»Jede Menge«, sagt Mangold.

»Dann nimm ein halbes Dutzend«, rät Claus. »Stell ihnen ein paar Zelte hin, und sorg für Camping-Toiletten, die sie selbstständig ausleeren können.«

»Hm, hm.« Mangold nickt, löffelt, nickt. »Wo hast du deine Subs eigentlich her?«

»Ich habe meine Vakanzen inseriert.«

»Und da drauf haben die sich alle gemeldet?«

Claus knackt eine von Bauers lauwarmen Maronen.

»Zunächst waren es nur zwei, doch als wir den Pool bauten, brauchten wir Nachschub.« Er sagt das mit der Lässigkeit eines Kranken, der sich aufgrund seiner Lage umso mehr rausnehmen kann. »Die meisten kenne ich nicht mal mit Namen, aber das ist auch nicht so wichtig. Evelyn hat sie kürzlich alle durchnummeriert.«

»Wahnsinn«, sagt Bauer mit einem Ausdruck völliger Stumpfsinnigkeit.

»Wieso Wahnsinn? In deinem Pass steht doch auch eine Nummer.« Claus spricht langsam, wie zu sich selbst. »Es sind alles Balkanmenschen, hauptsächlich Rumänen und ein paar bosnische Kroaten. Die haben schon Schlimmeres mitgemacht, glaub mir. Dass sie unsere Sprache nicht sprechen, hält sie glücklicherweise auf Distanz. Die meisten arbeiten tagsüber auf Baustellen hier in der Gegend ... Die Nachbarn haben ja immer etwas zu tun. Sehr vertrauenswürdige Leute – Ärzte, Parlamentarier, hochkarätige Manager, und ein paar Rotarschpaviane sind auch dabei ... Ex-SED-Bonzen, die es wieder in die Politik geschafft haben. Jeder arbeitet an der Optimierung seines Eigenheims, nenn es mal den kleinsten gemeinsamen Nenner, den es hier in Grunewald gibt. Selbst Evelyns Chef – ein Richter, stellt euch mal vor – hat sich von meinen Subs eine Kegelbahn bauen lassen.«

»Dann ist das sicher legal«, folgert Bauer. »Wieso weiß ich davon nichts?«

»Weil du mit Scheuklappen durch die Welt gehst, mein Freund. Eine Menge Gesetze wurden in den letzten Jahren gelockert, um bestimmte Arbeitsverhältnisse möglich zu machen. Es wurden Freiräume geschaffen und viele nutzlose Paragrafen gekippt. Wenn zwei Leute gleichermaßen von einer ungeschriebenen Abmachung profitieren, dann ist der Staat außen vor. Das ist doch nichts Neues. Die Gesetze, Bauer, sind nur da, um nette Typen wie dich daran zu hindern, sich zu entfalten.«

Bauer nickt sichtlich verstört.

»Seitdem du im Rollstuhl sitzt, bist du noch zynischer geworden«, rügt er in einem gespielt vorwurfsvollen Ton. »Sag mal, weil wir gerade beim Thema sind – ich habe seit Jahren ein Problem mit meinem Dach. Deine Sklaven machen nicht zufällig auch Dachdeckerarbeiten?«

Seltsame Vorweihnachtszeit: Der übernatürliche Glanz des Dezemberlichts entschädigt zumindest in den Mittagsstunden dafür, dass die Tage noch schneller verdämmern.

»Sie lebt, sie lebt!« Eine bunte Hochglanzpostkarte zwischen die Lippen geklemmt, kommt Claus gegen halb zwei in die Wohnhalle gerollt. Zwischen den automatisch ausgefertigten Weihnachtskarten, die sich inzwischen stapeln, hat er tatsächlich eine echte, mit der Hand geschriebene Karte entdeckt. Der postale Gruß aus Saint-Tropez erreicht die Müller-Dodts genau zur richtigen Zeit, um das leichte Stimmungshoch mit einem Tusch aus geradezu plakativer Zuversicht zu krönen.

»Lana! Sie hat geschrieben!« Noch im Ausrollen spuckt er die Karte zwischen die Teller auf den großen Esstisch, an dem sie ihre Mahlzeiten einnehmen.

»Nun hör dir das an: Es geht ihr gut, sehr gut sogar. Sie hat einen Job als Yacht-Stewardess, ist das nicht schön?«

Evelyn lässt sich nichts anmerken. Seit Wochen hat sie insgeheim auf diese Karte gewartet.

»Sie sollte sich bei dir entschuldigen, das Schlämpchen«, sagt sie so gleichmütig, wie es nur geht. »Bin gespannt, was sie schreibt. Nein, lass mich raten. Ich vermute mal, es wird sich so anhören wie eine dieser halbdokumentarischen Telenovelas: Sie hat in Monaco einen Typen kennengelernt, und mit dem ist sie auf Weltreise gegangen.«

»Deine Menschenkenntnis ist manchmal verblüffend.« Claus ist bemüht, die eng beschriebene Karte genau zu entziffern. »Inzwischen arbeitet sie im Charter-Geschäft ihres Mannes ... *Ihres Mannes?*« Er sieht ungläubig auf, schüttelt den Kopf. »Der arme, alte Bartos ...«

»Da mach dir mal keine Sorgen.« Ihr geringschätziger Blick spricht Bände. »Herr Bartos hat die nötige geistige Reife. Er weiß eines mit Sicherheit – dass der Mensch schlecht ist. Warum sollte seine Tochter eine Ausnahme ...?« Sie beißt sich auf die Zunge, doch das entscheidende Wort ist bereits gefallen.

»Na, so was.« Mit einem breiten Grinsen auf dem Gesicht dreht Claus den Kopf.

»Du weißt es also auch ...«

»Was bitte?« Ihre Unschuldsmine wirkt fast überzeugend.

»Dass sie seine Tochter ist.«

»Ach das, ja, stimmt.« Evelyn tastet nach der Strasssteinkrone in ihrem Haar. »Wie lange weißt du es schon?«

»Ich habe nur kombiniert.« Claus blinzelt verlegen ins wimmelnde Licht des Planetenlüsters, eine Wolke von Diamantenstaub schwebt im Raum.

»In Monte Carlo hat sie ein paarmal solche Andeutungen gemacht.«

»Weil du gefragt hast, mein Schatz. Weil du wissen wolltest, ob sie mit ihm schläft. Ob zwischen ihren Beinen besetzt ist.«

Claus schluckt. Die Stimme klebt ihm für einen Moment in der Gurgel.

»Von mir aus. Ganz wie du willst. Ich hätte mich eh besser gefühlt, wenn du mir wegen Lana mal so richtig die Meinung gesagt hättest.«

»Und was sollte das bringen?«, erwidert sie nach einer wohlbemessenen Pause. »Selbst wenn wir den Nerv hätten, unsere Gefühle zu exhumieren – was genau schiefgelaufen ist, werden wir sicher nicht herausfinden.«

»Aber wir hätten die Sache hinter uns gebracht, das meine ich.«

»Du hast sie doch hinter dir, Schatz!«, platzt es aus ihr heraus, »du hast alles hinter dir, deshalb sitzt du im Rollstuhl!«

»Dann wären ja alle Unklarheiten restlos beseitigt.« Claus zerknautscht die gepolsterten Lehnen seines Gefährts. »Ich freue mich trotzdem, dass sie noch lebt. Wäre nur noch die Sache mit Bartos ...«

»Du meinst, wann er auszieht.«

»Nein, ich meine natürlich, *hat er, hat er nicht* ... Vor noch nicht so langer Zeit warst du doch ganz versessen darauf, ihm einen Mord anzuhängen.«

Evelyn scheint dem Faden seiner Überlegungen nicht mehr folgen zu wollen.

»Ich betrachte die Sache als verjährt«, sagt sie knapp.

»Verjährt?« Claus glaubt seinen Ohren nicht trauen zu können. »Die Sache ist noch kein Vierteljahr her. Wie passt das eigentlich zu Justitia? Warum schüttest du dein Herz nicht einmal aus? Bist du zu stolz? Oder kannst du es nicht mehr finden?«

Er nimmt seine Postkarte und tuckert davon.

XI.

Das Schweigen ist die Ehre der Sklaven.

– Tacitus

Hodie dies festus est. Romani Saturnum deum adorant! * Es ist der 17. Dezember, und die ganze Grunewalder Segregation ist auf den Beinen. Schon am frühen Vormittag wurden auf der Terrasse rustikale, mit Leinentüchern dekorierte Tische und Bänke gerückt. Eine silbrige Feuchtigkeit liegt in der Luft, die sich auf allen Oberflächen als eisiger Film niederschlägt. Die Subs lassen sich von den Witterungsbedingungen nicht beirren, alle scheinen zu helfen, vielleicht erwarten sie eine Art Vorweihnachtsfest.

Mit den Saturnalien verbanden die alten Latiner die sinnbildliche Rückkehr zu den glücklichen, verflossenen Tagen, wo unter der Regentschaft des Gottes Saturn Freiheit und Gleichheit und infolge dessen Friede und Freude unter den Menschen geherrscht haben sollen. Absolute Redefreiheit und das Gebot, alle Konvention für null und nichtig zu erklären, prägte die Feierlichkeiten. Die meisten Patrizierhäuser versanken in Weinseligkeit. Der römische Dichter Martial sprach von den »feuchten Tagen«, Tage, die sich angeblich in den Elendsvierteln der Stadt zu öffentlichen und ungestraften Ausschweifungen hochschaukelten. Der wichtigste Aspekt der Saturnalien bestand jedoch in der Aufhebung der Standesunterschiede, die gesellschaftliche Ordnung wurde konterkariert. Man nahm Gefangenen die Ketten ab, behandelte Leibeigene wie Könige und schenkte man-

---

* Lat.: »Heute ist ein Festtag. Die Römer beten den Gott Saturn an.«

chem sogar in einem Akt der *manumissio* die Freiheit. Die Sklaven tauschten mit ihren Herren nicht nur die Kleider, sie wurden wie Gleichgestellte behandelt, durften mit den Herrschaften tafeln und wurden bei Tisch von diesen bedient. Es war ein Ausnahmezustand, der Sklaven und Herren daran erinnerte, dass alles gesellschaftliche Leben nur ein Rollenspiel war.

Evelyn begeht die Saturnalien mit geschwärztem Gesicht, wie es sich für eine römische Regentin gehört. Gekleidet hat sie sich in einen figurbetonten, anthrazitfarbenen Daunenmantel, der fast den Boden berührt. Da sie den abnehmbaren Astrachankragen in ihrer Garderobe nicht finden kann, dient ihr eine Schärpe aus silberner indischer Seide als Schalersatz. Er passt auch ausgezeichnet zu dem glitzernden Haarreif.

Als sie gegen halb acht die Terrasse betritt, ist da schon ein lebender Teppich aus bunten Gestalten versammelt: Die meisten Subs tragen verschlissene Winter-Synthetik, Skijacken, mutmaßlich aus osteuropäischen Ländern oder den siebziger Jahren, dazwischen zeigen sich auch Kapuzenanoraks des Militärs. Andere ähneln mit ihren Indianergesichtern eher animierten, strubbelköpfigen Lehmklumpen, unterweltlich oder lemurenhaft – so stellt sich der Menschenauflauf zumindest durch Claus' Opernglas dar. Die Prätorianer haben ihn – warm in Decken verpackt – in der offen stehenden Tür zur Wohnhalle geparkt.

Was hat sie nur vor?, denkt er. Trotz zweier Wärmflaschen unter der Toga und der Fußbodenheizung im Rücken ist ihm kalt.

Evelyn scheint es nicht eilig zu haben. Dass sie ausgerechnet den in Ungnade gefallenen Bartos zum Saturnalienfürsten, zum Saturnalicus princeps, ausgerufen hat, begreift er nicht ganz, doch er vermutet, es entspricht ihrem Vorsatz, das Fest so stilecht wie möglich zu feiern. Dazu gehörte nun einmal, die Rolle des Rex bibendi oder »Königs der Säufer« einem Verurteilten aufzubrummen.

Bartos hat Glück im Unglück. Durch die vereisten Stäbe des Wiedertäuferkäfigs beobachtet er das Geschehen. Ohne Gegenwehr hat er sich erst in Claus' Woolrich-Mantel stecken und dann »einbuchten« lassen. Eine dichte Atemdunstwolke verbirgt sein Gesicht. Claus bezweifelt, dass ihm die Aussicht gefällt. Aber immer noch besser, als rücklings auf einem Esel sitzend durch die Zeltgassen getrieben zu werden, auch solche Spottkönige hat es zu Caligulas Zeiten gegeben.

Vereinzelte Schneeflocken kreiseln vom nächtlichen Himmel herab, als Evelyn mit der Speisung beginnt. Mittels einer stilechten Harpe, einem gebogenen und gezähnten Erntemesser, teilt sie abgepackten Christstollen auf, die Spende eines Supermarktketten-Besitzers, der nicht weit entfernt von den Müller-Dodts wohnt und ebenfalls von den Subs profitiert. Auch für Glühwein und eine weihnachtliche Nussmischung ist gesorgt, doch es scheint, dass die Subs Zurückhaltung pflegen. Die Kluft zwischen Evelyn und den Menschen lässt sich nicht überbrücken, obgleich manche lächeln oder gar demütig nicken.

»Nunc Claus et Evelyn non domini«, ruft sie, »sed servi sunt!«

Jetzt sind Claus und Evelyn keine Herrschaften mehr, sondern Sklaven.

Die meisten verstehen nicht, was das bedeutet, selbst als die moldawische Ex-Lehrerin den lateinischen Wortlaut so gut es geht übersetzt. Die meisten lachen verhalten, als ob sie die Domina nicht für voll nehmen würden. Daran ändert sich auch nichts, als sie ihre Reitgerte in einen schmiedeeisernen Feuerkorb wirft.

»Seht her – keine Peitsche mehr! Nie mehr!«

Diesmal beginnt die Menge lauthals zu lachen. Nur eine Matrone – das Riesenfaultier mit dem Ziegenfellmantel – sinkt auf die Knie und faltet die behandschuhten Hände wie zum Gebet. Ein rübezahlbärtiger, klotziger Mann zieht sie stumm auf die Beine und beginnt, sie mit Stollen zu füttern. Nach dem zweiten Ausschank des Glühweins beginnt Evelyn ihre kurze, aber ausgefeilte Rede:

Wer im Trott der Sklaverei »allzu selig hinweggedämmert« sei, den werde das, was er jetzt zu hören bekomme, wahrscheinlich erschrecken. Ohne Umschweife erklärt sie alle Subs für »irrtümlich als Sklaven gehaltene, freie Menschen«. Der Gesetzeslage nach sei ihnen allen Unrecht geschehen. Glücklicherweise lasse sich das aber wieder rückgängig machen. Wenngleich Bartos in diesem Moment gellend auflacht und an den Gitterstäben rüttelt, fährt sie ruhig fort, die Würde des freien Menschen zu beschwören. Menschen, die in »unsicheren Eigentumsverhältnissen« lebten, seien ebenso wenig Sklaven wie freie. Man hört ihr zu, lächelt, stellt keine Fragen.

»Ihr seid frei zu gehen!«, ruft sie ein paarmal.

Claus wird es mulmig in seinem Rollstuhl. Dass sich niemand rührt, scheint zumindest Bartos nicht zu überraschen. In seinem Käfig schaukelnd, keckert er wie eine wild gewordene Elster. Die Dogge der Prätorinaer schlägt an, doch Evelyn hält die Männer zurück.

»Lasst ihn!« Zögernd nähert sie sich einer Familie. Die junge Frau sieht Evelyn erwartungsvoll an.

»Du bist frei. Du kannst gehen, verstehst du? Ihr alle seid frei.«

Die lebende Altkleidersammlung, die sich von der Terrasse bis zu den Zelten erstreckt, erstarrt. Über den dampfenden Gläsern mit Glühwein wirken die meisten Gesichter seltsam versteinert oder belustigt. Als nähmen sie das, was sich hier abspielt, nicht ernst.

Evelyns Blick irrt zu dem Feuerkorb und ihrer inzwischen brennenden Peitsche.

»Bitte ... worauf wartet ihr noch?«

Die hämischen Zwischenrufe aus dem Käfig ignoriert sie so gut es geht.

»Rovanalona, du hast doch alles übersetzt, oder nicht? Die Leute verstehen doch, was ich sage?«

Ihre Übersetzerin nickt. »Glaube schon.«

»Sie sind frei, sie können gehen.«

»Ja, das haben sie schon verstanden. Wahrscheinlich fragen sie sich, wohin.«

»Wohin? Na, überallhin. Freie Menschen können selbst entscheiden, wohin sie wollen!«

»Vielleicht liegt es am Schnee«, ruft Claus, dem das, was er sieht, zunehmend unheimlich wird. »Nichts überstürzen, sag ich immer. Lass die Leute eine Nacht darüber schlafen, okay?«

»Ich verstehe das nicht«, flüstert Evelyn. »Ich verstehe es nicht ...«

Und dann – als sie schon nicht mehr daran glaubt, setzen sich die ersten Subs in Bewegung, sie drehen sich um und gehen, müden, schleppenden Schrittes, alle gehen sie – aber nur zurück zu den Zelten.

»Du hattest Recht«, sagt Evelyn später mit der Stimme einer tiefenentspannten Patientin. Sie liegt neben Claus, die Stirn an seine Zervikalstütze gedrückt. Zum ersten Mal seit Monaten teilen sie wieder das gemeinsame Bett. »*Sie* wohnen jetzt hier. Es ist ihr Zuhause geworden. Ich habe es ganz deutlich gespürt. Wir sind hier nur noch geduldet.«

Als sie merkt, dass Claus nach ihrer Hand tastet, kommt sie ihm auf halbem Weg entgegen.

»Mach dir nichts draus«, flüstert Claus, »wenn sie so leben wollen, ist das nicht unser Problem.«

»Also geht es immer so weiter.« Sie hebt den Kopf, als habe sie etwas gehört.

»Harms hatte Recht. Es wird sich nichts ändern – weil es der Natur des Menschen entspricht.« Ihre Augen werden ganz traurig. »Was jetzt, mein Cäsar? Ich fürchte, uns fehlt der Abgrund, in den wir uns stürzen könnten. Wir liegen ja längst zerschmettert am Boden.«

»Unsinn.« Claus tätschelt etwas ungelenk ihre Schulter. »Wenn du so nicht leben willst, dann werden wir einen Weg finden. Weißt du, ich hänge nicht so an dieser Gegend ...«

»Du meinst Grunewald?«

»Nein, ich meine die verflixten mittleren Breiten. Ich habe hier keine Wurzeln. Und du?«

»Keine Wurzeln, aber ein Haus.«

»Ja, sicher ...«

Der Augenblick scheint gekommen, ihr reinen Wein einzuschenken: *Du, Schatz, das verdammte Haus sind wir los. Eines Tages werden diese niederen Lebensformen von der* Westeurope Realities *vor der Tür stehen. Tut mir leid, es lässt sich nicht ändern. Und ob ich jetzt für Bartos oder die Bank das Zahlschwein abgebe – who the hell cares?* Doch da es schon spät ist und dieser Quasi-Offenbarungseid zweifellos ein hochnotpeinliches Verhör nach sich gezogen hätte, hält er die Klappe.

»Hast du immer noch Lust, in Urlaub zu fahren?«, fragt sie beiläufig.

»In Urlaub?«, wiederholt Claus. »Du meinst, nach Goa?« Es kommt ihm vor wie die Steilvorlage zum Power-Move, von dem jeder Zocker des Spiels namens LEBEN nur träumt. »Ja, warum nicht?«

XII.

»Bartos, mein Guter, hätten Sie mal eine Minute für mich?« Als Claus durch die Wohnhalle rollt, stehen Bartos' Koffer schon in der Diele. Der einstige Procurator kommt gerade die Treppe herab. Mit einer wahren Leidensmiene bleibt er auf dem letzten Absatz stehen. »Ich werde Sie nicht lange aufhalten, das verspreche ich Ihnen.« Claus winkt ihm mit einem profanen Schnellhefter zu. »Kommen Sie, kommen Sie!«

»Um ehrlich zu sein, ich glaube nicht, dass Sie mich umstimmen können.«

Als Bartos die Küche betritt, hat sein schleppender Gang etwas von einem lädierten, aber störrischen alten Maultier, das schon längst unter der Erde sein sollte.

»Das hatte ich auch gar nicht vor.« Claus legt den Schnellhefter auf den Küchentisch und bittet Bartos, vor der goldenen Wand Platz zu nehmen.

»Es ist mir ein Herzensbedürfnis, Ihnen zum Abschied eine kleine Freude zu machen.«

»Warum sollten Sie?« Es ist Bartos anzusehen, dass er dem Frieden nicht traut. Das lammfromme Lächeln wirkt deshalb schrecklich bemüht. »Ich meine, nach all dem ...«

»Weil Weihnachten ist, altes Haus. Stille Nacht, heilige Nacht. Das Fest der Nächstenliebe.« Claus schlägt den Schnellhefter auf. »Wissen Sie, was das ist?« Er dreht das Dokument so, dass Bartos mitlesen kann. »Eine Schenkungsurkunde, frisch vom Notar. Und wissen Sie, was ich jetzt tun werde?« Er betastet die aufgenähten Taschen seines Morgenmantels. »Sie haben nicht zufällig ein Schreibwerkzeug oder dergleichen dabei?« Natürlich hat er das, und noch bevor Bartos seinen Füllfederhalter zückt, streckt Claus die Hand fast nach Bettlerart aus. »Na

bitte, auf Sie ist immer Verlass. Ich überschreibe Ihnen hiermit das Anwesen für Ihre langjährigen, treuen Dienste. Sie sind ein gemachter Mann, mein lieber Bartos, die Welt, die Sie verloren hatten, gehört wieder Ihnen. Und Sie sind von nun an ein Dom.« Claus setzt zur Unterschrift an, zögert und lehnt sich zurück.
»Als Gegenleistung erwarte ich nur, dass Sie mir eine Frage ehrlich beantworten. Geben Sie mir Ihr Ehrenwort, dass Sie Ihren guten, alten Scherzkaiser nicht anlügen werden?«

Wie mit Stummheit geschlagen hebt Bartos die Hand.

»Sie schwören? Großartig! Na, dann wollen wir uns sofort an die sogenannte Übertragung von Gütern unter Lebenden machen. Ein seltener Akt auf dieser Welt, glauben Sie mir.« Mit übertriebenem Elan unterzeichnet er die Urkunde und verschließt den Füller mit der dazugehörigen Kappe. »So, damit gehört alles Ihnen. Die Villa, das Anwesen samt Planschbecken. Niemand wird Sie mehr daran hindern, sich einen Weinkeller zu bauen. Trinken Sie gelegentlich mal einen auf meine Gesundheit. Und seien Sie gut zu den Tieren. Vor allem zu Billy. Der große Junge wird es Ihnen sicherlich danken.«

Bartos sagt nichts, sein Mund steht leicht offen, sein rechtes Auge scheint plötzlich zu tränen.

»Na, jetzt beruhigen Sie sich mal wieder! Da Sie keinerlei Sozialleistungen beziehen, brauchen Sie sich keine Sorgen zu machen. Sie werden etwas Grunderwerbssteuer zahlen müssen, das ist alles. Und unterschreiben sollten Sie als Geschenknehmer natürlich auch.« Er reicht dem verdattert dreinblickenden Bartos die Hand. »Vergessen Sie das nicht. Und kein Wort gegenüber der gnädigen Frau.«

»Natürlich, kein Wort.« Bartos reibt sich die Augen, als sei er gerade aus einer Narkose erwacht. »Und Sie? Ich meine ... was wird jetzt aus Ihnen?«

»Wir fahren in Urlaub.« Claus fährt mit den Fingerspitzen die Räder seines Rollstuhls entlang. »Unser Flug geht morgen früh, und wir müssen noch packen. Bitte entschuldigen Sie mich.«

Claus rollt seinen Rollstuhl einen halben Meter zurück. Das freundliche Grinsen auf seinem Gesicht weicht einem fast geschäftsmäßigen Ausdruck.

»Sie hatten doch eine Frage«, sagt Bartos. »Fragen Sie, was immer Sie wollen.«

»Ach ja. Im Grunde ist es reine Neugierde«, sagt Claus. »Wir beide wissen, dass dieser kleine Dieb nicht in seine Heimat zurückgekehrt ist.«

»Ja.«

»Wir beide wissen auch, dass Sie zu Recht für Ihren missglückten Staatsstreich bestraft wurden.«

»Herr ...«

»Ich mache Ihnen keinen Vorwurf, okay? Sicher haben Sie mich etwas enttäuscht. Dass meine Peggy-Sue wegen Ihrer Ranküne von zwei bosnischen Gorillas plattgemacht wurde, ich gebe zu, das hat mich verletzt. Was den Anschlag auf Evelyn betrifft«, er verdreht die Augen, denn der Schulterblick ist noch immer nicht drin, »ja, mein Gott, er galt ja nicht meiner Frau, sondern einer Tyrannin. Wie man mit so einer im heiligen römischen Reich umgesprungen ist, ist selbst einem kulturell unterbelichteten Hedonisten wie mir halbwegs bekannt.«

Bartos schluckt. »Sie tragen mir also nichts nach?«

»Wie könnte ich? Ich bin, wie Sie wissen, ein Ausbund an Toleranz. Doch das eine wüsste ich gern noch: Dieser Verurteilte – ist er tot?«

Bartos' Augen wandern zurück zu der Schenkungsurkunde.

»Es war ... es war Notwehr.«

»Das ist es immer!«, brüllt Claus, »Das ganze Leben ist Notwehr! Wenn es eine allgemein gültige, globale Wahrheit gibt, dann ist es dieser Gedanke!« Er reckt sein Kinn hin und her, bis es wieder in die Zervikalstütze passt. »Die Antwort ist mir etwas zu vage«, fährt er in normaler Zimmerlautstärke fort. »Wussten Sie, dass eine Schenkung innerhalb eines Jahres rückgängig gemacht werden kann, wenn sich dem Beschenkten grobe Undankbarkeit vorwerfen lässt?« Er rollt so dicht an Bartos heran, dass er dessen knochige Knie für eine halbe Sekunde berührt. »Ich muss es wissen, verstehen Sie, schon wegen Evelyn! Es hätte nicht viel gefehlt, und ich hätte sie einweisen lassen.«

»Nun, hätte Sie es mal getan ...« Bartos zuckt mit den Schultern, die frisch verheilten Striemen scheinen zu jucken. »Um den Geisteszustand der Ungnädigsten ist es nicht zum Besten bestellt. Sie hat uns beide verdächtigt.«

»Was uns nicht zu Milchbrüdern macht.« Claus nickt Bartos herausfordernd zu. »Nun kommen Sie, erweisen Sie sich dieser Schenkung würdig.« Er gibt Bartos eine kurze Bedenkzeit. »Dieser Einbrecher ist sicher nicht an Herzversagen gestorben.«

Bartos schließt den Schnellhefter mit zitternden Händen.

»Es ist am frühen Morgen nach der Bestrafung passiert: Der junge Mensch lauerte mir auf, mit einem ziemlich großen Messer. Was hätte ich tun sollen?« Er streift den Ärmel seines Mantels zurück und entblößt die rosig schimmernde Narbe, die sich über die Länge seines Unterarms zieht. »Offensichtlich gehörte er zu der nachtragenden Sorte. Ich schaffte es, ihm die Hand zu verdrehen, doch dank seiner heftigen Gegenwehr stürzte er in sein eigenes Schwert. Er war auf der Stelle tot. Das ist die Wahrheit.«

»Dann war es also ein Unfall.« Claus verzieht den Mund, als würde ihm diese Antwort nicht schmecken. »Und weiter?«

»Weiter?« Unter herabgezogenen Brauen schielt Bartos in eine Ecke des Raums. »Ihre Frau hatte Recht.«

Claus schließt die Augen. »Dann haben Sie die Leiche ... in meinem Haus?«

Bartos nickt. »Der Alligator bekam über einen Zeitraum von zwei Wochen eine Extra-Ration.« Er wischt sich mit der Hand übers Gesicht, als versuche er, Spinnweben abzustreifen. »Ich bin nicht stolz darauf, aber ich hoffe, Sie sind mit meiner Antwort zufrieden. Obwohl es Notwehr war, hätte ich aus Gründen, die Ihnen bekannt sind, nicht zur Polizei gehen können. Lana wusste von dieser ganzen vertrackten Geschichte übrigens nichts.«

»Sie sollten sie einmal besuchen«, sagt Claus, als ob das Thema damit vom Tisch wäre.

»Ja, das sollte ich«, sagt Bartos. Und dann, ohne erkennbaren Anlass: »Wenn Sie wollen, können Sie die Schenkung auch wieder rückgängig machen.«

»Seien Sie nicht albern.« Claus' Gesichtszüge hellen sich auf. »Einer muss doch die Drecksarbeit machen.« Vielleicht hat er die tote Speckprinzessin vor Augen, deren Blut er einst in Hempels Auftrag austauschen musste. Kunstgriffe dieser Art gehören in deutschen Krankenhäusern zur Routine. »Ich weiß jetzt mit Sicherheit, dass Sie der Richtige sind.« Etwas umständlich nimmt er seinen Lorbeerkranz ab, zupft die Blätter zurecht. »Hier, kommen Sie, der ist für Sie …«

Mit einem Gesichtsausdruck, in dem sich Verblüffung und Idiotengehorsam die Waage halten, kniet Bartos vor Claus. Mit gesenktem Kopf lässt er die Pseudo-Krönung geschehen.

»Jetzt haben Sie den goldenen Draht in der Locke!« Claus klingt fast triumphal. »Jetzt sind Sie der Scherzkaiser, Bartos, weiß Gott, ich beneide Sie nicht. Cäsar ist tot, lang lebe Cäsar!«

Mit einem verklärten Lächeln, als habe er wirklich den Ritterschlag empfangen, kommt Bartos auf die wackligen Beine.

»Und Sie werden nicht mehr zurückkommen?«, fragt er leise.

»Nein.«

»Und die gnädige Frau auch nicht?«

»Das will ich hoffen«, lacht Claus, »in Ihrem Interesse.«

»Aber sie weiß noch von nichts.«

»Und das sollte auch eine Weile so bleiben.«

Bartos klemmt sich die Schenkungsurkunde unter den Arm.

»Ihre salomonische Weisheit beschämt mich. Ich bin mir trotzdem nicht sicher, ob ich das annehmen kann.«

»Ich bin sicher, Sie können«, sagt Claus. »Hiermit haben sich Schenker und Beschenkter geeinigt.« Geschickt manövriert er sein Vehikel aus der Küche.

»Sie entschuldigen mich, ich muss mich um Evelyn kümmern, sonst fängt sie zu spät mit dem Packen an und wir verpassen den Flieger.«

XIII.

Lieber Harms,
ich werde nicht mehr in den Lach-Klub zurückkommen. Ich fürchte, alle gruppentherapeutischen Bemühungen hatten in meinem Fall keinen Erfolg. Wer am längsten lacht, lacht nicht immer am besten.
 Betrachten Sie diesen Brief bitte als informelle Kündigung per sofort. Es hat eine Weile gedauert, aber ich bin heute bereit, aus den Vorfällen, die ich Ihnen vor Monaten im Zustand nervöser Gereiztheit geschildert habe, die Konsequenzen zu ziehen.
 Mein Mann und ich werden morgen für eine Weile verreisen. Die Zeltstadt der Subs vor meiner Haustür wird mir nicht fehlen, im Gegenteil. Doch der Eindruck, dass wir ein Schlachtfeld verlassen, ist falsch: Wir fliehen nicht vor unserer eigenen Courage, wir haben schließlich nur Gutes auf der Basis von Unrecht getan. Was gäbe es da zu bereuen? Heute liegt der Lebensgenuss vor allem in der Regression von dem, was sich die zivilisierte Welt nennt. Wie Sie wissen, hat unser Beispiel sogar Schule gemacht. Sehr viel hat sich in unserem Kulturkreis verändert. Man könnte fast sagen, wir leben in einer Zeit des historischen Umbruchs. Die wenigsten in unserer Einkommensklasse sind sich dessen bewusst. Vielleicht wohnen auch Sie in einer Villa im Grünen oder einer Gated Community mit elektrisch gesicherter Einfahrt, und denken, so lässt es sich leben. Doch glauben Sie ernsthaft, in Ihrer Straße wäre noch alles beim Alten? Werfen Sie einmal einen Blick über den Zaun. Riskieren Sie einen Blick! Wer weiß, was Sie sehen.
 Ihre Nachbarn sind vielleicht schon ein Stück weiter als Sie. Würde es Sie überraschen, sollten Sie eines Tages auf Ihrem Nachbargrundstück Sklaven entdecken? Würden Sie an Arti-

kel 4 der Europäischen Menschenrechtskommission denken und Anzeige erstatten? Wahrscheinlich nicht. Warum sollten Sie auch? Was Sie sehen, ist einfach eine Option, die Sie wahrnehmen können.

Betrachten wir einmal die heutige Kultur im mitteleuropäischen Raum: Die Wesenszüge beruhen auf Egoismus, Materialismus und Menschenverachtung. Eine gesellschaftliche Symmetrie reziproker Verpflichtungen gibt es nicht mehr. In dem gnadenlosen Wettbewerb ist Geld alles, was zählt. Die Lebenswirklichkeit der meisten ist daher ein Alptraum, den unsere untertänigen Medien ausblenden. Wäre es nicht an der Zeit, die *herrschenden Züge* des Wesens unserer Zivilisation einmal konkret zu benennen – bevor das Monster entsteht?

Es sind die am wenigsten wünschenswerten Züge, welche sich im Verlauf eines langwierigen Kulturprozesses – vom Hofstaat Adenauers bis hin zur modernen Klientelpolitik – zu Extremen auswachsen konnten: Da wären einmal die irren Mammons-Priester und ihre Büttel, die das Volk mit demokratisch verbrämten Gaunereien verhöhnen. Und da wären die Horden mittelalterlicher Einwanderer, die inzwischen die Innenstädte umzingeln. Der Wirrwarr der moralinhaltigen Gefühlszensur und die eigenen Unwertvorstellungen verhindern, dass man diese Gefahren eliminiert. Und welche Gesellschaft wäre je dazu in der Lage gewesen, den *Wert und Unwert* ihrer Leitsätze voneinander zu trennen? Mir fällt keine ein. Auch die Möglichkeit eines ordnungsgemäßen Fortschritts aus dem Chaos, das von Polit-Utopisten angezettelt wurde, müssen wir als ausgeschlossen betrachten. Die Masse der Abgehängten und Deklassierten wächst weiter, doch diese Kräfte, die sozial abgerutscht sind, ohne es zu begreifen, werden sich keinem Klassenkampf stellen. Mit Verbrauchern und Spaßgeistern ist eben keine Revolution zu gewinnen. Homo ludens und Homo oeconomicus, die beiden sind immer gerade dann shoppen, wenn man sie braucht. Und in dem Ausmaß, wie sich die geistigen Werte Europas zersetzen, zerfällt unser Wohlstand. Die Staatengemeinschaft ist schon jetzt nicht mehr fähig zu zahlen. Ihre Regierungen richten sich auf bürgerkriegsähnliche Dauerzustände ein, in nahezu allen Innenministerien gibt es bereits dementsprechende Einsatzpläne der Polizei. Es scheint die Regel, dass es einer Gesellschaft immer erst dann gelingt, ihre schlimmsten Züge beim Namen zu nennen, wenn das Kind in den Brunnen gefallen ist. Die Geschichte der Menschheit ist daher nicht zyklisch; was wir zyklisch nennen, ist unsere Unfähigkeit, jemals aus der Geschichte zu lernen. Ein noch größerer Irrtum ist es aber zu glauben, eine Entwicklung werde immer unter Gewährleistung der alten Sicherheit ablaufen, zur Demokratie gebe es keine Alternative. Dabei weiß doch jeder, dass sie nur noch ein Spurenelement der freien Marktwirtschaft ist.

Eine vergleichende Wirtschaftswissenschaft wird unser System wohl erst in einem halben Jahrhundert – wenn die meisten Staaten Europas pleitegegangen sind – exakt klassifizieren: Dann ähnelt das große Raubtier namens Kapitalismus dem fossilen Gerippe eines T. Rex, und man wird sich angesichts des Mageninhalts, der aus toten Menschenkindern besteht, die Frage stellen, warum man dieses Biest nicht schon früher kaltgemacht hat.

Aus der Gegenwart können wir nicht ersehen, wie die Wirklichkeit ist. Die beherrschenden Züge unserer Zivilisation sind uns selbst zur kulturellen Gewohnheit geworden. Zivilisiert sein bedeutet in erster Linie, eine niederträchtige Rolle zu spielen. Anstelle einer Kultur mit dem »Herzenstakt« einer menschlichen Zivilisation ist die reine Verwertungskette getreten, und die besteht nun einmal aus Herren und Knechten, Tops und Bottoms, Doms und Subs, Käufern und Verkauften. Es sind nicht die letzten Dinge, aber die letzten Unterschiede, die zählen. Einkommensklassen und Konsumgewohnheiten sind anstelle der alten Standes- und Rassendünkel getreten. Kaufkräfte scheinen jedenfalls wichtiger als Pigmente zu sein. Der neue Imperativ unserer Zeit bleibt die heimliche Abkehr vom Gleichheitsgedanken.

Als Jurist werden Sie mir sicher beipflichten, wenn ich sage, Gesetz und Gesellschaftsordnung sind nicht mehr ein- und dasselbe, die Rechtsprechung unserer Tage greift auf der höchsten und niedrigsten Stufe der Gesellschaft zu kurz. Mit unserem Experiment hier in Grunewald haben wir immerhin die völlige Abwesenheit des Rechtsstaats bewiesen. Und wenn man Menschenverachtung den *entscheidenden Wesenszug unserer Zeit* nennen darf, dann haben wir nur die Vorgaben des Systems offen und ehrlich verwirklicht. Wir haben ausgelebt, was sich andere, die genauso viel Geld haben, aus irrationalen Gründen versagen. Vielleicht hatten wir das So-tun-als-ob einfach satt. In Wirklichkeit sind Gesellschaft und Individuen nie Gegensätze gewesen. Einige wenige haben schon immer die Haltung diktiert, nach denen die vielen, weniger individuell Veranlagten leben.

Wir sind heute um einige Erfahrungen reicher und, wie nach Experimenten so üblich, verfügen wir zumindest über Informationen, die gewisse Ereignisse ausschließen und andere *bedingt wahrscheinlicher* machen. Die neue feudalistische Post-Republik, die sich bislang nur als Negativ – nämlich als bankrotter Staat – manifestiert, wird sich möglicherweise einmal an unserer Segregation orientieren.

Im Zuge der kulturellen Relativierung könnte sich dann die *fortschrittliche und menschenfreundliche Form* der Sklaverei, wie wir sie praktiziert haben, als europäisches Gesellschaftsmodell der Zukunft erweisen.

Ave, und machen Sie's besser.

E.

XIV.

Die Welt gehört den Enthusiasten.

– Ralph Waldo Emerson

Mit dem Tauwetter des Frühjahrs kommt der Nebel zurück. Die Ligusterhecke hinter den Hauszelten der Subs ist – von der Villa Müller-Dodt aus – kaum mehr zu sehen.

»Der erste März ist kein schlechter Tag, um Abschied zu nehmen, gnädiger Herr.«

Der auf Hochglanz polierte Porsche steht mit offenen Türen vor der Haustür geparkt. Bartos hilft Claus gerade vom Rollstuhl auf den Beifahrersitz. Zwar ist die Halskrause einer weichen Kunststoffmanschette gewichen, doch Motorik und Gleichgewichtssinn sind noch immer gestört.

»Am heutigen Tag«, sinniert Bartos, »wurden die Mütter Roms von ihren Männern beschenkt. Es war ein Festtag zu Ehren der Juno.«

»Dann weiß ich, was Ihnen fehlt«, spekuliert Claus. »Suchen Sie sich eine anständige Mutter, mein Freund. Eine, die gerne Reitstiefel trägt.«

»Also, Claus …«

»Schon merkwürdig.« Claus sitzt inzwischen auf dem Beifahrersitz. »Ich habe Sie früher immer *Herr* Bartos genannt. Als ob ich immer gewusst hätte, dass es so endet.«

Bartos hilft beim Anlegen des Sicherheitsgurts. »Ich bedaure sehr, dass wir uns auf diese Art trennen. Sie haben mich stets anständig behandelt. Wäre die Ungnädigste in den Staaten geblieben …« Er räuspert sich, als wäre damit alles gesagt. »Ich hatte mich schon so auf philosophische Gespräche im Weinkeller gefreut.«

»Ein andermal«, sagt Claus, »ich schätze, in der nächsten Zeit werden Sie sich mit anderen Dingen herumschlagen müssen. Es ist gar nicht so leicht, Cäsar zu sein, glauben Sie mir.«

Er bricht ab, denn Evelyn kommt aus dem Haus. Sie bleibt stehen und mustert die Zeltstadt, als ob sie sich den Anblick einprägen wolle. Dann setzt sie sich hinters Steuer.

»Den hattest du in der Küche vergessen«, sagt sie und reicht Claus seinen goldenen Lorbeer, als ob es ein Regenschirm oder eine Handtasche wäre. »Oder gehört der nicht mehr dir?«

Claus lässt es zu, dass sie ihm das Insignum seiner Macht aufsetzt, wobei er sein Aussehen mehrfach im Seitenspiegel kontrolliert.

»Geschichte leben«, sagt er einmal laut vor sich hin. »He, vielleicht können wir diese Teile in Goa herstellen lassen, für Bruchteile eines Cents und hier für einen Euro verkloppen ...«

»Dazu müssten sie erst mal Mode werden, mein Schatz.«

»Also, Harms würde mit Sicherheit einen nehmen«, meint Claus.

»Ganz sicher sogar«, bekräftigt Bartos. Er schließt die Wagentür und beugt sich zum Fenster hinein. »Ich vermisse Sie schon jetzt, gnädige Frau ...« Die seelischen Blessuren scheinen verflogen, Bartos wirkt um Jahre jünger.

»Den Herrschaften eine gute, erholsame Reise!«

»Adios, Muchacho!«, ruft Claus. »Und bleiben Sie sauber!«

Im selben Moment gibt Evelyn Gas.

Sie fahren die Waldschneise entlang, einer kalten, tief stehenden Sonne entgegen, was hinter ihnen liegt, ist jetzt unwichtiger als das, was vor ihnen liegt. Eine Weile schweigen sie sich an, wobei Claus glaubt, Evelyn suche nach einer passenden Gelegenheit, ihm etwas sagen. Endlich hält sie an einer gottverlassenen Kreuzung mitten im Wald. Sie scheinen allein auf der Welt, einmal abgesehen von den kahlen Bäumen, deren Knospen bald in eine Fülle von Grün aufbrechen werden. Dieses Erwachen der Natur werden sie nicht miterleben. Große, schwarze Kumuluswolken wälzen sich von Westen heran, wahrscheinlich der erste

Ausläufer eines Tiefdrucksystems, dessen Auswirkungen sie nicht interessiert.

»Ich fühle mich frei«, stellt sie fest. »Und wir sind wieder zusammen, oder? Ich meine, richtig zusammen?«

Er hebt die Augenbrauen. »Äh, waren wir je auseinander?«

»Du warst in Monte Carlo ...«

»Evi ...«

»Nein, lass mal«, würgt sie ihn ab. »Ich habe immer geglaubt, unsere Liebe wäre meine größte Neurose, und es wäre dumm, einen anderen Menschen zu lieben.«

»Das ist es nicht«, sagt Claus. »Dumm ist es, zu glauben, man werde wiedergeliebt.«

Ihre Augen begegnen sich nicht, sie haben sich gesucht.

»Ist es wahr, mein Cäsar, dass wir in ein subtropisches Land fliegen?«

»Das weißt du doch.« Er lässt sie die Flugtickets sehen, Indian Airlines, First Class. »Wir fliegen nach Goa und sehen uns Dörthes Strandhotel an. Wahrscheinlich ist die Bude ziemlich heruntergekommen, aber das gibt uns die Freiheit, alles neu zu gestalten.«

Obwohl die Kreuzung frei ist, macht Evelyn keine Anstalten weiterzufahren. »Es wird trotzdem eine Umstellung werden.«

»Stimmt, wir haben doppelt so viele Sonnentage im Jahr.«

»Nein, was ich meine, ist, *wir* werden uns umstellen müssen.«

Er hat keine Lust, ihr zu widersprechen, es hätte nur ihre Intelligenz beleidigt.

»He, relax. Erst mal werden wir im Strandhotel wohnen und die Sitten und Gebräuche des Landes studieren. Und wir werden schwimmen gehen. Du weißt ja, der Strand liegt direkt vor der Tür.«

»Wenn du gesund bist. Und wenn wir Zeit haben.«

»Wie kommst du darauf, dass wir keine Zeit haben werden?«

Sie sieht ihn an, als hätte er mit seiner Halsmanschette leicht reden.

»Nun, der Haushalt erledigt sich nicht von selbst. Und da du noch immer ein Pflegefall bist – ein sehr liebenswerter übrigens –, wird wohl alles an mir hängenbleiben. Nicht, dass ich mich beschweren will, aber nach all den Jahren ... nach dem Leben in der Segregation ... Ich meine, man gewöhnt sich an alles, und die Gewohnheit ist wie eine zweite Natur.«

»Ach, das meinst du.« Zum ersten Mal dämmert ihm, was sie quält.

»Ich kann dich beruhigen. Indien ist fortschrittlicher, als du denkst. Nur völlige Ignoranten würden das Kastensystem mit seiner extrem ausgeprägten Sub-Bevölkerung eine Demokratie nennen. Das hat manchen Nachteil, aber auch etliche Vorteile. Beispielsweise ist es dort möglich, seine Sklaven zu kaufen, ohne mit den Behörden Versteck spielen zu müssen. Sie haben andere Worte für Subs, aber wir müssen die Sprache ohnehin lernen.«

»Du meinst, dort ist es wirklich legal?«

»Nicht nur das, es ist moralisch in Ordnung.« Ihre Augen begegnen sich im Rückspiegel. »Als Angehöriger einer Kaste erträgt der indische Kuli sein Schicksal wie selbstverständlich, er dient, weil Gott es so will, daher leidet er innerlich weniger als derjenige, der um die Ordnung der Dinge weiß und sich klassenbewusst gegen sein Schicksal empört.«

Sie scheint nach dem ersten Gang förmlich zu tasten.

»Dann werden sich die Dinge also nie ändern?«

»Willst du was ändern oder willst du Wellness? Im Übrigen brauchen sie uns, so wie wir sie brauchen.«

Er hat ins Schwarze getroffen, das kann er an ihren zuckenden Mundwinkeln sehen.

»Na also, auf zu neuen Ufern! Wenn wir in Vasco da Gama landen, werde ich mich gleich mal umhören, wo es einen lokalen Sklavenmarkt gibt.« Und mit tröstlicher Stimme fügt er hinzu: »Du wirst eine neue Wellness-Lana bekommen, die dich jeden Abend massiert. Maniküre, Thalasso, und natürlich Lomi Lomi Nui ... Lana war gut, aber das können andere auch, vielleicht noch viel besser.«

Ein schwarzer Audi A8 nähert sich in diesem Moment mit rasantem Tempo der Kreuzung. Noch bevor Claus den Schriftzug WESTEUROPE REALITIES auf der Fahrertür lesen kann, hat er den jungen Schnösel am Steuer erkannt. Instinktiv hält Claus seine Hand über die Augen, als werde er von der Sonne geblendet. Die Strafe folgt auf dem Fuß, denkt er bei sich, während der Wagen in die Waldschneise einbiegt.

»Kanntest du den?«, fragt Evelyn, als sie schon eine Weile fahren.

»Nein«, sagt Claus, »und du?«

Sie sieht in den Rückspiegel, aber der Wagen ist nicht mehr zu sehen. »Westeurope Realities ... Bartos erzählte mir mal, die hätten damals sein Erlebnishotel unter den Hammer gebracht.«

»Stimmt«, sagt Claus. »Das hat er mir auch mal erzählt. Was haben die wohl hier in der Gegend verloren?«

»Ich schätze mal, dass sie ein *money pig* suchen, wer weiß?« Mit einem verhaltenen Lächeln drückt sie das Gaspedal durch. »So lass uns denn fahren, mein Cäsar. Trage du deine Maske, ich trage die meine.«

»Du meinst Krone«, sagt Claus, ein Gefühl von Heiterkeit ergreift allmählich von ihm Besitz.

»Natürlich meine ich Krone«, lacht Evelyn auf, »was hast du denn verstanden?«

Claus erwidert nichts. Da sein Kopf fixiert ist, verdreht er die Augen, um die vorbeifliegenden Bäume sehen zu können. Das gesiebte Gold der Sonne flimmert und blitzt zwischen den dünnen Birkenstämmen hindurch, und zum ersten Mal seit langer Zeit glaubt er die Dinge wieder so zu sehen, wie man den Grund eines Sees durch klares Wasser erblickt. Sein Herz schlägt schneller und schneller.

EPILOG